海外小説 永遠の本棚

マーティン・イーデン

ジャック・ロンドン

辻井栄滋＝訳

白水uブックス

MARTIN EDEN

by

Jack London

1909

「血潮たぎらせつわが命生き長らえさせよ！
　夢想家の美酒に浸りて我を生かさせしめよ！
泥でできしこの魂の住みかがくずれ落ちて塵となり、
　空ろなる社と化すを我に見させたまうな！」

1

先に立った男が、鍵をはずしてドアを開け、中に入ると、若い男があとに続いて、不器用に帽子を取った。その若者が身につけている粗末な服は、海の香りがした。足を踏みいれた広い玄関は、彼には明らかに場違いであった。帽子をどうすればよいのかわからず、上着のポケットに押しこもうとしたとき、先に入った男が受けとってくれた。そっとさりげなくそうしてくれたので、居心地悪そうにしていた若者にはありがたかった。そして、「こいつ、よくわかってくれてら。大丈夫、うまく切りぬけさせてくれるさ」と思うのだった。

彼は、相手のすぐあとにつき従い、両肩を揺すって歩いた。無意識に両脚が広がってしまい、まるでこの家の平らな床が、波のうねりに合わせて傾いたり沈んだりしてでもいるかのようだった。ふらつく足どりのために、広い部屋も手狭に思えた。幅の広い両肩が入り口にぶちあたったり、低い炉棚に置いてある骨董(こっとう)品に触れて落としはしまいかと、内心ひやひやしていた。置いてあるさまざまな物を右に左に避けながら、おずおずと歩を進めると、実際は彼の頭の中にだけ存在するもろもろの危険が、つのる一方であった。グランドピアノと、書物が山と積みあげてあるセンター・テーブルのあいだは、六人が並んで歩けるぐらいの広さがあったけれど、彼はそこを通るのにも心のおののきを感じた。頑丈な両腕が、両側にだらりと下がっていた。この腕や手をどうしたものか、わからなかった。興奮した目に、片腕がテーブルの書物にあたりかねないと映ったので、おびえた馬のようにあわてて身を離し、おかげで危うくピアノの椅子にぶつかるところだった。彼は前を行く男のゆったりとした足どりを見て、はじめて自分の歩き方がほかの連中とは違うことに気づいた。何てぎごちない歩き方だ、俺のは。一瞬、恥じらいの気持ちに襲われた。額から汗が小さな玉となって吹き出した。彼は立ち止まって、ハンカチで赤銅色の額をふいた。

「おい、アーサー、ちょっと待ってくれよ」と彼は、自分の不安を隠そうと、おどけて言った。「俺にはこんだけの重荷、いっぺんに背負いこむのは、手に余るぜ。元気をつける時間をくれよ。俺は、来たくなかったんだ。それに、おまえの家の者にしたって、俺なんかに別に会いたかねえだろうしよ」

「大丈夫ですよ」と、心強い言葉が返ってきた。「僕たちをこわがることなんかありませんよ。みなかた苦しい人間じゃありませんから。おやっ、僕に手紙が来ているな」

アーサーは、テーブルまであともどりして手紙を開封し、読みはじめた。そうすることで、このよそ者である若者に落ち着く機会を与えた。若者のほうでもそのことがわかって、ありがたいと思った。物ごとに共感し理解するという天分が、彼には備わっていた。見かけは警戒心に満ちていたが、内心ではそうした共感の過程が進んでいた。額の汗を乾くまでふき取ると、彼は落ち着きを取りもどした顔であたりを見まわした。だがその目には、野獣がわなを怖れる時のような表情が残っていた。未知のものにとり囲まれており、どんなことが起こるのか不安で、どうすればいいのかわからず、歩き方や身のこなしがおかしいことを意識し、自分のいっさいの属性や力が同様に傷つけられることをも恐れた。ひどく神経質で、やりきれないほど気が落ち着かなかった。そして、相手が面白げにそっと手紙越しに自分を一瞥したりすると、短剣で突き刺されるような思いがした。その一瞥が目に入っても、何食わぬ顔はしていた。これまでの経験上、抑制なるものを知っていたからである。加えて、あの短剣のひと突きは、彼のプライドをも突き刺していた。来なきゃよかった、とわが身をののしった。が同時に、どんなことが起こっても、来たからには何とかやってみせるまでだ、と心に決めた。顔がこわばり、目は闘志にあふれて輝きはじめた。そして、もっと何気なく、よく注意して見まわして、美しい部屋の中の細部をことごとく脳裏に刻みこんだ。目は大きく見開き、見えるものは何一つ逃さなかった。そして部屋の美しさに見とれているうちに、闘志にあふれた目の色は消えていき、温か味のある輝きがそれに取って代わった。彼は美に対して敏感であり、ここには、敏感に反応するだけの原因があったのである。

一枚の油絵が、彼を引きつけて離さなかった。大波が大きな音を立てて、突きでた岩に砕ける。空にはしけ雲が垂れこめており、寄せ波の向こうには一艘（そう）のスクーナー船が帆をいっぱいに張り、甲板がことごとく見えるぐらいまで傾いて、しけの日没の空を背に進んでいく。ここには美があり、彼はそれにいや応なく引きつけられた。おかしな歩き方のことも忘れ、すぐ際（きわ）までその絵に近づいた。すると、すべての美がキャンバスから消えていった。彼の顔には当惑の表情が表われた。ぞんざいに塗りたくられた絵の具の山と思えるものを呆然と見つめ、それから絵から身を離した。すると、またすぐ美がそっくりキャンバスによみがえった。「手品絵（トリック・ピクチャー）だ」と思いながら、その絵のことを忘れてしまった。とはいっても、いろいろな印象を受けとめているうちに、人をだます手品絵を作るのに、これほどの美を犠牲にするとは、と、ふと怒りが頭をもたげる時があった。彼は、絵画というものを知らなかったのだ。近景であろうと遠景であろうと、つねにくっきりと鮮明な着色石版刷りや石版画を見て大きくなったからである。たしかに店のショーウィンドーで油絵を見たことはある。だが、ウィンドーのガラスでは、すぐ際まで近づいて熱心に見ることができなかったのだ。

ちらっと手紙を読んでいる友人のほうに目をやったとき、テーブルの上の書物が目に入った。ちょうど飢えた人間が食べ物を見た時のように、彼の目にはとっさに強い憧れの気持ちが走った。思わず両肩を揺すって、一歩大きく踏みだし、テーブルに近寄って、大事そうにそれらの書物を手に取った。書名と著者名に目をやり、目と手で愛撫しながら本文もわずかばかり読んでみた。一度だけこれまでに読んだことのある本があった。あとは、書名も著者も知らないものばかりだった。たまたまスウィンバーン（一八三七―一九〇九、イギリスの詩人・文芸評論家）の一冊と出会うと、どんどん読みだした。どこにいるのかも忘れ、その顔は紅潮していた。二回もその本を閉じて、表紙の著者名に目をやった。スワインバーン！　この名前は覚えておこう。こいつには物を見る眼があって、たしかに色と閃光を見て書いている。だけど、スワインバーンって何やつだろう？　たいていの詩人と同様、百年かそこいら前に死んじまったんだろうか？　それともまだ生きていて、物を書いてるんだろうか？　もう一度題扉（タイトル・ページ）を開けてみた……うん、ほかにも本を書いてるな。よーし、あしたの朝はいの一番に図書館に行って、スワインバーンのものを少し借りてやろう。そうしてまた読みはじめると、夢中になった。それで、若い女性が部屋に入ってきたのにも気がつかなかった。アーサーの声を聞いて、はじめて気がついた。

「ルース、こちらイーデンさんっておっしゃるんだ」

人さし指で本を閉じると、ふり返ってもみないうちに、彼ははじめて経験するあらたな気持ちにわくわくした。が、それは女性に対してではなく、その弟の言葉に対してであった。その筋力たくましい体の下で、彼は細やかな感性のかたまりであった。その意識が外からの刺激をほんのわずかでも受けると、考えや同情心、それに感情は、ゆらめく炎のように揺れ動いた。異常に感受性が強く敏感で、想像力は高まり、事物の類似と差異の関係を確証していった。「イーデンさん」と呼ばれ、ぞくっとした——これまで「イーデン」とか「マーティン・イーデン」とか、ただの「マーティン」とかいうふうに呼ばれてきたことを思うと。「イーデンさんだって！」こいつはたしかにいいや、と彼は内心思った。すると、すぐさま心は、広い暗室へと変わっていくようだった。そして意識のまわりに、これまでの人生の写真が際限なく並べ立てられてあるのを見たのである。たとえば火夫室だとか、船首楼、野営地、浜、刑務所、一杯飲み屋、熱病患者収容病院、スラム街といった所の。そういうさまざまな所で彼は声をかけられてきたのだった。

それから彼はふり向いて、女性を見た。彼女を見て、それまで頭の中をめぐっていたもろもろの過去が消え失せた。蒼白い、この世のものとは思えない美しい女性で、目は大きく崇高で青く、髪は豊かな金髪であった。彼女がどんなふうに衣装を着けているのかはわからなかった。ただ、その衣装が彼女自身に劣らぬぐらいすてきなものだということだけはわかった。彼女を、細い茎についたうすい金色の花になぞらえてみた。いや、そうじゃない。精霊、神、女神だ。これほど純化された美なんて、この世のものじゃない。たぶん、本に書いてあったことは正しいのだろう。上流社会には、このような人は大勢いるんだ。あのスワインバーンってやつに歌われたってあたりまえなんだ。やつは、この人みたいな女を心に抱きながら、テーブルの上の本に出てくるあのイスールトとかいう女を書いたんだろう。こうした光景や感情や思いが、どっと一瞬のうちに押しよせ、現実には彼のつけ入る間はなかった。気がつくと、彼女が手をさし出し、まっすぐ彼の目を見ながら握手をした。しかも臆することなく、男みたいに。彼の知っている女はそんなふうには握手をしなかったし、まあたいていの女は握手など全然しなかった。これまでなじみになった女たちの面影やらいろんな癖などが、彼の心の中へ押しよせてきては圧倒した。しかし、それらを振りはらって彼女を見た。こんな女には会ったこともない。俺の知ってる女たちといやぁ！　一瞬時間を忘れ、彼女の両側には彼の知っている女たちが並んだ。今、彼は画廊の中央に立っている。そこには彼女を中心にして、そのまわりに大勢の女が描かれているが、その女たちのどれもこれもが取るに足らない存在であるのにひきかえ、彼女は抜群だ。その女たちのなかには、病弱な顔の女工たち、それにマーケット通りの南（サンフランシスコ市街をフェリー・ビルディングの前から西南へ斜めに横切っている大通り。この通りを境に南側は下層労働者階級の居住地域として知られるが、現在は大きく変貌を遂げつつある）の、にたにた笑いをする、騒がしい女たちがいる。放牧キャンプの女たちや、色の浅黒いオールド・メキシコの、タバコを吹かす女たちもいる。かと思うと、これらの女たちを締めだすように、また別の女たちがいる、いる。下駄をはいて気どって歩く、人形みたいな日本の女、姿形はきれいだけれど、堕落の色隠せぬ欧亜混血女、髪を花で飾り、肌が褐色の、太った南太平洋の島の女たち。こういった女たちが見えなくなったかと思うと、グロテスクで恐ろしい悪夢に出てくる類(たぐ)いの女ども——ホワイトチャペル（ロンドンのイースト・エンドのスラム街）の街角の、だらしがなく、抜け目のない売女(ばいた)ども、酒太りした売春街のばばあども、さらには顔と体は女だが、恐ろしい女の姿を装って船乗りたちを食いものにする、淫(みだ)らきわまる淫売婦(いんばいふ)ども、港のダニや人間地獄の悪臭漂うくずども——が、次から次へと現われた。

「イーデンさん、おかけになりません？」と、その女性は言った。「アーサーからお話をお聞きしてから、私、お目にかかれるのを楽しみにしておりましたのよ。ずいぶんお勇ましくって……」

　彼は、めっそうもないというふうに片手を振り、「自分のやったことなんか、別に大したことじゃありません。あの場合なら、誰だってああしたでしょう」とつぶやいた。彼女は、マーティンの振った手が、治りかけてはいるが、一面に生々しくすり剝けているのに気がついた。もう一方のだらりとぶら下がっている手のほうもちらっと見たが、それも同じ状態だった。彼の体のほかの部分にもすばやく目をやってみると、頬に一つ、額の髪の下からのぞいているのが一つ、それに糊(のり)のついた襟(カラー)の下まで及んでいる首筋のが一つ、あった。赤銅色の首に襟があたってこすれてできた赤い線を見て、彼女は口もとがほころぶのを抑えた。この人は、かたい襟などしたことがないのだわ。さらに彼女の目は女性らしく、彼の着ている服をひと目見てすぐに悟った——安くて趣味の悪い仕立てといい、両肩の上着の皺(しわ)といい、それに、盛りあがっている筋肉を示す袖口のいくつもの皺といい。

　彼は手を振り、自分は大したことなど何もやっちゃいない、とつぶやきながらも、彼女の指図に従って椅子に腰かけようとした。それでも、彼女が腰かける、そのゆったりとした様子を惚れぼれと眺めるだけのゆとりはあった。それから、彼女に向かいあっている椅子に近寄ったものの、自分がさらしているおかしな姿を意識して困惑していた。こんなことははじめてだ。これまで、今の今まで、優美だとか不格好なとかいったことを意識したことなどなかった。己れのことについて、そんなふうに思ったことは一度もなかった。恐るおそる椅子の端に腰かけてみたが、両手をどうすればいいのか大弱りした。どこに置いてみても邪魔になるのだ。アーサーが部屋を出ていこうとした。マーティン・イーデンは、彼の退室をそのままそこにいてほしそうなまなざしで追った。部屋の中でこの蒼白い女性と二人きりになって、当惑してしまったのだ。ここには、酒を持ってこいと言える飲み屋のおやじもいないし、ビールをひと缶取りにやらせ、そのアルコールでもって交歓をおっ始める給仕もいないのだ。

「イーデンさん、お首のところに大きな傷あとが」と、その女性は言った。「どうなさいましたの？きっと何か冒険でもなさったのでしょう」

「メキシコ人が、ナイフで」と彼は答えて、乾いた唇をなめ、咳ばらいをした。「ちょっとしたけんかをやっちまったんです。ナイフを払い落とすと、あいつ、俺の鼻を嚙みちぎろうとしやがったんで」

飾らないで語りだすと、サライナ・クルース（メキシコ南部の太平洋に面した港町）の、あの暑い、星をちりばめた夜のことが、目にありありと浮かんできた。白い海岸線、港に入っている砂糖船の明かり、遠くで聞こえる酔っぱらった船乗りたちの声、押しあいへし合いしている荷揚げ人足たち、あのメキシコ人の燃えるような激昂、星明かりにきらめいた、野獣のようなあの眼（まなこ）、俺の首に刃物が突き刺さって、どっと吹き出した鮮血、群衆と叫び声、二つの体——俺とメキシコ人の——は組みついたまま、砂の上を激しく転げたっけ。それから、どこか遠くのほうからギターを爪弾（つまび）く音が聞こえてきたっけ。絵というのはそういうものなんだ。彼はその時のことを思い起こすと、ぞくぞくした。そして、壁にかかっているあのスクーナーの絵を描いたやつに、この様子が果たして描けるかな、と思った。白い渚、星、砂糖船の明かりは、すごいだろうな。それから、砂浜のまん中あたりに、けんかをやってるふたりをとり囲む連中の黒い影を入れりゃ、すごいだろうな。絵の中ではナイフを大事にするんだ。星の光にきらめいて、きわ立つというもんだ。だが、こうしたことについてはひと言も口にはせずに、「あいつ、俺の鼻を嚙みちぎろうとしやがったんで」と結んだのだった。

「まあ!」と彼女は、弱々しい声で言った。見ると、その敏感な顔には動揺の色が表われていた。彼のほうでもショックを受け、きまりの悪さにその日焼けした頬はかすかに紅潮した。が、彼にとってそのほてりは、ボイラー室の開いた罐（かま）の扉に頬をさらした時のように熱かった。刺した、突いたの乱痴気騒ぎみたいな浅ましいことは、レディとの話にゃ向いてないな。本に出てくるような人たち、この人のような暮らし向きの人たちというのは、こんなことは話さないんだ——たぶん知ってもいないんだ。話を始めようとする前に、少し途切れた。すると彼女のほうが、頬の傷のことをためらいがちに訊（き）いた。これは自分に話をさせようとしているのだな、と思った。そこで、自分の話なんかは打ち切って、この人の話に切りかえなきゃ、と心に決めた。

「なあに、ほんのちょっとした事故だったんで」と言って、頬に手をやった。「ある晩、凪（なぎ）のときに、急に大波が押しよせてきやがって、大帆桁を引き上げてるやつが取れちまい、おまけに滑車まで。引き上げロープは針金だったんだけど、こいつが蛇みたいに暴れちまって。見張りがみんな寄って、つかまえようと必死になり、俺も突っこんで行って、それでピシャッとやられちまったってわけで」

「まあ!」と彼女は、今度はよくわかったような調子で言ったのだが、その実、彼の言葉はちんぷんかんぷんで、引き上げロープがどんなものなのか、ピシャッとやられちまったというのがどういうことなのかもよくわからなかった。

「このスワインバーンって人なんですが」彼は、自分の思っていることを実行に移そうと、iの音を長く発音して、切りだした。

「どなたのことでいらっしゃるの?」

「スワインバーン」と、同じように誤った発音でくり返した。「詩人です」

「スウィンバーンですわ」と、彼女が言いなおした。

「そうそう、そいつです」と彼は、口ごもり、また頰を赤らめた。「もう死んでどのぐらい経ってるんでしょ?」

「あら、まだ亡くなってはいないでしょ」と彼女は、けげんそうに相手を見た。「どこかでお知りあいになられたのですか?」

「いや、見かけたこともないけど」と、彼は答えた。「だけど、あんたがここに入ってくる前に、このテーブルの上の本から、少しそいつの詩を読んだもんで。そいつの詩をどんなふうに思いますか?」

するると彼女は、その話題についてすばやく、しかも楽々と語りはじめた。彼は、ほっとした気持ちになって、椅子の端からわずかに中ほどまで腰を移し、椅子からはずれて床に落ちないように、両手でしっかりと肘(ひじ)かけをつかんでいた。彼は、うまく相手に話させることができたのだ。彼女がすらすらと話すとき、その話に何とかついて行こうとした。そして、そのすばらしい頭脳に蓄えられた知識に感嘆し、その顔の蒼白い美しさに見とれるのだった。たしかについては行くのだが、その口からあふれ出る耳慣れない言葉、自分の知らない批評の言葉や思考法には面くらった。それでも彼の頭を刺激し、ぞくぞくさせた。これが知的生活というものなんだな、と思った。これこそ俺が夢にも見たことのない温か味のあるすばらしい美ってもんだ。彼は我を忘れ、飢えた目でじっと相手を見つめた。これこそ生きがいのあるもの、勝ちとるべきもの、戦いとるべきもの——いや、死を賭けてもいいやつってもんだ。書物の言ってることは正しいのだ。この世には、こんな女性がいるんだ。この人も、そのうちの一人なんだ。彼女のおかげで彼の想像力は翼を得た。眼前に大きな輝かしいキャンバスが広がり、そこには愛とロマンスの巨大な姿、それに女性のため——黄金の花とも言うべき蒼白い女性のため——に尽くすさまざまな英雄的行為がぼんやりと現われた。そして、まるで優美な蜃気楼のごとく高鳴り揺れ動く視覚を通して、彼は目の前にすわって文学や芸術を語る女性その人を見つめた。耳も傾けていたが、自分が相手をじっと見つめつづけていることや、本来自分に備わっている男性的なもののいっさいが、その目に輝き表われていることには気づいていなかった。彼女のほうは、男の世界についてはほとんど無知だったけれど、女ゆえに、相手の熱いまなざしを透かさず感じとっていた。これまで男性にそんなふうに見つめられることがなかったので当惑したのだ。口ごもり、やがて言葉が途切れてしまった。話の脈絡がつかなくなってしまったのだ。彼女はびくっとした。が同時に、そんなふうに見つめられるのが、妙に快くもあった。これまで受けてきた躾から、危機感と、人の道にはずれた、油断のならない、怪しげな誘惑を感じとりはした。が、本能のほうは体の中を高々と響きわたった。そして、この別世界からやって来た旅人、手には切り傷が見え、喉にはつけ慣れないリンネルの襟のためにこすれて赤い線ができ、まぎれもなく不快な生活に汚れきったこの野暮な若者に対し、階級や地位や収入の垣根などとりこわしてしまえ、と迫るのだった。彼女は清かった。だから、その清浄さが反発をした。が、彼女も女だった。そして、ようやく女であることの逆説がわかり始めていた。

「今申しましたように、いいえ、私何て申しあげたのかしら？」彼女は、急に話を途切らせて、その迂闊さを陽気に笑った。

「スウィンバーンってやつが、偉い詩人になりそこねちゃったって——そこんところまで話が行ってたです」と彼は、相手に思いださせようとしたが、急にひそかに空腹を覚えたようで、彼女の笑い声を聞くと、背骨のあたりにぞくぞくっと快い感じが走った。まるでチリンチリンと鳴り響く銀の鈴のようだ、と彼は思った。そしてそのとき、ほんの一瞬ではあったが、ある遠い国——そこでは自分がピンク色の桜花の下でタバコを燻らせながら、草履をはいた信者に礼拝を呼びかける先のとがった塔の鐘の音に聴き入っている、そんな国——へと思いを馳せるのだった。

「ええ、そうでしたわ、どうも」と、彼女は言った。「つまり、スウィンバーンはだめだってことですわ。だってあの人には、そうね、品のよさというものがありませんもの。読むべきでないような詩もたくさんありますのよ。真に偉大な詩人の詩というものには、一行たりとも美しい真実を含んでいないものはありませんし、それらは人間の高尚で、気高いもののすべてを呼びおこすものなのです。偉大な詩人の一行でも惜しむようなことがありますと、世の中はそのことによってだめにされてしまいますわ」

「俺は、すばらしいと思ったんですがね」と彼は、ためらいがちに言った。「まあ、ほんのちょっと読んだだけだけど。あいつが、そ、それほど悪党だったとは知らなかったな。じゃあたぶん、あいつのほかの本に、そういう品の悪いのが出てるんでしょ」

「あなたがお読みになっていらした本にだって、省いていいものがたくさんありますわ」と彼女は言ったが、その声にはどうも断固決めつけるような調子があった。

「そりゃあ、俺のほうがうっかりしてたに違いないです」と、彼は言った。「俺の読んだのは、すごくよかった。ちょうど太陽が探照灯（サーチライト）みたいに、パーッと輝いちゃって、俺の内側まで明るくしてくれたんです。そんなふうにその詩は俺にとりついちゃったんだけど、どうも俺には詩はあんまりわかっちゃいないようです」

彼は、そこでぶざまにも話をやめてしまった。うまくものが言えないことをひどく意識して、混乱したのである。自分では、読んだ詩に人生の偉大さとか輝きを感じたのに、それを口にするとなると、うまく行かない。自分の感じたことを表現してみせることができないのだ。彼は自分を、見知らぬ船で闇夜によく知らない索具を手さぐりしている船乗りにたとえてみた。そうだ、この新しい世界のことがよくわかるようになるのも、俺しだいなんだ。これまで自分が見たもので、知りたいと思って理解のできないものはなかった。だから、そろそろ自分の中にあるものを彼女にわかるように話せるようになりたい、と思うようになった。彼の視野から見れば、彼女は大きな存在に思われたのだ。

「ところで、ロングフェロウ（一八〇七―八二、アメリカの詩人・学者）のことですが」と、彼女が言った。

「ああ、そいつはもう読んだです」彼は、とっさに口をさしはさんだ。まったくの、馬鹿者じゃないことを見せたくて、乏しい書物の知識を示し、できるだけ利用しようという気に駆られたのだ。

「『人生賛歌』、『さらに高く！』、それに……いや、まあそんなところでしょ」

彼女は、うなずいてほほえんでみせた。が、彼はなぜか、彼女のほほえみは俺の気持ちをひどく汲んでのことなんだ、と思った。俺は、愚かにもそんなふうにとり繕おうとしたんだ。あのロングフェロウってやつのことだから、きっと数えきれないほどの詩集を出してるんだ。

「どうもすみません、ついでしゃばっちまって。ほんとうのこと言えば、俺はそういうことについちゃ何もわかってないんです。そういうもんは、俺らの階級にゃ縁がないんです。だけども、俺は、自分の階級でもそいつを作ってやろうと思ってるんです」

この言い方は、何か脅しのように聞こえた。彼の声には断固としたものがあり、目は輝き、顔の輪郭はこわばった。それで彼女には、彼のあごの角が変化した――つまり、その傾斜の度合いが不快なほど変わって、攻撃的になった――ように思えた。と同時に、激しい活気みなぎる波長が彼から押しよせてきて、自分に突きあたるように思われた。

「あなたなら、それがおできになれますわ――あなたのおっしゃる階級でだって」と彼女は、笑って答えた。「あなたは、とてもお強い方なんですもの」

彼女は一瞬、雄牛のようにひどく筋張り、日焼けし、がっちりと力強さにあふれた、たくましい首を見つめた。彼は顔を赤らめ、かしこまって目の前にすわっていたが、彼女はその彼に引きつけられるのを覚えた。心にどっと押しよせてくる奔放な考えにハッとした。もしその首に両手をかけたら、そこにある力や活力が、自分に向かってどっと流れ出てくるのではないかと思われた。そう思うと、ぎょっとした。思いもしなかった堕落の影が自分の性質にもあることが明らかにされるような気がしたからだ。何といっても、力強さというのは彼女には粗野で野卑なものだったし、彼女の男性美の理想といえば、つねにすらりとした上品さであったのだ。ところが、彼の首に両手をかけたら、という考えはなかなか消えないでいた。その日焼けした首に両手をかけたいと願う気持ちに、彼女は当惑した。実際、彼女はたくましいどころか、力強さこそがその肉体と精神に必要なものだったのである。だが、彼女はこのことに気がつかなかった。彼女にわかっていることといえば、話すたびにあきれるほどひどい言葉づかいをするこの青年ぐらい、これまで自分に影響を与えた男もいない、ということだけであった。

「そう、俺はまったく病気知らずなもんで」と、彼は言った。「どん底まで落ちりゃ、くず鉄だって消化しちゃうからね。だけど、たった今、俺は消化不良を起こしちまった。あんたの言ってることが、大方消化でききんのです。そんなふうには訓練してないもんだから。本だって詩だって好きだし、暇さえありゃ、そういうもんを読んでたけど、あんたみたいに考えたことはないです。だから、話せないんです。俺は、海図も羅針盤もなく、知らねえ海を漂う航海者みたいなもんだ。そこで、俺は自分の取る方角を知りたいんです。あんただったら、ちゃんと俺を導いてくれるだろうから。いったい今のような話、どうやって覚えたんですか？」

「学校へ行って、そう、勉強することによって、でしょうね」と、彼女が答えた。

「俺だって餓鬼の頃にゃ、学校へ行ってました」と、彼は反論した。

「ええ、でも私の申しておりますのは、高校とか講義とか大学のことですのよ」

「あんたは、大学へ行かれたんですか?」彼は、あからさまに驚いて訊いた。何だか彼女が、少なくとも百万マイルも自分から遠のいてしまったように思えた。

「今も行っています。英語の特別講座を取っておりますのよ」

彼には「英語」の意味がわからなかったが、そのわからない言葉を心に留めて、話を先に進めた。

「どのぐらい勉強すれば、大学へ行けるんでしょうね?」と、彼は訊いた。

彼女は、彼の知識欲に対し励ましを投げかけて言った。「それは、あなたがこれまでどれぐらい勉強なさったかによりますわ。高校にはおいでになりませんでしたの? そりゃ、そうでしょうね。でも、中学校はお出になったのでしょ?」

「もうあと一年ってところで、やめちゃいました」と、彼は答えた。「だけど、俺はいつだって優等で進級しました」

その瞬間、自分のした自慢に腹が立ち、彼は椅子の肘を荒っぽく握りしめたので、指の先がズキズキするほどだった。と同時に、見ると一人の婦人が部屋に入ってきた。すると、自分の前にすわっていた女性は椅子から立ちあがり、足早に部屋を横切って、あらたに入ってきた婦人のところまで進んだ。二人はキスをしあい、互いに腰に手をまわして、彼のほうに近づいた。こりゃ、この人の母親だな、と彼は思った。背が高くて金髪で、すらっとした、品位のある、美しい人だった。身に着けている衣装も、このような邸宅にふさわしいと思えるものだった。その衣装の上品な線を見て、彼は目を輝かせた。この婦人と衣装を目のあたりにして、舞台の女優を思い起こしたのだ。それから、同じような貴婦人やら衣装やらが、ロンドンの劇場へと入っていくのを見たことを思いだした。あのとき、彼は立って見ていたのだが、警官が舗道の上にかかった雨除けから、霧雨の中へと彼を突きだしたのだった。さらに心は、横浜のグランド・ホテルへと飛翔した。あそこでも、歩道からはなやかな婦人たちを見た。すると眼前には、横浜の街や港が無数の絵となって浮かんだ。が、あわてて思い出の万華鏡を振りはらった。現在のさし迫った必要に心せかされたのだ。立ちあがって、紹介を受けねばならないからだ。そこでようやく立ちあがったが、ズボンは膝のところがたるみ、両腕もだらしなく下がってこっけいなほどで、その顔ときたら、切迫した試練にこわばっていた。

2

食堂へ入っていく時といったら、マーティンには悪夢ですらあった。立ち止まったり、つまずいたり、ガタッと揺れ動いたり、よろめいたりして、前に進めないように思える時もあるぐらいだった。が、やっとのことで食堂に入り、かの女性と並んで席に着いた。ナイフとフォークがたくさん並んでいるのを前にして、びっくりしてしまった。それらが並んでいる様は、言いようもなくいかつかったが、心奪われるように眺めた。すると、それらの眩(まばゆ)い光を背に、水夫部屋の場面が次々と浮かんできた。彼と仲間たちは、塩漬けの肉をほおばっているのだが、それも鞘(さや)ナイフと指で口に持っていき、また豆汁(ピー・スープ)を小鍋からすくうのに、つぶれた鉄のスプーンを使っているという次第だ。安肉の悪臭が鼻をつき、彼の耳には、きしむ船の肋骨(ろっこつ)やうなりを立てる天窓の音に合わせて、物を食っている仲間たちの口からもれる音が響いてくる。連中が食っている様子を見て、豚のようだと思う。さあ、俺はこの家では用心しなけりゃ。音なんか立てないように、ずっと気をつけていなけりゃ。

テーブルのまわりにちらっと目をやった。向かい側にはアーサーと、弟のノーマンがすわっている。二人は彼女の弟だ。そう思うと、彼の心はひかれた。ここの一家はみな互いに何と深く心を通いあわせているのだろう。一瞬、彼女が母親とキスを交わし、二人して腕を絡みあわせ、自分のほうに進みよってきた時のことを思い起こした。自分の世界では、親と子がこんなふうに愛情を見せあうなんて考えられない。上流社会でこそ得られる生活の極みというものだ。しかも、最上のものをこの社会にこうしてちらっとではあっても見たのだ。すっかり心動かされ、彼の心には共感的な優しさの情が湧き起こっていた。生まれてこの方、彼は愛に飢えていた。心から愛を求めた。それは、彼の本性の根本的な要求であったのだ。ところが、これまで愛などなしに過ごしてきたものだから、どこかで無感覚になってしまっていた。自分には愛が必要だということにも気がつかなかった。今でも気づいてはいない。ただ、愛の交流が行なわれているのを目前にして感激し、すばらしく、気高く、立派だと思うのが関の山なのである。

主人のモース氏がいなくてよかった。彼女とその母親、それに弟のノーマンと近づきになるだけでも骨が折れたからだ。アーサーとはすでに顔見知りだけれど、そのうえさらに父親が現われたりなどしていたら、おっかなかっただろう、と彼は思った。今までこんなにしんどい思いをしたことはないように思われた。一番つらい目にあったのだって、これと比べりゃ餓鬼の遊びだ。細かい汗粒が額に浮き出た。慣れないことを一度にどっとやろうとするために、シャツは汗でぐっしょりと濡れていた。

とにかく今までとはまったく違う食事の仕方をしなくてはならないのだ。見慣れない食器を扱ったり、ちらちらっとあたりを見まわしては目新しいことを一つ一つやってのける術を覚えたり、感想は、と質問をどしどし浴びせられては知的な注釈を受け、分類されるという按配（あんばい）だ。それに、彼女への思慕を意識しては、鈍く心痛むいらだちに身をまかせたり、彼女が歩んでいる社会的地位を自分も得たいという気持ちを起こしたり、時には、彼女の段階にまでどうやって達するかを沈思したり、何となく思いめぐらしたりするという次第なのだ。また、向かい側のノーマンにせよ、あるいはほかの誰にせよ、そっと彼らを盗み見しては、どういう時にどのナイフとフォークを使えばよいかを確かめる際に、相手の容貌を記憶して、そのままそのひととなりを評価し、見抜こうとした――それもすべて彼女との関連において。それから、喋らねばならないし、みんなの話も聞かねばならないし、必要とあらば、粗雑になりがちなあまり、たえず抑制を要する言葉で返答もしなければならない。そのうえ、おまけに召使いがいて、これがたえず威嚇的な存在で、音もなく肩先に現われる始末で、まさに、難問奇問を発しては即答を求める恐ろしいスフィンクスってところなのだ。だが食事のあいだ、彼が滅入ってしまったのは指洗鉢（フィンガー・ボウル）だ。見当違いながら、執拗に何度も、それがいつ出されるのか、またどのようなものなのだろうかと思った。そういうもののことを聞いてはいたが、どうせそのうちすぐに、それを使う高尚な人たちの前に現われるだろう――うん、俺だって自分で使うことになるんだ。なかでもとりわけ、彼の脳裏に潜みつつもたえず表面に出てくる問題は、この人たちへの対し方であった。どういうふうにふるまえばいいんだろう？　彼は、絶え間なく不安な面持ちでこの問題と苦闘した。何とか繕えばいい、と心の中で臆病な声がしたかと思うと、こういう所じゃうまく行かない、俺の性分はこういう所でちゃんとやって行けるようにはできてないんだ、結局俺は馬鹿なまねをして物笑いになるんだ、とさらに臆病な声がした。

食事が始まると、何としても居ずまいを正そうとして、おとなしくしていた。実は、アーサーが前日に家族の者に、野人を一人食事に招くから、驚いたりしないように、いずれなかなか興味のある野人だということがわかるだろうから、と伝えておいたのだ。ところがマーティンは、そうしておとなしくしていることがアーサーの言葉に背いていることに気がつかなかった。マーティン・イーデンは、こんなときに、彼女の弟がそんな裏切りをやろうとは考えもつかなかった――何といっても、彼は不愉快なけんかからこのお兄（あに）いさんを救ってやったのだから。それでテーブルに着いたのだが、自分はどうもこの場には不似合いだという思いに狼狽し、同時に身のまわりに生ずるいっさいの事にうっとりとしていた。食事が、ただ物を口に入れる以上のものだということをはじめて知ったのである。何を食べたのかなど気がつかなかった。口にするものといえば、単に食い物なのだ。食事というものが美的な機能を備えているこの席で、彼はその美しさに見とれた。知的な機能をも備えている。心は感動に震えた。耳にする会話はよくわからなかったし、なかには本でしか見たことのない言葉や、これまでの知りあいにはおよそ発音できそうにない言葉があった。そのような言葉がこのすばらしい一家、彼女の一家の人たちの口から何気なくもれるのを耳にすると、喜びに打ち震えた。本に出てくるロマンスや美や高尚な活気が、ほんとうに現実のものとなっているというわけだ。夢が空想の裂け目から顔を出すのを人が目のあたりにするときの、この上なく幸せあふれる状態に彼はあったのである。

こんな高尚な生活というのは、まるで経験がなかった。だから、彼は表面には出ないで、耳を傾けたり、観察をしたり、喜んだりし、答える時には口数少なく、彼女には「イエス、ミス」、「ノー、ミス」と、また母親には「イエス、マム」、「ノー、マム」とだけ言った。彼女の弟には、船に乗っていた時のように、うっかり「イエス、サー」や「ノー、サー」と出そうになるのを抑えた。そんなふうに言うのは適当ではないし、第一、劣等感をさらすことになる——そういうことは、彼女を勝ち得るには得策じゃない——と思った。それは、彼のプライドが命じる点でもあった。「断じて！」と彼は、心の中で叫んだ。「俺だって、彼らと別に変わっちゃいないんだ。俺の知らないことを彼らがどっさり知ってるというのなら、俺にだって少しぐらい自分で覚えられるさ」だが次の瞬間、彼女か母親のほうかが、「イーデンさん」と声をかけると、今抱いていた負けん気の強いプライドはもうどこかへ行ってしまい、喜びにぼーっと熱くなるのだった。俺は、今や教養人だ。そうなんだ。これまで本でしか知らなかった人たちと肩を並べて食事をしてるんだ。俺は今、本の中にいて、ちゃんと装丁された本の、印刷されたページのあいだに踏みこんでるんだ。

それでもマーティンは、アーサーの言葉と相反して、うわべは野人というよりはおとなしい小羊に見えたものの、内心では何とかできないものかと必死に苦しんでいた。とてもおとなしい小羊どころか、その圧倒するような調子の性格のゆえに、第二バイオリンの奏者(パート)ではどうしても飽き足りなかった。彼は、口を開かねばならない時だけ開いた。だからその話し方となると、あのテーブルへ歩みよった時の様子に似ていて、ぐいとつかえたり、ためらったりするばかりで、ちょうど数カ国語の語彙のなかで言葉を探りあてるような格好だった。つまり、ぴったりだとはわかっていても、どうもうまく発音できそうにない言葉をあれこれと考えてみたり、わかってもらえないだろうとか、雑で荒削りだろうなあと思う言葉を退けたりするというありさまだった。しかし、このように言葉づかいに対して用心するのは馬鹿じゃないかという意識にたえず悩んだがために、自分のほんとうに言いたいことが言い表わせなかった。さらには、首が糊のきいた襟のために赤くすり剝けているのと同じように、こうしてうまく表現できないことに対して、自由への願望がいらいらと頭をもたげるのだった。おまけに、そういう緊張を維持できる自信がまずなかった。生まれつき思想と感受性が豊かで、しかも創造力は旺盛で、熟すのが早かった。たちまち、その内を概念と感情が支配し、表現と形を得ようと身もだえした。それで、我とわが居場所を忘れた。すると、あのなじみの言葉——自分の知っている語り口——が、うっかり口からもれた。

一度、肩先にいてずいぶん困り者だと思っていた召使いから、物を受けとるのを断わったが、そのとき短く強く「ポウ！」と言った。

一瞬、テーブルに着いている人々はハッとして、何事かと思った。召使いは、いやに気どって満足気だった。彼は、恥ずかしくてならなかった。が、すぐ気をとりなおした。

「カナカ語で〈もうおしまい〉という意味なんです。つい口に出ちまって。綴りは〈p—a—u〉です」

彼は、彼女の目が物珍しそうに意味ありげに自分の両手に注がれているのに気づいた。それで、説明しようという気になって、言った。

「俺は、太平洋郵便船に乗って、沿岸を南下してきたばっかりなんです。船が遅れちまって、ピュージェット湾（アメリカ太平洋岸の、カナダとの国境近くにある湾）の港のあたりでは船荷、つまりごちゃまぜ積み荷（ミックスト・フレイト）って言うんですが、これを積みこむのにあくせく働きました。こんなに皮がすり剝けちまってね」

「あら、そういうことじゃありませんでしたのよ」と、代わって彼女が急いで説明を加えた。「お体の割には、手がずいぶん小さく見えたものですから」

マーティンは、頬が熱くなった。このことでまた自分の欠点をさらしてしまった、と思ったのだ。

「そうなんです」と彼は、けなすように言った。「これでは大きい仕事にはとてもだめです。腕や肩でだったら、らばみたいに大丈夫なんですがね。頑丈すぎるぐらいなんですが、男のあごをぶん殴るとなると、こっちの手のほうもぶっつぶれっちまいます」

とは言ってみたものの、楽しい気分ではなかった。自己嫌悪の気持ちがあるばかりだった。ついうっかり口をすべらせ、くだらないことを喋ってしまったからだ。

「あのようにアーサーを救ってくだすったなんて、何て勇ましい方なんでしょう——しかも、赤の他人のあなたが」と、そのわけまではわかっていなかったけれど、彼の当惑に気づいて、彼女は言葉巧みに言った。

するると彼は、彼女のとりなしがわかって、ありがたいという気持ちが込みあげてくるのだった。それで、口をすべらしたことはもう忘れていた。

「別にどうってこともないです。誰だってそんなことぐらいやれますよ。あの不良どもときたら、いざこざを待ってやがったんです。アーサーは、別に何も悪いことはやっちゃいないんです。あいつらが彼にぶつかりやがったんで、それで俺が中に入って、ちょっと小突いてやったんです。あそこで俺の手の皮が剝けちまって。むろん、あいつらの歯も何本かなくなっちまいました。ぜったい逃がしゃしません。俺が見たときゃ……」

　彼は話をやめたが、口は開いたままだった。もうすんでのところで堕落の穴に落ちこんで、彼女と同じ空気を吸えなくなるところだったからだ。すると、アーサーが話の続きを始めた。もう二十回めにもなるのだろうか、フェリー・ボート上での酔っぱらった不良どもとの一件や、その時にマーティン・イーデンがどうやって飛びこんできて自分を救ってくれたかを話すのだった。一方、当人は眉をひそめて自分の馬鹿さ加減を思い、この家の人たちに対するふるまい方に今まで以上に思い悩むのだった。これまでのところ、仮にもうまく行ったとは言えやしない。俺はこの人たちとは派が違うし、この人たちの話す言葉なんて喋れやしない、というふうに思うのだった。とても同じ種類の人間だなんてごまかしもできない。かこつけをしたってだめだろうし、第一、かこつけは俺の性分に合わない。俺にはごまかしや策略の余地なんてものはない。どんなことになったって、俺は誠実でなくっちゃいけない。今はまだ彼らのようには喋れやしないけど、そのうちに喋れるさ。喋れるようになるぞ、と決意した。けど、今は喋らなくちゃならない。それに、調子を落として、自分の喋り方で行かなくちゃいけない。むろん、この人たちにわかるように、あんまりあきれさせるようなことにならないようにな。それに、自分のよくわからないことをわかっているなんて、たとえ黙認してくれたって、言っちゃいけないな。こう決意をしていたとき、二人の兄弟は大学の専門の話をしていて、「三角(トリッグ)」という言葉を何度か口にした。それでマーティンは訊いてみた。

「『三角』って何です?」

「三角法(トリゴノメトリ)ですよ」と、ノーマンが言った。「高等マスです」

「その『マス』って何のことです？」とまた訊くと、ノーマンはなぜか笑った。

「数学、つまり算数のことです」

マーティンは合点がいった。果てしのない知識の眺めを一瞥したのだ。彼の見たものは確実性を帯びた。彼の異常な直感力は、抽象的なものを具体的なものに変えることができた。その頭脳の錬金術によって、彼らが示した三角法や数学や知識の全領域までもが、それ相応の風景に変わってしまうのだった。彼の見た眺めは緑葉や森の空き地で、そこには柔らかい光やきらめく光が差しこんでいる。遠方は紫色の霞（かすみ）がかかって、細かい所まではよくわからない。が、この紫色の霞の向こうには、未知の魅力、ロマンスの魅力がある。それは、彼にとってはワインのようなものだ。ここには冒険がある、頭脳と手腕でやってのけるものがある、征服すべき世界があるのだ――すると、彼の意識下からは、この世界を征服し、自分のそばに腰かけている、あの百合のように白い精霊である彼女を勝ち得るんだ、という思いが、どっとあふれ出てきた。

頭の中をちらちらしていたこの理想像は、アーサーに引き裂かれ、消されてしまった。というのもアーサーが、この晩ずっと野人に話をさせようと努めていたからだ。マーティン・イーデンは、あの決意を思いだした。はじめて自己に目覚めたのだ。はじめのうちは意識して慎重だったが、やがて創造の喜びに浸り、聴いている人たちを前に人生をあるがままに組み立てるのだった。密輪船『ハルシオン』号に乗り組んでいたとき、監視艇に拿捕（だほ）されたが、その時のことを目を大きく見開き、目に映じるままを話した。すると、みんなの眼前には、うねる海とその上の船乗りや船が浮かんできた。彼のすぐれた描写力によって、みんなは彼が思い描く通りの光景を目のあたりに見た。彼は画家の手ぎわそのままに、細部から主な箇所をより抜いて、光と色で輝き燃える生命を描写し、それに動きを注入したので、聴いている者たちは彼と一緒になって、そのあふれる荒削りな雄弁さと熱狂と力とに身をくねらせるのだった。時々その鮮やかな語り口と専門用語とに、みんなは唖然（あぜん）とした。そして暴力の話が出ても、すぐそのあとにつねに美が続き、痛ましい話も、ユーモアや船乗りたちの奇妙な癖や考えが織りこまれることによって、和らいだ。

マーティンが喋っているあいだ、彼女は驚きの目で彼を見つめた。その盛んな想像力に彼女は火照（ほて）りを覚えた。今まで何日も冷えきっていたのではないかと思った。火山のように力とたくましさと健康とを噴出させる、この燃えて焼きつくすような男に体をもたせかけてみたいという気持ちになった。そうせざるを得ないようにも思ったが、また反面、抵抗もした。それからまた、逆に彼を避けようとする衝動も働いた。労役に汚れ、人生の垢（あか）そのものが肉の中まで染みこんだ、その切り傷だらけの手や、あの襟首の赤いすり傷、それにあのふくらんだ筋肉といったら、いやでたまらなかった。彼の粗野なところも、彼女には驚きだった。荒々しい言葉の一つ一つが彼女の耳には侮辱だったし、彼の人生の荒々しい面の一つ一つも彼女の魂にとっては侮辱であった。それでも何度も彼に引きつけられたために、彼女は、自分にこんなに強い影響を与えるからにはきっと悪魔に違いない、と思うのだった。彼女の頭の中に強固に築かれているもののいっさいが、揺さぶられていた。彼のロマンスと冒険が、世間の因習を叩きつぶそうとしているのだ。たやすく転がりこむ危険と、それに対してはいつだって笑いが用意できているといった彼の前では、人生はもはやまじめに努力したり自制したりするというものではなく、おもちゃであって、もてあそんだりめちゃくちゃにひっくり返したり、ぞんざいに楽しみ、ぞんざいに投げ捨ててしまうといったものなのだ。「だから、楽しむんだ！」という叫び声が、彼女の体の中を響きわたった。「もし彼に寄りかかりたければ、寄りかかり、彼の首に両手をかければいい！」この無鉄砲な考えに声をあげそうになった。そこで、自分の汚れのなさと教養のことを考えて、彼とは正反対のものに逆らう自分の反面との釣りあいを保とうとしたが、だめだった。自分のまわりを一瞥すると、家族の者はうっとりと彼に見入っていた。もし母親の目に恐怖――たしかに魅せられた恐怖であるにせよ、恐怖――を見なかったなら、彼女は絶望に打ちひしがれたことだろう。外の暗闇からやって来たこの男は、悪魔だわ。母はそのことを知っているし、間違ってなんかいないわ。これまでいつだって、どんなことにだって母を信頼してきたように、このことに関しても母の判断を信頼しよう。そう思うと、彼の情熱ももはや温かくはなかったし、彼に対する恐怖心ももはやそれほどではなくなった。

　あとで、彼女は彼のために、ピアノを弾いた。が、彼に対しては攻撃的で、二人のあいだの隔たりが埋めがたいことを漠然と強調しようとした。彼女の弾く曲は、彼の頭上で粗暴に振りまわされる棍棒だった。彼は、それに打ちのめされはしたが、鼓舞されもした。畏怖の念に打たれて、彼女を見つめた。彼女の心の中と同じく、彼の心の中でも、あの隔たりが広がった。が、広がる速さより、それを乗り越えようとする大望のほうがまさっていた。彼の神経はあまりに細やかだったので、ひと晩じゅう、ことに音楽を耳にしているようなときには、じっと隔たりを見つめていることなどできなかった。音楽に対してひどく感じやすい質（たち）だったのだ。それは強いアルコールみたいなもので、彼の図太い感情に火をつけた――一種の薬で、彼の想像力をとらえて天空を翔（かけ）めぐらせた。汚い事実を遠ざけ、心を美で満たし、ロマンスを放ち、その足に翼を付与した。彼には、彼女が何を弾いているのかわからなかった。それは、前に耳にしたことのあるダンス・ホールのバンバンというピアノの音とも、騒々しいブラス・バンドの音とも違う。けれども、こういう音楽を本で読んで知ってはいた。それで大いに信頼して彼女の演奏を受けいれ、はじめのうちは、はっきりとした単純で陽気なリズムを辛抱強く待ちうけたが、そのリズムが長く続かなかったために当惑した。ちょうどそのリズムの調子をとらえ、彼の想像力がかみ合って飛翔するや、韻律はいつも混沌とした雑音となり、彼には無意味なものとなり、その想像力は緩慢なものとなって大地へと落下した。

こういった音楽には、わざと自分をはねつけようとする意図があるのではないかという気もした。彼女の敵意を感じ、その両手が鍵（キー）を叩くことによって表わそうとする気持ちを見抜こうとした。けれども、この考えを価値がなく不可能なものとして捨て、もっと気軽な気持ちになって音楽に身をまかせた。すると、また楽しい気分が湧き起こりはじめた。足はもう土くれではなくなり、肉体も活気を帯び、眼前にも目の裏側にもすばらしい光が輝いた。それから、眼前の光景は消え失せ、彼は追いやられて、この上もなくいとおしい世界の上で揺れ動いた。既知のものと未知のものとが、夢の行列となって混じりあい、彼の視覚に押しよせた。どこか南の国のよく知らない港に入り、誰も見たこともない野蛮人のあいだを縫って、市（いち）の開かれる所を歩いていった。香辛料の島々から、鼻をつくような香気が漂ってきた。それは、以前に暖かくてまったく風のない夜に海で嗅（か）いだにおいだったか、あるいは、青緑色の海に椰子（やし）の茂る小島が前後に見え隠れしながら、いく日も熱帯の暑い日々を南東の貿易風の風上に間切（まぎ）っている時に嗅いだにおいであった。それらの絵は、たちまちのうちに現われては消えた。一瞬、彼は野生の馬にまたがって、優美な彩色砂漠を疾駆した。かと思うと次の瞬間には、陽炎(かげろう)越しに死の谷の白い墓地をのぞき見たり、あるいは、そびえ立つ大きな氷の島々が日を受けて輝いている凍りつくような大洋で、船を漕いだりしていた。また、優しく寄せくる波打ちぎわまでココ椰子の生い茂る珊瑚(さんご)の浜辺に横になった。昔、難破した廃船が青火とともに燃え、その明かりのもとで、歌い手の野蛮なラヴ・コールに合わせてフラ・ダンサーたちが踊った。歌い手たちは歌い手たちで、鳴り響くウクレレと鳴動する太鼓に合わせて歌った。それは、心地よい熱帯の夜であった。背後には、火山の噴火口が星々を背景に黒く現われていた。頭上には淡い三日月が漂い、空には低く南十字星が輝いていた。

　彼は、ハープであった。自分がこれまでに知り、自覚しているすべての生活が弦であり、風があふれる楽(がく)となって弦にあたり、それらを記憶や夢で響かせた。彼が単に思い感じているだけでなく、感動によって、形や色や輝きが加わった。だから、どんな想像をしてみようとも、気高く魅力的に対象化した。過去と現在と未来とが混沌となり、彼はこの広々とした暖かい世界をふらつき続けた。彼女を獲得したいという高邁な冒険心や、獲得するための気高い行為——そう、彼女を勝ち得、彼女の体に腕をまわし、ずっと彼女を自分の心の中で掌握する——が、頭から離れなかった。

　彼女はといえば、肩越しに彼を一瞥したとき、その顔に前述の彼の様子を多少見てとった。顔は美化され、大きな輝く目は楽(がく)のヴェールのかなたを見つめ、その背後に生命の躍動と精霊の巨大な幻影とを見た。彼女はハッとした。そこには、あの粗野でよろよろと歩く田舎者の存在はなかった。ただ、体に合わない服と、けがだらけの手と、日焼けした顔だけはそのままだった。けれど、こういったものも、偉大な魂が、口がうまく喋ってくれないためにはっきりとした言葉にはならずに黙って、あいだからじっと見つめている刑務所の格子のようなものであった。が、彼女がこのことを認めたのもほんの一瞬にすぎず、すぐにまた彼はあの田舎者に逆もどりした。すると、彼女はその空想の気まぐれを笑うのだった。だが、このつかの間の印象は、いつまでも消えずに残った。そして彼が例によってよろよろと立ち去ろうとする時が来たとき、彼女は彼にスウィンバーンを一冊と、もう一冊ブラウニング（一八一二―八九、イギリスの詩人）――今、学校でブラウニングを習っているので――の本を貸してやった。彼が赤面して口ごもりながら礼を言うとき、ずいぶん子供っぽく見えたので、哀れみの気持ちが母親のように鼓舞され、どっと彼女の内で高まるのだった。田舎者のことも刑務所の中の魂のことも、はたまた力強く自分を見つめ、喜ばせ、驚かせた男性も、今は彼女の頭にはなかった。ただ眼前には少年がいて、ひどくたこのできた手で握手をするものだから、その手がにくずくの木でできたおろし金みたいに、皮膚にガリガリとあたるのだった。そして彼自身は、ぎくしゃくと語った。

「おいらの人生で、最上の日だったです。何しろ慣れてないもんだから……」と言って、彼はどうしようもなくあたりを見まわした。「こういう人たちや家（うち）にゃ。まったく何から何まではじめてなもんで。でも、気に入りました」

「またいらしてくださいね」彼女は、彼が自分の弟たちにあいさつをしているときに、そう言った。

彼は、帽子をかぶり、よたよたとやっとの思いで玄関を出て、消え去った。

「ねえ、彼のことどう思う？」と、アーサーが訊いた。

「とても面白い方ね、オゾンをひと息吸ったみたいだわ」と、彼女は答えた。「おいくつなの？」

「二十歳(はたち)――もうすぐ二十一になるところだって。実はきょうの午後訊いたんだ。そんなに若いとは思わなかったけど」

では、私のほうが三つ年上なんだわ、と弟たちにお休みのキスをしながら、彼女は思った。

3

マーティン・イーデンは、玄関の上り段を降りるとき、上着のポケットに手を突っこんだ。褐色のライス・ペーパーと一つまみのメキシコ刻みタバコとが出てきた。それを手ぎわよく巻いて紙巻きにし、最初の一服を深く吸いこむと、ゆっくりと時間をかけて吐き出した。「きっとやってみせるぞ!」と彼は、畏れと驚きまじりの大きな声で言った。「きっとやってみせるぞ!」とくり返した。そしてもう一度つぶやいた。「きっと!」それから襟(カラー)に手をやると、シャツからはぎ取ってポケットに押しこんだ。冷たい小ぬか雨が降っていた。が、頭は帽子を取って雨にさらし、チョッキのボタンもはずした。そして、実に平然と勢いよく歩いていった。雨が降っていることなど、ほとんど頭になかった。忘我状態になってあれこれと夢を見たり、つい先ほどの情景を頭の中で再現したりしていた。

彼女のことを好んで考えることはおろか、ほとんど考えることさえなかったが、いつかは出会うことがあるだろうとかすかに予期していた女性――そういう女性についにでくわしたのである。食事の時には隣にすわったし、その手にもさわってみたし、その目をのぞいて美しい心を垣間見ることもできた。が、その美しい心も、それが輝き出ている目以上に美しくはなかったし、また、その心に表現と形とを与えている肉体以上に美しいものではなかった。彼は、彼女の肉体を肉体とは考えなかった。それは、彼にとってはじめてのものであった。というのも、これまでの女については、肉体をただの肉体というふうにしか考えていなかったからだ。彼女の肉体は、いささか別物であった。彼女の体を、病気にかかりやすく弱い体とは考えなかった。その体は、単に彼女の精神をまとっているものにとどまらなかった。それは、彼女の精神を放射するものであり、彼女の神性を純粋かつ優雅に結晶化させるものだったのだ。この神性ということを考えると、彼はハッとして夢から覚め、まじめに考えた。神性ということについて、これまでに言葉であろうと、手がかりであろうと、暗示であろうと、思いつくようなことはなかった。第一、神性なるものなど信じたこともなかった。いつだって不信心で、牧師や魂の不滅といったものに対しては、悪気もなくあざけってきた。来世には生などない、と主張してきた。そういう生は、今ここに存在するだけであって、それからは暗闇が永遠に続くのだ、と。だが、彼女の目に見たものは、魂――それも決して滅することのない永久の魂である。これまでどんな男も、またどんな女だって、自分に不滅を教え伝えてくれたことがなかったのに、彼女はそれをやってのけたのだ。それも、自分をひと目見た瞬間に、それをひそかに伝えてくれたのだ。歩きながら、彼女の顔が眼前にちらついた。蒼白く、真剣で、優しく、感じやすい性質で、哀れみと慈愛の気持ちをこめたそのほほえみは、精霊にしかできない笑みであった。清浄であるという点では、彼がおよそ夢にも見たことのない清らかさであった。その清浄さに打ちのめされ、ハッとした。これまで事の善悪については知っていたが、清浄さが存在することなど思ってみたこともなかった。が、今や、清浄さというものが善と清潔のなかでも最上のものであり、それらを総計すれば永遠の生命になると考えた。

　と思うや、永遠の生命をしっかりとつかまえたいという気持ちが湧き起こった。自分は、彼女のために水を運ぶのにふさわしい人間ではない——彼にはこのことがわかっていた。つまり、今夜彼女に出会って同席し、一緒に話すことができたのは、奇跡的な幸運であり、思いもかけぬ出来事であった。偶然なのであって、そのことに美点はないわけだ。自分にはこんな幸運は値しないのだ。彼の気分は、その根本から宗教的になっていた。自分は地味でおとなしいし、自己卑下と屈辱の気持ちが特にひどい。このような気分では、不信心な人間も悔い改めた気持ちになってしまう。彼は、罪に苦しんだ。しかし、懺悔（ざんげ）状態にあるおとなしくて控えめな者が、その未来のすばらしい生活を散見するように、彼も、彼女を占有することによって得られる状態を同様に散見することができた。けれども、彼女を占有するといっても、どうもあいまいで漠然としており、自分の知っている範囲内の占有とはまるで違っていた。それで、大望に無理やり翼をつけ、天翔（あまかけ）させてみた。するとそこには、彼女と高く昇っていき、考えを分かちあい、美しく気高いものを一緒に楽しむ自分の姿が見えた。それが彼の思い描く魂の所有であって、いかなる粗雑さをも乗り越えて洗練されており、明確にはとらえ得ない精神の自由な交わりであった。彼は、そんなことは考えなかった。そういうことについては、まるで考えることをしなかった。感情のほうが理性を凌駕し、経験したことのない感動に打ち震え、胸高鳴らせた。そして、感受性の大海に心地よく漂い、感情そのものがそこで高められ、浄化され、生命の頂のかなたに追いやられるのだった。

「きっと、きっとやるぞ！」と、盛んにつぶやきながら、酔っぱらいのような足どりでふらふらと歩くのだった。

街角に立っていた警官が、うさんくさそうに彼を見ていたが、そのうち、船乗りがやる横揺れ歩きを彼に認めた。

「どこでその歩き方を覚えたんだ？」と、警官は訊いた。

マーティン・イーデンは、現実の世界に立ちかえった。流動性に富んだ世界を内に持つ男で、適応がすばやく、どんな隅でも割れ目にでも流れこんではそれらを埋めてしまうのだった。警官の呼びかけにすぐ我に返ると、はっきりとその場の状況を把握した。

「なかなかうまいもんでしょ」と、逆に彼は笑った。「どうも大声で喋ってたようで」

「その次にゃ、歌いだすだろうぜ」とは、警官の判断であった。

「いや、そんなことは。マッチ貸してくれませんか。次の電車で帰りますから」

彼はタバコに火をつけ、お休みのあいさつをすると、また歩きつづけた。「さあ、もう大丈夫か？」と、彼は小声で叫んだ。「あのポリ公、俺を酔っぱらいと思いやがったんだな」彼は、にんまりと口もとをほころばせて考えた。「そりゃそうかも知れん。けど、女の顔に酔っぱらうなんて思わなかったな」

彼は、バークリー（オークランドの北側に隣接する学園都市。カリフォルニア大学の所在地）へ行くテレグラフ大通り（オークランド市の中心ブロードウェイ十五丁目から北へまっすぐに延びる大通り。カリフォルニア大学バークリー校に通じている）の路面電車に乗った。中は、若者連中で混みあっていた。彼らは歌を歌ったり、時には大学のエールを大声で交わしていた。彼は、珍しそうに彼らに目をやった。連中は大学生だ。彼女と同じ大学で、同じクラスにいるんだ。彼女を知っているだろうし、会いたきゃ、毎日だって彼女に会える連中だ。どうして連中はそうしたいとは思わんのだろう。今晩こんな馬鹿騒ぎなんかせずに、どうして彼女と一緒にいて、話したり、彼女を尊敬と崇敬の輪で囲んですわろうとはしないんだろう。彼は、いろいろと考えをめぐらせた。ふと、切れ長の細い目の、締まりのない口をした学生が目にとまった。こいつは悪い野郎だ、と決めつける。こんな野郎が船に乗ると、卑怯で、泣きごとばっかし言って、無駄口たたきになるんだ。このマーティン・イーデンのほうが、こいつなんかよりはましだ。そう思うと、気が晴れた。何だか彼女にいっそう近づいたように思えた。それで、この学生たちと自分との比較をやり始めた。筋肉隆々たる自分の体軀を意識した。すると、体力では連中よりすぐれているという自信を得た。ところが連中の頭の中は、彼女と同じように語れるだけの知識が詰まっている。そう思うと、ふさぎこんだ。だけど、いったい頭脳って何のためにあるんだ、と吐き出すように言った。こいつらがやったことなら、俺にだってできるさ。やつらが人生について書物から学んでいるあいだに、俺は忙しく世間に揉まれて暮らしてきたってわけだ。俺の頭にだって、やつらと同じぐらいの知識が詰まってるんだ。ただ、その種類が違うだけのことだ。やつらのうち何人が、締め縄を結んだり、舵輪を取ったり、見張り番をやったりできるだろう?　俺の人生ってのは、危険と大胆不敵の気性と艱難辛苦といったものが、次から次へと目の前に展開してるんだ。俺は、そういう人生経験で出会ったさまざまな失敗や窮地を覚えている。ともかく、俺はそれだけは余計に得てるんだ。いずれ連中だって、世間の風にあたって、俺のように鍛えられなきゃならなくなるだろう。おあいにくさまだ。やつらが苦労してるあいだ、今度は俺が書物から人生の向こう側を学べるってわけさ。

電車がオークランドとバークリーを隔てている人家のまばらな地域を越える頃、「ヒギンボサムズ・キャッシュ・ストア」と派手な看板が表に出ている珍しくもない二階建ての家に目がとまった。マーティン・イーデンは、この街角で電車を降りた。彼は、しばらく看板を眺めた。すると、単なる字句以上のものが伝わってきた。狭量で、うぬぼれ強く、後ろ暗いけちな野郎のヒギンボサムが、それらの字句から浮かび出てくるように思われた。このヒギンボサムという男は、マーティンの姉と結婚していて、彼もよく知っていた。表戸の鍵を開けて中に入り、二階まで階段を上がった。この家に義理の兄が住んでいるのだ。階下は食料雑貨の店になっており、腐りかけの野菜のにおいが漂っていた。廊下を手さぐりで進むと、おもちゃの荷馬車につまずいた。大勢いる甥や姪の一人が置きっぱなしにしておいたもので、これがドアにぶつかって、ガチャンと大きな音を立てた。「あのけちめ！」と彼は思った。「どけちだから二セントのガスを燃やして、下宿人の命拾いをしてやれんのだ」

手さぐりしてドアの取っ手をつかみ、明かりのついている部屋に入った。そこには、姉とバーナード・ヒギンボサムがすわっていた。姉は亭主のズボンの繕いをし、亭主のほうはやせた体を椅子を二つ並べた上に横たえ、足には見る影もなくなった部屋履きをはいたまま、椅子の端でぶらぶらさせていた。そして、読んでいる新聞の上端越しにちらりとこちらを見たが、その目つきは暗く、誠意のない、きついものであった。マーティン・イーデンは、この男を見ると必ず反感を覚えた。どうして姉がこんな男を気に入ったのか、理解できかねた。彼にはこの男が虫けら同然にしか映らず、いつも足で踏みつぶしてやりたいとの衝動が頭をもたげた。「いつかあいつの横っ面をはり倒してやるぞ」というふうに思っては、しばしば自分を慰め、この男の存在に耐えるのだった。そのマーティンを見る目は、鼬みたいにずるく無慈悲で、不平がみなぎっていた。

「さあ」と、マーティンは迫った。「言いたきゃ何でも言うがいいさ」

「あのドアはな、先週塗りかえたばっかりなんだぜ」とヒギンボサムは、半ば愚痴るように、半ば威張るような調子で言った。「組合の決めた賃金がどのぐらいか、おまえもわかっとるだろ。ちっとは気をつけろ」

マーティンは、口答えしようと思ったけれど、その勝ち目のなさに愕然とした。この恐ろしい強欲のかたまりみたいな男から、壁にかかっている着色石版刷り絵へと視線を転じた。すると、ハッとした。これまでは、つねにその絵が気に入っていた。が、今、はじめて見ているような気がした。安っぽくて、この家にあるほかのすべてのものと同じなのだ。さっき退去してきたばかりの家を思いかえしてみた。すると、まずあのいくつもの油絵が、続いて、別れる時に握手をしながら、とろけるように優しいまなざしを自分に注いでくれた彼女のことが思い浮かんだ。自分の居場所もバーナード・ヒギンボサムの存在も忘れていたら、当の旦那が訊いた。

「幽霊でも見たのか?」

マーティンは、我にもどった。見ると、あの小さくて丸い目が、残忍で卑劣そうに冷笑していた。映写幕に映るように彼の目に飛びこんできたのは、この目玉の持ち主が階下の店で商いをしているときの目――卑屈で、いやに気どっていて、どうもへつらいのうまい、そういう目――であった。

「ああ」と、マーティンは答えた。「幽霊を見たんだ。お休み。姉さん、お休み」

彼は、だらしのない絨毯(じゅうたん)の締まりのない縫い目につまずきながら、部屋を出ていこうとした。

「ドアをきつく閉めるなよ」と、ヒギンボサムが彼に注意した。

彼は、血が血管の中をはうのを覚えたが、自制して、静かにドアを閉めた。

ヒギンボサムは、大得意の顔で女房を見た。

「あいつめ、飲んでいやがらあ」彼はしゃがれた声で言いきった。「ああなるって、おまえに言ったろう」

彼女は、諦めて頭(かぶり)を振った。

「あの子の目、大分輝いてた」と、彼女は正直に言った。「それに、行くときゃ襟(カラー)をしてたのに、今はなかった。けど、まあ二杯以上は飲んじゃいないだろ」

「あいつ、まっすぐに立っとられんのだ」と、亭主が口を出した。「俺は見たんだ。よろよろ歩きしかできんかったぜ。あいつが廊下でもうすってん転びそうになるのが、聞こえたろ」

「あれは、アリスのおもちゃの荷馬車にあたったんだろ」と、彼女が言った。「あの子、暗くて見えなかったんだよ」

ヒギンボサムの声と怒りが強まりはじめた。昼間はずっと店にかかりきっており、その代わり夜まで待って、家族の者に対して自己をとりもどす特権を残しておいたのだ。

「おまえのあの大事な弟は、酔っぱらっちまってるって言ってるんだ」

亭主の声は冷淡で、憎々しく、決定的なもので、その口は押し抜き機みたいに、言葉を一語一語踏みつけるように発音するのだった。妻は、ため息をついて、黙っていた。彼女は大柄な、丈夫な女で、その身なりはいつもだらしがなく、わが身と仕事と亭主という重荷のために、くたびれの休まる暇がなかった。

「あいつの飲んだくれのところは、てて親譲りってわけさ」ヒギンボサムは、責め立てるように言いつづけた。「で、あいつだってご同様に、溝にはまってくたばっちまうんだ。そうだろ」

彼女はうなずき、ため息をつき、縫い物の手を動かしつづけた。二人は、マーティンが酔っぱらって帰ってきたのだという点では、考えが同じだった。美などというものについては知る由もなかったわけだ。でなければ、あの輝く目やあの紅潮した顔が、若者の恋の兆しであることに気がついていただろう。

「子供たちにゃ、大した手本になるぜ」とヒギンボサムは、突然鼻息あらく言った。妻が黙って返事をしなかったので、向かっ腹が立ったのだ。彼には、妻がもっと自分に逆らってもいいのにと思いたくなるような時があった。

「今度こんなことがありゃ、追いだしてやるぜ。いいか！　俺はあいつの馬鹿さ加減――つまりよ、大酒くらって無垢な子供たちを堕落させられちゃたまんねえんだ」ヒギンボサムは、この堕落という言葉が気に入った。それは、最近新聞のコラムで拾った、覚えたての語であった。「そうだ、堕落――これ以上ぴったりくる言葉はねえ」

なおも妻は、ため息をつき、悲しげに首を横に振って、針を持つ手を動かしつづけた。

「あいつ、先週の下宿代もう払ったのか？」彼は、新聞の上端越しに視線を投げかけた。

彼女はうなずき、つけ加えた。「あの子、まだ少しはお金があるよ」

「今度やつが船に乗るのは、いつだ?」

「お金がなくなっちまったら、だろうね」と彼女は答えた。「あの子、きのう船を探しにサンフランシスコへ出かけたよ。でも、まだお金があるし、それにあの子ったら、自分の乗る船にはうるさいからね」

「あんな甲板野郎が気どってみたって、どうってこともねえや」ヒギンボサムの鼻息は荒かった。「船にはうるさいだって！　あいつが！」

「あの子の話じゃ、何でも埋もれた宝物を探しに、えらくへんぴな所へ出かけるスクーナー船があるんだって。それまでお金が持てば、その船に乗るんだって」

「あいつに落ち着きてえ気さえありゃ、俺が荷馬車引きの仕事ぐれえやってもいいが」亭主の口ぶりには、慈悲の気持ちなどみじんもなかった。「トムのやつが辞めやがったでな」

妻は驚きと疑問の顔つきをした。

「今夜辞めやがったんだ。カラザーズんとこへ替わりやがるんだ。あっちのほうが俺より余計金を出すんだろ」

「辞められちまうって、あんたに言ったろ」と彼女は、大きな声で言った。「あの子は、あんたが払ってた分以上に働いてたもん」

「なあ、おい！」ヒギンボサムは、威張りちらした。「仕事にゃ口出すなって、いったい何べん言わせりゃ気がすむんだ。いい加減にしろ」

「何言ってんのさ」と、彼女は鼻であしらった。「トムは、いい子だったよ」

亭主は、妻をにらみつけた。これぞまさしく挑戦的態度にほかならなかった。

「おまえのあの弟がやれるというんなら、荷馬車引きをやらしてやってもいいんだぜ」と、彼の鼻息は荒かった。

「あの子はちゃんと下宿代を払ってるんだよ」と、彼女は口答えした。「それに、あの子はあたしの弟なんだし、あの子があんたに借りがないんなら、いつもいつもあの子をこっぴどく言う権利なんか、あんたにはないよ。結婚して七年も経ちゃ、いろいろと腹の立つこともあるからね」

「これからもベッドで本を読むんなら、ガス代を取るって、おまえ、あいつに言ったか？」と彼は訊いた。

妻は、返事をしなかった。反感は消え、その向こう意気も、疲れた肉体の中にしぼんでいった。亭主は、得意顔であった。女房を打ち負かしたのだ。目を執念深く食いつかせ、妻のすすり泣きを聞いては喜ぶのだった。彼女をやり込めて、大満足であった。この頃では、彼女は簡単にやり込められてしまっていた。二人が結婚早々の数年、つまり、子供たちや亭主の絶え間ない小言が彼女の精力をとり去ってしまう以前には、こんなふうではなかったのだが。

「そいじゃおまえ、あしたは言っとくんだぞ、いいな」と彼は言った。「それから、忘れんうちに言っとくが、あしたマリアンを呼びにやって、子供たちの面倒をみさせるんだ。トムがやめたとなりゃ、俺が荷馬車を引かなきゃなるめえ。だから、おまえが下の店をやるんだな」

「でも、あしたは洗濯日だよ」と彼女は、弱々しく反対した。

「だったら、早く起きて、そっちを先にやりゃあいいじゃねえか。俺が出かけるのは、十時頃だからな」
　彼は、新聞を意地悪そうにガサガサいわせて、また読みはじめた。

4

　マーティン・イーデンは、義兄とのやり合いで高ぶった血の気がまだ醒めやらないまま、明かりのついていない裏廊下を手さぐりしながら進み、自分の部屋へ入った。そこは、ベッドと洗面台と椅子が一つ入るだけの狭苦しい部屋であった。ヒギンボサムはけちなので、妻が仕事をやれる場合には召使いを雇ったりはしなかった。おまけに、その召使いの部屋に下宿人を一人ではなく二人も置いた。マーティンは、スウィンバーンとブラウニングの本を椅子の上に置き、上衣を脱ぎ、ベッドに腰をおろした。体の重みでベッドのバネが喘息(ぜんそく)のような音を立てたが、彼はそれに気づかなかった。靴を脱ぎはじめたが、眼前の白い壁に見入った。屋根のすき間からの雨漏りで、汚い茶色が筋となって伝い、白さが台なしだった。このようなむさくるしさを背景に、さまざまな幻想が湧き起こっては燃えはじめた。そうして靴を脱ぐのも忘れ、長いあいだじっと見つめていた。やがて口が動きだすと、「ルース」とつぶやいた。

「ルース」彼はこれまで、単一の言語音がこんなに美しいものとは考えたこともなかった。それは耳に快く、くり返して言っているうちに、酔いしれるのだった。「ルース」不思議と魅力に富んだ言葉だ。この名前をつぶやくたびに、彼女の顔が眼前にちらつき、汚い壁も金色の輝きにあふれた。この輝きは壁で止まることがなく、無限へと広がり、その金色の深みの中を、彼の魂は彼女の魂を求めてさまようのだった。彼の中に存在する最上のものが、すばらしい洪水となってあふれ出ていた。彼女のことを考えただけで、彼は気高くなり、純化され、すぐれた者になり、さらにもっと立派になりたいと思った。こんなのははじめてだ。これまでの女で俺を向上させてくれる者など一人もいなかった。それどころか、いつだって自分を汚らわしいものにしただけだった。彼女らの多くが、たとえひどくても、最善を尽くしたのだということに彼は気づかなかった。自分のことを意識したことがないので、自分にも、女性たちの愛を引きよせ、自分の若さを求めて手をさし伸べてこさせるようなものがあるということに気づかなかったのだ。なるほど彼女らが彼を悩ますこともたびたびあったけれど、彼が彼女らのことで悩むということは一度もなかった。だから、自分が存在するということで、良くなった女が何人かいるなどとは夢々思いもしなかっただろう。彼はこれまで、いつだってきわめてのんきに暮らしてきた。それで今になってみると、あの女たちがたえず汚らわしい手をさし伸べ、自分を引っぱりこもうとしていたのだというふうに思われた。このことは、彼女らにとっても彼にとっても、正しいことではなかった。だが彼は、はじめて自分を意識するようになっており、とても判断を下すような状態ではなく、恥ずかしさの余り頬をほてらせながら、自らの醜行のありさまをじっと見つめるのだった。

彼は急に起きあがり、洗面台の汚い鏡に映る姿を見ようとした。鏡をタオルでさっとふいて、もう一度じっくりと眺めてみた。実際、自分の姿をこんなふうに眺めたのははじめてだった。なるほど目は見るためにあるのだが、今の今まで、目には目まぐるしく変転する世の中の光景が満ちあふれ、思えば自分は、これらの光景を見つめることに忙しく、自分自身を見つめてみるなどということはなかった。そこには二十歳の若者の頭と顔があったが、そういうものを評価することには慣れていないものだから、どれぐらいの値打ちがあるのかもわからなかった。平たく盛りあがった額の上には褐色――栗色のもじゃもじゃ髪があり、ウェーブがかかって巻き毛ふうで、それをどんな女でも喜んで、手をぞくぞくさせながら撫でつけ、指をぞくぞくさせながら愛撫を与えたのだ。しかし彼は、そんな髪は彼女の目には値打ちのないものとして無視し、高くて広い額にしげしげと見入った。そして、何とかしてその中を見通して、中身がどんなものかを探ろうとした。いったいこの中にはどんな脳味噌が入ってるんだろう？　と、彼は執拗に問いかけるのだった。この脳味噌は、何ができるんだろう？　どれぐらい伸びられるんだろう？　彼女のレベルにまで行ける脳味噌なんだろうか？

彼は訝（いぶか）った。まったく青い色になることもよくあり、太陽の光を浴びた大海の塩っ気にたくましくなったこの鉄灰色の目に、いったい魂など潜んでいるんだろうか？　それからまた、俺の目は彼女にどんな印象を与えたんだろう？　彼は、自分を彼女に見立てて、自分のその目を見つめてみた。が、そんな手ではだめだった。それで今度は、ほかの男の心の中に自分を何とか据（す）えてみたが、その男たちの生活様式についてはよく知っているわけだ。よくわからないのは、彼女の生活様式なのだ。まさに彼女は、驚異であり謎だ。いったい自分には、彼女の考えを少しでも推測できるのだろうか？　だけど、この目は正直な目だし、けちなところも卑しいところもないじゃないか。たしかに、日に焼けて顔が黒くなっているのには驚いた。自分がこんなに黒いとは、夢にも思わなかった。シャツの袖をまくり上げ、腕の白い内側を自分の顔と比べてみた。うん、やっぱり俺は白人だ。でも、腕だって日に焼けてるな。腕をねじって、もう一方の手で二頭筋のあたりを裏返してみた。見ると、そのあたりはちっとも日焼けしていない。まっ白だ。彼は、笑って鏡に映った赤銅色の顔を見て、この顔だって、もとは腕の内側と同じぐらい白かったのだ、と思った。それからもう一つ夢にも思わなかったことは、自分より色の白い――あの日に焼けなかったところよりも色が白くて、なめらかな肌を自慢できる蒼白い女性がこの世には存在する、ということであった。

そのふっくらとした感じのいい唇に、緊張の際、かたく結ぶ癖がなかったなら、彼の口はケルビム（智天使）の口といってもおかしくなかっただろう。時折、あまりにかたく結ばれるために、口がいかめしく、無情で、禁欲的ですらあった。闘士と恋人の唇を兼備しているというわけだ。人生の楽しさを面白おかしく味わえる唇でもあれば、その楽しさをわきへ押しやって、人生に命令を下せる唇でもあるのだ。あごは、強靭で、堂々とけんかをやってのけそうな感じがあり、唇が人生に命令を下すほうの味方であった。力強さと感じのよさとの釣りあいがとれて、さわやかな印象を与え、彼に健康的な美を愛するように仕向け、健全な感動に揺さぶられるようにしていた。それから唇のあいだには、歯医者知らず、またその必要もない歯が並んでいた。白くて、強く、歯並びもきれいだ、と鏡を見ながら思った。だが見ているうちに、不安になりだした。どこか心の奥にしまわれていて、ぼんやりとした記憶しかなかったけれど、毎日歯をみがく人たちだっているのだという気はしていた。そういう人たちというのは上流階級、つまり彼女の階級の人たちだ。きっと彼女も、毎日歯をみがいているのだ。俺がこれまで一度だって歯をみがいたことがないのを知ったら、彼女はどう思うだろう？　彼は、歯ブラシを買って歯をみがく習慣をつけようと思った。さっそく、あしたから始めよう。単なる実績だけでは、彼女を勝ち得ることなどできはしない。糊のきいた襟（カラー）を着ければ自由を捨ててしまうことにはなるけれど、あらゆる点で自己矯正をやらねばならない。歯みがきやネクタイまでも。

片手をかざして、親指のつけ根のふくらみをたこのできた手のひらでこすってみた。よく見ると、垢が染みついており、ブラシでこすっても洗い落とせるようなものではなかった。彼女の手のひらとえらい違いだ！　彼は思いだして、ぞくっと気持ちのよさを感じた。バラの花びらみたいだった。雪片みたいに冷たくって柔らかくって。女の手があんなに気持ちのよい柔らかいものとは知らなかった。ああいう手で愛撫されてみたら、とふと思ってみたが、やましさを感じて頬を赤らめた。彼女に対してそんなふうに考えるなど、ひどくいやらしいことだ。言ってみれば、そういうことは彼女の気高い霊性を汚すことになってしまう。彼女は蒼白く、細身の精霊で、肉などはるかに超えた存在なのだ。が、それでも、彼女の柔らかい手のひらのことは頭から離れなかった。彼が知っていると言えば、工場の若い娘（こ）や、立ち働く女たちの、あのごつごつした手ばかりだった。彼女らの手がなぜ荒れているのか、彼にはよくわかっていた。それにしても彼女のあの手が……あれがあんなに柔らかいのは、あの手を使って働いたことがないからだ。生活のために働いたりする必要のない人なんだと思うと、彼女とのあいだが大きく隔たってしまうのだった。突然、働かない特権階級が尊大で有力な銅像となって、眼前の壁にそびえるのを見る思いがした。自分は、ひたすら働いてきた。物心つく頃から労働と結びついていた。家族の者もみな働いてきた。姉のガートルードだってそうだ。彼女の手は、ひっきりなしに家事をしてひどくなると、腫（は）れて、ゆでた肉みたいにまっ赤になってしまうんだ。洗濯やら何やかやで。それに、妹のマリアンだってそうだ。あいつ、この前の夏に缶詰め工場で働いて、それであの細いきれいな手は、トマト・ナイフのためにすっかり傷だらけになってしまった。おまけに、この前の冬には紙箱工場で、裁断機に二本の指先を取られてしまった。彼は、棺桶に入った母親の、あのこわばった手のひらのことを思いだした。それからおやじだって、息を引きとるまぎわまで働いていた。死んだとき、彼の手の飛びでたたこは、厚さが半インチぐらいあったろう。それにひきかえ、彼女の手は柔らかだった。彼女の母親だって、弟にしたって。最後に思いをめぐらしたこの彼女の一家の手のことは、彼には驚きであった。というのも、彼らの身分の高さ、つまり、彼女と彼とのあいだに横たわる大きな隔たりを如実に表わしているものにほかならないからであった。

　彼は、ベッドに腰をおろして苦笑し、靴を脱いだ。俺は馬鹿だ。女の顔、女の柔らかくて白い手に酔っぱらっちまったんだからな。そのとき、突然、目の前の汚い壁に、ある幻影が浮かび出た。彼は、あるむさくるしい下級アパートの前に立っている。ロンドンのイースト・エンド（ロンドンの東部にある貧民街）の夜のことで、彼の前にはマージーという十五歳になる小柄な女工が立っている。お呼ばれ（ビーン・フィースト）のあと、彼女を家に送ってきたのである。このむさくるしい、豚小屋以下の下級アパートに彼女は住んでいる。彼は手をさし出しながら、お休みと言った。彼女は、唇を上げてキスを求めた。が、彼にはキスなどするつもりはなかった。何となく彼女がこわかったのだ。すると、彼女の手が彼の手を情熱をこめて握りしめてきた。その手にできたたこが、自分の手のたこをすりつぶすような気がして、彼の体じゅうから哀れみの情がどっとほとばしり出た。その思慕に燃え愛に飢えた目と、栄養不良の体とを見た。その体は、子供の時代から急に、ものにおびえた恐ろしい大人へと駆り立てられたのだった。それで彼は、優しく腕を彼女の体にまわし、かがんで、その唇にキスをした。彼女がそっと喜びの声をあげるのが耳に聞こえ、さらには猫みたいにしがみついてくるのも感じた。哀れな栄養不良のおちびさん！　彼は、ずっと以前に起こった、その幻想の場面をいつまでも見つめていた。彼女がしがみついてきたあの夜のように、今思いだしてもぞっとするのだった。そして心は、哀れみの余り熱くなった。何とひどく陰うつな光景だったことだろう。それに、霧雨がしとしとと舗道の石を濡らしていたっけ。そのとき、燦然と光輪が壁に輝き、さっきの幻影のところから、それに取って代わって、金髪を冠した彼女の蒼白い顔が、遠くて近づきがたい星のようにちらちらと光った。

彼は、椅子からブラウニングとスウィンバーンの本を取って、キスをした。それでも、彼女はまた来るようにって言ってくれた、と彼は思った。もう一度鏡を見、声に出して、しかつめらしく言った。

「マーティン・イーデン、あしたは、何はさておき図書館へ行って、エチケットの本を読むんだ。いいか！」

彼はガス灯を消した。横になると、ベッドのバネが軋んだ。

「だけど、悪態をつくのはやめなきゃいかんぞ、マーティンよ、なあ。悪態をついちゃいけないぜ」と彼は、声に出して言った。

それからうとうとと眠り、狂気と大胆さにかけては、アヘンの常飲者に負けないほどのさまざまな夢を見た。

5

翌朝、マーティンが数々のバラ色の夢の場面から覚めると、じめっとした周囲は石けんの泡や汚い衣類のにおいがし、うだつの上がらぬ苦しい生活の喧騒に満ちていた。部屋から出ると、水のバチャバチャという音やかん高い叫び声、それにピシャッと平手で叩く音が聞こえてきた。その平手打ちは、彼の姉がそのいら立ちを大勢いる子供の一人にぶつけたものであった。その子供のわめき声を聞くと、彼はナイフで突きぬかれる思いがした。すべて、自分の呼吸する空気そのものまでもが、よそよそしく、みすぼらしかった。ルースの住んでいるあの家の美しさや閑静なたたずまいとは大違いだ、と思う。あそこはまったく精神的であるのにひきかえ、こっちときたら何でも物質的、いやに物質的なんだからな。

「おいで、アルフレッド」彼は、泣いている子供に声をかけながら、手をズボンのポケットに突っこんだ。日々の暮らし方と同様に締まりがなく、お金を小銭で持っていたからである。子供の手に二十五セント銀貨をのせてやり、両腕でしばらく抱いてやって、なだめすかした。「さあ、菓子でも買ってきな。いいか、ほかの弟や妹にもやるんだぜ。必ず一番長持ちのする菓子にしろよ」

姉が洗濯盥から赤らんだ顔を上げて、彼を見た。

「五セントで十分だったのによ」と、彼女は言った。「おまえと同じで、金の値打ちなんかわかってねえんだもん。あれだって、食いすぎて腹痛（はらいた）起こすぞ」

「いいんだよ、姉ちゃん」と、彼は陽気に答えた。「俺の金だからな。忙しくなかったら、朝のキスをするよ」

この姉には優しくしてやりたいと思った。善良だし、彼女なりに自分のことをかわいがってくれるからだ。けれども、なぜか、年が経つにつれて彼女らしくなくなり、だんだんとよくわからなくなってきた。きっと、つらい仕事と大勢の子供、それにあの口やかましい亭主が、彼女を変えてしまったのだ。ふと彼女の性格が、腐りかけた野菜やいやなにおいのする石けんの泡、それから店で受けとるあぶらじみた十セント銀貨や五セント白銅貨や二十五セント銀貨といったものの性格を帯びるような気がした。

「さあさあ、早く朝飯を食っちまうんだよ」と彼女は、荒っぽく言ったが、内心はうれしかった。身の置きどころの定まらない弟連中のなかでは、マーティンがいつも彼女のお気に入りだったからだ。

「それじゃ一つ、キスしてやるよ」と彼女は、急に感動を覚えて言った。

彼女は、親指と人さし指とで、まずポタポタ落ちる石けんの泡を片方ずつ腕から払った。彼は、彼女のがっちりとした腰に腕をまわし、その濡れた湿っぽい唇にキスをした。彼女の目から涙が湧き出た。それは、感情に押されたというより、長期にわたる過労からくる弱さによるものだった。彼女は彼を押しのけたが、それは、彼がその濡れた目を一瞥（いちべつ）してからのことであった。

「朝飯はかまどにあるよ」と、彼女は急いで言った。「ジムはもう起きてなきゃいけないのに。あたしは早く起きて、洗濯をしなきゃならなかったからね。さあ、おまえもちゃんとして、早く家を出ていくんだね。きょうはいいことなんかないよ。トムが辞めちまったもんで、バーナードしか荷馬車を引く者がおらんから」

　マーティンは、意気消沈して台所へと入っていった。姉の赤ら顔と締まりのない体型が思い浮かんできて、酸のように彼の頭を蝕むのだった。姉に時間がありさえすれば、俺をかわいがってくれるだろうに、と推断した。でも姉は、死ぬまで働かなきゃならない。バーナード・ヒギンボサムめ、姉をあんなに酷使しやがるなんて、獣だ。が、また一方で、あの姉とのキスにはどうもうるわしいところがなかったな、と思わないわけにはいかなかった。いやまったく、あれは異常なキスというもんだ。もうここ何年ものあいだ、姉がキスをしてくれたといえば、航海からもどった時か、航海に出ていく時だけだもんな。それにしても、今のキスときたら、石けんの泡のにおいがした。それに、唇だってたるんでしまってるよ。キスといえば、すばやくて、元気よく唇で押す力があるものだが、それがなかった。彼女のは、キスの仕方を忘れてしまうぐらい、長いあいだ疲れきったくたびれ女のキスってところだ。彼は娘の頃の、つまり結婚前の姉のことを思いだした。あの頃は、洗濯屋で一日つらい仕事を終えてからも、一番上手なやつと夜通し踊ったし、ダンスをやめてまた翌日にはつらい仕事に出かけなくちゃならないなんて、何も考えたりしなかったものだ。それから彼は、ルースのこと、それに、すてきな甘さが彼女の身辺と同じく、その唇にもあるに違いないと考えた。彼女のキスは、握手のような感じか、それとも人を見つめる時のしっかりとした素直な見方に似ているだろう。頭の中で、彼女の唇と自分の唇が触れるのを想像してみた。が、その想像があまりに生々しかったものだから、考えただけでめまいがした。そして、重なりあった花びらのあいだを押しわけて進むと、頭がその芳香でいっぱいになるような気がした。

台所では、ジムというもう一人の下宿人がトウモロコシ粥（がゆ）を食べていたが、その表情はひじょうに物憂げで、まなざしにはどこか病的でぽかんとしたところがあった。ジムは配管工の見習いであり、その弱々しいあごと遊び好きな気質とを知れば、おどおどした愚鈍さと相まって、彼がとても生存競争を勝ちぬけるような人間でないのは明らかであった。

「食わんのか?」ジムは、マーティンが冷たくなった生煮えのオートミールの粥に陰うつそうに手をつけているときに、そう言った。「またゆうべ酔っぱらっちまったのか?」

マーティンは、首を横に振った。何もかもがまったく汚いことにふさぎ込んでいたのだ。ルース・モースが、いよいよもって遠ざかるように思えた。

「俺は飲んだぜ」ジムは、大げさに神経質そうに、クスクス笑いながら続けた。「俺はしこたま飲んでやった。ああ、あの子は上玉だった。ビリーが俺を送ってきてくれたんだ」

マーティンは、ジムの話を聞いているということを、うなずくことで示し——話しかけてくる者には誰にでも耳を貸すのが、彼に備わった習癖だった——生ぬるいコーヒーを一杯注いだ。

「今夜、ロータス・クラブのダンスに行くか?」とジムが訊いた。「ビールが出るし、あのテメスカル（一八九〇年代にオークランドの北端にあった遊興街）の連中が来れば、大騒ぎになるぜ。俺は平気だけどさ。俺もガールフレンド連れてくんだ。ああ、それにしても、ひでえ味だぜ！」

彼は、しかめ面をして、コーヒーでその味を洗い落とそうとした。

「ジュリアって、知ってるか?」

マーティンは、首を横に振った。

「そいつが俺のガールフレンドなんだ」と、ジムが説明した。「なかなかいい女だぜ。おまえを紹介してもいいぜ。ただし、彼女を口説かねえってんならな。女たちがいってえおまえのどこがいいのか、俺にはわからねえ。まったくわからんよ。だけど、女たちを野郎どもからかっさらっちまうおまえのやり方には、どうもむかつくぜ」

「俺はおまえから誰も取ったりなんかしないさ」マーティンは、関心がなさそうに答えた。ともかく、朝飯を早いとこ終えなくちゃならない。

「いいや、そんなことはねえ」と相手は、興奮気味に言いきった。「マギーがいたじゃねえか」

「あの子とは何の関係もないさ。あの子と踊ったのは、あのひと晩だけだ」

「そうだ、あの時にうまくやったんだ」とジムは、大きな声で叫んだ。「おまえ、あいつと踊って、あいつを見て、それで万事おしまいってわけだ。もちろん、それでおまえはどうということもねえだろうが、俺のほうはそれで永久にオジャンてわけよ。二度と俺のほうを見たりしないし、しょっちゅうおまえのことを訊きやがる。おまえがその気だったら、あいつ、いつまでも変わらぬデートを重ねただろうぜ」

「けど、俺にはそんな気はなかった」

「そんな必要もなかったんだろ。俺なんか、一歩も足を踏みだしてなかったんだからな」ジムは、感心して彼を見た。「マート、いってえどんなふうにやるんだ?」

「女たちなんか気にもとめないことだ」というのが、マーティンの答えだった。

「女たちなんか気にもとめない、ってふうに見せかけるってわけか?」と、ジムが熱心に訊いた。

マーティンは、しばらく考えてから答えた。「まあ、そういうことだろうけど、俺の場合は違う。俺は、全然気にもとめないんだ——あんまり、な。おまえがその手を使おうってんなら、大丈夫だ。たぶんな」

「おまえ、ゆうべライリーの納屋に来りゃよかったのに」とジムは、見当違いのことを言った。「大勢の野郎が拳闘をやったんだぜ。西オークランドのすげえ野郎がいてな。そいつのこと『ネズミ』って呼んでたぜ。絹みたいにつるつるすべってよ。誰もやつに手も触れられなかったんだ。みんな、おまえがいたらなあって思ってたんだ。とにかくおまえ、どこにいたんだ?」

「オークランドにいた」と、マーティンは答えた。

「芝居か?」

マーティンは、皿を押しやって、立ちあがった。

「今夜、ダンスに行かんか?」と相手が、マーティンの後ろから声をかけた。

「ああ、行かん」と、マーティンは答えた。

彼は、階下におりて、通りに出、大きく空気を吸った。あの空気に窒息しそうにはなるし、また、あの見習いのお喋りにもカッカしていたのだ。手を伸ばして、粥皿をジムの顔にベタッとあててやりたくてうずうずする時があった。ジムが喋れば喋るほど、彼にはルースがますます遠い存在になるように思われた。こういうやつらと一緒にいて、俺はいったいどうして彼女にふさわしい者になれるだろう? 立ちはだかる問題を思うとぞっとし、労働者階級の地位を脅かすものに苦しんだ。いっさいのものが、自分を押さえつけようとして手を出してくる——姉だって、姉の家だって家族だって、見習いのジムにしても、自分の知っているいっさいの人間、生活のいっさいのつながりまでもが。生活というものが、彼の口には美味ではなかったのだ。これまで彼は、周囲のすべてのものと暮らすなかで、生活というものをいいものとして受けいれてきた。本を読むとき以外は、そのことを疑ってみたこともなかった。が、その時はただの本、つまり、もっとまことしやかで、とてもあり得ない世界の作り話であった。しかし、今やほんとうにあり得る、そういう世界を見てしまった。それも、そのどまん中にルースという女性の花が咲く世界を。だからこれからは、苦い味や苦痛のようにつらい憧れの気持ち、それに、絶望的ではあっても望みを持って生きなくてはならないゆえの、じれったい気持ちを体験しなければならないのだ。

バークリー図書館にしようかオークランド図書館にしようかと考えたが、ルースがオークランドに住んでいるという理由で後者に決めた。図書館は彼女にぴったりの場所だし、あそこへ行けば彼女に会えるかも知れない——会えないなんて誰に言えよう？　図書館の利用法を知らなかったので、限りなく小説の並んでいるあいだを歩きまわった。すると、係の者らしいきゃしゃな顔つきの、フランス系のような女性が声をかけてきて、案内係は二階ですよ、と言った。が、そこで事務を執っている男性に何を訊けばいいのかもよくわからなかったので、哲学書関係の棚のあいだを探索しはじめた。哲学書のことは聞いたことはあっても、哲学について書かれた本がこんなに多くあったとは思いも寄らなかった。重い大きな本でふくれあがった背の高い本棚に、かしこまると同時に刺激を受けた。ここには、彼の脳に活力を与える働きがあるのだ。数学部門に入ると三角法に関する本があり、ページを繰って、意味のない公式や数字を見つめた。英語は読めたが、外国語同然だった。ノーマンやアーサーにはこの言葉がわかるんだ。二人はこのことを話してたんだ。しかも、二人は彼女の弟なんだ。彼は落胆して、その書棚の場を去った。どの書棚からも書物がのしかかってきて、彼を押しつぶしてしまいそうだった。人間の知識の蓄え(たくわ)がこんなに膨大なものだとは夢にも思わなかったので、びっくりしてしまった。この頭に、いったいこれらが皆こなせるのだろうか？　こなせた人がほかにも大勢いたことを、あとになって思いだした。そして、そいつらの頭でできたことなら俺の頭にだってできるぞ、と勢いこみ、大いなる誓いを声を潜めて言いはなつのだった。

それでまた、知識の詰まった書棚を見つめてはふさぎ込んだり意気揚々としたりしながら、ぶらぶらと歩きつづけた。ある種々雑多な本のコーナーに来て、「ノリー大要」という一冊にでくわした。彼は感心したようにページを繰った。ある意味で、それには自分と同類の言葉が書いてあった。彼もこの本も、海とつながっているからだ。それからレッキー（一八三八―一九〇三、イギリスの歴史家・評論家）とマーシャル（一八四二―一九二四、イギリスの経済学者）の書いた「バウディッチ」やその他の本を見つけた。そうだ、これだ。一つ航海法を勉強してやろう。酒をやめ、一念発起して、船長になるんだ。その一瞬、ルースがぐんと近い存在に思われた。船長としてなら、彼女と結婚できるだろう（彼女がいいって言うのであれば）。もしだめなら、そうだなあ、彼女のために男どものなかで立派に暮らしていこう。とにかく酒はやめるんだ。そのとき、海上保険業者と船主、つまり、船長が仕えなくてはならないこの二人の主人のことを思いだした。このどっちだって俺を首にできるし、かといって、やつらの利益ときちゃ、こっちとはまるで逆とくるんだからな。彼は、部屋を見まわし、目を閉じて一万冊の本を思い浮かべた。だめだ。海はもうだめだ。この豊富な本には力があるんだから、ど偉いことをやるんなら、陸（おか）の上でやらなくちゃならない。おまけに、船長は女房を海には連れて行けないしな。

正午になり、午後になった。食事をするのも忘れて、エチケットに関する本を探し求めた。職業のことに加え、ある簡単できわめて具体的な問題にも頭を痛めていたのだ。つまり、彼が言葉で言い表わしたいのは、「若い婦人と出会って、また訪ねるように言われた場合、次の訪問はどれぐらい経ってからにすればいいのか？」ということであった。しかし、それに合った書棚を見つけ、その答えを探してみたが無駄であった。エチケットとはいっても、その膨大な体系にはぞっとし、上流社会の人たちのあいだで行なわれるわずらわしい名刺のやりとりには途方に暮れてしまった。もう探すのをやめた。自分の知りたいことが見つからなかったのだ。けれども、礼儀正しくなるには片ときの時間ではすまないということと、礼儀作法を学ぶには準備段階の生活が要（い）るということを知った。

「お目あてのものが見つかりましたか？」出ていこうとしたとき、係の男が訊いた。

「はい」と彼は答えた。「ここは、すばらしい図書館ですね」

男はうなずいた。「また、たびたびいらしてください。船に乗っておいでですか？」

「はい」と彼は答えた。「それではまた来ます」

ところで、あいつ、どうしてわかったのかな？　と彼は、階段をおりながら自問した。

通りに出て次の街角までのあいだ、体をこわばらせ、直立して、不格好な歩き方をした。ところが、考えに没頭するあまり、やがて何とはなしに、あの体を揺さぶる歩き方を始めていた。

6

飢えにも似たひどい不安が、マーティン・イーデンを苦しめた。彼は、ほっそりとした手で、巨人が握りしめるように自分の人生をとらえて放さなくなった女性に、ひと目会いたくて仕方がなかった。かといって、彼女を訪ねてみるほど無神経にはなれなかった。あまり早く訪ねては、エチケットというあの恐ろしいものを犯すのではないかと心配したからだ。オークランド、バークリー両図書館で長時間を過ごし、会員の申し込み用紙を自分と姉妹のガートルードとマリアン、それにジムの分まで作成した。ジムにはビールを何杯かおごって、その同意を得たのだ。四枚の会員証で本を借りだせたので、召使いの部屋で遅くまでガス灯をつけてしまい、ヒギンボサム氏にその分として週五十セント請求される始末だった。

読んだ多くの本は、ただ彼の不安を強めるばかりだった。どの本のどのページを開いても、知識の国をのぞき見る穴であった。彼の飢えは、読んだものを吸収すると、いっそう増大した。また、どこから始めればいいのかわからず、たえず予備知識の不足に苦しんだ。明らかにどんな読者でも知っていると考えられるような、最もありきたりの参考書ですらわからなかったのだ。読んで狂喜したほどの詩についても同様であった。スウィンバーンについても、ルースが貸してくれた一冊の中に書いてある以上に読んだし、「ドロウレス」だってすっかり理解した。なのに、ルースにはこの詩はわからない、と結論を下した。洗練された生活をしている彼女にどうして理解できようか？　それから、キプリング（一八六五―一九三六、イギリスの小説家・詩人）の詩にでくわした。よく知っているものがいろいろと出てくるが、その陽気で闊達な調子と魅力とにすっかり圧倒された。この男の、人生に対する共感とその鋭い心理に驚嘆したのだ。「心理（サイコロジ）」という語は、マーティンの語彙ではじめてだった。彼は辞書を買い、そのためにお金の貯えが減り、金目あてに船に乗らねばならない日をそれだけ早めることになった。おまけに、ヒギンボサム氏の怒りを買ってしまった。彼にしてみれば、本なんかよりは、まかないのほうにお金がまわってくるほうがいいと思っただろうから。

昼間はさすがにルースの家の近所に近づかなかったが、夜になると、泥棒みたいにモース家のあたりに潜み、窓を盗み見たり、彼女を隠している壁にまで思いを寄せたりするのだった。もうちょっとで彼女の弟に捕まりそうになったことも、何度かあった。また、モース氏のあとを町までつけ、明かりのついた通りでその顔をつぶさに見たこともあった。そしてその間ずっと、死の危険でも押しよせてこようものなら、飛びこんでいって彼女の父を救えるのに、と待ち望んだりした。また別の夜には、徹夜したおかげで、二階の窓越しにルースを一瞥することができた。頭と肩しか見えなかったが、彼女が鏡の前で髪の手入れをするときに、両腕の上がるのも見えた。ほんの一瞬ではあったが、彼にとっては長く、その間、血はぶどう酒に変わり、血管の中を躍動するのだった。それから、彼女は窓掛け（シエード）をおろした。しかし、それが彼女の部屋だということはわかった。その後しばしばそこをさまよっては、通りの反対側の暗い木の下に隠れたり、数えきれないほどのタバコを吸った。ある午後には、彼女の母が銀行から出てくるのを見かけ、自分とルースを隔てている大変な距離の証拠を改めて見せつけられる思いがした。彼女は、銀行と取り引きのある階級の出なのだ。彼は、これまで銀行の中にも入ったことがなく、そういう機関は大変な金持ちや権力者だけが出入りするものと考えていたのである。

ある意味で、彼には道徳的な革命が起こっていた。彼女の清潔さと清浄さとに反応して、自分も清潔でなければというさし迫った必要を感じた。どうしても彼女と同じ空気を吸える存在になりたいのなら、清潔でなければならない。歯をみがき、手をたわしでゴシゴシと洗い、ドラッグ・ストアのショーウィンドーで爪ブラシを見かけると、その使用法の見当がつくまでになった。これを買うとき、店員が彼の爪を見て、爪みがき用ヤスリもどうかと勧めた。そこで、この鏡台用の道具も自分のものにした。図書館で体の手入れに関する本を偶然見つけ、さっそく毎朝冷水浴をするようになると、ジムはびっくりし、ヒギンボサム氏は当惑してしまって、そういう新しがり屋的な考えには共感せず、マーティンに水道料の臨時徴収を課すべきか否かを真剣に考えた。さらには、皺だらけのズボンのほうへも目が行くようになった。今やマーティンは、そういったことではっきりと自覚するようになっていたので、労働者階級のはいているズボンのだぶついた膝と、労働者階級以上の人たちのはいているズボンの膝から足までのぴちっとまっすぐな線との違いには、すぐに気がついた。またそのわけもわかったので、そっと姉の台所に入って、アイロンとアイロン台を探した。はじめは運悪く一着をとり返しのつかないほど焦がしてしまい、新しいのを買うはめとなった。それで、この出費のために、またもや船に乗る日を早めてしまったのだった。

それでも改革は、単に外観以上のものへと波及していった。まだタバコは吸っていたが、酒はもう飲まなかった。これまで、飲酒は男としてしかるべきことだと思えたし、またたいていの連中に飲み勝てる酒の強さを自慢にも思っていた。今では、船乗り仲間にばったりでくわしたり、サンフランシスコでそういう連中が大勢いる時にはいつも、昔のようにおごったりおごり返されたりすることがあっても、自分はルート・ビールかジンジャー・エールを注文し、連中の冷やかしを人あたりよく受け流すのだった。そして連中が泣き上戸になるにつれ、よく見ると、獣性が頭をもたげて彼らを支配しており、自分が連中とは同じじゃないことを神に感謝した。彼らは自分の限界を忘れてしまい、酔っぱらうと、その鈍くて愚かな精神は神のようになり、それぞれがその酔いしれた欲求の天国の支配者となった。マーティンは、もはや強い酒を飲む必要がなかった。さまざまな、別の、もっと深遠な方法で酔っていたからだ。たとえば、恋愛の情といっそう高尚で永遠なる生活を一瞥したことで、彼を燃えあがらせてくれたルースという女(ひと)がおり、数えきれないほどの気まぐれな願望を頭に入りこませることになった書物があった。それに、体を清潔にしようという気持ちも働いて、これまで享受していたのとは比べものにならない健康を得て、体全体が健康にはちきれんばかりであった。

ある夜のこと、劇場へ出かけた。もしかして彼女に会えるかも知れないと思ったからだ。そして案の定、二階席から彼女を見かけたのである。彼女はアーサーと、もう一人、もじゃもじゃ髪の眼鏡(めがね)をかけた見知らぬ若者と一緒に通路を歩いてきた。その若者を見たとたんに、不安と嫉妬(しっと)の気持ちに駆られた。彼女は、オーケストラ・ボックスの前の席にすわった。そしてその夜は、彼女以外ほとんど何も目に入らなかった――それも、ほっそりとした白い肩と豊かなうすい色の金髪とが、遠くかすかに見える程度であった。ところが、眺めている者はほかにもいて、時々自分の周囲の人々に目をやると、二人の若い女が十二列ほど前の席からふり返り、大胆にもほほえみかけていた。彼は、何かにつけてのんきで、ひじ鉄砲をくらわすような性分ではなかった。これまでだったら、ほほえみ返して、さらにそれを助長しただろう。が、今は違う。ほほえみ返しはしたが、すぐに目をそらし、知らん顔をした。しかし、その二人の女の存在を忘れながらも、何度か、目には彼女らのほほえみが入ってきた。一朝一夕に不可能なことをやれはしないし、自分の性質に備わっている優しさにそむくことだってできはしない。そこでこういう時には、温かい人間的な親しみをこめて、彼女らにほほえみ返してやる。それは、彼にとって別段新しいことではない。彼女らが女の手を自分にさし伸べているということもわかっている。が、今は違う。ずっと下のオーケストラ・ボックスの前には、この世でたった一人の、自分と同じ階級のあの二人の女とはまるで似ても似つかぬ女性がいるのだ。そう思うと、その女たちにただ哀れみと悲しみとを感じるだけであった。彼は、その女たちが多少なりとも彼女の優しさとすばらしさとを身につけるようにと願った。女たちのほうから手をさし伸べてきたからといって、ぜったいに彼女らを傷つけたりできない。彼は、そのことを喜ぶどころか、それを許したわが身の卑しさに多少恥ずかしい思いさえした。ルースとおなじ階級にいれば、こんな女どもから誘いがかかるなどということもないだろう。けれども、こうして彼女らのまなざしを受けると、彼は自分と同じ階級の人間たちの指が、自分をつかんで押さえつけようとするような気がした。

彼は、最後の幕が下りないうちに席を立った。出ていくときの彼女を見ようと思ったからだ。外の歩道にはつねに大勢の人がいたので、帽子を目深にかぶり、人の陰に身を隠した。彼女に見られたくなかったのだ。最初に劇場を出る人の群れに混じって出てきたが、歩道の端に着くなり、あの二人の女が姿を現わした。俺を捜しているのだ。その瞬間、女を引きつけるものが自分にあることをののしることもできただろう。が、二人がさりげなく歩道を渡って縁石へと進んでくるのを見て、見つかったことを知った。二人は、歩調を落とし、人ごみの中をこちらに近づいてきた。そのうちの一人が、彼に突きあたらんばかりに通りすぎるときに、はじめて彼に気づいたようだった。その女はほっそりとして、色が黒く、目は黒くて傲慢（ごうまん）な感じであった。が、二人は彼にほほえみかけ、彼もほほえみ返した。

「やあ」と彼は言った。

それは、機械的なあいさつであった。こういうあいさつは、初対面での同じような状況下で、これまでに何度も口にしたことがあったし、また、そうするよりほかなかった。彼の性質には、そうさせる度量の広さと同情心とがあったのだ。黒い目の女は、満足の気持ちとあいさつを笑みで表わし、立ち止まる気配を見せた。これに対しもう一人のほうは、腕組みをし、クスクス笑いをして、同様に立ち止まる気配を見せた。彼はとっさに考えた。あの人が出てきて、俺がこの二人と喋っているのを見かけたりしたら大変だ。彼はごく自然に、まるで当然のことのように、黒い目の女と並んで威勢よく歩きだした。彼のほうに決まりの悪さはなかったし、言葉だってつかえることもなかった。こういう所では気が楽で、堂々と冗談も飛ばした。俗語を乱発し、如才のなさを発揮したが、それらはつねに、このように手早く行動しなければならない恋愛で、女と知りあう準備段階なのだ。人ごみの本流が街角まで前進してきたところで、横町に抜け出そうとした。ところが黒い目の女が、彼の腕をつかんで、あとに続き、もう一人の連れも引っぱってきた。そして叫んだ。

「待ってよ、ビル！ 何だって急ぐの？ そんなに急にはねつけなくったっていいでしょ？」

彼は、笑いながら立ち止まり、ふり向いて二人と向かいあった。この女たちの肩越しに、進んでいく群衆が街灯の下を通過するのが見えた。自分の立っている所はそんなに明るくはないから、見られはしないが、自分のほうでは彼女の通りすぎるのが見えるだろう。彼女はきっと通るだろう。こっちが彼女の帰る方角だから。

「こっちの娘(こ)は何ていう名前？」と彼は、黒い目の女に対して、クスクス笑っている女のことを訊いた。すると、

「あんたが訊けば」と、声を震わせて答えた。

「じゃあ、何て名前？」と彼は、その当人に面と向かって訊いた。

「まだあんたの名前を聞いてないわ」と、彼女は言いかえした。

「おまえのほうからは訊かなかったぜ」彼はほほえんだ。「それに、おまえたちのほうから最初に口をきいたんじゃないか。ビルってんだ。そう、それでいいんだ」

「ともかく、あんたと一緒に行くよ」と言って彼女は、彼の目をのぞき込んだ。彼女の目はひじょうに情熱的で、誘惑的であった。「ほんとは、何て名前なの？」

もう一度彼女は見た。セックスが始まって以来の女というものが、その目によく表われていた。彼は迂闊(うかつ)にも彼女をじろじろと見た。すると今やはっきりと、自分が迫るにつれて恥ずかしそうに上品に退きはじめ、自分のほうが遅れをとろうものなら、いつでもこの勝負をくつがえす心構えが彼女にはあることを知った。それからまた彼は、人間的であったので、彼女の誘惑を感じ、一方彼の自我は、

彼女の優しい甘言をありがたいと思わざるを得なかった。ああ、俺には何もかもわかってるんだ。こいつらのことは、一から十までわかってるんだ。それはちょうど善良さというものを、こいつらの特殊な階級で評価するようにだ。こういう階級の連中というのは、わずかな賃金のためにもよく働き、己(おのれ)を売って楽な道を選んだりしないで、砂漠のような生活にあってほんのささやかな幸福を神経質に切望し、いつ果てるともないいまわしい苦労と、さらにひどい不幸の黒い落とし穴とのあいだの賭けである未来、つまり、実入りはよくなるが生活が手っとり早くなる道と向かいあってるというわけだ。

「ビルってんだ」と彼は、うなずきながら答えた。「そうとも、ほんとにビルってんだよ」

「からかってんじゃないの？」

「ビルなんかじゃないよ」と、もう一方の女が口をさしはさんだ。

「どうしてわかるんだ？」と彼は訊いた。「おまえ、俺に会ったのはじめてじゃないか」

「そんな必要ないわ。あんたが嘘ついてることぐらい、わかってんだから」と言いかえしてきた。

「ほんとはさあ、ビル、何て名前なんだい？」と、黒い目の女が訊いた。

「ビルでいいだろ」と、彼は言った。

彼女は、彼の腕に手をさし伸べて、いたずらっぽく彼の体を揺り動かした。「あんたが嘘ついてることぐらいわかってたわ。でも、あんたはいい人のようだね」

彼がその招き寄せる手を捕らえてみると、手のひらには例の傷あとやむくみが感じられた。

「いつ缶詰め工場を辞めたんだ？」と、彼が訊いた。

「どうしてわかんの？　へえ、あんたって人の心がよくわかるんだね！」と二人は、口をそろえて言った。

このように馬鹿者の愚かなやりとりを交わす一方で、彼の心の中には、さまざまな時代の英知に満ちた図書館の書棚がそびえていた。この不釣りあいを思うと、苦笑し、疑いの気持ちが胸に迫るのだった。なのに、そういう心中と上機嫌の外面を合わせ持ちながらも、劇場から流れ出てくる人ごみに目を配るゆとりはあった。そのとき、明かりの下で、アーサーとあの眼鏡をかけた若者とのあいだに彼女の姿を見かけ、彼の心臓は停止してしまうのではないかと思われた。長いあいだこの一瞬を待ったのだ。その女王のような頭を包んでいる軽いふわふわとしたもの、衣服をまとった容姿の優美な線、その身のこなしやスカートをつかむ手の奥ゆかしさを、ゆっくりと見ることができた。そうして彼女は行ってしまい、あとはあの缶詰め工場の二人の女を見つめるのだった。衣服をかわいく見せようとする二人には品がなく、清潔できちんとしようとする努力は痛ましく、衣服やリボンや指輪にしても、みな安物ばかりであった。

急に腕を引っぱられたかと思うと、声がした。

「しっかりするんだよ、ビル！　どうしたっていうの？」

「何て言ったんだ？」と彼が訊いた。

「ううん、別に」色黒の女が、頭をちょっと上げて言った。「たださ――」

「えっ？」

「いえね、あんたがさ、あたしの連れ（指さしながら）にもいい相手を見つけてくれりゃいいんだけど、って言ってたのよ。そうすりゃ、どっかへ行って、クリーム・ソーダかコーヒーか、何でもさ、飲めるじゃない」

彼は、急にひどい嫌悪感に襲われた。ルースからこの女たちへの変わりようが、あまりに急激でありすぎたのだ。目の前にいる女の大胆で挑戦的な目と並んで、ルースの澄んだ、聖人のように輝く目が、はかり知れない清らかな深みから見つめていた。すると、彼はどういうわけか、体の内に力が湧き立つのを覚えた。俺は、こいつらよりはましなんだ。アイスクリームや男友だちといったことしか考えられない、こういう女たちにとっての人生と、俺にとっての人生とはわけが違う。俺はこれまでもたえず、人に知られない自分だけの人生というものを考えてきた。こういう考えをほかの者と分かちあおうとしたけれど、俺にはそれを理解できる女が見つからなかった。男にしたってそうだった。何度かやってはみたが、聴いている者を当惑させるだけだった。これまで俺の考えがそういう連中に理解できなかったように、この二人にもわからないに違いない。体内にぐっと力が入り、彼はこぶしを握った。もし人生が自分にとってもっと意味のあるものなら、人生からもっと要求すべきだが、このようなつきあいからは要求すべくもない。この大胆な黒い目には、与えるものなんか何もない。この連中が裏で考えていることといったら、アイスクリームとか何かほかのものなんだ。だが、その横に並んでいる聖人の目——それは、彼の知っているすべてのもの、およそ彼の考えつく以上のものを与えてくれた。書物と絵画、美と落ち着き、それに、一段と高尚な生活のすばらしい気品とを与えてくれた。この黒い目の背後に、彼はあらゆる思考過程を見てとった。それは時計じかけのようなものであり、あらゆる歯車が回るのを見てとった。この女たちの誘いは低俗な快楽であり、墓穴のように狭く、すぐに飽きがきてしまうものだ。そしてとどのつまりは、墓場というわけだ。それにひきかえ、あの聖人の目の誘いは神秘であり、想像を絶した驚異であり、永遠の生命だ。彼はその目に生気を、そしてまた自分自身の生気をも瞥見(べっけん)した。

「その話にゃ、ちょいと具合の悪いことがあるんだ」と彼は、大きな声で言った。「もうほかにデートの約束があってよ」

女の目は、失望の色に燃えた。

「病気の友だちの看病でもするってわけ?」と、彼女は冷笑した。

「いや、ほんとにデートなんだ。オ、オンナの子とな」と、彼は口ごもった。

「だましてるんじゃないだろね?」と、彼女は本気で訊いた。

彼は、相手の目を見て答えた。「そんなことないよ、ほんとなんだ。けど、俺たち今度いつか会うってことにしたらどうだ? おまえ、まだ自分の名前を言ってないぜ。それに、どこに住んでんだ?」

「リズィーよ」と彼女は、彼のほうへしなだれ、手で彼の腕を握りしめながら答えたが、体は彼の体にもたれかかった。「リズィー・コノリー。マーケット通り(オークランド市の目抜き通りブロードウェイより七、八丁西の、同じく南北に走る通り)五丁目に住んでるの」

それから、ほんのしばらく話をして別れた。まっすぐ家には帰らず、よく夜通し立ちつづける木の下へ行き、窓を見上げてつぶやいた。「あのデートっていうのは、ルース、あんたとなんだ。あんたのために取っておいたんだぜ」

7

ルース・モースにはじめて出会った晩から一週間というもの、猛烈に読書に励んだ。が、彼女を訪ねてみようとはしなかった。何度も勇気を奮い起こして訪ねてみようとはしたものの、いろいろな疑問に責めさいなまれて、決心が遠のいた。いつ訪ねていったらいいものやらわからないし、誰も教えてくれなかったから、とり返しのつかない大失敗をやらかさないかと恐れたのだ。これまでの友だちや生活様式からは離れ、かといって新しい友だちもいないために、残されたものといえば読書しかなかった。読書に費やした時間は相当なものだったから、普通の目だったら、両目を一ダースはつぶしてしまっただろう。だが、その目は衰えを知らず、実に頑健な体力に支えられていた。さらに、その頭は未開墾であった。書物の抽象的な思想に関するかぎり、これまで開墾されないままになっていたが、今や、種をまく機が熟していた。というのもその頭は、学問に疲弊するといったことがなかったから、書物の知識を鋭い歯でつかんで、放そうとはしなかったのである。

週末の頃には、もう何世紀も生きて、あの昔の生活や考え方がはるかに遠のいたかのように思えた。それでも、準備不足には困惑した。予備の勉強をやるだけでも数年はかかる書物を読もうとしたからだ。ある日には時代遅れの哲学書を読み、その次の日には超現代的なものを読むといった具合で、頭の中は思想の葛藤と矛盾に混乱した。経済学者についても同様であった。図書館のある書棚には、カール・マルクスやリカードやアダム・スミスやミルがあった。どの公式にしても難しすぎて、どれが時代遅れなのか手がかりもつかめなかった。当惑したが、それでもなお知りたいと思った。一日経つと、経済学や産業や政治学に関心を持つようになった。市役所前公園を通りぬけるときに、一団の人々に気づいた。そのまん中に六人の人がおり、顔を紅潮させ声をあげ、熱心に討論を戦わせていた。聴衆の中に加わって、大衆哲学者たちの口にのぼる耳新しい、縁のない言葉を聴いた。一人は放浪者、一人は労働運動家、一人は法科の学生、そして残りは口数の多い労働者たちであった。生まれてはじめて社会主義、無政府主義、一物件税（シングル・タックス）のことを耳にし、敵対する社会哲学の存在を知った。耳にした数百の専門用語がはじめてであり、それらは彼のお粗末な読書量では及びもつかない思想分野にあった。このため、それらの議論にぴったりとはついていけず、そのような不思議な表現に包まれた思想を推測してみるよりほかなかった。それからまた、神智学（シオソフィ）をやる黒い目をしたレストランの給仕や、不可知論者である組合員のパン屋がいた。また、存在するものは正しいという不思議な哲学でみんなを困惑させる老人がおり、さらには別の老人が、宇宙とプラス原子（ファーザー・アトム）とマイナス原子（マザー・アトム）についてだらだらと喋るのだった。

　数時間後にその場をあとにしたとき、マーティン・イーデンの頭は混乱状態にあった。急いで図書館へ行き、十二もの聞き慣れない言葉の定義を調べた。そして図書館を出るときには、マダム・ブラヴァツキー（一八三一―九一、ロシア生まれ。神智学の創唱者）の「秘密の教理」、「進歩と貧困」、「社会主義の真髄」、「宗教と科学の闘争」の四冊を小わきにかかえていた。ところがあいにく、「秘密の教理」から読みはじめてしまった。どの行も長い綴りの語がぎっしりと詰まっており、彼には理解できなかった。ベッドにきちんとすわったのだが、辞書を前にする回数のほうが、本を読む時間より多かった。調べる語の数が多すぎ、また出てきても意味を忘れてしまっていて、調べなおさねばならなかった。語の定義をノートにつける工夫をしてはみたが、ノートはすぐに埋まってしまった。それでもやはり理解できないのだ。午前三時まで読んだが、頭が混乱してしまい、原文に盛られた重要な思想を何一つ把握できなかった。目を上げてみると、部屋が海上の船のように揺れに揺れるような気がした。それから「秘密の教理」を投げつけ、部屋に向かって悪態をつきながら、ガス灯を消し、眠りに入るのだった。ほかの三冊から始めたほうがずっと幸運だったのかというと、そうでもなかった。自分の頭が愚鈍とか無能とかいうのではなく、思考の訓練と思考するのに必要な道具があれば、こういった思想だって考えることもできるのだ。そうなのだろう、と思った。そしてしばらくは、本に書かれてある語を十分習得するまでは、辞書しか読まないでおこうと考えた。

それにしても、詩は彼の慰めであった。ずいぶんと読んだが、単純な詩人のほうに最大の喜びを見いだした。そのほうがよくわかるからだ。美を愛していたから、そこに美を見いだしたのだ。詩は、音楽と同様に、彼の心を深く感動させた。自分ではそうと気づいてはいなかったけれど、来(きた)るべき重大な仕事に向けて頭の準備をしていたのである。頭のページは白紙であり、読んで気に入った多くの詩は、一節ごとに楽に頭のページに刻まれていった。そのためにまもなく、読んだ活字の快い響きや美しさを、声に出したり、そっと詠唱することに大きな喜びが得られるようになった。それから、ゲイリー（チャールズ・ミルズ・ゲイリー、一八五八―一九三二、アメリカの学者）の「ギリシャ・ローマ神話」とブルフィンチ（一七九六―一八六七、アメリカの学者・神話学の普及者）の「神話の時代」が、図書館の書棚に並んでいるのを見つけた。それは、無学の闇に投げかけられたすばらしい光、照明であり、これまでにも増してむさぼるように詩を読んだ。

図書館の係の男は、たびたびマーティンを見かけるので、すっかり好意的になり、マーティンが入っていくと、いつもほほえみと会釈を送るようになった。このために、彼は意を強くした。本を何冊か持ち出してきて、その係の男がカードに印を押しているときに、だしぬけにこう言った。

「あのう、ちょっと訊きたいことがあるんですが」

相手は、ほほえんで耳を貸した。

「若い女の人に会って、また来るように言われたら、その次はいつ頃行けばいいんでしょうか?」

マーティンは、奮闘の余り汗だくになり、シャツが両肩にべったりとくっつくのを感じた。

「それはいつだっていいでしょう」と、相手が答えた。

「そりゃそうなんですが、この場合は違うんです」マーティンは不服だった。「彼女が——俺が——ええっと、つまり、こうなんです。たぶんその人は、家にいないかも知れないんです。大学へ行ってるんです」

「それじゃまた訪ねてみなさいな」

「どうも俺の言ってることと、思ってることとが違うんで」とマーティンは、ためらいながらも正直に話した。相手の情けにすがってみようと、腹を決めたからである。「俺は、どうも下品な野郎で、社会のことは何にもわかっちゃいないんです。その女の人っていうのは、何もかも俺とは違うし、俺にはその人にふさわしいものなど何もないんです。俺って馬鹿なまねをしてる、とお思いでしょ?」

と、彼は不意に訊いた。

「いえ、いえ、そんなことは決してありませんよ」と、相手は断言した。「あなたのご要望は、ほんとうはこの案内係の仕事ではありませんが、喜んでお力になりますよ」

マーティンは、感服して相手を見た。

「俺もそんなふうにうまくやれりゃ、いいんですが」

「はあ？」

「つまり、俺もそんなふうに気楽に、ていねいに、申し分なく喋れたら、ってわけです」

「ああ」と相手は、話が呑みこめて、そう言った。

「何時頃訪ねるのが一番よいんですか？　食事時にあまり近くない午後にでも？　それとも晩か、あるいは日曜か？」

「そうですね」その図書館員は、明るい表情で言った。「電話をかけてみられればいいでしょう」

「じゃ、そうします」そう言って、彼は本を持ちあげ、歩きだした。

ところがまた引きかえして、尋ねた。

「若い女の人に話しかけるときには、そうですね、たとえばミス・リズィー・スミスという名前だとすれば、『ミス・リズィー』って言えばいいんですか、『ミス・スミス』がいいんですか？」

「『ミス・スミス』とおっしゃればよろしい」と図書館員は、きっぱりと言った。「その人ともっと親しいお知りあいになるまでは、いつでも『ミス・スミス』とおっしゃればいいのです」

こうして、マーティン・イーデンはこの問題を解決した。

「いつでもいらしてください。午後はずっと家におりますから」借りた本をいつ返せばよいかということを電話で口ごもりながら訊くと、ルースはそう返答した。

彼女が、直々玄関に出迎えた。そして彼女の女性としての目は、すぐさま折り目のついたズボン、それにわずかだが、どことなく彼に好変化が生じているのをとらえた。そのうえ、彼の顔にも驚いた。ものすごいといってもよいぐらい健康そのものであり、その健やかさが彼から力強い波となり、自分に向かってほとばしり出てくるように思われた。彼女は、もう一度彼に身を寄りかからせて、その温かさを感じてみたいという衝動に駆られた。そして、彼の存在によって生じる影響に驚いた。彼のほうでも、握手をしたときに、再びめまいのする至福感を覚えた。二人の違いは、彼女が冷静沈着であるのに対し、彼のほうは顔を髪の根もとまで赤らめたことであった。彼女のあとをついて行くときの歩き方は、例のぎごちない、よろよろとした足どりであり、肩は揺れ動いて、危なっかしいほど傾くのだった。

いったん居間に腰をおろすと、彼は楽に――思っていたよりはるかに楽に、事を運びはじめた。彼女が手を貸してくれたのだ。その優しい気づかいを思うと、これまでにも増して狂おしいほど彼女がいとおしく思われた。まず彼が心を寄せたスウィンバーンと、理解できなかったブラウニングの本について、二人は語りあった。それから話題がいろいろと変転し、彼女は会話のリーダーシップをとる一方で、どうすれば彼の力になれるかという問題についてあれこれと考えた。このことについては、二人がはじめて出会って以来、たびたび考えていたことではあった。彼の力になりたかったのだ。彼は彼女の同情と優しさとを求めていたが、そんなものはこれまで誰も求めたことのないものだった。だからそうした同情は、彼に対して軽蔑的であるというより、彼女の内に潜む母性的なものであった。

自分の同情は、ありふれた同情の類いでなんかあり得ないだろう。こんな時に同情を引く男というのは、乙女心に衝撃を与え、その心と脈搏を、わけのわからない思いや感情で震わせるほどなのだから。あのなつかしい首筋の魅力が目の前にあり、それに両手を置いたらと思うと楽しかった。そんなふうに思うことはまだ淫(みだ)らな衝動のように思われたが、それにも次第に慣れていった。表向きはそういう形をとりながらも、新しく生まれた恋が次第に形をまとめることになろうなどとは、夢にも思わなかった。また、彼が自分の中に起こすそうした感情が恋なのだとも、夢にも思わなかった。ただ、卓越した面を内に秘めている並はずれた型の人物として、彼に関心を寄せているのだと考えていたし、それについては博愛主義だとさえ思っていた。

　彼女は、自分が彼を求めていることに気がつかなかった。が、彼のほうはそうではなかった。彼には、自分が彼女を愛していることがわかっていたし、彼女を求める気持ちがこれまでになく強いものだということも知っていた。これまで詩を愛していたのは美のためだったが、彼女に出会ってからというもの、広大な恋愛詩の分野への門戸が大きく開け放たれた。ブルフィンチやゲイリーなどより、彼女のほうがずっと彼の理解を深めてくれた。一週間前なら、「狂おしく恋する者、接吻にても死なん」という一行だって、十分に味読することはなかっただろう。ところが今や、この言葉は始終彼の頭にこびりついていた。この言葉の持つ不思議さと真理とに驚嘆した。そして彼女を見つめながら、キスができるなら喜んで死ねると思っていた。自分のことを狂おしく恋する者と感じた。だから、どんなナイトの爵位を受けたとしても、これにまさる誇りを得られはしなかっただろう。こうしてついに、人生の意味と、自分がなぜ生まれてきたのかというわけとを知ったのである。

彼女を見つめ、耳を傾けるうちに、彼の考えは大胆になっていった。玄関で自分の手に彼女の手が触れたときのあの狂おしいほどの喜びを反芻してみると、もう一度触れてみたいという気持ちになった。そのまなざしは、たびたび彼女の唇のほうへと動き、猛烈にその唇を欲しいと思った。けれども、この気持ちに野卑な面や俗っぽさなどはなかった。彼女が言葉を口にするときの唇の動きを逃さず見つめるのは、このうえもない喜びであった。そのうえ、その唇は並たいていの人間の唇ではない。その中身は、ただの人間の肉ではないのだ。それは精霊の唇であり、彼がそれを欲しいと思う気持ちは、これまでほかの女の唇を欲しいと思った気持ちとはまったく別物のように思われた。その唇にキスをして、自分の肉欲的な唇を重ねることもできようが、しかし、それは神の衣に接吻をするときの、崇高で、すごく情熱に満ちたキスになるだろう。彼は自分の内に生じたこの価値転換を意識していなかったし、彼女を見るときに輝く自分の目の光が、あらゆる男性が恋を求めるときに輝く目の光とまったく同じだということにも気づいてはいなかった。自分のまなざしがいかに熱烈で男性的なものであるか、また、そのまなざしの熱い炎が彼女の精神の錬金術に影響を与えているのだということも、夢にも思わなかった。彼女の極度に高い純潔性は、彼の感情を高めて隠し、その思いを星のように冷たい清純さへと昂揚させるのだった。だから、その輝きが、自分の目から熱い波のように彼女の中を流れ、同じような興奮の火をつけているのだと知ったら、彼はどんなに驚いただろう。彼女は不思議と狼狽し、一度ならず、なぜだかわからなかったけれど、その興奮が快く湧いてきたために、考えがうまくまとまらず、ばらばらになってしまった。そして、先に話していたことの続きを模索せねばならなかった。彼女にとって、ものを言うのはいつだってたやすいことであった。だから、こうして話が中断するのも、彼が実に注目すべきタイプの人物だからだというふうに思わなかったなら、彼女だって困惑しただろう。彼女は印象に対してひどく敏感だったので、結局、別世界からやって来た旅人の、この特別な雰囲気に、相当な影響を受けたのも無理からぬことではあったのだ。

彼女の意識の背後にある問題は、どのようにして彼の力になるかであり、会話もその方向へ持っていこうとした。が、マーティンのほうが先にその点に触れた。

「あなたに何かいい考えを貸してもらえないかって思っているんですが」と、彼は切りだした。すると、相手が快く黙って話を聞いてくれたので、彼は心はずむ思いであった。「この前寄せてもらったとき、俺がやり方がわからないもんだから、本やらいろんなことについて話もできないって言ったの、覚えてますか？　いや、あれからね、いろいろと考えてるんですよ。ずいぶん図書館へも行ったけど、取っ組んだ本というのがたいていはわからないんです。まあ、初歩から始めたほうがいいんでしょうがね。俺には分が全然ないもんでね。餓鬼の頃からずっと、わりと頑張ってきたし、図書館へ行きだしてからも、新しい目で本を見てるし――新しい本だって見てるし――それでも結局、俺は自分に合った本を読んでなかったんだ、というふうに思ったんです。早い話が、放牧キャンプや水夫部屋にある本と、ここのお宅にある本とは違うでしょ。そう、俺はそういう読み物に慣れ親しんできたってわけです。だけど――そのう、別に自慢するわけじゃないですが――俺はこれまで一緒におった連中とはわけが違うんだ。一緒に旅をした船乗りや牧童たちよりは偉いって言うんじゃないんです――そりゃ、ちっとばかしのあいだ、牧童の仕事もやってました――が、いつも本が好きで、手の届くもんなら何でも読みました――だから、連中とは物の考え方が違うだろうって思うんです。

ところで、俺の言いたいのは、こんな家には入ったこともないってことです。一週間前に来て、こういう何もかも、それにあんたや、あんたのおふくろさん、弟さん、いっさいを見て——そう、気に入ったんです。こういうものについては、聞いたり、何かの本で読んでたけど、あんたの家を見てみて、いやあ、本に書いてあったことは嘘じゃないです。つまり、それが気に入ったんです。欲しかったんです。今も欲しいと思ってるんです。俺は、あんたがこの部屋で吸ってる空気が吸いたいです——だって、本や絵や美しいものでいっぱいの空気だし、ここじゃ、みんな低い声で喋るし、清潔だし、考えだって清浄だし。俺がいつも吸ってる空気といえば、おまんまや家賃やくずや酒盛りやなんかが混ぜくちゃになってて、連中が喋ることとってそんなことばっかりなんです。ええっと、あんたが部屋ん中を歩いていって、おふくろさんにキスしたとき、俺は、あんなに美しいものを見たことがないと思ったです。俺は、今までずいぶん世間を見てきたし、俺と一緒におったたいていのやつらより、ずっと世間というもんを見てきました。俺は見るのが好きで、もっと見たい、もっと違ったものが見たいと思ってるんです。

でも、俺はまだ言いたいことを言っとりません。つまり、こうなんです。俺は、あんたがこの家で送っている生活が自分でもできるようになりたいんです。人生には、酒盛りや重労働や放浪以上のものがあるんです。それで、どうやって手に入れりゃいいんでしょ？　どこから手をつけて、始めりゃいいんでしょ？　頑張り通してみせますし、つらい仕事になれば、俺以外のたいていのやつらは参っちまいますよ。俺はいったんやりだせば、夜も昼も頑張ります。俺がこんなことを訊くなんて、あんた、おかしいと思ってるんでしょ。あんたにはぜったい訊いちゃいけないとはわかってるんだが、ほかに訊く者もいないんで——アーサー以外には。アーサーに訊けばいいのかも知れませんが。もし俺が——」

彼の声は、小さくなっていった。アーサーに訊くべきだった、いい物笑いになったのではないか、とひやひやしているうちに、前もってしっかりと立てていた考えがつかえてしまった。ルースのほうは、すぐには声が出なかった。相手の顔に表われるものと、つっかえながらの不器用な話し方や単純素朴さとを、何としても一致させようとしていたからだ。彼女は、これほど力強さの表われている目を見たことがなかった。何でもやってのけられる男が目の前にいるということをその目に読みとりはしたものの、それと、彼が考えを述べるときの頼りなさとがうまくかみ合わなかった。だからこの件に関して、彼女の頭はひじょうに複雑かつ活発に働いたので、単純素朴ということが正しく理解できなかった。それでも、マーティンの頭が必死に暗中模索している点には、エネルギーを感じとった。自分を押さえつけにかかる枷（かせ）に対し、のたうち、それを引っぱろうとする巨人ででもあるかのように思われたのだ。彼女が語りだしたとき、その顔は同情心に満ちていた。

「あなたに必要なもの、それはご自分でもおわかりですけれど、教育ですわ。もう一度中学にお戻りになり、それから高校と大学までお出になることですわ」

「だけど、それには金がかかります」と、彼が口をはさんだ。

「まあ！」と彼女は叫んだ。「それは考えておりませんでしたわ。でも、それだったら、ご親戚かどなたかご援助してくださる方がおありでしょ？」

彼は、首を横に振った。

「おやじもおふくろも、もういないんです。姉妹は二人いるんですが、一人は結婚していて、もう一人のほうも直に結婚するはずです。それから、兄弟もずらっといます――俺は一番末です――が、誰の力も借りやしなかったです。みんな、ど偉い者になってやろうと、世界じゅうをうろついてるんです。一番上のやつは、インドで死んじゃいました。二人は、今南アフリカにいますし、別のやつは捕鯨船に乗ってますし、一人はサーカス暮らしで、ブランコに乗ってます。俺だって、みんなと同じようなもんです。俺は十一のときから、自分でおまんま食ってるんです――おふくろの死んだのが、その時です。どうやら自力で勉強しなくっちゃならないようですが、どこから始めりゃいいのか、それが知りたいんです」

「まず何といっても、文法をおやりにならないといけませんわ。あなたの文法は――」彼女は「ひどいです」と言うつもりだったが、「あまりよくありません」と改めて言った。

彼は赤くなり、汗をかいた。

「たしかに俺の喋る言葉はひどいのが多いから、わかってもらえないとは思います。だけど、そういう言葉しか俺は使えないんです――話し方ですよ。ほかにも言葉が浮かんではきますし、本からも覚えるんですが、発音できないもんだから、使えないってわけです」

「おっしゃってる内容ではなくって、おっしゃり方なんですのよ。はっきり申しあげてよろしいかしら？　ご気分をそこねてはいけませんから」

「いやあ、とんでもない」と彼は叫んだが、内心では彼女の好意に感謝した。「どしどし言ってください。俺は知らなきゃいけないんです。それに、ほかの者なんかよりあんたに教えられるほうが、早くわかるようになるでしょう」

「それじゃ申しあげますけど、あなたは、‘You was’ っておっしゃるでしょ。それは ‘You were’ でなければいけませんわ。‘I seen’ だって ‘I saw’ ですわ。それから、二重否定をお使いになってますが――」

「二重否定って何です？」と彼は訊いて、それから畏れ入るようにつけ加えた。「どうもあんたの説明がよくわからんのです」

「さあ、うまく説明できますかしら？」とほほえんで、「二重否定と申しますのは――そうですねえ――そのう、たとえば、‘never helped nobody’ とおっしゃいましたが ‘never’ は否定語です。それから ‘nobody’ もまた別の否定語です。否定語が二つ重なると肯定になる決まりがあるんです。‘never helped nobody’ は、『誰も助けなかった』じゃなくって、『きっと誰かを助けた』という意味になってしまいますのよ」

「それで大分はっきりしました」と彼は言った。「そんなこと今まで考えたこともなかったです。でもそれは、きっと誰かを助けたという意味じゃないんでしょ？ ‘never helped nobody’ というのは、当然、誰かを助けたかどうかは言いかねる、というふうに俺には思えるんですが。そんなこと考えたこともなかったですし、もうこれからは言いません」

彼女は、彼の頭の回転の速さと確実さとに喜びもし、驚きもした。糸口をつかむや、彼は理解したばかりか、彼女の誤りさえ正した。

「そういうことは、みんな文法にありますのよ」と彼女は続けた。「まだほかにもあなたの話し方で気づいた点がありますわ。‘don't’ っておっしゃるけど、いけませんわ。‘don't’ は短縮形で、ほんとうは二語なんです。おわかりですわね？」

彼はちょっと考えて、答えた。「do not」

彼女はうなずいて言った。「それから、‘does not’なのに‘don’t’っておっしゃってるわ」

彼はこれには困って、すぐにはのみ込めなかった。

「例をあげてみてください」

「そうね――」彼女は眉をひそめ、口を結んで考えた。彼のほうはじっと見つめ、彼女のその表情に惚れぼれとしていた。「‘It don’t do to be hasty.’だとすれば、‘don’t’を‘do not’にして、‘It do not do to be hasty.’と読むのですけれど、これだって全然理屈に合いませんのよ」

彼は、このことを頭の中でよく考えてみた。

「あなたのお耳には障(さわ)りませんこと？」と、彼女はほのめかした。

「‘it does’とは言えやしません」と、彼は批判的に答えた。

「どうして『‘it do’とは言えやしません』っておっしゃらなかったの？」と彼女が訊いた。

「そりゃあ、どうも間違ってるみたいだもんで」と、彼はゆっくりと言った。「もう一つのほうは、どうも決断がつきません。どうやら俺の耳は、あんたのように訓練ができてないようです」

「‘ain’t’なんて言葉はありませんのよ」彼女は、きっぱりと、だが上品に言った。

マーティンは、また顔を赤らめた。

「それに、‘been’を‘ben’っておっしゃるでしょ」彼女は話を続けた。「‘I came’なのに‘I come’とも。それから、語尾を切っておしまいになるけど、ひどく感じが悪いですわ」

「と言いますと?」彼は、前かがみ加減になった。こんなにすばらしい知性の持ち主の前ではひざまずかなくては、という気持ちになったのだ。「切るってどういうことです?」

「語尾をきちんと発音なさらないの。'A-n-d'は'and'と綴るでしょ。あなたは'an'と発音なさるの。'I-n-g'は'ing'と綴りますわね。あなたは'ing'と発音なさる時もありますけれど、'g'を落としておしまいになる時もありますわ。それから、早口に不明瞭にお話しになるために、最初の文字や二重字が欠けますの。'T-h-e-m'は'them'って綴るでしょ。それをあなたの発音は——ええ、とにかく、全部あたってみる必要もございませんわ。文法こそ、あなたに必要なのです。一冊見つけて、勉強の入り方をお教えしますわ」

彼女が立ちあがると、前にエチケットの本を読んだことが頭をかすめたので、彼も決まり悪そうに立ちあがった。そして、これでいいのかなと悩みつつそうしたので、もう帰るのだと彼女が思いはしないかと心配するのだった。

「ところでイーデンさん」彼女は部屋を出るときに、彼に声をかけた。「'booze'って何ですの? さっき何度かお使いになりましたね」

「ああ、'booze'ですか」と彼は笑った。「俗語ですよ。ウイスキーやビール——つまり、あなたを酔っぱらわせるもののことです」

「それからもう一つ」彼女は笑いかえした。「今おっしゃったように、一般的な場合には『あなた』を使ってはいけません。'you'はとても個人的なのです。今のは、必ずしもあなたのおっしゃりたいことにはなっていませんのよ」

「そりゃどうもよくわかりません」

「あら、今、私におっしゃいましたわね。『ウイスキーやビール――つまり、あなたを酔わせるもの』って――私を酔わせるって、いうことですの？」

「まあ、そういうこと、でしょ？」

「ええ、それはまあ当然そうなんです」彼女はほほえんだ。「でも、私をそこに入れないほうがよろしいですわ。‘you’じゃなくって‘one’になさいまし。そうすれば、ずっと聞こえがよくなりますよ」

彼女は、文法書を持ってもどってくると、彼の近くに椅子を引きよせ――このとき彼は、手を貸してもいいものだったのやらと思ったが――彼のそばにすわった。彼女が文法書のページを繰ると、二人の頭は互いに傾きあうようになった。自分がこれからやらねばならない仕事のあらましを彼女が話してくれるというのに、彼にはどうもついていけなかった。彼女が近くに来たうれしさで、気が動転してしまっていたのだ。ところが、彼女が動詞の活用変化の重要性を説きはじめると、もう彼女のことはすっかり忘れてしまった。活用変化（コンジュゲーション）などという言葉は聞いたこともなかったから、言葉のつながりというものを垣間見て心を奪われたのだ。さらにページに目を近づけると、彼女の髪が彼の頬に触れた。これまでたった一度だけ気を失ったことがあるが、またそうなるのではないかと思った。ほとんど呼吸もできず、心臓は血液を喉（のど）のほうへと押しあげ、今にも窒息しそうであった。今ほど彼女を身近に感じたことはなかった。今や、二人のあいだを隔てていた大きな淵（ふち）に橋がかけられたのだ。それでも、彼女に対する感情の崇高さは、いささかも減少することがなかった。彼女が彼の所までおりて来ることはなかったのだ。彼のほうが雲に巻きこまれて、彼女の所まで運ばれたのだから。その瞬間に、彼女に抱いた崇敬の念は、宗教的畏怖や熱情と軌を一にするものとなった。彼は、最も神聖な場所に立ち入ってしまったように思えた。そのため、自分には電気ショックのような感激を与えたのに彼女のほうでは気もつかなかったこの接触から、彼は徐々にそっと頭を離したのだった。

8

数週間が経ち、その間、マーティン・イーデンは文法を学び、エチケットについての本を復習し、気に入った本をやたらに読んだ。自分の階級のことはいっさい見なかった。ロータス・クラブの女たちは、マーティンがどうなったのかと首をかしげ、ジムを質問攻めにした。それから、ライリーの所で拳闘をやっている連中のなかには、マーティンが来なくなって喜ぶ者もいた。彼は、図書館でまた新しく大事なことを発見した。文法書によって言葉のつながりが明らかになったように、詩のつながりも明らかになった。そして、韻律や構造や形式を学びはじめ、その美のもとに、なぜ、どこからそういう美が生まれるのかを探ることを好んだ。また別の新しい本では、詩が代表的芸術と見なされ、その扱い方は余すところがなく、具体例が最高の文学作品から豊富に引かれていた。こういう書物を学ぶときの熱の入れようは大変なもので、これまで読んだ小説でこれほど力を入れたものはなかった。二十年間も放任されていたあまり、知識欲に促され、彼の生きのよい頭は、学生の頭にしては並はずれて力強く読んだものを把握するのだった。

今や有利な地に立って回顧するとき、前に知っていた古い世界、陸や海や船、船乗りや強欲な女どもの世界が、実にちっぽけな世界に見えた。とはいえそれは、この新しい世界と混ざりあって拡大した。彼の頭は、調和の方向へと向かっていった。そのため最初のうち、両世界に接点が見えだした時には驚いた。同様に、書物に見いだした高尚な思想と美によって気高くなった。こうして彼は以前にも増して、自分より上位の、ルースやその家族のような人たちの住んでいる社会では、すべての人たちがこうした思想を持って暮らしているのだ、とかたく信じるようになった。自分の住んでいる下層社会には下品さがあり、自分の日々を汚してきたその下品さを体から一掃し、上流階級の住んでいる高尚な世界にまで向上したいと思った。子供時代、青年時代を通じて、たえず漠とした不安に悩まされてきた。そして、自分の望むものが何であるのかもわからなかった。だが、漠然と探し求めていたものが、ルースに出会ってはじめて明らかになったのだ。今やその不安が激しく痛ましいまでになり、ついにはっきりと明確にわかったのは、美と知性と愛こそが必要だということであった。

ここ数週間のうちに六回ルースに会ったが、その都度目を開かせられた。彼女は、彼の国語をみてくれ、発音を矯正し、算数を始めるように仕向けた。が、二人の交際は初歩的な勉強に終始しているわけではなかった。彼はこれまでずいぶん多くの生活を見知ってきたので、頭のほうは十分成熟しており、分数や立方根や文法的説明、それに分析といったものでは、十分に満足できなかった。それで、二人の会話がほかの話題に転じる時もあった——彼が最近読んだ詩とか、彼女が勉強した最新の詩人とか。そして彼女が自分のお気に入りの詩を音読すると、彼は喜んで有頂天になった。これまで女たちが喋るのを聞いたなかで、彼女のような声は聞いたこともなかった。その声をほんのわずかでも聞くと、それで彼の愛は鼓舞され、彼女が口にする言葉の一つ一つに胸をわくわくさせ、感動に震えるのだった。その声には、休息と音楽的抑揚といった特性があり、それは、教養と優しい人とが持つ柔らかく、豊かで、名状しがたい所産なのであった。彼女に耳を傾けていると、彼の耳には、教養のない女や老婆の耳ざわりな叫び声、それにいっそう耳ざわりなことに、働く女や自分と同じ階級の女たちのかん高い声がよみがえり響いてきた。すると、視覚が化学作用を起こしはじめ、女どもが彼の頭を分裂して横切り、その一人一人が対照的にルースの麗しさを増すのだった。それからまた、彼女の頭が読むものを理解し、書き記された思想の美しさを鑑賞しては打ち震えているのだとわかると、彼の喜びはいっそう強まった。彼女は「王女」（テニスンの作品）から多くの詩行を読んで聞かせたが、そのとき、目を涙でいっぱいにすることがよくあった。それほど彼女の美的本性には、細やかな神経が張りつめているのだ。そんなとき、彼女の感情によって彼は高められ、神のようになった。そして彼女を見つめ、耳を傾けるうちに、生命の顔を見つめ、その最も深い秘密を読みとっているように思えた。そうして、絶妙な感覚の高みに達したことに気づくと、これが恋であり、恋こそはこの世で最高ものだと判断した。そして記憶の回廊に沿って、過ぎし日の快感や燃焼といったもの――酒に酔ったり、女を愛撫したり、肉体を競っての荒っぽい戯れやり取り――が、いろいろと思いかえされるのだった。それらは、今のこの崇高な熱情と比べると、取るに足りない、けちなものに思われた。

ルースにしてみれば、状況がどうもよくつかめなかった。これまで心を揺さぶられるような経験をしたことがなかったからだ。そういうことで唯一の経験といえば、書物から得たものであり、書物では日常の事実が空想によって書き改められ、現実味のない夢幻郷になってしまう。だから彼女は、この粗野な船乗りが自分の心の中に忍びこみ、こめられた力をそこに蓄え、いつかは炎の波となってほとばしり出て、自分の体じゅうを燃え盛ることになろうなどとは、ほとんど気づかなかった。ほんとうの恋の炎というものを知らなかったのだ。恋についての知識にはまったく現実性がなく、彼女にしてみれば、恋はゆらめく炎、露の滴(したた)りや静かな海面のさざ波のように優しいもの、夏の夜のビロードのような暗闇の涼味といったものであった。彼女は恋を、静かな愛情であって、花の香りが漂い、うす暗く、霊妙な静けさの雰囲気のなかで、そっと愛する者の思いを満たすものと考えていた。恋が、火山のように痙攣(けいれん)を起こし、身を焦がし、焼けつくような灰の不毛の荒地などとは思いも寄らなかった。自分の潜在力も世界の潜在力も知らなかったのだ。だから生命の深奥(しんおう)は、彼女にとっては幻想の海であった。父親と母親の夫婦愛が、彼女の恋愛の理想を形成しており、いつかは自分もショックや摩擦もなく、同じように愛する者と静かな甘い生活に入っていけるものと期待していたのである。

　それで彼女は、マーティンを珍しいいっぷう変わった人間だと思った。だから彼が与えるさまざまな影響を、珍奇でいっぷう変わったものと見なした。それは、やむを得ないことではあった。巡回動物園で野獣を見たり、嵐を目撃したり、ピカピカッと光る稲妻に身ぶるいをしたりしたときに、同じように異常な気持ちを味わったことがあったからだ。こういったものにはどこか広大無辺なところがあったが、彼にもどことなく広大無辺なところがあったのだ。彼は、大量の空気と広大な空間とを呼吸しながら、自分のもとにやって来た。その顔には熱帯の太陽の強い輝きがあり、その隆々としてはつらつたる筋肉には、生命の原始的な活力が潜んでいる。荒くれ男たちや荒っぽい所業の不思議な世界のために傷だらけになっており、その前哨すら彼女の限界を超えるものだ。彼は荒々しく野育ちなのに、自分にはおとなしく従ってくるという事実に、なぜか彼女の虚栄心は揺り動かされた。同様に、野生のものを飼い馴らしてやろうという人間共通の衝動にも駆られた。それは無意識的な衝動であって、彼女の理想像では世界一と信じこんでいる父親によく似た人間に彼を造り変えたいという考えからは、ひじょうに隔たっていた。また彼女の経験のなさからは、自分が彼から感じとった広大無辺なものが最も広大無辺なもの、つまり、等しい力で男女を引きつけ、発情期には雄鹿同士に殺しあいをさせ、いやおうなしに地水火風をすら結合させてしまう愛なのだ、ということを知る術もなかった。

彼の学力の急速な伸びは、驚異と関心の源であった。彼女は及びもつかない明敏さを彼に認めたが、それは適した土壌に育つ花のように、日に日に発芽するように思われた。ブラウニングを音読してやったが、彼が一節一節をとりあげて、不思議な解釈を下すために閉口することがよくあった。彼の男女および人生経験から、彼の解釈が自分のより正しい場合のほうがはるかに多いということが、彼女には実感できなかった。彼の考えは幼い、というふうに思えたのだ。ただ、その大胆な飛躍にしばしば興奮することもあったが。そういう時の考えの軌道は、星々のあいだにあってひじょうに広範なために彼女にはついて行けず、ただすわって、及びもつかぬ力の衝撃に感激を覚えるだけであった。それから彼女は、彼にピアノを弾いた——もはや彼に対抗することもなく——そして自分の下げ振り糸の及ばぬ深奥に染みこむ楽を奏でながら、彼のことを探ってみた。彼の本性は、太陽に向かって開く花のように、音楽に心を開いた。労働者階級のジャズ音楽から、彼女が諳んじていると言ってもいいクラシックの聴きごたえのあるものへと急速に移っていった。さらには、ワグナーに対して大衆的な好みを示し、「タンホイザー」序曲については、彼女が理解の糸口を与えると、彼女の演奏するほかの何物にも増して彼の心を奪った。直ちにそれは、彼の命に人格を与えた。彼の過去のいっさいが「ヴィーナス山」の主題であるのにひきかえ、「巡礼の合唱」を聞くと、なぜかこれこそ彼女だと思った。彼はこうして高められた状態から踏みだし、善と悪とが永久に争い、魂を探し求めるあの広大な暗闇の国へと上昇していった。

　彼のほうから質問するときもあり、彼女自身の下す音楽の定義や考えについて彼女の心に一時的な疑問を生じさせることもあった。それでも彼女の歌については、疑問をさしはさまなかった。そのほうはもっぱら彼女の領域であり、彼はそのきれいなソプラノの声が放つすばらしい旋律に、ただただじっと驚嘆するばかりだった。すると、これとは対照的に、栄養不良で鍛えられていない女工たちの弱々しげにかん走る声やかん高い震え声、それに港町の女の酒嗄れの喉から発するしわがれた金切り声が思い起こされた。彼女は、彼に喜んで歌を歌い、演奏した。実際、はじめて相手になってくれる人間を見つけたのであり、おまけに彼という塑性粘土を形づくっていくのは喜びであった。それを形づくっているのだと思っていたし、そうしようという気持ちも強かったからである。さらには、彼と一緒にいることが楽しく、彼が彼女をはねつけることもなかった。あの最初の拒絶反応といえば、実は未知の彼女に対する恐れだったのだが、その恐れも休止状態にあった。気づいてはいなかったけれど、彼を一人占めにしたいという感情を抱いていた。それに、彼が彼女の気持ちを鼓舞するような影響も与えた。彼女は大学での勉強に熱が入り、そのうえ、無味乾燥な書物を離れて、海の涼風のごとき彼の個性にさらされ、力が湧くように思われた。力！　力こそが彼女に必要なものであり、彼はそれを気前よく与えた。彼と同じ部屋に入ったり、彼を玄関に出迎えることは、すなわち元気を出すことであった。そして彼が立ち去ると、いっそう熱を入れ、あらたに蓄えた知識を携えて書物にもどるのだった。

彼女はブラウニングをよく知ってはいたが、人の魂をもてあそぶのは困りものだということはわかっていなかった。マーティンへの関心が増すにつれ、その生活を改造してやろうという気持ちが激しくなったのだ。

「バトラーさんという方がいらっしゃいますのよ」ある日の午後、彼女は文法と算数を片づけた時に言った。「その方、最初はほとんど何の強みもありませんでしたわ。お父様が銀行の出納係をしていらしたのですが、何年かぶらぶらなさってから、アリゾナで結核でお亡くなりになりましたの。それで、バトラーさん——チャールズ・バトラーさんというお名前なのですが——は、この世で一人ぼっちになっておしまいになったのです。お父様がオーストラリアからおいでになったものでしょ。ですから、カリフォルニアにはご親戚が一人もございませんの。印刷所にお勤めに出られ——そのことを私、何度もお聞きしましたわ——最初は、週三ドルでしたのよ。今では、少なくとも年俸三万ドルの収入を得ておいでになります。どうしてそういうふうにおなりになったのでしょう？　それは、あの方が正直で、忠実で、勤勉で、倹約をなさったからですわ。大方の若者が耽ってしまう享楽を、あの方はお断ちになったのです。毎週必ず相当額を貯金なさったのです。貯金をするためには、たとえ何もなしですませてしまわねばならないようなことがあっても、ね。むろん、まもなく週三ドル以上おもらいになりましたし、俸給が増えるにつれて、貯蓄額もますます増えていきました。昼間は働き、夜は夜学にお通いになりました。あの方の目は、いつだって未来にしか向いていませんでした。そのうち、夜間の高校に行かれました。わずか十七歳で、活字を組む仕事ではすばらしい賃金をおもらいになりました。でも、それに安住しないで、さらに高い望みをお持ちでした。お望みだったのは一生の仕事であって、生活の資なんかではありませんでした。それで、究極の目的のために、もう一度身近な犠牲を払うことで満足なさったのです。法律をなさる決心をし、給仕として私の父の事務所にお入りになりました――いかがなものでしょう！――週わずか四ドルだったのですよ。でも、倹約の仕方を心得ておいでしたから、その四ドルのなかから、貯金をお続けになったのです」

彼女は、ひと息ついて、マーティンがどのように話を受けとめたかを窺(うかが)った。彼の顔は輝き、バトラー氏の若き日の努力に関心を示した。が、その顔には同様に、賛成しかねるといった表情も表われていた。

「若い人にしては、かなり運が悪かったと言えるでしょうね」と彼が言った。「週四ドルですって！いったいどうやって生活できたんですか？　もちろん、気どりも何もあったもんじゃないでしょ。それにしたって、俺は今、食費に週五ドル払ってるんですよ。それでは刺激的なことは何もないじゃないですか。賭けたっていいですよ。きっと犬みたいな生活してたんだ。食い物といや――」

「小さな石油コンロで自炊なさったのです」と彼女が遮(さえぎ)った。

「その人の食ってたものは、一番食い物の悪い遠洋航海の船乗りが食うものよりひどかったに違いありませんや。おそらく、それよりひどい食い物なんてありゃしません」

「でも、今のあの方のことをお考えになってみてください！」と彼女は、やっきになって叫んだ。

「今あの方の収入でおできになることをお考えになってください。若い頃にいろいろと享楽をお断ちになったればこそ、今になって一千倍に報われておいでになるのです」

マーティンは、突っけんどんに彼女を見た。

「ぜったい、間違いのないことが一つあるんです」と彼が言った。「それは、バトラー氏は今ぜいたくに暮らしてはいても、心陽気になれないことがあるということです。そんなふうに何年も子供の胃で物を食ってたとすると、きっと今は、その人の胃はよくはないです」

彼の探るようなまなざしを前にして、彼女は視線を落とした。

「今その人は、胃弱になってるに決まってますよ」と、マーティンは当否を問うた。

「ええ、そうですわ」と彼女は認めた。「でも——」

「それにきっと」マーティンは、勢いよく続けた。「その人は、年のいった梟(ふくろう)みたいにしかつめらしく、くそまじめで、年三万ドルも入ってくるというのに、楽しくやるなんてことはてんでないんでしょ。それにきっと、他人が楽しむのを見るのがとり立ててうれしくもないんでしょ。じゃないんですか？」

彼女は、うなずいて同意し、急いで説明を加えた。

「でもあの方は、そういうタイプの人ではありませんわ。生まれつき謹直で、まじめな方なのです。いつだってそうでしたの」

「きっとそうだったんでしょ」と、マーティンは言明した。「週給三ドル、週給四ドル、若者が石油コンロで自炊し、貯金をし、昼間は働きづめ、夜はずっと勉強。ただ働くばっかしで、遊ばず、楽しむこともせず、楽しみ方も知らず——とすりゃもちろん、その三万ドルを手にするのがあまりにも遅すぎたんです」

彼の想像力は、同情を含みながら、その若者の生活のことや、精神的には偏狭な発達をして年俸三万ドルの人間になったことの仔細を、自分の内なる世界に投げかけていた。さまざまな思いがすばやく広がりをみせるなかで、チャールズ・バトラーの生活全体が彼の視覚に重なりあった。

「知っておられる通り」と、彼はつけ加えた。「俺だって、バトラー氏を気の毒だと思ってます。彼は若すぎて、それ以上は知る由もなかったんです。でも、年俸三万ドルのために人生を奪われてしまった。そんなものなど、彼にはまるで無駄だったんです。だって、餓鬼の頃なら、ためていた十セントで菓子やピーナッツや芝居の立ち見席といったものを手に入れられたものを、今になってそういうものを三万ドルで一まとめに買ってみたって、何になろうっていうんですか?」

こういうユニークな考え方に、ルースは驚き入るばかりだった。ただ目新しく自分の考えとは反対だというだけでなく、そこにはいつも自分の確信を揺るがしたり、修正を加える恐れのある真理が頭をもたげるのが感じられた。今二十四歳ではなく十四歳だったなら、考え方を変えられていただろう。だが彼女は二十四歳であり、生まれも躾も保守的で、すでに自分の生まれ育った生活のすき間にはまり込んでしまっていた。なるほど彼のいっぷう変わった意見は、表明されるたびに彼女を悩ませはしたが、それを、珍しいタイプの人間だということと、そのいっぷう変わった生活から来ているものと考えたために、すぐに忘れてしまった。だからといって、そういった考え方に難色を示しはしても、その発言の力強さやそれに伴う目のきらめき、真剣な顔つきを前にすると、彼女はいつも胸躍らせ、彼のほうに引きよせられた。自分の地平を越えた所からやって来たこの男が、そういう瞬間に、自分より広くて深い思想を携えて、自分の地平を越えた所を通過していくなどとは、思いも寄らなかったことであろう。彼女自身の限界は、彼女の地平の限界であったのだが、限られた頭脳というのは限界を他人の中にのみ認知できるものだ。だから彼女は、自分の考えがひじょうに広いものであり、彼の考えが自分の考えと一致しないところこそ彼の限界を示すもの、というふうに考えた。それで彼女は、彼が自分の見方と同じ見方をするようになる手助けをし、彼の地平を自分の地平と一致するようになるまで広げてみることを夢見たのである。

「でも、私、今の話、まだ終わっていませんのよ」と彼女は言った。「父の申しますのには、父の使っていた事務所の若い人で、バトラーさんほどお仕事に精をお出しになった方はいらっしゃらないのですって。いつも仕事にはご熱心でした。遅刻だってなさったことがありませんし、たいてい定刻より数分前には事務所においでででした。余暇は、もっぱら勉強でお使いになりました。簿記とタイプを勉強なさり、また速記の月謝の支払いは、夜間、練習が必要な法廷記録係に口述することですまされたのです。すぐに書記になられ、とても貴重な存在におなりになりました。父は、あの方を高く買い、きっと立身すると踏んだのです。父のすすめで法科大学に進まれました。弁護士となって事務所にもどられると、すぐ父はあの方を下級弁護士として採用しました。偉い方ですわ。上院議員になるのを数回お断わりになり、父が申しますには、あの方さえその気なら、空席ができればいつだって最高裁の判事にもなれるそうです。このような生き方って、私たちには励みになりますわ。意志ある人は、その環境に負けずに立派に身を立てることだってできるということですもの」

「偉い人です」とマーティンは、心からそう言った。

そのくせ、どこかこの話には、自分の美的感覚や人生観に障るものがあるように思われた。彼には、バトラー氏の困苦きわまる生活に十分な動機を見いだせなかったのだ。もしバトラー氏が恋愛のために、あるいは美に到達するためにそうしたのなら、マーティンだって了解しただろう。狂おしく恋する者であれば、キスのためにはいかなることでもやってのけるだろうが、年収三万ドルのためにそんなことはしない。彼は、バトラー氏の出世に不満なのだ。結局、そういうことにはどこか卑しいところがある。年収三万ドルは結構だが、消化不良と人間的に幸せになる能力の欠如によって、そのようなすばらしい収入も、その価値をすべて奪われてしまったからだ。

こうしたことをルースに何とか言い表わそうとしてみたが、彼女は衝撃を受け、いっそうマーティンを改造する必要があると確信した。彼女の考え方はあのありふれた考え方、つまり、自分たちの皮膚の色、信条、政治が最上かつ正しいものであり、世界に散在する他の人種の地位は自分たちより劣っているということを人類に信じさせようとする考え方であった。女に生まれつかなかったこと、地の果てにまで神の代理を務める今でいう伝道師を送り賜うたことに対し、神に感謝する気持ちを古代ユダヤ人に抱かせたのも、やはり同じ狭量な考え方であった。そしてルースも、そういう考え方から、異質な生活の割れ目から抜け出てきたこの若者を、何とか自分の特別な生活に住みついている人たちと同じように形づくってみたいと願ったのである。

9

海からマーティン・イーデンはもどって来たが、カリフォルニアへの帰途、その胸には恋する者の願いがあった。金の貯えが枯渇してしまったために、宝さがしのスクーナー船に平水夫として乗り組んでいたのだ。ソロモン群島で八ヵ月にわたって宝さがしをやったが失敗し、果ては探検隊の解散となった。乗組員たちにはオーストラリアで賃金が支給され、マーティンはすぐさまサンフランシスコへ向かう遠洋航路の船に乗りこんだ。この八ヵ月によって、何週間も陸に留まれるだけの金をかせいだばかりか、ずいぶんと勉強や読書ができた。

彼の頭脳は学生のそれであり、学びとる能力の背後には、不屈の気質とルースに対する愛情とがあった。文法をとりあげたとなると、その疲れを知らない頭脳は、マスターするまでくり返しくり返しやってみるのだった。船乗り仲間の使うひどい文法には気をつけ、いつも心の中で彼らの粗雑な話し方を矯正し、組みかえてみた。ひじょうにうれしいことに、自分の耳がだんだんと敏感になり、文法に対する神経が発達しているのがわかった。二重否定を聞くと、不協和音のように響いたが、慣れないために自分の口から漏れることもたびたびあった。舌にしてみれば、一日で新しい芸当をいくつも覚えるなどできない相談ではあった。

くり返し文法をやってのけたあと、辞書を引き、一日に二十語を自分の語彙に加えていった。なかなか容易ならざる仕事であった。舵輪や見張り番についても、発音や語義の長い表を入念に調べる一方で、たえず暗記しながら眠るのだった。"Never did anything"や"if I were"や"those things"といった言いまわしにさまざまな変化をつけ、自分の舌をルースの話す言葉に慣らせようと、くり返し小声で言ってみた。"and"とか"ing"については、"d"と"g"を強く発音して何千回もやってみた。すると驚いたことに、高級船員や探検隊の出資者である船室の紳士冒険家連よりも、はっきりとした正確な英語を次第に話しはじめているのであった。

船長は、ひややかな目をしたノルウェー人で、読みもしないのに、なぜかシェイクスピアの全集を所有していた。そこでマーティンは、彼の服を洗ってやり、その代わりにその貴重な書物にお近づきを許された。しばらくのあいだ、戯曲や多くの気に入った詩に没頭した。それで、それらはほとんど難なく頭に刻まれ、世界じゅうがエリザベス朝の悲劇や喜劇に姿を変えたように思え、彼の考えそのものまでが無韻詩となって出てくるほどだった。こうして彼の耳は鍛えられ、立派な英語に対するすぐれた理解力を得た。そのうえ、古風ですたれた多くの言葉にまで導かれることになった。

この八ヵ月間の過ごし方といったら、申し分がなかった。正しい話し方と高尚な思考法を学んだばかりか、自分自身についても多くのことを学びとった。これまでほとんど気づきもしなかった謙そんの気持ちとともに、能力についても確信が得られた。自分と船乗り仲間とのあいだに明確な違いを感じ、その違いにしても、達成されたものよりはむしろ可能性にあるということを悟るだけの賢明さを備えていた。自分のできることなら、彼らにだってできる。が、内心では、混沌とした興奮が作用して、これまでやった以上のことが自分の内にはあるのだと教えた。彼はこの世のこの上ない美に悶々とし、ルースと一緒にその美を共有したいと願った。それで、南海の美の断片をいろいろと彼女に書いてみてやろうと思った。すると、内にあった創造的精神が燃えあがり、ルースだけでなく、もっと多くの聴衆のために、この美を造りなおしてやろうという気に駆られた。さらに、後光を受けて、すばらしい考えが浮かんだ。そうだ、物を書くんだ！　目や耳や心になってやるんだ。それらを通して、世の中の人たちは見たり聞いたり感じたりするんだ。書くんだ――何もかも――詩や散文、小説や叙事文、それにシェイクスピアのような劇も。一生の仕事ができれば、ルースを獲得する道もできるというものだ。文人は世界の巨人なのだから、年俸三万ドルをかせいで、その気さえあれば最高裁の判事にだってなれる、あのバトラー氏連中なんかより、文人のほうがはるかにすばらしい、と思うのだった。

ひとたびこの考えが芽を出すと、すっかりそれに凌駕（りょうが）されてしまい、サンフランシスコへの航海は夢のようであった。思いも寄らない能力に酔い、自分には何でもできるような気がした。寂寥（せきりょう）とした大海のまっただ中にあって、先の見通しを得た。はっきりと、しかもはじめて、ルースとその世界を見た。それは、両手で持ちあげ、ぐるりと回して調べてみることのできる具体的なものとして、頭の中にありありと浮かんだ。その世界には漠然としてははっきりしないものも多かったが、細部にわたるのではなく全体として見たのであり、またそれを支配する術（すべ）をも知ったのだ。物を書く！　この思いは、彼の内で火となった。帰ったらすぐに始めるんだ。まず手はじめに、この宝さがしの男たちの航海のことを書こう。そして、どこかサンフランシスコの新聞に売りつけてやろう。このことは、ルースには黙っているんだ。俺の名前が活字になっているのを見たら、彼女、びっくりして喜ぶだろう。

書きながらも、勉強は続けられる。一日は二十四時間あるんだからな。俺は不屈だ。やり方は承知してるんだから、砦なんか俺の目の前で落ちちゃうさ。もう二度と海に出ることもないんだ——船乗りとしてはな。その一瞬、スチーム・ヨットの幻が浮かんだ。ほかにも物書きで、スチーム・ヨットを持ってるのがいたっけ。もちろん、成功ってもんはゆっくりとしかやって来ないぞ、と彼は自分に注意を与えた。しばらくは、書いて勉強が続けられる程度の金をかせげりゃいいさ。それから、しばらくしたら——すごくあいまいだけど——勉強して準備が整えば、でっかいものを書くんだ。そうすりゃ、俺の名前はみんなの口にのぼるぜ。でも、それよりすごいのは、ひどくすごいのは、まあ一番すごいのは、俺がルースにふさわしい者だってわかることだ。名声ってものは実に結構なもんだが、俺のすばらしい夢が湧き起こったのは、ルースのためなんだからな。俺は、売名家なんかじゃなく、単に狂おしく恋する者の一人なんだ。

不自由をしないだけの金をポケットに忍ばせてオークランドに帰り着くと、彼はバーナード・ヒギンボサムの昔ながらの部屋に落ち着き、仕事にとりかかった。ルースにはもどって来たことを知らせもしなかった。彼女に会いにいくのは、宝さがしの男たちの記事を書きあげてからだ。創作への情熱が激しく体内に燃えているために、彼女に会わなくても、そんなにつらくはなかった。それに、今書いている記事によって、彼女をいっそう引きよせることになるのだ。記事の長さをどれぐらいにすればいいのかわからなかったが、『サンフランシスコ・イグザミナー』紙の日曜付録で二ページ大の記事の語数を数えてみて、それを手がかりとした。情熱をこめて三日間で物語を完成した。だが、読みやすい大きな走り書きで清書すると、図書館で借り出した作文の指導書から、段落や引用符といったものがあるのを知った。そのようなものは、これまで考えたこともなかった。それで、すぐさまその記事を書きなおした。その時に作文指導書のページをしきりに参照したものだから、作文に関しては、一年かかってやる並みの生徒よりも多くのことを、一日で覚えてしまった。再度の清書をして丹念にそれをくるくると巻き、新聞の初心者心得の項目を読んでみると、原稿というのは巻いてはならず、また紙の片面にだけ書くものである旨の鉄則のあることを知った。両方で規則違反をやっていたのだ。また、一流新聞なら、一段最低十ドルは支払うものだということも、その項目から知った。そこで、三度めの清書をしながら、十段では十ドルを掛ければ、と勘定をして自分を慰めた。答えはいつだって同じで、百ドルだ。これだったら船乗り稼業なんかよりいいじゃないか、と思った。あんなドジをやらなきゃ、この記事は三日で書きあげてしまったものを。三日で百ドル！　同じぐらいかせぐとなれば、三月以上海に出なければならなかっただろう。金そのものは別にどうってことはないにしても、物が書けるのに何も船乗りになる馬鹿はいない、というのが彼の結論だった。物が書けることの値打ちは、自由が得られるし、見苦しくない衣服が買えるし、何といったって、俺の生命をよみがえらせ、目を開かせてくれた、あの細身の蒼白い女性に近づける、もっと早く近づけるってことだ。

原稿を平たい封筒に入れ、『サンフランシスコ・イグザミナー』紙の編集者の宛て名を書いた。新聞が受けとったものは何でもすぐに掲載されるものと思っていた。それで、原稿を送ったのが金曜日だったから、もう次の日曜日には出るものと思っていた。それによって自分がもどって来たことをルースに知らせるのはすばらしい、と考えたのだ。そしたら、日曜の午後に彼女を訪ねてみよう。しばらくのあいだ、また別の考えにふけったが、その考えが著しく健全で、入念で、穏当な考えである、と自慢に思った。少年向けの冒険物語を書いて、『若者の友（ユース・コンパニオン）』に売りつけてやろう。彼は、無料閲覧室に出かけていって、『若者の友』の綴（と）じこみを調べてみた。するとこの週刊誌では、続き物は普通五週連載の形で出ており、一回分が約三千語になっていた。なかには七回の続き物もいくつかあり、彼はこの七回もののほうを書こうと思った。

　彼はかつて、北氷洋の捕鯨船に乗りこんだことがあった――その航海は三年の予定だったが、六ヵ月めが終わる頃には難破して、オジャンになってしまった。彼の想像力は奇抜で、時には異様でさえあったが、元来が現実に対する愛着が強かったので、自分の知っていることについては書かずにおれなかった。捕鯨のことを知っていたから、その実材料を用いて、主人公として使うつもりにしていた二人の少年の架空の冒険を作りあげた。簡単な仕事だ、土曜の晩にはそう思った。その日彼は、三千語から成る第一回分の原稿を書きあげていた――ジムはこれを読んで大喜びし、ヒギンボサム氏は公然とあざ笑い、自分たちの身内に「物書き」が出るとは、と食事中ずっと鼻であしらうのだった。

　マーティンは、義兄が日曜日の朝『イグザミナー』紙を開けて、宝さがしの男たちの記事を見たときの驚きようを思い描くだけで満足した。その朝早く自分で玄関まで出て、分厚い新聞を神経質そうに手早く繰ってみた。二度、細心の注意を払って目を通してみた。それからそれを畳んで、元の所に置いておいた。あの記事のことを誰にも喋らなくてよかった。そんなに早く新聞に出ると思うなんて甘かった、と考えなおした。おまけに、自分の記事にはニュースとしての値打ちなどなかったし、たぶん編集者はまず第一にそのことを言ってくるだろう。

　朝食後、続き物を書き進めた。ペンからは言葉が湧き出た。もっとも、辞書で語義を調べたり、作文指導書を参照したりするために、たびたび書くのを中断することはあった。そのような中断の際、一度に一章を読んだり、さらには読みなおしたりすることもよくあった。自分の内にあると感じている偉大なものを書いていないときにも、ともかく作文を勉強し、自分の思想を形成し表現する訓練をしているのだ、と思うと慰められた。暗くなるまで頑張りつづけ、それから閲覧室まで出かけ、そこが閉まる十時まで雑誌や週刊誌を調べた。これが一週間の予定であった。毎日三千語を書き、晩になると雑誌のあいだを手さぐりしながら歩いては、編集者が掲載するのにふさわしいと考えるような物語や記事や詩に注目した。たしかなことが一つあった。それは、こうした多数の著者たちのやっていることぐらいは自分にもできるということであり、時間さえあれば、彼らのできないことだって自分はやってみせる、ということであった。『ブック・ニュース』に出ている、雑誌作家の原稿料に関する一節を読んで元気づけられた。それは、ラドヤード・キプリングの原稿料が一語につき一ドルだということではなくて、一流雑誌なら最低一語につき二セントであることを知ったからであった。『若者の友』はたしかに一流だ。その勘定でいけば、俺がきょう書いた三千語で、六十ドルということになる。船に乗っているときの二ヵ月分の賃金だ！

金曜日の夜に、続き物二万一千語を書き終えた。一語につき二セントだとすると、四百二十ドルということになる、と踏んだ。一週間の仕事にしては悪くない。これまで一度にそんな金を持ったこともない。その金を全部どうやって使えばいいのかもわからない。俺は、金鉱を探りあてたんだ。源流にまで行けば、いつだってもっと手に入る。もう少し服を買い、いろんな雑誌を予約購読し、今だったらわざわざ図書館まで出向いて調べなくちゃならない参考書を、どっさり買いこむんだ。それでもまだ、四百二十ドルの大部分は使っていない。彼はこうしたことで思い悩んだが、ようやく、姉のガートルードに女中を雇い、妹のマリアンには自転車を買ってやるという考えに落ち着いた。

彼は、かさばった原稿を『若者の友』へ郵送した。そして土曜日の午後、真珠採りについての記事の構想を練ってから、ルースに会いに出かけた。電話をしておいたので、直々に玄関まで出迎えてくれた。あのなつかしい健康の輝きが彼の体からほとばしり出て、殴打のごとく彼女を襲った。それは彼女の体内に入り、血管の中を赤熱の液体となって流れ、その力が加わって彼女を打ち震わせているようであった。彼は彼女の手をとり、その、青い目を見たとき、ぱっと赤くなったが、八ヵ月間日焼けして鮮やかな赤銅色になっていたので、その紅潮はわからなかった。ただ、かたい襟（カラー）のために首にできた痛々しいすり傷は隠せなかった。彼女はその赤い線に気づいて面白がったが、その様子も彼の衣服に目がとまるとすぐに消えた。それは彼にぴったり合っていた――彼がはじめて着た誂え（あつら）の服だったのである――だから、彼はほっそりとし、整った体型に見えた。さらには、あの布製の縁なし帽が、ソフト帽に変わっていた。彼女は、それをかぶるように言い、それから彼の姿をほめあげた。これまでこんなにうれしい気持ちになった時を思いだせなかった。彼に生じたこの変化は自分の成せる業（わざ）であり、彼女はそのことを誇りに感じ、もっと彼の力になってやりたいと意気ごむのだった。

しかし、なかでも最も急激な変化で、彼女が最もうれしかったのは、話し方の変化であった。正確に話すばかりか、話し方も気楽だし、語彙にしても新しい言葉が増えている。けれども、興奮したり熱中したりすると、あの昔の早口で不明瞭な言葉や語尾の子音を欠いた発音にもどった。一方、気楽な表現と同様に、考えを軽妙に面白おかしく表明してみせたので、彼女は大喜びした。彼が以前同じ階層の連中に気に入られたのは、あのユーモアと軽口の精神があったればこそだったのだが、言葉と訓練の不足から、これまで彼女の面前では発揮できないでいた。今ようやく新しい環境に適応し、自分がまったくの邪魔者でもないのだと感じるようになっていた。それでも、ひじょうにためらいがちで、気むずかしいところもあって、陽気なところや空想力ではルースに一歩譲り、彼女についていきながらも、決して彼女の先を進もうとはしなかった。

彼は、自分のやってきたことや、生活の資を得るために物を書く計画、それにいろいろな勉強を続けていくことなどを彼女に語った。ところが、彼女の賛成を得られず、がっかりした。彼女は、その計画をあまり高く買わなかったのである。

「それはたしかに」と、彼女は率直に言った。「物を書くことも商売には違いありませんわ。むろん、そのことについて私はよく存じません。ただ一般的な意見として申しあげるのですけれど、鍛冶屋になるとしても仕事を覚えるのに三年――あるいは五年はかかりますことよ。それに、鍛冶屋と比べれば、作家のほうがはるかに収入が多いですわ。ですから、物を書きたい――書こうと思っている人の数のほうが、鍛冶屋になろうと思っている人の数よりずっと多いに違いありません」

「でもそれじゃ、この僕は物を書くようにはできていないのでしょうか?」と彼は尋ねた。そして、今自分の使った言葉にひそかに狂喜した。すると、即座に想像力が湧きおこり、その全体の場面や雰囲気が、自分の実生活の場面――粗野で、未熟で、野卑で、下品な無数の場面とともに、広大なスクリーンに映しだされた。

さまざまなものが混ざりあった光景全体は、一瞬のうちに受けとめられたので、二人の会話には中断もなく、彼の穏やかな一連の思想が途切れることもなかった。その想像上のスクリーンには、彼とこの実に美しい女性が映っており、二人は書物や絵画のある、気品と教養を備えた部屋で、煌々と輝く明かりに照らされて向かいあい、立派な英語で会話を交わした。ところがスクリーンの端のほうには、これとは正反対の場面が配置されて色あせており、各場面は一枚の写真になっている。それで見物人の彼は、見たいものを意のままに自由に見た。これらの場面を、赤やけばけばしく光る光線を前に溶解する、陰気な霧の滴る水蒸気や渦巻きを通して見た。すると、カウボーイが飲み屋で強いウイスキーを飲み、空気は猥談や下品な言葉に満ちている。それに、自分も連中と一緒になり、一番の荒くれ男と飲んだり悪態をついたり、かと思うと、くすぶった灯油ランプの下で、連中とテーブルのところにすわったりしている。また他方では、数取り札のカチャカチャという音がして、トランプが配られる。自分が腰まで裸になって、こぶしもあらわに『サスケハナ』号の水夫部屋で大げんかをやっているのが見える。かと思うと、『ジョン・ロジャーズ』号の血に染まった甲板が見える。反乱を企てたあの陰うつな朝、仲間が主艙口のところでひどく苦しみながら死んだ。老人の手に握られた連発銃が火と煙を吐くと、激情にゆがんだ顔の野獣のような男たちは、下品な悪罵をがなり散らしながら、彼のまわりに落ちてきたのだった――それから彼は、安定した光によって、穏やかで鮮やかな場面の中央へともどった。するとそこでは、ルースが書物や絵画のまん中にすわって、自分と話をしていた。のちに自分に弾いてくれることになったグランドピアノが目に入った。それから、「でもそれじゃ、この僕は物を書くようにはできていないのでしょうか?」と彼が、自分で選んで述べた誤りのない言葉も聞こえた。

「でも、どんなに鍛冶屋に向いている人であっても」彼女は笑っていた。「最初から徒弟奉公をしないで鍛冶屋になった人なんて、聞いたことございませんわよ」

「では、どうすればいいとおっしゃるのでしょう?」と、彼は尋ねた。「でも僕は、自分には物を書く能力が備わっていると感じているということは忘れないでください――どうもうまく言えませんが。とにかく、そういう力が自分にはあるということがわかるんです」

「完全な教育をお受けなさいな」と、彼女は返答した。「最終的に作家におなりになるとしても、そうでなくっても。あなたがどんな職業をお選びになるにしても、教育はぜったいに必要なものですし、それをいい加減にしたり、ざっとしたことですませてはいけません。まず高校にお行きになればいいわ」

「ええ――」と彼が話しはじめると、彼女はすぐ思いついて話を遮った。

「もちろん、物を書きつづけていくことだって結構ですのよ」

「そうしなければいけないのでしょうけれど」と彼は、深刻そうに言った。

「まあどうして?」彼女は、いささか腑におちないというふうに彼を見た。彼女は、彼が自分の考えに固執する態度があまり気に入らなかったのだ。

「だって、物を書かなければ、高校もあったものではないでしょうから。僕は、生計も立てて、本や衣服も買わなくてはなりませんのでね」

「あら、そのことをうっかりしていましたわ」と言って、彼女は笑った。「どうして収入を持って生まれておいでにならなかったのかしら?」

「僕は、収入なんかより、健康と想像力があったほうがいいですね」と彼は答えた。「収入は自分でかせげますが、健康と想像力は実証しなければなりません――」彼は「あなたに対して」と、もう少しで言うところだったが、「人に対して実証しなければなりません」と修正した。

「『かせぐ』なんておっしゃらないで」と彼女は、ひどく不機嫌に言った。「俗語ですわ。ほんとにいやな言葉よ」

彼は、顔を赤らめ、口ごもって言った。「その通りです。間違えれば、いつでも直してくださるようにお願いします」

「ええ、そう、そうしてさしあげたいですわ」と彼女は、ためらいながら言った。「あなたにはいい点がたくさんおありですから、私はあなたが申し分なくおなりになるのを拝見したいですわ」

そう言われると即座に彼は、彼女の手の中の粘土と化し、彼女が理想の男性像に自分を形づくりたいと願うままに、かたどられてみたいと強く願うのだった。それで、ちょうど折よく高校の入学試験がこの月曜日から始まると彼女が指摘したときに、さっそくそれを受けてみたいと申し出た。

それから彼女は、彼にピアノを弾いたり歌を歌ったりした。これに対し彼のほうは、狂おしいほどの思慕の情を寄せながら彼女を見つめ、その美しさに見とれた。そして、この場に自分と同様に耳を傾け、彼女に思いを寄せる求婚者が百人いても不思議ではないものを、いないということに驚くのであった。

10

その晩はごちそうになったが、彼が自分の父親に好印象を与えたことで、ルースは大いに満足であった。二人は職業としての海、つまりマーティンが精通している話題について話しあったのだが、あとでモース氏は、彼をなかなか頭の切れる若者のようだと評した。俗語を避け、適切な言葉を探そうとしてゆっくり話さねばならなかったが、そのためにかえって、自分の持っている最上の思想を見いだすことができた。かれこれ一年前の、あのはじめてごちそうになった晩よりは気が楽であった。その内気で謙虚な態度にモース夫人は感心し、彼が明らかに向上したことに満足だった。

「とにかく、一時でもルースの注意を引いた最初の男性ですわ」と、彼女は夫に言った。「何しろあの子は、男性のこととなると、不思議と奥手だったものですから、私ずいぶん困っておりましたのよ」

モース氏は、けげんそうに妻を見た。

「おまえはあの若い船乗りを使って、あの子を目覚めさせようというわけかね?」と彼は尋ねた。

「できることならオールド・ミスのままで終わらせたくはない、ってことですわ」と彼女は答えた。「あのイーデンという若者が、一般の男性に対する関心をあの子に起こすことができるというなら、結構なことですもの」

「それは、大いに結構なことだ」と彼は言った。「だけど仮にだよ——ねえ、仮定してみなくちゃならない時もあると思うが——もし仮にあの子が、特にあの若者に関心を抱くようなことになったとしたら、だ」

「考えられませんわ」と、モース夫人が言った。「あの子は、彼より三つも年上なのですよ。それに、そんなこと考えられませんわ。そんなことが起こることはありませんわ、ぜったいに大丈夫です」

こうしてマーティンの果たす役割が決まったわけだが、彼のほうはアーサーとノーマンに誘われて、お金の浪費のことを考えていた。二人で日曜日の朝、自転車に乗って丘のほうへ出かけようとしていたからだ。彼は、自転車には乗らなかったし、持ってもいなかったけれど、ルースが乗るというのなら自分も乗らねばなるまい、と心に決めた。そこで、別れのあいさつをしてからの帰り道、自転車屋に立ち寄り、四十ドル出して自転車を買った。四十ドルといえば、懸命にかせいだ賃金の一ヵ月分以上であり、持ち金がぐんと減ってしまった。けれども、『イグザミナー』紙から受けとるはずの百ドルに、『若者の友』が払ってくれるはずの最低四百二十ドルを加えてみると、このめったにない四十ドルという金額によって生じた当惑も和らぐように思えた。だから、自転車乗りの練習をしながら家に帰る途中、洋服を台なしにしてしまったという事実にも頓着しなかった。そしてその夜、ヒギンボサム氏の店から洋服屋に電話して、新しい洋服を注文した。それから、非常階段のように建物の裏手の壁にくっついている狭い階段を伝って、自転車を運び上げた。壁ぎわからベッドを動かしてみると、その小さな部屋は自分と自転車とで、もうきちきちの広さしかなかった。

日曜日は高校の試験に備えての勉強に打ちこむつもりでいたのに、真珠採りの記事のほうに気を引かれて、体内に燃える美とロマンスを再創造したいという激しい情熱を傾けながら、その日を過ごしてしまった。その朝の『イグザミナー』紙に例の宝さがしの記事が載っていなかったという事実にも、がっかりすることはなかった。気分があまりにも乗っていたので、それどころではなかったのだ。二度も夕食におりて来るようにと声をかけられたけれど耳に入らず、ヒギンボサム氏がいつもお祈りをする日曜日の晩餐まで抜いて、頑張りつづけたのである。ヒギンボサム氏にとってそのような晩餐というのは、自分の世間的成功と繁栄を宣伝することであり、彼はアメリカの諸制度について平凡な小説教をして、その夕食に箔をつけた。そしてそのような諸制度というのは、勤勉な人間なら誰にでも立身出世を約束するものであった――彼の場合この立身出世というのは、本人がたえず指摘した通り、食料雑貨店の店員からヒギンボサムズ・キャッシュ・ストアの持ち主になることであった。

マーティン・イーデンは、月曜日の朝、書き終えられなかった「真珠採り」の原稿を前に、ため息をついた。そして、電車に乗ってオークランドの高校へと向かった。数日経って、試験の結果を問いあわせに行ってみると、文法以外はすべて失敗していた。

「君の文法は実にいい」とヒルトン教諭は、度のきつい眼鏡越しに見つめながら告げた。「のだけれど、ほかの科目は何もわかっとらん、まったく何もわかっとらんね。米国史ときちゃあ言語道断だな――そうとしか言いようがないよ。そこで一つ言っておきたいんだが――」

ヒルトン教諭はひと息ついてマーティンをにらみつけたが、その様子といったら、試験管みたいに情けも想像力もなかった。それもそのはず、この高校の物理の教諭は、大家族をかかえて、給料が安く、より抜いて丸覚えした知識を蓄えているというような男だったのだから。

「はい」とマーティンは、恐れ入って返事をし、内心では、あの図書館の係の人がヒルトン教諭の代わりであってくれれば、と望んでいた。

「少なくとも二年間は、中学へもどるんだね。じゃっ」

マーティンは、試験に落ちても格別心を動かさなかったが、ルースにヒルトン教諭の忠告のことを話すと、ショックの表情を見せたので驚いた。彼女の失望が明らかだったので、落ちたことをすまないとは思ったが、それはまず彼女ゆえにそう思ったのだ。

「私の申しておりました通りでしょ」と彼女が言った。「あなたは、高校へ入るどんな学生よりはるかに多くのことをご存じですのに、試験には合格なさることができない。それは、あなたの身についている教育というものが断片的で皮相なものだからです。あなたには熟練した教師だけが与えられる、そういう訓練が必要ですわ。徹底的に基礎の勉強をおやりにならなくては。ヒルトン教諭のおっしゃる通りです。もし私があなたでしたら、夜学に行きます。一年半もおやりになれば、あなただったら、あとの半年分ぐらいすぐに追いつけますわ。それに、夜学でしたら日中は物をお書きになれますし、もしペンで生活ができないというのでしたら、昼間何かお仕事をなさればよろしいでしょ」

でも、日中を仕事に、夜を学校に取られるとなれば、僕はいつあなたにお会いできるのでしょう?という疑問が、まずマーティンの頭に浮かんだが、彼は言わずにおいた。その代わりにこう言った。

「どうも夜学に行くというのは、子供じみてるみたいで。そりゃあ行ってやりがいがあると思えば、その労をいといませんが。でも、やりがいがなさそうに思うんです。僕は、夜学で教えてくれる進度より、もっと速く勉強がこなせます。夜学に行くなんて、時間の浪費になってしまいます——」彼は、彼女のこと、それに彼女を勝ち得たいという願望のことを考えた――「それに、そんな時間の余裕がありません。実際、僕には無駄にする時間がないのです」

「おやりにならなくてはいけないことは、ずいぶんありますわよ」彼女は、優しくマーティンを見た。彼は、自分のことを彼女に逆らう人でなしだと思った。「物理や化学――こういうものは、実験室での勉強を抜きにしてはやれないのです。それに代数や幾何だって、指導を受けなければ、絶望的と言ってもよろしいのですよ。あなたには熟練した教師、つまり、知識を伝える技術の専門家が必要なのです」

彼は、しばらく黙って、どうすれば虚栄心を表に出さずに自分の思うことが述べられるか思案した。

「僕が自慢話をしていると思わないでください」と切りだした。「そんなつもりはまったくありませんから。でも、言うなれば僕は生まれつきの学生だという気がしているんです。独学ができるのです。ちょうど鴨が水になじんでいくように、僕は無理なく独学になじんでいけるのです。文法でやったことでもおわかりでしょう。ほかのことにしてもずいぶんと学んできました――ご想像もつかないでしょうけれど。それに、僕はまだ始めたばかりです。待ってください、せめて――」彼は躊躇し、発音を確かめてから言った。「調子がつかめるまで。僕は今になってはじめて、物ごとのほんとうの感じがつかめてきたんです。状況の計測ができるようになりだしたのです」

「『計測』っておっしゃらないでください」と、彼女が口をはさんだ。

「物ごとの情報を得る」と、彼はあわてて修正した。

「それだって、正しい英語では意味をなしませんことよ」と、彼女は異議を唱えた。

彼は、またあらたに言葉を選ぼうとしてまごついた。

「僕が目指そうとしているのは、地勢の把握なのです」

気の毒がって彼女が口を出すのを控えたので、彼はそのまま話を続けた。

「知識というのは、僕には海図室のように思えるのです。図書館に入っていくたびに、そんなふうに思うんです。教師の果たす役割は、系統的に海図室の内容を学生に教えることであって、教師というのは結局、海図室の案内人にすぎません。彼らの頭には、これといった大したものが入っているわけではないのです。いっさいが海図室にあって、その中での術（すべ）を心得ていて、道に迷いそうな者に対して場所を教示してやるのが彼らの仕事です。僕の場合、そうやすやすと道に迷うことはありません。僕には土地勘がありましてね。たいてい自分の居場所にわかるんです——どうかしましたか？」

「『居場所に』ではありませんわ」

「そうでした」と、彼は喜んで言った。「『居場所が』でした。でも僕の居場所にどこでしたっけ？——いや、居場所は？　ああ、そうでした、海図室でした。ところで人のなかには——」

「人たち、ですわ」と彼女が正した。

「ある人たちは、案内人を必要とします。まあたいていの人たちはそうでしょう。でも僕の場合は、そういう人がいなくってもやっていけると思います。もう海図室でずいぶん時間を過ごしましたから、自分の進む方向や、どんな海図を参照したらいいのか、どんな海岸を探検してみたらいいのかがわかり始めました。だから、こうしてきちんと整理をつけて、これからは一人で、もっと速く、多くの知識を探るつもりです。一船隊の速力というのはですね、最も遅い船の速度でしょ。教師の速度というのも同様です。だって教師は、寄せ集めの生徒連中の程度より速く進めないでしょ。自分でやったほうが、教師がクラス全体のために調節する速度なんかよりずっと速く進めますからね」

「『一人旅する者、最も速い旅人なり』」と彼女が、詩句を引きあいに出した。

しかし彼は、「それでも、あなたと旅をすればもっと速いでしょう」と、口にしたいと思った。そのとき彼は、太陽の輝く宇宙と星を散りばめた天空とが無限に広がる世界を一瞥した。そんな中を、彼は彼女と漂い飛んでいる。彼女の体に腕をまわすと、その色のうすい金髪が自分の顔に吹きかかる。その瞬間、ものを言う力がみじめなぐらい不十分なのに気づく。ああ！　自分の今見たものを彼女がわかるように、言葉の組み立てができたらなあ。すると、心の鏡に思いがけず閃いたこうした幻影を何とか描いてみたいという欲望が、体の内に湧きおこる。ああ、そうだ！　彼は、理解の鍵の先端をとらえた。これこそ、偉大な作家や詩人のやってのけることだ。だからこそ、彼らは巨人なのだ。彼らは自分が考え、感じ、見たことを表現する術を知っているんだ。日なたでまどろむ犬は、よく哀れっぽく鳴いたり吠えたりするけれど、自分を鳴かせ吠えさせるものや自分の目にするものを伝えることはできない。それが何なのだろうと思ったことはよくあったが、自分こそが、まったくその日なたでまどろむ犬だったのだ。いろいろと気高く美しい幻影は見たけれども、ルースに対してはただ鳴いたり吠えたりしかできなかった。が、これからはもう日なたで眠るのはよそう。立ちあがって、目を見開き、あがき、苦しみ、学んで、ついには目を開き、舌を解きはなって、自分の豊かな想像力を彼女とわかち合おう。ほかの連中は、表現のこつ、言葉を忠順な従者とするこつ、それに言葉を組みあわせることによって、ばらばらの意味の寄せ集め以上の意味を与えるこつを見つけだしたのだ。彼は、その秘訣を垣間見たことによって深く心を動かされ、再び太陽の輝く宇宙と星を散りばめた天空の幻影に心をさらわれた――やがて、あたりの様子が実に静かであるのに気がついた。見ると、ルースが面白そうに目に笑みを浮かべて、自分を見つめていた。

「僕は、でっかい幻影を抱いていたんです」と彼は言ったが、耳にそれが響くや心は躍った。どこからこんな言葉が出てきたのだろう？　会話をしている時にあの幻影が作りだした中断を、うまく表現しているではないか。奇跡だ。今まで高尚な思想を、こんなに立派に組み立てたことがない。これなんだ。なるほど。今までやってみたこともなかった。が、スウィンバーンやテニスンやキプリングや他の詩人が、皆やったことなのだ。頭には、例の「真珠採り」の物語がとっさに浮かんだ。俺はでっかいこと、自分の内に火と燃えている美の精神を試してみなかったのだ。それをやったら、あの記事だってまた違ったものになるさ。当然そこに内在する広漠たる美のことを思うと、彼はぞっとした。するとと再び頭が閃いて、試してみようとした。そして、あの偉大な詩人のようにどうしてあの美を気高い詩で詠えないのだろうか、と自問した。それに、ルースに寄せる愛のいっさいの神秘的な喜びや精神的驚異にしてもそうだ。これだって、どうして詩人のように詠えなかったのだろう。彼らは、愛について歌ってきた。俺だってやるぞ。神かけて！――

ぎょっとした耳に、自分の口にした叫び声が響いていた。夢中だったので、つい声に出てしまったのだ。血液が波となって顔に押しよせ、その赤銅色を凌駕して、ついには襟首から髪のつけ根に至るまで、恥ずかしさの余りはっきりと赤くなった。

「いや――どうも――すみません」と彼は、口ごもりながら言った。「つい考えごとをしておりましたもので」

「お祈りをなさっておいでのように聞こえましたわ」と、勇敢に言ってはみたものの、彼女は内心、気落ちしひるんでいくような気がした。何しろ自分の知っている男性の口からみだりに神の名を用いた誓いの言葉を耳にするなどはじめてだったから、ショックなのであった。主義や躾の問題としてばかりか、自分の庇護された乙女の園を襲った生命の一撃によって、精神的なショックを受けたのだ。

だが、彼女は許した。それも驚くほど気楽に許した。どういうわけか、彼のことならどんなことでも、わりあい容易に許せるのだった。この人にはほかの男性のような機会がなかったのだし、今はあんなに一生懸命努力しているのだし、うまく行きつつもあるのだ。彼女には、自分が彼に心通う好意を抱く理由がほかにあるなど思いも寄らぬことだった。彼に対していとおしい好意を抱いても、そのことに気づかなかったし、知る由もなかった。二十四年のあいだ、ただの一度も恋愛をしたことのない穏やかな平静さのために、自分の感情を鋭く感知するのには向いていなかったのだ。それで、現に恋愛に熱中したことのない彼女は、自分が今恋に燃えはじめていることにも気づかなかったのである。

11

マーティンは、また「真珠採り」の記事を書きだした。詩を書こうという試みにたびたび遮られることがなかったら、もっと早く仕上がっていただろう。彼の書く詩は恋愛詩で、ルースによって霊感を受けたものであったが、完成することがなかった。一日では立派な韻を踏む詩作を覚えることなどできないものだ。押韻や韻律にしても構造にしても、それ自体がもう容易ならないものだが、そういったものを越えた向こうに、何か不可解でとらえどころのないものがある。立派な詩を読むと必ずそれに気づきはするのだけれども、自分の詩でもってそれを捕捉できないのだ。詩のつかみどころのない精神そのものを感じとり、追い求めはするが、とらえることができない。それは白熱光、暖かくたなびく蒸気のように思われたが、決して彼の手に届くものではなかった。しかし時には、うまくその断片をつかんで、言葉に組み立てられることもあった。そしてその言葉は、たえず旋律を伴って頭の中で響いたり、目に見えない美の、漠とした、ほのかなにおいとなって目先をよぎった。どうにも不可解だ。何としても表現を得たいのに、人のお喋り同様、単調でくだらぬ表現にしかならない。断章を音読してみる。韻律は申し分のない調子で進み、韻も長く、同様に欠点のないリズムに乗っているのに、輝きや意気高揚を内に感ずるという点には欠けている。それがどうしてなのかよくわからず、再三再四絶望し、打ちひしがれ、ふさぎ込んでは、記事の執筆にもどった。散文のほうが、方便としてはたしかに容易であった。

「真珠採り」に続いて、船乗りの記事、それから亀狩りについて、さらには北東貿易風について書いた。それから、試みに短篇も書いてみた。調子がくずれる前にさらに六篇書き、さまざまな雑誌に送りつけた。めっぽう多作で、朝から夜の遅くまで書きつづけ、途中筆を休めるといえば、図書館の閲覧室へ出かけて本を引き出すか、ルースを訪ねる時だけであった。いたく満足していた。生命が躍動し、切れ目のない興奮状態にあった。神のものであるはずの創造の喜びが、今や自分のものなのだ。

自分の周囲のいっさいの生あるもの——腐りかかった野菜や石けんの泡のにおい、姉のだらしのない姿、ヒギンボサム氏のあざけり顔——が、夢であった。実際の世界は頭の中にあったから、彼の書く物語が、その頭から生まれ出る数多くの現実の断片なのだった。

一日は短すぎた。しかも、勉強したいことは山ほどある。睡眠時間を五時間に切り詰めたが、それでも何とかやって行けることがわかった。四時間半でやってみたが、残念ながらうまく行かず、また五時間にあともどり。目を覚ましている時間はすべて、自分の仕事のどれかに打ちこんだ。書くのをやめ勉強するのも、勉強をやめて図書館へ行くのも、また、あの知識の海図室や、商品を売りこむのがうまい作家連の秘訣を満載した閲覧室の雑誌から身を引き離すのも、つらかった。ルースと会って暇乞い(いとまご)をするときなどは、愛情を断たれる思いだった。そして、最小限の時間で家に帰って、また書物に向かえるように、暗い通りを疾走するのだった。何といっても一番つらいのは、代数や物理の本を閉じ、ノートと鉛筆を片づけ、疲れた目を閉じて眠りにつくことであった。ほんのわずかの時間でも生きるのをやめると思うと、ぞっとした。唯一の慰めといえば、目覚まし時計を五時間後にかけてあるということだった。とにかく失うのはたったの五時間で、そうすれば目覚ましのベルが鳴って、無意識の状態から引き起こされ、また十九時間という別の輝かしい一日が訪れてくるのだ。

そうこうしているうちに何週間かが過ぎ、持ち金も底をつき始めてきた。が、金はまったく入ってきていなかった。あの少年向きの冒険連載物は、郵送後一ヵ月して、『若者の友』から返送されてきた。不採用の紙には実に巧みな言いまわしがしてあり、編集者に対して快い感じを抱いたほどであった。ところが、『サンフランシスコ・イグザミナー』紙の編集者にはあまり好感を抱かなかった。まる二週間待ってから、マーティンは手紙を書いた。さらに一週間してまた書いた。一ヵ月の終わりにはサンフランシスコに出向いて、自ら編集者を訪ねた。が、守衛をしている年端のいかない赤毛の給仕に阻止されて、例の名士には会えずじまいだった。その原稿は、五週めの終わりになって、何の説明もつけずに返送されてきた。不採用の紙片も説明も何も入っていなかった。同様に他の記事も、他の一流のサンフランシスコの新聞に送ってあって、動きがとれなかった。原稿が返ってくると、それらを東部の雑誌に送るのだが、それまで以上に早く、しかも、つねに印刷された不採用の紙片をつけて返送されてきた。

短篇のほうも、同様に返送されてきた。何度も読みかえしてみたが、ひじょうに気に入っていたので、断わられる理由が思いつかなかった。が、ある日新聞を見て知ったのは、原稿はタイプで打たねばならないということであった。それでわかった。そうだな、編集者だって多忙なんだから、手書きのものを読んだりする暇も労力もないだろう。マーティンは、タイプライターを賃借りしてきて、一日かかってそれを使いこなすようになった。毎日書いたものをタイプし、さらには前に書いた原稿もタイプをしたのだが、負けず劣らずの早さで返送されてきた。タイプした原稿が返送されはじめると、さすがに驚いた。あごがいっそう角張り、その先はいっそう戦闘的になり、その原稿をまた別の編集者に送った。

自分の作品に対する判断を、自分は間違っているのではないかという考えが、ふと心に浮かんだ。そこでガートルードに試してみた。自分の書いた物語を彼女に読んで聞かせたのだ。彼女の目は輝き、得意顔で弟を見ながら言った。

「すばらしいじゃないか、おまえがそんなものを書いたなんて」

「そう、その通りだよ」彼は待ちきれずに訊いた。「それよりこの話をさ――どう思う?」

「すばらしいよ。すばらしいし、ぞくぞくするよ。あたしゃ、すっかり興奮しちまったね」

彼は、姉の顔がすっきりしていないことを見てとった。その善良な顔には当惑の色が濃かったので、彼は待った。

「でもね、マート」と、長く息継ぎをしてから彼女が言った。「それで終わりはどうなるんだい? 大きな口をきくその若者は、女の子を射止めるのかい?」

それで、芸術的には明白にしておいたと思っていた結末部を説明すると、彼女はこう言った。

「そこが、あたしの知りたかったところなんだよ。どうしておまえは、そういうふうに書かないんだい?」

いくつも物語を読んで聞かせてみて、彼はあることを知った。それは、姉がハピイ・エンドが気に入っているという点であった。

「その話は、まったくすばらしいよ」と言って、彼女はくたびれ混じりのため息をつきながら、洗濯桶から腰をまっすぐに伸ばしたり、赤くなって湯気の出ている手で額の汗を拭うのだった。「でも、悲しい気持ちになっちゃうのさ。泣きたくなるよ。何といっても世の中は悲しいことだらけだからね。だから、あたしゃ楽しいことを考えると、楽しい気分になるんだよ。それでさ、その若者が彼女と一緒になりゃあ、それで――マート、おまえはそうは思わんのかい?」と彼女は、心配そうに訊いた。

「あたしゃそんなふうに思っとるだけなんだよ。疲れとるからなんじゃろね。でも、まったくすばらしい話じゃったよ、文句のつけようがねえほどすばらしかったよ。どこに売るつもりなんだい？」

「それはまた別のことだよ」と彼は笑った。

「でもさ、もし売ったとすりゃ、どれぐらいになると思う？」

「そう、百ドルだな。相場からすりゃ、少なくってもそれぐらいだろう」

「へえ！　売れりゃいいがね！」

「簡単なもんだろ？」彼は、得意になってつけ加えた。「二日でこれを書いたんだからさ。一日五十ドルってわけさ」

ルースに物語を読んで聞かせたかったが、その勇気はなかった。何作か出るまで待つんだ。そうすりゃ、何のためにあくせくしてきたのか、彼女にもわかるだろう。その間も仕事の手は休めなかった。この驚くべき知性の領域の探究ほど、強く彼を引きつけた冒険心はなかった。物理や化学の教科書を買い、代数とともに問題や証明を解いた。実験による証明もなしですませ、その鋭い洞察力によって、実験室にいる並みの学生よりも化学反応を理解することができた。マーティンは、部厚い書物のページをあちこちめくりながら、物ごとの本質へと迫る手がかりに閉口するのだった。これまでは、世界をそのままの世界として受けとめていたが、今ではその構成や、力と物質の働きや相互作用を理解するようになっていた。古い事柄を無意識に説明しようとする気持ちが、たえず頭をもたげていた。てこや滑車に心を奪われると、心は航海中の巻きろくろの棒や滑車や巻き揚げ装置へとあともどりしていった。船が道のない大洋上をその針路を誤らずに進めていける航海術の理論も、明らかになった。嵐や雨や潮の謎も解けたし、貿易風の存在理由を知って、北東貿易風のあの記事を書くのを早まったかと思ったりもした。ともかく、今ではこれまで以上にうまく書けるのだ。ある午後、アーサーとカリフォルニア大学へ出かけ、息を殺し宗教的畏怖感を抱きながら、いろいろな研究室をまわり、実験室を見、物理学の教授が講義をするのに耳を傾けた。

それでも、書くほうの手を休めることはなかった。短篇が流れるように書きつづけられ、詩——雑誌に載っているのを見た類いのもの——という易しい形式にも手を広げてみた——けれども夢中になって無韻詩の悲劇に二週間を浪費し、しかもアッという間に六つの雑誌に拒絶され、彼は唖然とするのだった。それからヘンリー（W・E・ヘンリー、一八四九—一九〇三、イギリスの詩人・評論家・劇作家）を見つけ、「病院素描」を手本にして、一連の海の詩を書いた。それらは光と色、ロマンスと冒険の単純詩で、彼は「海の叙情詩」と呼び、これまでにない出来映えの作品だと思った。三十篇あり、毎日決まってやる小説の仕事を終えてから一日一篇ずつ、都合一ヵ月で仕上げたのだった。その一日の小説の仕事だけでも、普通の羽振りのいい作家の一週間分の仕事量に相当するものであった。そうした苦労は、彼には取るに足りないもので、苦労といったものではなかった。言葉が見つかるようになり、長年はっきり物が言えずに口の奥に閉じこめられていた美や驚きのすべてが、今や荒々しく力強く滔々と口をついて出はじめたのである。

「海の叙情詩」は誰にも、編集者にさえ見せなかった。編集者を信用しなくなったのだ。が、信用しなくなったから「叙情詩」を送らなかったのではない。実に美しく書けているので、ずっと先のことでいつになるやらわからないが、書いたものを思いきって読んで聞かせて、ルースとそれを分かちあうすばらしい時が到来するまで取っておくしかない気がしたのである。その時に備えて常備し、音読したり読みかえしているうちに、暗記してしまった。

目の覚めている時間は一瞬たりともおろそかにせず、眠っているときも、その主観的な心は五時間の中断のあいだもじっとしておらず、日中の考えや出来事を奇怪極まる驚くべきものに組み合わせた。実際、休息などしていなかった。もっと虚弱な体質で、頭のほうも弱かったなら、まず参ってしまっていただろう。夕方のルース訪問も、今では途絶えがちであった。六月が近づき、彼女が学位を取って大学を終える時期になっていたのだ。文学士！――その学位のことを思うと、何だか彼女があとを追えそうにない速さで飛び去っていくように思えた。

一週間に一度午後に、彼女は彼に訪問を許した。夕方訪ねて、たいてい夕食とそのあとの音楽の時間までいた。そういう日は、彼には祝日と言ってよかった。自分の住んでいる家と対照的なこの家の雰囲気、それにただ彼女の近くにいられるということだけで、訪ねる都度、この人たちの高みにまできっと登ってやるぞ、と意を固めるのだった。自分の持つ美や渇望する創造欲も何のその、彼女のためにこそ彼の努力はあった。彼にとっては一にも二にも愛であり、ほかのいっさいを愛に服従させるのである。彼の思想の世界の冒険以上に偉大なものは、愛の冒険なのだ。この世界そのものは、不可抗力の推進力によって、原子や分子で構成されているのだから驚くに足りない。ところが、この世界を驚異的ならしめているのは、そこにルースが住んでいるという事実だ。彼女こそ、自分が今までに知り、夢見、推測したなかで、最も驚くべき存在なのだ。

ところが、彼女が遠い存在であることを思うと、いつも重苦しい気持ちになった。遠すぎて、近づき方がわからないのだ。これまで、自分と同じ階層の女たちとはうまく行った。けれど、誰一人愛するということもなかった。それがルースの場合、ほんとうに愛してしまったのだ。おまけに、彼女は単に別の階層の女性であるということだけではない。彼の強い愛が、彼女をあらゆる階層の上に持ちあげたのである。彼女があまりに離れた遠い存在であるために、恋人が相手に近づくような近づき方を知らなかった。知識や言葉を身につけたのだから、たしかにこれまでよりは接近し、彼女と同じ言葉を話し、共通の考えや喜びを見つけてはいるけれど、それでは自分の恋人としての憧れを満たさない。恋人の想像力によって彼女を神聖化しすぎたために、生身の自分との類似点を見いだせないのだ。自分の愛こそが、彼女を突き放し、獲得不可能ならしめているというわけだ。愛そのものによって、それが希求するものを彼は拒否されてしまったのである。

けれどもある日のこと、前ぶれもなく、二人のあいだの隔たりにほんのしばらくだが、橋がかかり、それ以後も隔たりはそのまま残っていたものの、その幅がこれまでよりは狭(せば)まった。そのとき、二人は桜ん坊――濃いぶどう酒色の汁を含んだ、大粒の甘くて黒い桜ん坊――を食べていた。そのあと、彼女が「王女」の一節を読んで聞かせていたとき、彼はふと彼女の唇についている桜ん坊の染みに気がついた。たちまちにして彼女の神聖さが粉砕された。結局、彼女だって生身の人間なのだ。彼の肉体、いや他の人間の肉体と同様、肉体が持つ共通の法則に服さねばならない単なる生身の人間なのだ。彼女の唇にしても自分の唇と同じ生身であり、自分の唇と同じように彼女の唇にも染みはつくのだ。唇がそうであるなら、彼女のすべてにしたってそうだ。ほかの女と同様、彼女も女、全体が女なのだ。急にそんな考えが浮かんだ。そういうことが明らかになって、彼は茫然とした。まるで太陽が空から落下するのを見たか、崇敬の的であった清浄さが汚されるのを見たかのようであった。

このとき、彼は事の重要性を悟った。別世界の精霊ではなく桜ん坊で唇に染みのつく、ただの女であるこの女性に言い寄ってみようと、心臓が高鳴り挑みはじめた。自分の考えの図太さに打ち震えたが、魂のほうは歌い、理性も勝鬨（かちどき）の歌のうちに自分の正しさを保証した。こうした彼の内に生じた変化が、多少は彼女にも通じたにちがいなく、彼女は読むのを中断し、彼を見上げてほほえんだ。彼は目を彼女の青い目から唇へ移し、あの染みを見ると、のぼせてしまった。あの昔の無頓着な生活をしていた時のように、両腕が彼女の体のまわりへとさっとさし出された。彼女が自分のほうにもたれてきて、じっと待つように思われたが、彼のほうでは身を後ろに引こうと必死になっていたのである。

「何もお聞きでなかったのですね」と、彼女は口をとがらせた。

それから彼女は、彼の混乱状態を面白がって笑った。彼女の包み隠しのない目を見て、彼女には自分が思っていることなど何も通じていなかったのだとわかると、彼は赤面した。考えばかりが先行しすぎてしまっていたのだ。これまで知った女のうちで、こちらの思いを察しなかった者などいなかった――彼女は例外だ。察するなんてことがない。そこが違う。彼女はやはり違うのだ。彼は自分の粗雑さにぞっとし、彼女がまったく無垢であることに畏れを抱いた。そして再び、隔たりの向こうに彼女を見ることになった。橋は崩壊してしまったのである。

それでもこの一件は、彼をいっそう彼女に近づけた。その記憶はいつまでも消えやらず、意気消沈はなはだしいときなど、しきりにその思い出にふけった。すると隔たりは、二度とそれほど幅広いものではなくなった。彼は、文学士号、いやそれを十二も取得したところで、とうてい及びのつかない隔たりをすでに獲得していたというわけだ。なるほど彼女は純粋であり、彼には純粋といったものなど思いも寄らなかった。が、桜ん坊は彼女の唇に染みを作った。彼女も自分と同様に、容赦なく宇宙の法則に従わねばならないのだ。彼女だって生きるためには食べねばならないし、足を濡らせば風邪もひく。だけど、そんなことは問題ではない。彼女だって、飢えや渇きや暑さや寒さを感じるのであれば、恋——男への愛情も感じられるはずだ。そうだ、俺は男なんだ。だったら、どうしてその男になれないはずがあろう? 「うまく行くも行かぬも、おまえ次第だ」と彼は、熱っぽくつぶやくのだった。「ようし、その男に俺はなるんだ。男になってやるぞ。きっとやってみせるぞ」

12

ある午後遅く、十四行詩（ソネット）にとり組み、頭の中から輝きと蒸気を発しながら出てくる美や思想が混沌としているときに、マーティンは電話口に呼ばれた。

「ご婦人だぜ、それも立派な」と、とり次いだヒギンボサム氏がからかった。

マーティンは、部屋の隅にある電話まで行った。そしてルースの声を耳にすると、体の中を熱い血がさっと過（よぎ）るのを覚えた。十四行詩（ソネット）ととり組んでいて、彼女の存在を忘れてしまっていたのだ。だから声を聞くと、彼女に対する恋心に突然頭をガツンと打たれたみたいだった。何という声だ！　上品で美しく、遠くかすかに聞こえる音楽の調べだ。いや、銀の鈴、申し分のない口調、清浄そのもの、と言ったほうがいい。ただの女ではこんな声は出ない。どこか神々（こうごう）しいところがある。別世界のものだ。狂喜の余り、その声の言っていることがほとんど聴きとれなかった。ただ、顔はとり乱さずにいた。ヒギンボサム氏が、白鼬のような目をじっとこちらに向けているのがわかっていたからである。

ルースの用件というのは、こういうことであった——その夜、ノーマンが講演を聴きに連れて行ってくれることになっていたのに、彼が頭痛のために、自分としてはがっかりしている。ついては切符もあることなので、もしほかに約束がなければご一緒していただけないものか、というのである。

いただけないものか、だって！　彼は、必死に声の上ずりを抑えようとした。こいつは驚きだ。彼女と会うのは、決まって彼女の家だった。こちらも、一緒にどこかへ出かけようなんて口にする勇気もなかった。まったく見当違いなことだが、電話で話しつづけながら、彼女のために死にたいという抗しがたい欲望を感じた。英雄的犠牲の幻像が、頭の中で目まぐるしく形をとっては消えていった。彼女をかくも強く、やりきれないほど愛している。その彼女が、自分——このマーティン・イーデンと一緒に外出し、講演を聴きに出かけるのだ、という狂おしいほどの幸福感を得た瞬間に、彼女は彼のはるかかなたに舞い上がってしまったものだから、もう彼女のために死ぬ以外にはないように思われたわけだ。それこそが、彼女に対して抱いているひじょうに気高い気持ちを表明できる唯一のふさわしい方法なのだ。真の恋愛の崇高な自己否定というのは、どんな恋人にも訪れるものだが、それが今や電話口で、火と喜びの嵐となって彼にも訪れてきた。彼女のために死ぬということが、立派に生き愛したことになる、と彼は思った。まだ二十一歳で、恋愛というものをしたことがなかったのである。

受話器を置くとき、手が震えた。彼を揺り動かした器官からは力が抜け、目は天使のように輝き、顔はこの世の不純物が一掃されて、清く気高くなっていた。

「外でデートするんだと？」と、義兄があざ笑った。「どういうことかわかっとるんだな。今に即決裁判ってことになるぜ」

だが、マーティンが今いる高みからおりて来ることはなく、ましてそういういやらしい当てつけによって、地に引きもどされることはなかった。怒りとか苦痛は眼中になかったのだ。偉大な幻像を見て、彼は神のようになり、この蛆みたいな男に対してただ深く強い哀れみを感じるだけであった。彼のほうは義兄を見なかった。義兄のほうは彼に目をやったが、彼のほうでは相手を見なかった。そして夢見心地の状態で、着替えに部屋を出ていった。自分の部屋にもどり、ネクタイを締める時になってはじめて、いつまでも耳もとを去らない不愉快な音に気づいた。この音を探ってみると、それはバーナード・ヒギンボサムの最後の悪態であった。そういうものをいくら聞かされても、頭に入りこんだことなどなかったのだが。

ルースの家の玄関のドアが閉まって、彼女と一緒に階段をおりるとき、彼はすっかり狼狽していた。彼女と講演会に一緒するといっても、この上ない喜びというわけではなかった。どうすればいいのかわからないのだ。なるほどこれまで街で、彼女と同じ階層の人たちを見て、婦人が男と腕を組むのを知ってはいた。けれども、腕を組んでいないのも見ていた。だから彼は、腕を組むのは晩だけなのか、それとも夫婦や身内に限られるのだろうかと思った。

歩道にさしかかる直前に、ミニーのことを思いだした。ミニーは、いつもやかまし屋だったっけ。一緒に出歩くようになって二度めに、俺を叱り飛ばしおった。俺が歩道の内側を歩いていたというわけだ。そして、紳士というのは――婦人と一緒のときは――いつだって外側を歩くものだという法則を押しつけやがった。それでミニーは、二人が通りを渡って側が代わった時にはいつも、俺の踵を蹴って外側に出ることを思い起こさせたもんだ。どこであんな細かい作法を覚えたんだろう？　上層からうまく染みこんでいったのだろうか、であれば本物だ。

歩道にさしかかるまでにやってみても悪くはないだろう、と思ってルースの後ろにまわり、外側の位置に着いた。すると、もう一つの問題が現われた。彼女に腕をさし伸べるべきなのだろうか？　俺は、これまで誰にも腕をさし伸べたことなどない。自分の知っている女といえば、相手の腕など取ったこともない。知りあって最初の数回は気軽に並んで歩き、それからは腰に腕をまわしあい、明かりのない街路に来ると、相手の肩に頭をもたせかけて歩くというわけだ。が、今は違う。彼女は、そんな類いの女ではない。何か手を打たないといけない。

彼女と隣りあっているほうの腕を曲げてみた――ほんの少し、ためらいがちに、気を引くというふうではなく、何気なく、そういう歩き方に慣れているといったふうに。すると、すばらしいことが起こった。彼女の手が、自分の腕に触れたのだ。この接触に、思わず体の中を快い身ぶるいが走った。この麗しいつかの間に、かたい大地を離れて一緒に空中を飛んでいるような気がした。けれどもまたすぐにもどって来て、あらたな頭痛の種に悩まされた。今から通りを渡ろうとしている。とすると、自分は内側に入るわけだ。歩道が変わって、外側に出なければならないから。とすれば、彼女の腕をおろして場所を替わらねばならないのだろうか？　もしそうするとして、今度ももう一度先ほどのようにうまく腕を曲げねばならないのだろうか？　それからまたその次も？　どうもどこかがおかしいのだが、とにかく跳ねまわったりして、へまをやらないようにしよう。そうはいっても、自分の結論に満足はしていなかった。歩道の内側に入ると、早口に熱っぽく喋り、話に夢中だという印象を与えた。というのも、間違って内側と外側の交代をしなくとも、話に熱中するあまりに、そういう軽率をしでかしたのだと思われるだろうから。

ブロードウェイを渡るとき、また別の問題に直面した。電灯の輝きの中にリズィー・コノリーと、クスクス笑う癖のある連れを見かけたのだ。一瞬ためらいを覚えたが、手を上げて帽子を取った。自分と同じ階層の者に不忠実にはなれなかった。帽子を取ったのは、リズィー・コノリー以上のものに対してであったのだ。彼女はうなずいて、図太くこちらを見たが、そのまなざしはルースのように柔らかく優しいものではなく、美しいが険しかった。そして次には、彼からルースへさっと視線が移り、その顔と衣装と身分とを識別した。すると、ルースのほうも鳩のように臆病で優しいまなざしをさっと送るのに彼は気づいた。が彼女の目は、去来するどぎまぎとしたまなざしの内に、安物の美服を着た、当時労働者階級の女性に大もての奇妙な帽子をかぶった女工であることに気づいていた。

「まあ、何てきれいな方でしょう！」とルースが、しばらくして言った。

マーティンも、彼女をほめあげることができたであろうが、こう言った。

「僕にはよくわかりません。個人的な好みの問題でもあるでしょうが、僕には彼女が特にきれいだとは思えませんね」

「まあ、あの方ぐらい整った顔立ちの女性は、万に一人もおいでになりませんことよ。すばらしいお顔立ちですわ。カメオ細工のように、くっきりとしたお顔ですわ。それにあの目の美しいこと」

「そんなものですかねえ?」とマーティンは、上の空で訊いた。それもそのはず、彼にとって美しい女性はこの世にたった一人しかいないのであり、その人が自分の腕を取って、すぐそばにいるのだ。

「そんなものですか、ですって?　もしあの方が、正装する適当な機会でもおありになれば、イーデンさん、それに身の処し方がおわかりになれば、あなたもすっかりお驚きになりますわ。男性ならみんなそうおなりですわ」

「彼女は、口のきき方を習わなくちゃいけません」と彼は評した。「でないと、たいていの人は彼女の言うことが理解できないでしょう。あなたも、彼女が普通の速さで喋ったら、きっとその四分の一も理解できないと思いますよ」

「そんなことってございませんわ。あなたも主張を通そうとなさるときには、アーサーと同様にひどいことをおっしゃるのね」

「あなたは、はじめて僕とお会いになった頃の僕の話し方をお忘れになっています。あれ以来、僕は新しい言葉を勉強してきました。あのとき以前は、僕もあの女性と同じ喋り方でした。今では、あなたにはあのようなほかの女性の言葉がおわかりにならないということを説明するのに、あなたの言葉でもって十分にわかってもらうことができます。それに、彼女がどうしてあんなふうなふるまい方をするかご存じですか?　僕は、以前にはそのようなことを考えてみたこともなかったのですが、今はそういったことを考えていますし、わかり始めてもいるんです――ずいぶんと」

「それでは、どうしてあの方はあのように?」

「彼女は長年長時間にわたって、機械に向かって働きつづけてきました。体も若いうちは柔らかいですが、重労働をやっていると、仕事の性質に応じて、体がパテのようにかたどられてしまうのです。僕には、街で見かける多くの労働者の仕事をひと目で言いあてることができます。僕を見てください。なぜ僕は、どこへ行ってもこんなふうに体を揺すって歩くのでしょう？　長年、海で過ごしたからです。もし体が若くて柔らかいうちに、同じ年月をカウボーイをして過ごしていれば、今頃体を揺すって歩くこともなかったでしょうが、その代わり蟹股になっていたでしょう。あの女性の場合も同じことです。彼女の目がきついと言ってもいいぐらいなのにお気づきでしょう。保護されていなかったからです。彼女は自分で身を守らねばならなかったのです。若い女性というのは、自分の身を大切にし、目を柔和で優しく——たとえば、あなたの目のようにしてはおけないのです」

「その通りだと思いますわ」とルースは、低い声で言った。「でも、お気の毒ですこと。あんなにお美しい方ですのに」

彼女を見ると、その目は哀れみの情に輝いていた。そこで、その彼女を愛していることを思いだした。そして彼女を愛し、腕を組んで講演会に出かけられるようになったわが運命を思うと、驚嘆の念に我を忘れた。

おまえは誰だ、マーティン・イーデン？　その夜、自分の部屋にもどって来て、彼は鏡に映った自分に自問した。長いあいだ、物珍し気に鏡を見つめた。おまえは誰だ？　おまえは何者だ？　おまえの階層はどこだ？　おまえは、当然リズィー・コノリーのような女と同じ階層にいるんだ。おまえには踏んだり蹴ったりの苦労、低級で下品で汚いものが合っているんだ。悪臭にまみれた汚い環境にいる雄牛や、あくせく働く連中が合っているんだ。今だって、腐りかかった野菜があるじゃないか。あのジャガイモだって腐りかけだ。においを嗅いでみろ、ちくしょう、嗅いでみな！　それでも書物を開いたり、美しい音楽を聴いたり、美しい絵画を愛好したり、正しい英語を話し、おまえと同じ階層の連中などには及びもつかない思想をめぐらしたり、雄牛やリズィー・コノリーを振り捨てて、おまえなどからは百万マイルも隔てた星々に住む女性の蒼白い精霊を愛そうって言うのか？　おまえは誰だ？　何者だ？　ちくしょう！　うまく行くとでも言うのか？

彼は、鏡の中の自分に握りこぶしを振り、ベッドの端に腰をおろし、目を見開き、空間に向かって夢想した。それから、ノートと代数の教科書を取り出して、二次方程式に没頭した。時間はいつしか過ぎ去り、星の輝きもうすれ、夜明けの薄明が部屋の窓にどっと差しこんできた。

13

暖かい午後、市役所前公園で喋り立てる口数の多い社会主義者や労働者階級の哲人連が、一大発見を招いてくれた。月に一度か二度、自転車で公園を通りぬけて図書館に行く途中、マーティンは自転車からおりて、この議論に耳を傾けた。が、そのたびにその場を離れる気になれなかった。論調はモース氏の食卓の場合よりずっと低かったし、人間のほうもまじめで品位があるというのでもなかった。すぐに怒りだして罵りあい、悪罵や鼻持ちならないあてつけが、たびたび飛びだした。殴りあいになるところを見たことも一、二度あった。けれども、なぜかよくわからなかったが、こういう連中の考えていることにはどこか大事なところがあるように思われた。モース氏の控えめで物静かな独断論より、彼らの口論のほうが彼の知性にははるかに刺激があった。こういう連中は、英語はいい加減なものだし、狂人のような身ぶりで、怒りをあらわにしてその考えをぶつけ合うが、なぜかモース氏やそのなじみのバトラー氏よりははつらつとしているようであった。

マーティンは、この公園で、ハーバート・スペンサー（一八二〇―一九〇三、イギリスの哲学者・社会学者）という名前がいく度となく引用されるのを耳にしていたが、ある午後のこと、スペンサーの門弟というのが現われた。みすぼらしい放浪者で、シャツを着ていないのを隠すために、汚い上着のボタンを喉もとまできちんとはめていた。立ちこめるタバコの煙と、あちこちでタバコの汁が吐き出されるなかで、ある社会主義者の労働者に小馬鹿にされたときも、この放浪者は「不可知なる者以外に神はいないのであり、ハーバート・スペンサーはその予言者である」と言って譲らなかった。マーティンは、この議論が何のことだかわからなくて困ったが、その後自転車で図書館に行ったとき、ハーバート・スペンサーにあらたに関心を抱き、たびたびあの放浪者が口にしていた「第一原理」を借り出した。

こうして大発見が始まった。前に一度スペンサーをかじろうとして、手はじめに「心理学原理」を選んでみたが、マダム・ブラヴァツキー同様あえなく失敗に終わった。その本が理解できず、読まずじまいで返却したのだった。だがこの夜は、代数と物理をやり、十四行詩（ソネット）を書いてみてから、ベッドに入って「第一原理」を開いてみた。朝になってもまだ読みつづけた。眠れなかったのだ。その日は、書くこともしなかった。疲れるまでそのままベッドにいて、疲れるとかたい床で仰向けになり、本を顔の上に持ちあげたり、体を右や左に向けたりして読んだ。その夜は眠り、翌朝は物を書いた。すると「第一原理」を読みたくなり、何もかも忘れ、そう、その午後にはルースに会えるのだということも忘れて、午後のあいだずっとそれを読みつづけた。バーナード・ヒギンボサムがドアを押し開けて、今レストランはやってると思うか、と訊きにきた時にはじめて、身のまわりの身近な世界に気づいたのであった。

マーティン・イーデンは、これまでつねに好奇心に左右されてきた。ものを知りたいと願い、この願いによってこそ、世界じゅうに足を延ばすようになったのだった。だが今や、スペンサーから学びつつあった。スペンサーなどこれまで知らなかったし、もし船に乗って永久に放浪を続けていたなら、およそ知ることなどできなかっただろう。これまでは物ごとの表面をざっとかすったにすぎず、ばらばらの現象を観察し、事実の断片を積み重ね、上べだけのささいな概括をしただけであった——いっさいがことごとく関連性を持たず、出来心と偶然の、不規則で無秩序な世界にあった。鳥が飛ぶのを眺めては、その機構(メカニズム)を個人的な解釈で推論していたが、鳥が固有の飛行機構(メカニズム)を持つものとしていかに発達を遂げてきたか、その過程を説明してみようという考えにまでは至らなかった。そのような過程があることとさえ、思いもつかなかった。鳥が存在するべくして存在するようになったということだって、及びもつかなかった。鳥はいつだって存在していたし、とにかく現に存在しているのだが。

鳥と同様、万事がそうであった。哲学を志しても、無知で即席であっては実を結ぶものではなかった。カント(一七二四—一八〇四、ドイツの哲学者)の旧式の形而上学は、何の手がかりにもなるどころか、自分の知力を疑わせることになっただけであった。同様に、進化論の勉強をやってもみたが、ロマーニズ(一八四八—一九四、イギリスの生物学者)の書いたあるひどく専門的な書物に限られていた。したがって、彼には何も理解できず、得た知識といえば、進化論とはひどく難解な語彙を持った大勢のけちな連中の無味乾燥な理論であるということだけであった。ところが今や、進化論は単なる理論ではなく、容認された発達の過程であるということ、科学者はもはやこのことでは見解の不一致を見ず、唯一の相違といえば進化の方法に関してであるということを知ったのである。

そしてここに、スペンサーなる人物が登場し、彼のためにあらゆる知識を系統立て、いっさいを統一し、究極の実在を詳述してくれるのだ。驚きをもって見つめる彼に、よくわかるようにひじょうに具体的な宇宙を提示してくれるので、ちょうど船乗りが作ってガラス瓶の中に入れる船の模型を見るようであった。気まぐれや偶然といったものがまったくない。いっさいが法則なのだ。鳥が飛ぶのは法則に従っているのであり、どろどろした軟泥がもがき、のたくるうちに足や翼を出し、鳥になったのも、同じ法則によるものであった。

マーティンは、今まで一歩一歩知的生活の勾配を登ってきたが、ここに至って、さらにいっそうの飛躍を見ることになった。隠れていたものがすべて、その秘密をあらわにしつつあった。彼は、理解できるということに酔った。夜眠っているときは、恐ろしい悪夢にうなされて神々とともにあった。昼間目が覚めているときも、夢遊病者みたいにうろつき、うつろな目つきで発見したばかりの世界を見つめるのだった。飽くことのない知性が、眼前にあるあらゆるものの因果を探りあてようとするあまり、食事の際も、つまらぬ下品な話題は耳に入らなかった。大皿に載った肉一つを見ても、輝く太陽が想い浮かんできて、そのエネルギーを突きとめんと、あらゆる変形を経て一億マイルも離れたその源にまでさかのぼってみた。あるいはさらにそのエネルギーを、肉を切ることを可能にしている腕の動く筋肉や、その筋肉に肉を切るように動かせている自分の脳までたどってみた。そしてついには、同じ太陽が自分の脳の中に輝いているのをひそかに見てとったのである。彼は、解明することに我を忘れた。そのためジムが、「気がふれた」とささやくのも耳に入らなかったし、姉の心配顔も目に入らなかった。さらには、バーナード・ヒギンボサムが指をぐるぐる回して、義弟の頭の回転についてほのめかしを与えたが、これにも気がつかなかった。

ある意味でマーティンを最も深く感動させたのは、知識——あらゆる知識の相互関係であった。これまで好奇心に燃え、身につけたものは何でも、頭の中の別々の記憶室に綴じこんでおいた。したがって、航海というテーマに関しては大量の蓄えがあった。女性というテーマについても、かなり豊富な蓄えがあった。なのに、この二つのテーマ間には関連性というものがなかった。二つの記憶室のあいだには、まるでつながりがなかったのだ。知識のあり方からいっても、ヒステリックな女性と、嵐のときに舵柄を風上に取るか錨をおろすかするスクーナー船とのあいだに何らかの関連があったりすれば、彼には途方もなく馬鹿げていて、あり得ないことだと思えただろう。それが馬鹿げたことでないばかりか、そこには関連性のないことなどあり得ないということを、ハーバート・スペンサーが教えてくれたのだ。大宇宙の果てに光る星から、足もとの砂粒に含まれる無数の原子に至るまで、万物が互いに関連を持っているわけだ。こうした新しい概念は、マーティンにとってたえず驚嘆の的であったが、引きつづいて、太陽下のあらゆるものと太陽の向こう側にあるあらゆるものとのあいだの関係を突きとめることにかかりきっていた。最も釣りあいの取れないものの表を作り、それらのあいだの類似点——たとえば愛、詩、地震、火、ガラガラ蛇、虹、宝石、怪物、日没、ライオンの吠え声、ガス灯、食人種、美、殺人、恋人たち、てこ台、タバコといったもののあいだの類似点をうまく立証するまでは、みじめな思いであった。こうして彼は宇宙を統一化し、それをかざして眺めたり、宇宙の側道や細道や叢林（そうりん）をさまよった。神秘のまっただ中にあって、未知の目的地を探し求めるおびえた旅人としてでなく、知らねばならないすべてを観察し、図表にし、熟知しようという態度であった。そして知れば知るほど、いっそう熱烈に宇宙と人生と、そうしたいっさいのまん中に位置する自分の生命とを賛美したのである。

「馬鹿だぞ！」彼は、鏡に映る自分の姿に向かってどなった。「おまえは物を書きたいと思って、書こうとしたけど、何も書く物がないじゃないか。おまえには何があったと言うのだ？――幼稚な考えが少々と、わずかなうぶな感情、多くの消化されていない美、大きく暗たんとした無知のたかまり、愛ではちきれんばかりの心、それにその愛と同じぐらいでっかく、おまえの無知と同じぐらい無益な野心、それぐらいのものじゃないか。なのに、物が書きたい？　何言ってるんだ、おまえはやっと書く物をつかみかけているところじゃないか。美を創造したいって言うけど、美の本質を知らずに、どうやってできよう？　人生の肝心な特質について何もわからないくせに、人生について書きたいと言う。世の中はおまえにとって難問であるのに、世の中や生存の概要について書きたいなんて言うが、仮に書けたとしたって、そんなものはすべて生存の概要なんてものからはずれたものだろうよ。けど、元気を出せ、なあマーティン。今に書けるさ。おまえの知識は少し、ほんの少しだけど、今や知識をさらに増すにふさわしい道に着いたんだからな。いつか、運がよければ、知り得るあらゆる知識がほぼ身につくようになるだろう。そうなれば書くんだ」

彼はこの偉大なる発見をルースのところへ持っていって、その喜びと驚きとを分かちあおうとした。ところが彼女は、それを聞いてもあまり乗り気ではなかった。黙って話を受けいれ、自分でも勉強したこともあってか、多少承知はしているようだった。けれども、彼ほどにその心が揺さぶられることはなかった。彼女にとっては、自分ほどに別に目新しくも新鮮でもないのだということを理論的に解決していなかったら、彼も驚いたであろう。アーサーとノーマンも進化論を信じ、スペンサーを読んでいるのがわかったが、それほど強い感銘を受けた様子はなかった。ところで、眼鏡をかけた、もじゃもじゃ髪の若者ウィル・オルニーは気に食わなそうにスペンサーを冷笑し、「不可知なる者以外に神はいないのであり、ハーバート・スペンサーはその予言者である」というあの警句をくり返した。

だが、マーティンはこの冷笑を許した。オルニーがルースに惚れてはいないということが、わかり始めていたからである。のちにささいなことがいろいろとあって、そこから知って唖然としたことに、オルニーはルースに気がないばかりか、明らかに嫌っていた。マーティンには理解のできないことだった。わずかな現象を、宇宙の他のいっさいの現象に関係づけることができなかったのだ。が、それにもかかわらず、この若者を気の毒に思ったのは、この男にはルースのすばらしさと美しさが正しく理解できないからであった。日曜日にはよく自転車に乗って、みんなで丘へとくり出したが、マーティンにはルースとオルニーのあいだが武装休戦状態にあるのを認める機会が十分にあった。オルニーはノーマンと仲よくしていたので、アーサーとマーティンがルースと連れになり、このことがマーティンにはすごくありがたかった。

こうした日曜日はマーティンにとってすばらしく、最高だったが、それはルースと一緒だからであった。また、彼女と同じ階層の若者たちといっそう対等になっていけるからすばらしいのだった。彼らは長年鍛錬された教育を受けてきたにもかかわらず、その知性は自分と互角だ、と彼は感じていた。そして、彼らと会話をしながら過ごす数時間は、これまで懸命に勉強してきた文法を使ううえで大変な練習になった。彼はエチケットの本をやめて、好ましい行ないを教えてくれる観察というものに頼ることにした。感激に我を忘れるとき以外は、つねに用心して、彼らの行動には熱心に目を配り、ちょっとした礼儀や洗練されたふるまいを学んだ。

スペンサーがほとんど読まれていないという事実は、しばしマーティンにとって驚きの源であった。「ハーバート・スペンサーね」と、図書館の係は言った。「ああ、そうね、偉い人物だよ」だが彼は、その偉大な人物の中身については何も知らないようであった。ある晩のこと、バトラー氏が同席していた夕食の席で、マーティンはスペンサーに話題を向けた。モース氏は、この英国の哲学者の不可知論を痛烈に非難したが、「第一原理」は読んでいないことを白状した。一方バトラー氏も、スペンサーには我慢がならず、一行も読んだことはないが、スペンサーなどなくても十分うまくやってきた、と言った。マーティンの心に疑念が頭をもたげた。もし彼の個性がそれほど強くなかったら、一般の意見を受けいれて、ハーバート・スペンサーを断念しただろう。が実際は、彼にとってスペンサーの説明は、説得力のあるものだった。だから、彼が自分に言って聞かせたように、スペンサーを断念することは、航海者が羅針盤と経線儀を海に投げ捨てるようなものであった。だからマーティンは、進化論の徹底的な勉強に入っていき、ますますこのテーマに精通し、数多の独自な作家たちの与えた確証的な言明によって、確信を得るのだった。勉強すればするほど、未開拓の知識の分野が見えてきたので、毎日が二十四時間しかないことを残念がり、しょっちゅう不平をこぼすのだった。ある日のこと、一日が短すぎるので、代数と幾何を思いきることにした。三角法などやってみようともしなかった。それから化学を勉強からはずし、あとは物理を残すのみとなった。

「僕は、専門家じゃないんです」と彼は、ルースに弁明した。「専門家になろうという気もありません。専門の分野が多すぎて、一個の人間には一生かかっても、そのうちのわずかしかやってのけられません。僕は、一般的な知識を追い求めなくてはなりません。専門家の助けがいるときには、本を見てみればいいのですから」

「でも、それじゃ自分で知識を持つというようなものではないわ」と彼女が、異議を申し立てた。

「だって、そんなの持つ必要がありません。僕たちは、専門家の仕事によって得るところがあるのです。そのために専門家がいるのです。ここへ入ってくるとき、煙突掃除夫が仕事をしていましたが、彼らは専門家です。彼らの仕事が終われば、あなたは煙突がきれいになって喜べばいいのであって、煙突の構造についてとやかく知ることはないわけです」

「それはどうも持ってまわった言い方ですわ」

彼女はけげんそうに彼を見たが、そのまなざしと物腰には非難の色が窺えた。それでも彼は、自分の立場が正しいことを確信した。

「一般的な問題に関係しているあらゆる思想家、世界で最もすぐれた頭脳の持ち主だって、実際、専門家に依存しているのです。ハーバート・スペンサーだってそうでした。彼は、大勢の研究者が発見したことを概括したのです。それを全部自分でやるとなれば、千度も生まれ変わらなくちゃならなかったでしょう。ダーウィンだってそうです。彼は、草花栽培者や牧畜業者の習得してきたことをすべて利用したのです」

「その通りだよ、マーティン」と、オルニーが言った。「君には自分の求めていることがわかっているが、ルースにはわからんのだ。自分で何を求めているのかもわかってないんだよ。

――ああ、そうなんだよ」オルニーは、彼女の異議を遮(さえぎ)って、話を先に進めた。「いわゆる一般教養っていうやつだな。でもさ、一般教養が必要なら、何を勉強したって、そんなこと構わないよ。フランス語でも、ドイツ語でも、あるいはそのどちらもやめて、エスペラント語をやってもさ、教養という点じゃ同じことさ。同じ目的で、ギリシャ語かラテン語をやってもいいんだ。まあ役には立たんだろうけどさ。でも、教養にはなるさ。そう、ルースだってサクソン語を勉強して、できるようになった――二年前にね――それで今彼女が覚えていることはと言えば、〝彼の馨(かぐわ)しき卯月(うづき)、優しきにわか雨を伴いて〟（イギリスの詩人チョーサーの代表作『カンタベリー物語』の「プロローグ」に出てくる一節）だけなんだよ――そんなふうな文句だったかい？

でも、それにしたって教養になるという点では同じさ」オルニーは、再び彼女を遮って笑った。

「わかっているんだよ。同じクラスだったんだから」

「でもあなたは、教養が何かの手段みたいなことおっしゃるのね」とルースは、大きな声を出した。その目は輝き、両頬には赤味がさした。「教養は、それ自体が目的だわ」

「けど、マーティンはそんなものを望んでやしないよ」

「そんなこと、どうしてわかるの？」

「君は何を望んでいるんだ、マーティン？」オルニーは、マーティンに相対して訊いた。

マーティンはひじょうに不安になり、哀願のまなざしをルースに向けた。

「そうよ、何をお望みなの？」とルースが訊いた。「それがわかれば、はっきりするわ」

「ええ、もちろん、僕には教養が必要です」とマーティンは、口ごもりながら言った。「僕は美を愛しています。だから教養があれば、もっと細かくはっきりと美を理解できることになるでしょう」

彼女はうなずき、得意げな顔つきをした。

「馬鹿だな、そんなことわかっているじゃないか」と、オルニーが述べた。「マーティンが求めているのは、一生の仕事なのであって、教養じゃないんだ。たまたま彼の場合、その仕事には教養がついてまわるんだよ。彼が化学者になりたいというんなら、教養なんて必要がないだろう。マーティンは、物が書きたいんだ。けれども、そういうふうに言えずにいるのは、そう言えば、君が間違っているということになるからなんだよ。

それにしても、なぜマーティンが物を書きたいのか？」彼は話しつづけた。「お金が入ってこないからだ。君はなぜサクソン語や一般教養を頭に詰めるんだい？　世の中へ出ていく必要がないからだ。君のお父さんが面倒を見てくれるからな。衣服だって何だって買ってくれるものな。君や僕やアーサーやノーマンの教育って、いったい何の役に立つのだろう？　僕たちは、一般教養ってやつにどっぷり浸っているんだ。だから、もし僕たちのおやじがきょう破産でもすれば、あすにでも教員試験を受けなきゃならないよ。何しろルース、君にとって一番いい職業といえば、田舎の先生か女子寄宿学校の音楽の先生だろうからな」

「それじゃねえ、あなたは何をするの？」と、彼女が訊いた。

「あまり大したことじゃないな。日に一ドル半ぐらいかせげるかな、普通の仕事さ。それから、ハンリー詰めこみ塾に講師として入りこめるかも知れないよ——かも知れない、なのであって、いいかい、一週めの終わりには、まったく役立たずということで馘になっちゃうかも知れないさ」

マーティンは、この議論によく注意を集中して耳を傾けた。そして、オルニーのほうが正しいと納得はしたものの、彼のルースに対するいささか無頓着なふるまいには腹が立った。話に耳を傾けながら、愛について新しい考えが浮かんできた。理性は、愛とは無関係だ。自分の愛する女性の論証の仕方が正しかろうが、間違っていようが、問題ではない。愛は、理性を超越しているのだ。もしたまま、自分には一生の仕事が必要なのだということを、彼女が十分に理解できないとしても、それで彼女に対する愛が弱まるわけでは決してない。彼女は実に愛すべき女性であり、彼女が考えていることと、彼女が愛すべき人であるということとは無関係なのだ。

「それはどういうことですか？」ずっと考えていたところへオルニーが質問をさしはさんできたので、マーティンが問いかえした。

「なあに、君がラテン語に取っ組むような馬鹿じゃなければいいが、ってわけさ」

「でも、ラテン語は教養以上のものよ」とルースが、口をさしはさんだ。「必要な知識だわ」

「それじゃ、君やってみるのかい？」と、オルニーは言い張った。

マーティンは、ひどく困ってしまった。ルースが自分の返答にしきりに頼っているのがわかったからだ。

「どうも時間がなさそうです」と、彼はついに言った。「やってはみたいのですが、時間がないでしょう」

「ほらね、マーティンは教養なんか求めてるんじゃないんだよ」と、オルニーは勝ち誇った。「どこか違った方向を目指して、何か違ったことをやろうとしているんだ」

「あら、でもラテン語は精神の訓練よ。精神修養になるわ。鍛錬された精神を作るものよ」ルースは、マーティンの考えが変わるのを待つかのように、期待のまなざしで彼を見た。「ほら、フットボールの選手だって、大試合の前には練習が必要でしょ。思想家にとっては、ラテン語がその練習にあたるわけよ。訓練になるわ」

「馬鹿ばかしいったらありゃしないよ！　そんなことは、子供の時分に聞いたことだよ。だけど、その頃に教えてもらわなかったことが一つあるね。あとになって自分でそれを知るはめになっちゃったけど」オルニーは、人目を引くためにひと息ついて、それからまたつけ加えた。「つまり、教えてもらわなかったのは、紳士はみなラテン語を勉強したはずにもかかわらず、誰もラテン語を知ってはいないってことさ」

「まあ、それはずるいわ」とルースが叫んだ。「あなたが話を変えるのは、何かをそらすためだってことぐらいわかってたわ」

「なかなかうまいこと言うね」と、オルニーが言いかえした。「けど、正しいことでもあるんだよ。ラテン語を知っている人間といえば、薬剤師か、弁護士か、ラテン語の教授だけじゃないか。ただし、もしマーティンがそういう職業のどれかになりたいと言うのなら、僕の見当違いだ。けれども、とにかくハーバート・スペンサーは一体どういうことになるんだい？　マーティンは、スペンサーを発見したばかりで、それに夢中になっている。なぜって？　スペンサーには、どこか彼を引きつけるところがあるんだよ。スペンサーは、僕も君も引きつけなかった。僕たちには、進んでいく所がないんだ。君はいつか結婚し、僕はただ、おやじが僕に残してくれるお金の面倒を見てくれる弁護士や業務代理人に、たえず注意を払うだけということになるのさ」

オルニーは、立ちあがって出ていこうとしたが、ドアの所でふり返り、別れぎわの苦言を呈した。

「ルース、君はマーティンをそっとしておくんだぜ。彼は何が最善なのか、自分でよくわかっているんだから。彼がこれまでにやったことを見てみるんだ。僕だっていやになっちゃうことがあるぐらいだ、自分がいやになり、恥ずかしいと思うことがね。今では世の中のこと、人生、人間の立場、そのほかすべてのことについて、そういうことにかけては、アーサーやノーマンや僕、それに君なんかより、彼のほうがよく知っているんだ。僕たちのラテン語やフランス語、サクソン語、それに教養が寄ってたかってしてもね」

「でも、ルースは僕の先生です」とマーティンは、義俠心を出して言った。「僕が学びとったものはすべて、彼女のおかげなんです」

「馬鹿を言え！」オルニーはルースを見たが、その表情には敵意が含まれていた。「それじゃ今度は、彼女に勧められてスペンサーを読んだとでも言うんだろ――でも、そうじゃないぜ。彼女は、ダーウィンや進化論については、僕がソロモン王の宝窟について知っている以上に知っちゃいないんだ。スペンサーの何とかいうやつ、君がこのあいだ僕たちに急に言いだした――あの不明瞭で、わけのわからない、同質性(ホモジエニーイティ)というしろもの、あの舌をかむような言葉はどういうことなんだい？　あれを彼女に持ちだして、そのひと言でもわかるか確かめてみろよ。ありゃ、教養ってもんじゃないよ。まったく、トラ・ラ。もし君がラテン語ととり組むなんて言うんなら、マーティン、僕はもう君を尊敬しないぜ」

こうした議論には興味があったものの、同様に飽きあきしてもいた。勉強や学科のことだし、その論ずるところといえば、初歩的な知識であった。また、その生徒くさい語調は、彼の中で動きだしている大きなもの――もうこの時ですら、鷲の爪のように彼の指を曲げつつある人生についての把握、彼をむずむずさせる途方もない感激、それに十分ではないにせよ、そうしたいっさいを征服してやろうという意識などとは、相容れないのである。彼は自分を、見知らぬ土地の岸辺に流れつき、美の力にあふれて、よろよろとつまずきながら、その新しい土地の同胞の耳ざわりな粗野な言葉でもって、むなしく歌おうとする詩人に喩(たと)えてみた。まさにそうに違いなかった。彼は、ひじょうに普遍的なことに対しては痛いほど敏感であった。けれども、生徒談義に加わって、ぐずぐずと手さぐりし、ラテン語をやるべきかどうかの議論をするはめになってしまったのだ。

「いったいラテン語とどんな関係があるんだ？」その夜、彼は鏡の前で自問した。「死んだものは死んだままでいてほしいもんだな。なぜ俺と俺の中の美が、死んだものに指図されなきゃならないんだ？　美は生きているんだし、不朽のものだ。言葉は移り変わっていくものであって、死者の亡骸(なきがら)なんだ」

すると今度は、自分もなかなかうまく考えを言い表わせているな、と思った。そして、ルースといる時にはどうしてこういうふうに話せないのか、と考えながら床についた。彼女の面前では、俺はまだほんの生徒にすぎず、口調にしたって青くさい。

「時間をくれよ」と彼は、大きな声で言った。「時間をくれるだけでいいんだ」

時間だ！　時間だ！　時間だ！　彼は、たえずそう嘆くのだった。

14

オルニーのためではなく、さりとてルースやルースに寄せる愛にもかかわらず、結局彼はラテン語を始めないことに決めた。彼にとってお金というのは、すなわち時間であった。ラテン語より大事なものが山ほどあり、傲然（ごうぜん）とした声で「やれ！」と騒ぎ立てる勉強が、あまりにも多すぎるのだ。それに、物を書かねばならない。金をかせがねばならない。なのに、認められたものはまだ一篇もなく、何十篇という原稿がいろいろな雑誌を果てしなくめぐっている。ほかの連中はどうやって載せるのだろう？　彼は、無料閲覧室で何時間も過ごした。そして、ほかの作家連が書いたものを読みかえし、彼らの作品を熱心に、批評的に研究し、自分のものと比べてみては、彼らが悟った秘策、作品が売れるようになった秘策を探りあてようとするのだった。

無意味な印刷物の膨大な量には驚いてしまった。光も、生命も、色も、そこを突きぬけはしなかった。そこには貴重なものなど何一つないのに、売れるのだ。一語につき二セント、千語だと二十ドル

——新聞の切り抜きにはそう書いてあった。無数の短篇には困惑した。なるほど手軽に、器用に書けているとは思う。けれども生気と迫真力がない。人生とは、いろんな問題や夢や冒険的な苦労に満ちみちた、予想のつかないすばらしいものだ。なのに、これらの物語ときたら、人生のありふれたことしか書いていない。自分は、人生の緊張と重圧、それに人生の興奮や汗や荒々しい反発を覚えている——たしかにこれこそが、書かねばならないことだ！　望みを絶たれた指導者たち、情熱的な恋人たち、恐怖と悲劇のまっただ中で四苦八苦し、人生をその力強い努力で満ちあふれさせる巨人たちを賞揚したいのだ。ところが雑誌の短篇ときたら、あのバトラー氏のごとき人物やあさましいがりがり亡者、それに平凡なつまらぬ男女の平凡なつまらぬロマンスを賞揚することに余念がないらしい。雑誌の編集者が平凡なためなのだろうか？　それとも、こういう作家や編集者や読者は、世間がこわいのだろうか？

それにしても彼の一番の悩みは、編集者や作家を誰も知らないことであった。しかも、作家を知らないばかりか、物を書こうとしたことのある人さえ誰も知らないのである。教えたり、ヒントをくれたり、ほんの少しでも忠告をしてくれる者が誰もいないのだ。彼は、編集者たちが真の人間なのかを疑いはじめた。どうも彼らが機械の歯車のように見える。そう、その通り、機械だ。魂を打ちこんだ物語や論文や詩を書いていても、結局はそれらを機械に委ねているわけだ。原稿をちゃんと畳んで、一緒に長封筒の中にしかるべき切手も入れて封をし、さらに表側に切手を貼り、投函する。すると、それは西海岸から東部へと送られ、一定の時間を経て、郵便屋が別の長封筒に入った原稿を返しにくる。封筒の表には、彼が同封しておいた切手が貼ってあるという次第だ。向こうの東部には人間らしい編集者などおらず、ただ巧妙な歯車が配列されているだけであって、原稿を別の封筒に移しかえて、切手を貼りつけるのだ。ちょうど、一セント銅貨を入れると、金属性の機械がぐるぐると回転して、チューインガム一枚か板チョコ一枚が出てくる自動販売機みたいなものだ。チョコレートが出るかガムが出るかは、どの穴に一セント銅貨を入れるかによるのだ。編集の機械にしたって同じことだ。一方の穴からは小切手が出てくるし、もう一方からは不採用の紙切れが出てくるというわけだ。これまでのところ見つかったものといえば、後者の穴ばかりなのである。

この不採用の紙切れこそは、いまわしい機械仕かけの手順を申し分のないものとしている。こういう紙切れは紋切り型の書式で印刷され、彼はそれらをこれまで何百枚も――それも初期の頃の原稿には、それぞれ十二枚かそれ以上も――受けとってきたのである。たった一通でもいいから、不採用通知の中に一行でも直筆文が添えてあったなら、元気もついたことだろう。けれど、そういうものの存在を証明してみせた編集者は、一人もいなかった。だから彼は、向こうの東部には温かい人間味のある者などおらず、あるのはただ十分注油が施され、みごとに回っている機械の歯車にすぎない、との結論を下さざるを得なかった。

一意専心の大した闘士であったから、何年でも機械相手に燃料を供給しつづけることに甘んじることもできただろう。だが、出血をして命とりにもなりかねなかった。何年もどころか、何週間かで決着をつけねばならない。毎週の食費のために、身の破滅が近づいていたのだ。それなのに、四十篇の原稿の郵送料の出血も、同じぐらいひどかった。もう本を買うこともなく、爪に火をともすように節約して、絶体絶命を引き延ばそうとした。けれども、節約の術(すべ)がわからず、妹のマリアンに服を買う金を五ドルやってしまい、それだけ破局を一週間早めることになった。

忠告や激励を受けることもなく、また落胆をものともせずに、暗中模索した。姉のガートルードでさえ、尻目にかけ始めていた。愚かだと思うことも、最初は姉らしい慈しみの情で我慢をしていた。が、今となっては姉らしい気づかいも失せて、心配になってきた。彼女には、弟の愚かさが狂気の沙汰に映りはじめたのだ。マーティンにはこのことがわかったので、そのほうがバーナード・ヒギンボサムの公然と口うるさく放つ軽べつの言葉などより、ずっときつくこたえた。マーティンは自分を信頼してはいるが、それは自分一人だけの信頼である。ルースでさえ信頼してくれていないのだ。彼女は、彼が勉強に専心することを望み、彼が物を書くことにあからさまに反対はしなかったけれど、決して賛成はしなかった。

彼は、自分の作品を決してルースに見せようとはしなかった。妙に気おくれがしたからだ。おまけに、彼女は大学で勉強に身を入れており、その時間を取るのがいやだったからである。それでも、卒業すると、彼女は自分のほうから彼の書いているものを見せてくれと頼んだ。マーティンの気持ちは高揚したが、気おくれも感じていた。目の前には審査員がいる。彼女は文学士だ。老練な指導者のもとで文学を勉強したのだ。おそらく編集者たちだって、有能な審査員でもあるのだろう。が彼女は、編集者たちとは違うだろう。まさか紋切り型の不採用通知状を手わたすこともないだろうし、あなたの作品が気に入らないからといって必ずしも作品に取り柄がないということではありません、なんて言ったりもしないだろう。心の温かい人間として、てきぱきと賢明に話をしてくれるだろう。それに何よりも、真のマーティン・イーデンをとらえてくれるだろう。作品の中に、自分の心や魂がどのようなものかをしかと認め、多少なりとも自分の夢や力の強さの中身がわかってくれるようになるだろう。

マーティンは、短篇をカーボン紙で写したものをいくらか寄せ集め、一瞬躊躇したが、「海の叙情詩」も加えた。ある六月の終わりの午後、二人は自転車に乗って丘陵地のほうへと出かけていった。彼女と二人だけで出かけたのは二度めだったが、心地よい暖かさのなかを、吹いてくる海のさわやかな涼風をうまい具合に受けて走りながら、二人はこの世が実に美しく秩序正しい世界であり、生きて恋をすることはすばらしいという事実に深く感動した。道端に自転車を置くと、日に焼けた草が収穫期の乾いた甘い香りを放っている、ある広々とした小山へと登っていった。

「草の務めはもう終わったんですね」と、自分の上着の上に彼女をすわらせ、自分は暖かい大地に直接手足を伸ばしながら、マーティンが言った。彼は、黄褐色の草の甘いにおいを嗅いだ。すると、そのにおいが頭の中に入ってきて、考えていることが特定のことから一般的なことに至るまで、次から次へと浮かんでくるのだった。「草は、もう存在理由を勝ち得ました」と彼は、乾燥した草を優しく撫でながら、言葉を続けた。「去年の冬のあのやるせない雨ではつらつと蘇り、きびしい早春と戦い、開花し、昆虫や蜂を引きつけ、種を四散させ、その務めと世界とを清算したのです。そして――」

「なぜあなたは、いつもそんなふうにひどく実際的な目で物をごらんになるの?」と、彼女が口をはさんだ。

「たぶん、進化論の勉強をしてきたからでしょう。つい最近になって、真実が語られているかどうかが、ようやく見えるようになりました」

「でも、そんなに実際的になると、美を見失って、ちょうど子供たちが蝶々を捕まえて、美しい羽をもぎ取るのと同様に、美をだめにしてしまうのじゃないかと私には思えてよ」

彼は、首を横に振った。

「美には意義があるのですが、僕にはこれまでその意義がわかりませんでした。美というものを、意味のないもの、韻や根拠のない、ただ美しいものとして受けいれてきました。でも、今、わかったんです。いや、というよりわかりかけてきたんです。この草がなぜ草なのか、それを草ならしめている太陽や雨や大地の、あらゆる隠れた化学作用がわかった今、僕にとってこの草はいっそう美しいものになったのです。そう、どんな草の生活史にも恋愛はあるんです、そうです、冒険だってあるんです。そう考えただけで、僕は感動してしまいます。僕は、力や物質の作用、それにそうしたもののすさまじい苦闘を思うとき、草についての叙事詩が書けるような気がします」

「お話がお上手だわ」彼女はぼんやりとしてそう言ったが、彼は彼女が鋭い目つきで自分を見ているのに気づいた。

するとたちまち彼は、すっかり狼狽し、決まりの悪さを感じて、首や額がまっ赤になった。

「話す勉強も、したいと思っています」と彼は、口ごもって言った。「言いたいことがずいぶんあるようなのですが、大きすぎるんです。僕の中にほんとうにあるものを、どうやって言えばいいのかわかりません。時々僕には思えるのですが、世界、人生、いっさい合切が僕の中に居を定めて、僕に代弁者になれと要求しています。それを感じはします――ああ、でも言葉で表わせないんです――とても大きいということは感じるのですが、いざ話すとなると、僕は子供みたいにわけのわからないことを言ってしまうんです。感情や気持ちを書き言葉にせよ、話し言葉にせよ、変えるというのは大変な仕事です。今度は読んだり聴いたりする人の中で、また同じ感情や気持ちに変わるんですからね。立派な仕事です。ほら、こうして草の中に顔を埋めてみます。すると、鼻から吸いこんだ香気によって、僕は数知れぬ考えや空想に打ち震えるのです。僕が吸ったのは、宇宙の息吹です。僕には歌や笑い、成功や苦痛、それに闘いや死がわかります。そして、ほのかな草の香りによって、僕の頭にはさまざまな幻影が浮かんできます。それらをあなたに、世界に述べ伝えたいと思うんです。でも、どうしたらできるんでしょう? 僕にはそれが言い表わせないんです。たった今、話し言葉で、僕が受けた草の香りの影響をあなたに述べようとしました。でも、だめでした。ぎごちない言葉でそれとなくにおわせただけでした。僕の言葉ときたら、どうもちんぷんかんぷんのようです。それでも、何とかして述べ伝えてみたいんです。ああ!――」彼は、絶望したような素振りで両手を上げた――「無理だ! 理解のしようがない! 伝達不可能だ!」

「でも、ほんとうにお話がお上手だわ」と、彼女が強調した。「考えてもごらんなさい、私があなたと知りあってまだ日も浅いのに、ずいぶん進歩なさったわ。バトラーさんは有名な弁士で、いつも州委員会から選挙演説の依頼があるほどの人なのだけど、この前の夜の食事のときなど、あなただってあの人に十分太刀打ちできたじゃない。ただあの人のほうが、感情の抑えが効いていただけよ。あなたは興奮しすぎるんだわ。でも、それだって慣れれば克服できます。そうよ、立派な弁士になれるわ。うまく行くわ――その気なら。ほんとうに大したものよ。きっと人を引っぱっていけると思うわ。あなたがやろうと思うことならどんなことだって、うまく行かないわけがないのですもの。文法だってうまく行ったでしょ。あなたなら、いい法律家になれるわ。政治をやっても立派にやれるわ。あなたがバトラーさんぐらいの大成功を収めるのを阻むものは、何もないのよ。それも、消化不良ってこともなく、ね」と彼女はつけ加えて、ほほえんだ。

二人は話しつづけた。彼女の場合、穏やかさのうちにも自分の主張は曲げず、つねに話の立ちかえってくるところは、教育には徹底的に基礎が必要だということ、どんな職業につくにしても土台の一部としてラテン語をやっておくのは有利だ、ということであった。彼女は成功者を理想像に描いており、その大部分は彼女の父親像であって、それにバトラー氏の像の描線や運筆が少々ではあるが、明らかに加わっていた。彼は、仰向けに横になって見上げ、彼女が話すときの唇の動きを楽しみながら、鋭い耳でじっと聴いていた。だが、頭のほうは受けいれてはいなかった。彼女の描く絵には、これと言って心を奪われるところがなかったのだ。だから彼は、鈍い失望の痛みと、彼女に寄せるいっそう強い愛情のうずきとを感じていた。彼女は彼の書いたものについては何も触れず、持参した原稿は、地面の上に置かれたまま顧みられなかった。

とうとう、話が途切れたところで、彼は太陽を一瞥し、その高さで何時頃かを計り、原稿を拾いあげてそのことを言いだした。

「あら、忘れていたわ」と彼女は、急いで言った。「ぜひお聴きしたいわ」

彼は、短篇を一つ彼女に読んで聞かせた。それは、彼が心ひそかに最上作のなかに入ると確信している一篇であった。これには「人生の美酒」という題を与えていた。その美酒が、この作品を書いた当時は彼の頭に染みこんできたものだったが、今こうして読むと、また頭に染みこんでくるのだった。最初の構想にはある不思議な魅力があったので、さらに言いまわしと筆致にいっそうの魅力を加えて、これを引き立たせた。書いた当時の想像力と情熱が蘇り、すっかり夢中になったものだから、この作品の欠点にまるで気づかなかった。だが、ルースはそうではなかった。その鍛えられた耳は、この初心者の弱点や誇張過度の強調といったものを看破し、文章のリズムが狂ったり怪しくなると、すぐに気づいた。それ以外には、大げさすぎる場合を除いて、リズムの点で彼女が気づくところはほとんどなかった。なのに、そうした大げさな表現が出てくると、彼女はその素人くささが不愉快でならなかった。素人くさい――彼には言わなかったけれど、全体としては、これがこの作品に対する彼女の最終的な見解であった。彼が読み終えたとき、そうは言わずに、ごく小さな欠点を指摘し、いい短篇だと言った。

それでも、彼は失望した。彼女の批評通りだ。それを認めはしたが、何も教室の添削をしてもらうために、一緒にやってもらっているわけじゃないという気持ちが彼にはあった。細かいことなど大した問題ではない。そんなものは何とかできる。修正できるし、修正の仕方を習うことだってできるだろう。俺は、人生からある大きなものをとらえて、それをこの物語にまとめようとしたのだ。彼女に読んで聞かせたのは、人生からつかみ取ったでっかいものであって、文構造とかセミコロンなどではない。このでっかいもの――自分のものになっているもの、つまり、この目で見、この頭でとらえ、この手で作品に書き表わしたものを、彼女に一緒に感じとってもらいたいのだ。ああ、うまく行かなかったな、とひそかに思った。たぶん、編集者たちが正しかったのだろう。でっかいものを感じとりはしたけれど、それをうまく文章に換えることができなかったのだから。失望の色を表に出さずに、気楽に彼女の批評を聞いていたので、彼女は彼の心の奥深くに強い意見の相違が底流として流れているのに気づかなかった。

「このもう一つのには、『酒壺』という題をつけました」と彼は、原稿を広げながら言った。「もう四つ五つの雑誌に断わられたんですが、それでも僕はいい作品だと思っています。実際、この作品で何かをつかんだとは思うんですが、それ以外にはどう考えていいのかわかりません。おそらく僕に与えた以上の感動をあなたに与えることはないでしょう。短いものでして――たったの二千語です」

「まあ何てすごいお話だこと！」彼が読み終えるや、彼女はそう叫んだ。「恐ろしいわ、とっても恐ろしいわ！」

彼女の顔が青ざめ、目は丸く張りつめ、手は握りしめているのに気づいたが、内心は満足であった。うまく行ったのだ。頭の中から空想と感情とをとり出して、伝達ができたのだ。感動を与えたのだ。彼女が好むと好まないとにかかわらず、自分の作品が彼女の心をつかんで制し、すわったまま聴き入らせ、細部のことを忘れさせてしまったのである。

「これが、人生というものです」と彼は言った。「人生というのは、いつも美しいものとは限りません。けれども、たぶん僕が変わっているからでしょうか、僕には人生に何か美しいものが見いだせるのです。人生にあるからこそ、美は十倍もその美しさを増すものであるというふうに、僕には思えるのです――」

「でも、なぜあの哀れな女性は――」彼女は、彼の話を断ち切るように口をはさんだ。それから、反発する気持ちを言葉にできずに、大きな声で叫んだ。「ああ！　下品だわ！　きれいじゃないわ！　すごく汚いわ！」

一瞬、彼には心臓が静止したように思われた。すごく汚い！　彼には思いもかけぬ言葉であった。そんなつもりもなかった。作品全体が、火と燃える文字となって眼前に現われ、そうした照明の輝きに照らして、いたずらに汚さを探し求めた。すると、心臓がまたドキドキし始めた。俺に欠点があるわけじゃないんだ。

「なぜきれいな題材を選ばなかったの？」と彼女が言った。「たしかに、世間には汚いことはいくらもあるわ。でも、それににしたって――」

彼女はぷんぷんしながら話しつづけたが、彼は聴いていなかった。彼女の無垢な顔を見つめながら、ひそかにほほえんでいた。その顔があまりにあどけなく、きわめて清いものだったので、その清浄さがたえず自分の中に入ってきて、あらゆる不純物を追いだし、星の輝きほどさわやかで、柔らかく、ビロードのような一種霊妙な精彩で自分をおおってくれるような気がするのだった。世間には汚いことはいくらもあるわ！　か。彼は、彼女が頭の中だけでとらえているそうした考えをいとおしく引きよせてやり、愛らしいジョークとして、それをクスクス笑った。だが次の瞬間、自分が知りすぎるぐらい航海してきた人生の汚い海全体が、さまざまな細部を伴って、さっとかすめて行くのを見てとった。だから彼は、彼女がその作品を理解していないのを大目に見た。理解できないのは、彼女の責任ではないのだ。彼は、彼女がこのようにあどけなく生まれつき、庇護されてきたことを神に感謝した。けれども自分は、人生には軟泥がはびこっているにもかかわらず美しさや偉大さがあるのはもちろん、不潔さがあることも知っており、何としてもそれを世間に述べ伝えようとしているというわけなのだ。天にまします聖人たち——どうして彼らが美しく清くないはずがあろう？　賞賛どころではない。だが、軟泥の聖人たち——ああ、これは永遠の驚異だ！　これこそ、人生を価値あるものとしたのだ。悪の巣から高遠なる道徳が生ずるのを見る。身を立て、泥の滴る目を通して、かすかに遠くにはじめて美を一瞥する。弱々しさやもろさや堕落、それにあらゆる底の知れない獣性の中から、力や真理や高尚な天与の才が生ずるのを見る——

　マーティンは、彼女の言っている言葉が断続的に聞こえた。

「全体の調子が低いわ。調子の高いものはたくさんあってよ。たとえば、『イン・メモーリアム』（イギリスの詩人アルフレッド・テニスンの長詩で、一八五〇年発表の作品）なんか」

　彼は、「ロックスリー・ホール」（同じくテニスンの詩で一八四二年発表の作品）と言ってみたい気持ちに駆られた。またそういうふうに言ってもよかったであろうが、あの幻がまたもやとりつき、彼と同じ種の女性にじっと目を向けさせてしまった。その女性は、原初の混沌の中から、巨大な生命の梯子を何百万世紀もかけてはい登って、ついに梯子の最上段に姿を現わし、ルースと一体となった。彼女は、清く、美しく、神々しく、彼に愛を教え、清浄さを求め、神々しさを味わってみたいという気持ちを抱かせる力を備えていた——俺、マーティン・イーデンだって、何とも驚くべきやり方で、がらくたや泥沼、限りない創作の無数の失敗や出来損いの中からはい上がってきた。ロマンスや驚きや栄光があるのだから、言葉が見つかりさえすれば、書く材料はある。天にまします聖人たちか！——彼らはただの聖人であって、どうすることもできやしない。けど、俺は人間だ。

「あなたには力はあるのよ」彼女の言葉が耳に入ってきた。「でも、粗野な力なの」

「瀬戸物屋の雄牛みたいなものというわけで」と、彼がほのめかすと、彼女はほほえんだ。

「それから、眼識を伸ばさなくてはいけないわ。品や繊細さ、語調といったものをお考えにならなくては」

「やってみる勇気はずいぶんあるんですが」と、彼はつぶやいた。

彼女は、それを認めてほほえみ、次の物語を聴こうと体を落ち着かせた。

「これはどうお思いになるかわかりませんが」と彼は、すまなそうに言った。「面白いものです。どうも力量が及んでいないんじゃないかとは思いますが、悪気はありません。ささいな点は気にしないで、でっかいものが感じとれるか、聴いてみてください。わかりやすく書けなかったという恐れが多分にありますが、とにかくでっかいし、事実通りです」

彼は読んだ。そして読みながら、彼女に目を配った。ついに彼女に手が届く所まで来たぞ、と彼は思った。彼女は、身動きもしなかった。目はじっと彼に注がれ、呼吸もかろうじてしている程度で、自分の創作したものの魅力にとりつかれ、我を忘れているようだ。この物語には「冒険」という題をつけており、冒険賛美の作品であった——それも、物語本の冒険賛美ではなく、真の冒険賛美なのだ。すさまじい罰と報いを割り当てる、不実で気まぐれ、残忍な工事現場監督が、むちゃな忍耐と、見るも痛ましい苦役を昼夜強要し、渇きや飢え、あるいはひどい熱が長びいて、一時的に大変な精神錯乱を起こしたあげくの果てに、焼けつくような太陽の輝きや恐ろしい死をくれてやろうというのである。それも、血や汗、とげとげしい虫けら同然の人間を通じて、けちで下品な交際を長々と続けることによって、立派に頂点を極め、堂々たる成功へと到達しようというものであった。

　こうしたいっさいのこと、いやそれ以上のことを、彼はこの物語に盛りこんだ。だから、この物語こそは必ずや、すわって耳を傾ける彼女を興奮させると思った。彼女の目は見開き、蒼白い頬には色がさしていた。そして、読み終えないうちに、彼には彼女が息切れしそうになっているように思えた。まさしく彼女は興奮していたのだが、それは物語によるものではなく、彼によって興奮していたのだ。彼女は物語のほうはそう大したものとも思わなかったが、マーティンの迫力、例のおびただしい力が、その体から自分に流れ出てくるように思われた。ところが妙なことに、彼の力を運び、当分のあいだにせよ、その力が彼女へと注ぐ仲介役を果たしているのは、ほかならぬこの物語なのであった。彼女は力だけに気づいて、仲介役のほうには気がつかなかった。そして、彼の書いたものにすっかり夢中になっているかに見えたとき、実際にはそれらとはまったく無関係なもの――彼女の頭の中に自ずと生じた、ある恐ろしく、危険な考え――に、我を忘れていた。結婚とはどんなものか、と自分を抑えながら考えていたのだ。そして、気まぐれにも熱っぽくそんなことを考えているのに気がつくと、恐ろしくなってしまった。つつましくない。自分らしくない。これまでに女性たることで苦悩したことなどなく、テニスンの詩の夢の国に住んでいたから、あの上品な主人公が女王と騎士の関係に立ち入るような卑わいなことに微妙に言及する意味さえ、十分にはわからなかった。これまではつねに眠っていたが、今や生がいやおうなしに彼女のあらゆる扉を割れんばかりに叩いている。心の中ではうろたえて、何とか閂（かんぬき）を落とそうとはするものの、奔放な本能に駆り立てられ、つい入り口を押し開けて、このうれしくも珍しい訪問客を中に入れようという気になった。

マーティンは、満足しながら彼女の判断を待った。どうなるか疑ってもみなかったが、彼女の言葉を聞いて仰天してしまった。

「美しい」

「ほんとうに美しいわ」彼女はひと息置いてから、もう一度語気を強めてそう言った。

むろん美しいには違いないが、単なる美しさ以上のもの、美を侍女にしてしまう、もっとズキンとくるほどすばらしいものがあるんだ。彼は、黙って地面の上に寝そべり、大きな疑念が恐ろしい姿をとって眼前に浮かんでくるのを見ていた。だめだった。思うことが明瞭に表現できなかった。世界で最も偉大なものの一つを見つけはしたのに、それを表現できなかったのだ。

「どう思われましたか、その——」彼は、耳慣れない言葉をはじめて使うというので、赤面し、口ごもって訊いた。「主題について？」

「ちょっとまごついたわ」と、彼女が返答した。「全体的にはそうとしか批評できないの。話にはついて行けたけど、余計なことが大分多すぎたようね。冗漫すぎるの。いろいろと関係のないものまで入れるから、筋の運びがうまく行かないのよ」

「そこのところが大事な主題なんです」と、彼は急いで説明した。「底流をなしている主題、広大で宇宙的なものというわけです。何とか話そのものと調子を合わせようとはしてみたんですが、そんなことをすると、結局、深みがなくなっちゃうだけなんです。手がかりはうまく得たのですが、やり方がまずかったようです。自分の言いたいことを、それとなくうまく示せなかったんです。でも、そのうちいつか覚えます」

彼女は、彼の言うことがわからなかった。文学士だったけれど、彼女の限界のかなたに彼がいた。それが彼女にはわからず、わからないことを彼の話の筋道がはっきりしないことのせいにした。

「あなたは饒舌すぎるのよ」と彼女が言った。「でも、美しいところも時々あったわ」

彼は、彼女の声が遠い所から聞こえてくるように感じた。彼女に「海の叙情詩」を読んで聞かせようかどうかと考えていたからだ。鈍い絶望感に襲われていたが、彼女のほうはじっと彼を見つめながら、また結婚について知らぬ間に気まぐれな考えをめぐらせていた。

「有名になりたいの?」と、彼女は急に訊いた。

「ええ、多少は」と、彼は自認した。「それも冒険の一部です。大切なのは、有名になることではなくて、有名になる過程なんです。だから、結局、有名になるということは、僕にとっては何かほかのことへの手段にすぎません。僕が有名になりたがっているのも、そういうことのため、そういうわけなんです」

「あなたのためにもですよ」と、彼はつけ加えたかった。自分の読んで聞かせたものに、もし彼女が熱狂してくれていたら、ともつけ加えたことだろう。

だが彼女は、彼にとって少なくとも可能な職業は何なのだろう、とあれこれ考えていたので、彼がそれとなく言った最終的な何かとは何であるのかを訊いてみることもなかった。この人には文学が一生の仕事になるなんてことはないわ。そう彼女は確信した。きょう、素人くさい未熟な作品でもって、そのことを証明したんだもの。たしかに話は上手だけど、文学的に自己表現できる力はないわ。彼女は、彼とテニスンやブラウニング、それからほかの好きな散文の大家たちを比べてみたが、まったく話にならなかった。けれども、彼には心の内を残らず言いはしなかった。彼に寄せる奇妙な関心によって、ついその場を繕ってしまったのである。物を書きたいというこの人の願望など、結局はごく薄弱なものだから、そのうち捨て去るわ。そうすれば、もっとまじめな仕事に専心するわ。そしてこの人も成功するのよ。私にはわかるの。この人は強いのだから、失敗するはずがないもの——書くのをやめさえすれば。

「あなたのお書きになるものをみんな見せていただきたいわ、イーデンさん」と彼女が言った。

彼は、うれしさの余り赤面した。この人は、関心を持ってくれている。それだけはたしかだ。少なくとも不採用の紙切れをもらったわけではないのだ。彼女は、自分の作品を部分的にせよ美しいと言ってくれた。こんな激励を受けたのは、はじめてだ。

「いいですとも」と彼は、夢中で言った。「それに、モースさん、僕は成功してみせることをあなたにお約束します。たしかに遠い道のりでしたし、これから先もずいぶんありますが、たとえ四つんばいにならなくっちゃならないとしても、やってみせます」彼は、ひと束の原稿を持ちあげた。「ここに『海の叙情詩』というのがあります。これをお渡ししますから、お帰りになったら、お暇な折にお読みになってください。そして、ぜひお考えを聞かせてください。僕にとって必要なのはですね、何はさておき、批評なんです。だから、お願いですから、はっきり言ってください」

「ほんとうにはっきり言うわ」と彼女は、約束はしたものの、これまで彼に対してはっきりとは言わなかったのではないかというやましい気持ちと、今度にしてもそんなにずけずけと言えるだろうか、という疑念を抱いていた。

15

「最初の戦いはすんだ」十日後、マーティンは鏡に向かって言った。「けれども、まだ二回め、三回めの戦いが、それにもしかすると、戦いは永久に——」

最後までは言わずに、みすぼらしい小さな部屋を見まわし、まだ長封筒に入ったまま床の隅に置いてある返送原稿の山に悲しげに目をとめた。どんどん送りつづける切手もなく、もう一週間も山積み状態になっている。明日も明後日も、またその次の日も、さらに原稿は返送されてきて、そのうち全部返ってくるんだ。そうなったら、もう一度出しなおしなんてできないだろう。タイプライターの賃借料だって一月（ひと）遅れて払えないでいるし、払わなくちゃならない一週間分の食事代と職安の手数料とで、もうかつかつだ。

彼はすわって、テーブルを見つめながら物思いにふけった。インクの染みがついている。すると、急にそのテーブルが気に入った。

「なあ古テーブルよ」と彼は言った。「俺は、楽しい時間をおまえと一緒に過ごしてきたけど、何と言われようと、おまえはなかなかいい友だちだよ。使うのを拒絶することもないし、駄作の報酬である不採用の紙切れをよこしもしないし、遅くまで仕事をしたって愚痴一つこぼさねえもんな」

彼は、そのテーブルの上に両腕をおろし、その中に顔を埋めた。喉が痛んできて、泣きたい気持ちであった。すると、はじめてけんかをした六歳の頃のことを思いだした。頬に涙を流しながら拳固（げんこ）をくらわすのだが、相手の子は二歳年上で、さんざんに打ちのめされてしまった。ひどい吐き気を覚え、鼻から血をたらし、痛めた目から涙を流しながら、ようやく立ち去ろうとすると、その場をとり囲んでいた子供たちが、野蛮人のようにわめき散らした。

「あわれな剃刀（かみそり）よ」と彼はつぶやいた。「ずいぶん傷んじまったな。がたが来ちゃったね。すっかりだめになっちゃったよな」

しかし、あの最初のけんかの光景が、なかなかまぶたから消えなかった。見ていると、そのけんかは消えて、また別のけんかがいくつもいくつも浮かんできた。六ヵ月後に、チーズ・フェイス（あの男の子だ）がまた彼をひっぱたいた。それでも今度は、彼がチーズ・フェイスの目に黒い痣（あざ）をつけてやった。少しは効きめがあった。そういうけんかのいっさいを次々に見たが、いつも自分のほうがひっぱたかれ、チーズ・フェイスが勝ち誇った。だが、自分は決して逃げなかった。それを思いだすと、心強い気になった。俺はいつも耐え忍んだ。チーズ・フェイスのやつ、けんかとなると小鬼になり、一度だって情け容赦を見せたことがなかった。けど、俺は耐えたんだ！　持ちこたえたんだ！

次には、倒れそうな木造の建物にはさまれた狭い裏通りの光景が浮かんだ。この裏通りの突きあたりには、平屋のレンガ造りの建物があり、そこから『エンクアイアラー』紙の第一版を印刷している印刷機の、律動的ではあるが、ものすごい音がする。彼が十一歳で、チーズ・フェイスが十三歳、二人とも『エンクアイアラー』紙を配っている。それで二人はここへ来て、新聞を待っているというわけだ。そしてむろん、またチーズ・フェイスが彼をいじめるものだから、またまたけんか、けれど勝負はつかない。四時十五分前になると、印刷屋の戸が開いて、大勢の子供たちが新聞を畳みにどっと入っていくからだ。

「あした、やっつけてやっからな」とチーズ・フェイスが、決着を口走るのが聞こえる。すると、涙こそ流さないが、自分も声を震わせながら、あしたこの場で、いいとも、というのが聞こえる。

そして翌日は、学校からその場に一番乗りし、チーズ・フェイスに二分の差をつけた。ほかの子らは彼に、いいぞと言って、忠告をくれ、けんか好きとしての彼の欠点を指摘し、もし自分たちの指図通りにやれば、勝ちは間違いないと言った。ところがその連中は、チーズ・フェイスにも忠告をしていた。何て面白いけんかだったのだろう！　回想しながら彼はひと息ついたが、そのあいだに二人が続けたけんかの惨状はみんながうらやむほど長いものであった。さらにけんかは続いた。印刷屋の戸が開くまで、三十分間休みなしに続いたのだ。

自分の若々しい幻影が、来る日も来る日も学校から『エンクアイアラー』紙の裏通りへと急いでいくのを見つめていた。あまり速く歩けない。絶え間のないけんかのために体がこわばり、足を引きずっている。前腕は無数に払いのけた殴打などで、手首からひじまで青黒くなっており、痛めた肉は所々ただれ始めている。頭や腕や肩が痛み、腰も痛い――全身が痛むのだ。頭も重く、ぼーっとしている。学校では遊びもしなかったし、勉強もしなかった。終日机にじっとすわっているだけでも苦痛だった。毎日けんかをやりだしてから、もう何世紀も経ったように思えた。そして時間は、毎日のけんかの悪夢や果てしない未来へと広がっていった。どうしてチーズ・フェイスをやっつけられないのだろう？　と、よく思った。そうすりゃ、マーティン、みじめな状態から抜け出せるんだがな。けんかをやめる、チーズ・フェイスにひっぱたかせておく、なんてことは思いも寄らないことであった。

それで彼は、永遠の敵チーズ・フェイスに立ち向かうため、心身ともに調子をくずしながらもじっと耐えることを覚えて、『エンクアイアラー』紙の裏通りへと身を引きずっていく。ところがこの相手も、やはり自分と同じぐらい参っていた。新聞配達の少年たちがいて、はたで眺めており、そのことのために誇りを痛ましく且つなくてはならぬものとしているというのでなかったら、彼だって多少はやめたい気持ちになっていたというわけだ。ある午後のこと、蹴ったり、ローブロウをしたり、ダウンしたら打ってはならないとの既定のルールに従って、必死になって相手を叩きのめそうと二十分間戦ってから、チーズ・フェイスはあえぎよろめきながら休戦を申し出た。するとマーティンは、組んだ腕に頭を置きながら、ありありと浮かんだ光景、つまり、ずっと以前の午後のあの瞬間のことを思うと、わくわくした。あの時は自分も唇を切り、その血が口から喉に流れこみ、ふらふらし、あえぎ、息が詰まっていた。喋ろうと血をひと口吐き、おまえが降参したけりゃしてもいいが、俺はよさないぞと叫んで、チーズ・フェイスのほうにふらふらと歩みよった。そう言われると、チーズ・フェイスも降参せず、けんかはそのまま続いたのだった。

その翌日もまたその翌日も、果てしなく午後のけんかは続いた。毎日、腕を上げてけんかをおっ始めると、腕が強烈に痛かったし、最初の二、三発のやりとりは苦しかった。でも、あちこちがしびれてしまうと、あとはしゃにむに戦いつづけた。跳ねまわったりよろけたり、まるで夢の中にいるみたいだったが、チーズ・フェイスのでかい顔立ちと動物のような燃える目は見えた。彼は、その顔に神経を集中させてみる。自分の周囲にある他のいっさいのものが、渦巻く虚空である。その顔のほかにはまったく何も見あたらない。だから、自分がその顔を血の滴る拳骨でぶっつぶしてしまうか、それとも相手の拳骨が自分をぶっつぶしてしまうまでは、休息、つまり、ありがたい安らぎはないわけだ。もしそうなれば、どちらにしたって、安らぎは得られるだろう。けれども降参する——俺が、このマーティンが降参する——なんて、そんなことができるか！

ある日、体を引きずって『エンクアイアラー』紙の裏通りにやって来ると、チーズ・フェイスがいないし、やっても来なかった。ほかの少年たちは彼を祝福し、君はチーズ・フェイスをやっつけたんだぜ、と言ってくれた。だが、マーティンには満足できない。自分はチーズ・フェイスをやっつけていないし、チーズ・フェイスだって自分をやっつけてはいないからだ。問題はまだ片づいてはいないのだ。あとでわかったことだが、その日にチーズ・フェイスの父親が急死したのだった。

マーティンは、それから何年かを一足飛びして、ある夜の公会堂の天井桟敷席へと思いを馳せる。十七歳になっていて、海からもどったばかりだ。けんかが起こった。誰かが誰かをいじめている。マーティンが仲裁に入った。すると、何とチーズ・フェイスの燃えるような目とぶつかったのである。

「芝居が終わったら、決着をつけるぜ」彼の宿敵は、不満そうに口を鳴らして言った。

マーティンはうなずく。天井桟敷席の用心棒が、このけんかの場にやって来たのだ。

「最後の幕が終わったら、外で会おうぜ」と、マーティンは小声で言ったが、その間も、顔のほうは舞台の上のタップ・ダンスに集中していた。

用心棒は、にらみつけて立ち去った。

「仲間がおるんか?」その幕が終わって、彼はチーズ・フェイスに訊いた。

「そうさ」

「それじゃ俺も集めなくっちゃ」と、マーティンが告げた。

幕間に、彼は子分を集めた——針工場の知っているやつを三名、鉄道の火夫が一名、それに「脅し一家」の六名に、ひじょうに恐ろしい「十八丁目市場一家」からさらに六名以上の人数が加わった。芝居が終わると、彼らは集まって、二組の集団は、通りの向かい側へ目立たぬように並んで渡った。静かな街角まで来ると、彼らは集まって、戦いについて協議した。

「場所は、八丁目の橋がいいぜ」と、チーズ・フェイス一味の赤毛の男が言った。「橋のまん中に電灯がついてるから、その下でやれるぜ。そうすりゃ、どっちから警官が来たって逃げられるからな」

「それでいいとも」マーティンは、自分と同じ一味の首領格の者たちと相談してから、そう言った。

八丁目の橋は、サン・アントニオ河口にかかっており、長さは約三丁あった。橋のまん中と両端には電灯がついていた。だから、警官がこの両端の電灯の下を通れば、すぐにわかるというわけだ。マーティンのまぶたの裏によみがえるのは、戦うのに安全な場所である。二組の集団は、意欲的で、ふくれっ面をしながら、厳然と互いの距離を保ち、それぞれの親分のあと押しをしている。マーティンとチーズ・フェイスが、服を脱ぐ。少し離れた所に見張りが置かれる。彼らの役目は、明かりのついた橋の両端を見張ることだ。「脅し一家」の一人が、マーティンの上着とシャツと帽子を持って、警察の邪魔が入った時にいつでも一緒にうまくずらかれる用意をしている。マーティンは、自分がまん中に進み出て、チーズ・フェイスと向かいあうのを見守る。そして、警告するように片手をかざしながら自分の言うのが聞こえる。

「この際、仲直りってえのはねえぜ。いいか？　ただのけんかじゃねえんだ。参ったはなしだ。遺恨を賭けたけんかだから、とことんまでやるんだ。いいか？　どっちかがやられるんだ」

チーズ・フェイスには何か異議があるようだった——マーティンにもそれがわかった——が、二組の集団を前にしては、チーズ・フェイスの例の冒険心に富んだプライドが傷つくというものだ。

「さあ、来い」と、チーズ・フェイスは言いかえした。「ごたごたとご託を並べたってしょうがあるめえ。俺はとことんまでつき合ってやらあ」

それから二人は、若い雄牛のようにかかっていく。若さはちきれんばかりに、拳骨をむき出しにし、憎しみをこめ、何としても痛めつけ、大けがを負わせ、殺してやりたいと思う。人類が創造というものにより、数千年にわたって進歩してきて、苦労して得たものは、すべて徒労に終わったわけだ。電灯だけが、人間が偉大な冒険を進めてきた途上の一里塚として残っている。マーティンとチーズ・フェイスは、石器時代の、ほら穴住まいや木の隠れ家の野蛮人であった。二人は、泥の奈落へと落ちこんでいき、生命の原初のくずへと返っていった。原子のように盲目的、化学的に戦い、天空の星くずが衝突と調和を永遠にくり返すように戦ったのだった。

「ああ！　俺たちは獣だ！　畜生だ！」とマーティンは、けんかの経過を見ながら、ブツブツとつぶやいた。すばらしい想像力を持つ彼にとって、その様子はまるでキネトスコープ（のぞき眼鏡式の初期の映画）をのぞき見るようである。見物人でもあれば、登場人物でもあるというわけだ。これまで長いあいだかかって教養と洗練を身につけてきた彼には、こういう光景は身の毛もよだつ。けれども、現実はすぐに意識から消え去り、あの過去の幻影が彼をとらえる。つまり彼は、海からもどって来たばかりで、八丁目の橋の上でチーズ・フェイスとけんかをしているマーティン・イーデンなのだ。汗みどろ血みどろになって苦しい戦いを続け、自分のむき出しの拳骨がいやというほど相手に打ちこまれると、狂喜するのだった。

二人は憎しみの旋風となり、互いにものすごい回転をしていた。時間が経ち、敵対する両集団はしーんとなった。こんな激しい蛮行にはお目にかかったことがなく、畏れ入ってしまったのだ。戦っている二人のほうが、連中よりずっと野蛮なやつというわけだ。若さと健康状態を示していたあの当初のすばらしい、なめらかな若々しさはすり減り、二人の戦い方は用心深く慎重になる。一方が有利になるというところまでは、まだ行っていないのだ。「こりゃあ大したけんかだぜ」マーティンは、誰かがそう言うのを聞いた。そのとき、フェイント攻撃を左右に浴びせていて、ものすごいカウンターを食い、頬が切り裂かれて骨が出たようだ。そこに拳骨がもろにはあたらなかったが、受けたひどい損傷に対し驚きの言葉がつぶやかれるのを耳にし、彼は血みどろになっていた。だが、何の合図も出さない。彼は、ひじょうに用心深くなった。自分と同じ階層の人間の、低俗な悪知恵とひどい卑劣さとをよく心得ていたからだ。よく見て待った。そして激しい攻撃をかけるふりをしたが、途中でやめた。金属の光るのが目に入ったからである。

「おめえの手を上げてみろい!」と彼はがなった。「そりゃあメリケンサックだな、それで俺を殴りやがったな!」

二組の集団は、うなったりどなったりしながら押しよせた。たちまち乱戦が始まりそうになって、仕返しができなくなるところだった。彼は逆上した。

「てめえら、手出しをするな！」と、彼は荒々しくどなった。「わかったか？　いいな、わかったな？」

するとみんなはしりごみをした。彼らは野蛮な連中だったが、彼のほうがまだそれに輪をかけたような存在で、恐ろしい存在としてみんなの上にそびえ立ち、支配力を振るっていたのである。

「これは俺のけんかだ。手出しはならねえ。そのメリケンサックをよこせ！」

チーズ・フェイスは、真顔になり、いささかびっくりして、その卑劣な武器を手わたした。

「そこの後ろでこそこそしている赤毛、おまえだな、やつにこれを渡したのは！」とマーティンは言いながら、メリケンサックを川の中へ投げ捨てた。「俺はおまえを見ていて、何をやってるのかと思ってたんだ。今度そんなことをしやがったら、叩き殺しちまうぞ。いいか？」

二人は、くたくたになり、それでも果てしなく、想像を絶した戦いを続けた。それで、とうとう連中が血に対する欲望を堪能し、目の前のけんかがこわくなって、フェアにやめて欲しいと頼んだ。チーズ・フェイスは、いつ何時倒れて死ぬか、立ったまま死んでもいい覚悟がついていたが、その容貌からはチーズ・フェイスらしきところがすっかり叩きのめされ、恐ろしい怪物となり、浮き足立って躊躇していた。ところがマーティンは、飛びこんでいって、相手をさんざんぶん殴った。

さて、また一世紀ぐらいと思えるほどの時間が流れ、チーズ・フェイスが急速に弱まっていくなかで、殴りあいの乱闘の際中に、ボキンという大きな音がした。マーティンの右腕がわき腹にだらりと下がった。骨が折れたのだ。みんなもその音を聞いて、骨が折れたとわかった。チーズ・フェイスもそうとわかると、虎のように相手の弱みにつけ込んで襲いかかり、猛打の雨を降らせる。マーティン側の一味は、阻止しようと押しよせる。立てつづけに猛打を浴びてぼーっとしたけれど、マーティンはすすり泣きながら、下品で熱っぽい悪態をついて仲間をもどした。そして、究極の孤独と絶望に瀕しながら、うめき苦しんだ。

左手だけで殴りつづけた。根気強く、意識朦朧としながら殴っていると、遠い所からでもあるかのように、連中が恐ろしさの余りブツブツとつぶやくのが聞こえた。そのうちの一人は、声を震わせて言った。「こりゃあけんかなんてもんじゃねえぞ、みんな。人殺しだ。やめさせなきゃいけねえぜ」

だが、誰も止める者などいない。彼はそれがうれしくて、飽きあきしながらも、限りなく片手で殴りつづける。目の前には血だらけの生き物がおり、それはもう顔ではなく恐ろしい物で、それを乱打しているのだ。その時の揺れ動く、恐ろしい、わけのわからないことを口走っている、何とも言えない生き物が、今も彼の眼前にいつまでも消え去らないでいるのである。殴りつづけるが、だんだんと力が鈍ってきた。長い長い、気の遠くなるような時が経過して、体力の最後の残りが徐々に尽きてきた。そしてついに、おぼろ気ではあったが、あの何とも言えない生き物が、橋の粗末な張り板にゆっくりとへばり着いていくのがわかった。そして次の瞬間、その生き物の上に乗り、足をぐらつかせてよろよろしながら、何かにつかまろうと空をつかみ、自分でもよくわからない声で言うのだった。

「これでもか? ええ、これでもか?」

彼は、なおもくり返しそう言いつづけていた——相手が降参かどうかを知りたくて、迫るように、懇願するように、脅すように言うのだった。そのとき、仲間が自分の体をつかみ、背中を軽く叩きながら、上着を着せようとした。すると、突然まっ暗になり、何もわからなくなってしまった。

テーブルの上のブリキ製の目覚まし時計がカチカチと鳴っていたが、マーティンは顔を両腕に埋(うず)めていたので、その音が聞こえなかった。何も聞こえなかったし、何も考えなかった。昔の出来事にすっかり夢中になっていたものだから、ちょうど八丁目の橋の上で気絶したように気絶してしまったのだ。まる一分間、このまっ暗闇は続いた。それから、死んだ状態からよみがえった人のように、まっすぐに立ちあがり、目は燃え立ち、額は汗びっしょりになって叫んでいた。

「チーズ・フェイス、ついにおめえをやっつけたぜ！　十一年かかったけど、ついにやっつけたぜ！」

膝が震え、めまいがして、ベッドへよろよろと歩みより、その端にへたり込んでしまった。まだ過去のことにとらわれていた。今どこにいるのだろうと当惑し、驚いた様子で部屋を見まわすと、その隅に原稿の山が見つかった。すると、記憶の車輪によって四年の歳月がいつしか過ぎ去り、現在という時点を認識した。そして、自分が読んできた書物や、それらによって学びとった宇宙、夢や大望、あの感じやすく、庇護された、霊妙なる蒼白き女性に寄せる自分の愛が、よみがえってきた。もし彼女がほんの一時でも、自分が経験してきたこと——自分の苦労してきた汚らしい生活——を目撃したら、恐怖の余り死んでしまうだろう。

彼は、立ちあがって鏡に対した。

「こうしておまえは、泥沼からはい上がってきたんだ、マーティン・イーデン」と彼は、しかつめらしく言った。「そして、すばらしい輝かしさの中で目を洗い清め、両肩を星々の中に押しだし、あらゆる生命がやってのけたことをやり、『猿や虎を死なせ』（「大昔の人間の獣的生き方を消去する」の意）、存在するあらゆる力から最高の遺産をもぎ取っているんだ」

さらに接近し、自分をよく見て、笑うのだった。

「ちょっとばかりヒステリー気味で、メロドラマ調だったなあ?」と、彼は自問した。「でも、まあ何てことはないさ。チーズ・フェイスをやっつけたんだし、うまく料理するのに十一年の二倍もかけりゃ、編集者だってやっつけられるさ。もう止まれやしない。前に進まなくちゃならないんだ。とことんまで、な」

16

目覚まし時計が鳴って、マーティンは突然目が覚めた。あまり体の丈夫でない人だったら、頭痛を覚えたことだろう。熟睡はしたけれど、猫のように目を覚ますのが早く、しかもそれを望んでもいたから、無意識の五時間が過ぎるとうれしかった。睡眠中に何もかも忘れているのが、いやでたまらないのだ。やらねばならないことが、やたらと多すぎるからだ。睡眠によって奪われた一刻たりとも惜しい、と思った。だから、時計が鳴り終わらないうちに、もう洗面器にすっかり顔をつけ、冷たい水に身を震わせていた。

そのくせ、いつもの計画通りにはやらない。未完成の原稿が待っているわけでもないし、新しい物語の構想があるわけでもない。遅くまで勉強していたので、もうそろそろ朝食の時間だ。フィスク

（一八四二―一九〇一、アメリカの哲学者・歴史家）の一章を読もうとしたが、頭のほうが落ち着かなくて、本を閉じてしまった。きょうから新しい戦いの始まりだ。しばらくは物を書くこともあるまい。そう思うと、家や家族のもとを出ていく時のような悲しさを覚えた。部屋の隅の原稿に目をやる。そうだ。どこへ行ったって歓迎されない哀れで面汚しの子供たちのもとを離れていくのだ。彼は近づいて、それらを引っかきまわし、好きな箇所を所々拾い読みしてみた。「冒険」と同様、「酒壺」を音読しては嘆賞した。「喜び」という最新作は、昨日完成したが、切手がないので部屋の隅に放りだしておいた。が彼は、これに一番の太鼓判を押した。

「どうもわからない」と彼はつぶやいた。「でなけりゃ、わかってないのはたぶん編集者たちのほうだ。どこもおかしな所はないんだが。連中は、毎月もっとひどいのを出してるぜ。やつらの出すのはどれもこれも、もっとひどいものばかり――どうみたって、十中八九は、な」

朝食後、タイプライターをケースに入れて、オークランドへ持っていった。

「この借りが一月(ひと)分あるんだ」と、彼は店員に言った。「でも、俺はこれから働きにいくから、一月ほどしたら帰ってきて清算するって、主人にそう言っといてくれ」

渡し船(フェリー)でサンフランシスコに渡ると、職安へ行った。「どんな仕事でもいい、商売はだめだが」と、彼は係に言った。すると、ちょっとしゃれた、上物(じょうもの)に直観の働くどこかの労働者ふうの身なりの男が、新しく入ってきて、話の腰を折った。係の男は、気の毒そうに首を横に振った。

「何もねえのか?」と、相手の男が言った。「いやあ、きょうは誰か一人何としても欲しいんだがな」

その男は、ふり向いてマーティンをじっと見た。マーティンも見返してみた。その顔は、美男子だが、弱々しくて、はれぼったく、色を失っている。夕べは飲み明かしたのだとわかった。

「仕事を探してるのか?」と、相手の男が言った。「何ができるんだ?」

「重労働、船乗り、タイプ打ちはできるけど、速記はだめだ。馬には乗れる、何でもやるし、取っ組んでみるよ」と答えた。

相手はうなずいた。

「俺んとこには都合がよさそうだな。俺、ドースン、ジョウ・ドースンってんだ。洗濯屋をやるやつを探してんだ」

「俺にゃあ、とてもかなわねえな」マーティンは、女性の着る白い、ふわふわしたものをアイロンがけしている自分の姿をふと頭に描いて、面白く思った。それでも彼は、相手の男が気に入って、言い足した。「簡単な洗濯だったらやれるよ。船に乗ってた時はずいぶんやったから」

ジョウ・ドースンは、明らかにちょっと考えた。

「なあ、相談して話をまとめようや。話に乗らんか?」

マーティンはうなずいた。

「田舎の小さな洗濯屋で、シェリー温泉の中にあるんだ——ホテルだよ。仕事は二人でやるんだ、主任と助手だな。俺が主任だ。俺のために働くんじゃなくて、俺の下で働くんだ。やってみようって気になれるか考えてくれ」

マーティンは、ちょっと思案した。なかなか期待できそうだ。二、三ヵ月もやれば、勉強する時間が持てるだろう。うんと働いて、うんと勉強ができるだろう。

「うまい飯と部屋もついてるぜ」と、ジョウが言った。

それで話が決まった。自分の部屋があれば、夜遅くでも邪魔されずに暖を取ることができる。

「けど、仕事はきついぜ」と、相手がつけ加えた。

マーティンは、盛りあがった肩の筋肉を意味ありげにさすった。「重労働をやってたおかげで、こんなになったんだ」

「それじゃ、話を詰めよう」ジョウは、一瞬痛む頭に手をやった。「こいつは絶好の機会だぜ。まあ信じられんだろうが。俺は昨夜(ゆうべ)街へ遊びにいってよ——何もかも——すっかりやってきたのさ。さて計画はこうだ。賃金は、二人分でまかない付き百ドルだ。これまで俺は六十取って、相棒が四十だった。だけど、そいつはちったあ仕事がわかってた。おまえは新米だ。俺がおまえに仕事を教えるとなりゃあ、初めはおまえの分までやらなきゃならん。だから最初は三十から始めて、だんだん四十まで上げていったらどうだ。俺はフェアにやるからな。自分の分ができるようになれば、すぐに四十取ればいい」

「いいとも」とマーティンは言って、片手をさし出し、相手と握手した。「前金をくれないか？——汽車賃や雑費に」

「使っちまったよ」ジョウが、また痛む頭に手をやりながら、悲しそうに答えた。「あるのは、帰りの切符だけなんだ」

「俺だって破産なんだ——下宿代を払っちまうと、な」

「そんなの踏み倒せよ」

「できんさ。姉に厄介になってるんだからな」

ジョウは、困ったなというふうに長い口笛を吹いて、むなしく知恵を絞った。

「飲み代ならあるぜ」と彼は、やけになって言った。「さあ来いよ、何かいい考えでも浮かぶさ」

マーティンは断わった。

「酒を断ってるのか？」

今度はマーティンもうなずいたが、ジョウのほうは嘆いた。「俺だってそうしたいのさ。でも、どうもできんのだ」と言いわけをした。「一週間ずっとめちゃくちゃに働くと、酒を飲まんとおれんのだ。飲まないと、喉をかっ切るか、店を焼きはらっちまうだろうぜ。けど、おまえが酒を断ってるってえのはうれしいね。続けろよ」

マーティンは、自分とこの男とのあいだの大きな隔たり——書物によってできた隔たり——に気づいた。だが、その隔たりを越えて元にもどるのに、何の造作も要らなかった。これまでずっと労働者階級の世界で暮らしてきたのだし、労働者の僚友愛は自分の第二の天性だ。彼は荷物をどうやって運ぶかという厄介な問題を解決したが、それはジョウの痛む頭にはとても手に負えるものではなかった。トランクはジョウの切符でシェリー温泉まで送り、自分は自転車で行くことにした。七十マイルあるが、日曜日に乗って出れば、月曜日の朝から仕事につけるだろう。それまでのあいだに家にもどって、荷づくりをしよう。別れを告げる者など誰もいない。ルースとその一家はみな、シエラネヴァダ山脈のターホウ湖（カリフォルニア州とネヴァダ州にまたがる湖で、避暑地として有名）で長い夏を過ごしていたからだ。

日曜日の夜、くたびれ、埃まみれになって、シェリー温泉に着いた。ジョウが元気に迎えてくれた。彼は、痛む額のあたりに濡れタオルを巻いて、一日じゅう働いていた。

「留守にしておまえを雇い入れにいってたから、先週の洗濯物の一部がたまっちまってよ」と、彼は説明した。「おまえのトランクは無事に着いて、部屋に入れといたぜ。だけど、トランクを持ちこむなんて大ごとだな。何が入ってるんだ？　金塊か？」

マーティンが荷物を解いているとき、ジョウはベッドに腰かけていた。箱は朝食用のインスタント食品を入れる包装箱だが、ヒギンボサム氏はこれにも彼から五十セント取っていた。マーティンはロープの取っ手を二本くぎ付けにして、この箱を手荷物車に好適のトランクにうまく作り変えたのだった。ジョウが目を大きく見開いて見ていると、シャツが二、三枚と下着の着替えが何枚か箱から出てきたが、そのあとから出てくるのは本ばかりであった。

「底まで全部本なのか？」と、ジョウが尋ねた。

マーティンはうなずき、この部屋の中で洗面台の代役をしている炊事台の上に本を整理しつづけた。

「へえ！」とジョウは、感心の言葉を吐き、それから推論が頭に思い浮かんでくるのを黙って待った。ようやく考えが出てきた。

「なあ、女に興味はねえのか——あんまり、か？」と訊いた。

「ああ」と、マーティンが答えた。「本と取っ組むようになるまでは、ずいぶん追っかけまわしたもんだが、それからは時間がないんだ」

「それじゃ、ここだって時間はねえぜ。働いて寝るのが関の山さ」

マーティンは、自分がひと晩五時間眠ればいいのだと思うと、ほほえんだ。この部屋は洗濯室の上にあり、水をくみ上げ、発電し、洗濯室の機械を動かす機関室も、同じ建物内にあった。隣室を使用している技師が立ちよって、新入りと対面した。そして、マーティンが延長線に電球を取りつけ、炊事台からベッドまで延長コードでつなぐのを手伝ってくれた。

翌朝は、六時十五分に叩き起こされた。朝食が六時四十五分なのだ。たまたま洗濯室のある建物に従業員用の浴槽があったので、彼は冷水浴をして、ジョウをぎょっとさせた。

「へえ、すげえんだな！」ホテルの台所の隅の、朝食の席に着いたとき、ジョウがそう言った。

二人のほかには、技師、庭師、庭師の助手、それに馬丁が二、三名いた。みんなは、ほとんど口もきかずに、そそくさと、憂うつそうに食事をしていた。マーティンも、食事をし耳を傾けながら、自分と彼らとのあいだには何と大きな隔たりができてしまったことだろうと実感した。彼らの狭量な頭脳を思うと、気がめいってしまい、しきりにその場を逃げだしたくなった。だから、うんざりするようなうすく水っぽい朝食を、彼らと同様大急ぎで飲みこんだ。そして台所の戸口を出ると、ホッとため息をつくのだった。

そこは設備の申し分ない、こぢんまりとした蒸気式洗濯室（スティーム・ランドリ）で、最新式の機械が可能なかぎりあらゆることをやってくれるのだった。マーティンは、二、三の指図を受けてから、汚れた衣類の山をえり分けた。ジョウは、硬石けんつぶし機（マッシャー）を動かし、新しく軟石けんを調合した。鼻をつくような薬品と混ぜあわせねばならなかったから、口と鼻と目をバス・タオルで包まざるを得ず、とうとう彼はミイラみたいになってしまった。えり分けが終わると、マーティンは衣類を絞るのを手伝った。この仕事は、一分間に二、三千回の割で回転し遠心力によって衣類から水を切る脱水機に、それらの衣類を放りこむというものだ。それからマーティンは、靴下とストッキングを「振って乾かす」合間に、乾燥機と絞り機を交代にやりだした。午後には、一人が洗濯物を機械に送りこみ、もう一人が積み重ね、アイロンが暖まるあいだに、二人は靴下とストッキングを仕上げ機にかけた。それから六時までは、熱いアイロンと下着類だ。この頃になると、ジョウは心もとなく頭を振った。

「遅れてるぜ」と彼が言った。「夕めしがすんでからも仕事だ」

それで夕食後二人は、十時まで焼けつくような電灯の下で働いた。そうしてようやく、下着の最後の一枚にアイロンをかけ、畳んで配布室へしまえたのである。暑いカリフォルニアの夜のことだから、窓は開け放してあったが、部屋はまっ赤なアイロン・ストーヴのために、焦熱地獄のように暑かった。マーティンとジョウは、腕をむき出しにしているのに、下着まですっかり汗だくになり、ハアハアとあえいでいた。

「熱帯で積み荷の整理をやってるようなもんだな」上に上がってきたとき、マーティンはそう言った。

「なかなか間にあうぜ」と、ジョウが答えた。「飲みこみがいいじゃねえか。この分じゃ、三十ドルは一月(ひと)だけだ。二月(ふた)めにゃあ四十ドル取れるぜ。だけどおまえ、アイロンがけをしたことがないってことはあるめえ。嘘言ったってだめだ」

「正直言って、きょうまでぼろ切れにアイロンをかけたこともないんだ」と、マーティンは断言した。

部屋にもどると、自分が疲れていることに驚いた。ずっと立ち詰めで十四時間休みなく働いていたという事実を忘れてしまっていたのだ。目覚まし時計を六時に合わせた。五時間引けば一時だ。それまでは本が読める。靴を脱いで、はれた足を楽にし、本を持ってテーブルに向かった。二日前にやめたフィスクの本を開いて、読みだした。ところが、最初の一節からつまずき、再度読みかえしはじめた。それから彼は、こわばった筋肉の痛みと、窓から吹きこみはじめた山風に寒気を覚えて、目を覚ました。時計を見る。二時を指している。もう四時間眠ったわけだ。衣服を脱いでベッドにはい込んだ。が、頭が枕に触れるとすぐに、また眠ってしまった。

火曜日も同様に休む間もない一日だった。ジョウの仕事の速さには、マーティンも舌を巻いた。ジョウは、恐ろしい仕事の鬼だ。異様な張り切りぶりで、長い一日のうちに片ときたりとも懸命でない時はなかった。自分の仕事と、いかに時間を節約すればいいかに集中し、マーティンにも、五つの動作でやっているところを三つの動作でできる点や、三つの動作のところを二つでやれる点を指摘した。マーティンは、これを「無駄な動作の排除」という言葉で呼び、よく見ては手本とした。彼もなかなか手早くて器用な、いい職人であった。だから、誰も自分の仕事のまねはできないし、しのぐこともできまい、というのがつねに自慢の種だった。その結果、仕事に一意専心し、相棒の与えてくれるヒントや暗示に貪欲に食いついた。襟や袖口の汚れを「こすって落と」し、アイロンがけをやる段になってあぶくができないように、二倍に厚いリンネルのあいだから糊(のり)をこすり取った。しかも、ジョウの賞賛を誘うような速度でそれをやってのけたのだ。

手すきの時など一時(いっとき)もなかった。ジョウが手持ち無沙汰で用事がないということはなく、次から次へと仕事に余念がなかった。二人は、二百枚のワイシャツに糊をつけた。一回の集中した動きでシャツをつかむと、袖口や襟やあて布、シャツの胸などが円を描く右手から飛びだした。糊が入らないように左手でシャツの胴部を押さえ、同時に右手を糊に浸した――ひどく熱い糊なので、絞ってすっかり水気を取るには、手をバケツの冷たい水にしょっちゅう突っこまねばならない。そしてその夜は、十時半まで、襞べり（フリル）のついた、軽やかで上品な婦人服を「極上糊（ファンシー・スターチ）」に浸して働いたのだった。

「熱帯にいりゃあ、服なんかいらねえよ」と、マーティンは笑った。

「そしたら、俺は失業ってわけだ」と、ジョウがまじめに答えた。「俺には洗濯のことしかわかんねえからな」

「それにしても、よく知ってるよ」

「当然さ。オークランドのコントラ・コスタで始めたのが、十一の時だもんな。仕上げ機の塵（ちり）払いをして、さ。もう十六年も前のことで、これよりほかのことをやったことがねえんだ。だけど、こんなにひどい仕事ははじめてだ。少なくとも、あと一人はいるぜ。あしたの晩も仕事だ。水曜の夜は、いつだって仕上げ機さ――襟や袖口をな」

マーティンは、目覚まし時計をかけ、テーブルに身を引きよせてフィスクを開いた。最初の一節も読み終えないうちに、行がぼんやりと重なり、頭がこっくりを始める。拳骨で頭を激しく叩いて、部屋の中を行ったり来たりしてみるが、睡魔には勝てなかった。本を前に立て、まぶたを指で支えていたものの、目を大きく開けたまま眠ってしまった。それでとうとう負けてしまい、何をやっているのかもおぼろ気に、服を脱いで、ベッドに入った。そして、ぐっすりと獣のように七時間も眠った。目覚まし時計の音に目を覚ましはしたけれど、まだ十分寝足りない感じだった。

「本は読んでるのか？」と、ジョウが尋ねた。

マーティンは、首を横に振った。

「気にすんなよ。今夜は仕上げ機を動かさなくちゃならんが、木曜は六時でやめるからな。そうすりゃ、またとない機会だぜ」

その日マーティンは、大きな桶で強い軟石けんを用いて、手で毛織物を洗った。頭上のスプリング支柱についているプランジャー・ポールに据えつけられた荷馬車の車輪のこしきを使った。

「俺の発明品さ」とジョウが、自慢そうに言った。「洗濯板を拳固で叩くよりはいいぜ。おまけに、一週間に少なくとも十五分の節約だ。こういう場合、十五分ってえのは馬鹿にならねえからな」

襟や袖口を仕上げ機に通すのも、ジョウの着想だった。その夜、電灯の下で仕事をやりながら、彼はそれについて説明した。

「どの洗濯屋だってやってねえことだ、これだけは、な。土曜の午後の三時に仕事をやり終えちまおうってんなら、これをやらなきゃならねえんだ。でも、俺にはこつがわかってるし、そこんところが違うんだ。温度にしても圧力にしても頃あいにして、三度通すんだ。見てろ！」彼は、袖口を高く持ちあげた。「手やタイラーじゃ、こうはうまく行かねえぜ」

木曜日に、ジョウは向かっ腹を立てた。「極上糊」の洗濯物が、余分にドサッと入ってきたのだ。

「俺はもうやめるぜ」と彼は言った。「もう我慢がならねえ。きっぱりとやめてやらあ。一週間ずっと、一分も無駄にしねえで奴隷みたいに働いたって何になるんだ。やつらとくりゃあ、極上糊のを余分に持ちこんできやがるんだぜ。ここは自由の国だ。一つ、あの太ったドイツ人に俺の考えをぶつけてやらあ。フランス語なんか使わねえぜ。わかりやすい米語で十分だ。やつめ、極上糊の余分を持ちこんできやがって！

今夜は、仕事をしなけりゃならんな」次の瞬間、彼は考えを改め、宿命に屈服して、そう言った。だからマーティンは、その夜も何も読まなかった。この一週間ずっと新聞も読まず、また、妙に読みたい気も起こらない。ニュースなどに興味がないのだ。くたくたに疲れて、何事にも興味がないのだ。ただ、土曜日の午後には、もし三時に仕事が終われればの話だが、ここを出発して自転車でオークランドに行くつもりだった。七十マイルあるから、日曜日の午後にまた同じ距離をもどって来るとなると、二週めの仕事に備えての休息には決してならないだろう。汽車で行ったほうが簡単だろうけれど、往復で二ドル半かかる。それに今は、お金を節約することに余念がないのだ。

17

マーティンは、いろいろなことを覚えた。一週めのある午後、彼とジョウは二百枚のワイシャツを片づけねばならなかった。ジョウは、タイラーという機械を操作した。その中には熱いアイロンが、圧力をかけるスチール線につるされてある。これを使って彼は、シャツに合った角度にあてがいながら、あて布や袖口や襟にアイロンをかけた。そして、胸の部分には光沢のある仕上げを施した。それが終わるや、マーティンとのあいだにある格子棚にシャツを放り投げた。すると、マーティンがそれをつかんで、その仕上がりを「助け」た。どういう仕事かというと、シャツの糊のついていない部分にすべてアイロンをかけるというものだ。

実に疲労の激しい仕事を、何時間も何時間も全速力で進めるのである。ホテルの広いヴェランダでは、男女が涼しそうな白い服を着て、冷たい飲み物をすすって涼を取っている。なのに、洗濯室ときたらものすごい暑さだ。大きなストーヴはゴーゴーと音を立てながら、赤熱し白熱して燃えており、アイロンは湿った布の上を移動しながら、もうもうと蒸気を上げている。これらのアイロンの熱は、主婦が使うものとは違う。一般に指を濡らして加減を見るアイロンでは、ジョウやマーティンには温度が低すぎ、そういう加減を見ることがそもそも無益なことなのだ。二人はもっぱらアイロンを頬に近づけて、極意の流儀で温度を測った。このやり方にマーティンは敬服こそすれ、会得することはできなかった。熱くなったばかりのアイロンの温度が強すぎた場合には、鉄の棒にかけて冷水に浸すが、これにもまた正確で微妙な判断が必要だ。一秒の何分の一でも水の中に長く浸しすぎると、適温のすばらしい、光沢のある良さがなくなるというわけだ。だからマーティンは、折を見てはジョウが発揮する狂いのなさ——機械のようにミスのない基準に基づいた、自動的な正しさ——に驚嘆するのだった。

しかし、驚嘆している時間はほとんどなかった。マーティンの意識はすべて仕事に集中した。頭も手も絶え間なく活動する、理解力を持った機械であり、彼を人間にしているいっさいが、その理解力を用意することに専心した。彼の頭脳には、宇宙とそのでっかい諸問題を考える余地がなかった。その知性の広々とした通廊は閉ざされ、密封されてしまった。魂の反響室は狭い司令塔と化し、そこからは腕と肩の筋肉と十本のすばやい指とに指示が与えられる。すると、動きのすばやいアイロンが、蒸気の出ている跡を伝って、幅広くすさまじい手ぎわで、それも、ただもう数知れぬピッチで、ひと動きするたびにぐいと手が伸び、かといって一インチの何分の一も狂わずに、数かぎりない袖やわき腹の部分、背中や裾(すそ)に沿って移動する。そして仕上がったシャツを、皺(しわ)くちゃにせずに受け入れ口に放り投げるのだ。そして、気ぜわしく心が動揺しながらも、また別のシャツに手を伸ばしている。こういうことが、何時間も何時間も続くのだ。外の世界では、頭上のカリフォルニアの太陽の下であらゆるものが恍惚となっている。だが、このものすごく暑い部屋では恍惚となっている暇などない。ヴェランダの涼しそうな客には、きれいなシャツが入り用なのだ。

マーティンの体からは、汗が流れ落ちた。大量の水を飲んだが、日中の大変な暑さと懸命に仕事に精を出しているのとで、水は彼の肉体のすき間やあらゆる毛穴から吹き出してしまう。船に乗っていたときには、特別な場合は別だが、いつだって、自分がやらねばならない仕事の合間にゆっくりと物を考えてみる機会が十分にあった。船長がマーティンの時間を支配してはいたが、ここではホテルの支配人が、マーティンの時間ばかりか考えまで支配している。彼には、神経を参らせ、体をこわすような骨折り仕事のことしか頭にない。それ以外には考えられないのだ。ルースに寄せる愛も認知せず、彼女の存在も今はない。気がせき立てられて、彼女を思い起こす時間もないのだ。夜、ベッドにはい込むときとか、朝食の席にはうように出かけるときだけ、さっと彼女が脳裏をかすめる程度であった。

「まったく地獄だな」と、ジョウが言ったことがあった。

マーティンは、うなずいたものの、いらいらした。そんなことは言わずともわかりきったことだからだ。二人は、仕事中は口をきかなかった。この時もそうだったが、喋ると調子が狂うのだ。それで、マーティンはアイロンの手ぎわが狂ってしまい、調子をとりもどすのに、余分な動作を二つやらねばならなかった。

金曜日の朝には、洗濯機が回った。週に二度、ホテルのリンネル製品——シーツ、枕、敷き物、テーブル・クロス、それにナプキン——をやってしまわねばならないからだ。これが終わると、「極上糊」に全力投球だ。これはのろくさくて、面倒で扱いにくい仕事だ。マーティンにもそう易々(やすやす)とは覚えられない。おまけに、危険を冒すこともできない。やりそこなえば大損になるからだ。

「ちょっと見てみろ」とジョウが、片手でももみくしゃにできるようなうすいコルセット・カバーをかざしながら言った。「焦がしてでもみろ、給料から二十ドル消えっちまうぜ」

だから、マーティンは焦がさなかった。そして筋肉の緊張をゆるめた。なのに、神経の緊張は高まる一方だ。彼は、婦人たちが洗濯をやらなくてもいいときに、こうして彼女らの着る美しい衣類に苦労して取っ組まねばならないということで、相棒がむやみにあたり散らすのを、同情しながら聴いていた。「極上糊」は、マーティンだけでなく、ジョウの悪夢でもあった。「極上糊」こそは、せっかく苦労して勝ち得たわずかな時間をも奪ってしまうのだ。二人は、一日じゅうこれにかかった。晩の七時になると、この仕事をやめて、ホテルの敷布を仕上げ機にかける。十時になって、ホテルの客が眠っても、この二人の洗濯屋は汗だくになって、真夜中、一時、二時まで「極上糊」にかかり続けた。仕事を切りあげたのは、二時半であった。

土曜日の朝は「極上糊」と、あとはこまごましたものがあり、午後の三時になって、その週の仕事が終わった。

「まだこのうえ、オークランドまで七十マイルの道を自転車で行くってんじゃねえだろうな？」二人で階段にすわって勝利の一服を吸っているとき、ジョウが訊いた。

「行かなくっちゃならないんだ」と、マーティンは答えた。

「何しに行くんだ？——女か？」

「いや、汽車の切符を二ドル半節約するためだ。図書館で本も何冊か借り替えたいし」

「だったら運送便で送ればいいだろ。それなら片道たったの二十五セントだぜ」

マーティンは考えてみた。

「それであしたは休んでおくんだな」と、相手はしきりに勧めた。「休んでおかなくっちゃいけないぜ。俺の場合は、休息が必要なのがわかってるんだ。もうくたくただからな」

彼はそういう様子だった。一週間ずっと、分と秒を争いながら、負けじ魂を発揮して、休息もしなかったからだ。時間の遅れもうまく切りぬけ、さまざまな障害物を圧倒した。抵抗することのできないエネルギーの源泉であり、酷使される人間機械であり、仕事の鬼であった。そして一週間の仕事を完了した今、彼は衰弱状態にあったのである。体が弱ってやせこけ、端正な顔も疲労の余り、やせて元気がなかった。タバコを吸うのも気乗りがなさそうだった。声にしても妙に生気がなく、単調であった。活気や情熱が消え失せ、あの勝ち誇った様子も哀れに見えた。

「それに来週だって、また同じことをやらなくっちゃならねえんだぜ」と、彼は悲しげに言った。

「一体こんなことやってて何になるってんだ、ええ？　浮浪者（ホーボー）になりてえと思う時があるよ。やつらは、働かんでも暮らしていけるんだからな。あーあ！　ビールを一杯飲みてえな。けど、村まで出かけていって飲む元気もねえし。おまえ、ここにいてさ、本は運送便で送っちゃえよ。でなきゃ、おまえはよっぽどの馬鹿だぜ」

「だけど、日曜日まる一日、ここで何をすりゃあいいんだ？」と、マーティンが訊いた。

「休むのさ。どれだけ疲れてるか、おまえにゃわかってないんだ。俺なんか、日曜日は疲れて新聞も読めねえぐらいだ。前に病気にかかったことがあったがよ——腸チフスをやってな。病院に二ヵ月半いたんだ。その時にゃ、全然仕事をやらなかった。よかったぜ。よかったぜ」

「よかったぜ」と彼は、しばらくしてから、また夢見るように同じことをくり返した。

　マーティンは、ひと風呂浴びた。が、もどって来ると、もうそこには洗濯主任の姿は見えなかった。きっとビールを飲みにいったんだろう、とマーティンは判断をしたものの、捜しに村まで半マイルも歩いていくのはどうも遠すぎる。靴を脱いでベッドに横になり、意を決しようとした。本には手を伸ばさなかった。疲れすぎて眠気を催さないので、ほとんど物を考えずに、半ばぼーっとけだるさを覚えながら横になっていた。すると、もう夕食の時間だ。ジョウは食事をしに現われなかったが、きっと酒場でドンチャン騒ぎでもやっているのだろう、と庭師に言われてみて、マーティンは合点がいった。それからすぐ床に着き、朝になってみると、大いに骨休めができていた。ジョウの姿がまだ見えないので、新聞の日曜版を入手して、木陰で横になった。午前中が過ぎていったが、彼にはどうして過ぎたのかわからなかった。眠ってはいなかったし、誰も邪魔する者もいなかったが、新聞を読み終わらなかった。午後も、夕食後も、新聞に目をやりはしたものの、見ながら眠ってしまった。

こうして日曜日が過ぎ、月曜日の朝になると、マーティンは懸命に衣類をより分け、ジョウのほうは頭にしっかりとタオルを巻きつけて、洗濯機を動かし、軟石けんを混ぜていた。

「どうにもやむを得んのだよ」と、ジョウが説明した。「土曜の夜になると、飲まずにはおれんのだ」

さらに次の一週間が過ぎた。悪戦苦闘が毎晩電灯の下で続いて、土曜日の午後三時に終わるというわけだ。するとジョウは、意気のあがらぬ一時の勝利感を味わい、忘れるために、村へふらふらと出かけていった。マーティンの日曜日は、この前と同じだった。木陰で眠ったり、漫然と新聞に目を通したり、何もせず何も考えずに、何時間も仰向けに横になっていた。自分で自分に愛想が尽きたとわかってはいても、ぼーっとして何も考えられないのだ。堕落してしまったか、それとももともと不愉快な者であるかのように、自分を嫌った。内にあった威厳に満ちたもののすべてが消えてしまった。駆り立てられた野心も鈍り、その刺激を感じとる能力もなくなった。自分は死んでしまったのだ。自分の魂も死んだみたいだ。獣だ、働く獣だ。緑葉の合間から降り注いでくる陽光に美しさを覚えることもなくなったし、紺碧(こんぺき)の大空にしても、昔のようにささやいたり、姿を現わすことに打ち震える宇宙の広大さと秘密をほのめかすこともなくなった。人生は、たまらなく退屈で面白くなく、口にすると何とも言えぬひどい味だ。心の中に物を映しだす鏡には黒い幕が引かれ、空想にしても、光が一筋も入ってこない暗い病室に眠ってしまった。ジョウがうらやましかった。村へ行って、好き放題にし、ドンチャン騒ぎをやり、頭を気まぐれな考えで一杯にし、感傷的なことを感傷的に狂喜し、途方もなく上機嫌に酔っぱらい、気を削ぐような苦役の月曜日の朝と一週間がやって来るのを忘れてしまっているからだ。

三週めも過ぎ去り、マーティンは自己嫌悪、人生嫌悪に陥った。落伍感に心は重苦しかった。編集者たちが自分の作品を受けつけてくれないのも無理はない。今それがはっきりとわかって、己れと己れの見ていた夢とを笑った。ルースが郵便で「海の叙情詩」を送りかえしてきた。彼は、彼女の手紙を冷ややかに読んだ。彼女は、この作品がどんなに気に入ったか、また実に美しい、と精いっぱい書いてくれた。けれども、彼女には嘘がつけなかったから、真実を偽ることはできなかった。これを失敗作と認めており、そのことは手紙の、おざなりで情熱のこもっていない一行一行に読みとれた。そして、彼女の言う通りでもあるのだ。詩を読みなおしてみて、そのことを確信した。美や驚嘆が自分から消え失せてしまった今、この詩を読みながら、書いた時には何を考えていたのだろうと、いささか困惑するのだった。大胆な言いまわしもおかしな感じだし、表現のうまさにしても奇怪だ。それに何もかもが馬鹿げているし、非現実的で、とてもあり得ないことだ。燃やしてしまおうという意志が強く働いていたら、即座に「海の叙情詩」を燃やしてしまったことだろう。機関室はあったが、原稿をわざわざ炉まで持っていく値打ちもない。努力はすべて、他人の衣類の洗濯に費やされ、私的なことをやる分など残ってはいなかった。

日曜日が来たら一つ奮起して、ルースに返事を書こうと決心した。だが、土曜日の午後、仕事が終わってひと風呂浴びると、忘れたいという気持ちに負けてしまった。「ジョウがどんな具合か見てきてやろう」というふうに自分に言ってはみたものの、同時に自分を欺いていることもわかっていた。

けれども、その嘘を考えてみる元気もなかった。もしそんな元気があったとしても、考えてみることをはねつけただろう。忘れたかったからだ。ゆっくりと何気なく村のほうへと足を向けたが、酒場に近づくにつれ、思わず足を速めた。

「おまえ、たしか酒を断ってたんだろ」と、ジョウが迎えた。

マーティンは、恥を忍んで弁解するでもなく、ウイスキーを注文し、自分のグラスに一杯ついでから、瓶をまわした。

「ひと晩じゅうやってちゃいけないぜ」と、彼は荒っぽく言った。

相手がいつまでも瓶を離さないので、マーティンは待ちきれず、ぐいとひと息にグラスを飲み干して、またウイスキーをなみなみとついだ。

「さあ、これで待てるぜ」と彼は、不機嫌に言った。「けど、早く飲めよ」

ジョウは急いだ。それから一緒に飲んだ。

「仕事のせいかい、ええ?」と、ジョウが訊いた。

マーティンは、議論を受けつけなかった。

「たしかにひどいには違いねえが」相手は話を続けた。「だからって、俺はおまえが禁酒をやめるのはどうも見たくねえな、マート。さあ、乾杯といこうぜ!」

マーティンは静かに飲んだが、注文をしたり飲むのを勧めたりするときには、噛みつくように言ったものだから、うるんだ青い目をした、頭髪をまん中で分けためめしい田舎の若者であるバーテンは、畏れ入ってしまった。

「われわれみじめな者をこき使うやつらのやり方がけしからんよ」と、ジョウが話していた。「うまく事が運ばなけりゃ、逃げだして、あそこに火をつけてやるんだが。俺が何とかうまくやってるから、やつらは救われてるってえもんだよな」

しかし、マーティンは返答しなかった。もう二、三杯飲むと、酔いがまわり始めた。ああ、爽快だ。三週間めにしてようやく呼吸らしい呼吸ができた。あの夢が、またもどって来た。空想があの暗い部屋から出てきて、あかあかと燃え立つ物として彼を引きつけるのだ。心の中の鏡は、澄んだ銀色となり、心像を映しだす、絢爛（けんらん）ときらめく重ね書き用羊皮紙（パリンプセスト）であった。驚嘆と美が手に手を取って歩き、いっさいの力が彼のものとなった。このことをジョウに話してみようとしたが、彼は彼で今の苦しい洗濯屋の仕事を逃れて、大きな蒸気洗濯店（スティーム・ランドリ）の持ち主になりたいという未来像を描いていた。

「のう、マート、俺の洗濯店では餓鬼は働かせんぞ――ぜったいにな。それに、午後の六時以後は、一人も仕事なんかさせやしねえぜ。おい、聴けよ！　まっとうな労働時間で仕事が片づくように、機械も人手も十分に入れるんだ。だからよ、マート、手を貸してくんな。おめえをその店の監督にするぜ――その店全体、その店の何もかもの、な。大よその段取りは、こうだ。俺も二年間酒を断って、金をためるぜ――ためて、それから――」

だがマーティンは、顔をそむけて、ジョウの話をバーテンに任せた。そのうち、このバーテンの大将は、酒場へ入ってきてマーティンの招きを受けた二人の農夫に酒を出すように呼ばれた。マーティンは、作男や馬丁やホテルの庭師の助手やバーテン、それに影みたいにこっそりと入ってきて、影みたいにカウンターの端で躊躇しているうさんくさい浮浪者（ホーボー）などをみんな招きよせ、大盤ぶるまいをするのだった。

18

月曜日の朝、ジョウは、洗濯機に入れる最初の衣類の山に不平たらたらであった。

「おい」と、ジョウが声をかけた。

「喋らんでくれ」と、マーティンがどなった。

「すまん、ジョウ」正午になって、昼食をとるために仕事の手を止めたとき、マーティンはそう言った。

相手の目に涙がにじんだ。

「いいんだぜ、君」と彼は言った。「俺たちは地獄にいて、どうしようもねえんだ。だけどな、俺はおまえの全体が何となく気に入ってるんだ。だから、つれえんだ。俺は、はじめからおまえが気に入ってたんだ」

マーティンは、手を振り動かした。

「やめようぜ」と、ジョウが言いだした。「やめちまって、浮浪者(ホーボー)になろうぜ。やってみたことはねえが、ぜったいに楽に違いねえ。何もやることがねえんだからな。考えてもみろよ、何もやることがねえんだぜ。俺は前に腸チフスにかかって、入院したことがあったけど、すばらしかったぜ。もう一度病気になりてえよ」

その週は、だらだらと長びいた。ホテルは満員で、「極上糊」が余分に殺到した。二人は大勇士となった。毎晩遅くまで電灯の下で奮闘し、食事は鵜呑みにし、朝食の三十分前に仕事をやることすらあった。マーティンは、もう冷水浴をやらなくなった。刻一刻がたゆまぬ努力の連続であり、ジョウはそうした時間のすぐれた守護者であった。何しろ彼は、慎重に時間を見守り、一瞬たりとも失うことなく、けちん坊が黄金を数えるように時間を数え、逆上し、仕事に熱中し、熱狂的な機械となって働きつづけたのだ。そしてこの機械を立派に手助けしているのが、自らをかつてはマーティン・イーデンという人間だと思っていた別の機械なのであった。

それにしても、マーティンが考えることのできる時間というのは、ごくまれであった。思索にふけることのできる家は閉ざされ、窓には板が打ちつけられ、彼はそのはかない管理人にすぎなかった。彼は亡霊であり、ジョウもその通りだった。二人ともが亡霊であり、こうした状況は果てしのない難渋の地獄であった。それとも、夢なのだろうか？　この湯気の立つ、うだるような暑さのなかで、白い衣服にアイロンを前後に動かしていると、それが夢に思えてくることもあった。しばらくしてから、あるいは千年ぐらいしてからか、目を覚ますと、インクで汚れたテーブルのある自分の小部屋で、前日に筆を置いた書き物をまた始めているのだろう。あるいは、おそらくそれもまた夢なのかも知れず、目を覚ますと、見張りの交代ということで、不意に傾く水夫部屋の寝棚から飛びおりて甲板に上がっていき、熱帯の星の下で舵輪をとりながら、涼しい貿易風に吹かれるということになるのかも知れない。

土曜日になり、三時にはあのはかない勝利だ。

「ビールを一杯飲みに行ってくるとするか」とジョウは言ったが、その奇妙で単調な口ぶりには、週末の衰弱がよく表われていた。

マーティンは、急に目が覚めたように思えた。旅行かばんを開け、自転車に油を注し、チェインには黒鉛を塗り、ベアリングの調整をした。ジョウが酒場までの道を中ほどまで来た頃に、マーティンが通りすぎた。体を低く曲げてハンドルを握り、脚はリズミカルに思いきりペダルを踏み、顔は七十マイルに及ぶ道と勾配と埃とに向いていた。その夜はオークランドで眠り、日曜日になると、また七十マイルの道をもどって来た。そして月曜日の朝、疲れ果てて新しい週の仕事を始めたが、酒は飲まずじまいだった。

五週めが過ぎ、六週めも過ぎた。その間、機械のようにあくせくと働いて暮らした。ただ少しばかりの生気、かすかな気迫が残っていたから、毎週末になると、思わず百四十マイルの道を疾走するのだった。けれども、これでは休息になるわけがない。もうこうなれば超機械的であって、以前の生活から残されているものといえば、かすかな気迫だけだが、これを押しつぶすのを助けることになってしまう。七週めの終わりには、そんなつもりもなく、あまりの疲労に抵抗することもできずに、ジョウと村へ流されていき、月曜日の朝まで酒におぼれては、活力を見いだした。

週末になるとまた、百四十マイルを身をすり減らして走った。麻痺してしまった大変な仕事の労苦を、さらにそれに輪をかけたような労苦から来る麻痺によってかき消すのだった。三ヵ月めの終わりには、三度ジョウと村へ出かけていった。何もかも忘れて、生きかえり、そういう状態にあってよくよく考えてみると、自分が獣になってしまっている――それも酒のためではなく、仕事のために――ことを知った。酒は原因ではなく、結果なのだ。夜のあとに昼が来るように、仕事には必ず酒が付き物だ。獣みたいに働かなくとも高みに達することはできるだろう、との言葉をウイスキーが彼にささやいた。彼はうなずき、なるほどと思った。ウイスキーは賢明だ。自分の秘密を教えてくれている。

彼は、紙と鉛筆を請求し、みんなには酒を持ってくるように言いつけた。そして、すこぶるいい調子で飲みながら、カウンターに身を寄せて、走り書きをした。

「電報だ、ジョウ」と彼が言った。「読んでみろよ」

ジョウは、酔った奇妙な目つきでそれを読んだ。が、読むと、酔いが醒めたようだった。彼は、責めるような目つきでマーティンを見た。その目から涙がにじみ出て、頬を伝って流れ落ちた。

「もう俺んとこにゃもどって来ねえのかい、マート？」と彼は、望みなさそうに言った。

マーティンはうなずいて、電文を電報局へ持っていってくれるようにと、連中の一人を呼びよせた。

「待ちなよ」とジョウは、だみ声でつぶやいた。「俺も考えてみるぜ」

彼は、脚を揺り動かしながら、カウンターにもたれかかっていた。マーティンは、ジョウが考えているあいだ、彼の体に腕をまわして支えてやっていた。

「洗濯屋を二人に書きなおすんだ」と、ジョウが不意に言った。「よし、俺が書きなおすぜ」

「なぜおまえがやめるんだ？」と、マーティンが訊いた。

「おまえと同じ理由（おんな）さ」

「けど、俺は船に乗るんだぜ。おまえにはそれは無理だ」

「そうさな」とジョウが答えた。「けど、浮浪者（ホーボー）なら大丈夫、うまくやれるさ」

マーティンは、一瞬鋭く相手を見て、それから大きな声で言った。

「違（ちげ）えねえ、おまえの言う通りだぜ！　あくせく働く獣よりは、浮浪者（ホーボー）のほうがいい。そりゃあ、何たって面白おかしく暮らせるからな。そしたら以前の生活なんかよりいいぜ」

「俺は、前に一度入院してたことがあったよ」と、ジョウが訂正した。「そりゃあすばらしかったぜ。腸チフスさ——話したかな？」

マーティンが電報を「二人の洗濯屋」に書きなおしているあいだ、ジョウは話しつづけた。

「入院してるときは、飲みたいなんて思ったこともなかった。おかしなもんじゃねえか。だけど、一週間ずっと奴隷みたいに仕事のし通しだと、つい飲まんとおれんのだよ。板場の連中が、やけくそに酒を飲むのに気づいたことがあったかい？——パンを焼く連中にしたってよ。仕事さ。みんなやらなくっちゃならねえのさ。さあ、その電報の半分は持つぜ」

「そんな水くさいことを言うなよ」と、マーティンが言った。

「さあ、みんな飲むんだ」と、みんながサイコロを音を立てて湿ったカウンターの上にころがしたときに、ジョウが声をかけた。

月曜日の朝、ジョウは、これからの生活を思うと、心が浮きうきした。頭が痛むことなど気にならず、仕事にも関心がなかった。のんきに窓から日光や樹木を眺めているうちに、貴重な時間全体がいつの間にか経っていった。

「ちょっと見てみろよ！」と彼は叫んだ。「みんな俺のものだぜ！　自由なんだ。その気になれば、あの木の下で横になって、千年だって眠れるんだ。くそっ、さあ、マート、やめちまおうぜ。いくら待ったって、どうってこともあるめえ。やめちまえば、もう何にもやらなくったっていい世界なんだし、俺にはもうその切符が手に入ったんだ——しかも、往復切符なんかじゃねえんだぞ！」

しばらくして、洗濯機に入れる汚れた衣類を運搬車にいっぱい積んでいると、ジョウはホテルの支配人のシャツに気づいた。そのマークでわかったのだ。それで、自由になれたんだという喜びの気持ちが湧いてきて、彼はそのシャツを床に投げつけ、足で踏みつけた。

「くっそ、強情なドイツ人め！　ここにおればいいのに」と彼は叫んだ。「ここに、この場にいりゃあ、貴様をやっつけてやるのに。これでもか！　これでもか！　これでもか！　ちくしょう！　誰か、俺を引き止めてみろ！　引き止めてみろ！」

マーティンは、笑ってジョウを引き止め、仕事にもどした。火曜日の夜、後任の洗濯屋が着いたので、その週の残りは、彼らにお決まりの仕事を教えこんで過ごした。ジョウは、じっとすわって、やり方を説明するだけで、もう仕事はしなかった。

「大したことはねえぜ」と彼は言った。「大したことはねえ。やつらがその気なら、俺を馘にできるが、もしそうなら、俺だってやめてやらあ。ありがてえことに、俺にはもう仕事は要らねえんだ。俺には、貨物列車や木陰が待ってんだ。おめえら、まあうんと働くんだな！　そうよ。汗水たらして働くんだぜ！　汗水たらしてよ！　そいで、死んでしまえば、俺と同じように腐っちまうんだ。どう生きようと、どうってこともねえじゃねえか？——ええ？　どうだ——結局は、どうってこともねえじゃねえか？」

土曜日に、二人は給料をもらい、別れ道までやって来た。

「気持ちを変えて、俺と一緒に来ねえかって言っても無駄だろな?」とジョウが、見込みなさそうに訊いた。

マーティンが握手をすると、ジョウは一瞬しっかと握って言った。

「マート、俺たち死ぬまでには、また会えるさ。きっとな。どうもそんな気がしてならないんだ。さよなら、マート、達者でな。俺は、おまえがえらく気に入ってるぜ」

彼は、マーティンが曲がり角をまわって見えなくなるまで、道のまん中でわびしく立っていた。

「いいやつだ、あいつは」と彼はつぶやいた。「いいやつだ」

それから、とぼとぼと給水タンクのところまで歩いていった。すると、六台の空(から)の貨車が待避線に止まっていて、上りの貨物列車を待っていた。

19

ルースとその一家が家に帰り、マーティンもオークランドにもどったので、彼女にはたびたび会った。彼女は学位を取ったので、もう勉強していなかったし、彼も、心身ともに活力を使い果たしてしまっていたので、何も書いていなかった。このため、互いにこれまでになく時間ができ、二人の親密さは急速に熟していった。

最初、マーティンは体を休めているだけだった。大いに眠り、長時間物思いにふけるだけで、何もせずに過ごした。ある一定期間ひどい苦難を味わい、今その回復期にある人間のようだった。復調の最初の兆しが表われたのは、毎日の新聞に対してようやく気が乗りはじめた時であった。それから再び読書——軽い小説や詩——を始めた。そしてさらに数日経つと、長らく見向きもしなかったフィスクに没頭していた。すばらしい肉体と健康があらたな活力を生みだし、若さの持つあらゆる回復力と立ちなおりとを得たのである。

彼が休養を十分取りしだいまた船に乗るつもりだと告げたとき、ルースは明らかに失望の色を見せた。

「どうしてそんなことをやりたいの?」と、彼女が訊いた。

「お金です」と彼は答えた。「またあらたに編集者たちに攻撃を加える備えをしなくちゃなりませんから。僕の場合、お金は軍資金なんです——つまりは、お金と辛抱です」

「でも、入り用なのがお金だけだとすれば、どうして洗濯屋にそのままいなかったの?」

「あそこにいると、獣になりそうだったからです。ああいう仕事をあまりやりすぎると、酒を飲まずにいられなくなるんです」

彼女は、こわいという表情を目に浮かべて、彼を見つめた。

「とおっしゃると——?」彼女は声を震わせた。

その場をうまく言い逃れることぐらい、彼にはたやすいことであったろう。が、隠しだてはしたくないという持ち前の衝動によって、どんなことが起ころうと、それはすまいという年来の決心を思いだした。

「そうです」と彼は答えた。「酒だけを、何度か」

彼女は震えて、彼から離れた。

「私の知っている男性で、そのようなことをした人は誰もいないわ——そんなことをした人なんて」

「それじゃ、その人たちは、シェリー温泉の洗濯屋で働いたことがないのです」と、彼は痛烈に笑った。「苦労は立派なことなり。それは、人間の健康に必要なものなり。などと、どの説教者も言いますが、僕は誓ってこれまで苦労を恐れたことがありません。それでも、立派なことだって、もうたくさんというような場合もありまして、あの洗濯屋がその一つです。そんなわけで、僕はもう一度船に乗ってみようと思っているのです。今度が最後になるだろうと思います。帰ってきたら、雑誌に食いこむことになるでしょうから。そうなると確信しています」

彼女は黙っていて、気持ちなど汲んではくれなかった。それで彼は、憂うつそうに彼女をじっと見ながら、自分のやったことを理解するのが、彼女にはどんなに無理なことであるかを実感するのだった。

「いつか、僕は書きあげます——『苦労の低落』とか『労働者階級における飲酒の心理』とか、そういう表題でね」

はじめて出会って以来、この日ほど二人のあいだが離れたように思われたことはなかった。彼は、内に反抗心を秘めながらも率直に告白をしたが、そのために彼女を不快な気持ちにさせてしまった。ところが彼女のほうは、反感の原因より、反感そのものにショックを受けた。ということは、彼女が彼に近づきすぎたことの表われであり、いったんそれに応じてしまうと、さらに親密さを増す道を切り開くことになる。同情心が頭をもたげ、何とか救ってやろうという清浄で理想主義的な気持ちも出てくる。ここまでやって来た、この未熟な若者を救ってやりたい。昔の環境ののろいから、また自分ではわかっていない彼自身から、彼を救ってやりたい。すると、このような気持ちは、ひじょうに気高い意識状態として彼女に感動を与えた。だが、そうした意識の背後や根本には嫉妬と愛欲があることを、彼女は夢にも思わなかった。

二人は、晴ればれとした秋の気候のもと、よく自転車に乗って出かけては、丘の上で詩を朗読した。それも、人の思いをより高いものへと向けてくれる、気高くて高尚な詩をいろいろと読んだ。克己、犠牲、辛抱、勤勉、大いなる努力といった大義（プリンシプル）を、彼女は間接的に説いた――このような抽象概念も、彼女の心の中では、父親やバトラー氏や、アンドルー・カーネギー（一八三五―一九一五、アメリカの実業家〔鉄鋼王〕・慈善事業家）のような貧しい移民の子から身を起こし、世界的な図書の寄贈者（ブック・ギヴァー）になった人物によって、対象化されているのだった。

こういったことのすべてをマーティンは認識し、楽しんだ。彼女の心の移り変わりが今やいっそうはっきりと理解できたから、その魂はもはやこれまでのように封印のしてある不思議なものではなくなった。知的な面では、彼女と対等の関係にあったわけだ。それでも、意見の合致しない点があるからといって、それが彼の愛情に影響することはなかった。その愛は、これまでにも増して燃えあがった。というのも、彼女そのものを愛し、彼女の肉体的なか弱さすら、彼の目には魅力を増すものだったからだ。彼は、病弱なエリザベス・バレット（一八〇六―六一、イギリスの女流詩人。ロバート・ブラウニングの妻）について読んだ。彼女は、長年大地に足を踏んまえることができなかったが、ついに恋が火と燃えあがったあの日に、ブラウニングと駆け落ちし、大地に、広々とした空のもとに、まっすぐ立ったのだ。だからマーティンは、ブラウニングがバレットにしたことを自分もルースにしてやれるという気持ちになった。だが、まず彼女が俺を愛してくれなくてはならない。そうなれば、あとは何でもない。彼女に力と健康を与えるのだ。そして、何年か先の二人の生活をあれこれと思い描いてみた。そこでは、仕事と安らぎと世間一般の幸福とを背景に、自分とルースが詩を読んだり論じたり、また彼女は地面に置かれたおびただしい数のクッションの中にいて、自分に詩を朗読して聞かせてくれる。これが、二人が暮らしていくことになるはずの生活の基調であった。そしていつも、この特別な状況を想像するのだった。時には彼女のほうが自分の体に身をもたせかけ、自分は腕を彼女の体にまわし、肩には彼女の頭をのせて読む。時には、二人して印刷された美のページに目を注ぐ。それからまた、彼女は自然を愛しており、自分は豊かな想像力によって、二人が読んでいる場面に変化を加える——絶壁に閉ざされた谷間で読むこともあれば、高い山の牧草地、それからまた、すぐ足もとに波が渦巻く灰色の砂丘の傍ら、あるいは、はるか熱帯の火山島の滝の水が落ちて霧となり、変わりやすい風に揺れては震える水蒸気のヴェールとなって海にまで達する、そういう所になる場合もある。しかし前景にはいつも、美の主である自分とルースがいて、永遠に読んだり分かちあったりしており、霞んではっきりとしない自然の背景の向こうには、いつも仕事と成功とかせいだお金とがあって、二人を世界とそのすべての宝物とから解放しているのだった。

「うちのお嬢ちゃんも、少しは用心してくれないとね」と、ある日、ルースの母親が彼女に注意した。

「おっしゃってることはわかるわ。でも、それができないのよ。あの人は――」

ルースの顔が赤くなっていたが、それは人生の神聖な問題を、同様に神聖視される母親と、はじめて議論する際に呼び覚まされた乙女の赤面であった。

「あなたと同じ種類の人ではないということね」と母親が、ルースの言葉を結んでやった。

ルースはうなずいた。

「そんなふうに言いたくなかったけど、そうだわね。あの人、荒けずりで、野蛮で、強いわ――強すぎるのよ。あの人ね――」

彼女は口ごもって、それ以上言わなかった。こういうことを母親と話しあうなど、はじめての経験であった。そこでまた、母親が彼女の考えをまとめてやった。

「つまり、あの人は清浄な生活をしてきていない、って言いたかったのでしょう」

再び、ルースはうなずいて赤面した。

「その通りなの」と彼女が言った。「それは、あの人の責任ではないわ。でも、言葉の使い方といったら――」

「ひどいの?」

「ええ、ひどいわ。私、ぎょっとすることがあるのよ。自分のやったことをあんなふうに無造作に、くったくなく喋られると、ほんとうにあの人がこわくなる時があるの――それも、大したことでもないかのように。大したことあるわよね」

二人は、腕と腕を互いの体にまわしてすわり、話が途切れると、母親が娘の手を軽く叩いて、彼女が先を続けるのを待った。

「でも、あの人にはとっても興味があるわ」と彼女は続けた。「ある意味では私の子分よ。それに、あの人、私のはじめてのボーイフレンド――必ずしもフレンドというわけではなくて、まあ子分とフレンドの取りあわせというところね。ぎょっとさせられる時には、友愛会（フラターニティ）（男子大学生の社交クラブ）の人たちの手助けをする女子学生みたいに、ブルドッグを慰み物に選んだように思える時もあるわ。だから、あの人、自由になろうと必死になって、歯をむき出し、険悪になるのだわ」

また彼女の母親は待った。

「あの人には興味があるわ、ブルドッグみたいに、ね。いい面もたくさんあるのだけれど、どうも好きになれそうにない点も多いの――ほかの面で。まあ、考えてみるとね。品の悪い言葉は使うし、タバコは吸うし、お酒は飲むし、殴りあいのけんかもするんですって（あの人、そう言ったの。しかも好きなんですってよ）。あの人は、欠点だらけの男性だわ――私が自分の」ここまで来て、彼女の声はひじょうに低くなった。「夫として望む男性。それにはあの人、強すぎるわ。私の理想の人は、背が高くて、すらっとしていて、無口な方でなければ――上品で魅惑的な王子様なの。そうよ、私がマーティン・イーデンを恋する恐れはまずないわ。そんなことをしたら、最悪の運命が私の身に降りかかりかねないのですもの」

「でも、私はそんなことを言ったのではないのよ」と、彼女の母親は言葉を濁（にご）した。「あなたは彼のことについて考えたことがあるの？　どこから見ても、彼は不適格だわ。なのに、もし万一彼があなたを愛するようになったりしたら?」

「だって、もう愛しているわ」と彼女は叫んだ。

「そんなことだろうと思ったわ」と、モース夫人は穏やかに言った。「あなたと知りあったら誰だってそうならないわけにはいかないんじゃない?」

「オルニーは、私のことがきらいよ!」彼女は、かっとなって説明した。「私だって、オルニーがきらいだわ。あの人がいると、私はいつも猫みたいな気がするの。あの人に意地悪してやらなくちゃと思うし、たまたまそんな気がしなくったって、あの人のほうが私に意地悪するんですもの。でも、マーティン・イーデンといると楽しいわ。どの男性も、これまで私を愛してくれなかったわ——誰も、あんなふうに、よ。愛されるって、すてきだわ。わかるでしょ、お母様。ほんとうに、正直なところ、女性であることを感じるって、すてきよ」彼女は、母親の膝に顔を埋めて、すすり泣いた。「私ってひどい子だ、ってお思いでしょうね。でも、正直に、感じたままを言ってるのよ」

モース夫人は、妙に悲しくもあり、またうれしくもあった。文学士だとは言っても、まだまだ子供だと思っていた娘の面影は消え去り、その代わりにもう一人前の娘なのだ。実験は成功したのだ。ルースの本性に存在していた不思議な空虚感は満たされた。それも、危険や罰もなく満たされたのである。この荒けずりな船乗りは、道具だったわけだ。ルースは彼を愛してはいないけれど、彼は彼女に女性を意識させはしていたのである。

「あの人の手が震えるのよ」ルースは、恥ずかしさの余り、顔を埋めたまま告白を続けた。「とても面白くて、おかしいの。でも、気の毒な気もするわ。だから、あまりにあの人の手が震えたり、目が輝いたりすると、生活や間違った道をとろうとしているのを直してあげるために、お説教するの。それでもあの人、私を崇拝しているわ。目と目を見れば、そのことがよくわかるの。そんなことを考えるなんて、ほんとにそんなことを考えるなんて、私も大人になったのだわ。まさしく自分のもの、つまり、私がほかの女の子——それも——若い女性と同じようになれるものができたのよ。それからまた、自分が以前は彼女たちと同じではなかったのだということもわかったの。それでお母様、心配してたのね。ご自分の心配を私には知らせまいとお思いだったのでしょうけれど、私にはわかったわ。私はマーティン・イーデンの言うように、『うまくやって』みたかったの」

母娘の神聖なるひと時だった。たそがれ時に語りつづける二人の目は濡れていた。ルースはすっかりあどけなく、率直になり、母親のほうは同情的に話を聞きながらも、穏やかに説明と教導を与えていた。

「彼は、あなたより四つも年下なのよ」と彼女が言った。「社会的な身分がないんでしょ。ポストも俸給も得ていないのだし。それでは仕様がないわね。あなたを愛しているというのであれば、何といっても、結婚できるようになれることをすべきよ。あんな物語や幼稚な夢なんかでごまかしていないで。マーティン・イーデンは、どうも伸びないのじゃないかしら。彼は、お父様やわが家のお友だち、たとえばバトラーさんのように、責任を持って社会でお仕事をするということがありませんもの。マーティン・イーデンは、どうもお金をかせぎそうにはないのじゃないかしら。だってこの世は、幸せにはお金が付き物というふうにできてるでしょ——いえ、そんなにひとかどの財産というのではなくて、普通の安楽が得られ、見苦しくない程度のお金よ。彼——彼は言わなかったの?」

「ひと言ももらさなかったし、そんな気配も見せなかったわ。でも、そんなことをしようたって、させないわ。だって、私、あの人を愛していないんですものね」

「それを聞いてうれしいわ。私の娘、こんなに清浄で貞潔な私の一人娘が、あんな男を愛するのなど見たくありませんものね。清浄で、誠実で、男らしい、立派な男性は、世の中にいくらもいますもの。待つのですよ。いつかあなたにもいい人が見つかって、愛し愛されるようになりますから。そしたら、お父様と私のように、その人と幸せになれますもの。でも、このことはいつも忘れてはなりませんことよ」

「はい、お母様」

モース夫人は、低い美しい声で言った。「それは、生まれてくる子供たちのことです」

「私も――そのことを考えました」とルースは、前に悩まされたことのある淫(みだ)らな考えを思いだし、そのようなことを口にするなど恥ずかしいことだとして、乙女らしく、また顔を赤らめて告白するのだった。

「そうなの、子供たちのことなのですよ、イーデンさんではとても我慢がならないというのは」モース夫人は、辛らつに話を続けた。「子供たちにも清浄であってもらわなくてはね。でも、どうも彼は清浄ではなさそうね。お父様も、船乗りの生活についておっしゃっていました。だから――わかるでしょ」

ルースは、母親の手を握りしめて、うなずいた。そして、ほんとうにわかったと感じていた。ただ、頭の中には何のことだか漠然として、はっきりとしない、恐ろしいものがあって、それは想像の域を超えてはいた。

「私は、あなたにお話もしないで何もしたりしませんからね」と、夫人は言いはじめた。「——ただ、時々は私に訊いてね、今のように。あなたにお話ししたかったけど、どう切りだしていいものやらわからなかったの。間違った謙そんね。そうだわ。でも、あなたのほうから切りだしてもらえれば気が楽よ。時々は、今みたいに、訊いてね。私にも機会を与えてね」

「まあ、お母様ったら、あなたも女性よ！」と彼女は、大喜びして叫んだ。そして二人して立ちあがると、ルースは母親の両手を取って、直立し、たそがれの中で向かいあったが、二人のあいだに妙に気持ちのよい対等関係を感じていた。「このようなお話をしなかったら、お母様のことをそんなふうには考えなかったでしょうね。お母様も女性なのだということがわかるためには、私が女性だということを知らなくてはならなかったわけですね」

「二人とも女性よ」と母親は言って、娘を引きよせ、キスをした。「二人とも女性なのよ」と彼女はくり返し、二人は互いの腰に腕をまわし、あらたな親近感に胸をふくらませながら部屋を出ていった。

「うちのお嬢ちゃんも、一人前の女性になりましたわ」とモース夫人は、それから一時間後に、得意げに夫に語った。

「ということは」と、長らく妻を見つめたあと、モース氏が言った。「ということは、あの娘が恋愛をしているということだね」

「いいえ、でも愛されてはいますのよ」と夫人は、ほほえみながら返答した。「実験は成功しました。あの娘は、ついに目を覚ましたのです」

「それでは、彼を追っぱらわなくちゃならんな」とモース氏は、元気よく、実際のところは事務的な調子で言った。

だが彼の妻は、首を横に振った。「そんな必要もないでしょう。ルースの話では、彼はあと二、三日で船に乗るそうですから。彼がもどって来る頃には、あの娘はもうここにはいません。クララ叔母さんの所へやりましょう。それに、東部に一年もいれば、気候も、人も、考えも、何もかもが変わりますから、ちょうどあの娘にはいいことですわ」

20

物を書きたいという気持ちが、再びマーティンの中で動きだしていた。物語や詩が期せずして頭の中に浮かんできたので、将来表現する時に備えて、メモを取った。しかし、書きだすところまでは行かなかった。今はちょっとした休暇であり、もっぱら休息と恋愛とにあてようと決めていた。そして、休息、恋愛ともにうまく行っていた。やがて生気もみなぎるようになって、ルースと出会う時はいつも、彼女のほうでも、昔彼の体力と健康から受けた驚きを体験するようになっていた。

「気をつけるんですよ」と彼女の母親が、再び彼女に警告を与えた。「どうもマーティン・イーデンと会うのが多すぎるみたいだから」

それでもルースは、大丈夫だというふうに笑った。自分には自信があったし、しかも二、三日したら、彼は船に乗っていってしまうのだ。それに彼がもどって来る頃には、自分は東部へと旅立っているだろう。それにしても、マーティンの体力と健康には不思議な力がある。彼にしても、彼女が東部への旅をしようと考えていることを聞いていたので、急ぐ必要を感じてはいた。けれども、ルースのような娘にどのように言いよればいいのかわからなかった。それに、彼女とはまったく違う娘や女との経験ならひじょうに豊富だが、これがまた不利なのであった。そういった女たちは、恋愛や人生やいちゃつきというものをよく知っていたが、彼女はそういったことは何も知らないのだ。彼女の驚くばかりのあどけなさには、たまげてしまった。そして、意気ごんで話そうとしても言葉が口もとで凍ってしまい、思わず自分は彼女にはふさわしくないと思いこむのだった。また別の面でも不利なところがあった。つまり、彼はこれまで自分から恋をしたことが一度もないのだ。大げさに言えば、これまでに女を好きになったことはあるし、そのなかには心を奪われた者も何人かいた。なのに、女を愛することが何たるかはわからなかった。横柄に、無頓着に口笛を吹くと、女たちは寄ってきた。彼女らは気晴らしであり、微々たる存在であり、男の遊びの一部ではあっても、ごくわずかな一部でしかなかった。ところが今や、はじめて、彼はいたいけな、臆病で、不安な哀願者なのだ。恋愛の術も言葉も知らず、愛する相手のまったくのあどけなさに驚くばかりであった。

さまざまな世界を知っていくうちに、つねに変貌を遂げるその状態のなかでもまれながら、彼は次のような行動の心得を学び覚えていた。それは、珍しいゲームをやるときには、まず相手にやらせてみるとよい、ということであった。この心得は一千回も彼の役に立ったし、同様に物を見る目も養ってくれた。何かわけのわからないことが生じた場合にもそれをよく見て、弱点やつけ入るすきを窺う術を知った。それは、殴りあいのけんかで好機を狙うようなものだ。だから彼は、そういう好機が来れば、この時ぞとばかりにラッシュすればいいことを、長年の経験によって知っていた。したがってルースの場合にも、待って、じっとよく見、愛を言葉にしたいという気持ちはあっても、思いきってそこまで実行に移しはしなかった。彼女にショックを与えるのを恐れたし、自分にも自信が持てなかったのだ。しかるべき筋道がわかってさえいたら、彼女に対してそうしているだろう。愛というのは、人間の言葉以前に生まれたものであり、決して忘れることのない方法や手段をそもそもの初めから知っていた。マーティンがルースに求愛したのも、この昔ながらの、原始的な方法であった。あとでそれと見当がついたものの、この時は自分が求愛をしているということがわからなかった。自分の手を彼女の手に触れてみることのほうが、口にできるいかなる言葉よりはるかに有力であったし、自分の体力を彼女の想像力にぶつけてみることのほうが、活字になった詩や千世代もの恋人たちが言葉で表わした恋情よりも、心を奪うものであった。もっとも、彼がどんなことを言葉で言い表わしても、少しは彼女の判断力に訴えたであろう。が、手の接触、つかの間の触れあいは、そのまま彼女の本能へと突き進んだ。彼女の判断力は年相応のものであったが、その本能は人種始まって以来の、さらにはそれよりも古いものであった。その本能は、愛というものが始まってまだ日が浅かった時には幼かったが、因習とか世論とか新しく生まれてきたすべてのものより賢明であった。だから、彼女の判断力は働かなかった。それを呼び起こすものがなかったからであり、彼女はマーティンが時々自分の愛の本性に訴えかけてくる力に気づかなかった。これに対して、彼が彼女を愛しているということはきわめて明白であり、彼女は彼の愛を表明するしぐさ——優しい光を帯びた熱烈な目、震える手、黒く日焼けした顔にみなぎる決して退くことのない浅黒い紅潮を見ては、喜びを意識した。さらにはもう一歩進んで、おずおずとしながらも彼を刺激した。ところが、彼が感づかないほど慎重に、また半ば無意識にそうしたので、彼女は自分でもほとんど気づかなかった。彼女は、一人前の女であることを示す自分の力のこうした証拠を見てわくわくし、彼を悩まし、もてあそぶことにイヴのような喜びを見いだすのだった。

経験がないのと、情熱過多のために言葉が出なくなり、求愛も無頓着かつ不器用で、マーティンは体を触れあうことによって彼女への接近を続けた。彼の手が触れると、彼女には気持ちがよく、それ以上に快いものであった。それはマーティンにはわからなかったが、彼女がいやと思っていないことだけはたしかだった。二人が手を触れあったのは、会ったり別れたりする時だけではなかった。自転車に乗ったり、丘へ持っていく詩集を革紐で縛ったり、並んで本を読んだりするときにも、手と手がそっと触れる機会はあった。そして、二人が寄り添って本の絶妙なくだりを読むときに、彼女の髪がさっと彼の頬に触れたり、肩と肩が触れあう機会もあった。彼女は、どこからともなく生じる、彼の髪をくしゃくしゃにしてやりたいという気まぐれな衝動に駆られて、そっとほほえんだ。一方彼は、二人が読書に飽きると、自分の頭を彼女の膝に休め、目を閉じて二人の将来のことを夢見たいとしきりに願うのだった。過去には、日曜日にシェルマウンド公園やシュエッツェン公園へピクニックをして、いろいろな女の膝に頭を休めたものだった。そして、たいていはぐっすりと眠ったのに対し、女のほうは彼の顔に日光があたらないように手をかざし、目を落とし、彼を愛し、そして自分の愛に対する彼の横柄な軽率さにあきれるのだった。女の膝に頭を休めることなど、これまではいとも簡単なことだったのに、今やルースの膝は近づきがたく、とてつもない存在であった。しかしながら、まさにその彼の控えめな気持ちにこそ、求愛の力があったのである。この控えめな気持ちがあったればこそ、彼女をびっくりさせなかったのだ。彼女自身も潔癖で内気だったので、二人の交際の危険な傾きに気づきはしなかった。知らないうちに彼女は彼に傾き、接近していった。彼のほうでは、彼女が徐々に接近しているのを感じとり、勇気を出したいとは思いつつも、心配なのであった。

一度彼は、思いきって出てみた。それは、彼女がひどい頭痛で、暗くした居間にいた時のことであった。

「どうしてもだめなの」彼女が彼の質問に答えたところだった。「おまけに、私は頭痛薬を飲まないでしょ。ホール先生が出してくださらないの」

「僕なら治せると思いますよ。それも薬ではなくて」と、マーティンが答えた。「もちろん確信は持てませんが、やってみたいと思います。まあ、マッサージだけのことですが、僕は最初このやり方を日本人から習ったんです。彼らはマッサージの民なんですよ。それから、もう一度初めから手を替え品を替えして何度もハワイ人から習いました。彼らはロミ・ロミって呼びます。これをやれば、薬で治るものならほとんどが治せますし、薬で治らないものでも、治るものがいくつかありますよ」

彼の両手が頭に触れるや、彼女は大きく息をついた。

「とてもいい具合だわ」と、彼女が言った。

彼女が再び口をきいたのは、三十分経って「お疲れにならない?」と訊いた時であった。この質問はうわべだけのもので、どんな答えが返ってくるか彼女にはわかっていた。それから彼女は、彼の力が痛みを和らげてくれるままに、とろとろとしていた。彼の指の先から活力が注がれ、苦痛を追いはらった。あるいは彼女にはそのように思えたのか、とうとう苦痛が和らいで、眠ってしまったので、彼はそっとその場を出ていった。

彼女は、その晩電話で彼を呼びだして、礼を言った。

「夕食まで眠ったのよ」と彼女が言った。「すっかり治していただいて、イーデンさん、お礼の申しようもありませんわ」

彼は応答しながら、興奮して、言葉も詰まり、うれしくてならなかった。そして通話しながら、心の中では、ブラウニングと病弱なエリザベス・バレットのあの記憶が躍動していた。前にあったことであれば、もう一度起こることだってあり得るのだから、このマーティン・イーデンがルース・モースのためにやってやれないことはないだろう。自分の部屋へもどり、ベッドの上に開けてあるスペンサーの「社会学」をまた読みだそうとしたが、読めなかった。彼女を思う気持ちが彼を苦しめ、読もうとする意志を受けつけないのだ。だから、何としてでもという気持ちがあったにもかかわらず、気がつくと、小さな、インクの染みのついたテーブルに向かっていた。その夜書いた十四行詩（ソネット）は、それから二ヵ月以内に書きあげられた五十篇に及ぶ愛の十四行詩（ソネット）の最初のものであった。書きながら、あの「ポルトガル人からの愛の十四行詩（ソネット）」を思い浮かべていた。そして、すぐれた作品を生む最良の状況下の、生活の転換期にあって、自らの甘い狂おしい愛に苦しみながら、筆を進めたのである。

ルースと一緒にいない時間の多くは、例の一連の愛の詩作や家での読書、あるいは図書館の閲覧室で過ごすことに専心した。そして図書館では、当代の雑誌とその方針や内容の性格にいっそう精通するようになっていった。ルースと一緒に過ごす時間は、見込みと結論の出ないこととが相まって、気も狂わんばかりだった。彼女の頭痛を治してやって一週間ののち、メリット湖（オークランド市の中心に位置する塩水湖。市民の一大レクリエーション・センターである）を月夜に帆走してみようとノーマンが提案し、アーサーとオルニーがこれに賛成した。マーティンしか船を扱えなかったので、彼が手を貸さざるを得ないはめになった。ルースは船尾の彼の近くにすわり、ほかの三人の若者は船のまん中に横になって、学校の「友愛会」のことで舌戦にのめり込んでいった。

月はまだ昇っていなかった。それでルースは、星を散りばめた天空を見つめ、マーティンとは言葉を交わさないでいると、急に寂しい気持ちになった。彼女は、彼を一瞥した。一陣の風が吹いて船が傾き、デッキが水面とすれすれになった。彼は、一方の手を舵柄に、もう一方を主帆の綱にかけて、船を少し風上に向けながら、同時に、近くにある北岸を見きわめようと、じっと前方を見入っていた。だから、彼女が自分を注視しているのに気づかなかったが、彼女は一心に彼を見つめながら、どうして奇妙な偏屈魂がこのすぐれた力を持った若者を引っぱって、どのみち平凡で失敗に終わってしまうような物語や詩を書く時間を浪費させるのだろう、と気まぐれに思いを凝らすのだった。

星明かりにぼんやりとしか見えない、そのたくましい喉や堅固に構えた頭に目をやっていると、両手をその首に置いてみたいという例の欲求が再び蘇（よみがえ）った。あれほどきらった力が、彼女を引きつけたのだ。孤独感がいっそう顕著になり、彼女は疲労を覚えた。傾いた船の自分の居場所にうんざりすると、彼女は彼が治してくれた頭痛と、彼の内にある慰撫するような心の安らぎとを思い起こした。そのとき、彼は自分のそば、すぐそばにすわっていたし、船は自分を彼のほうに傾けるように思われた。

彼にもたれ、彼の力によりかかって身を休めたいという衝動に駆られた――それは雲をつかむような、中途半端な衝動だったし、またそう思いつつも、もうその衝動に負けてしまい、彼のほうに寄りかかるのだった。それとも、船の傾きのせいだったのだろうか？　彼女にはわからなかった。とてもわかるものではなかった。彼女がわかったことと言えば、自分が彼に寄りかかっていると、疲れが和らぎ、慰撫するような安らぎを得て、とても気持ちがいいということであった。おそらく船の欠陥によるものだったのだろうが、彼女はその埋めあわせをしようなどとは全然しなかった。そっとであれ、たしかに彼の肩に寄りかかったのであり、彼が自分にもっと楽になるようにと自分の居場所を移したときも、そのまま寄りかかっていた。

狂気の沙汰ではあったが、彼女は断じてそうは考えなかった。もはやあの彼女ではなく、一人の女であり、大人の女がしがみつかずにおれないものを秘めていたのだ。だから、寄りかかり具合がきわめて軽いものではあっても、もうそれで満たされているようだった。もう疲れてはいなかった。マーティンは、口をきかなかった。口をきいていたら、その場のうっとりとした雰囲気が壊れてしまっただろう。しかし、彼の愛情が控えめだったために、その雰囲気が引き延ばされた。彼はめまいがし、ぼーっとしていた。何が何だかわからなかった。どうも一時的な精神錯乱どころではないほど、すばらしすぎるのだ。帆脚索（あしづな）と舵柄を手放して、腕に彼女を抱きしめたいと無性に望んだが、この気持ちに打ち勝った。直感的にそんなことをするのは間違ったことだと知り、帆脚索と舵柄で両手が空いていなかったために誘惑を防げたのがうれしかった。それでも彼は、無造作に船を風上に向け、ずうずうしくも帆から風を抜いて、北岸への針路を延ばそうとした。岸が近づいてくると、どうしても針路を変えなくてはならなくなる。そうすれば、彼女との触れあいは断たれてしまう。彼は巧みに船を操り、口論しあっているみんなの注意を喚起せずに船の進行を止めた。そして心の中では、これまで艱難困苦の航海を経験してきたが、そのおかげで海や船や風に精通し、こうしてすばらしい夜が可能となり、彼女がそばにいて、そのいとしい体の重みを自分の肩に感じながら船を走らせることができるのだと思うと、つらかった航海も大目に見るのであった。

昇りくる月の初光が帆にあたり、真珠のような輝きで船を照らしたとき、ルースは彼から離れた。そして彼女のほうでも、彼が離れるのを感じた。みんなに気づかれたくないという衝動は、二人とも同じだった。こうしたことは、暗黙のうちにひそかに二人だけのものになっていたのだ。彼女は頰をほてらせ、彼から離れてすわっていたが、二人が体を触れあったことの威力は、十分彼女に返ってきた。彼女は、兄弟やオルニーに見られたくないことにやましさを覚えていた。どうして私はこんなことをしてしまったのだろう？　これまでこんなことはしたことがない。若者たちと月夜の帆走をしたことはあったけれど、このようなことをしたいとは思ったこともなかった。そう思うと、彼女は恥ずかしさと萌えいずる女の神秘に圧倒されてしまった。マーティンを盗み見ると、彼は忙しく船の針路を変えていた。彼女は、下品で恥ずべきことを自分にさせたということで、彼を憎むこともできただろう。人もあろうにこの人が！　お母様のおっしゃることがたぶん正しいし、私もこの人とたびたび会いすぎているのだわ。もう二度とあんなことはしないし、これからは会うのを控えるようにしよう、と彼女は決心した。そして、はじめて二人だけになった時のことを嘘をついて釈明し、月が昇る直前に自分が圧倒されたのは、偶然発作的に気が遠くなったためだと言おうかと、でたらめな考えを抱いた。それから、月が現われるまでに二人が互いにどんなに引きつけられていたかを思い起こした。が、そんなことを言っても彼には嘘だとわかってしまうだろうということに気づいていた。

このような一件以来、毎日がすみやかに過ぎていったが、彼女はもはやこれまでの彼女ではなく、奇妙でわけのわからない生き物となり、物事の判断も強情で、自己分析にしても蔑むところがあった。そして、将来をじっと見つめたり、自分自身のことや自分がどこへ押し流されているのかについては、考えてみようとしなかった。うずくような謎の熱に浮かされて、おびえているかと思えば、うっとりとしているといった具合で、たえずうろたえていた。ところが、彼女にはある確固たる考えがあって、それが彼女の安全を保障した。マーティンには愛を口にさせないようにしよう。そうしているかぎりは大丈夫だわ。二、三日すれば、あの人も船に乗ることだし。たとえ愛を口にしたって、大丈夫。変なことになるはずがないわ。あの人を愛してはいないのだから。あの人にはつらい三十分になるだろうし、自分にとっても困った三十分になるだろう。だって、はじめてのプロポーズになるのだから。そう思うと彼女は、ぞくぞくとして気持ちがよかった。実際、自分も男性に求愛される女になったのだ。それは、女性にとってはこの上もない魅力であった。彼女の生命、彼女を構成しているすべての体の構造が震え、わくわくした。そうした思いが心の中を飛び交うさまは、炎に魅せられた蛾のようであった。マーティンが求婚し、それに対して断わりの言葉を口にしている自分の姿まで想像した。そして、優しく手加減をしたり、ぜひとも真の立派な男性になってほしいと勧めたりしながら、拒絶の言葉の下稽古をするのだった。特に、タバコを吸うのをやめてくれなくてはいけないわ。そのことは必ず言っておかなくては。いえ、でもあの人には、ひと言も愛を口にさせてはならない。口にしたら、止めることもできるし、また、そうするって、お母様にも言ったのだもの。体じゅうがぱっとほてると、彼女は思い浮かべた場面を残念そうに振り捨てた。最初のプロポーズは、もっと都合のよい時まで、もっとふさわしい求婚者が現われるまで、延ばしたほうがよさそうだから。

21

暖かくて物憂く、移りゆく季節の静けさに震える、美しい秋の日となった。カリフォルニアの小春日和と言っていいぐらいで、そんな日には太陽は霞み、わずかな風がさまよい吹いても、大気の沈滞をかき立てるほどにもならなかった。蒸気でなく、色で作られた織物とも言うべきうす紫色の霞は、丘の奥まった所に隠れた。サンフランシスコは、その高台の上に煙のようにぼんやりと霞んでいた。あいだにある湾（サンフランシスコ湾のこと）は、熔けた金属のように鈍い光沢を放ち、その上には帆船が浮かび、静止しているものもあれば、ゆるい潮流に漂っているものもあった。はるかなるタマルパイアス（サンフランシスコの北側のマリン郡にある海抜七八〇メートルの山）が銀色に霞んで、かろうじてではあったけれど、ゴールデン・ゲイトのそばにひじょうに大きく見えた。そしてゴールデン・ゲイトは、西に傾いていく太陽の下に、うすい金色の小道となっていた。その向こうには、ぼんやりと広大な太平洋が、陸のほうへと押しよせる雲のむくむくとしたかたまりを水平線上に持ちあげ、荒れ狂う冬の最初の前ぶれを示していた。

夏が消え去るのも、時間の問題であった。けれども、まだなかなか去らずに、丘のあいだで色あせ、弱まっていき、谷間の紫色を濃くし、衰えていく力と満ち足りた歓喜から霞の帳を紡ぎ、十分に生きぬいたあとの落ち着いた満足感を抱きながら、消え去ろうとしていた。そしてその丘のなかでも、共に好きな小山の上に、マーティンとルースは並んですわり、同じ本に目を注ぎ、彼のほうが、ほとんどの男性がここまで愛されたことがないほどブラウニングを愛した女性（エリザベス・バレットのこと）の愛の十四行詩を朗読していた。

ところが、この朗読はあまり気乗りがしなかった。二人の周囲の消えゆく美しさの魅力が強すぎたのだ。黄金の年は、美しく悔悟の念を持たない放蕩者のように生き、今やその生を終えようとしていた。そして思いいずる歓喜と満足とが、重々しくあたりの空気を運んだ。それが二人の心に入ると、彼らは夢見るように物憂い感じがし、決断力を弱め、道義心や判断力が、表面的にせよ霞や紫色でおおわれてしまうのだった。マーティンは、優しくほろりとした気持ちになり、時々ほてりが体を横切った。彼の頭が彼女の頭とすれすれの所にあり、微風がさまよう幽霊のように、彼女の髪をかき乱し、彼の顔に触れると、本のページが彼の目の前でゆらめいた。

「何を読んでいるのか、どうもわかっていらっしゃらないのね」と、彼がどこまで読んだのかわからなくなったとき、彼女が言った。

彼は燃える目で彼女を見て、決まりの悪さを感じるすんでのところで、反論の言葉が出てきた。

「あなただって、わかっていらっしゃらないんでしょ。今のは何の十四行詩でしたか?」

「わからないわ」と言って、彼女は腹蔵なく笑った。「もう忘れてしまったわ。読むのはもうやめましょ。とっても麗らかな日なんですもの」

「これでしばらく丘ともお別れです」と、彼はまじめに言った。「もうあの海べりでは、そろそろ嵐が始まっているんです」

本が彼の手からすべり落ちたが、二人はぼんやりと黙ってすわったままで、夢のような湾をじっと見つめていた。が、その目は夢見てはいても、実際には見てなどいなかった。ルースは、彼の首を横目で一瞥した。彼のほうに寄りかかりはしなかったが、何か彼女自身を超えた、引力よりも強い、運命のように強い力に引っぱられていた。ほんの一インチ寄りかかればよいのだった。だから、その動作は彼女にとって我知らずのうちに果たされた。蝶が花に触れるように、彼女の肩がそっと彼の肩に触れた。彼女は、彼の肩が自分の肩に押しつけられるのを感じた。すると、彼は身ぶるいをした。今や彼女が退くときだ。なのに彼女は、ただ機械的に動くだけになってしまい、行動は自分の意志ではどうすることもできなくなっていた——快い狂喜に直面して、抑制とか意志など及びもつかなかった。彼の腕が、そっと彼女の背からまわり始めた。彼女は喜びに悶(もだ)えながら、腕がゆっくりと伸びていくのを待った。じっと待ったが、何を待つのかわからないまま、乾いて焼けつくような唇であえぎながら、胸をドキドキさせ、期待の興奮が全身にみなぎっていた。彼女の体に巻きついた腕は、徐々に持ちあがり、彼のほうへゆっくりとなだめるように引きよせた。彼女はもう待てなかった。疲れたようなため息をつき、衝動的に、何心なく、発作的に、彼の胸に頭をもたせかけた。彼の顔が、さっとその上にかぶさった。唇が近づくと、彼女の唇は飛びついてそれを迎えた。

これが恋に違いない、と彼女は一瞬理性のもどった時に思った。もしこれが恋でないというのなら、あまりにも恥ずかしいことだ。これが恋でなくて何であろう。両腕を私の体にまわし、唇を私の唇に押しつけているこの男を私は愛しているのだ。彼女はすり寄せるようにして、さらに強く彼に体を押しつけた。それから少しして、彼の抱擁から半ば身を引き離すと、突然勝ち誇ったように両手を伸ばし、マーティン・イーデンの日焼けした首にのせた。愛と欲求の苦しみが、物のみごとにかなえられたので、低いうめき声をあげ、両手をゆるめ、彼の腕の中で半ば気絶状態にあった。

ほんのひと言さえ、長いあいだ、口にされなかった。彼は二度身をかがめて彼女にキスをしたが、そのたびに彼女の唇は恥ずかしげに彼の唇を迎え、体はうれしそうに寄り添うのだった。彼にしがみつき、身を離すことができなかった。そして彼は、彼女を腕で半ば支えながら、虚ろな目で湾の向こうにぼんやりと霞んだ大都会（サンフランシスコのこと）を見つめていた。この時ばかりは、彼の頭に何の幻影もなかった。天候は暖かく、彼の恋心も燃えていたから、色と光と輝きだけが頭の中で沸き立つのだった。

彼は、彼女に身をかがめた。すると、彼女が口をきいた。

「いつから私が好きになったの？」と、彼女はささやいた。

「はじめから、一番最初から、はじめてあなたに出会った時からです。そのときに、僕は気が狂うほどあなたが好きになったんです。その時からずうっと、おかしくなるばかりだった。今や最高に狂ってしまいましたよ。僕はもう狂人でね、僕の頭はうれしさの余りすっかりおかしくなってしまった」

「ねえ、マーティン、私、女でよかったわ」と彼女は、長いため息をついて言った。

彼は、何度も彼女を抱きしめ、それから訊いた。

「それであなたは？　僕の気持ちがはじめてわかったのはいつ？」

「あら、ずっとわかってたわ、最初からと言ってもいいぐらいよ」

「なのに僕は、蝙蝠(こうもり)みたいに気がつかなかったんだ！」と彼は、悔(くや)しさまじりに言った。「今の今まで、僕が――僕があなたにキスをするまで、そんなこと夢にも思わなかった」

「そういうことじゃなくってよ」と言って、彼女は少し身を引き、彼を見た。「つまり、あなたがほとんど最初から私のことを愛しているということが、私にはわかっていたということなの」

「では、あなたは？」と彼が訊いた。

「私には、急なことだったわ」彼女は、ひじょうにゆっくりと話した。その目は興奮し、そわそわと動き、感傷的で、頬のほんのりとした赤みが退(ひ)かなかった。「今の今まで――あなたが私の体に腕をまわすまで、私には気がつかなかったわ。マーティン、私があなたと結婚するなんて、今の今まで思ってもみなかったの。どうして私にあなたを愛するようにさせたの？」

「わからないな」彼は笑った。「ただ僕があなたを愛しているから、としか言いようがないな。だって、僕は石の中(ハート)まで熔(と)かしてしまうぐらいあなたを愛したのだから、生きて呼吸をしている女性であるあなたの心(ハート)はなおさらでしょ」

「私が恋に対して抱いていたイメージと、実際とはずいぶん違うわ」と彼女は、見当違いなことを述べた。

「どんなものだと思っていたの？」

「このようなものとは思わなかったの」そのとき彼女は、彼の目をのぞき込んでいたが、目を落として、また話を続けた。「実際がどのようなものかを知らなかったのよね」

彼は再び彼女を引きよせようとしたが、体にまわしている腕の筋肉が動いたにすぎなかった。がつがつしていると思われるのじゃないかと気づかったのだ。ところが、彼女の体が抵抗もなく従うのを感じた。それでもう一度、彼女は彼の腕に抱きしめられ、唇と唇が重なりあった。

「うちの人たちは何て言うかしら？」急に心配になって、キスの合間に、彼女は尋ねた。

「どうかな。二人がそのつもりになれば、すぐにわかってしまいますよ」

「でも、お母様が反対したら？　やっぱり話すのがこわいわ」

「僕が話しましょう」と、彼は勇ましく申し出た。「あなたのお母さんは僕が気に入らないとは思うけど、僕は彼女を説き伏せてみせます。あなたを勝ちとることができる者なら、どんなものだって勝ちとれますよ。それに、もし二人がうまく行かなければ――」

「ええ？」

「だって、二人は一緒でしょ。でも、僕たちの結婚についてあなたのお母さんを説き伏せられない恐れなどありません。彼女は、あなたをあれほど愛しておられるのですから」

「母を落胆させたくないわ」と、ルースが悲しそうに言った。

彼は、母親の気持ちというのはそんなに簡単に砕かれるものではない、と彼女を安心させたいとは思ったが、そうは言わずにこう言った。「何といっても恋が、この世で一番すばらしいものですからね」

「ねえ、マーティン、時々私はあなたがこわくなることがあるの。今も、あなたや、これまでのあなたのことを考えると、こわいのよ。たしかに、あなたは私にとても優しくしてくださるわ。でも、しょせん私はまだ子供よ。恋をしたこともないんですもの」

「僕だってありませんよ。僕たちは二人とも子供なんです。だけど何といっても、僕たちは幸運ですよ。だって、どちらも初恋同士なんですからね」

「そんなこと、とてもあり得ないわ！」と彼女は叫んで、すばやく、きっぱりと彼の腕から身を引いた。「あなたの場合にはあり得ないことよ。船乗りだったのだし、船乗りというのは、聞くところによれば——」

彼女の声は口ごもり、やがて聞こえなくなった。

「どこの港にも必ず女を囲っている、っていう話でしょ？」と、彼はほのめかした。「そういうことでしょ？」

「そうよ」と、彼女は低い声で答えた。

「でも、そんなの恋じゃありませんよ」彼はきっぱりと言った。「僕もずいぶんいろんな港へ行ったけれど、あなたにはじめて会ったあの夜までは、つかの間の恋も知らなかったんです。ほら、あのときお休みなさいと言って別れたとき、僕はもう少しで捕まるところだったんですよ」

「捕まる？」

「ええ、警官が、僕のことを酔っぱらってると思ったのです。たしかに酔ってはいましたよ——あなたを思う気持ちにね」

「でも、あなたが私たちは子供だとおっしゃって、私があなたの場合にはそんなことはあり得ないことだって言って、それから話がそれてしまったわ」

「僕は、あなた以外には誰も愛したことがないって言ったのです」と彼は答えた。「あなたこそ、ほんとうに僕の初恋の人なんです」

「でも、あなたは船乗りでいらしたわ」と、彼女は承知しない。

「だからといって、僕がはじめて愛したのはあなたではない、ということにはならないでしょ」

「だって女がいたわ――ほかに女が――ああ！」

マーティンがひじょうに驚いたことに、彼女は恐ろしく泣きじゃくり、泣きやませるのに、一度ならずキスをしたり、何度も抱きしめてやらねばならなかった。そしてその間、彼の頭の中をキプリングの「そして大佐夫人とジュディ・オグレイディも、ひと皮むけば姉妹なり」（詩「婦人たち」から）の一行が駆けぬけていた。これまで読んだ小説ではそんなふうには信じなかったけれど、なるほどその通りだ、と彼は思った。自分の考え――これまで読んだ小説が原因になっているのだが――では、上流階級では正式な申し込みしか行なわれていないということだった。自分の出身階級では、若い男女が触れあいによって互いを勝ち得るということで十分だが、上流階級の高貴な人たちの恋の仕方も同じだというのは、考えられないことであった。だけど、小説の言っていることは間違いだった。ここにその証拠があるんだ。労働者階級の女たちに効きめのある無言の接触と愛撫は、上流階級の女にも同様に効きめがあるんだ。彼女らにしたって、しょせん同じ肉体であり、ひと皮むけば姉妹なんだ。この時もしスペンサーのことを思いだしていたら、彼も自分も同じなんだと気づいていただろう。ルースを抱いて、なだめながら、大佐夫人とジュディ・オグレイディがひと皮むけば同じようなものだと思うと、ほっと慰めを覚えるのだった。そう考えると、ルースは彼にとって身近になり、高嶺（たかね）の花ではなくなった。彼女の貴い肉体も、ほかの者や自分の肉体と同じであり、二人の結婚に障害などないわけだ。階級の違いが唯一の違いだが、それも付帯的なものだ。そんなものは追いはらってしまえる。一奴隷だった者がローマの高官になった話を読んだことがある。もしそうなら、自分だってルースの高みにまで達することができる。清浄さや気高さや教養や霊妙な魂の美しさの裏では、彼女はまったく人間的なものの中にいるのであって、ちょうどリズィー・コノリーやそういうあらゆる女と同じなのだ。ほかの女にありそうなことは、彼女にもあり得るわけだ。彼女だって、愛しもすれば憎みもするし、たぶんヒステリーにもなるだろう。今、自分の腕に抱かれながら、すすり泣いて洩らしたように、きっと嫉妬もするだろう。

「それに、私はあなたより年上だわ」突然、彼女は目を開け、彼を見上げて言った。「三つもよ」

「シッ、あなたはほんの子供だし、経験だったら僕は、あなたより四十も年上ですよ」と彼は答えた。実際、愛についていえば、二人は子供だった。愛情表現にしても、子供のようにうぶで未熟であった。それも、彼女は大学教育を詰めこみ、彼の頭にも科学的な哲学や人生のきびしい事実がいっぱい入っていたにもかかわらず。

二人は、日没の輝きのなかですわり続けた。そして、よく恋人たちがやるように語りあいながら、愛の不思議や、かくも不思議にも投げかけられた運命に驚き、二人は過去の恋人たちにないぐらい愛しあっている、と独断的に信じるのだった。それから、二人が最初に出会った時の印象や、お互いにどんなふうに、またどの程度思っていたかを寸分たがわず分析してみようという、どうにもしようのない試みを何度も執拗にくり返すのだった。

西の水平線の雲のかたまりが、沈んでいく太陽を受け、その周囲の空はバラ色に変わり、真上の空は同じような暖色に輝いた。バラ色の光が二人の周囲や頭上にみなぎり、彼女は「すばらしき日よ、さようなら」を歌った。彼の腕の揺りかごに寄りかかり、手に手をとり、互いの手に心を託しながら、彼女は優しく歌うのだった。

22

モース夫人は、ルースが家にもどったとき、その顔に何かを知らせたいとの表情があるのを読みとるのに、母親の直観力を必要とはしなかった。紅潮が頬を去らないのを見れば容易にわかったし、さらに雄弁に、大きく輝く目が、間違いなく心の中の大きな喜びを映していた。

「どうしたの?」と、ルースが寝る時間まで待って、モース夫人が訊いた。

「わかるの?」とルースは、唇を震わせながら訊いた。

返事の代わりに、母親の腕は彼女を抱き、片方の手は彼女の髪を撫(な)でていた。

「あの人は言わなかったわ」と、だしぬけに言った。「まさかあんなことが起こるなんて思わなかったし、私も決してあの人に言わせようとはしなかったわ——彼だって何も言わなかったのよ」

「でも、彼のほうが何も言わなかったのなら、何も起こりっこなかったはずでしょ?」

「でも、やはり起こってしまったわ」

「まあこの子ったら、いったい何をつまらないことを言ってるの？」モース夫人は当惑した。「やっぱり私には、何が起こったのかわからないわ。何が起こったって言うのよ？」

ルースは、驚いて母親を見た。

「わかってらっしゃると思ったわ。そうなの、私たち婚約したの、マーティンと私が」

モース夫人は、容易に信じられないといった悔しさを交えて笑った。

「いいえ、あの人は言わなかったわ」と、ルースが説明した。「ただ私を愛してくれた、それだけよ。私だって、お母様と同様驚いたわ。あの人、ひと言も言わなかったのですもの、私の体に腕をまわして、それから――それから私は、もういつもの私ではなくなったわ。あの人は私にキスをし、私もあの人にキスをしたの。どうしても仕方がなかったの。ただもうそうしなければならなかったのよ。その時になって、あの人を愛しているということがわかったの」

彼女は、そこでひと息ついて、母親の祝福のキスを待った。だがモース夫人は、冷淡にも黙っていた。

「恐ろしい偶然の出来事なのよ」とルースは、沈んだ声で再び話しはじめた。「それに、お母様が私を許してくださるものかわからないけど、でも仕方がなかったの。あの一瞬まで私があの人を愛しているなんて、夢にも思わなかったのですもの。お父様にはお母様からお話ししてね」

「お父様にはお話ししないほうがいいのではないかしら？　私が、マーティン・イーデンに会って話をし、説明してみましょう。彼だってわかってくれて、あなたを放してくれますよ」

「いや！　いや！」と、ルースは驚いて叫んだ。「放してもらいたくなんかないわ。私はあの人を愛しているのよ。恋って、とってもすばらしいものだわ。私はあの人と結婚するつもりよ――もちろん、お母様が許してくださるならばよ」

「ねえ、ルース、私たちはあなたのために、ほかにいろいろと考えているのですよ、お父様と私とでね――あら、そうじゃないの、別にまだ探しだしたとか、そんなのじゃないのよ。私たちの考えでは、あなたが誰か自分の身分にふさわしい男性、立派で志操の正しい紳士と結婚してくれればってわけなの。そして、そういう人を好きになったら、あなたが自分で選ぶのよ」

「でも、もうマーティンを愛しているわ」と彼女は、悲しそうに言いはった。

「私たちは、決してあなたの選択を左右したいわけではないのよ。でも、あなたは私たちの娘なんですもの、あなたがこんな結婚をするのを見るに忍びないわ。あなたの持っている洗練された面や品のよさとひきかえ、彼の持っているものといえば、無作法と品の悪さだけでしょ。どう見たって、あなたにはふさわしくありませんよ。彼にはあなたを養えないでしょ。私たちは愚かにもお金のことをとやかく言うつもりはないけど、安楽な生活というのはまた別の問題なのだし、私たちの娘には少なくともそれだけのことはできる男性と結婚してもらわないと――無一文の冒険家、船乗り、カウボーイ、密輸入者、もうそれ以上出てこないけど、そのうえに気まぐれで無責任な者なんかではなくてよ」

ルースは黙っていた。その言葉の一々（いちいち）がもっともだと認めたからだ。

「彼は物を書いて時間を浪費しているけど、天才や大学教育を受けた人でもまれにしかできないことをやってのけようとしているのよ。結婚を考えている男性なら、結婚の準備をすべきだわ。でも、彼はそうじゃなくってよ。私の言ったことにあなたも同感だと思うけど、彼は無責任よ。どうしてって？　それが船乗りというものなのよ。節約をするとか、度を過ごさないということを、まったく知らないのよね。長年の道楽が染みついているのですもの。もちろん、それは彼の責任ではないのだけれど、だからといって彼の性質を変えることにはならないでしょ。それに、彼がお決まりの放蕩な生活を何年も送ってきたことを考えたことがあるの？　結婚ってどのようなものだかわかってるんでしょ」

ルースは、身ぶるいして、母親にしがみついた。

「考えたわ」ルースは、長いあいだ考えがまとまるのを待った。「結婚って恐ろしいことだわ。考えるだけでも気持ちが悪くなるわ。私が彼を愛するって、恐ろしい、思いがけない出来事だ、ってお話したでしょ。でも、どうにも仕方がないのよ。お母様だって、お父様を愛さずにいられたの？　だったら、私だって同じよ。私とあの人には何かがあるのよ――それがきょうまでわからなかったの――だけど、あるのよ。だから、あの人を好きになるんだわ。あの人を愛しているなんて思ってもみなかったけど、でも、ほら、今はこの通りよ」と彼女は結んだが、その声にはあるかすかな勝利感がこめられていた。

二人は長いあいだ話したが、ほとんどその成果もなく、結論としては、何もしないでしばらく待ってみるということになった。

それからしばらくしてその夜に、夫人が計画の失敗についてしかるべく告白をしたあと、モース夫妻のあいだでも同じような結論に達した。

「こうなるよりほかにはなかったのだろう」というのが、モース氏の見解であった。「あの船乗りのやつは、あの娘が心を通じたたった一人の男なんだ。どうせあの娘も、遅かれ早かれ目が覚めるさ。いいや、実際目覚めたんだよな。ほら！　あの船乗りのやつが出てきて、今のところは近づきやすいたった一人の男なんだ。だからもちろん、あの娘はすぐにやつを好きになってしまったのだ。いや、そう思ったのだ。まあ結局は同じことだがね」

モース夫人は、ルースと争うより、徐々にそれとなく彼女に働きかけてみようと思った。その時間は十分あるだろう。マーティンは、まだ結婚する地位にあるわけではないのだから。

「あの娘に、せいぜいやつのことをわからせてやるんだね」と、モース氏が助言した。「あの娘がやつのことを知れば知るほど、きっとそれだけいやになるさ。それに、あの娘にいろいろと比べさせるんだね。若い連中を家に呼ぶことを忘れないようにな。若い男女だ、あらゆる種類の若者だ、賢い連中、何かをやってのけたり、いろんなことをやってる連中、あの娘と同じ階級の連中、紳士をだ。そうすりゃ、あの娘だってやつの判断ができるというものだ。連中が、やつの本性を暴露するさ。それに何といっても、やつはまだ二十一だ。ルースだってまだほんの子供だ。二人のは青くさい恋愛だから、そのうち脱けだすさ」

そこで事は収まった。内輪では、ルースとマーティンの婚約が認められたが、外部への発表は何も行なわれなかった。モース一家では、その必要がないと考えたのだ。それに、この婚約は長期間にわたるものであることも暗黙のうちに了解された。彼らはマーティンに、働きにいくようにとも、物を書くのをやめるようにとも求めなかった。彼の気持ちを改めるように励ますつもりもなかった。だから彼は、彼らの悪意のある企み（たくら）を助け、けしかけることになった。というのも、彼には働きにいくなど思いも寄らぬことだったから。

「あなたは、僕のしたことが気に入ってくれるかな？」と、数日経ってから、彼はルースに言った。「姉の所に下宿していると、とても高くつくので、自炊しようと思うんです。それで、北オークランドのへんぴな、まあそういう所に小部屋を借りたんですよ。料理用の石油コンロも買いました」

ルースは、大喜びした。石油コンロと聞いて、特にうれしかった。

「バトラーさんも、最初はそのようにしてお始めになったのですもの」と彼女は言った。

マーティンは、あのお偉い紳士が引きあいに出されて、内心いやな気がしたが、話を続けた。「また全部の原稿に切手を貼って、いろんな編集者に発送しました。それできょう引っ越して、あしたから仕事を始めるんです」

「勤め口（ポジション）ですって！」と彼女は叫び、思いも寄らぬ喜びを満身に表わし、彼に寄り添い、その手を握りしめて、ほほえんだ。

「私にはおっしゃってくださらなかったわ！　どんなお勤めなの？」

彼は、首を横に振った。

「そうじゃなくって、書く仕事を始めるんです」彼女の顔が曇ったので、急いで話を続けた。「誤解しないでください。今度は、夢みたいな考えでやるんじゃありません。冷静で、単調で、事務的な仕事をやる計画です。また船に乗るよりはましで、オークランドじゅうのどんな勤め口も、非熟練労働者には与えられない額のお金をかせぎますよ。いいですか、僕はこの休暇で先の見通しがついたんですよ。これまで僕は、自分の体で生活を切り盛りしていなかったし、書くのにしたって、少なくとも発表を目指してはいませんでした。僕のしたことといえば、あなたを愛することと考えることだったのですから。少しは本も読みましたが、それは僕の思考の一部でしたし、主に読んだのは雑誌でした。それで、自分のこと、世間やその中での今の自分の地位、それにあなたにふさわしい地位を勝ち得る見込みといったものについて、おおよそのことがわかったのです。また、スペンサーの『文体論』も読んでいて、僕――いや、むしろ僕の書き物についての問題点がずいぶんわかりました。それに、毎月雑誌に発表されるたいていの書き物についてもね。

でも、そうしたいっさい――僕の思考や読書や愛やら――の結論として、三文文士になろうと思うんです。傑作はそのまま手をつけずにおいて、駄文を書くのです。ジョークに小記事、呼び物記事、ユーモラスな詩や社会詩――そういうくだらないけど、ずいぶん売れ口のよさそうなものをです。それから、新聞や新聞短篇小説や日曜付録の配給会社(シンジケート)もあります。連中の求めているものを進んで何とか作りだしていけば、結構給料分ぐらいはかせげますよ。ほら、月に四、五百ドルほどかせぐフリー・ランサーだっているでしょ。僕が彼らのようになりたいというのではありません。でも、暮らし向きがよくなれば、ほかの仕事では得がたい時間が十分自分のものになるでしょ。

そしたら、その余暇を勉強と本格的な仕事に使えます。つらくて単調な仕事の合間に、傑作を手がけてみたり、また、傑作を書く勉強をしたり準備をしたりするのです。はじめて書いてみようと思った頃は、ほんとうのところよくわかりもしない、わずかなつまらない経験以外に何も書くことがありませんでした。考えなんてまったくなかったし、実際、考えてもいなかったのです。僕の経験といえば、雑多で無意味な絵だったわけです。でも、知識や語彙が増えるにつれて、単なる絵以上のものが経験の中に見えるようになりました。そうした絵を忘れないでいると、それらが解釈できるようになったのです。すると、いい作品が書けるようになり、『冒険』、『酒壺』、『人生の美酒』、『雑踏の街』、『愛の輪廻(りんね)』、『海の叙情詩』といったものを書いたのです。これからはああいうものをもっとたくさん、もっと上手に書きます。でも、それは余暇にやるんです。今や僕の足は、かたい大地についているのですから、駄文と収入とが先決で、傑作はあとまわしです。ちょっとあなたに見てもらおうと思って、ゆうべ漫画週刊誌向けのジョークを六つほど書いてみました。それから、寝ようと思っていた矢先に、トリオレ——ひょうきんな詩ですよ——これを手がけてみてはどうかと、ふと思いついて、それで一時間もしないうちに四つ書きました。一つ一ドルにはなるはずですよ。寝る前の、ちょっとしたあとからの思いつきで、もう四ドルですからね。

もちろん、そんなのつまらないものだし、面白味のない、あさましい骨折り損のくたびれもうけだと言えばそれまでだけど、月六十ドルで帳簿をつけて、死ぬまで無意味な数字を限りなく足し算していくのだって、同じことですよ。それに、駄文を書いていれば、文学的なことに通じていられますし、大作をやってみる時間ができますからね」

「でも、そうした大作や傑作が何の足しになるって言うの？」と、ルースが訊いた。「売れないでしょ」

「いや、売れます」と彼は言いだしたが、彼女が話の腰を折った。

「あなたが名前を挙げて、ご自分でいいものだっておっしゃる作品——それらはどれも売れてはいないでしょ。売れないような傑作を頼みにして、結婚なんかできないわ」

「じゃ、売れるトリオレのほうを頼みに結婚しましょう」と彼は、頑として主張し、腕を彼女にまわして、何とも手応えのない恋人を自分のほうに引きよせた。

「これを聴いてみてください」と彼は、快活を装って言いつづけた。「芸術ではありませんが、一ドルにはなります」

「僕のいない（「金がない」）ときに
　あいつがやって来た。
金を借りに
来たという。
　だから何にもなしで帰ってった。
それで僕は内にいて（「ついていて」）
　あいつは外にいた（「ついていなかった」）」

彼がこの面白い詩に与えた陽気な調子は、歌い終わったときに彼の顔に浮かんだ落胆の色と一致してはいなかった。ルースから笑いを引き出せなかったのだ。彼女は、真剣に、困ったという顔つきで彼を見ていた。

「一ドルにはなるかも知れないわ」と、彼女が言った。「だけど、そんなの道化師の一ドルよ、道化役者のお手あてだわ。ねえ、マーティン、話がずいぶん落ちてきたんじゃない。私が愛し尊敬する人には、ジョークやへぼ詩を作ったりする人なんかより、もっとすばらしくて高尚な人であってほしいの」

「それはたとえば――バトラー氏のような人でしょ?」と、彼はほのめかした。

「あなたがバトラーさんが気に入らないのはわかるけど」と、彼女が語りはじめた。

「バトラー氏はいいのですよ」と、彼は話の腰を折った。「僕がどうも好かんのは、あの人の消化不良だけです。だけど、どうしてもわからないのは、ジョークや滑稽な詩を書くのと、タイプライターを打ったり、書きとったり、帳簿をつけたりすることにどんな違いがあるのかということです。そんなのはどこまでも手段なんです。あなたの持論では、僕がはぶりのよい弁護士や実業家になるには、まず帳簿をつけることから始めろと言う。ところが僕は、駄文書きから始めて、有能な作家になろうというわけです」

「違いはあるわ」と、彼女は主張した。

「どんな?」

「だって、あなたのいい作品、あなたがご自分でいいものだっておっしゃる作品を、売ることができないでしょ。売ろうとなさったわ――そうでしょ――でも、編集者たちは買おうとしないわ」

「まあ、時間をくださいよ」と、彼は言いわけをした。「駄文は、ほんの当座しのぎの手段です。そんなのまじめにやりはしません。僕に二年ください。そしたら成功してみせます。編集者だって、喜んで僕のいい作品を買うようになりますから。僕だって、自分の言っていることはわかっています。

自分を信じているんです。僕が持ちあわせているものだってわかっています。今では文学の何たるかもわかっています。並みの戯言（たわごと）が、多くのつまらない人間によって吐き出されていることだってわかっていますし、二年が過ぎる頃には、きっと僕は出世街道に出ているでしょう。だけど商売ということになると、決してうまくは行かないでしょう。どうも性に合いません。退屈で、面白くなく、欲得ずくで、手ぎわのいる仕事のように思えるのです。とにかく僕には向いていません。まず書記以上にはなれないでしょうし、書記のわずかなかせぎでは、どうして二人が幸せになれるでしょう？　僕は、あなたには世界で最高のものを手に入れたいのです。だから、最高のものがもう要らなくなる時というのは、それよりもさらにいいものが現われた時だけということになるでしょう。だから、それを、それを全部手に入れるつもりです。成功作家の収入ともなれば、バトラー氏も安っぽく見えます。ベストセラーともなれば、まず五万から十万ドルはかせぎますからね——その時によって多少の差はありますが、まあ大体その数字にかなり近いんです」

　彼女は黙っていたが、失望の色は明らかだった。

「どうです？」と彼は訊いた。

「そうじゃなくって、私には別の希望や計画があったのよ。私が考えていたのは、今でもそう思っているのだけど、速記を勉強して——タイプはもうよく知っているのだし——父の事務所に入れば、あなたにとっては一番いいことよ。立派な精神力があるのだし、弁護士として成功すること請けあいよ」

23

ルースが作家としてのマーティンの力をほとんど信じていないからといって、彼が彼女に対する考えを変えたり弱めたりすることはなかった。ひと息ついたあの休暇のあいだに、何時間もかけて自己分析をしたので、自分のことが相当わかっていたからだ。彼は、名声よりは美のほうを愛しており、名声欲にしても大方はルースのためだということを発見した。このために、名声欲が強くなっていた。世間の目には、立派な人物でありたかった。これを称して「成功」と呼んだが、それも、自分の愛する女性が自分を誇りにし、立派だと思ってくれるようにとの気持ちからであった。

彼自身はどうかといえば、熱烈に美を愛し、彼女に仕えるという喜びだけでもう十分に報われるのだった。そして、美以上にルースを愛した。恋を世界で一番すばらしいものと考えた。恋こそが彼の内部に革命をもたらし、彼を無骨な船乗りから学生や芸術家へと変えてくれるものなのだ。だから、彼にとって、これら三つのなかで最もすばらしく偉大なもの、学問や芸術家としての手腕以上に偉大なものは恋であった。彼には、自分の頭脳がちょうどルースの弟たちや彼女の父親の頭脳同様、ルースの頭脳をも追いぬいていることが、すでにわかっていた。大学教育のあらゆる利点にもかかわらず、また、彼女の文学士号を前にしても、その知力は彼女の知力を上まわった。しかも、一年そこそこの独学と準備で、彼女にはとても望めない世界や芸術や人生の諸事に通じていたのである。

こうしたことをすべて彼は実感していたが、それによって二人の愛の気持ちが影響を受けることはなかった。愛とはあまりにすばらしく気高いものであり、彼はあまりに忠実な恋人であるために、愛のあら探しをして、それに泥を塗るようなまねはできなかったのである。芸術や正しい品行やフランス革命、あるいは平等の選挙権についてルースと考え方が違っているからといって、愛と何の関係があろうか？ そういったものは知的な過程だが、愛は理性を超えたものだ。超理性的なものだ。彼には愛を見くびることができなかった。崇拝していたのだ。愛は、理性の谷間のかなたにそびえ立つ山々の頂にあるというわけだ。その有りようは気高く、生活の最高峰であって、めったに訪れてくるものではなかった。自分の好きな哲人たちに学んだおかげで、愛の生物学的意義を知っていた。だが、それと同じ洗練された科学的な推理法によって、人間は愛のうちにその最高目的を達成するものであり、愛には疑いの余地があってはならず、人生の最高の報酬として認められねばならないものだという結論に達していた。こうして彼は、恋人があらゆる創造物にも増して祝福されるものと考え、「狂おしく恋する者」が大地の諸物、富や審判、世論や賞賛、そして人生そのものの上にそびえ立ち、「接吻にても死なん」を夢想することを喜びとしたのだった。

こういったことの多くを、マーティンはすでに理論的に考えていたし、またそのうちのあるものについても、のちに考えだした。そうしているうちにも彼は働き、ルースに会いにいく時以外は休養も取らず、質実剛健に暮らした。月二ドル半で、マリア・シルヴァというポルトガル系の女主人から小部屋を借りていた。この女（ひと）は口やかましい未亡人で、なかなかの働き者であり、気性も荒く、大勢の子供たちを育てていた。そして、街角の食料品屋と酒場をやっている店から、思いだしたように一ガロンの薄くて酸っぱいぶどう酒を十五セントで買ってきては飲み、その不幸せと疲労を忘れるのだった。最初は、彼女とその口汚い言葉をきらったマーティンも、彼女の勇ましい奮闘を見るにつれ、彼女を敬服するようになった。この小さな家には、部屋が四つ――マーティンの分を引くと、三つ――しかなかった。そのうちの一つは客間で、生染めの華やかなカーペットが敷いてあり、大勢の死んだ赤ん坊のうちの一人の葬儀挨拶状と遺影とが痛ましく飾られていて、厳重に来客用として取ってあった。いつもブラインドがおろされ、裸足の子供たちは、何かのとき以外にはこの聖域に入ることを許されていなかった。彼女が料理をし、みんなが食事をするのは台所であり、日曜日を除いて、彼女はここで一週間ずっと、衣類の洗濯も糊つけもアイロンがけもやったのである。というのも彼女の収入は、主に、もっと金まわりのいい近所の人たちの洗濯物を引き受けることによって得ていたからだ。残るは寝室だが、これもマーティンの使用している部屋と同じぐらい小さなもので、ここに彼女と七人の子供たちがひしめき合って眠った。どうしてそんなことができるのか、マーティンには永遠の謎であった。しかも、うすい仕切りの向こう側からは、毎夜、就寝の際のわめき声やつまらないけんか、ひそひそ話や鳥のさえずりのような寝ぼけたお喋りといったものが、一部始終彼の耳に入ってくるのだった。マリアの別の収入は雌牛で、このうちの二頭から彼女は朝晩ミルクをしぼった。これらの牛は、公の歩道の両側の空き地とそこに生えている草を食べてこそこそと生きていたが、これにはいつもみすぼらしい彼女の子供が一人か二人ついていた。そのように用心深く見守っているのは、主として野犬捕獲人を見張るためであった。

その小さな部屋で、マーティンは暮らし、眠り、勉強し、物を書き、家事もやった。小さな表玄関に面している一つしかない窓の前には、机と文庫とタイプライター台の役割を果たしている台所用のテーブルがあった。後ろの壁に接してベッドがあったが、これでもう部屋全体の三分の二を占めていた。テーブルが一方の壁のけばけばしい寝室用タンスのそばにあったが、このタンスは客のことなど考えずにもうけ第一に製造されたもので、そのうすいヴェニアが日に日にはげていた。このタンスは隅にあり、その反対の隅のテーブルのもう一方の側に、炊事場――衣類用の箱に載せた石油コンロ、箱の中には皿や料理道具が入っている、壁の棚には食料品、それに床に置かれたバケツ一杯の水――があった。自分の部屋には蛇口がなかったために、マーティンは台所の流しから水を運ばねばならなかったからだ。料理で湯気が盛んに立つ日などは、タンスのヴェニアからはげ落ちる量が倍増した。ベッドの上の天井には、彼の自転車がつり上げてあった。最初は地階に置いておこうと思ったが、シルヴァの子供たちがベアリングははずすわ、タイヤはパンクさせるわで、彼を追いやってしまったのだ。次には、あの小さな表玄関に置いてみたけれど、すごい南東の風のために、ひと晩でずぶ濡れになってしまった。それで、仕方なく自分の部屋に持ちこんで、上からつるすことにしたのである。

小さな押し入れには、衣類と、積みあげた書物とが入っていた。テーブルの上にも下にも、それらを入れる余地がなかったのだ。それに、彼は読書をしながらノートを取る習慣をつけていて、おまけにそれがおびただしい数ときたから、メモをつるす物干し綱を何本か部屋に張りわたしていなかったら、この狭い場所には彼の踏みこむ場もなかっただろう。それでも窮屈で、部屋を歩きまわるのが困難だった。まず押し入れのドアを閉めないと、部屋のドアが開かないし、その逆もまた同様であった。まっすぐに部屋を横切ることは、どうしてもできなかった。ドアからベッドの頭部まで行くのにジグザグした道筋をとり、暗い時などはぶつからずに行き着けないほどであった。ぶつかり合うドアを何とか開けると、今度は炊事場にぶつからないように、急に右折しなければならない。次には左に向きを変え、ベッドの脚部にぶつからないようにする。ところが、あまり向きを変えすぎると、テーブルの角にぶつかってしまう。それで、急に体をひねって傾け、方向転換を終え、一方がベッドで一方がテーブルになっている運河のようなものに沿って遠ざかる。部屋にある唯一の椅子がテーブルの前のいつもの場所にあると、運河は航行できなくなる。椅子が使われていないときは、ベッドの上に置いてあった。けれども彼は、時々料理をしながらこの椅子にすわり、湯が沸くまで本を読んだり、ステーキを揚げながら、一節や二節巧みにひねり出すようにさえなっていた。また、炊事場になっているちょっとした隅は、ひどく狭かったので、すわったまま、必要なものには何でも手が届いた。実際、すわって料理をするほうが好都合だった。立つと、邪魔になって仕方がなかったからである。

どんなものでも消化できる申し分のない胃とともに、彼には安くて栄養のあるいろいろな食べ物についての知識があった。ジャガイモや豆はもちろん、えんどう豆のスープが、日頃よく口にする食べ物だった。大きくて茶色い豆はメキシコふうに料理し、米は、アメリカの主婦たちの決してやらない、またまねのできない方法で調理され、少なくとも日に一度はマーティンの食卓に顔を出した。果物にしても、乾燥したもののほうが新鮮なのよりは安い。だから、たいていそれらを鉢に取っておき、いつでも調理して使えるようにしておいた。パンに塗るバターの代わりになったからだ。時には、厚いもも肉か、スープ用のだしを取る骨で食卓を飾った。コーヒーは、クリームもミルクも入れずに日に二度、晩には紅茶に替えて飲んだが、コーヒーも紅茶も入れ加減は実にうまかった。

節約をしなければならなかった。洗濯屋でかせいだ金はもう大方この休暇で使ってしまっていたし、出版市場からはずいぶん遠いので、数週間は経たないと、駄文の最初の報酬を期待できなかった。ルースに会ったり、姉のガートルードに会いに寄ったりするとき以外は、世捨て人のような暮らしをして、毎日少なくとも普通の人間の三倍の仕事をやってのけた。睡眠時間は、わずか五時間だった。マーティンのように鉄のような体の持ち主にしか、毎日毎日十九時間ぶっ通しの仕事は持たなかっただろう。彼は、一瞬たりとも無駄にはしなかった。鏡には、単語の意味や発音の一覧表が何枚も貼りつけてあり、ひげを剃ったり、身支度をしたり、髪をといたりしながら、これらの表を暗記した。同じような表が石油コンロの上の壁にも貼ってあったが、それらも、料理をしたり皿を洗いながら暗記した。たえず古い表を新しい表ととり替えた。読んでいるときに、知らない単語やうろ覚えの単語にぶつかると、すぐに書きとめて、あとでその数が十分たまると、タイプをして、壁や鏡にピンでとめた。ポケットに入れて持ち歩き、通りを歩きながら折々に、あるいは肉屋や食料品店で待つあいだに、見なおしてみたりもした。

こうしたことではさらに追究の手を伸ばしていった。成功した人たちの作品を読んでは、彼らの成し遂げたあらゆる成果に目を留め、その秘訣――話術、説明、文体、視点、対照、警句といったものの秘訣を解いて、それらをすべて検討するために表にした。まねはしなかった。原則を探し求めたのだ。効果的で人目を引く決まり文句を表にした。そして、いろんな作家から選んだそういう表現のなかから、決まり文句の大原則を引き出し、その用意が整うと、自分自身の新しくて独創的なものを求めて思案し、そうして、それらを正しく考察、判断、評価することができた。また同様にして、力強い言いまわし、生きた言葉の言いまわし、酸のように効き炎のように猛烈な言いまわし、あるいは、ありふれた言葉ばかりの乾ききった砂漠のまん中で光を放つ豊かで美しく甘美な言いまわしを、表にして集めた。つねに背後や底流に潜む原則を探し求めた。どのように事が運ばれるのかが知りたい。あとは自分でやれる。美のまことしやかな表面には満足できないのだ。彼は、料理のにおいと、外側のシルヴァの子供たちの騒々しさとが入れ替わる小さい窮屈な寝室の実験室で、美を詳細に吟味した。そして美の構造を吟味して、それがわかると、いっそう美そのものの創造に近づくことができたのだった。

彼は、理解ができてはじめて仕事ができるという性分であった。自分が何を作っているのかもわからずに、生まれた結果の出来映えを偶然や自分の才能にまかせて、暗闇でむやみに仕事をすることはできなかった。偶然の結果には我慢がならなかった。理由と方法とが知りたかったのだ。慎重な創造的才能こそが彼の身上であったから、物語や詩を書きだす前に、すでに書くこと自体が頭の中ではっきりとしていて、結果が見え、いかに決着をつけるかということも、その意識下に働いていた。でなければ、努力も結局は失敗に帰すべきものであった。他方、彼は、いとも簡単に頭に思い浮かぶ単語や言いまわしの、偶然の効果の値打ちも認めていた。それらがのちに、美や力のあらゆる試練に耐え、途方もなく伝達不可能な言外の意味を明らかにすることになるからだ。そういうものの前に彼は額ずいた。いかなる人間の慎重な創造も、それらには及ぶものでないことを知っていたからである。だから、美の下に横たわって美を可能にしている原則を求めて、いかに美を吟味しようとも、自分やほかの誰にも明かすことのできない奥深い美の神秘が存在していることに、いつも気づいていた。スペンサーを読んで、人間はいかなることについても究極の知識を得ることは決してできないこと、美の神秘は生命の神秘と同様であること――いや、さらに――美と生命の繊維組織は絡みあわさっていること、そして自分自身も、日光と星くずと不可思議とを縒りあわせた、不可解な繊維組織の端くれにすぎないことをも十分よく知っていた。

実際、こうした考えでいっぱいになったときに、彼は「星くず」という題の随筆を書いた。そしてこの中で、批評の原理ではなく、主だった批評家たちをののしったが、それはなかなか才気に富み、深遠で、哲学的で、ひじょうに愉快な笑いを誘うものであった。けれどもまた、いくら雑誌に送っても、その都度即座に拒絶された。が、その作品のことをきっぱりと忘れてしまうと、また落ち着いて軌道に乗るのだった。ある問題について考えを温め、成熟させ、それから大急ぎでタイプライターにとりかかる、という習慣を身につけていた。活字にならないからといって、さほど重要な問題ではなかった。書くということは、長い思考過程の最高の行為であり、ばらばらの思想の糸を寄せあわせ、頭にしまい込んでいたあらゆる資料を最終的に概括することであった。そのような記事を書くことは、心を解放し、またあらたな材料や問題の準備をする意識的な努力なのであった。それは、現実や想像上の不平に悩む男女の、あの共通の癖に多少似ていた。というのは、そういう人間は、周期的に忍苦の沈黙を破っては、止めどなくベラベラと「自分の言いたいことを言う」からである。

24

何週間かが過ぎた。マーティンは金を使い果たしてしまい、出版社の小切手も相変わらずはるかかなたにあった。主だった原稿はすべて、送りかえされてきてはまた発送されるという状態だったし、駄文のほうも決してうまくは行っていなかった。彼の小さな炊事台も、もはやいろいろな食べ物で飾られることはなかった。袋に米がわずかと、乾燥した杏（あんず）が二、三ポンドという難儀に陥ると、日に三度、五日間立てつづけに、米と杏とが献立であった。やがて、掛けで買いはじめた。ポルトガル人の食料品屋に、マーティンはこれまで現金で払っていたが、付けが締めて三ドル八十五セントという大金になったとき、もう貸さないと言われた。

「だってな」と、食料品屋は言った。「あんた、仕事を見つけんとなりゃあ、わしだって損だでな」

そう言われると、マーティンは何とも返答ができなかった。釈明のしようがなかった。ごろごろして働きもしない労働者階級の頑健な若者に貸し売りするのは、正直なところ、商売の大義に反するのだろう。

「仕事をめっける、ってんなら、あんたにもっと食い物をあげるさ」と、食料品屋はマーティンに請けあった。「働かざる者、食うべからずだよ。それが商売ってもんだ」それから、今言ったことはまったく商売のことを重々考えたうえのことであって、何もマーティンを毛嫌いして言ったのではないということをわからせようとして、つけ加えた。「おごるから一杯飲んでいきな――何といったって、おなじみさんだからね」

それでマーティンは、店のなじみの証（あかし）に気楽に飲んだが、夕食は抜きで床についた。

マーティンが野菜を買っていた八百屋は、アメリカ人が経営していたが、その商売の方針はすこぶる甘かったので、マーティンの付けが五ドルも滞（とどこお）って、ようやく掛け売りを停止した。パン屋が二ドル、肉屋は四ドルで停止になった。マーティンは、借金を足してみた。すると、合計で何と十四ドル八十五セントにもなっていた。タイプライターの使用料ももう切れているが、このほうは二ヵ月の信用貸しをしてくれると踏んだ。しかし、それで八ドルだ。そうなると、ありとあらゆる信用貸しももうおしまいというわけだ。

八百屋から最後に購入したのは、ひと袋のジャガイモだった。だから彼は、一週間ジャガイモばかりを日に三度食べた。時折ルースの家でごちそうになるおかげで、体力を維持できた。ただ、多くの食べ物を目の前にして、どうしても食欲を抑えられないようなときには、お代わりを断わるのが何とも情けない気持ちであった。時々、恥を忍びながらも、食事どきに姉の所に立ち寄って、思いきり――モース家の食卓にすわるとき以上に――食べるのだった。

毎日仕事を続けたが、また毎日郵便屋が不採用原稿を届けにきた。もう切手代もなくなり、原稿はテーブルの下に山と積まれていた。もう四十時間も食べ物を口にしていなかった。ルースの家で食事にありつく望みもなかった。彼女は、二週間サン・ラフェル（サンフランシスコ北方にある都市）に出かけていたのだ。

それに、恥ずかしくて姉の所へも行けない。おまけに郵便屋が午後の便で、返送原稿を五つも届けるとくるから、泣きっ面に蜂であった。そこでついにマーティンは、オーバーを着て、オークランドへ出かけていった。もどって来た時にはオーバーは着ていなかったが、五ドルのお金がポケットでチャリン、チャリンと音を立てていた。四人の商人にそれぞれ内金として一ドル払い、あとは自分の炊事場でステーキと玉ねぎを揚げ、コーヒーを入れ、ひと鍋の大きな干しすももをとろ火で煮た。そして食事をすませると、テーブル机に向かい、真夜中前には「高利貸しの体面」と題する随筆を仕上げた。それをタイプすると、テーブルの下に投げこんだ。あの五ドルは、切手代も残っていなかったのである。

　その後は時計と、さらには自転車を質に入れたが、食べ物に使うお金は切り詰め、あらゆる原稿に切手を貼って発送した。駄文には失望していた。誰も買いたがらないのだ。新聞や週刊誌や安雑誌に載っているものと比べてみても、自分の書いたもののほうがずっと、はるかにいいのに、どうも売れない。そこで、たいていの新聞が大量に載せているのは、いわゆる「お膳立て(プレイト)」ものであることがわかり、それを供給している会社の住所をつかんだ。だが彼の送った作品は、「間に合っています」と書いた紋切り型の紙片をつけて返送されてきた。

　大きな少年雑誌の一つに、全コラムを挿話や逸話に充てているのがあった。チャンスだった。なのに、送った記事は返送され、何度も送ってみたが、一篇も載せることができなかった。のちに、そんなことはもう何でもなくなった時にわかったのだが、この雑誌の副編集長(アソーシエイト・エディター)と編集補佐(サブ・エディター)らは、自分たちで記事を書いては給料に上のせしていたのであった。漫画週刊誌は彼のジョークやユーモラスな詩を送りかえしてきたし、大きな雑誌向けに書いた軽妙な社会詩も永住の地が見つからなかった。

それから、新聞向けの短篇もあった。掲載されているもの以上にいいものが書けることはわかっていた。何とか新聞の配給会社（シンジケート）の住所を二つつかんで、そこへ短篇をどっと送りこんだ。二十篇書いたが、一つも載らないのでやめた。毎日、日刊紙や週刊誌の短篇、そのほかにも何十何百という短篇を読んだが、そのうちで自分の書いたものと比較になるものは一篇もなかった。彼は落胆して、結局自分にはまるっきり判断力がなく、自分で自分の書いたものに陶酔し、自己欺瞞（ぎまん）に陥った詐称者（さしょう）であるという結論に達した。

非人間的な編集機械は、相変わらず円滑に動いた。彼が原稿に切手を同封し、投函する。すると、三週間から一月（ひと）後に郵便屋がやって来て、その原稿を渡していくのである。きっと向こうには、生きた、温情ある編集者などいないのだ。車輪と歯車と油入れ——自動人形が操る巧妙な機械装置だけなのだ。もう絶望の段階に達し、果たして編集者なるものがいるのかを疑った。これまでそういう者がいる気配も感じたことがなかったし、自分の書いたものをすべて受けつけない判断力のなさからすると、どうやら編集者というのは神話的な存在であって、給仕や植字工や印刷工によってでっちあげられ維持されているというのが、ほんとうのところのようであった。

ルースと過ごす時間が、彼には唯一の楽しい時間ではあったが、まったく楽しいというわけでもなかった。いつも苦しい不安に苛（さいな）まれ、彼女の愛を占有する前の頃にも増していらいらしていた。今やたしかに彼女の愛は占有したものの、彼女自身の獲得は相変わらずほど遠いものだったからだ。彼は、二年待ってほしいと頼んだ。が、光陰は矢のごとしで、しかも何も成し遂げてはいないのだ。また、自分のやっていることを彼女が認めていないという事実をいつも気にしていた。彼女が直接そう言ったわけではない。けれども、間接的に、口で言ったのと同じぐらいはっきりと彼にわからせた。立腹しているのではなく、不賛成なのだ。ただ、彼女は失望しただけであったが、もっと気立てのよくないほかの女なら、腹を立てていたことであろう。彼女の失望の原因は、型に入れて造るべく選んだこの男性が、型に入れられるのを拒んだことにあった。ある程度までは、彼という粘土は思い通りの形に造れると思ったのに、次第にかたくなって、自分の父親やバトラー氏の像に形づくられるのを拒絶してしまった。

彼の内にあるすぐれた面、強い面を、彼女は見落とすか、さらに悪いことには誤解していた。どんな人生生活だってできるぐらい彼の粘土は軟らかいのに、自分の型——それしか彼女は知らなかったわけだが——にはめることができないために、この男を強情で、恐ろしく頑固だと考えた。彼女には、飛躍した彼の考えについて行けなかったのだ。だから、彼の頭脳が自分には及ばなくなったとき、彼をとっぴな人だと考えた。ほかの者の頭脳で、彼女に及ぶ者はいなかったのだ。父母や弟やオルニーには、いつもついて行けた。だから、マーティンについて行けないとなると、彼のほうが悪いと考えた。良き指導者として広く尽くそうというのが、例の世間知らずの悲劇なのであった。

「あなたは、既設の社(やしろ)を礼拝しているんですね」二人がプラップスとヴァンダーウォーターを論じているときに、彼はこんなことを言ったことがあった。「権威として引きあいに出すとすれば、たしかにこの二人はひじょうにすばらしい——合衆国における二大文芸批評家である——と、僕だって認めます。全国の学校の先生がみな、ヴァンダーウォーターをアメリカ批評界の長老と仰いでいます。何でも、僕は彼の文を読んでみて、中身のないことを実に巧みに表現しているように思えるんです。何ていったって、ゲレット・バージェス（一八六六―一九五一、サンフランシスコ湾周辺の地域で活躍した作家）がいるんですから、彼なんか冗長で退屈な批評家にすぎませんよ。それに、プラップスだって同じです。たとえば、彼の『毒苔』はみごとに書かれています。句読点一つだって、場違いなものはありません。それに論調だって――ああ！――実に高尚です。合衆国では最高の稿料を取っている批評家です。けれども、断じて！　彼は批評家ではありません。批評は、英国のほうが上なんです。

　だけど要は、この人たちの言うことは人受けがよく、それに、美しく、道徳的で、満足のいくものだということです。彼らの評論を読むと、僕は英国の日曜日（退屈でつまらない礼儀作法、慣例を意味する）を思い起こします。彼らは一般大衆の代弁者です。彼らと英語の教授は、お互いにあと押しをしあっているのです。だから彼らの頭には、独創的な考えがありません。あたりまえのことしか知りませんし――事実、彼ら自身があたりまえの存在なんです。愚鈍であり、ちょうどビール瓶に醸造所の名前が銘記されるのと同じように、たやすく、わかりきったことが彼らに刻されるのです。そしてその役目といえば、大学に通うすべての若者をつかまえて、存在するかも知れないかすかな独創性を彼らの頭から追いだし、彼らに既製の型を押しつけることなんです」

「私は、わかりきったものの側に立つほうが、因襲を打ち破ろうと南洋の土人のようにあばれまわっているあなたよりは、真理に近いと思うわ」

「だって、偶像破壊をやったのは宣教師のほうなんですよ」と彼は笑った。「それに不幸にも、宣教師たちはみんな異教徒の中へ出はらっているものだから、ヴァンダーウォーター氏やプラップス氏といった古い偶像を破壊する者が、国内には誰もいないのです」

「大学の先生も、でしょ」と、彼女がつけ加えた。

彼は、首を強く横に振った。「いいえ、科学の教授たちは生かしておくべきです。彼らは実に立派です。しかし、英語の教授——ちっぽけで、視野のきわめて狭いオウム先生——の、十人のうち九人は首をはねるといいですよ」

この言葉は、教授連にはいささか手きびしかったが、ルースにとっては冒瀆の言葉であった。彼女は、どういうわけか自分の愛する、この何とも形容不能な若者、決して合いそうにない衣服を着け、恐ろしい苦労を物語る頑丈な筋肉を有し、喋ると興奮し、穏やかな言葉を毒舌に替え、冷静沈着を激しい言葉に替えるこの若者と比べれば、教授たちは服装だって小ぎれいで学者らしいし、語り口調もほどよく、教養と品のよさとが漂っていると見ないわけにはいなかった。彼らは少なくとも申し分のない給料を取っているし、それに紳士だわ——そうよ、このことを直視しないわけにはいかないわ。それにひきかえこの人は、一銭もかせげやしないし、先生方とは違うんですもの。

彼女は、マーティンの言葉をよく考えてもみなかったし、彼の言葉によってその論拠を判断することもなかった。彼の論拠は間違っているという結論に達したのは——なるほど、無意識にではあるが——外面の事情の比較によってであった。彼ら先生方は、成功者であるから、その文学的な判断も正しい。商品が売れないのだから、マーティンの文学的な判断も間違っている。彼の言葉を借りれば、先生方は成功し、自分は成功していないというわけだ。おまけに、彼の言うことが正しいなんて、どうももっともらしくない——だってあの人は、ついこの前までこの居間で顔を赤らめ、ぎごちなさそうにして、紹介を受け、それに答え、肩を揺すって骨董品をこわしはしまいかと恐るおそるあたりを見まわし、スウィンバーンが亡くなってどのぐらい経つかって訊いたり、自慢たらしく「さらに高く！」や「人生賛歌」を読んだことがあると述べたりしていたんですもの。

図らずもルースは、彼女がわかりきったことを崇拝しているという彼の論点を証明したのだ。マーティンは、彼女の思考方法をたどってみたが、それ以上立ち入ることはさし控えた。彼には、彼女がプラップスやヴァンダーウォーターや英語の教授連について考えていることが気に入らなかった。だから、自分の頭脳や知識の及ぶ範囲は、とうてい彼女の及びもつかないものだということを、ますます確信を持って実感するようになっていた。

音楽について彼女は、彼が常軌を逸していると考え、事オペラに関しては常軌を逸しているばかりか、ひねくれていると思った。

「どうでした？」ある夜、オペラから帰る途中、彼女が訊いた。

その夜は、彼が一月の食費をきびしく節約して、彼女を連れていったのだ。見聞きしたばかりのオペラにいまだ興奮さめやらずといった状態で、彼が感想を述べるのを待ったが何も言わないので、彼女のほうから訊いてみたのだった。

「序曲はよかったです」と彼は答えた。「すばらしかったです」

「ええ、でもオペラ自体は？」

「あれもすばらしかったです。つまり、オーケストラですよ。ただ、あんな踊り人形なんかおとなしく舞台から消えてしまえば、もっと楽しかったでしょうね」

ルースはびっくりした。

「テトララニやバリロのこと？」と、彼女が訊いた。

「みんなです——誰も彼もみんなですよ」

「だけど、あの人たちは立派な芸術家よ」と、彼女が反論した。

「それでも、彼らのこっけいなしぐさや非現実的なものによって、音楽が台なしですよ」

「だけど、あなたはバリロの声がおきらいなの？」と、ルースが訊いた。「彼は、カルーソ（一八七三—一九二一、イタリアのテノール歌手）に次ぐっていう評判よ」

「もちろん、いいと思いますし、テトララニのほうがもっといいです。彼女の声は実に美しい——まあ少なくとも僕はそう思います」

「だけど、だけど——」と、ルースは口ごもった。「あなたのおっしゃることがわからないわ。声はいいっておほめになるのに、音楽は台なしにしたっておっしゃるんだもの」

「その通りですよ。コンサートで聴くんだったら、どんなことをしてでも行きますが、オーケストラの演奏中に聴くのは、とてもじゃないがごめんこうむります。僕は、どうにもしようのないリアリストのようです。立派な歌手だからといって、立派な俳優とはかぎりません。バリロが天使のような声で愛の一節を歌い、テトララニがもう一人の天使のようにそれに答える、そしてこれに、まったくうんざりするほどの色鮮やかな音楽が伴奏する——これを聴くのは、実に魅惑的ではあります。だけど、僕にはそれが認められません。そう言いたいのです。だって、彼らが目に入ると、感銘全体が台なしになってしまいます——テトララニは身長が靴を脱いで五フィート十インチで、体重が百九十ポンドですし、バリロのほうはわずか五フィート四インチ足らずで、脂（あぶら）ぎった顔つきをし、ずんぐりした、ちびの蹄鉄工の胸を持つ男でしょ。こんな男女が様子をつくり、抱きあったり、精神病院の狂人みたいに腕を急に伸ばしたりするんですからね。しかも、こんなのでも、すらっとした美しい王女様とハンサムでロマンティックで若い王子様の、真に迫ったラヴ・シーンと取るように求められるんですよね——どうしたって、そんなものは認めるわけにはいきやしません。実に馬鹿ばかしいし、非現実的ですよ。問題はそこなんです。現実的ではないのです。まさかこの世の者であれば、恋愛をあんなふうにはしませんよ。だって、僕があんなふうにあなたに言いよったりしたら、あなたは僕の横っ面をひっぱたいたでしょう」

「だけど、それは誤解だわ」と、ルースが異議を申し立てた。「どんな芸術形式にも限界はあるんだもの」（彼女は、芸術の約束事について大学で聴いたことを必死に思いだしていた。）「絵画の場合、キャンヴァスは次元が二つしかないけど、画家の腕しだいでは、三つの次元が投入できるということを認めるでしょ。物を書く場合だって、作家は全能でなければならないわ。女主人公が心の内で考えていることを作家が説明しても、まったく筋が通るでしょ。だけど、その間ずっと女主人公が一人でそういうことを考えてはいても、作家であれ、ほかの誰であれ、そうした考えを耳にすることはできないでしょ。だから、舞台にしたって、彫刻にしたって、オペラにしたって、芸術形式は皆そうだわ。ある程度の矛盾点は容認しないとね」

「ええ、それはわかります」と、マーティンは答えた。「どんな芸術だって、それぞれ約束事がありますからね」（ルースは、言葉の使い方に驚いた。たまたま図書館の書物を拾い読みした程度の素養どころか、大学で勉強したことがあるような口ぶりだったからだ。）「しかし、約束事ではあっても、リアルでなければなりません。木々だって、平たいボール紙に絵の具を塗って舞台の両脇に立てれば、森に見えるでしょ。その場合には約束事がリアルなんです。ところが、海の景色を森と見るわけにはいかないでしょ。そんなことはできやしません。われわれの判断力を乱すことになります。今夜のあの二人の狂人の乱痴気沙汰を、説得力のある愛の描写とはお考えにならないでしょうし、考えるべきではありません」

「だけど、あなたはご自分のほうがどんな音楽の審査員よりもすぐれている、と思ってらっしゃるのじゃありません?」と、彼女が反論した。

「いえ、いえ、今のところそんなことはありません。ただ個人として自分の権利を主張しているだけです。僕が今自分の考えを申しあげているのは、マダム・テトラ二のぶざまな悪ふざけがどうしてオーケストラを台なしにしているかを説明するためです。世間の音楽の審査員の言うことがみんな正しいのかも知れません。でも、僕は僕なんで、みんなが異議がないからといって、自分の好みをそれに合わせるつもりはありません。きらいならきらい、それだけです。僕の仲間の大半が気に入ったり、気に入っているようなふりをしているからといって、それで僕がそのまねをしなくちゃならない理由はまったくありませんからね。僕には物の好ききらいの流行を追うことはできません」

「だけど音楽って、あなたも知っての通り、訓練の問題よ」と、ルースが主張した。「オペラはそれ以上だわ。そうじゃない――」

「僕はオペラの訓練を受けていないというんですか?」と、彼は急いで口をはさんだ。

彼女はうなずいた。

「まさにその通りですよ」と、彼は同意した。「それで僕は、若い時分に、その虜（とりこ）にならなくて運がよかったと思っているのです。もしそうだったとしたら、今夜はセンチメンタルな涙を流したでしょうし、あのご大層な二人のこっけいなしぐさによって、その声と伴奏のオーケストラの美しさとが増すにすぎなかったでしょう。あなたのおっしゃる通りで、大方は訓練の問題でしょう。でも僕は、もう年が行きすぎています。何としてもリアルなものが要るんです。納得のいかないような幻想なんて、明らかな嘘で、となると、小さなバリロが興奮して、でっかいテトララニを抱きしめ（それもカッとなって）、いかに彼女を熱愛しているかを語るとき、大歌劇（グランド・オペラ）っていったい僕にとって何なのだということになるわけです」

再びルースは、外界の事情を比較し、わかりきったものに対する自分の信頼に従って、彼の考えを測った。この人が正しくて、いっさいの教養ある世界が間違っているとすれば、いったいこの人は誰なんだろう？　彼の言葉や考えは、彼女に何の感銘も与えなかった。彼女はわかりきったものにしっかと身を隠していたので、革命的な考えには共鳴できなかった。彼女はつねに音楽に慣れ親しみ、子供の頃からずっとオペラを楽しんできた。それに、住む世界もそうだったのだ。なのに、どんな権利があって、ジャズや労働者階級の歌から脱けだしてきたばかりのマーティン・イーデンが、世界の音楽に対して口をはさんだりするのだろう？　彼女は、彼にいら立ちを覚えた。そして並んで歩きながら、何となく侮蔑感を味わった。いくら寛大な気持ちになっても、せいぜい彼の考えの表明は気まぐれであり、とっぴでさしでがましい冗談にすぎないと思った。それでも、玄関まで来て、彼が彼女を抱いて、優しい恋人らしくお休みのキスをしたときには、彼に対する愛情がほとばしり出てきて、何もかも忘れてしまうのだった。そしてそのあと、眠れない枕の上で、近頃よくあることなのだが、どうしてあんなに変わった男を、それもみんなが賛成してくれてもいないのに愛するのかについて、思い悩むのだった。

その翌日、マーティン・イーデンは駄文書きをやめ、「幻想の哲学」と題するエッセイに情熱をこめて打ちこんだ。それは切手を貼って発送されたけれども、多くの消印を押されて、来るべき数ヵ月のあいだ、何度も何度も発送される運命にあった。

25

マリア・シルヴァは貧しかったので、どんな貧困のありさまもよくわかっていた。けれどもルースにとって、貧困というのは良くない生活状態を意味する単語であった。貧困についてはそれしか知らなかった。彼女にもマーティンが貧しいというのはわかっていたから、その彼の状態から、エイブラハム・リンカンやバトラー氏やその他の成功者の少年時代を連想した。また、貧困が決して愉快なものではないとはわかっているものの、それは有益なものであって、堕落した絶望的な労働者でなければ、誰にでも成功へと駆り立てる強い刺激になるものだという気楽な中流階級の気分が、彼女にはあった。だから、マーティンが時計やオーバーを質に入れねばならないほど貧しいとわかっても、彼女はそれで困るということもなかった。むしろそういう状態を将来性のある側面とすら考えて、遅かれ早かれ彼の目を覚まし、物を書くのを断念せざるを得なくなるだろうと信じていた。

ルースは、マーティンの顔がやせ、わずかにこけた頰がさらにこけても、そこにひもじさを読みとることが決してなかった。事実彼の顔の変化を満足げに見つめたのである。その変化によって彼が上品に見え、余計な肉と、彼女がひどくいやに思う反面引きつけられもする、あのあまりにも動物的な活力とをとり除いているように見えたからだ。一緒のときなど、たまに彼の目に異常な輝きを認めることもあったが、彼女はそれを惚れぼれと眺めた。そのために彼がいっそう詩人や学者——彼も彼女もそうでありたい、そうであってほしいと望んだわけだが——に見えたからだ。だが、マリア・シルヴァは、こけた頰と燃えるような目にルースとはまた違ったものを読みとり、毎日その変化に気をつけて、それによって彼の運の盛衰をたどってみた。家を出ていく時にはオーバーを着ていたのに、もどって来ると着ていない。それも、冷ややかな、うすら寒い日であったにもかかわらずなのだ。見ると、彼の頰がわずかながらふっくらとして、ひもじさによる目の輝きも退くのがすぐにわかった。自転車と時計がなくなった時も同様だった。そういったことがあったあとではいつも、彼が生きいきとして見えたのである。

同様にマリアは、彼の仕事を見守り、彼が夜中に使う石油の量を知っていた。仕事！　たしかに仕事の種類は違っていても、彼のほうが自分よりはよく働くということがわかった。しかも驚いたのは、食べ物を取る量が少なければ少ないほど、懸命に頑張ることであった。そこで、空腹がこの上もなく激しそうだと思ったときには、時折、何気なく、彼の焼くパンよりはおいしいという意味の冗談で決まり悪そうにくるんで、焼き立てのパンを差し入れてやった。それからまた、よちよち歩きの子供に熱いスープの入った大きな水差しを持たせてやったが、同時に内心では、自分の肉親の口からそのスープを奪うことが正しいのか葛藤していた。マーティンだって、大いに感謝していた。貧乏人の生活というものを知っていたから、もしこの世に慈善というものがあるとすれば、これこそがそれだと思った。

ある日、子供たちに残り物を食べさせてしまうと、マリアは最後の十五セントを一ガロンの安ぶどう酒に投資した。折しもマーティンが水を汲みに台所へ入ってきたところで、彼はまあすわって一杯どうかと声をかけられた。彼女の健康のために乾杯すると、今度は彼女が彼の健康のために乾杯した。それから、彼女が彼の仕事の成功のために乾杯すると、彼はジェイムズ・グラントが現われて、洗濯代を払ってくれることを願って乾杯した。ジェイムズ・グラントというのは日雇い大工で、きちんとは勘定を払わずに、マリアに三ドルの借りのある男だったのだ。

マリアもマーティンも、すきっ腹に酸っぱくて新しいぶどう酒を飲んだものだから、酔いが早かった。二人は、まったくの別世界に住む人間ではあったが、共に困窮状態にあり、孤独だった。だからこの困窮状態は、口にこそされなかったけれども、二人を引きつける絆(きずな)ではあった。マリアは、彼がアゾレス諸島(ポルトガル沖の同国領群島)にいたことがあると知って驚いた。彼女が十一歳まで住んでいた所だったからだ。二重に驚いたのは、彼がハワイ諸島にいたことがあるということだった。彼女は、アゾレスからそこへ一家転住したからであった。ところが、彼女の驚きが最高に達したのは、彼がマウイにいたことがあると聞かされた時だった。マウイこそ、彼女が一人前の女になって結婚した所だからだ。はじめて夫と出会ったカーフールーイ——このマーティンは、そこへ二度も行ったことがあるのだ！

そうだ、あの砂糖汽船、この人はあれに乗ってたんだ——いやはや、世間なんて狭いもんだわ。それからワイルークー！　あそこもだって！　あの大農園の頭を知ってるかしら？　そうだわ、あの人とは二、三度飲んだっけ。

こうして二人は、思い出を語り、生の酸っぱいぶどう酒を飲んで空腹を忘れた。マーティンにとって、将来はそんなに漠としたものではなかった。成功はすぐ目前に揺れ動いており、今にもそれをつかもうとしているのだ。そのとき、彼は目の前にいる仕事に疲れた女の深い皺のある顔をじっと見ると、彼女の差し入れてくれたスープと焼き立てのパンのことを思いだし、熱い感謝と博愛の気持ちが沸きあがるのを感じた。

「マリアおばさん！」と、彼は不意に叫んだ。「何が欲しい？」

彼女は、何のことだかわからなくて彼を見た。

「今さあ、すぐにもらえるとすりゃあ、何が欲しいかい？」

「子供らみんなに靴がいいよ——七足だがの」

「いいよ、それをあげるよ」と彼が言うと、彼女はまじめにうなずいてみせた。「だけど僕の言ってるのは、つまり、でっかい望みの品さ。おばさんが欲しいと思ってるでっかいもんだよ」

彼女の目は、人がよさそうにきらめいた。彼は、もう近頃ではほとんど誰も一緒にふざけ合うこともなくなったこのマリアと、ふざけ合おうと思ったのである。

「ようっく考えるんですよ」彼女が口をきこうとしたとたんに、彼はこう注意した。

「いいとも」と彼女が答えた。「ようっく考えるだ。家がいいね、この家が——全部自分のものになりゃあ、月七ドルの家賃だっていらねえもんな」

「かなえてあげるよ」と彼は承知した。「それも近いうちにね。さあ、もっとでっかい願いごとはないかい。僕のことを神様だと思いなよ、そうすりゃ、おばさんの欲しいものは何でもあげるからさ。望みさえすれば、聞いてあげるよ」

マリアは、しばらくのあいだまじめに考えた。

「あんた、こわくねえのかい?」と彼女が、警戒して言った。

「ううん、そんなことないよ」と彼は笑った。「こわくなんかないさ。さあ、言いなよ」

「すっごくでっけえよ」と彼女は、また注意した。

「いいとも。どしどし言いなよ」

「そいじゃ――」と彼女は、子供のように大きく息を吸いこんで、あらんかぎりの声で生活の要求をぶつけた。

「酪農場が――立派な酪農場が一つ欲しいよ。牛がいっぱいいて、土地がいっぱいあって、草もいっぱいあってさ。サン・リアン(サン・リアンドロウのこと)の近くがいいだ。妹がいるもんだで。ミルクは、オークランドで売るだ。うんと金さかせいでやっからな。ジョウとニックにゃ、牛の面倒なんかみさせねえ。あいつらは、学校さ行くだ。そのうち立派な技師になって、鉄道で働くだ。そうだ、おらは酪農場がええだ」

彼女は、そこでためらって、きらりと光る目でマーティンを見た。

「それをかなえてあげるよ」と彼は、即座に返答した。

彼女はうなずいて、ワイン・グラスと、決してもらうことがないとわかっているプレゼントの贈り主とに、礼儀正しくその唇を触れた。彼の心は申し分がなかったし、彼女も心の中では、プレゼントが彼の意向と合致した場合と同じぐらい、彼のその気持ちをありがたいと思うのだった。

「いや、おばさん」彼は話を続けた。「ニックとジョウはもうミルクを売って歩かなくったっていいんだし、子供らもみんな学校へ行けるし、年じゅう靴だってはけるよ。最高の酪農場になるよ——何もかも申し分がなくってさ。住む家も、馬屋も牛舎もあるんだぜ。鶏も、豚も、野菜も、果樹も、そういうものはみんなあるし、人の一人や二人は雇えるぐらいの牛を入れるんだ。そうすりゃおばさんは、子供たちの世話以外は何もしなくったっていいんだよ。それで、いい人が見つかれば結婚して、その人に農場をやってもらって、楽をすればいいのさ」

こうした気前のよさから将来を断ち切ると、マーティンは一着しかない上等の服を質屋へ持っていった。苦境はそこまでひどいものだった。ということは、ルースとの関係を中断することであった。見苦しくない第二の晴れ着などなかったし、肉屋やパン屋、時には姉の所へは行けても、そんなみっともない格好でモース家に入っていくなど、思ってみることさえできるものではなかった。

彼はみじめに、ほとんど絶望的に苦労を続けた。二度めの戦いにも敗れて、働きにいかねばならないような気配になりだした。そうすれば、みんなを——食料品屋も、姉も、ルースも、それに、まだ一月(ひと)分の部屋代を払っていないマリアだって——満足させられるだろう。タイプライターだってもう二ヵ月分滞っていて、店のほうでは、金を払うか、でなければ機械を返せ、とやかましく言ってきていた。絶望の余り、また出なおせるようになるまではお手上げにして、運命と休戦しようというときに、鉄道郵便局の公務員試験を受けたところ、驚いたことに一番で合格した。これで就職口は保証されたが、就任の召喚がいつになるのかは誰にもわからなかった。

どん底にあったこの頃に、それまで円滑に動いていた編集機械が故障を起こした。歯車の歯が抜けたのか、油入れが干上がったのか、ある朝、郵便屋が一枚の短いうすっぺらい封筒を持ってきた。マーティンがその左上の隅を一瞥すると、『トランスコンティネンタル・マンスリー』の名前と住所が書いてある。彼は内心飛びあがったと思うや、急にめまいがし、虚脱感とともに妙に膝が震えた。よろよろと自分の部屋に入り、ベッドに腰をおろしたものの、封筒はまだ開封していない。そのとき彼には、またとない良いニュースを受けとった人がどんなふうに急死するのかがわかった。

むろん、受けとったのはよいニュースだった。そのうすっぺらい封筒には原稿が入っていない、だから採用されたということだ。彼は、『トランスコンティネンタル』誌が落手した原稿を覚えていた。それは、彼の恐怖小説の一つで「鐘の響き」といい、ちょうど五千語のものだった。それに、一流雑誌は原稿を採用しだい稿料を払うのがつねだから、中には小切手が入っているんだ。一語につき二セントとして――千語で二十ドル、すると、百ドル小切手に違いない。百ドルだって！　封を切りながら、借金の一つ一つが頭の中で押しよせてきた――食料品屋に三ドル八十五、肉屋には四ドルちょうど、パン屋に二ドル、八百屋に五ドル、締めて十四ドル八十五。それから部屋代が二ドル五十、一月分の前払いが二ドル五十、タイプライター代二ヵ月分が八ドルとその前払い分が四ドル。締めて三十一ドル八十五。それに、最後に加えなくちゃならないのが、質入れしたもので、その利息を足すと、時計が五ドル五十で、オーバーが五ドル五十、自転車が七ドル七十五で、服が五ドル五十（六割の利子だけど、そんなもの構うもんか）――合計で五十六ドル十になる。数字を明らかにしてみて、彼は、まるで目の前に漠然と見えるかのように、総計およびそれを差し引いた残高が四十三ドル九十になることを知った。借金を全部清算し、質入れしたものをすべて質受けしたって、まだポケットには四十三ドル九十セントという金がジャラジャラ鳴ってるというわけだ。おまけに、タイプライターと部屋代まで一月分前払いできるんだ。

この頃にはもう彼は、タイプで打たれた一枚の便箋を抜き出して広げていた。小切手など入ってはいなかった。封筒をのぞき込んだり、光にかざしてみたりもしたが、自分の目を信用できずに、気をもみながら急いでその封筒を破って開けた。やはり小切手はなかった。手紙の一行一行にざっと目を通し、編集者が自分の物語を賞賛しているところから手紙の要点、つまり、小切手が入っていないことの説明へと一気に読んでみた。けれどもそのような説明などは見あたらず、実際にはがくっとくるようなことしか書いていなかったのである。手紙が、手からすべり落ちた。目は光を失い、枕を頭に横になって、毛布をあごまで引っぱり上げるのだった。

「鐘の響き」に五ドル――五千語に対して五ドルだって！　それじゃ一語につき二セントどころか、十語で一セントってことじゃないか！　しかも、編集者は作品をほめたんだ。だのに小切手を受けとるのは、物語が掲載されてからだって。すると、最低一語につき二セント、採用しだい金を払うというのは、まったくの戯言だったのだ。そんなものは嘘で、自分はそれに惑わされていたのだ。そんなことがわかっていたら、書いてみようなんて思わなかったのに。働きに――ルースのために働きにいったのに。はじめて物を書こうと思った頃のことを回顧してみたが、途方もない時間を浪費したこと

――それも十語で一セント――にぞっとするのだった。すると、雑誌で読んだあの作家たちの高い報酬というのも嘘に違いない。著述業に関する自分の又聞きの考えは、間違っているのだ。これこそがその証拠だ。

『トランスコンティネンタル』誌は二十五セントで売られているが、その格調の高い、趣のある表紙は、それが一流雑誌の中に入ることを示していた。落ち着いた、体裁のよい雑誌で、彼が生まれるずっと以前から発行が続けられている。何といっても、その表紙には毎月世界的な大作家が誰か言葉を寄せている。それも、その最初の才気のひらめきがこの同じ表紙の内側に載っていた花形作家によって、『トランスコンティネンタル』誌は神の啓示を受けた使命を有している、との言葉が寄せられているのである。そんなに高級で高尚な、天の啓示を受けた『トランスコンティネンタル』ともあろう雑誌が、五千語にたったの五ドルしか払わないなんて！　偉大な作家が最近外国で、それも極貧のうちに死んだことをマーティンは思いだしたが、作家の受けとるすばらしい報酬を考えてみれば、それだって別に不思議でも何でもないことなのだ。

いやはや、自分は、作家やその報酬に関する嘘のえさに引っかかり、二年を棒に振ってしまった。だが、もうえさなんか吐きだしてしまおう。もう一行だって書くもんか。ルースやみんなが望んでいること――就職をするんだ。働きにいこうと考えたとき、ジョウ――何もしないで放浪しているジョウのことを思いだした。マーティンは、大きく羨望のため息をついた。あの毎日毎日十九時間の印象が、彼には強かった。だけどもジョウは、恋愛をしていないし、恋愛のさまざまな責任など何もないから、何もしないでぶらぶらと過ごすことだってできるんだ。このマーティンは、何か仕事をしなくちゃならないから、働きにいくんだ。あしたの朝早く仕事を探しに出かけてみよう。それから、気持ちを改めて、喜んで彼女の父親の事務所に勤めるつもりであることを、ルースにも知らせよう。

五千語で五ドル、一セントで十語、これが芸術の相場というものなのか。その失望、その虚偽、そのいまわしさといったものが、まっ先に胸に浮かんだ。そして閉じたまぶたの裏には、あの食料品屋に借りている「三ドル八十五」という数字が、火のように燃えていた。彼はぶるぶると身を震わせ、骨のあちこちに痛みを覚えた。特に腰部が痛んだ。頭が痛んだ。その上部、その後部、それにその中にある脳味噌が痛くて、膨張していくみたいだった。同時に、額の痛みは我慢できないぐらいだった。そして額の下の、まぶたの裏側には、あの無常な「三ドル八十五」が焼きついている。それから逃れようと目を開けるが、部屋が明るくて眼球が麻痺してしまいそうで、また目を閉じざるを得ない。すると、またあの「三ドル八十五」が立ち向かってくるのだった。

五千語で五ドル、一セントで十語——このことが頭から離れなくなり、まぶたの裏からそれを消し去ることができなかった。それは、ちょうど「三ドル八十五」から逃れられないのと同様であった。後者に変化が起こったように思えたので、けげんそうに見つめていると、何のことはない、代わりに「二ドル」が燃えるというわけだ。ああ、あれはパン屋だ、と思う。次に現われた金額は「二ドル五十」。それがどうもよくわからない。死活問題の解決に取っ組むかのように、とくと考えてみた。誰かに二ドル半を借りていることはたしかなんだが、誰だろう？　それを知ることは、横柄で意地悪い宇宙によって彼に課せられた仕事であった。そこで、無限に続く心の回廊をさまよい、こまごました記憶や知識の蓄えられた、あらゆるがらくた部屋を開けながら、いたずらに答えを求めた。何世紀も思いめぐらした末に、いとも楽々と浮かんできたのがマリアだった。ほっとして、またまぶたの裏の苦悩のスクリーンへと気持ちを向けた。問題は解けたんだから、もう一服してもいいだろう。なかなかどうして、「二ドル五十」は消えていったが、その代わりに今度は「八ドル」だ。誰だったっけ？またわびしく思いめぐらして、答えを解かなくちゃならない。

この追求にどのぐらいかかったかはわからなかったが、どうやらずいぶん長い時間が経ったらしく、ドアのノックと、気分でも悪いのではないかと訊いてくれたマリアの声によって、我に返った。自分でも聞きとれないほどの押しつぶされた声で、居眠りをしていただけだと答えたが、部屋の中がもうまっ暗になっているのに気づいて驚いた。午後の二時にあの手紙を受けとったのだから、やはり自分は体の具合が悪かったのだ。

すると、あの「八ドル」がまたまぶたの裏でくすぶり始め、彼は四苦八苦の状態にもどった。けれども今度はずるくなっていて、心の中をさまよう必要はなかった。馬鹿だったのだ。レバーを引くと、心が、運命の巨大な車輪が、記憶のメリーゴーラウンドが、知恵の回転球が、ぐるぐると回転した。それはますます速く回転していき、ついにその渦巻きに巻きこまれ、混沌とした暗黒の中に投げださされた。

まったく当然のことながら、気がついてみると、彼は仕上げ機の前におり、糊のついた袖口を機械に押しこんでいた。が、押しこみながら、袖口に数字が書いてあるのに気づいた。これはリンネル製品に印をつける新手だなと思ったが、よく見ると、袖口の一つに「三ドル八十五」と書いてある。すると、これが食料品屋の勘定書であり、こういう勘定書が何枚も仕上げ機の胴部をぐるぐると回っているのだという気がした。ふと、ずるい考えが浮かんだ。これらの勘定書を床に投げ捨てて、支払いを免れよう。そう思うや実行に移し、意地悪く袖口をもみくちゃにすると、それらをひどく汚い床に投げつけた。それらはどんどん増えていった。各店の勘定書が無数にあったけれど、二ドル半のは一枚しかなく、それはマリアに借りたものであった。ということはつまり、マリアは支払いを迫ったりはしないということだ。そこで、これだけは払おうと殊勝な決心をして、投げ捨てた袖口の山の中から彼女のを捜しだした。ずいぶん長いあいだ必死に捜したが、ホテルの支配人の、あの太ったドイツ人が入ってきた時にもまだ捜していた。この男の顔は怒りに燃え、宇宙に響きわたるような大声で、「その袖口の代金は、おまえの賃金から差っ引くからな」と叫んだ。袖口は積もり積もって山となり、どうやら返済するのにずいぶん時間がかかるな、とマーティンは思った。これじゃ、支配人を殺して、洗濯屋を焼きはらってしまう以外に手がないな。ところが、でっかい支配人はその裏をかき、彼の首筋をつかんで、上げたりおろしたりした。アイロン台やストーヴや仕上げ機の上、それから洗濯室に入っていって、絞り機や洗濯機の上で彼をもてあそんだ。歯がガタガタ鳴り、頭痛がするまでもてあそばれた。このドイツ人の恐ろしく力の強いのには、彼も舌を巻いた。

それからまた気がつくと、仕上げ機の前にいて、今度は、雑誌の編集者が袖口を受けとっては、向こう側から押しこんでいる。袖口の一枚一枚がどれも小切手で、マーティンは心配そうにやっきになってそれらを調べてみるが、どれも白紙である。そこに突っ立って、百万年ぐらいのあいだ白紙の小切手を受けとったが、書きこまれたものを見過ごすことがないように、懸命に調べつづけた。そしてついに見つけた。指を震わせながら、光にかざしてみる。五ドルの小切手だ。「ハッハ、ハッハ！」

と、仕上げ機の向こうの編集者が笑った。「よーし、それじゃ、殺してやる」とマーティンが言う。斧をとりに洗濯室に入っていくと、そこではジョウが原稿に糊をつけている。マーティンは止めようとして、ジョウ目がけて斧を振った。だが、その武器は宙ぶらりんの状態になっていた。気がつくと、マーティンは吹雪の中をアイロン室にもどっていたからである。いや、降っていたのは雪ではなく、大口の小切手であり、それも、一番少ないものでも千ドルの小切手であった。彼はそれらを集めてより分け、多数の束にすると、一つ一つをより糸でしっかりと縛った。

仕事から目を上げると、目の前にジョウが立っており、アイロンや糊のついたシャツや原稿を使って手品をやっている。屋根から舞い上がっては天空へと飛び去っていくもろもろの物体に、ジョウは時々手を伸ばして、小切手も加えるのだった。マーティンはジョウを目がけて打ってかかったが、彼は斧をつかみ、天空に向かってそれを投げ加えた。それから彼は、マーティンをも捕えて投げ加えてしまった。マーティンは原稿をつかみながら屋根を突きぬけて上がっていったので、おりて来る頃には腕いっぱいの原稿をかかえていた。そのくせ、おりて来たかと思うや、また二度、三度、数かぎりなく天空を飛びまわった。遠くから、子供っぽくかん高い歌声が聞こえた。

「ウィリー、私ともう一度ワルツを踊ってよ、ぐるり、ぐるり、ぐるり、とね」

彼は、小切手と糊のついたシャツと原稿の銀河のまん中で斧をとりもどしたので、今度おりたらジョウを殺してやろうと覚悟を決めた。なのに、おりては来なかった。その代わり午前二時に、あのうすい仕切りを通して彼のうめき声を聞いたマリアが、部屋に入ってきて、熱いアイロンを彼の体のわきに置くと、痛む目には濡れた布切れをのせてくれたのだった。

26

マーティン・イーデンは、午前中は仕事を探しに出かけなかった。午後も遅くなって、ようやく悪夢の状態から覚め、痛む目で部屋を見まわした。見守りの番をしていたシルヴァの子供で、八つになるメアリが、彼が意識を回復するのを見て、鋭い叫び声をあげた。マリアが、あわてて台所から部屋に入ってきた。彼女は、仕事でたこのできた手を彼の熱い額に置き、脈をはかった。

「何か食べたいかい?」と、彼女は訊いた。

彼は、首を横に振った。食べたい気持ちなんか、さらさらなかった。これまで腹が減ったことがあったなんて、不思議な気がした。

「おばさん、僕は気分が悪いんだよ」と、彼は弱々しく言った。「どうしたんだろうな? ねえ?」

「風邪だよ」と、彼女が答えた。「二、三日すりゃあ良くなるだ。今は食べんほうがいい。じきにうんと食べれるし、たぶんあしたにゃ食べれるよ」

マーティンは、あまり病気をしたことがなかったので、マリアとその娘が出ていくと、起きて服を着ようとした。頭がくらくらし、目は開けていられないほど痛んだが、あらんかぎりの気持ちを奮い起こして、何とかベッドから起き出しはしたものの、すぐにテーブルの所で立ち往生してしまった。半時間後にまた何とかベッドにもどり、目を閉じて、わが身のさまざまな苦労や弱点を分析することに甘んじた。マリアが何度も入ってきて、冷たい布切れととり替えてくれた。それ以外は、お喋りで彼を悩ませるような馬鹿なまねはせず、そっとしておいてくれた。これがまた彼にはありがたく、一人つぶやくのだった。「マリア、あの酪農場をきっとあげるよ、きっと」

それから、長く忘れていた昨日のことを思いだした。『トランスコンティネンタル』からあの手紙を受けとってから、もう一生涯もの時間が経ったようであった。一生涯もの時間というのは、もうすべてが終わってしまって、新しいページがめくられたからだ。自分としては最善を尽くした、懸命にやった。そして今は床に伏している。もしひもじい思いをしていなければ、風邪なんかにかかりはしなかっただろう。体が衰弱していて、器官を侵した病原菌を除く体力がなかったわけだ。それでこういうことになってしまったのだ。

「図書館をまるまる一つ埋めてしまうほどの本を書いてみたところで、死んでしまえば何の得になるというのだ？」と彼は、声に出して自問した。「俺には場違いなんだ。もう文学なんてたくさんだ。俺には事務所と元帳と月給、それに、ルースと小さな家を構えるのが向いているのさ」

それから二日後、卵を一個とトーストを二枚食べ、紅茶を一杯飲んでから、彼は郵便物を取ってきてくれるように頼んだ。が、目のほうがまだひどく痛くて、自分では読めなかった。

「おばさん、読んでおくれよ」と彼は言った。「大きくて、長い手紙はどうでもいいんだ。そんなのは、テーブルの下に捨てればいい。小さいのを読んで聞かせておくれ」

「読めねえ」と、マリアが答えた。「テレサだったら、学校へ行っとるから、読めるだ」

そこで、九歳になるテレサ・シルヴァが手紙を開けて、彼に読んで聞かせた。彼は、タイプライターを借りている所から送ってきた長い借金の督促状を上の空で聞いていたが、心は仕事を見つける手立てのことであくせくしていた。突然、はっと我に返った。

「小社は、四十ドルで貴下の物語の連載権を買いとることを提案します」テレサは、ゆっくりと一字一字骨折りながら読んだ。「ただし、修正をお認めいただくことを条件と致します」

「何という雑誌かい？」マーティンは大声で言った。「さあ、僕に貸してごらん！」

もう目も見えて読むことができ、そうして痛みも覚えなかった。四十ドルを提供しているのは『ホワイト・マウス』誌で、その物語というのが、「渦巻き」という別の初期の恐怖物語であった。何度もその手紙を読みかえした。アイディアの扱い方は適当ではないが、アイディア自体は独創的だから買いとりたいと考えている、と編集者がはっきりと述べている。もしこの物語を三分の一縮められるようなら採用し、ご返答ありしだい、四十ドルを送金するというのだ。

彼は、ペンとインクを持ってきてくれるように言い、編集者宛てに、お望みとあらば、まるまる縮めても結構だから、すぐに四十ドルを送るようにと書いた。

手紙はテレサが投函しに行き、マーティンは横になって考えた。やはり嘘じゃないんだ。『ホワイト・マウス』は採用しだい金を払ってくれる。「渦巻き」は三千語ものだから、三分の一縮めれば、二千語だ。四十ドルということは、一語二セントだ。採用しだい金を払い、しかも一語二セント——新聞は、ほんとうのことを言ってたのだ。それに俺は、『ホワイト・マウス』を三流と思ってたんだからな！　彼が雑誌のことを知らないのは、明らかであった。『トランスコンティネンタル』は一流だと思っていたのに、そこが払ったのは十語で一セントだった。『ホワイト・マウス』はつまらない雑誌とみていたが、それが『トランスコンティネンタル』の二十倍も、おまけに、採用しだいお金を払うというのだ。

　さて、一つたしかなことがあった。つまり、体がよくなっても、彼はもう仕事を探しに出ようとはしなかったのである。「渦巻き」程度の話でいいのなら、まだほかにいくらでも頭の中にあるんだし、一篇で四十ドルとなれば、ほかのどんな仕事やポストよりうんとかせぎがいい。戦いに敗れたと思ったとたんに、勝っていた。この道で食っていけることを証明してみせたわけだ。道は開かれたのだ。『ホワイト・マウス』を手はじめに、次々と雑誌の得意先を増やしていくんだ。駄文ももう書かなくったっていい。そういえば時間の浪費だった。一文も入ってこなかったんだから。これからはいい仕事に専念して、自分の持っている最上のものを出していくんだ。彼は、ルースがここにいて、この喜びを分けあってくれればと願った。が、ベッドに置かれてある手紙をよく見ると、その中には彼女からの手紙があった。それは、なぜ彼がこんなに長くご無沙汰しているのか、と優しくたしなめている内容の手紙であった。彼は惚れぼれとしながらその手紙を読みかえし、彼女の筆跡に思いをめぐらし、その筆使いをいとおしんで、最後にその署名にキスをした。

　返事の中で彼は、会いに行けなかったのは一番いい服が質に入っていたこと、病気だったが、もうほぼ回復したから、十日か二週間のうちには（例の手紙がニューヨークまで行って帰ってくればすぐに）、服を質受けして会いに行く、と書いた。

　けれども、ルースは十日も二週間も待っていたくなかった。おまけに、自分の恋人が病気なのだ。その翌日の午後、彼女はアーサーを伴い、モース家の馬車に乗ってやって来た。この訪問は、シルヴァの子供やこの界わいのわんぱく小僧たちみんなの大喜びするところとなり、マリアにとっても肝をつぶすほどの驚きであった。彼女は、小さな表玄関に立った訪問者のまわりに群がる自分の子供たちの横っ面をピシャリと打ち、いつも以上のひどい英語で自分の格好を詫びた。石けんだらけの腕からまくり上げられた袖や、腰に巻いた濡れた麻袋を見れば、彼女の仕事がわかった。二人のこんなに立派な若者に間借り人を呼んでくれと言われて、すっかり面くらってしまったものだから、マリアは小さな客間に通すのを忘れてしまった。彼らはマーティンの部屋へ入るのに、やりかけの大量の洗濯物のために暑くてしめっぽく、湯気でもうもうとした台所を通っていった。マリアは興奮して、寝室と寝室の押し入れのドアを一緒に強く押したために、開け閉めが効かなくなり、少し開いたドアのあいだから石けんの泡や汚れのにおう湯気が、五分ばかりもうもうと病室に流れこんだ。

ルースはうまく右、左、また右と身をかわし、テーブルとベッドのあいだの狭い通路を抜けて、マーティンのそばまで行き着いた。が、アーサーは大きく身をかわしすぎて、マーティンが料理をする隅っこで鉢や平鍋に引っかかり、ガチャガチャ、バッタンと派手にやってしまった。彼は、いつまでもそこにはいなかった。ルースがたった一つしかない椅子にすわってしまうと、自分の義務を果たしたので、外に出ていき、門のそばに立っていた。そこは、驚き舌を巻くシルヴァの七人の子供たちの中心になっていて、みんなは余興の珍しい物を見るかのように、じっとアーサーを見つめた。馬車のまわりには十丁余り先から子供たちが集まってきて、何か悲惨な恐ろしい事件の山でも見えないものかと待ちかまえていた。馬車といえば、この界わいでは、結婚式と葬式の時にしかお目にかからないものだ。きょうは別に誰も結婚するでなし、死んでもいない、となると、これはとてつもない経験であり、待ちかまえるだけのことは十分にあるというわけなのだ。

マーティンは、ひどくルースに会いたかった。彼は本来人を恋する質(たち)で、常人以上に同情を必要としていた。同情に飢えていたわけで、彼にとって同情とは知的理解のことであった。にもかかわらず彼は、ルースの同情というのは主に感傷的で如才のないものであり、同情の対象を理解しているというよりは、むしろ性質の優しさから生じているものだということを知らねばならなかった。だから、マーティンが彼女の手を握って、喜んで話しているあいだ、彼に対する愛情の余り、ルースは彼の手を握りかえした。そして、彼がどうすることもできない状態にあり、その顔に刻まれた苦労の跡を見ると、目に涙が光るのだった。

そのくせ、彼が自分の原稿が二篇採用されたことの話をしたとき、つまり、『トランスコンティネンタル』から採用通知を受けとった時の絶望と、これに対して『ホワイト・マウス』から受けとった時の喜びについての話をしたとき、彼女は彼について行かなかった。彼の口にする言葉を聞いて、文字通りの意味はわかっていたものの、彼の絶望や喜びという点では一致していなかった。自分の殻を抜け出せなかったのだ。彼女は、雑誌に物語を売ることになど関心がなかった。彼女にとって大事なのは、結婚であった。しかしながら、そんなことには気がついていなかったし、それは、マーティンにポストを見つけてほしいという彼女の願いが、母親になりたいという本能的な衝動の走りだということに自分では気づいていないのと同様であった。もしそのことをわかりやすく、きっぱりと言われたら、赤面して憤慨し、自分の唯一の関心は愛する男にあり、その願いは男ができるだけ立派に見えるようにすることだと主張しただろう。だから、マーティンがはじめて作品が世間に認められたことに喜々として、その気持ちを彼女に滔々と語るあいだも、彼女は彼の言葉に気をとめるだけで、時々部屋を見まわしては、目に入るものに驚くのだった。

ルースは、はじめて貧困というものの汚い外観を見た。ひもじい思いをしている恋人たちというのは、これまで彼女にとってつねにロマンティックなものに見えたが、そうした恋人たちがどんな暮らし方をしているのかはわかっていなかった。それがこのようなものとは夢にも思わなかった。彼女のまなざしは、たえず部屋と彼のあいだを行き来した。台所から一緒に入りこんでくる、汚れた衣類のもうもうたるにおいは、吐き気がするほどいやなものであった。もしあの恐ろしい女がたびたび洗濯するとすれば、マーティンはこんな中に入り浸りになっているのだわ、とルースは結論を下した。堕落が伝染すると、こんなふうになるのだわ。マーティンを見ると、彼女には、環境による汚れを見る思いがした。彼がひげを剃ってないのをこれまで見たことがなかったので、三日間伸び放題のあごひげがいやでならなかった。そのひげが、内外を問わずシルヴァ一家の暗く陰気な影を彼に落としているばかりか、自分のひどくきらっている、あの彼の動物的な力を強調しているように思われるからだ。しかも彼は、あの二篇の採用に狂喜して意を固め、得意満面に自分に話して聞かせるのである。でも、もう少しすれば、この人も断念して働くようになるだろう。とすれば、あと二、三ヵ月は、このひどい家で物を書いて、ひもじい生活を続けることになるのだわ。

「あのにおいは何のにおいなの？」と、彼女が急に訊いた。

「マリアの洗濯のにおいでしょ」と、マーティンは答えた。「僕はもうすっかり慣れてますから」

「いいえ、そうじゃなくってよ。何かほかのものだわ。何だかむかつくようなにおいね」

マーティンは、返事をする前に、空気を嗅いでみた。

「むかつくようなタバコのにおいのほかには、何もにおいませんよ」と彼は言った。

「そう、それだわ。ひどいわねえ。マーティン、どうしてそんなに吸うの？」

「わかんないけど、ただ、一人でいる時は普段より多く吸うんです。それに、もうずいぶん長いこと習慣になってもいますからね。タバコを覚えたのは、まだほんの子供の時分だったものだから」

「でも、いい習慣ではないわよね」と、彼女が咎めた。「天までにおうわ」

「それはタバコのせいですよ。僕には一番安物しか買えませんからね。でも、あの四十ドルの小切手が手に入るまで待ってください。そしたら、天使にだって不快な思いをさせないような銘柄にしますから。それにしても、三日間で二つも採用されるなんて、なかなかいけるでしょ？　あの四十ドルで借金は完済です」

「二年もかかって？」と、彼女が訊いた。

「いいえ、一週間もかかっていませんよ。ちょっとテーブルの端っこの本を取ってください。その灰色の表紙の帳簿ですよ」彼はそれを開け、急いでページを繰りはじめた。「そう、間違いなかったです。『鐘の響き』に四日、『渦巻き』に二日かかっています。すると、一週間で四十五ドル、一月では百八十五ドルということになりますから、それだけの給料を取るとなると、僕にはとてもかないませんよ。それに、まだ始まったばかりなんです。月に千ドルでも、あなたに買ってあげたい物を全部買うには十分とは言えません。月に五百ドルの給料となれば、少なすぎるでしょう。あの四十五ドルにしたって、まだほんの手はじめなんですから、仕事が軌道に乗るまで待っててください。まあ僕の早業（スモーク）を見ててください」

ルースは、彼の口にした俗語を誤解して、またまたタバコの話を蒸（む）しかえした。

「今のままだって吸いすぎよ。タバコの銘柄なんて大して違わないわ。銘柄が何であれ、タバコを吸うこと自体がいけないんだもの。あなたは煙突だわ、活火山だわ、動く煙突よ。ねえ、マーティン、まったく恥ずかしいことだわ、そうでしょ」

彼女は目で哀願するように、彼のほうに身を傾けた。そのきゃしゃな顔ときれいな澄んだ目を見ると、彼は、昔のように、自分が彼女にはふさわしくないという思いに駆られた。

「もうタバコは吸ってほしくないの」と、彼女はささやいた。「お願い、私のために」

「いいですよ、もう吸いません」と、彼は大きな声で言った。「あなたの言うことだったら何でもやります。ええ、何だって、ね」

すると彼女は、一つの大きな誘惑に駆られた。彼の性質の寛大でのんきな面を何度もかいま見ていたから、書くのをやめてほしいと言えば、きっと彼もその願いを聞きいれてくれるだろうと思った。もうちょっとで言葉が口に出るところだった。だが、それは口にはしなかった。それほどの勇気はなかったし、思いきりもあるわけではなかった。その代わり、彼のほうに傾いて体を触れあい、彼の腕の中でつぶやいた。

「ねえ、マーティン、ほんとうは私のためではなくて、あなた自身のためなのよ。タバコは、きっとあなたの体に障（さわ）るわ。それに、どんなものにしたって、とりわけ薬なんかの奴隷になるのはよくないことよ」

「僕は、いつだってあなたの奴隷ですよ」と、彼はほほえんだ。

「それでは、ぼつぼつ命令を出そうかな」

彼女は、茶目っけを見せながら彼を見たが、内心では、あの最大の要求を選ばなかったことをすでに悔やんでいた。

「陛下、私はただお言いつけにお従い申しあげるのみでございます」

「それでは、わらわが与える命令は、汝毎日ひげを剃ること怠るなかれ。見よ、わらわが頬の痛かりしこと」

こうして最後は、愛撫と恋の笑いで落着した。だが彼女は、一度に二つ以上は期待できなかったにせよ、ともかく一つ自分の主張を通したのだ。彼女は、彼にタバコをやめさせたということに女の誇りを感じた。またこの次は、ポストを見つけるように説き伏せてみよう。だってこの人は、私の言うことなら何でもやるって言ったのではなかったのか?

彼女は部屋をよく見てみようと、彼のそばを離れた。そして頭上の物干し綱に下がった覚え書きに目を通したり、天井に自転車をつるすのに使っていた滑車の仕掛けを覚えたり、彼女にとっては大変な時間の浪費の意味しか持たない原稿がテーブルの下に山と積まれているのを見て、憂うつな気分になったりした。石油コンロには感心したけれど、食料棚を調べてみると何もなかった。

「まあ、かわいそうに、食べ物が何もないのね」と彼女は、優しく思いやりをこめて言った。「これでは餓死してしまうわ」

「マリアの蠅帳(はいちょう)と貯蔵室に、僕の分も入れてあるんです」と、彼は嘘をついた。「あそこのほうが持ちがいいんです。餓死なんて心配はありませんよ。ごらんなさい」

彼女は、彼のそばにもどった。彼がひじのところで腕を二つ折りにすると、二頭筋がワイシャツの袖の下をゆっくりと動き、ふくらみを増して、頑丈でかたい筋肉の瘤になった。それを見ると、彼女は気持ちが悪くなった。感情的にいやなのであった。なのに、彼女の鼓動、血液、ありとあらゆる体の繊維組織が、それを愛し、恋い求めた。だから、例によって何とはなしに、彼から離れるどころか、彼に身をもたせかけた。そして次の瞬間、彼が彼女を激しく抱きしめると、彼女の頭のほうは、人生のうわべにしか関心がなかったものだから、反抗した。ところが彼女の心、彼女の中の女性のほうは、生そのものに関心があったから、狂喜した。このような瞬間にこそ、マーティンに対する愛のすばらしさを最高に感じたのだった。というのも、自分の体をしっかりと抱きしめ、痛くなるほど捕えて離さない、激しい、彼のたくましい腕を感じることは、彼女にとって卒倒せんばかりの喜びであったからだ。このような瞬間には、自分の規範を裏切ったり、自分の高い理想に違背したこと、なかでも父母に対する無言の不従順をも、良しとしたのである。両親は、娘がこの男と結婚することには反対だった。娘がこんな男と結婚するなど、彼らには驚きであった。時々彼と離れ、冷静で理性的になってみると、彼女にとっても彼との結婚は驚きであった。だが、一緒にいると、つい好きになってしまうのだ——実際、困った、悩み多き恋ではあるが、彼女の力ではどうにも手に負えない恋なのだった。

「こんな風邪など何ともないですよ」と、彼は言った。「ちょっと痛むし、ひどい頭痛がしますが、デング熱なんかとは比較になりません」

「あなたもそれにかかったことがあるの?」と彼女は、放心の体で訊いたが、彼の腕の中にあって、心は結婚の又とない大義名分を探すのに懸命であった。

それで、上の空の質問を彼に仕向けていたが、突然彼の言葉にびっくりした。

彼は、ハワイ諸島のある島の、人目につかない、三十名のハンセン病患者収容所でデング熱にかかったことがあるというのだ。

「でも、どうしてそんな所へ行ったの？」と彼女が訊いた。

そんなふうに体にまったく無頓着だなんて、けしからぬことのように思われたのだ。

「知らなかったんですよ」と彼は答えた。「ハンセン病患者なんて夢にも思わなかったもので。スクーナーを脱走して、浜辺に上陸すると、どこか隠れる場所はないかと内陸部へ進んでいったんです。三日間、バンジロウ（熱帯アメリカ産テンニンカ科の木およびその実）やマレー林檎（りんご）やバナナばかり食べました。どれも、ジャングルで自然に育っているんです。四日めに間道（かんどう）――人が踏みつけただけの小道――が見つかりました。それは、内陸部へと続いていました。僕の進みたい道だったし、まだ歩いて間もない跡が残っていました。その道は、ある所ではナイフの刃ほどしかない山の背の頂上づたいにありました。頂上では幅が三フィートもなく、その両側は何百フィートという深さの絶壁になっていました。弾薬が十分にさえあれば、人一人で十万人を向こうにまわしても持ったでしょう。

隠れ場に行くには、その道しかなかったんです。例の間道を見つけてから三時間すると、溶岩の峰々に囲まれた、とある小さな山の渓谷に来ていました。そのあたり一帯はタロ芋の段々畑になっていて、果樹もあり、草ぶきの小屋も八軒ないし十軒もありました。だけど、そこの住民を目にするや、アーッと思いました。ひと目見ただけでもう十分でした」

「それでどうしたの?」とルースは、息を殺して訊いた。そしてデズデモーナ(シェイクスピア『オセロウ』に登場する貞淑な女主人公)のように、ぞっとしたり、心を奪われたりして、聴きいった。

「僕にはどうすることもできません。みんなのリーダーは、親切な老人で、もうかなり病気も進んでいたけど、王様みたいに取りしきっていました。彼がこの小さな渓谷を発見して、村落を築いたんです――でも、どれも法律違反です。でも彼には銃が、弾薬が十分にありました。それに、このカナカ族の連中は、野生の牛や豚を撃つ技術を身につけていて、射撃の名手でした。いやあ、マーティン・イーデンといえども、逃げられっこありませんでしたよ。それでそこにいたわけです――三ヵ月のあいだね」

「でも、どうやって逃げたの?」

「もし混血の女の子――半分が中国人で、あとの四分の一ずつが白人とハワイ人の――がいなかったら、僕はまだあそこにいたでしょう。かわいそうに、美人で、教育もあったんですよ。彼女の母親は、ホノルルで百万長者でした。ところで、この娘が最後に僕を逃がしてくれました。彼女の母親がこの村落に資金を出してたものだから、彼女は僕を逃がした罰を受けるのを恐れなかったというわけです。でも彼女は、まず僕にぜったいこの隠れ場を人に洩らさないことを誓わせました。だから、僕だって洩らしませんでした。口にするのは、これがはじめてです。その子は、まだハンセン病の徴候が現われたところで、右手の指がわずかに曲がり、腕には小さな斑点が出ているだけでした。でも、もう今は亡くなったでしょうね」

「でも、恐ろしくなかったの? それにそんな恐ろしい病気にかからずに逃げられて、うれしかったでしょ？」

「そうですね」と彼は自白した。「最初はちょっと寒気がしたけど、慣れました。でも、あのかわいそうな娘が気の毒でなりませんでした。あれで僕は、こわいのも忘れてしまったのです。彼女は、容貌も気持ちも実に美しい人でした。それに、感染したとは言ってもごくわずかだったのに、それでもうあそこに住んで、原始的な野蛮人の生活を送り、徐々に朽ちはてる運命を背負ってしまったのです。ハンセン病というのは、想像以上にすごく恐ろしいんです」

「かわいそうに」とルースは、静かにつぶやいた。「彼女があなたを逃がしてくれたなんて不思議だわ」

「どういうこと？」と、マーティンは何気なく訊いた。

「だって、その人、きっとあなたのことが好きだったのよ」と、ルースはさらに静かに言った。「ねえ、率直に言って、そうでしょ？」

マーティンのあの日焼けは、洗濯屋で働いていたのと、今の室内での生活とで白くなっており、飢えと病気のために顔は蒼白くさえあった。けれども、この蒼白の顔に、ゆっくりと紅潮の波が広がっていった。彼は口をきこうとしたが、ルースがこれを遮った。

「いいのよ、答えなくったって。そんな必要はないわ」と彼女は笑った。

それでも、彼女の笑い声にはどこか金属的な響きがあり、その目の光にも冷たいところがあるように彼には思えた。すると突然、北太平洋ででくわしたことのある強風を思いだした。そしてしばらくは、その強風の幻影が目の前に浮かんだ——あれは夜の強風で、空は晴れ、満月の下、広大な海が月光に冷たく光っていたっけ。次には、あのハンセン病患者の隠れ家の娘が浮かび、自分が好きだったからこそ彼女は逃がしてくれたのだ、ということを思い起こした。「彼女は立派だった」と、彼はぽつりと言った。「僕に命をくれたんだ」

事はそれだけだったのだが、彼はルースがすすり泣きを喉で押し殺しているのが耳に入り、気がつくと、彼女は顔をそむけて窓から外を見つめていた。また彼のほうに顔を向けると、今度は落ち着いた顔になっていて、その目にはもうあの強風を想起させるようなところはなかった。

「私って馬鹿ね」と、彼女は悲しそうに言った。「でも、仕方がないのよ。それほどあなたを愛してるの、ほんとうよ。いつかもっとおおらかになれるでしょうけど、今はどうしてもそういう過去の亡霊がねたましく思えるの。何しろあなたの過去って、亡霊がいっぱいいるでしょ。

きっとそうだわ」彼女は、彼が異議の申し立てをしようとするのを制した。「そうしか仕方がないでしょうね。かわいそうにアーサーが来いって合図してるわ。もう待ちくたびれちゃったのよ。それじゃ、さよならね。

薬屋に言えば、何かタバコをやめるのに効く薬を包んでくれるわ」と、彼女はドアから声をかけた。

「私が送ってあげますからね」

ドアが閉まったが、また開いた。

「きっとよ」と、彼女は彼にささやいた。そして今度は、ほんとうに帰っていった。

マリアは尊敬の念を含みつつも、ルースの衣服の生地や仕立て（不思議なほど美しい印象を与える未知の仕立て）に鋭く目配りをしながら、彼女を馬車まで見送った。がっかりしたいたずらっ子の群れは、馬車が見えなくなるまで見つめていたが、見えなくなると、その目をマリアに移した。というのも、彼女はこの一件で急にこの界わいで最重要人物になったからだ。ところが彼女の子供の一人が、あの立派な訪問客は間借り人の所へ来たのだと告げたために、マリアの評判は台なしになってしまった。その後、彼女がまた元の微賤（びせん）の人にもどると、マーティンは自分が近所の子供たちからうやうやしく見られているのに気づきはじめた。マリアにしても、マーティンに対する尊敬の度合いが百パーセント上昇したし、あのポルトガル人の食料品屋だって、この日の午後の馬車による訪問を目撃していたら、さらに三ドル八十五セントの信用貸しをしてくれたことだろう。

27

マーティンに幸運の日の出が訪れた。ルースが訪ねてきた翌日、あるニューヨークの醜聞（スキャンダル）週刊誌からトリオレ三篇の代金として三ドルの小切手を受けとった。そのまた二日後に、シカゴで発行されている新聞が、掲載と同時に十ドル支払うという約束で、「宝を探し求める人々」を採用した。原稿料は安かったが、それは彼の書いた最初の記事で、自分の考えをはじめて活字にしようとしたものであった。あげくの果ては、その週のうちに、彼の二つめの試みであった少年向けの冒険連載物が、『若者と時代』と称する少年向け月刊誌に採用された。なるほどあの連載物は二万一千語で、向こうは掲載と同時に十六ドル支払うと言っているが、千語につき七十五セントといったところだ。けれどもまた、あれは彼の書いた二つめのものであり、自分でもその不器用でつまらないのを重々承知していることもたしかであった。

しかし、彼の最も初期の努力にさえ、並みの不器用さは認められなかった。その特徴は、すぐれた力があり余っての不器用さであり、それは、初心者が破城槌（はじょうつい）で蝶を叩きつぶしたり、ビネット（書物の扉等に用いる小さな絵や装飾模様）を戦闘用の棍棒で叩く時にしでかす不器用さなのである。だからマーティンは、昔詩歌に払った努力が金になってうれしかった。それらが大したものでないのはわかっていたし、このことがわかるのにそんなに時間はかからなかった。彼が信頼をかけたのは、もっとのちの作品であった。単なる雑誌小説作家以上の者になろうと励んできた。芸術的効果を出す方法を身につけようと努めてきた。他方、力強さをも犠牲にはしなかった。彼の狙（ねら）いとするところは、余分な力強さを避けることによって力強さを増すことだった。現実の愛にもそむかなかった。彼の作品はリアリズムであった。けれども、それを空想や想像力の美しさと融合させようと努めた。彼が求めるのは、人間的な熱望と信念に貫かれた熱烈なリアリズムであった。彼が望むものは、精神を模索し、魂を動かすような、あるがままの人生であった。

本を読み進めていくうちに、彼は小説には二つの派があることに気がついていた。つまり、人間をこの世の生まれであることを無視して神と見なす一派と、人間を天与の夢とすばらしい可能性とを無視して一塊の土くれと見なす一派である。マーティンの見るところでは、神とみなす派も土くれと見なす派も誤っており、それも、判断と意図があまりにも単純にすぎるのだ。真理に近い折衷案はある。けれどもそうなると、神と見なす一派に阿（おもね）りはしないとしても、一方、土くれと見なす派の非情な獰（どう）

猛さには異議ありとすることになってしまう。マーティンが小説における真実の理想を描きだしたと信じているのは、彼の「冒険」という物語であり、それはルースとともに引き出したものであった。そして「神と土くれ」というエッセイでは、全般的な問題についての考え方を述べてあった。

しかし、「冒険」をはじめ、自分でひじょうにいい作品だと思っているものはすべて、今なお編集者たちのあいだを行ったり来たりしていた。彼の見るところでは、初期の作品は、金が入ってくるという以外には物の数に入らなかったし、恐怖物語にしても、二篇が売れてはいたが、上等作とも最上作とも考えていなかった。彼にとってこれらの作品は、力の源である真実の魅力を備えてはいても、率直に言えば想像的、空想的なものだった。このように怪奇なものや不可解なものに現実感を与えることを、トリック——せいぜい巧みなトリック——と考えた。すぐれた文学というものは、そのような領域にあろうはずがない。その芸術的効果も、程度の高いものである。が、芸術的効果も人間性と分離すると、その値打ちはなくなってしまう。芸術的効果という顔に人間性という仮面を投げかけるのが彼のトリックであったが、これを「冒険」、「喜び」、「酒壺」、「人生の美酒」といった最高作が現われる前に書いた六篇ばかりの恐怖ものでやってみたのだった。

トリオレで受けとった三ドルは、『ホワイト・マウス』から小切手が着くまでの不安定な生活をつなぐのにあてた。あの疑い深いポルトガル人の食料品屋で現金に替え、内金として一ドルを払い、残りの二ドルはパン屋と八百屋に一ドルずつ払った。マーティンはまだ肉を買う余裕もなかったから、『ホワイト・マウス』から小切手が届いたときには、付けのきく額はもうわずかになっていた。小切手を現金に替えることについて考えがまとまらなかった。何しろこれまで銀行などに入ったことがないし、まして商用で入ったことなどなかった。それで、オークランドの大銀行に入っていって、その裏書きをした四十ドルの小切手を投げ出してみたいという純真で無邪気な気持ちも抱きはしたが、他方、食料品屋で現金に替えて、あとで信用が増すことになるような印象を与えなくては、という実際的な常識のほうが優勢であった。しぶしぶマーティンは食料品屋の請求に屈し、全額を支払うと、お釣りはポケットいっぱいにジャラジャラと鳴る硬貨だった。ほかの商人にも全額支払い、服や自転車も質受けし、タイプライターの使用料も一ヵ月分払い、マリアにも部屋代の未払い分と一ヵ月分を前金で払った。これだけ払っても、ポケットには危急の際に備えて、三ドル近く残った。

このわずかな金自体が、大金のように思われた。服を取りもどすとすぐにルースに会いに行ったが、その途中、ポケットの中でほんのひと握りの銀貨をジャラジャラいわさずにはおれなかった。ずいぶん長らくお金を持たなかったものだから、飢えていて救われた人が全部食べきっていない食べ物を目の前から下げさせないのと同様に、マーティンも手を銀貨から離せなかった。けちでも欲張りでもなかったが、そのお金は何十ドル、何百ドルのお金より貴重なものに思えた。それは成功を表わすものであり、硬貨に刻された鷲は、彼にとっては、翼を持った数々の勝利なのであった。

世界がとてもすばらしいものだということが、彼にも少しずつわかってきた。たしかに一段と美しくなったように思える。これまで何週間ものあいだ、実に面白くもない憂うつな世界だった。だが今や、借金もほとんど返済し、ポケットには三ドルがジャラジャラと鳴り、成功を意識すると、太陽の輝きまでが明るく暖かかった。だから、スコールが不意に歩行者をずぶ濡れにしても、それはそれで彼には楽しい出来事のように思えた。自分がひもじい思いをしていたときは、世界じゅうでひもじい思いをしている何千という人々にしばしば思いをめぐらしたものだが、今や腹いっぱいごちそうを食べると、あのひもじい思いをしている何千という人々のことは、もはや頭の中に上(のぼ)ってこなかった。そういう人々のことは忘れてしまい、恋愛していることもあって、世の中の無数の恋人たちのことを思い起こすのだった。ことさらに考えてみることもなく、恋愛詩のテーマが彼の頭を揺り動かしはじめた。創造的衝動に心を奪われるあまり、二丁ばかり乗り越して路面電車をおりたが、腹も立たなかった。

モース家には大勢の人がいた。ルースのいとこが二人、サン・ラフェルから彼女を訪ねてきていたが、モース夫人はこの二人をもてなすという口実で、実はルースを若い人たちでとり巻かせるという自分の計画を遂行していた。そうした運動は、マーティンが不在を強いられているあいだに始まっていたし、すでにたけなわであった。夫人は、必ず何か仕事をしている男性を家に招くことを忘れなかった。こうして、いとこのドロシーとフローレンスのほかにマーティンが出会ったのは、二人の大学教授——一人はラテン語、もう一人は英語の教授、かつてはルースの学友で、フィリピンから帰国したばかりの若い陸軍将校、サンフランシスコ信託会社社長ジョゼフ・パーキンズの秘書をしているメルヴィルという若者、そして男性の最後としてはチャールズ・ハプグッドというはつらつとした銀行の支配人であった。このハプグッドは、三十五歳のわりと若い男で、スタンフォード大出であり、ナイル・クラブとユニティ・クラブの会員であり、選挙戦中は共和党の保守的な弁士であった——要するに、どこから見ても日の出の勢いの若者であった。女性の招待客のなかには、肖像画家、プロの音楽家、さらには社会学博士の称号を有し、サンフランシスコのスラム街に居を定めて仕事をしていることでこの地方ではよく知られている女性もいた。だがモース夫人の考えでは、それらの女性は物の数ではなかった。せいぜい彼女らは、やむを得ない付属物なのだ。ともかく、何かをやっている男性を家に集めねばならなかったのである。

「お話しになるときは、興奮しないでね」と、厄介な紹介が始まる前に、ルースはマーティンに忠告した。

彼は最初少しかたくなり、特に肩がどうもぎごちない感じで圧迫感を覚えた。それは、家具や装飾品をこわしたらどうしようというあの例の迷いのせいであった。それからまた、そこにいる人たちにも気弱になっていた。何しろこんなに身分の高い、しかもこんなに大勢の人たちと接したことがなかったからだ。銀行の支配人（作者の誤記。「信託会社秘書」が正しい）のメルヴィルに特に心引きつけられたので、まずこの男をよく調べてみようと決めた。マーティンの畏（おそ）れの底流には独断的な自我が潜んでおり、自分をこれらの男女と比べてみて、自分のまだ知らない書物や人生から、彼らがどんなものを学びとったのかを、何としても探りあててやろうという気持ちに駆られた。

ルースは、マーティンがどんなふうに過ごしているのか、時々彼のほうに目をやってみたが、楽々と自分のいとこたちと親しくなっているのを見て驚くとともに、うれしくもあった。彼は、たしかに興奮することはなかった。すわっていれば、あの肩の悩みは晴れたのだ。ルースは、彼女らが利口で、外から見ても実に才気に富んだ娘であることを知っていたから、その晩就寝の際に、二人がマーティンをほめたたえるのを聞いてもほとんど理解できなかった。けれどもマーティンは、彼の階層では才人であり、ダンスや日曜ピクニックのときの陽気な質問者であり、笑いを巻き起こす存在でもあったから、こうした状況にあって冗談を言ったり人のよい議論をしたりするのは容易なことであった。それに今夜は、成功が彼をあと押しし、肩を叩いて、うまく行ってるぞと声をかけてくれていたから、笑ったり、笑わせたりして、平気なままでいることができた。

あとになって、ルースの心配がほんとうになった。マーティンとコールドウェル教授が、人目につく片すみで寄りあっていた。そしてマーティンはもはやオーバーな身ぶりで話しはしなかったけれど、ルースの目から見れば、彼の目はぎらぎらと光る場合が多すぎるし、話し方も速くて興奮しすぎ、つい熱を入れるあまり、沸き立つ血に頬がまっ赤になった。彼には行儀作法や自分を抑える力というものがなく、その点、話し相手の若い英語教授とはきわめて対照的であった。

しかしマーティンは、外観などに関心はなかった。すばやく相手の訓練された知性に気づき、知識を自在に使う力を認めた。しかもコールドウェル教授は、普通の英語教授についてマーティンが抱いている概念をよく知らなかった。マーティンは、彼に専門の話をしてもらいたかったのだ。最初はいやそうだったけれども、何とかそういう話をさせることに成功した。マーティンにしてみれば、どうして専門の話をしてはいけないのかわからなかったのだ。

「専門の話をするのをいやがるなんて、馬鹿げてるし、ずるいですよ」と彼は、何週間か前にルースに言ったことがあった。「それぞれの持っている最上のものをやりとりするのでなければ、いったい何のために男女が一緒になるというのですか？　それぞれが持っている最上のものが、それぞれの関心事であり、それによって生計を立ててるんだし、それこそが専門なのであって、不眠不休で頑張ったり、また、夢にまで見るものなんです。バトラー氏が、社会の礼儀作法に添った暮らしをしたり、ポール・ヴェルレーヌ（一八四四—九六、フランスの詩人）やドイツの芝居やダンヌンツィオ（一八六三—一九三八、イタリアの詩人・小説家。耽美的世界を描写）の小説について見解を述べたりしているところを想像してもごらんなさい。僕らはすごく退屈しちゃいますよ。バトラー氏の話を聴かねばならないのだったら、僕なんかもあの人の法律の話が聴きたいですね。それが、あの人の持っている最上のものなんです。人生はあまりにも短いのですから、僕は自分の出会う人たちの最上のものが欲しいのです」

「でも」と、ルースが反対した。「みんなが広く関心を持つような話題だってあるわよ」

「それがおかしいんです」と、彼は口早に言った。「社会のどの人も、どのグループだって——いや、ほとんどの人とグループが——自分よりすぐれた人のまねをしているんです。それじゃ、そのすぐれた人のなかで一番は誰なんでしょう？　怠け者です、富裕な怠け者連中です。彼らには、世界で大したことをやっている人たちの知っていることなど、まずわかっていません。そんな話に耳を傾けるなんてうんざりだということになって、そういう怠け者連中は、そういうことは専門の話であってとりあってはならない、と決めつけてしまうのです。たとえば、最新のオペラ、最新の小説、トランプ、玉突き、カクテル、自動車、馬の品評会、鱒（ます）釣り、鮪（まぐろ）釣り、猛獣狩り、ヨットの帆走等です——いいですか、怠け者連中が知っているのはこういうことなのです。実際、自分たちなりに怠け者の専門話を作っているわけです。なかでも一番おかしいのは、利口な人たちの多くや自称利口な人たちがみんな、そういう怠け者連中の言いなりになっているということです。僕は、たとえ不作法な専門話だとか何だとか言われようと、人が持っている最上のものが欲しいのです」

ルースには理解できなかった。彼がわかりきったことに対してこんなふうに攻撃を加えるなど、強情な意見もいいところだ、と彼女には思えたのだ。

そこでマーティンは、本気でコールドウェル教授を口説き落とし、何としてもその心の内を語らせようとした。ルースが二人のそばで立ち止まると、マーティンが話しているのが聞こえた。

「まさかカリフォルニア大学では、そんな異説をはっきりと述べたりするのではないでしょうね?」

コールドウェル教授は、肩をすくめた。「正直な納税者と政治家の任務ってやつですよ。サクラメント(カリフォルニア州庁所在地)のほうからわれわれの経費が出ているものですから、われわれはサクラメントや評議員会や党の新聞、いや両党の新聞に対してぺこぺこするというわけです」

「ええ、たしかにその通りです。でも、あなたはどうなのですか?」と、マーティンは迫った。「あなただけはきっと違うでしょ」

「大学という所には、私のような者はほとんどいないんじゃないかな。私だって時々は、自分が場違いの人間であり、パリや三文文士街や隠者の洞窟にいるか、あるいはひどく乱暴なボヘミアンの群れに入って、クラレット(ボルドー産の赤ぶどう酒)──サンフランシスコでは安物の赤って言うんですが──を飲んだり、ラテン街の安いレストランで食事をしたり、あらゆる創造物について急進的な考えを大声で述べたりすればいいのだ、とほんとうに思うことがあります。実のところ、自分は急進主義者であることに向いているんだ、とたびたび確信しないこともないのです。しかし、確信の持てない点も多々あります。自分の人間的なもろさに直面すると、臆病になってしまいます。だから、どんな問題──人間の、きわめて重要な問題──のあらゆる要因も、たえず把握できずにいるんですよ」

相手が話を続けるうちに、マーティンは「貿易風の歌」が口もとまで出てくるのを覚えた。

「俺らは真昼にゃ強いけど、
　月の夜だって
　　帆は張れるよ」

もう少しで鼻歌を歌いだすところだったが、相手のおかげで、むらのない、涼しい、強い北東貿易風を思いだしていることに気がつき始めた。彼には落ち着きがあり、信頼感があると同時に、いくぶん困惑したところもあった。マーティンには、相手が心の内をすっかり話してくれることはないという気がしていたが、それはちょうど、貿易風が最も強く吹くことは決してなく、力を使わずにつねに保有しておくものだという気がしたことがたびたびあったのと同様であった。マーティンの想像力は、相変わらず活発であった。その頭脳は、記憶した事実や空想の宝庫であり、それがひじょうに手っとり早いものになっていた。そしてその中身は、いつでも調べられるように整然と広げられているようだった。急にどんなことが起きても、マーティンの心は、普通なら彼の視覚に訴えてくる正反対のものや類似したものも、組み合わせて即座に提示した。それはまったく機械的であり、彼の想像力には生きた現在というものが必ずついてまわるのだった。ちょうどルースの顔に一瞬やきもちの表情が表われて、彼の眼前に忘れていた月夜の強風を呼び起こしたのと同じように、また、コールドウェル教授によって再び紫色の海に白波を進める北東貿易風を見たのと同じように、時々、当惑というのではなく、むしろ確認と分類をしながら、新しい思い出の光景が、眼前に浮かんできたり、まぶたの裏に広がったり、意識の銀幕（スクリーン）に投げかけられたりするのだった。こうした思い出は、過去の行動や感情、昨日や先週の事柄や出来事や書物といったものから生まれてくるものであった——つまり、それらは無数の幻影であり、目覚めているときも眠っているときも、たえず彼の心をとり巻いているのだった。

だから、コールドウェル教授のよどみのない話——賢明な教養人の談話——を聴きながら、マーティンは過去の自分を見つづけていた。大層な与太者だった頃、「堅縁（かたぶち）の」ステットソン帽と角張った仕立てのダブルの上着を身につけ、ふんぞり返り、警察が許すかぎりのごろつきの理想を備えた自分の姿が浮かんだ。彼はそれを隠したり、弁解しようともしなかった。かつては卑しい与太者で、ギャングの首領だったこともあり、警察を悩ませたり、正直な労働者階級の人たちを威嚇（いかく）したりした。だが、彼の理想は変わった。育ちのよい、身なりの立派な男女に目を向け、教養と洗練された雰囲気を吸いこんだのだ。と同時に、堅縁の帽子と角張った仕立ての服を身につけてふんぞり返って歩いたごろつきの頃の自分の幻影も、大手を振って部屋を歩いた。この街の与太者の姿が今の自分と溶けあって、現実の大学教授とすわって語りあっているのだ。

というのも、結局、彼にはいつまでもとどまっている場所がなかったのである。これまでだったらどこへ行ってもなじめたし、仕事にせよ遊びにせよ引けをとらず、進んで権利闘争をし尊敬を集めようという意欲も能力もあったから、そのためにいつどこででもみんなの人気者であった。けれども、根をおろしたことはなかった。仲間を満足させるに足る適応力はあっても、自分を満足させることができなかった。たえず不安感にかき乱され、いつもはるかかなたから何かが呼んでいるのが聞こえ、書物や芸術や愛を見つけるまでは、その何かを求めて人生をさまよい続けたのだ。そして今、そういったことといっさいのただ中にあって、共に冒険をやってきた仲間たちのうちでたった一人、モース家の中へ入るにふさわしい人間になることができたのだった。

それでも、こうした考えや幻影がいろいろと浮かんでくるからといって、コールドウェル教授の話のほうはいい加減に聴くということはなかった。十分理解をし、批評的な態度で耳を傾けながら、相手のすきを与えることのない知識の範囲はさすがだと思う。自分はどうかというと、話の折々に隔りと広がり、自分のよく知らない全体的な問題が、いろいろと出てきた。それでも、スペンサーをやったおかげで、知識のあらましはつかめた。それは時間の問題にすぎないのであって、時間が経てば、そのあらましだって埋められるだろう。さあ、よく聴くんだ、と彼は考えた――みんな、落とし穴に気をつけろ！　彼は、敬い吸いこまれるような思いで、教授の足もとにひざまずいてみたい気がした。が、聴いているうちに、相手の判断にも弱点があることがわかり始めた――つまり、ばらばらでわかりにくい弱点なので、現われてこなかったら、捕まえどころのないものであっただろう。その弱点をはっきりつかむと、すぐさま教授と対等のところまで飛びあがった。

再びルースが二人の所にやって来たとき、ちょうどマーティンが話しはじめたところだった。

「あなたがどこで間違っておられるのか、いや、というよりはどういう点であなたの判断が弱いのかを申しあげてみましょう」と彼は言った。「あなたには生物学が欠けています。あなたの考え方には、生物学の入る余地がありません――ええ、つまり、根底である実験室や試験管や生命化した（ヴァイタライズド・）無機物（インオーガニック）質といったものから、もっと広い美的且（か）つ社会的な概念に至る、真の説明的な生物学のことです」

ルースは、たまげてしまった。コールドウェル教授の講義を二つ聴講したことがあり、あらゆる知識の生きた宝庫として彼を尊敬していたからである。

「あなたのおっしゃることは、どうもよくわかりませんが」と教授は、あいまいな返事をした。

マーティンもあまり確信はなかったが、自分の考えていることを教授の言葉に続けて言った。

「それではご説明しましょう。エジプト史を読んだことがありますが、エジプトの芸術はまずその土地の問題を研究してみないとわかるものではない、というような意味のことが書いてあったように思います」

「おっしゃる通りです」と、教授はうなずいた。

「それで僕には」と、マーティンは話を続けた。「次に、あらゆる問題のなかで、土地の問題を云々(うんぬん)するにしても、まず生命というものがどういうものによってできているのかについての知識がなければ、わからないように思えるのです。法律や制度や宗教や習慣といったものにしても、単にそれらを作った人間の性質だけでなく、人間を形成しているものの性質がわからないで、どうして理解ができるでしょう？　文学は、エジプトの建築や彫刻より人間的なものではないでしょうか？　この宇宙にあって、進化の法則に従わないものが一つだってあるでしょうか？――そりゃあ、さまざまな芸術の進化が入念に作りあげられてはいますが、そんなのは機械的にすぎるように思われます。人間自体が忘れ去られているからです。道具やハープ、音楽や歌やダンスの進化は、実にみごとに仕上げられています。けれども、人間自体の進化、つまり、人間が最初の道具を作ったり、はじめてわけのわからないような歌を歌う以前から、その体内にあった基礎的、本質的な器官の発達はどうなのでしょう？

そのことをあなたはお考えになっていらっしゃらないし、それが僕の言う生物学です。それこそが、もっと広い見地に立つ生物学なのです。

どうも話がうまくできませんが、何とか考えを絞り出してみようと思ったんです。お話をなさっているときに、ふと思いついたものですから、まだ口にするのが早すぎました。あなたはご自分で、人間はそのもろさ故にすべての要素を考慮に入れることができない、とおっしゃいました。そして、あなたは次に――僕がそう思っているのかも知れませんが――生物学的要素、つまり、あらゆる芸術の構造、あらゆる人間の行為や業績といったものの縦糸や横糸を紡いでいる物そのものを置き去りにしておられます」

マーティンが即座に打ちひしがれなかったこと、しかも教授の返答の仕方から見て、彼がマーティンの若さに対して寛容であるという印象を受けたことは、ルースにとっては驚きであった。コールドウェル教授は、まる一分間も黙って時計の鎖をいじっていた。

「ご存じの通り」と、ようやく教授は話しはじめた。「以前にも同じような批判を受けたことがあります――ジョゼフ・ル・コント（一八二三―一九〇一、カリフォルニア大学の地質学教授で、カリフォルニアでは有名な科学者）というなかなか大した人物で、進化論者の科学者でしたが。でもその人は亡くなりましたから、もう看破されることはないと思っていました。そこへあなたが見えて、あばかれてしまいました。けれども、冗談は抜きにして――実を言いますと――あなたのおっしゃることには一理あると思います――実際、大いにそうだと思います。私はずいぶん古典的で、科学の説明的な部門ではあまり当世ふうではないものですから、受けた教育の不都合さと、怠惰な性分のために、仕事がやれないというような言いわけしかできません。私が物理や化学の実験室の中へ入ったことがないなんて、お信じになるでしょうか。でも、その通りです。ル・コントの言った通りですし、イーデンさん、少なくともある程度までは、あなたのおっしゃる通りです――どれほどかはわかりませんが」

ルースは、口実を設けてマーティンをその場から引き離し、傍らに寄せると、こうささやいた。

「あんなふうにコールドウェル先生を独占してはだめじゃないの。先生とお話ししたいという方だって、ほかにもいらっしゃるでしょ」

「どうもすみません」と、マーティンは心から謝罪した。「でも、僕は先生の気持ちを動かしたんです。それに、先生がとても面白い方だから、よく考えもしなかったんです。ほんとうに、あんなに頭の切れる、聡明な人とは話したことがありません。それにですね、大学へ行った人、社会的な地位の高い人はみな、先生と同様頭が切れて聡明なのだというふうに、かつては思っていました」

「あの方は例外よ」と、彼女が答えた。

「そうでしょうね。それじゃ今度はどなたとお話しすればいいですか？　ああ、そうだ、あの銀行の支配人に引きあわせてください」

マーティンはその支配人と十五分間話したが、ルースも自分の恋人にこの時ほど品行のよさを望んだことはなかっただろう。ところが、彼の目が光ったり頬が紅潮することが一度もなく、穏やかに落ち着いて話したものだから、彼女は驚いてしまった。しかし、銀行の支配人連中全体に対するマーティンの評価は、二、三百パーセントも暴落し、それからは、銀行の支配人とつまらぬ空論家とが同義語だという気がしてならなかった。陸軍将校は、善良で天真爛漫な、健康で健全な若者であり、生まれとめぐり合わせとによって投げこまれた人生の地位に就くことに満足していた。大学で二年の課程を修めたということを知ってマーティンは、どこにそんな知識を蓄えているのか腑(ふ)におちなかった。にもかかわらずマーティンは、あの平凡な銀行家の支配人よりもこの将校のほうが気に入ったのだった。

「僕は、平凡なことがまったくいやだというのではないのですが」と彼は、あとでルースに言った。「どうもいらいらするのは、いやにもったいぶった、気どり屋で、一人よがりの、傲慢(ごうまん)な確信を持った喋り方と、それにかかる時間です。なあに、僕だって、組合労働党(ユニオン・レイバー・パーティ)が民主党員と連合したという話を彼が僕に話した時間で、宗教改革史全体を喋ってみせられますよ。何しろ、彼のペテンの言葉の使いようときたら、プロのばくち打ちが、配られたトランプを一番上から一枚ずつすべらせるようなものです。どういうものかはいつか説明します」

「あの人のことが気に入らないなんて残念だわ」と、彼女が答えた。「バトラー氏のお気に入りなのよ。バトラー氏によれば、あの人は信頼できるし、正直な方ですって——堅物(かたぶつ)のピーター(チャールズの誤りか?)って呼んでらっしゃるわ。それにあの人だったら、どんな銀行だって立派にやれる、っておっしゃるのよ」

「きっとそうでしょうね——ほんのわずかばかり彼のことについて見聞きしたところではね。でも僕は、今までほど銀行が大したものとは思わなくなりました。こんなふうにずけずけ言っていやでしょ?」

「そんなことないわ。とっても面白いわ」

「いえ、そうなんです」マーティンは、熱心に話しつづけた。「僕は、文明の第一印象をいろいろと思い抱いている野蛮人にすぎません。文明人にとっては、きっとそういう印象がなかなか面白くて目新しいのでしょう」

「私のいとこのこと、どうお思いになった？」と、ルースが訊いた。

「ほかの女性よりは彼女たちのほうがいいです。とても面白いし、衒いがありませんしね」

「それじゃ、ほかの女性は気に入って？」

彼は、首を横に振った。

「ああいう社会に身を落ち着けてしまった女性なんて、社会学的なオウムにすぎません。花形のなかからトムリンスンのような女性を選び出すと、彼女からは独創的な考えなど一つも見つからないって断言できますよ。あの肖像画家に関するかぎり、はっきり言ってうんざりですね。あの支配人のいい奥さんにならなれるでしょう。それに、あの音楽家の女性！　彼女の指の動きがどんなにすばやくても、技術がどんなに完璧であっても、表現力がどんなにすばらしくても、そんなこと構やしません――要は、あの人が音楽については何もわかっていないということです」

「立派に演奏なさるわ」と、ルースが反論した。

「ええ、たしかに音楽の外面はよく訓練されていますが、音楽の本質的な精神となると、そこまでは考えが及んでいません。僕は彼女に、音楽にどういう意味があるのか訊いてみたんです――僕はいつだって、そういう細かいことが知りたいんですよね。なのに彼女には、音楽が自分にとってどういう意味を持つものなのかわかりませんでした。ただ、音楽が大好きで、音楽が芸術のなかで最も偉大なものであって、彼女には命より大事なものだというだけなんです」

「あなたは、あの方たちに専門の話ばかりさせていらしたわ」と、ルースは彼を咎めた。

「ということになりますね。だって、もし彼らが専門の話をしてしくじるというのであれば、ほかの話をした場合にはとても耐えられませんよ。そう、僕は前にもそのことをここでよく考えたものです。あらゆる有益な教養が享受されたこの部屋で——」彼は、しばらく息を継ぎ、堅縁の帽子と角張った服を着た自分の若い頃の幻影がドアから入ってきて、ふんぞり返って部屋を歩くのを見た。「今も言ってましたように、僕は、こういう所に来る人というのは男性も女性もみんな才気に富んだ、すばらしい人たちなのだと思っていました。だけども、ほんの少しではあっても今僕の見たところでは、彼らの大半は間抜けで、残りの人たちにしたって九十パーセントまではうんざりですよ。ところでコールドウェル教授——あの先生は別です。あの方は、体の隅から隅まで、頭脳の細部に至るまで、立派な人です」

ルースの顔が、晴れやかになった。

「先生のことについてお話ししてちょうだい」彼女の言葉に力がこもった。「度量が広いとか立派だとかいうのじゃなくって——そんなことはわかっているのですもの。でもあなたの感想ったら、何だって逆のことでしょ。ぜひとも知りたいわ」

「そりゃあ困ったことになるなあ」マーティンは、しばらくおどけたように考えこんだ。「まずあなたのほうから話せばどうでしょう。つまり、たぶんあなただったら、先生の一番いいところしか見えないでしょ」

「私は先生の講義に二つも出て、もう二年も先生を存じあげているわ。だから、あなたの第一印象をお訊きしたいのよ」

「悪い印象を言えっておっしゃるんですか？　じゃ、言いましょ。彼は、あなたがいろいろと思ってらっしゃる通りのすばらしい方だろうと思います。少なくとも、僕は彼のようなすばらしい知識人には出会ったことがありません。でも、その彼にも人目につかないまずい点があるんです。いや、そうじゃありません！」と彼は、あわてて大きな声を出した。「卑しいとか下品とかいうものじゃないんです。僕の言ってるのは、彼が物ごとの底まで行ってはみたものの、自分の見たものがこわくなって、見て見ぬふりをしておられるように思えるということです。たぶん、そういうふうに申しあげるのが一番はっきりしているでしょう。別の言い方もできます。隠れた寺に通じる道を見つけたにもかかわらずその道を行かない人、つまり、寺を見つけながら、あれは木の葉による妄想にすぎなかったのだと思いこもうとする人、と言ってもいいでしょう。まだ別の言い方もできます。物ごとをなし遂げられたのに、それを重視せず、心の奥ではたえずやらなかったと後悔している人、つまり、事の遂行に対する報いをそっと笑いながらも、さらにその内奥ではその報いや喜びを求めている人、と言ってもいいでしょう」

「先生がそんなふうだとは思えないわ」と、彼女が言った。「そのことについては、あなたのおっしゃることがよくわからないわ」

「僕にも、どうも雲をつかむような感じでしかないんです」と、マーティンは妥協した。「僕にもとり立てて理由なんかありません。ただそう感じるだけで、まず間違ってるでしょうがね。間違いなくあなたのほうが、僕より先生をよく知ってらっしゃるでしょうから」

ルースの家でひと時を過ごしたこの晩から、マーティンは奇妙な困惑と相反する感情を持ち帰った。自分が目標として登りつめてきた人々に失望してしまった反面、自分の成功で勇気づけられもしたからである。登りつめるのは、思っていたよりたやすいことだった。自分のほうがそれ以上に優(まさ)っていたのだし(彼は偽りの謙そんでそれを隠したりしなかった)、自分が目指して登りつめてきた人たちよりも自分のほうが優れていたのだ——むろん、コールドウェル教授だけは例外ではあるが。人生や書物については彼らよりよく知っていたから、彼らがその受けた教育をどんな隅っこや割れ目に捨ててしまったのだろうと思った。彼は、自分には並みはずれた脳の活動力があるということはおろか、深さを突きとめたり、根本的な思想を考えることを習慣としているような人が世界のモース家の客間には見あたらない、ということにも気づいていなかった。さらにはそうした人たちが、地上およびそこにうじゃうじゃと群居生活をする生き物のはるか紺碧(こんぺき)の上空を寂しく飛ぶ孤独な鷲のような存在である、などとは夢にも思わなかった。

28

だが、幸運の女神はマーティンの住所を見失ってしまい、その使者も彼の玄関先に訪ねてこなくなった。日曜日も休日も休まずに二十五日間というもの、「太陽の恥辱」という約三万語の長いエッセイにかかり続けた。それは、メーテルリンク（一八六二―一九四九、ベルギーの詩人・劇作家。童話劇「青い鳥」で有名）派の神秘主義を慎重に攻撃したものだった――その攻撃は、奇跡を夢見る人々に対して実証科学の砦から加えたものだが、それでもそこには確定した事実と一致するような美と奇跡を多く留めていた。そのあと、「奇跡を夢見る者たち」と「自我の尺度」という二つの短いエッセイで、この攻撃に追いうちをかけた。そして、こうした長短のエッセイを雑誌から雑誌へと売りこみ始めた。

「太陽の恥辱」にかけた二十五日間に、駄文は六ドル五十セントしか売りさばけなかった。あるジョークによって五十セント入り、もう一つのジョークはある高級週刊漫画誌に一ドルで売れた。それから二篇のユーモラスな詩によって、それぞれ二ドルと三ドルかせいだ。が結果は、商人の付けが効かなくなり（食料品屋の付けは五ドルに増えたが）、自転車と洋服がまた質屋へもどって行った。タイプライターを借りているところからも、またやかましく金を請求してきて、契約では使用料はきちんと前払いすることになっている点をしつこく指摘した。

　小品がいくつか売れたのに気をよくして、マーティンはまた駄文書きを始めた。結局は、これだったら生活の糧（かて）になるだろう。テーブルの下には、新聞短篇配給会社（シンジケート）に受けつけられなかった短篇が二十篇もたまっていた。それらを読みかえし、新聞の短篇小説をいかに書いてはならないかを探ってみた。そうしてみると、完全な方式がわかった。新聞の短篇小説というのは、悲劇的であってはならず、ハピイ・エンドでなくてはならない。美しい言葉も、難解な思想も、真に上品な感傷も入っていてはならないのだ。感傷が入るにしても、純粋で気高いもので、それもふんだんに入っていなければならない。たとえばまだ小さい頃、彼が「天井桟敷（ニガー・ヘヴン）」から拍手喝采したような――つまり、「神様――祖国——皇帝のために」や「俺らは貧乏かも知れぬが正直だい」といった類いの感傷なのである。

こうした策がわかると、マーティンは「公爵夫人」の論調を調べてみて、一定の方式に従ってとりまぜてみ始めた。すると、その方式は三つの部分から成っている。つまり、㈠一組の恋人が不仲になり、㈡ふとしたことで仲直りし、㈢結婚式の鐘となる。三番めは不変だが、最初と二番めは数かぎりなく変わり得る。二人が不仲になる原因というのは、誤解の場合もあるだろうし、運命のいたずらや、嫉妬深い恋敵、怒った両親や悪賢い後見人、たくらみを抱いた親戚等々、さまざまな場合があるだろう。二人の仲直りの原因は、男の勇気ある行為の場合や女のほうの同様な行為、どちらか一方の心変わり、悪賢い後見人やたくらみを抱いた親戚や嫉妬深い恋敵が無理やり自白させられたり、あるいはそういう連中が自発的に自白する場合、ある思いも寄らぬ秘密が明かされた場合、恋人が相手の女性の心を強襲する場合、恋人が長いあいだ立派に献身的行為を果たす場合等々、際限がない。仲直りをするうちに女性に求婚させるというのもなかなか魅力があり、マーティンは徐々にほかにもきわめて痛快で魅力ある策略に気がついていった。が、三番めの、結末がめでたし、めでたしというのは、勝手に変えるわけにはいかない。天が巻き物のように巻きあがって星が降ってこようが、やはり結婚式の鐘は鳴りつづけなくてはならないからだ。しかも量的な処方としては、最少千二百語から最多千五百語なのである。

短篇の技巧に深入りしないうちに、マーティンは持ちあわせの表現形式を六つばかり作り、短篇の構想を立てる時にいつも参考にした。こうした書式は、数学者の使う巧妙な表のようなものであって、上下左右いずれからでも記入可能であり、そこには数十本の横線と縦線から成るマス目があり、そこから推理も考えもなく何千という違った結論を、それもまったく問題にもならないほど寸分たがわぬ結論を引き出せるというわけだ。このように表現形式を三十分も作っていると、マーティンは十二篇ばかりの掌篇を作りあげることができたが、これらは取っておいて、都合のよい時に埋めていった。一日かたい仕事をやったあとの、寝る一時間前に埋めればいいのだ。のちにルースに白状したことだが、眠りながらでもやれることだ。仕事らしい仕事といえば作品の大筋を組み立てることだが、それだって機械的なものにすぎない。

彼は、自分の定式がうまく行くかについては何ら疑わなかった。今度ばかりは編集者の意向がわかったから、発送した最初の二篇によって小切手が入ってくるものと、内心はっきり思った。案の定十二日経つと、小切手が四ドルずつ手に入った。

そのうちに、雑誌に関していろいろと新しい驚くべき発見をしていた。『トランスコンティネンタル』誌は「鐘の響き」を掲載したものの、小切手のほうは一向に手に入らなかった。マーティンは、小切手が入り用だったから、請求の手紙を書いた。けれどもこれに対しては、言いぬけの返事ともっと作品を送ってほしいという依頼の手紙しか来なかった。二日間も腹をすかして返事を待った。そして、自転車をまたもや質に入れたのも、この時であった。週二回決まって『トランスコンティネンタル』に五ドルを請求する手紙を書いた。けれども、回答を引き出せたのはごくたまであった。『トランスコンティネンタル』がもう長年経営不振であり、名望がなく、一部がけちな弱い者いじめと一部が愛国主義的訴えとに頼っているガタガタの発行部数と、お情けの寄付も同然の広告とで持っている得体の知れぬ四流ないしは十流の出版社だということを、彼は知らなかったのだ。また、『トランスコンティネンタル』が編集長と営業部長の唯一の生活の資であること、貸室料の支払いを免れるために引っ越したり、請求書の支払いも回避できるものは決して支払わないことで何とかやりくり算段しているということも、彼の知らないことであった。さらに、彼には思いも寄らぬことであったろうが、彼のあの五ドルというかけ替えのないお金は、営業部長がアラミーダ（オークランドの南に位置する都市）の自分の家にペンキを塗るのにあてていた。そのペンキ塗りにしても、平日の午後に自分でやっていたのである。というのも、彼には労働組合の規定した賃金率など支払う能力がなかったし、また、彼の雇った最初の非組合労働者（スキャブ）が梯子（はしご）を下から動かされて、鎖骨を折って入院していたからであった。

「宝を探し求める人々」をシカゴの新聞に十ドルで売ったが、そのお金も手に入っていなかった。中央閲覧室の綴じこみで確かめてみると、この記事は掲載されているのに、編集者からは何とも言ってこない。彼の手紙など無視されているわけだ。原稿が向こうに届いているとの確信を得るために、いくつかを書留にした。これでは盗みも同然だ——血も涙もない盗みだ、と彼は断定した。俺は腹ぺこだというのに、商品を盗まれるんだからな。だって商品を売るのが、パンにありつける唯一の方法なんだから。

『若者と時代』は週刊誌だったが、彼の二万一千語の連載物の三分の二を掲載したところで廃刊になってしまった。それとともに、十六ドルを入手する望みもすっかり絶たれた。

そのうえ、これまで書いたもののなかでも最上作の一つとみなしていた「酒壺」もだめになってしまった。絶望のうちに、しゃにむにいろいろな雑誌を探しまわり、この作品を『大波』というサンフランシスコのある協会の週刊誌に送った。そこへ送った主な理由は、採否の決定がオークランドからサンフランシスコ湾を渡るだけですぐに届くからであった。二週間して、彼は狂喜した。新聞雑誌の売店に出た最新号に、自分の物語がまるまる挿し絵付きで、しかも栄(は)えある場に載っているのを見かけたからである。自分の最上作の一つにどれぐらい払ってくれるのだろうと思いつつ、胸躍らせながら家に帰っていった。おまけに、採用から掲載に至る時間の短いことも気持ちがよかった。編集者が採用を知らせてくれなかったものだから、それだけ驚きも大きかった。ところが一週間が経ち、二週間が経ち、さらに三、四日経つと、とうとうやけっぱちになって遠慮も吹き飛び、『大波』の編集者に手紙を書き、営業部長の怠慢なのかわが勘定書が忘れられてしまっている、と言い含めてやった。たかが五ドルぐらいであっても、それだけあれば、豆やえんどうのスープぐらい買えるし、そしたら、あの物語と同じ程度のものなら六つばかりは書けるだろう、とマーティンはひそかに思った。

編集者からは冷淡な返事が来たが、少なくともマーティンを感心させるものではあった。

「貴下のすぐれた寄稿に感謝します。当社一同大歓迎を致し、ご承知の通り、早速掲載させていただいた次第です。挿し絵が貴下のお気に召していればと切に望むものであります。

お手紙を再読致しますと、どうやら貴下は、当社が依頼原稿でないものにも稿料を払うものと誤解されて、お書きになっているようです。当社ではそういうふうには致しておりません。貴下の原稿が依頼申しあげたものでないことは言うまでもありません。当然のことながら、貴下の物語を落手致しました際に、貴下はそうした事情をご承知下さっているものと存じました。このように不首尾な誤解が生じましたこと極めて遺憾に存じますとともに、変わらぬご厚情をお願い致します。このたびのご親切な寄稿に再度感謝申しあげ、今後もさらにお寄せいただくことを期待致しております」

さらに『大波』は、雑誌の寄贈者名簿を置いてはいないが、この一年間無料で雑誌を送る旨の追伸を添えていた。

こんなことがあってからマーティンは、どの原稿にもその最初のページの上段に「貴社の規定料金にて結構」とタイプした。

いつか俺の決めた規定料金で向こうが折れることになるんだ、と彼は自分を慰めるのだった。

この頃、完全を目指したいという強い気持ちに揺り動かされ、「雑踏の街」、「人生の美酒」、「喜び」、「海の叙情詩」、それに、以前に書いたほかのものまで書きなおしては磨きをかけた。昔から一日十九時間の仕事ぐらい、へっちゃらであった。おびただしい量の執筆と読書をやったものだから、そうした頑張りのなかでタバコをやめたために生じる苦痛も忘れてしまった。ルースとの約束でもらった、けばけばしいラベルの貼ってある喫煙癖の治療剤は、タンスの一番手の届きにくい隅にしまってあった。それでも、特に飢餓状態が続くと、タバコがなくて苦しんだ。吸いたい気持ちに変わりはなかった。彼は、この禁煙がこれまでになく大変なことだと思った。けれどもルースにしてみれば、それでもっともらしいことをしているにすぎなかった。手袋を買うお金で買った禁煙薬を彼に届けたのだが、二、三日もすると、そんなことなどすっかり忘れてしまった。

彼の機械的に作られた短篇は、自分ではきらいで嘲笑していたにもかかわらず、売れ行きがよかった。それによって質入れしていた物をすべて受け出し、付けもほとんど払い、自転車にも新しいタイヤを買った。少なくともそれらの短篇によって何とか食いつなぐことができ、野心作を書く時間もできた。と同時に励みになったのは、『ホワイト・マウス』から落手した四十ドルであった。この雑誌には信頼を置き、真に一流の雑誌ならば、無名作家にも、多くはないとしても、少なくとも平等の稿料は払ってくれるものと確信した。だが当面の問題は、いかにして一流の雑誌に食いこむかであった。自分の最上の物語やエッセイや詩は、あちこちの雑誌を巡りめぐっているけれども、毎月そうしたさまざまな表紙の中で読むものといえば、一連の退屈で、単調で、非芸術的なものばかりだ。時々思うのだが、誰か一人でいいから編集者がその栄えある高い席からおりて来て、一行でも元気づけの手紙を書いてくれたらなあ！　たとえ俺の作品が変わっていて、彼らの雑誌には良識的な理由から不向きなものではあったとしても、きっとどこかに、彼らが熱中し何らかの真価を認めてくれるひらめきが、少しはあるに違いないんだ。そこで彼は、「冒険」のような原稿をいくつかとり出して読みかえし、編集者の沈黙の正しさを立証しようとしてみたが無駄であった。

　馨(かぐわ)しいカリフォルニアの春が近づく頃になると、彼の実り豊かな時期は終わった。ここ数週間というもの、新聞短篇配給会社(シンジケート)のほうからは、奇妙にも何も言ってこないので悩んでいた。するとある日のこと、彼の完全無欠な機械製の短篇が、十篇郵送されてきた。それには短い手紙が添えてあり、会社には原稿があり余っていて、数ヵ月しないと捌(は)けないだろうという趣旨のことが書いてあった。マーティンは、それらの十篇を頼りに相当の金を使っていた。一番あとの作品が出た頃にも、配給会社では一篇につき五ドル払ってくれていたし、送ればすべて採用してくれていた。だから、この十篇も売れたも同然と思い、銀行に五十ドル預金してあるつもりの生活をしていた。そこへ突然収入がなくなりだしたのだ。それで、稿料を払ってもくれないような出版社へ昔の労作を売ったり、買ってもくれないような雑誌に近作を預けつづけることになった。またオークランドの質屋にも通いだした。ジヨークが二、三篇とユーモラスな詩が少々ニューヨークの週刊誌に売れて、かろうじて生活していける程度だった。立派な月刊および季刊の評論雑誌に問いあわせの手紙を書いたところ、依頼原稿でもない記事を掲載することはめったになく、雑誌の中身の大半は、さまざまな分野の権威ある有名な専門家に原稿を依頼しているものである、との回答を得たのもこの頃であった。

29

マーティンにとっては、苦しい夏であった。原稿の採否決定係も編集者も休暇になり、通常なら三週間で採否決定の返答をよこすのに、今や三ヵ月ないしそれ以上も、彼の原稿は出版社にとどまることになるわけだ。こうした行き詰まりによって郵送料が助かるというのが、せめてもの慰めであった。どうやら泥棒出版社だけはせっせと営業を続けているらしいので、マーティンはそうしたところへ「真珠採り」、「職業としての海」、「海亀捕獲」、「北東貿易風」といった昔の労作をすべて売りはらった。これらの原稿からは一文（もん）も取れなかった。なるほど、その後六ヵ月も手紙のやりとりをして妥協した結果、『アクロポリス』誌から「海亀捕獲」の稿料代わりに安全剃刀（かみそり）を受けとり、さらには二つめの契約事項として、「北東貿易風」の稿料に現金で五ドルと五年分の雑誌を受けとるということで話がまとまりはしたが。

スティーヴンスンを詠じた十四行詩（ソネット）の稿料としては、マシュー・アーノルド（一八二二—八八、イギリスの詩人・批評家）ふうの洗練された内容ながら金に関しては恐ろしくしみったれな雑誌を出しているボストンの編集者から、ようやく二ドルを絞りとった。「美女と真珠」という書きあげたばかりで、まだ熱さめやらぬ二百行の巧妙な風刺詩は、大きな鉄道会社のために発行している、あるサンフランシスコの雑誌の編集者の心をとらえた。向こうが原稿料の支払いを乗車券という形で提示してきたとき、マーティンはそれを譲渡できるか問いあわせた。それはできないということなので、転売することもできず、詩を返送してくれと頼んだ。すると編集者は、遺憾の意を添えて返送してきた。それでマーティンは、もう一度サンフランシスコの、今度は『ホーネット』という雑誌に送ってみた。それは、その創始者である才気に富んだジャーナリストによって一流の座に持ちあげられた、もったいぶった月刊誌であった。だが『ホーネット』の光も、マーティンが生まれるずっと前から霞みはじめていた。編集者は、マーティンにこの詩の稿料として十五ドル払うと約束した。なのに掲載してしまうと、そんなことは忘れているかのようであった。何通か手紙を出したが無視されたので、返事を求めて怒りのこもった手紙を書いた。すると、新しい編集者の手に成る手紙が来たが、前編集者のミスは自分には責任が持てないし、「美女と真珠」を大したものとも思っていない、という冷淡な内容の返事であった。

それより、マーティンの受けた処遇のなかでも、『グローブ』というシカゴの雑誌ほど手荒なものはなかった。彼は飢えに迫られるまでは、「海の叙情詩」の寄稿を控えていた。十誌に余る雑誌から不採用になったのち、『グローブ』社に落ち着くことになった。この詩集には三十篇の詩が入っており、一篇に一ドルの稿料を受けとることになっていた。最初の月には四篇が掲載され、さっそく四ドルの小切手を受けとった。ところが雑誌に目を通してみて、たまげてしまった。自分の作品がぶちこわされている。題が少し変えられているのもある。たとえば、「終わり(フィニス)」は「終 結(ザ・フィニッシュ)」に、「外暗礁の歌」が「さんご礁の歌」に変わっている。まったく違った題とみだりにとり替えてあるのもある。彼がつけた「メドゥーサの灯」の代わりに、編集者は「後ろ向きの足跡」と印刷してしまっていると いう次第だ。詩の中身のぶちこわしとなると、まったく話にならない。マーティンは、うめき声をあげ、汗をかき、手で髪の毛をかき上げた。言いまわしにしても行にしても節にしても、自分の書いたものとは違うものが入っている。正気の編集者がこんなひどい扱いをするとは信じられなかったから、きっと給仕か速記者が手を入れたのだろう、と得意の仮説を立ててみた。マーティンは直ちに手紙を書き、叙情詩の掲載をやめて、原稿を返してくれと言った。何度も何度も書いて、請求したり、懇願したり、脅迫したりもしたが、何の音沙汰もなかった。毎月そうしたぶちこわしが続き、とうとう詩は三十篇とも掲載され、その都度雑誌に載った分の小切手は送られてきた。

こうした災難にもかかわらず、『ホワイト・マウス』の四十ドルの小切手によって元気づけられた。とはいえ、いっそう駄文書きに追い立てられてはいた。宗教誌ならわけなく飢えてしまうだろうが、農事週刊誌や業界誌になら生活の道があることを知った。生活がどん底状態で、黒いスーツが質に入っていた頃、共和党の郡委員会の募集した懸賞文で大当たりを取った――彼にはそのように思えた。その懸賞コンクールは三つの部門に分かれていたが、こういう窮乏の折だから背に腹はかえられないということで、その間苦笑しながら三部門とも応募してみた。すると、詩が一位で十ドル、選挙運動歌が二位で五ドル、共和党の方針をめぐる論文が一位で二十五ドルを獲得した。ところが満足な気持ちでいられたのは、お金を受けとろうとする段階まででであった。郡委員会の中でどこがどうなったのか、しかも富裕な銀行家や上院議員がその構成委員になっているにもかかわらず、お金は手に入らないのだ。この件がもたついているあいだに、彼は民主党の同じような懸賞論文に応募して一位をとり、その方針を理解していることを証明してみせた。おまけに賞金の二十五ドルも受けとった。だが、前のコンクールの獲得賞金四十ドルは手に入らなかった。

何とかしてルースに会おうとやりくり算段に迫られはするものの、オークランドの北部から彼女の家まで長い距離を歩いて往復するにはずいぶん時間がかかってしまうので、自転車の代わりに黒のスーツを質に入れた。自転車があれば運動にもなるし、仕事の時間の節約もできるし、それでいてルースにも会えるというわけだ。ルースと午後自転車で出かけるには、ズック製の半ズボンと古セーターだって、別に見苦しくはないというものだ。それに、彼女の家で彼女に出会う機会ももうなくなっていた。モース夫人が、お客を招いてもてなしをするのに大わらわという姿勢を頑としてくずさなかったからである。彼が身分の高い人たちに出会い、彼らを尊敬したのはまだほんの少し前のことなのに、今ではその彼らも退屈な存在であった。彼らはもはや気高くはなかった。彼は、今の生活が苦しく、いろいろと期待はずれがあったり、仕事に打ちこんでいることもあったりして、神経を尖らせ、いらいらしていた。だから、そういう人たちの会話は腹立たしくてならなかったのだ。かといって、彼が不当に自己本位なのではない。自分が読んだ書物に出てくる思想家たちの知性と比べ、彼らの知性は限られたものだ。ルースの家では、コールドウェル教授は別として、大した知性を持った人には出会ったことがないし、コールドウェル教授にしても一度しか会っていない。あとはみな馬鹿で、間抜けで、浅薄で、独断的で、無知だ。その無知に、俺はびっくり仰天したというわけだ。どうしたというのだろう？　彼らは受けた教育で何をやったというのだろう？　彼らの親しんだ本といえば、俺と変わりがないではないか。だのに、どうして彼らは書物から何も引き出せなかったのだろう？

彼は、立派な知性、深遠で理性ある思想家の存在を知っていた。それは書物によってわかったし、そういう書物のおかげで、彼の教育程度はルースの水準を超えたのだ。それから彼には、モース家に集まってくる人たち以上の知識人が世の中にはいることもわかっていた。英国の社交界を扱った小説を読み、政治や哲学を論ずる人たちを垣間見た。また、合衆国においてすら大都市には、芸術と知性の集まる上流社会（サロン）があることを知った。愚かなことだが、これまで、労働者階級以上の品のある人たちというのは知的能力と美的活力とを備えているものだと考えていた。彼にとって、教養と外見は一致するものだったのであり、大学教育と優越は同じものだとまんまと信じこまされていたのである。

ようし、何とか頑張っていこう。そしてルースも連れていくんだ。自分は彼女のことをこよなく愛しているし、彼女ならどこへ行っても映えること間違いなしだ。明らかに自分には幼い頃の環境によるハンディがあったように、彼女にだって同様にハンディがあるんだ。彼女には発展する機会がなかったのだ。父親の本棚の書物にしたって、壁の絵にしたって、ピアノで奏でる音楽にしたって――何もかもが、ただ単なる俗悪な見せびらかしにすぎない。真の文学、真の絵画、真の音楽に対して、モース家やそれに類する人々は無感覚なのだ。そういったもの以上に大事なのが人生であるのに、彼らはそれについては暗愚きわまりないというわけだ。ユニテリアン派の気質と保守的な心の広さを持った顔つきをしているが、説明的な科学となると、二世代は遅れている。彼らの精神の進み具合といえば中世的であり、存在や宇宙についての根本的な事実に関する彼らの考え方となると、最も未熟な人種と同様であり、穴居人と同様、あるいはそれ以上に古くさい空想的なやり方だ──それは、第一洪積世の類人猿が暗闇を恐れたり、最初の性急なヘブライの野蛮人がアダムの肋骨（ろっこつ）からイヴを造りだしたり、デカルトがそのつまらない自我の客観化によって理想的な宇宙体系を作ったり、あの有名な英国の聖職者が痛烈な風刺で進化論を弾劾し、即座の賞賛を博そうとして歴史に悪名を残した、そういうのと同じ手合いなのだ。

マーティンはああでもない、こうでもないと考えた末にようやく、自分の出会ったこうした弁護士や将校や実業家や銀行の支配人と、これまで自分の知っている労働者階級の人々との違いは、食べる物と着る物と隣人の違いであるということがわかり始めた。そうした連中のすべてに、自分や書物の中にある以上のものが欠けているのはたしかだ。モース家の人たちによって、その社会的地位がもたらす最初のものを見せてはもらったが、どうも感銘を覚えない。彼は、自分が貧乏人であり、金貸しの奴隷になってはいても、モース家で出会う人たちよりはすぐれているということを知っていた。だから、いい服を質受けしたときなど、その身の処し方は堂々としてはいたが、やぎ飼いと生活を共にしなければならなくなった王子にも似た屈辱感に打ちふるえるのだった。

「あなたは、社会主義者が憎くてこわいのです」と、ある晩食事の席で、マーティンはモース氏に言った。「でも、どうしてですか？　あなたは、社会主義者も彼らの主義もご存じないのでしょ」

モース夫人が話をそういう方向に持っていったわけだが、それまでは彼女がハプグッド氏のことを癪（しゃく）にさわるほどほめたたえていたのである。この銀行支配人は、マーティンにはどうも虫の好かない野郎なので、決まりきった文句が口にされると、いささか腹立たしくなった。

「そうです」と彼は言った。「チャーリー・ハプグッドというのは、いわゆる日の出の勢いの若者です——誰かがそんなふうに言っていましたし、その通りです。やがては知事の座にすわるかも知れませんし、もしかしたら、上院議員にだってなるかも知れませんよ」

「なぜそうお思いになるの？」と、モース夫人が訊いた。

「彼が選挙演説をやるのを聞いたことがあるんです。その演説は、実に如才のない馬鹿げたもので、独創的ではありませんでしたが、実に説得力のあるものでしたから、指導者たちだって彼なら安全確実と見ないわけにはいきませんし、彼の口にする決まり文句だって普通の有権者のそれとそっくりですし——ああ、そうだ、あなただって、誰にお世辞をおっしゃるときにも、その相手の考えを飾り立ててお伝えになるでしょ」

「あなたは、ハプグッドさんのことをねたんでらっしゃるのだわ」と、ルースが口をはさんだ。

「そんなことは絶対にありません！」

マーティンの顔の恐ろしい表情に、モース夫人は威勢がよくなった。

「まさかハプグッドさんが馬鹿だなんておっしゃるんじゃないでしょうね？」と、彼女は冷ややかに訊いた。

「ごく普通の共和党員ですよ」と、彼は答えた。「あるいは普通の民主党員と言っても同じことですが。彼らは悪賢くない時にはみな馬鹿ですし、悪賢いやつと言ったって、ほんの少ししかいやしません。賢明な共和党員といえば、百万長者とその神経質なとり巻き連だけです。彼らは、どっちの側にへつらえばいいかを知っていますし、そのわけだって心得ています」

「私も共和党員なんだがねえ」とモース氏は、温和な調子で口をはさんだ。「君は私をどう色分けするのかい？」

「ええ、自覚のない後援者といったところです」

「後援者？」

「ええ、その通りです。あなたは会社の仕事をなさっており、労働者でもなければ犯罪に手を染めてもいません。女房を殴る男やスリに収入を頼ってはいません。社会の立派な人たちから生活の資を得ておいでですし、誰であろうと人を養えば、その人の主人です。ですから、あなたは後援者です。あなたの関心は、お仕えになっている資本全体の利益を増やすことなのですから」

　モース氏の顔が、いささか紅潮した。

「こう言っては何だが」と彼は言った。「君の口のきき方は、悪（わる）の社会主義者みたいだね」

　そこで、マーティンはあの言葉を口にしたのである。

「あなたは、社会主義者が憎くてこわいのです。でも、どうしてですか？　あなたは、社会主義者も彼らの主義もご存じないんでしょ」

「君の御説を聞いていると、たしかに社会主義くさいよ」と、モース氏が答えた。ルースは心配そうに二人に目をやり、モース夫人は主人が敵対心を奮い立たせる機会ができたことに喜々としていた。

「僕が共和党員は馬鹿だと言ったり、自由や平等や友愛など夢戯言（たわごと）にすぎないと言ったからといって、それで僕が社会主義者だということにはなりません」と、マーティンはほほえみながら言った。

「僕が、ジェファスンとその頭に考えを吹きこんだ非科学的なフランス人たちに疑いを持つからといって、それで僕が社会主義者だということにはなりません。ほんとうは、モースさん、社会主義にははっきりと反対の立場をとっている僕なんかより、あなたのほうがはるかに社会主義に近いのですよ」

「さあ、冗談もほどほどにしてくれよ」としか、相手は言いようがなかった。

「そんなことありません。僕はまじめもいいところですよ。あなたは平等を信じながらも、会社の仕事をしておられる。ところが会社というのは、毎日平等を葬り去ることにあくせくしている。そして僕が平等を否定し、あなたの生活信条を肯定すると言って、僕を社会主義者呼ばわりなさる。共和党員は平等の敵です。ただ彼らの大半は、平等という言葉を口にしながら、平等に対して反対の戦いをしているのです。平等の名において平等を破壊しているわけです。だから僕は、彼らを馬鹿だと言うんです。僕自身は、個人主義者です。競争は速い者が勝つし、戦いは強い者が勝つ。そういう教訓を生物学から学んだ、いや少なくとも学んだと思っています。今も申しました通り、僕は個人主義者ですし、個人主義というのはこれまでも、またこれから先もずっと、社会主義の敵なんです」

「しかし、君はたびたび社会主義者の集会に出かけてるじゃないか」と、モース氏は異議を唱えた。

「そりゃそうですが、敵の陣営にひんぱんに出入りするスパイと同じですよ。敵を探るのにほかに方法がありますか？　それに、彼らの集会に出ると楽しいんです。みんな、なかなかの闘士だし、良きにつけ悪しきにつけ、本を読んでいます。なかには、社会学やほかの学問について、並みの実業家などよりはるかによく知っている者もいます。そう、もう六回出席しましたが、だからといって社会主義者になることはありません。ちょうどチャーリー・ハプグッドさんのお話を聞いたって、共和党員にはならないのと同じですよ」

「それはやむを得まいが」と、モース氏は力なく言った。「それでも君は、社会主義のほうに傾いていると思うよ」

ああ、あ、俺の言ってることがわかってないんだな。ひと言もわかってないんだ。この人の受けた教育はどうなってるんだ？　マーティンはそう思った。

こうして成長していくにつれて、マーティンは経済道徳、すなわち階級の道徳というものに直面していた。そしてそれは、まもなく恐ろしい怪物となった。個人的に言うと、知的な道徳家だったのだが、周囲に見られる道徳は、彼にとって陳腐な気どりというよりは腹立たしいものであった。というのもそれは、経済的、きわめて抽象的、感情的、模倣的なものが奇妙にごたまぜになっていたからである。

こうした奇妙なごたまぜの実例なら、自分のすぐ身近にあった。妹のマリアンは、ハーマン・フォン・シュミットというドイツ系の勤勉な若い機械工と親しくしていたが、彼はすっかり商売を覚えてから、自転車の修理店を始めた。安物の自転車の代理店もやったりして、繁盛していた。婚約発表の少し前に、マリアンはマーティンを部屋に訪ね、そのとき、冗談にマーティンの手相を見て運勢を占った。その次のときには、婚約者を連れてきた。マーティンは敬意を表して、すらすらと丁重な言葉で両人にお祝いを述べた。だが、それがご大層な言い方だったので、その田舎者の婚約者にいたく不愉快な思いをさせた。さらには、マリアンがこの前訪ねてきた時のことを記念して歌った詩を六節ばかりマーティンが読んだがために、ますます印象を悪くしてしまった。その詩は、軽快で上品な社会詩といったもので、「手相見（ザ・パーミスト）」という題をつけていた。読み終わって驚いたことに、妹の顔には喜びの表情がなく、それどころか、彼女は心配そうにじっと婚約者を見つめており、マーティンもその婚約者に目をやってみた。すると、あのご立派な均整のとれていない顔に、むっとした機嫌の悪さだけが見えた。この一件がすむと、二人はそそくさと帰っていった。たとえ労働者階級であっても、女にはへつらいやうれしがらせの手紙を書いてはいけなかったのか、とその時には困惑したけれど、マーティンもその一件についてはすっかり忘れてしまった。

それから何日かのちの晩に、マリアンがまた訪ねてきた。今度は一人だった。彼女は無駄話をせずに要点を述べ、この前マーティンのしたことを悲しそうに責め立てた。

「それじゃあ、マリアン」と彼は叱った。「おまえの口ぶりだと、おまえは身内のこと、少なくとも兄のことを恥ずかしく思っているというんだな」

「私だけじゃないわ」と、彼女が口をすべらせた。

マーティンは、彼女の目に悔し涙を見て当惑した。ともあれ、その気持ちは純粋なものであった。

「だけどマリアン、僕が自分の妹のことを詩に書いたからって、どうしてハーマンが嫉妬するんだ？」

「嫉妬なんかじゃないわ」と言って、彼女はすすり泣いた。「あの人にすれば、あの詩は品が悪い、鼻――鼻持ちならない、って言うのよ」

マーティンは、そんなことはとても信じられないというように、長くて低い口笛を吹き、さらにカーボン紙で写した「手相見」を捜し出して読んだ。

「わからないなあ」ついにそう言って、原稿を妹にさし出した。「自分で読んでみて、いったいどこが鼻持ちならないのか教えてくれよ——たしか、鼻持ちならない、って言ったよな?」

「あの人がそう言うんだし、あの人にはわかってるはずよ」と彼女は答え、いやでたまらないという表情を見せながら、原稿を払いのけた。「それにあの人は、その原稿を破ってほしいって言うの。自分の妻のことが書かれてみんなに読まれるなんて、そんなことはかなわないって言うのよ。そんなの恥だ、我慢ができないって」

「さあ、いいかい、マリアン、そんな馬鹿なことってあるかい」と言いかけて、マーティンは急に気が変わった。

みじめな女を目の前にして、うかつにも彼女の夫や彼女を信服させようとしたことに気づいたのだ。だから、全体としてはどうも理屈に合わないし不自然ではあったけれど、あきらめることにした。

「わかったよ」と言って、彼は原稿を六枚に破り、くずかごに投げこんだ。

それでも彼は、タイプで打った元の原稿のほうはニューヨークの雑誌社に眠っているのだと思って満足した。もし仮にあのきれいな罪のない詩が掲載されるようなことがあったとしても、マリアンにだって、彼女の夫にだってわかりはしないだろうし、俺にしても二人にしても世間にしても、損をすることはないだろう。

マリアンは、くずかごに手を入れようとしたが、控えた。

「いい?」と彼女は頼んだ。

彼はうなずいてみせた。よく見ていると、彼女は破れた原稿の紙片を集めて、コートのポケットに押しこんだ——その使命を無事に果たした、目に見える証拠というわけだ。彼は妹を見ていて、リズィー・コノリーを思いだした。ただ妹には、彼がこれまで二度出会った労働者階級のリズィーの場合と比べて、情熱や誇示できるようなすばらしい生命力といったものが足りない。しかし、盛装して馬車に乗れば、二人は一組で同じだ。内心、モース夫人の客間に二人のどちらかを置いてみるという気まぐれな空想をしながら、にんまりするのだった。が、そうした慰めの空想が消えると、孤独感をひしひしと感じた。この自分の妹もモース家の客間も、自分が歩んできた道の一里塚だ。そして自分は、もうどちらも追いぬいてしまったのだ。彼は、まわりの数冊の書物を愛情をこめて見やった。これだけが、自分に残された仲間なのだ。

「おい、何か言ったか?」彼は、ハッと驚いて訊いた。

マリアンは、質問をくり返した。

「どうして俺が働かないのかって?」彼は急に笑いだしたが、それは冷淡な笑いであった。「ハーマンが、おまえにそんなこと言ってるんだな」

彼女は、首を横に振った。

「嘘をつけ」と彼が言うと、彼女はうなずいて彼の非難を認めた。

「それじゃ、ハーマンに言っとくんだな。余計なお節介だ、って。俺がやつのつき合ってる女のことを詩に書いたとなれば、やつにだって言い分もあるさ、だけど、それ以外のことでは、やつにはそうは言わせねえ。いいか?

おまえも、俺が作家としては成功しやしないって思ってるんだろ?」彼は話を続けた。「おまえ、俺がだめだって思ってるんだろ？――おちぶれて、一家の恥になってる、って？」

「私は、兄さんが仕事の口を見つけたほうがずっといいと思うのよ」と、彼女はきっぱりと言った。彼には、妹が心底そう思っているのがわかった。「ハーマンが言うには――」

「ハーマンはもういいよ！」彼は腹が立ちだしたが、その言葉は柔らかかった。「俺の知りたいのは、おまえの結婚式がいつか、ってことなんだ。それに、ハーマンが俺からの結婚の贈り物を受けとってくれるかどうか、おまえ、やつから訊き出しておいてくれ」

妹が帰ったあと、この一件をじっくりと思いかえしてみては、一、二度急に苦笑いをした。妹とその婚約者、自分と同じ階級の人たちやルースと同じ階級の人たちがみな、狭くちっぽけな方式によって狭くちっぽけな生活を送っている――牛の群れみたいに集まって、互いの意見に倣って生活の型を合わせ、子供っぽい方式の虜になったために、個性や真に活気のある生活をなくしてしまっている。彼は眼前に、彼らの姿を順に思い浮かべた。バトラー氏と腕を組んだバーナード・ヒギンボサム、チャーリー・ハプグッドと緊密につながっているハーマン・フォン・シュミット、彼らを一人一人、また二人一組ずつ裁定を下しては追いはらった――裁定は、これまで書物から学んだ知性と道義とに拠った。いたずらに自問してみた。偉大な魂、偉大な人たちなんて、どこにいるんだ？　そんな人たちなど、頭の中の呼びかけに応じてこの狭い部屋に現われるこれらの無頓着で、鈍感で、愚かな連中のなかにはいない。彼は、キルケ（ギリシャ神話。魔術でオデッセウスの部下を豚に変えた魔女）が豚に感じたのと同じような憎しみを彼らに覚えた。最後のハプグッドを追いはらって一人になったと思ったら、思いがけないことに、呼びもしないのに、遅れたやつが入ってきた。よく見ると、堅縁の帽子をかぶり、角張った、ダブルの上着を着て、肩をいからせた若い与太者で、何のことはない、昔の自分であった。

「おい、若いの、おまえもほかの連中と似たようなもんだな」と、マーティンはあざ笑った。「おまえの道義心にしたって知識にしたって、連中のとそっくりだ。自分で考えたり行動していなかったんだからな。おまえの意見は、おまえの着ている服みたいに、既製品だったのさ。だっておまえは、みんなの承認を得て行動したんだからな。おまえが戦って仲間を征したのは、おまえが仲間の大将になったのは、ほかのやつがおまえを担ぎあげたからさ。おまえが戦って仲間を征したのは、何もおまえがそうしたかったのじゃなく――ほんとうは、そんなものは見くびっていたんだよな――ほかの連中がおまえの肩を叩いたからなんだ。チーズ・フェイスをやっつけたのだって、降参したくなかったからなんだし、降参したくなかったのは、一つにはおまえが奈落の獣だったからだし、あとはおまえの周囲の連中がみんな、男らしさというのは肉食性の動物が同類の骨までがたがたにしてしまう時に見せる獰猛さによって判断するものと信じていると、おまえが思っていたからなんだ。何だよな、若僧、おまえはほかのやつの女を取ったこともあったけど、それは女が欲しかったのではなくて、おまえの周囲にいて、おまえに道徳的な範を垂れた連中の骨の髄まで、野生の種馬や雄のアザラシの本能が染みこんでいたからなんだ。ところで、もうあれから何年も経ったけど、今じゃどう思う？」

それに答えるかのように、幻影はたちまち変貌していった。堅縁の帽子と角張った上着は姿を消し、もっとおとなしい服に変わった。顔からはきつい表情が消え、目からも険しさが消えている。鍛えられ洗練され、その顔には、美や知識と内的な交わりを持った生活による輝きがある。その幻影は、今の自分自身にそっくりである。見ると、その幻影を照らしだしている読書用のランプがある。書物もあって、その上をランプの明かりが照らしている。書名を見ると、「美の科学」である。それから彼は、幻影になりきり、ランプの芯を切って、「美の科学」を読みつづけた。

30

一年前に二人が愛を宣告しあった、あの小春日和（びより）の日にも似た、ある美しい秋の日に、マーティンは自分の書いた「愛の輪廻（りんね）」をルースに読んで聞かせた。それは午後のことで、前と同様、二人は自転車で丘陵地へと出かけ、自分たちの好きな小山に登っていたのだった。時々彼女は歓喜の叫び声をあげ、彼の朗読を中断したが、彼は原稿の最後の一枚を読み終えると、彼女が見解を下すのを待った。

彼女はなかなか喋らなかったが、ついには、自分の考えのきびしさを言葉で言い表わすのをためらいながらも話しはじめた。

「美しいわ、とっても美しいと思うわ。でも、売れないことよ。わかるでしょ」と彼女は言ったが、言いわけがましいところがあった。「この作品は実際的じゃないのよ。何か問題があるのね——たぶん、市場（しじょう）の問題ね——そのために、生活ができないのだわ。ねえ、お願い、誤解しないでね。あなたがこんな詩を書いてくださるなんて、私はうれしいのよ、誇りにも思っているわ、ほんとうよ——そうでなければ、私、ほんとうの女にはなれないでしょうしね。だからといって、それで私たちが結婚できることにはならないでしょ。そうじゃない、マーティン？　私がお金一点張りだなんて思わないでね。私が思いつめているのは、愛よ、二人の将来のことなの。私たちが愛しあうようになってから、もうまる一年になるのに、結婚式はまだ当分だめだわね。二人の結婚式のことでこんなふうな言い方をしたからといって、厚かましい女だなんて思わないでね。ほんとうに私は、自分の心を、自分のすべてを賭けているのですもの。そんなに書くことに執着なさるのだったら、新聞のお仕事でもおやりになれば？——ほんのしばらくでも？」

「そんなことをすれば、僕の文体が台なしですよ」と彼は、低い単調な声で答えた。「僕が文体にどんなに心を砕いているか、あなたにはわからないでしょ」

「でも、あの短篇」と、彼女は主張した。「あなたは、あれを駄文って言ったでしょ。あんなのをずいぶん書いたのでしょ。それで文体が台なしにならないの？」

「いや、事情が違いますよ。あの短篇は、長い一日をかけて文体に心を砕いた末に、やっと書きあげたものなんです。でも、記者の仕事なんて朝から晩までずっと文章を切り刻むだけで、それが人生の一大事なんですよ。それに、激烈な生活、その時その時の生活であって、過去も未来もありません。記者の文体以外の文体なんて考えもしないし、むろん、そんなのは文学じゃありません。僕の文体の目鼻がつこうとしている矢先に、記者になんかなったら、文学的な自殺になってしまいますよ。でも実情となると、どの短篇も、一語一語に至るまで、僕自身、僕の自尊心、僕の美に対する尊敬を冒瀆するものです。まったくうんざりしますよ。僕は罪なことをしました。だから、たとえ服が質に入っても、僕の作品が売れなくてよかった、と内心喜んでいるんです。でも、『愛の輪廻』を書くのは楽しいんです！　最高の形式で書く創造の喜びったらありません！　それだけでもう満足です」

マーティンは、創造の喜びについてはルースが同情的でないということを知らなかった。この言葉を使ったのは、彼女だった——彼は、彼女の口からはじめてこの言葉を耳にしたのだ。彼女は、大学で文学士号を取得する際に、この言葉について読んだり研究したりもした。が、彼女は独創的でも創造的でもなかった。その教養の表われるところすべて、他人が言ったことの単なるくり返しにすぎなかったのである。

「編集者があなたの『海の叙情詩』を修正したのは、正しかったのじゃなくって？」と、彼女が訊いた。「いいこと、編集者だってきっと資格を立証してみせたのよ。でなきゃ、編集者になれっこないのですものね」

「それは、つまり、わかりきったことに固執するってことですよ」と答えはしたが、彼はどうも自分の手に負えない編集者のほうに向かっ腹を立てていた。「存在するものは、正しいばかりか、この上もなくよいものだ。どんなものにせよ、存在するということが、それが存在するに足るという十分な弁明になる——普通の人はそう考えますが、その存在というのにしても、いいですか、彼らが我知らずに信じているのは、単に現況ばかりでなく、あらゆる状況における存在なんです。もちろん、無知だから、彼らはそうした戯言（たわごと）を信じているのです——この無知というのは、ヴァイニンガー（一八八〇—一九〇三、ウィーンの心理学者）が述べているヘニディカルな（「漠たる」の意）精神過程にほかならないものなんですが。彼らは自分で考えていると思ってはいるのですが、そういう考えない者どもが、ほんとうに考える少数派を裁断しているというわけです」

彼は、自分がルースの頭について話していたのではないかという気がして、ひと呼吸置いた。

「今のヴァイニンガーって、どなたのことだか知らないわ」と、彼女が答えた。「それに、あなたのお話ったらすごく漠然としているから、私にはとてもついて行けないわ。私の話は、編集者の資格のことだった――」

「それじゃあ」と彼は、彼女の話の腰を折った。「編集者の九十九パーセントまでは、まず失格です。彼らは、作家として失敗したのです。まさか書く喜びより、厄介な事務仕事をしたり、発行部数や営業部長の奴隷になってるほうがいいってことじゃないでしょ。彼らも書いてはみたんだけど、うまくいかなかった。この点にこそ、いまいましいパラドックスがあるのです。文学への登竜門がことごとく、あの番犬ども、文学の失敗者たちに守られているわけですからね。編集長、副編集長、編集者、その大部分、それに雑誌の校正係や出版業者の大部分、そのほとんどすべてが、書きたくてもうまくいかなかった連中なんです。なのに、この世の生き物のなかで一番ふさわしくない連中が、出版の採否を決めている張本人というわけです――連中は、自分たちが独創的でないのを立証しておきながら、非凡な想像力に欠けていることを証明しておきながら、のうのうと独創性と天才を裁断しているのです。そしてそのあとから、さらに多くの失敗者である評論家がついて来ます。まさか連中が詩や小説を書く夢など見なかった、そんなものを書こうとなんかしなかった、などということはないでしょ。だって、書いてはみたのだけど、うまくいかなかったのですから。何しろ、並みの評論のひどさときたら、肝油以上ですからね。でも、評論家や槍玉にあがっている批評家についての僕の意見はおわかりでしょ。そりゃあ立派な批評家もいますが、その数はたかが知れたものです。僕も作家として成功しなければ、編集の仕事をやってみますよ。ともかく、糊口の道はありますからね」

ルースの血のめぐりは速く、恋人のそうした主張の矛盾に気づき、彼の考えには難色を示した。

「でもマーティン、もしそうだとしても、もしあなたが言いきった通りにあらゆる門戸が閉ざされているとしてよ、立派な作家たちはどうして成功できたの？」

「彼らが成功したのは、不可能なことをやってのけたからです」と、彼は答えた。「反対する者を焼いて灰にするほど、ものすごくはなばなしい仕事をやったのです。奇跡によって、千に一つの賭けに勝って、成功したのです。彼らはカーライル（一七九五―一八八一、イギリスの評論家・歴史家）の作品に出てくる、戦いで傷ついても参らない巨人だったから、成功したのです。だから、僕だってそうしなければなりません。僕だって、不可能なことをやってのけねばなりません」

「でも、もし失敗したら？　マーティン、私のことも考えてくれないと」

「失敗したら、って？」彼女の言ったことなど考えられないことだというふうに、彼は一瞬じっと彼女を見つめた。すると、その目は聡明な輝きを増した。「失敗したら、編集者になりますから、あなたは編集者の奥さんということになりますね」

彼女は、彼の冗談に顔をしかめた――しかし、何ともかわいらしいしかめ面だったので、抱きよせてキスをしてやると、しかめ面でなくなった。

「ねえ、もういいのよ」彼女は、彼の強さの魅力から何とか身を放そうとしながら、言いはった。「私、父母と話したの。今まで、あれほど親に逆らったことなどないわ。話を聞いてって言ったのよ。私って、とっても親不孝ね。あの通り、二人はあなたに反対でしょ。でも、あなたに寄せる私の愛は変わることがないって、くり返し言ったわ。そしたら、とうとう父は、もしあなたさえよければ、すぐにでも事務所で働けばいいって言ってくれたの。それに、二人が結婚して、どこかに小さな家を持てるように、最初から十分な俸給を出そうって、自分のほうから言ってくれたの。父って、とってもすばらしいわ——そうでしょ？」

マーティンは、心に絶望の鈍痛を覚え、機械的に刻みタバコと紙（もう持ってはいなかったが）を取ろうと手を伸ばしながら、何かわけのわからないことをブツブツと言った。ルースは言葉を続けた。

「でも、率直に言えばよ、気を悪くしないでね——いい、あなたと父の折りあいは、はっきり言って——父にはあなたの急進的な考えが気に入らないし、あなたが怠け者だと思っているの。もちろん、私にはわかってるわ。あなたは頑張り屋なんですもの」

このしんどさは彼女にだってわかるもんか、マーティンは心の中でそう思った。

「それじゃあ」と彼は言った。「僕の考えはどう？　あなたも、そんなに急進的だと思いますか？」

彼は、彼女の目をじっと見つめて答えを待った。

「そうね、とても面くらっちゃうわ」と、彼女は答えた。

彼のためにそういう返答をしたのだが、彼はうだつのあがらぬ人生に気が滅入ってしまい、彼女が自分に働くようにとためらいがちに話を持ちだしたことも忘れていた。彼女のほうは、言えるだけのことを言ってしまったので、再度聞きかえそうと思うまで、返事を待つのを厭わなかった。

彼女は、長く待つ必要もなかった。マーティンにも、彼女に持ちだす問題があったのである。彼女が自分をどれぐらい信頼しているのか、確かめてみたかったのだ。そして一週間もしないうちに、互いの答えが出た。マーティンは、「太陽の恥辱」を彼女に読んで聞かせることで返答の時期を早めたのだった。

「どうして記者にならないの？」彼が読み終えると、彼女は言った。「そんなに書くのが好きなんだもの、きっとうまくいくわ。ジャーナリズムで身を立て、名声を得られるわ。立派な特派員だって大勢いるんだし、俸給だって多いし、世界が彼らの活躍の舞台でしょ。どこにだって派遣されるのよ。スタンリー（一八四一―一九〇四、アメリカの探険家・新聞記者）みたいに、アフリカの奥地へ行ったり、ローマ法王と会見したり、誰も知らないチベットの探険に出かけたり」

「それじゃ、あなたは僕のエッセイが気に入らないのですね？」と、彼は抗言した。「僕にはジャーナリズムではチャンスがあっても、文学では見込みなしと思っているんですね？」

「ううん、そうじゃないわ、いいと思うのよ。よく書けているわ。でも、どうやら読者の頭ではかないっこなさそうよ。少なくとも、私の頭ではかなわないわ。聴いてると美しいのだけど、私にはわからないの。科学的な用語は私の及ばぬところだし、ねえ、あなたは極端論者だわ。あなたにはわかっていることでも、私たちにはわからないことだってあるのですもの」

「たぶんあなたが困られるのは、哲学用語でしょ」としか彼には言いようがなかった。

彼は、今読んで聞かせた円熟しきった思想に体を熱くしていたが、彼女の意見を聞いて茫然とした。

「どんなお粗末な書き方であってもですよ」と、彼は譲らなかった。「何かありませんか？——思想という点で、ですよ？」

彼女は、首を横に振った。

「ええ、どうも私のこれまで読んだものとはずいぶん違うわ。メーテルリンクだって読んだし、わかってる――」

「あの神秘主義が、わかったのですか？」とマーティンは、間髪を入れずに訊いた。

「ええ、でもあなたの評論はメーテルリンクを攻撃しているみたいだけど、私にはわからないの。もちろん、独創性が大事だということなら――」

彼はいら立たしげに彼女を制止したが、素振りだけで、言葉はあとに続かなかった。彼は、彼女が話している、それもしばらくずっと話しつづけていることに、急に気がついた。

「結局、あなたがこれまで書いてきたことは、道楽半分だったのよ」彼女は話しつづけた。「だけど、もう十分堪能したでしょ。もうそろそろ本気で生活を考えはじめてもいい頃よ――私たちの生活をよ、マーティン。あなたはこれまで、自分だけの生活をしてきたのですもの」

「僕に働けって言うんでしょ？」と、彼は訊いた。

「ええ。父だって声をかけてくれたのだし――」

「それはよくわかっています」と、彼は口をはさんだ。「でも、僕の知りたいのは、あなたがもう僕を信用しなくなったのかどうかということです」

彼女は、目をうるませ、黙って彼の手を握りしめた。

「あなたが物を書くことにはね」と彼女は、声にもならないような声で認めた。

「あなたは、僕の作品をずいぶん読んだんでしょ」彼は、声を荒くして言いつづけた。「どう思っているのですか？　どうにも見込みはありませんか？　ほかの人の作品と比べてみて、どうですか？」

「だって、ほかの人のは売れるけど、あなたのは――売れないわ」

「そんなの、僕の質問の答えにはなりませんよ。あなたは、文学が全然僕の天職じゃないと思っているのですか?」

「それじゃ、お答えするわ」彼女は、身をかたくして言ってのけた。「あなたは、物を書くようにはできていないと思うわ。ごめんなさいね。だって、あなたが無理やり言わせるんだから。でも、文学のことなら、私のほうがよく知っていますものね」

「ええ、あなたは文学士ですから」と彼は、思いにふけりながら言った。「当然知っておられるはずです」

「だけど、さらに言えばですよ」と、二人にとってつらい息継ぎののち、彼は話を続けた。「僕の中身は、僕が知っています。僕以上に僕のことを知っている者はいません。僕には成功できることがわかるんです。へこたれやしません。僕は、詩や小説やエッセイに書いてみたいことがあって、燃えているんです。でも、あなたにはそういうことを信用してほしいとは言いません。僕や僕が物を書くことを信用してほしいとは言いません。あなたにどうしても訊いておきたいのは、僕のことを愛しているかということ、それに愛というものを信用しているか、ということです。

一年前に僕は、二年待ってほしいと言いました。まだもう一年あります。ぜったい何としても、この一年が終わるまでに成功してみせます。物を書くには年季奉公をしなければ、って以前におっしゃったでしょ。僕はそれをしてきました。詰めこみや入れこみをしてきたんです。ゴールではあなたが待っていてくれるのですから、怠けたことだってありません。安らかに寝るってどんなものか、忘れてしまいましたよ。ずっと以前は、堪能するまで眠るということ、ぐっすり眠って自然に目を覚ますってことがどんなものか、わかっていました。今ではいつも目覚まし時計です。早く寝ようが遅かろうが、目覚ましをかけ、そして、ランプを消すと、もうバタン、キューです。

眠気を催すと、軽い本に読み替えます。それでもうとうとすると、拳骨で頭を叩いて眠気を追っぱらうんです。眠りたくないという男のことを、何かで読んだことがあります。キプリングの作です。この男は、拍車を用意して、頭がもうろうとしてくると、皮膚が鉄の歯に押しつけられるようにしました。それで、僕も同じようにやってみました。時計を見て、真夜中だろうと、一時、二時、三時まででだろうと、拍車をとり去らないいんです。だから、決めた時間まで拍車が目を覚ましていてくれるんです。この拍車が、もう何ヵ月も僕の同衾者です。今では四時間の睡眠です。無性に眠りたいです。五時間半の睡眠ではぜいたくなぐらい、必死になりました。今では四時間の睡眠です。無性に眠りたいです。睡眠不足のために頭が変になったり、その安楽と睡眠のことを思うと、いっそのこと死んでしまいたいという気になったり、ロングフェロウの詩の

大海は深く静まりかえり、
そこに抱かれし万物は眠る。
一歩踏みだせば、それでおしまい、
飛びこみ、あわ立ち、あとはおさらば。

といったあたりにつきまとわれる時があります。

もちろん、こんなことはまったくの戯言（たわごと）です。神経過敏、頭の使いすぎのせいです。だけども、肝心なのは、なぜ僕がこんなことをしているかということです。あなたのためなのです。年季奉公の期間を早め、何としても早く成功するためです。そして、ようやく奉公は終わりました。こつもわかりました。普通の大学生が一年で学ぶ以上のことを、僕はひと月で学んでいるんです。自分ではよくわかっているんですよ。でも、どうしてもあなたにわかってもらいたいから、言ってるのです。自慢話じゃありません、僕は、結果を書物で判断します。きょうのあなたの兄弟ときたら、彼らの眠っているあいだに僕が書物から苦労して身につけた知識と比べると、無知な野蛮人も同然です。昔は有名になりたいと思ったけど、今は名声など要りません。欲しいのはあなたです。食べ物や衣類や名声を得るよりも、あなたが欲しいのです。僕は、あなたの胸にもたれて永久に眠ってしまいたいという夢を抱いています。そしてこの夢も、あと一年もしないうちに実現するのです」

彼の力は、うねるように彼女にぶつかって行った。彼の意志が自分の意志と反発しあうと、彼女はそれだけ強く彼のほうに引きつけられる思いがした。たえず彼から彼女に注がれてきた力は今や、彼の熱烈な声、輝く目、そしてその体内に燃えたぎる生命力や知性となって、花開いていた。その瞬間に、自分の確信に裂け目ができたことに気づいた——その裂け目から、すばらしい、とても太刀打ちできない、真のマーティン・イーデンを見つけた。そして、動物の調教師が不審の念を抱く時があるように、彼女は一瞬、自分にはこの手に負えない男の心を馴（な）らす力があるのだろうかと疑っているようだった。

「それにもう一つ」と、彼はまくし立てた。「あなたは僕を愛しています。だけど、なぜ僕を愛するのですか？　僕に書かずにおれない気持ちにさせるもの、それこそがあなたの愛を引きつけているのです。僕を愛するわけは、あなたがこれまで知りあったり愛したかも知れない男性とは、どこか僕が違っているからでしょ。僕は事務机や事務所、つまらない仕事上のけんかや法律に関するやりとりといったことには向いてないんです。僕にそんな仕事をやらせたり、そういう連中と同じようになって、彼らの仕事をやり、彼らと同じ空気を吸い、彼らと同じ考え方をさせていってごらんなさい。彼らとの違いも、僕も、あなたの愛するものも、ぶっこわしになってしまいます。物を書きたいという気持ちこそ、僕には一番大事なものなのです。僕がただのくだらない男だったら、物を書きたいなんて気持ちにもならなかったでしょうし、あなただって僕を夫に望んだりもしなかったでしょ」

「でも、あなたは忘れているわ」と彼女は、すばやく類例を思い浮かべて話を遮った。「これまでにだって、永久運動といったような妄想にとりつかれて、家族にひもじい思いをさせているとっぴな発明家がいくらもいるでしょ。たぶん、そういう人たちの奥さんも主人を愛していたでしょうし、主人が永久運動に夢中になっているからというのではなくて、夢中になっているのを物ともしないで、主人とともに、また主人のために、つらい思いをしたのでしょ」

「そうです」と、マーティンは答えた。「だけど、とっぴじゃなくて、ひもじい思いをしながら実用的なものを発明しようと努めた発明家もいますし、記録ではそういう成功例もままあります。むろん僕だって、不可能なことをしようというのではありませんし――」

「不可能なことをやってのける、っておっしゃったわ」と、彼女が口をさしはさんだ。

「たとえて言ったまでですよ。僕は、これまで人がやってきたことをする――つまり、物を書いて生活しようというわけです」

彼女が黙っているので、彼は勢いこんだ。

「それじゃ、あなたにすれば、僕の目的は永久運動と同様、妄想だというんですね？」と彼は迫った。

彼は、自分の手を握る彼女の手の力に、彼女の答えを読みとった――それは、負傷した子供を哀れむ母親の手であった。そして彼女にしてみれば、ちょうどこの時には、彼がその負傷した子供であり、不可能なことをやってのけようと夢中になっている男なのだった。

二人の話が終わる頃に、彼女はもう一度父母の反対について注意を与えた。

「でも、あなたは僕を愛しているんでしょ？」と彼は尋ねた。

「もちろんよ！」と彼女は叫んだ。

「それに、僕が愛しているのもあなたであって、ご両親じゃありません。お二人がどんなことをなさろうと、僕は気にしません」彼の声には得意の響きがあった。「だって、僕はあなたの愛を信じていますし、ご両親の反対感情などこわくありません。この世のいっさいのものが道に惑うことがあっても構いませんが、愛だけは別です。愛は、もしそれが途中で弱まったり、つまずいたりする弱虫でないのなら、正道を踏みはずすことがあってはなりません」

31

マーティンは、偶然ブロードウェイ（オークランド市の目抜き通りで、オークランド波止場より北北東にまっすぐに延びる大通り）で姉のガートルードに出会った――それは又とない機会ではあったが、面くらう一面もあった。街角で路面電車を待っているときに、彼女のほうが彼を見つけたのだが、彼の顔つきはひどくひもじそうで、目にもひどく困った様子がうかがえた。実際、ひどく困っていた。質屋へ談判に行っては来たものの、徒労に終わってしまった。質入れしてある自転車で、何とかもう少し金を借り出してみようと思ったのだ。ぬかるみの秋の天候が近づいたので、自転車は少し前に質入れしたものの、黒のスーツは取ってあった。

「黒のスーツがあるでしょ」と、彼の財産を何もかも知っている質屋はそう返答した。「まさかあれを、あのユダヤ人のリプカのところへ持っていって、質入れしたなんて言うんじゃないでしょうな。だって、もしそうなら――」

質屋は、脅迫じみた顔をした。

「とんでもない、服はあるさ。だけど、あれは商売の時に要るしな」

「結構ですよ」と質屋は、声をやわらげて言った。「あたしだって、商売でそれが要るんですからな。でなきゃ、お金を貸すわけにはいきません。まさか、寒くなるからあたしがその服を着るとでも思ってるんじゃないでしょ？」

「でも、あれは四十ドルの自転車だよ、上物だしさ」とマーティンは、負けずに言葉を返した。「けど、七ドルしか貸してくれなかったじゃないか。いや、七ドルにもなってやしない。六ドルと二十五セントだ。利子を先に引かれてしまったからな」

「もっとお金が要るんなら、あの服を持ってくるこった」と言われ、マーティンはその風通しの悪い、小さな店を出たが、すっかり捨て鉢になっていたものだから、それが顔に表われ、姉に同情の気持ちを起こさせたのだ。

二人が出会うとまもなく、テレグラフ大通りの電車が来て、大勢の午後の買い物客を乗せるために止まった。マーティンが手を貸して電車に乗せてくれようとした時の腕のつかみ具合から、ヒギンボサム夫人は、弟が一緒に乗ってこないことを見抜いた。彼女は電車の昇降段で体の向きを変え、弟を見おろした。そのやつれた顔を見ると、また彼女の心は痛んだ。

「乗らんの?」と、彼女が訊いた。

と言うや、彼女は電車をおりて、彼のそばに来た。

「僕は歩くよ――運動になるしさ」と彼は説明した。

「それじゃ、私も二、三丁歩くよ」と彼女が言った。「たぶん、そのほうが体にいいよ。ここ二、三日、どうも元気がねえもんだから」

マーティンは、姉を一瞥した。たしかに彼女の言う通りで、どうも風采はあがらないし、太り方も病的だし、両肩も前に垂れており、疲れた顔には皺が寄り、重い足どりには弾力がなかった――それは、自由で幸せな体にふさわしい歩き方の、まさに戯画であった。

「この辺で歩くのはよして、次の電車に乗ればいいよ」と彼は言ったが、彼女はすでに最初の一丁を歩き終わった所で立ち止まっていた。

「おやまあ――もうくたびれちまったんだよね！」彼女は、息切れしていた。「でも、おまえがその靴底で歩けるだけ、私にだって歩けるさ。その靴、ずいぶんうすくなっちまってるから、北オークランドまで行かないうちに破けちまうよ」

「家にいいのがあるんだ」と、マーティンは答えた。

「あした夕飯を食べにおいでよ」と彼女は、関係のない話を持ちだした。「主人がいないから。仕事でサン・リアンドロウ（オークランドの南東約十一キロに位置する都市）に行くんだよ」

マーティンは、首を横に振ってはみたものの、夕食と聞いては、猛烈に空腹な様子が目に表われるのを隠しおおせなかった。

「マート、おまえ一ペニーも持ってないんだね。それで歩いてんだろ。運動だなんて！」彼女は、軽べつしたように鼻であしらおうとしたが、何とか鼻をグズグズ言わせるだけにとどめられた。「さあてと」

そうして手さげかばんの中を手さぐりすると、五ドル金貨を彼の手に握らせた。「おまえのこの前の誕生日を忘れていたようだよ、マート」と彼女は、ぼそぼそとつぶやいた。

マーティンの手は、本能的にその金貨を握った。同時に、受けとってはならないと知って、受けとるべきか否かの判断に苦しんだ。この一枚の金貨で、自分の体と頭に食べ物と命と光明を投ずることができるし、物を書きつづける力が得られる、それに――わからないけど――たぶん、金貨を何枚も生み出すものを書ける力が得られるのだ。書きあげたばかりの二篇のエッセイの原稿が、目にありありと映じた。それは、テーブルの下に置かれた、切手を貼っていない返却原稿の山の一番上にあり、「聖餐式の高僧たち」と「美の揺りかご」という表題をタイプしたばかりのものであった。この二篇は、まだどこにも送っていなかった。これまでのものに負けない出来映えであった。あれを送る切手さえあればなあ！　すると、最後にはきっと成功するんだという確信が、ひもじさも手伝って頭をもたげ、すばやくその金貨をポケットにすべり込ませた。

「姉さん、そのうち百倍以上にして返すよ」彼は息を飲みこんだが、喉が痛々しそうに収縮し、目がさっとうるんだようだった。

「いいね！」と彼は、突然声を大きくして、きっぱりと言った。「一年もしないうちに、この金貨を百倍にして返すからね。信じてくれ、って言うんじゃないんだ。待って見ててくれさえすればいいんだよ」

彼女にしても信じてはいなかった。そうやすやすとは信じない性格上、不安になり、ほかに言いようもなかったので、こう言った。

「マート、おまえ腹減ってんだろ？　体じゅうにそれがはっきり出てるよ。いつだってご飯を食べに来るんだね。主人のいないときに、子供を知らせに走らせるから。それにね、マート――」

彼は待ったが、もう姉の考え方が明らかだったので、何を言おうとしているのか内心わかっていた。

「もうぼつぼつ働いたっていい頃じゃないのかい？」

「俺が成功しないとでも思ってるんだね？」と、彼が訊いた。

彼女は、首を横に振った。

「姉さん、俺以外には誰も俺のことを信用してくれないんだ」その声は、ひどく反逆的であった。

「俺は、いい仕事をもう大分やったんだ。だから、そのうち売れるよ」

「どうやって、いい仕事だってわかるんだい？」

「だって――」と言いかけて口ごもったのは、文学と文学史の広大な広がりが頭の中で蠢き、姉に自分の信ずるところを述べ伝えようとしても無駄だということを教えたからだ。「そうだね、それは雑誌に掲載されているものの九十九パーセントよりもいいからさ」

「おまえが道理に従ってくれりゃいいんだがね」と、彼女は力なく答えたが、弟を苦しめているものについての自分の判断の正しさには確信があった。「道理に従ってくれりゃいいんだがね」と、彼女はくり返し言った。「じゃ、あした夕食を食べにおいで」

マーティンは、姉を電車に乗せると、急いで郵便局へ行き、五ドルのうちの三ドルを切手に使った。そして、そのあとモース家に行く途中、郵便局に立ち寄って、かなりの数の長くてかさ高い封筒の重さをはかり、それらに切手を貼ってしまうと、あとは二セント切手が三枚しか残らなかった。

その夜は、マーティンにとってひじょうに重要な夜となった。夕食後、ラス・ブリセンデンと出会ったからである。彼がどうしてモース家へやって来たのか、誰の友人なのか、あるいはどんな知りあいが彼を連れてきたのか、マーティンにはわからなかった。彼のことをルースに訊いてみたいという気持ちもなかった。要するに、ブリセンデンというのは貧血症で、愚かなやつというふうに思えたので、マーティンはすぐに忘れてしまった。一時間経って、彼が部屋から部屋をうろついたり、絵を見つめたり、テーブルや書棚から書物や雑誌を引っぱり出しては読みあさっているのを見て、マーティンは彼を田舎者と決めつけた。たしかにモース家ははじめてだったにせよ、とうとうブリセンデンは同席している人たちのなかで孤立してしまい、大きなモリス式安楽椅子にすわり込んで、ポケットからうすい本を取り出し、どんどん読んでいった。読みながら、彼は何とはなしに指で髪の毛をまさぐった。あとは一度だけ、彼が数人の婦人をうまくからかっているのを見ただけで、その晩はそれ以上気がつかなかった。

マーティンは帰りがけ、通りまで出る道の中ほどで、たまたまブリセンデンに追いついた。

「やあ、君だったのかい?」と、マーティンが言った。

相手はブツブツと無愛想な答え方をしたが、威勢よくそばに寄ってきた。マーティンはそれ以上話してみようとはしなかったので、何丁か二人は黙って歩いた。

「うぬぼれの強い馬鹿めが!」

突然、憎悪に満ちた叫び声を聞き、マーティンは驚いた。面白いとも思ったが、同時に、どうも気に入らないやつだという気もした。

「なぜ君はあんな所へ行くんだ?」また一丁ばかり黙ってから、相手が不意に訊いた。

「君はどうしてなんだ?」と、マーティンが逆に訊いた。

「そんなこと、知るもんか」という答えが返ってきた。「こんな軽率なことをやらかしたのは、まあはじめてだよ。一日は二十四時間あるんだから、何とかして使わなくっちゃね。一杯やりに来いよ」

「いいだろう」と、マーティンは答えた。

そう言うが早いか、彼は二つ返事で承知などしなければよかったと思った。家に帰れば、床に着く前に何時間かの駄文書きが待っているし、床に着いてからは着いてからで、ヴァイスマン（一八三四―一九一四、ドイツの生物学者）の本、それに言うまでもなく、どんな興味津々（しんしん）たる小説にも負けないほどのロマンスに満ちたハーバート・スペンサーの自叙伝が待っているからだ。なぜこんな気に入らないやつと時間を無駄使いしなければならないんだ？　と、彼は思った。それでも断わりきれなかったのは、この男や酒ではなく、むしろ酒と結びついているもの――つまり、煌々（こうこう）とした明かりや鏡やまぶしいばかりのグラスの数々、男たちの赤くほてった顔やガヤガヤというにぎやかな声であった。そうだ。男たち、それも楽天的な男たち、成功を口にしては男らしく酒に金を使ってしまう男たち、それこそが彼をとどめられなかったのだ。寂しかったというわけだ。それで、鰹（かつお）が鉤針（かぎばり）につけられた白いえさにぶつかって行くように、この誘いに飛びついたのだ。ポルトガル人の食料品屋とぶどう酒を飲んだ以外は、シェリー温泉でジョウと飲んで以来、マーティンは酒場で一杯やったことがなかった。精神的疲労は、肉体的疲労のようにアルコールを飲みたいという気持ちを起こさせないし、彼もその必要を感じなかったからだ。なのに、たった今、一杯やりたいという気持ちになった。というよりは、酒がふるまわれたり飲まれたりする雰囲気を求めたのだ。そういう所を「グロトー」と言い、そこで二人は大きな皮張りの椅子にもたれかかって、ウイスキー・ソーダを飲んだ。

二人は交代でウイスキー・ソーダを注文しては、さまざまなことについて語りあった。酒にはすこぶる強いマーティンも相手の酒量には舌を巻き、その話にも時折開いた口がふさがらなかった。まもなく、この男は何でも知っており、これまで自分の出会った二番めに知的な人物だと思った。それでも、この男にはコールドウェル教授にないもの――すなわち、情熱や洞察力と知覚力のひらめき、熱烈で制御し難い天才といったものがあるのに気づいた。生きた言葉が彼から流れ出てきた。そのうすい唇からは、機械の型板のように、切れのよい、ぴりっとした言葉が打ち出された。あるいはまた、柔らかくて滑らかな形の同じ唇をなだめるようにすぼめて、不明瞭な音を発し、そこから燃え立つような誇りに満ちた柔らかく美しい言葉が、人生の神秘や謎を響かせていた。しかしながらまた、同じうすい唇からは、軍隊ラッパのように、広大無辺の争いの音が騒々しく鳴り響き、実に澄んだ言葉、星空のように光る言葉、究極的な科学用語では述べ尽くせないような言葉――つまり、詩人の言葉、深遠な真理のようにとらえどころがなく、言葉では言い表わせない、かといって表現がないわけではなく、ごく普通の言葉なのだが、そこには微妙でとらえにくい含蓄のある、そういう言葉が鳴り響いた。彼の目は、何とも不思議な洞察力によって、経験主義の最前哨を乗り越えていた。そこにはもう叙述の言葉などなく、何かすばらしい不思議な力によって、既知の言葉に未知の意味を持たせて、普通の人間には伝達し得ないメッセージをマーティンの意識に伝えた。

マーティンは、好かんやつだと思った当初の印象を忘れてしまった。書物が与える最上のものが、目の前にほんとうに現われているではないか。これこそが知性、賞賛してもいい生きた人間だ。「君には参ったよ」とマーティンは、何度も心の中でくり返して言った。

「生物学の勉強をしたね」と、彼は声に出して、意味ありげに言った。

ところが驚いたことに、ブリセンデンは首を横に振った。

「だけど君が述べている真理は、生物学が実証したものばかりだよ」と、マーティンは主張したが、ブリセンデンはぽかんとしていた。「君の結論は、本に書いてあるのと同じだ。きっと読んでいるはずだよ」

「いいことを聞かしてもらったよ」と、ブリセンデンが答えた。「生半可な知識のおかげで、真理への近道ができたなんて、ずいぶん心強いな。僕自身は、自分が正しかろうと、そうでなかろうと、何とも思っちゃいないんだ。そんなことは、まったくつまらんよ。究極の真理なんて、人間にはわかりっこないんだからね」

「君はスペンサーの弟子だ！」とマーティンは、勝ち誇ったように叫んだ。

「スペンサーを読んだのはもっと若い時分だし、それも『教育』しか読んでいないよ」

「僕も、君みたいに気楽に知識が得られたらなあ」と、三十分ほどしてマーティンが言った。「それまで、ブリセンデンの知力をつぶさに分析していたのである。「君は、まったくの独断家だ。そしてそこが実にすばらしい。科学が経験的推理によってしか立証できなかった最新の事実を、君は独断的に言ってのける。すぐに正しい結論に飛びついてしまう。やけに近道をするんだよね。真理への近道を手さぐりで進んではいるんだけど、何か超合理的な方法のために、恐ろしく速いんだ」

「そうなんだ、それでジョゼフ神父やダトン修道士をよく困らせたもんさ」と、ブリセンデンは答えた。「いや」と、彼はつけ加えた。「僕なんか別に大したことはないよ。カトリックの大学にやられて教育を受けたのが、まあ運がよかったのさ。君はどこでその知識を得たんだい？」

マーティンは語りながら、ブリセンデンの長くやせた貴族的な顔やうなだれた肩から、隣の椅子に置いてあるオーバーと、本をたくさん入れたためにたわみふくらんだそのポケットに至るまで、じろじろと見つめた。ブリセンデンの顔と、長くてほっそりした手は、日に焼けている——それも焼けすぎている、とマーティンは思った。この日焼けにマーティンは当惑した。明らかに、外で働くような男ではない。だったら、どうして日焼けなどしたんだろう？　この日焼けには何か大事なことがあるんだ、とマーティンは考えながら、またその顔をじろじろと見た。幅の狭い顔、高い頬骨、落ちこんだ頬、マーティンの見たこともない上品で立派な鷲鼻。目の大きさには、特に目立ったところはない。大きくも小さくもないし、その色にしても特徴のない褐色だ。が、そこには火がくすぶっている、というよりは二重の、妙に矛盾した表情が潜んでいる。挑戦的で不屈で、ひどく無情でさえあるが、同時に、同情の念を起こさせる面もある。マーティンは、わけもわからずブリセンデンを気の毒に思った。が、まもなくそのわけがわかった。

「ああ、僕は肺病なんだ」アリゾナから来たんだ、と言ってからしばらくして、ブリセンデンは無造作に告げた。「二年ほど転地療養してたってわけさ」

「ここの気候で大丈夫なのかい？」

「大丈夫？」

マーティンの言葉を彼が取り立てて強くくり返したわけではなかったのだが、マーティンはその禁欲的な顔に、そんな心配はまったくないという気持ちの表われを読みとった。その両眼が狭まって鷲のようになると、マーティンは、鼻孔をふくらませ、挑戦的で独断的で攻撃的な鷲のくちばしに気がつき、思わずハッとした。それを見て感動しながら、すばらしい、と独り口にし始めた。声に出して彼は引用した。

「『運命に打ちのめされて
　わが頭は血まみれなり、されど屈服せず』」

「君は、ヘンリーが好きなんだね」とブリセンデンは言ったが、その表情はたちまち変わって、愛想がよく、優しくなっていた。「もちろんそれ以外は考えられなかったよ。ヘンリーか！　すばらしい人だ。現代のへぼ詩人――雑誌に書いてるへぼ詩人――のなかでは傑出しているよ。ちょうど去勢された男どものなかで傑出している剣闘士みたいなものさ」

「雑誌は好かんのだね」とマーティンは、そっと問題にしてみた。

「君はどうなんだ？」と、びっくりするほどきびしい口調で問いかえされた。

「ぼ、僕は書く、いや、つまり書こうと思ってるんだ。雑誌に」と、マーティンは口ごもった。

「そりゃあ、いいな」今度はやわらかい答え方だった。「書けばいい。けど、うまくは行かんね。君の失敗に尊敬と賞賛の気持ちを送るよ。君がどんなものを書くのか、僕にはわかるんだ。そんなことぐらい何でもないさ。雑誌に締めだしを食う要素があるからだよ。中身さ。そういう特別なものは、雑誌には役に立たないってわけさ。向こうが欲しがってるのは、中身のない、お涙ちょうだいものなんだ。それならきっと採用するよ。けど、君のはだめだね」

「僕のだって、駄文の域を出てないさ」と、マーティンは主張した。

「とんでもない――」と言って、ブリセンデンはちょっと間を置き、マーティンの誰の目にも明らかな貧困状態に、横柄な目をやった。使い古したネクタイやぼろぼろになった襟から、てかてかに光る上着の袖や一方がわずかにすり切れている袖口に至るまで目を配り、最後はマーティンのやせこけた頬に行き着いた。「とんでもないよ、駄文どころか、とてもそこまで行ってないんだから、まずそんな望みは無理だね。そのうえ、おい、何かおごってやろうかなんて言えば、君を侮辱することになるんだろうね」

マーティンは思わず顔が熱くなるのを感じたが、ブリセンデンは勝ち誇ったように笑った。

「腹がいっぱいなら、そんなふうに声をかけられても、恥ずかしいとは思わんよ」と、彼は断定した。

「ちくしょう！」とマーティンは、腹立たしそうに叫んだ。

「とにかく、僕はまだ声をかけとらんよ」

「そんな勇気はないさ」

「いや、そんなことはわからんさ。じゃ、声をかけるよ」

ブリセンデンは、直ちにレストランへ出かけるかのように、話しながら半ば椅子を立っていた。

マーティンはこぶしを握りしめ、こめかみのあたりがズキンズキンしていた。

「ボースコウ！　この男、生きたまま食うんですぜ！　生きたまま食うんですぜ！」とブリセンデンは叫んで、土地の有名な蛇食い男の客引きのまねをしてみせた。

「きっと君を生きたまま食えるだろうよ」とマーティンは言って、今度は相手の病気やつれした体に横柄な目をやった。

「僕は、ただ食う値打ちもないかい?」

「まるっきりないさ」と、マーティンは考えた。「そんなことをするまでもないというわけさ」彼は、心からどっと笑った。「ブリセンデン、実を言うと、僕は君に馬鹿にされてると思ったんだよ。僕がひもじい思いをしていて、君がそれに気づいているということは、ごくあたりまえの現象にすぎないし、恥でも何でもないさ。ほら、僕がさ、連中のありきたりのつまらない道徳を笑うと、君はさ、鋭いほんとうのことを言ってのけちゃう。すると、すぐに僕は、同じつまらない道徳の奴隷になってるってわけさ」

「恥をかかしちゃったな」と、ブリセンデンは肯定した。

「たしかに、ちょっと前まではね。若気のひがみってやつでね。若い頃にいろいろと覚えたことはさ、あとで覚えたことなど寄せつけないのさ。人には言えぬ僕の秘密なんだ」

「でも、もうそんなのは閉めだしちゃったんだろ?」

「もちろんさ」

「ほんとうか?」

「ほんとうだとも」

「じゃ、何か食べに行こうぜ」

「うん、行こう」とマーティンは答えて、あの二ドルの残りの小銭で今のウイスキー・ソーダの代金を払おうとしたが、見ると給仕は、ブリセンデンにおどされて、その小銭をテーブルの上にもどした。

マーティンはしかめ面をしながら、それをポケットにしまうと、ちょっとの間、肩にブリセンデンの手が優しくかかるのを感じた。

32

さっそく、次の日の午後、マリアはマーティンの二人めの訪問客にやきもきした。だが今度は、分別を失うことはなかった。その客をあの立派な客間に通したからである。

「邪魔じゃないだろうな?」と、ブリセンデンのほうが喋りはじめた。

「ああ、もちろんいいとも」とマーティンは答えて、握手をし、たった一つしかない椅子を彼に勧め、自分はベッドにすわった。「それにしても、よく僕の所がわかったね?」

「モースさんの所に電話したら、モース嬢が出て、それで来たってわけさ」彼は、上着のポケットからうすい本を引っぱり出して、テーブルの上に投げ出した。「詩人の書いた本だよ。読んでみろ、返さんでもいいから」それでも、マーティンがもらっておくわけにはいかないと言うと、「もう僕が本とどんな関係があるって言うんだい? 今朝(けさ)、また喀血したんだよ。ウイスキーない? もちろん、ないよな。ちょっと待っててくれ」

彼は出ていった。マーティンは、背丈の高い彼の後ろ姿が外の階段をおりて行くのを見ていた。そして、彼がこちらを向いて門を閉める時に気づいたのだが、かつては広かった両肩も、今では衰弱しきった胸の上で縮んでいた。マーティンは、コップを二つ出し、ヘンリー・ヴォーン・マーロウの最新刊の詩集を読みはじめた。

「スコッチはなかったぜ」もどって来て、ブリセンデンはそう言った。「貧乏酒屋には、アメリカのウイスキーしか売ってないんだよな。でも、一クォートはあるぜ」

「子供にレモンを買いにやらせるよ。トディを作るんだ」と、マーティンは提案した。

「こんな本を出して、マーロウはどれぐらいもうけるんだろうね？」と、例の本をとりあげながら、彼は続けて言った。

「五十ドルってところかな」と、ブリセンデンが答えた。「けど、何とかこぎつけりゃ、つまり、出版社をうまく言いくるめて、出版にまでこぎつけるだけでも幸運なんだよ」

「すると、詩では食えないってわけだね？」

マーティンの口調にも顔にも、落胆の色が見えた。

「その通りさ。どこの馬鹿がそんなの当てにするもんか？　歌ならいいぜ。ブルースやヴァージニア・スプリングやセジウィックなんてのがいて、結構やってるよ。だけど詩はねえ――ヴォーン・マーロウの生活ぶりを知ってるかい？――ペンシルヴァニアの詰めこみ学校で教えてるんだよ。人目につかない、ちゃちな地獄みたいな人生、その辺の勤め口が限度なんだ。僕なんか、五十年長く生きられたって、やつと代わるのはいやだな。だけどあいつの詩は、人参（にんじん）の中のバラス・ルビーみたいに、くだらない現代詩人のなかではいい線いってるよ。なのに書評ときたら、ひでえもんさ、どいつもこいつも、まったく馬鹿者どもばかりだ！」

「物を書けないやつが、物を書いてる者のことを書きすぎてるんだ」と、マーティンは同意した。「スティーヴンスン（一八五〇―九四、イギリスの小説家・随筆家・詩人。「宝島」の著者）とその作品についても、ずいぶんくだらないことが書かれているんだから、たまげるよ」

「いまいましい業突張（ごうつくばり）どもめが！」とブリセンデンは、歯をカチカチ言わせてののしった。「ああ、あの餓鬼どもさ――ダミアン神父（一八四〇―八九、ベルギー人神父。ハワイ諸島でハンセン病患者の救済に尽力、自身も罹患し、そのために中傷される）のために書いた公開状のことでスティーヴンスンを悦に入って小突いたり、分析したり、考察してるのさ――」

「評価すると言ったって、やつらのあさましい自我が物差しになってるんだからな」と、マーティンが口をはさんだ。

「そうだ、その言葉はいいや――真実や美や善に泥を塗ってさ、果てはスティーヴンスンの背中を叩いて、『よしよし、ファイドー（よくある犬の名前）』なんて言うんだ。へっ！　リチャード・リアルフ（サンフランシスコの詩人・小説家）は死ぬ夜に、やつらのことを『けちなお喋り野郎』って呼んだよ」

「星くずを小突くとすれば」とマーティンは、興奮して話の途中で口をはさんだ。「巨匠連の一時的にはなばなしい飛躍をさ。前に僕は、連中――批評家、いや、というよりは評論家の風刺文を書いたことがあるんだよ」

「見せろよ」と、ブリセンデンはしきりにせがんだ。

そこでマーティンは、「星くず」のカーボン紙の写しを捜し出した。それを読みながら、ブリセンデンはクスクスと笑ったり、両手をこすったりして、トディを飲むのも忘れていた。

「君自身が、目の見えない頭巾（ずきん）をかぶった小鬼どもの世界に投げこまれた星くずの一つって感じだな」と、彼は最後に評した。「もちろん、それだってはじめて送った雑誌から突っ返されたんだろ?」

マーティンは、原稿控え帳を繰ってみた。

「二十七回断わられてるね」

ブリセンデンは、それを聞いて、うんと笑ってみようとしたが、発作的に咳が出て、笑えなくなった。

「なあ、詩はやったことがないってことはないんだろ?」と、彼はあえぎながら言った。「少し見せてくれよ」

「今は読まないでくれ」と、マーティンは抗弁した。「話をするほうがいいから。あとで包むから、持って帰ればいいよ」

ブリセンデンは、「愛の輪廻」と「美女と真珠」を持ち帰り、次の日にまたやって来て、あいさつもそこそこに、「もっと貸してくれ」と言った。

彼はマーティンのことを詩人だと請けあったが、同時にマーティンも、ブリセンデンが詩人であることを知った。マーティンは、相手の作品に陶然となり、しかも彼が出版してみようとしてみたこともないのに驚いた。

「出版社なんて、畜生めが!」マーティンが何とか協力して作品を市場に出そうと持ちかけたのに対し、ブリセンデンはこう言った。「美は美ゆえに愛するもんだ」と彼は忠告した。「雑誌なんか放っておけばいいんだ。船と海にもどるんだな——君にそう忠告するよ、マーティン・イーデン。こんな吐き気のする不愉快な都会で、何がやりたいんだ?　雑誌界の要求に応じて美を売ろうと毎日を浪費するなんて、自滅だぜ。この前、君は何を引用したんだったっけ？――ああ、そうだ、『人間、最も短命なる者』だ。じゃあ、君だって最も短命なる者なんだから、名声を得てどうしようっていうんだ？　そんなもの、君には毒になるよ。そんなパン粥をすすって成功するなんて、どう見たって単純で、初歩的で、合理的にすぎるぜ。君には、一行だって雑誌に売ってほしくないね。美が、仕える唯一の主人なんだ。美に仕えりゃ、その他もろもろは糞食らえだ！　成功だって！　ヘンリーの『幻影』より優れているスティーヴンスンの十四行詩や、その『愛の輪廻』や海の詩に成功がないというんなら、いったい成功って何なのだ？

うれしいのは、成功の対象物ではなくて、それをやることなんだ。はっきりしないけど、それが僕にはわかるし、君にだってわかってるさ。美のために心が痛むんだ。それは、果てしのない痛みであり、癒えることのない傷であり、燃えるナイフなのさ。なぜ雑誌とかけ合わなくちゃならんのだ？美を君の目的にするんだよ。なぜ美を黄金に造り換えねばならんのだ？　と言っても、君にはそんなことはできないんだから、僕がかっかしたって何にもならないけど。どれぐらい長く雑誌を読んでみたって、キーツ（一七九五―一八二一、イギリスの詩人）ほどの詩は一行も見つからんよ。名声や金なんか構わずに、あした船と契約して、海へもどるんだな」

「名声のためじゃなくて、愛のためなんだ」と言って、マーティンは笑った。「君の世界には愛はないらしいね。僕の世界では、美は愛の侍女なんだよ」

ブリセンデンは、哀れみと賞賛の気持ちを抱きながらマーティンを見た。「君は若いよ、マーティン君、若いんだよ。高く飛ぶのはいいが、君の翼は最高に美しい色を配した、最上の紗でできているんだ。焦がすんじゃないぜ。とは言っても、もうすでに焦がしてるよな。その『愛の輪廻』を説明するとなれば、誰かすばらしい女が要るもの、残念なことだ」

「女だけじゃなく、愛も賛美しているよ」と、マーティンは笑った。

「狂気の哲学ってやつだな」と、相手が言いかえした。「薬(やく)をやってふらふらしてるときに、そういうことがはっきりわかったのさ。けど、気をつけろ。へたすると、こういうブルジョアの都市は君を殺してしまうぜ。僕が君と出会った、あの裏切り者の巣を考えてもみろ。あんなの、馬鹿もいいところだ。あんな雰囲気じゃ、おかしくなっちまうよ。堕落だ。どいつもこいつも、堕落してないやつはいない。連中の目的なんて腹を満たすことであって、そのご大層な知的、芸術的水準など、蛤(はまぐり)の水準――」

彼は急に話をやめ、マーティンをじっと見た。すると、ぱっと予感がひらめいて、状況が呑みこめた。顔が驚いたような表情に変わった。

「そうか、さてはあのすごい『愛の輪廻』は、彼女に向けて書いたんだな――あの蒼白い顔の、やせ細った女に！」

と言うが早いか、マーティンの右手がさっと伸びたかと思うと、ブリセンデンの喉を締めつけた。そして彼は、歯がガタガタと鳴るまで振りまわされていた。だがマーティンは、相手の目を見たものの、その目には穿鑿(せんさく)的で嘲笑的な悪魔しか見えなかった。彼ははっと気がつき、ブリセンデンの首筋をつかみ、ベッドのわきへ投げ飛ばした。

ブリセンデンは、一瞬息切れし、苦しそうにあえいだ。それからクスクスと笑いだした。

「もし君がその情熱をかき消してしまったら、僕は永久に君に借りを作るところだったな」

「僕の神経は、近頃一触即発の状態なんだよ」と、マーティンは謝った。「けがはなかっただろうね。さあ、もう一杯トディを作るよ」

「なあ、君、飲み友だち！」ブリセンデンは続けて言った。「君は、その体が自慢の種なんだろな。恐ろしく強いよ。生きのいい豹、ライオンの子、ってところだな。それにしても、その強さに対してはお返しがあるぜ」

「というと？」とマーティンは、相手にコップを渡しながら、けげんそうに訊いた。「さあ、ぐいとやれよ。スカッとするぜ」

「というのはさ――」ブリセンデンは、トディをひと口飲んで、これはいけるというふうにほほえんだ。「それは女だよ。これまで同様、君は死ぬまで女に悩まされるぜ。でなけりゃ、僕は何もわかってやしないということになるよ。もう僕の首を締めたって無駄だぜ。僕は言いたいことを言うだけさ。君の恋愛なんて、きっと青くさいものに決まってるさ。だけどこの次は、美のためにも、もっと趣味のいいところを見せるんだね。いったいブルジョアの娘なんかをどうするつもりなんだ？　ブルジョアなんか放っておけよ。生や死を物ともせず、できる限り人を愛する、誰かそんなすごく奔放な、炎のような女を選ぶんだね。そういう女というのはいるし、ブルジョアの傘に隠れた臆病な代物同様、二つ返事で君に惚れちゃうさ」

「臆病だって？」と、マーティンは反論した。

「その通り、臆病さ。人の口から聞かされたつまらん道徳を受け売りしてベラベラ喋り、そのくせ生きるのがこわいんだ。そんな女は、マーティン、君を愛しはするだろうが、それ以上にあのつまらん道徳のほうが大事なんだ。君の求めているのは、すばらしく奔放な生活やとても自由な魂や輝く蝶であって、ちっぽけで陰気な蛾じゃないんだろ。ああ、君が不幸にも生きるとすれば、ああいう連中にも飽きるさ。けど君は生きようとはしない。船と海にもどろうとはしない。だから、こんな都会の汚い所をうろつきまわって、ついには骨が腐って、死んじゃうのさ」

「お説教するのはいいが、僕に口答えはごめんだぜ」とマーティンは言った。「結局、君には君なりの考え方というものがあるんだし、互いに非難のし合いっこなしだ」

愛や雑誌やいろいろなことについて二人の意見は合わなかったが、互いに好感を持ち、マーティンのほうでは心から好感を寄せたほどであった。ブリセンデンはマーティンの窮屈な部屋で一時間ほどしか過ごさなかったにせよ、二人は毎日毎日一緒であった。ブリセンデンは、決まってウイスキーを一クォート持参したし、街で一緒に食事をするときも、ずっとウイスキー・ソーダを飲んだ。彼はつねに二人分の費用を払ってくれ、そのおかげで、マーティンは手の込んだ料理の味を覚えたし、一流のシャンパンを飲み、ライン産の白ぶどう酒を知るようになった。

それにしても、ブリセンデンはいつも謎の人物であった。禁欲主義者の顔をしながら、生命が衰えていくなかで、あからさまに酒色にふける。死など恐れず、すべての生き方というものに対して無情で冷笑的だ。なのに、死に向かいつつも、最後まで生に執着する。必死に生きよう、感動を覚えようという気持ち、彼がかつて口にした言葉をもってすれば、「僕の生まれた広大無辺の地にあって、せめて自分のちっぽけな空間を頓着なく動きまわって」みたいという狂おしい気持ちを抱いていた。新しいスリルや感動を求めて、薬(やく)をやってみたり、いろいろと変わったこともやった。たとえば、三日間自発的に水を飲まずにいたこともあった。それは、三日間が終わって、渇きが満たされた時のすばらしい喜びを体験するためだったというのだ。彼がどういう人間なのか、マーティンにはどうしてもわからなかった。過去を持たず、その未来には死がさし迫っており、しかも、現在を熱狂的に生きている男なのであった。

33

マーティンの戦況は、悪化の一途をたどっていた。いくら節約しても、駄文の収入では帳尻が合わなかった。感謝祭がやって来ても、黒のスーツが質に入っており、モース家の晩餐への招待も受けられそうになかった。来られないわけを聞いて、ルースはみじめな思いをし、そのことも彼を捨て鉢にした。結局、サンフランシスコの『トランスコンティネンタル』社へ出向いて、自分の取り分である五ドルを受けとれれば、それで服を質受けして寄せてもらう、と彼女に言った。

朝のうちに、彼はマリアから十セント借りた。なるべくならブリセンデンから借りたかったのだが、このところあの奴(やっこ)さん、姿を見せていなかった。もう二週間も会っていないのである。何か気を悪くさせたのだろうかと頭を絞ってみたが、思いつかなかった。借りた十セントで渡し船(フェリー)に乗り、サンフランシスコへ渡った。マーケット通りを歩きながら、金を取れなかった場合の窮地について思いを凝らした。そうなったらもうオークランドへもどる手がないし、帰りの十セントを貸してくれる人などサンフランシスコでは誰も知らないのだ。

『トランスコンティネンタル』社のドアは、わずかに開いていた。マーティンがそれを開けると、中から大きな声がするので、思わず立ち止まった。

「しかし、そんなの話になりませんよ、フォードさん」（フォードというのが編集長の名前だというのを、マーティンはこれまでの文書のやりとりで知っていた。）「問題は、金を払う用意があるのか、ということです——現金ですぐにですよ。『トランスコンティネンタル』の見込みだとか、来年には何とかなるなんてことに、私は関心がありませんからね。私の欲しいのは、自分の仕事に対する支払いなんです。この際言っておきますが、お金をもらうまでは、『トランスコンティネンタル』のクリスマス号を印刷には回しませんからな。じゃ、さよなら。お金が入ったら、来てください」

ドアがぐいと開いたかと思うと、その男は怒った顔つきをしてマーティンの前をさっさと通りすぎ、ブツブツと悪態をついたり、こぶしを固めながら廊下を歩いていった。マーティンは、すぐに入る決心がつきかねて、十五分ばかり廊下でぶらぶらしていた。それから、ドアを押し開けて中に入った。編集室の中に入るなんてはじめてのことであり、今までにない経験であった。この会社では、名刺など明らかに不要のようだった。給仕が奥の部屋へ行って、フォード氏に面会です、と伝えたからである。もどって来ると、給仕は部屋の中ほどからマーティンをさし招き、編集長の個室に案内した。マーティンの第一印象は、部屋が混乱し、ごたごたとり散らかっているということだった。次に気づいたのは、頬ひげを生やした、まだ若そうな男で、彼は畳みこみ式のふた付き机にすわって、マーティンを物珍しげに見つめた。マーティンは、相手の顔が落ち着きはらっているのに驚いた。明らかに印刷屋との口論も、その落ち着きに影響を及ぼしてはいないらしい。

「僕――僕がマーティン・イーデンです」と、マーティンは切りだした。(「で、五ドルをいただきたい」と彼は言いたかった。)

しかし、編集者に会うのはこれがはじめてでもあるし、事情が事情だから、急にびっくりさせたくはなかった。驚いたことに、フォード氏は「まさか！」と言って飛びあがり、次の瞬間には、両手でマーティンの手を思い入れたっぷりに握っていた。

「イーデンさん、お目にかかれてこんなにうれしいことはありません。どんな方だろうか、ってたびたび申しておったのです」

こう言って、彼はマーティンを握手のときの距離に保ちながら、目を輝かせて、マーティンの二番めに上等の服にざっと目をやった。その服はまた彼の一番悪い服でもあり、ぼろぼろで修理のできる状態ではなかった。ただ、ズボンは、マリアのアイロンで注意深く折り目をつけてあった。

「いやあ、実は、もっと年輩の方だと思っておりました。あなたの物語にはですね、なかなかの幅と力強さがあり、思想にも円熟味と奥行きとがあります。傑作ですな、あの物語は――最初の五、六行を読んだら、それがわかりました。はじめて私があれをどんなふうに読んだかお話ししましょう。いや、それよりもまずあなたをみんなに紹介しましょう」

さらに言葉を続けながら、フォード氏はマーティンを大部屋へ案内し、そこで副編集長のホワイト氏に紹介した。彼はほっそりとした、か弱い男で、その手は悪寒に苦しんでいるかのように妙に冷たく感じられ、また、その頬ひげはうすく光沢があった。

「それからエンズ氏です、イーデンさん。エンズ氏はうちの営業部長なんですよ」

気がつくと、マーティンは気むずかしい目をした、禿げ頭の男と握手をしていた。その顔はなかなか若々しそうではあったが、そのほとんどが見えないほどだった。というのは顔のほとんどが、入念に手入れしたまっ白いひげにおおわれていたからだ――その手入れは、日曜日に彼の細君がやり、時々はうなじにも剃刀をあてていた。

三人はマーティンをとり巻き、みんな一緒になってほめ上げると、ようやくマーティンには、彼らが何とかして時間つぶしをやっているのだというふうに思えるようになった。

「なぜお見えにならないのだろうか、ってたびたび申しておったんです」と、ホワイト氏が言った。

「電車賃がなくて、おまけに湾の向こうに住んでいるものですから」いやが応でも金が必要なのだということを示そうと思って、マーティンはぶっきらぼうにそう言った。

たしかにこの一張羅だけでも、俺が金の入り用なのがよくわかりそうなものだぜ、と彼は思った。何度も機会のあるごとに、それとなく自分の用向きをほのめかした。だが彼らは賛美するだけで、耳を貸さなかった。彼をほめたたえたり、彼の物語の感想は述べた。けれども唯一人として、代金を支払おうという気持ちなどおくびにも出さなかった。

「あの物語を最初どんなふうに読んだか、お話ししましたかな？」と、フォード氏が言った。「むろん、まだでしたな。ニューヨークから来る途中、列車がオグデン（ユタ州北部の都市）に止まったときに、新しい担当のボーイが、『トランスコンティネンタル』のその月の号を持ってきたんです」

くそっ！　おまえは一等の寝台車で旅行できたって、俺はおまえに貸してあるたったの五ドルのためにひもじい思いをしてるんだ、とマーティンは思った。怒りが大波のようにどっと押しよせてきた。『トランスコンティネンタル』誌によって加えられた仕打ちが、とてつもなく大きく立ちはだかった。というのも、空しい望みを抱き、飢えと窮乏のうちにあった、あのやる瀬ない数ヵ月が、彼にこびりついていたからだ。そして今やひもじさが目を覚ますと、腹にきりきりと応えた。思い起こせば、この二日間飲まず食わずできたのだ。そのとき、彼はかっとなった。こいつらは泥棒どころか、こそ泥だ。嘘をついたり約束を破って、俺をまんまとだまし、あの物語を巻きあげたんだ。それなら、こっちだってはっきりしてやるぞ。すると、こっちも金をもらうまではここを出て行くものか、との強い決心が湧き起こった。もし金が入らなければ、オークランドへは帰りようがないということを思いだしたのだ。落ち着くのになかなか骨が折れたが、それより先に彼らは、彼の狼のような顔の表情に畏れ、狼狽した。

彼らは、いよいよ饒舌になった。フォード氏は改めて「鐘の響き」をはじめて読んだときの様子を語りはじめ、エンズ氏も同時に、アラミーダで教師をしている彼の姪が「鐘の響き」の価値を認めていることを何とかくり返そうと努めた。

「僕の用件を申しあげましょう」と、ついにマーティンが言った。「みなさんがそんなにも気に入ってくださったあの物語の代金をお支払いいただきたいのです。たしか、掲載しだい五ドルを支払うとのお約束でしたね」

フォード氏は、その表情豊かな顔立ちに、「いいですよ、すぐに喜んで払いましょう」といった表情を浮かべ、ポケットに手を伸ばしたかと思うと、急にエンズ氏のほうに向いて、金を家に置き忘れてきた、と言った。そう言われて、エンズ氏が機嫌を悪くしたのは明らかだった。マーティンは、ズボンのポケットを守るかのように彼の腕がぐいと動くのを見た。金がそこにあるのをマーティンは知った。

「申しわけないのですが」と、エンズ氏が言った。「一時間もしない前に印刷屋に払ってしまいまして、持ちあわせの小銭を持っていかれました。金が不足しておりまして、うかつなことでした。けれども、請求書の支払い期日はまだでしたのに、印刷屋にそこを何とか頼むから前金でと言われまして、まったく思いがけないことだったのです」

二人は期待してホワイト氏を見たが、彼は笑って肩をすくめた。とにかく彼の良心に偽りはなかったのだ。彼は雑誌文芸を学ぶために『トランスコンティネンタル』社に入ったのに、主として学んだものは資金のやりくりであった。この社は、もう四ヵ月も彼に給料を払っていなかったが、副編集長である自分よりもまず印刷屋をなだめねばならないことを彼は知っていたのだ。

「いやはや馬鹿げたことで、イーデンさん、こんなことになりまして」と、フォード氏は軽快に前口上を述べた。「ほんとうに、まったくうかつなことでして。でも、こういたしましょう。あしたの朝一番に小切手をお送りします。イーデンさんのご住所はわかってますな、エンズ君?」

なるほど、エンズ氏が住所を控えていて、あすの朝一番に小切手を郵送する、か。銀行や小切手に関するマーティンの知識はいい加減なものではあったが、小切手をあした出すというのなら、なぜきょう出せないのか、わけがわかりかねた。

「それじゃイーデンさん、小切手はあしたお送りするということでよろしいですね？」と、フォード氏が言った。

「僕だって、きょうお金が要るんです」と、マーティンの返答は頑固であった。

「どうも運の悪いことでして——もしこれが、ほかの日にお越しいただいていれば」と、フォード氏は慇懃（いんぎん）に語りはじめたが、エンズ氏が話の腰を折った。その気むずかしい目を見ただけで、短気な性格が見てとれた。

「フォード氏がもう事情をご説明になりましたでしょ」と、彼は荒々しく言った。「それに私も申しあげました。小切手はお送り——」

「僕だって説明しましたよ」と、マーティンが口をはさんだ。「僕もきょうお金が欲しいんだって言ったでしょ」

マーティンは、営業部長の無愛想に胸の鼓動がいささか速まるのを覚えたが、目は油断なく彼に向けていた。この男のズボンのポケットに『トランスコンティネンタル』社の現金が眠っているのを見抜いていたからである。

「あいにくですが——」と、フォード氏が話しはじめた。

だがこのとき、もう我慢がならないという態度で、エンズ氏が部屋を出ていきかけようとした。矢庭（やにわ）にマーティンは彼に飛びつき、片手で喉をつかむと、エンズ氏のまっ白いひげはまったく乱れることなく、四十五度の角度で天井のほうを向いた。ホワイト氏とフォード氏はぞっとしながら、営業部長がアストラカン織り（ロシア南東部アストラカン地方産の、子羊の毛皮に似た巻き毛のある織物）の敷き物みたいに振りまわされるのを見守った。

「金を出すんだ、新進作家を落胆させるこの御仁よ！」と、マーティンは迫った。「金を出すんだ。出さなけりゃ、たとえ五セント硬貨であれ全部振り落としてやるぜ」それから、そばでこわがっている二人に向かっては、こう言った。「どいてろ！　邪魔立てすると、けがするぜ」

エンズ氏は息が詰まりかけていたが、喉を締めつけていた手がゆるめられ、ようやく素直に金を出すと口にすることができた。何度もポケットを捜すと、全部で四ドル十五セント出てきた。

「残らず見るんだ」と、マーティンは命令した。

さらにもう十セント出てきた。マーティンは念のため、もう一度手入れの成果を数えた。

「次はおまえだ！」と彼は、フォード氏に向かって叫んだ。「もう七十五セント要るんだ」

フォード氏は、待つまでもなくポケットをくまなく探ってみたところ、出てきたのは六十セントだった。

「それだけか？」とマーティンは、その六十セントを自分のものにし、脅かすように言った。「チョッキには何が入ってるんだ？」

誠意のある証拠として、フォード氏はポケットの内側を二つとも出して見せた。するとその一つから、一片の厚紙が床に落ちた。彼がそれを拾って、元にもどそうとしたとき、マーティンが叫んだ。

「それは何だ？――渡し船の切符？　さあ、俺によこせ。それだって十セント分だ。これも勘定のうちに入れておくぜ。これで切符を入れて四ドル九十五セントになった。まだ五セントもらわなくちゃならねえな」

ホワイト氏を荒々しく見やると、そのひ弱な人間は、彼に五セント硬貨を手わたすところだった。

「どうも」とマーティンは言って、みんなにまとめて話しかけた。「それじゃ、失敬するよ」

「泥棒！」と、エンズ氏が後ろからどなった。

「こそ泥めが！」とマーティンは言いかえし、ドアをバタンと閉めて出ていった。

マーティンは、意気揚々としていた——その意気は大変なものだったから、『ホーネット』社にも「美女と真珠」の十五ドルが貸してあるのを思いだすと、すぐに決心がついて出かけた。ところが『ホーネット』社の経営者ときたら、ひげをきれいに剃った、がっしりとたくましい若いやつらで、お互い同士はおろか、ありとあらゆるものを強奪する、まぎれもない海賊であった。事務所の家具を多少破損したあと、編集長（元大学の運動選手）は、営業部長、広告代理人、門衛の手を借りて、まんまとマーティンを事務所から追い出し、一発で階段の上から突き落としたのだった。

「また来るんだな、イーデンさん。いつでも結構ですぞ」と彼らは、階段の上から笑った。

マーティンは、歯を食いしばって、身を起こした。

「ちぇっ！」彼は、ブツブツと言いかえした。「『トランスコンティネンタル』社の連中は雌やぎだったが、おまえらは皆プロボクサーだぜ」

すると、連中はいっそう笑った。

「言っとくけどね、イーデンさん」と、『ホーネット』の編集長が声をかけた。「君は詩人としてはいい線いけるよ。どこでその右のクロスを覚えたんだ——訊いていいかね？」

「君がその片羽交い締め（ハーフネルスン）を覚えた所でさ」と、マーティンは答えた。「とにかく、君の目のまわりには黒い痣（あざ）ができるぜ」

「君の首はしびれてないだろね」と編集者が、気づかって訊いた。「どうだい、一つみんなで出かけていって、一杯やらないか――もちろんその首のためじゃなくて、このちょっとしたけんかのためにさ?」

「損をしてでも行くぜ」と、マーティンは承知した。

こうして、泥棒も盗まれたほうも一緒に仲よく飲んだわけだが、強い者が勝つのだから、「美女と真珠」の十五ドルは当然『ホーネット』の編集部員のもの、との意見の一致を見た。

34

アーサーを門の所に残して、ルースはマリアの家の玄関の階段を上った。タイプライターのカチャカチャという音があわただしく聞こえた。マーティンが彼女を中に入れたとき、原稿は最後のページにかかっていた。彼女は、感謝祭の晩餐に彼が来るかどうかを確認にやって来たのだ。が、彼女が話を切りだす前に、マーティンは自分のかかえている話を突然しはじめた。

「さあ、これを読んでみてください」と大きな声で言うと、カーボン紙の写しを切り離して、原稿をページ順に並べた。「僕の最新作で、今までのものとは違います。心配になるぐらい、まったく違うものです。だけど、ひそかにいいものとは思っています。審査してみてください。ハワイの話です。『ウィキ・ウィキ』っていうんです」

彼の顔は創作の満悦感で輝いていたけれど、彼女のほうは寒い部屋で震え、先ほどあいさつを交わした時の彼の手の冷たさに心を痛めていた。彼が読むあいだ、彼女はじっと耳を傾けた。時折、彼女の顔に不満の色だけが見えたが、読み終えて彼は訊いてみた。

「率直に言って、どう思いますか？」

「わ——わからないわ」と彼女は答えた。「売れるかしら——売れると思う？」

「そんなことはないでしょう」と、彼は正直に言った。「雑誌には大胆すぎますから。でも、事実通りです、ほんとうに事実なんです」

「でも、売れないってわかっていながら、どうしてこういうものを押し通そうとするの？」と、彼女は無情に言葉を続けた。「あなたが書くわけは、生活するためでしょ？」

「ええ、その通りなんですけど、悲しい話にはどうも負けてしまいました。書かずにいられなかったのです。どうしても書かねばならなかったのです」

「だけど、あのウィキ・ウィキって人物、どうしてあんなに粗野な話し方をさせるの？　きっと読者の感情を害するわ。それだからきっと、編集者たちがあなたの作品を買わないのよ」

「だって、当人のウィキ・ウィキもそんな話し方をしたでしょうよ」

「それでも、品がよくないわ」

「それが人生というものです」と、彼はぶっきらぼうに答えた。「それが現実であり、真実です。だから僕は、見たままの人生を書かないといけないんです」

彼女は何も答えなかった。それで決まりが悪くて、ちょっとのあいだ二人は黙っていた。彼は彼女を愛しているからこそ彼女をよく理解していないのであり、彼女が彼を理解できないのは、彼が大きすぎて、彼女の限界を超えているように見えたからだ。

「ところで、『トランスコンティネンタル』からお金を受けとりましたよ」もっと気楽な話題に変えようとして、彼はそう言った。この前、あのひげを生やした三人から四ドル九十セントと渡し船の切符をかっぱらった時の様子を思い浮かべ、クスクスと笑った。

「それじゃ、来られるのね！」と彼女は、うれしそうに叫んだ。「それが知りたくて来たのよ」

「行くって？」と彼は、ぼんやりとつぶやいた。「どこへ？」

「何言ってるの、あしたのお食事によ。ほら、そのお金が入れば、服をとりもどせるって言ったでしょ」

「すっかり忘れていました」と、彼はへりくだって言った。「いやね、今朝、野犬捕獲人がマリアの二頭の雌牛と子牛を捕らえたんですよ。それで――そのう、マリアにお金の持ちあわせがなかったものだから、僕が牛を取りもどさなければならなかったのです。『トランスコンティネンタル』の五ドルもあそこへ行っちゃいました――『鐘の響き』は、野犬捕獲人の懐へ入ってしまいました」

「それじゃ、来られないの？」

彼は、自分の身なりを見た。

「行けません」

彼女の青い目は失望と非難の涙で光ったが、口では何も言わなかった。

「来年の感謝祭には、デルモニコウ（一八三四年頃ロレンゾウ・デルモニコウが創業した有名なニューヨークのレストラン）かロンドンかパリか、どこでもあなたの好きな所で、一緒に食事をしましょう」と、彼は陽気に笑った。

「二、三日前の新聞に」と、彼女が不意に言った。「鉄道郵便物運送会社に任用された地元の人が、何人か出てたわよ。あなたが一番だったのね」

彼は、呼び出しがかかったけれど辞退したことを認めねばならなくなった。「僕は自信がありました——自信があるのです——自分に」と彼は断定した。「今から一年後には、鉄道郵便物運送会社に勤めている連中の十二人分以上もかせいでいますよ。まあ見ていてください」

「ああ！」彼が話し終えたとき、彼女はただそう言っただけだった。そして手袋をはめて立ちあがった。「もうお暇するわ、マーティン。アーサーが待ってるから」

彼は彼女を抱いてキスしたが、彼女はどうも消極的な恋人であった。その体には緊張したところがなく、彼の体に腕をまわすこともなく、キスにしても、いつものように唇と唇を押しつけあうことがなかった。

彼女は怒っているのだ。門からもどりつつ、彼はそう推断した。でも、どうして？　野犬捕獲人がマリアの牛を捕らえたのは、運が悪かった。けど、あんなのはほんの思いがけない悲運だ。誰のせいにもできやしない。自分にもほかに何か手の打ちようもあったのに、などということは頭に浮かんでもこなかった。そりゃあ、まあ俺にだって、鉄道郵便物運送会社の呼びだしを辞退したことの責任が少しはある、と次に思った。それに彼女だって、「ウィキ・ウィキ」が気に入ってはいなかった。

玄関の階段の一番上の所でふり返ると、郵便集配人が午後の便を持ってきた。マーティンは、期待を胸に何度もわくわくしながら、ひと束の長い封筒を受けとった。そのなかの一通は長い封筒ではなく、短くてうすく、表には『ニューヨーク・アウトビュー』の住所が印刷されている。彼は開封しようとして思案した。採用通知であるはずがない。この出版社には原稿を送っていないからだ。ひょっとすると――むちゃなことを思いついて、彼の心臓は静止した――ひょっとすると、俺に論文を書けって言ってきたのかも知れないぞ。が、そう思うが早いか、そんな絶望的に不可能な推測を捨て去った。

それは編集者の署名が入った短い儀礼的な手紙で、彼らが受けとった匿名の手紙を同封してあるということと、『アウトビュー』ではまずどんなことがあっても匿名の書状は検討しないとご承知おき願いたい、とだけ書いてあった。

同封の手紙を見てみると、ぞんざいな活字体で書いてある。マーティンに対して無学なののしり方をしたり、雑誌に物語を売っている「いわゆるマーティン・イーデンなる者」は作家などではまったくなく、実際、古い雑誌から話を盗んできては、それらをタイプし、自作のものとして送りつけている、といった言説がごたごたと書いてある。同封の消印は、サン・リアンドロウになっている。マーティンには、誰が書いたのかを思いなおしてみるまでもなかった。言葉づかいといい、口語的な表現といい、考え方の癖や手順といい、何から何までヒギンボサムのものであるのは明白である。マーティンは、その義兄の手紙文のいたる所に、ほっそりとしたイタリア人の手ではなく、粗野な食料品屋の握りこぶしを見た。

だけど、なぜなんだ？　と彼は、無駄な問いを発した。俺がバーナード・ヒギンボサムにどんな危害を加えたというのだ？　どうも理屈に合わないし、むちゃくちゃだ。説明のしようがない。おまけにその週のあいだに、同じような手紙が十二通も、東部のいろいろな雑誌の編集者からマーティンに転送されてきた。編集者たちは手厚く対処してくれている、とマーティンは推断した。彼らは自分をまったく知らないのに、なかには同情的な者さえいる。彼らが匿名をきらっているのは明らかだ。彼は、自分を傷つけてやろうとのこの意地悪い企ては失敗したと見た。実際、どんなことになろうと、きっとうまく行くはずだ。少なくとも、多くの編集者たちに自分の名前を喚起せしめたからだ。ひょっとして、いつか、送った原稿を読んだときに、彼らは匿名の手紙に書いてあったあいつだなと思いだしてくれるかも知れない。そしたら、そのことによって、原稿の審査をする際に、彼らの気持ちが少しでも自分に有利に働かないと誰が言えよう？

マーティンに対するマリアの信用ががた落ちになったのは、この頃であった。ある朝のこと、彼女は台所でうめき苦しみ、気弱の涙を頬に流しながら、大量のアイロンがけをやってしまおうとしていたのだが、だめだった。マーティンは、その苦しみ様から見てすぐにインフルエンザと判断し、彼女に強いウイスキー（ブリセンデンが持ってきた瓶に残っていた分）を飲ませて、床につくように言った。ところが、マリアは言うことを聞かなかった。アイロンがけをやって、今夜には配達してしまわないと、七人の飢えたシルヴァ家の子供たちのあしたの食べ物がないよ、と彼女は反論したのだ。

彼女がびっくりしたことに（そしてこのことは、彼女が死ぬまで語りつづけたことだが）、その時マーティンがストーヴからアイロンをつかんで、極上のブラウスをアイロン台に放りあげた。それはケイト・フラナガンの取って置きのブラウスであり、マリアの住む世界では、この人以上に厳格で、身なりに凝る女性はいなかった。そのうえフラナガン嬢は、このブラウスをこの日の夜までに届けるようにと特に命じていたのだ。誰でも知っての通り、彼女は蹄鉄工のジョン・コリンズと親しくしており、マリアが小耳にはさんだところでは、彼女と彼氏は翌日金門公園《ゴールデン・ゲイト・パーク》（サンフランシスコ市内の西北部に位置し、東西五・一キロ、南北に八百メートルという世界最大規模の人造都市公園）に出かけることになっていた。それで、マリアはその衣服を何とかしようとしたのだが、だめだったのである。マーティンがよろよろする彼女を椅子にすわらせると、そこから彼女は、はれぼったい目で彼を見つめた。彼女がやってかかると思われる時間の四分の一で、ブラウスは無事アイロンがけされた。アイロンのかけ具合にしても、彼女と同じぐらいの上出来だと、マーティンは彼女に認めさせたほどであった。

「アイロンがもっと熱ければ」と彼は釈明した。「もっと早くやれるんだけどな」

彼女にしてみれば、彼の扱うアイロンの熱さなど、とても使えるような代物ではなかったのだ。

「あんたの霧吹きが全然だめなんだよ」と、次に彼は不平を言った。「さあ、やり方を教えてあげるよ。大事なのは押すことなんだ。早くアイロンをかけたかったら、押してる時に霧吹きをやるのさ」

彼は、地下室のまきの山からやっとのことで包装箱を見つけると、それにふたをとりつけ、シルヴァの子供たちがくず屋に出すのに集めていたくず鉄をかきまわした。霧吹きしたばかりの衣服をその箱に入れ、板でおおってアイロンで押さえると、装置はできあがって、もう使える状態になっていた。

「さあ見てるんだよ、おばさん」と言って、彼は肌着一枚になり、彼流の「ほんとうに熱い」アイロンを握った。

「アイロンをかけちまうと、毛織物まで洗ってくれたよ」その後、彼女はこんなふうに述べた。「あの子はさ、『おばさん、あんたは馬鹿だ。俺が毛織物の洗い方を教えてやる』って言うのさ。そして教えてくれたんだ。十分で機械作っちまったよ——樽と車輪のこしきと棒を二本、そういうもんだけでさ」

マーティンは、この工夫をシェリー温泉でジョウから習った。古い車輪のこしきをまっすぐに立てた棒の先にとりつけると、プランジャーになる。次には、このこしきが樽の中の毛織物をかき立てるように、このプランジャーを台所のたる木につけたバネ棒にしっかりとつなぐと、片手で毛織物を打ち叩くことができるというわけだ。

「もうマリアは、毛織物を洗わんでいい」彼女の話の結びは、いつもこうだった。「子供らに棒とこしきと樽をやらせるだ。イーデンさんって、なかなか頭のええ人だ」

にもかかわらず、彼女の台所兼洗濯場をみごとに使えるよう改善したことによって、マーティンに対する彼女の尊敬心は吹っ飛んでしまった。彼女の想像力が彼を包んでいたロマンティックな魅力は、彼が元洗濯屋だという冷厳な事実によって消えていった。彼の書物も、馬車に乗ったりウイスキーを数えきれないほど持って彼を訪ねてくる立派な友だちも、無に帰してしまった。彼も結局はただの労働者であり、自分と同じ階層・階級の一人なのだ。より人間的で親しみやすい存在ではあっても、もはや謎の人物ではないというわけだ。

マーティンと彼の一族のあいだの疎遠は、相変わらずであった。ヒギンボサムの謂われのない攻撃に続いて、ハーマン・フォン・シュミットも手の内を見せた。幸い短篇がいくつかと、ユーモラスな詩が数篇と、ジョークが二、三売れたので、マーティンは一時的に大得意になった。部分的にせよ、付けを返したばかりか、黒のスーツと自転車を質受けしても、差し引き残高は十分にあった。自転車のほうはクランクがねじれていて修理しなければならなかったので、未来の義弟のよしみということもあって、フォン・シュミットの店へ届けた。

その日の午後に小僧が自転車を届けたものだから、マーティンはうれしかった。このつねならぬ好意から、フォン・シュミットも優しいところを見せる気になったのだな、とマーティンは推断した。自転車の修理の場合は、普通とりに行かねばならないからだ。ところが自転車を調べてみると、まるで修理がしていない。しばらくして、妹の婚約者に電話をしてみてわかったのだが、相手は「いかなる形、方法、形式」においても、マーティンとはかかわりたくないというのである。

「ハーマン・フォン・シュミット」と、マーティンは機嫌よく答えた。「そっちへ出向いていって、君のそのドイツ鼻に一発くらわしてやりたいぜ」

「来いよ」と相手は答えた。「そしたら警察を呼びにやるからな。こっちだって、あんたをひどい目にあわせてやるさ。わしはあんたのことわかっとるが、わしとは大げんかはできねえぞ。わしは、あんたみてえな者とかかわりたかねえんだ。あんたはのらくら者だ。そうさ、ちゃんとわかってるんだ。わしがあんたの妹と結婚するからって、わしを食いもんになんかできねえよ。あんたも働いて、まっとうな暮らしをしたらどうだい、ええ？　返事をしなよ」

マーティンは、自分の主義を主張して怒りを晴らし、ちょっと信じられないぐらい愉快だというふうに長い口笛を吹いて、電話を切った。だが、そういう気持ちのあとに反動がきて、孤独感に滅入ってしまった。誰も自分を理解してくれる者がいない、誰も自分に役立ちそうな者はいない、ブリセンデンのほかには。その彼もいなくなって、どこにいるのやら神のみぞ知る、だ。

マーティンが、買った品物を持って八百屋を出て家路についたときには、もうたそがれが迫ってきていた。街角に電車が止まった。そしてやせた、見覚えのある人物が降りるのを見て、小躍りして喜んだ。ブリセンデンであった。電車が出る前に、マーティンはちらっとそのオーバーのポケットに目をとめた。一方は本で、もう一方はウイスキーの一クォート瓶でふくらんでいた。

35

ブリセンデンは長らくの無沙汰について釈明をしなかったし、マーティンも穿鑿をしなかった。友人のやせこけた顔を、トディの入った大コップから立つ湯気越しに見るだけで満足だったのだ。

「僕だって、怠けていたわけではないんだ」マーティンがこれまでやった仕事の話を聞いてから、ブリセンデンは言明した。

彼は、上着の内ポケットから原稿を引き出して、マーティンに渡した。マーティンは表題を見て、けげんそうにちょっと目を上げた。

「そう、そうなんだ」と、ブリセンデンは笑った。「なかなかいい題だろ？ 『蜉蝣（かげろう）』――この言葉しかないよ。君の責任なんだぜ。君のいわゆる人間だよ。いつも直立した、生命物質、最新の蜉蝣、寒暖計の小さな空間をもったいぶって行き来している寒暖生物さ。こいつが僕の頭に入りこんだものだから、それを追いだすために、こいつを書かなきゃならなかったのさ。君の感想を聞かせてみてくれよ」

マーティンの顔は最初赤らんだが、読み進むにつれて、蒼くなった。完全な芸術だ。形式が中身に勝利している。およそ考え得る中身の最後の一片が、かくも完全な構成において表現を見いだしているこの状態を勝利と呼べるとするなら、それはマーティンの頭を喜びの余りふらふらにし、目には情熱的な涙を浮かべ、背筋をぞくぞくさせるものであった。それは六、七百行の長い詩だったが、空想的で、驚くべき、この世の物とも思われぬものであった。すばらしくて、とてもあり得ないものだ。それなのに、たしかに紙に黒インクで走り書きしてある。それは煎じ詰めれば、人間とその魂の模索を扱い、はるかかなたなるいくつもの恒星や虹のスペクトルを証明するために、宇宙の深淵を探っている。声を潜めて半泣きになるかと思うと、衰えゆく心臓がドキドキと速く不規則に鼓動する、そういう死に瀕した男の頭の中で揺れ騒ぐ、熱狂した想像力のほとばしりであった。詩は荘厳なリズムで、惑星間の冷たい争い、星団の襲来、暗黒の天空における冷たい恒星の衝突や星雲の炎上といったものに揺れ動いていった。そしてその中から、絶え間なくかすかに、銀の梭(ひ)のように、はかない人間の甲走った声が聞こえてきた。その声は、惑星の悲鳴や宇宙世界のぶつかり合いのまっただ中にあって、不平のさえずりなのであった。

「こんな文学は、はじめてだ」とマーティンは、ようやく口がきけるようになって、こう言った。「すばらしい！――すばらしい！　興奮してしまった。酔ってしまったよ。あの、ほんのささいだが、すばらしい疑問――あれを僕の考えから振りはらうことができない。あの永遠にくり返される、か細く小さく泣き叫ぶ人間の探求の声が、まだ僕の耳に聞こえるよ。あれは、象の鳴き声やライオンの雄叫びのまっただ中にあって、蚋（ぶよ）の死の行進みたいだ。きわめてささいな願望に貪欲なんだな。いや自分で馬鹿なことを言ってるんだけど、すっかり取りつかれちゃったよ。君は——僕には君がわからんよ——君はすばらしい、それだけだ。だけど、どうやってこんなのが書けるんだ？　どうやって書くんだ？」

　マーティンは、夢中の状態からひと息ついたが、また喋りだした。「僕はもう書かないよ。僕なんか、未熟な陶工さ。君は、真の熟練職人の作品を見せてくれた。天才だ！　天才以上だぜ。天才を凌（しの）いでいるよ。狂った真理だ。君、この詩のどこを取ったって、真実だぜ。君にはそれがわかっているかな、独断家君。科学だって、君には嘘がつけまい。それは宇宙という黒い鉄から打ち抜いて、力強い音のリズムで光輝と美の織物に織りこまれた冷笑の真実だ。もうこれ以上言わないよ。圧倒された、参ったよ。そう、僕はもうだめさ。一つ僕がこれを売り出してやろう」

　ブリセンデンは、ちょっと口もとをほころばせた。

「キリスト教国じゃ、これを出してやろうなんて雑誌はないさ——そうだろ」

「そういうことは知らんが、キリスト教国の雑誌だろうと、これに飛びつかないのはないだろうよ。しょっちゅうこういうものが手に入るわけじゃなし。そんじょそこらの詩じゃないんだ。世紀の詩だぜ」

「それじゃ、君のやってくれる仕事の応援でもするよ」

「皮肉を言うんじゃないよ」と、マーティンは訓戒を与えた。「雑誌の編集者だって、みながみな間抜けじゃないさ。僕にはわかってるんだ。賭けたっていいよ。『蜉蝣』は一度か二度売りこみをすれば採用されるってことに、君の望み通りのものを賭けるよ」

「ただ一つ、承服できない点があるんだ」と言って、ブリセンデンはちょっと待った。「こいつはでっかいんだ——僕の一番でっかい作品なんだ。そうさ。僕の最後の作品なんだよ。すごく自慢しているんだ。崇拝してるんだ。ウイスキーよりいいぜ。甘い幻影と清い理想を抱いた単純な若者の頃に、僕が夢にまで見たもの——すばらしくて完全なもの——なんだ。そして今やっと手中に収めたのさ。だから乱暴に扱われたり、大勢の豚どもに汚されたくないんだ。いや、僕はやっぱり賭けないよ。これは僕のものだ。僕が作ったんだ。そして、君と僕の共有物だ」

「だけど、世の中のほかの人たちのことも考えろよ」と、マーティンは主張した。「美の本来の目的は、喜びをつくることなんだから」

「これは、僕の美だよ」

「利己的なのは困るな」

「利己的じゃないさ」ブリセンデンは、言いたいことがそのうすい唇をついて出そうになる時のように、まじめに口もとをほころばせた。「僕は、飢えきった豚みたいに利己的じゃないよ」

マーティンは、何とかブリセンデンの決心を揺るがそうとしてみたが、だめだった。君の雑誌ぎらいはすごく狂気じみているし、そういうふるまいはエペソのアルテミス神殿（小アジア西部の古都エペソにあって、世界七不思議の一つ）を焼いた若者の行為より千倍も卑しむべきだ、とも言ってみた。そのように激しく言われながらブリセンデンは、トディをすすって悦に入り、雑誌の編集者のこと以外はまったく君の言う通りだ、と肯定した。彼の編集者ぎらいには際限がなく、彼らへの攻撃となると、さすがのマーティンもかなわなかった。

「そいつのタイプを頼むよ」と、ブリセンデンが言った。「どんな速記者だって、タイプにはとうていかなわないからな。じゃ今度は、僕が君に忠告するよ」彼は上着の外側のポケットから、かさばった原稿を抜きとった。「君の『太陽の恥辱』だ。一度ならず二、三度読んだよ――最高の敬意を表するぜ。『蜉蝣』について君が言ったあとでは、僕は言っちゃいけないとは思うがね。だけど、これだけは言っとくよ。『太陽の恥辱』が出たら、当たるぜ。広告だけでも無数の議論を呼ぶさ」

マーティンは笑った。「次の忠告は、雑誌に出してみろって言うんだろ」

「どうしてもと言うんじゃないぜ――君が活字にしたければの話だよ。一流の出版社に送るんだ。原稿の採否決定係が誰かすっかり夢中になるか酔いしれて、好意的に書いてくれるだろうよ。君は、今までいろんな本を読んできた。それらの中身が、マーティン・イーデンという蒸留器の中で変えられて、『太陽の恥辱』に注ぎこまれたのさ。そしていつの日にか、マーティン・イーデンは有名になる。だからといって、この作品をあてにするということはまったくないぜ。だから、出版社を見つけるんだ――早いほどいいな」

ブリセンデンは、その夜遅く帰っていった。ちょうど路面電車の昇降段に一歩足をのせたとき、彼は突然マーティンのほうに向きなおり、その手に小さなもみくちゃに丸めた紙のかたまりを押しつけた。

「さあ、受けとっておけよ」と彼が言った。「きょう競馬に行ったら、勝ち馬の予想が当たってね」

鐘がカンカーンと鳴って電車が出ていったが、マーティンは、手に握っている縮んであぶらじみた紙のかたまりが何だろうと考えていた。部屋にもどり、それを広げてみると、百ドル紙幣だった。

　彼は、遠慮なくそれを使った。友人にはいつもたんまり金があるのを知っていたし、また自分が成功すれば、きっと返せるという確信もあったからだ。朝になると、付けはすべて支払い、マリアには部屋代を三ヵ月分前納し、質屋からは質物をすべてとりもどした。次いでマリアンの結婚式の贈り物と、ルースとガートルードにはクリスマスにふさわしい、あっさりした贈り物を買った。そして最後に、残ったお金で、シルヴァ一族をオークランドの街まで連れていった。約束の履行が一年遅れたが、ともかくも果たされたわけだ。マリアはおろか、末っ子の一番小さな子供までが、靴を買ってもらったからである。そのうえ、角ラッパや人形やさまざまなおもちゃ、いく包みもの砂糖菓子（キャンディ）や木の実（ナッツ）が、シルヴァ一族全員の腕にかかえきれないほどあった。

　ちょうどこの見慣れない行列が、マーティンとマリアのすぐあとを、一番大きな棒飴（あめ）を求めてぞろぞろと菓子屋へ入っていくときに、彼はルースと彼女の母親にでくわした。モース夫人はたまげてしまった。ルースでさえ傷心した。彼女には多少体面を重んじるところがあったし、自分の恋人がマリアと相並んでポルトガル系の浮浪児の一団の先頭に立っているなど、とても見られたざまではなかったからだ。しかしそれも、彼には誇りも自尊心もないのだと彼女がみなしたことほどの傷心に及ぶものではなかった。さらには、もっと辛らつなことに、彼女は、マーティンにはもう労働者階級の生まれから抜け出ることが不可能だということをこの一件に読みとったのである。そういう事実だけでも恥なのに、世間――彼女の世間――の前に恥ずかしげもなく見せびらかすなど、以（もっ）てのほかだ。マーティンとの婚約は秘密にされてはいたけれど、二人の親交はもう長かったから、人のうわさにのぼらないわけがなかった。この店の中にもルースの知りあいが何人かいて、それとなく彼女の恋人とその従者とを一瞥していた。彼女にはマーティンの寛容な心といったものが欠けており、自分の環境に左右されずにはおれなかったのだ。彼女は骨の髄まで傷心し、その感じやすい性格は恥ずかしい思いに震えていた。その日のあとで、マーティンがルースの家に着いた時もまさにそうだったのだが、彼は贈り物を胸ポケットに入れて、もっといい頃合（ころあい）の時までそれを渡すのを延ばしていた。ルースは涙——それも激しい怒りの涙——を流していたが、これは彼にとっては意外だった。彼女が悩んでいるのを見て、自分が冷酷だったとは思ったが、心の底ではどんなふうに冷酷で、なぜ冷酷だったのかわからなかった。自分の知っている人たちを恥じるなど思いも寄らないことだったし、シルヴァ一家をクリスマスのもてなしに連れ出したからといって、決してルースに対する思いやりに欠けるとは思えなかったからだ。とはいえ、ルースから説明を聞くと、彼女の考え方がよくわかった。それはすべての女性や最高の女性を苦しめる女の弱点なのだ、と彼は思った。

36

「来いよ——真相（リアル・ダート）を見せてやるよ」とブリセンデンは、一月のある夕方、マーティンに言った。二人はサンフランシスコで食事をし、渡し船の乗り場（フェリー・ビルディング）に来て、オークランドへもどるところだったのだが、その時ブリセンデンが、ふとマーティンに「真相（リアル・ダート）」を見せてやろうという気になったのだった。彼は向きなおり、パタパタとはためくオーバーを着たやせた影のように、海岸通りをそそくさと渡った。マーティンは、そのあとを遅れずに必死について行った。酒の卸し売り店で、ブリセンデンは大きなガロン瓶に入ったすてきなポートワインを二瓶買い、片手に一本ずつ持って、ミッションの電車に乗った。そのあとについて行ったマーティンも、ウイスキーのクォート瓶を何本か持っていた。

彼は、「真相（リアル・ダート）」ってどんなものだろうと考える一方で、もし今ルースが自分を見たら、と思った。

「ことによると、誰もいないかも知れないぞ」とブリセンデンが言って、二人は電車を降り、右に折れて、マーケット通りの南側の労働者階級街の中心へと入っていった。「もしそうなら、君は長らく探していたものを見そこなっちゃうぜ」

「それはいったい何なんだよ？」と、マーティンは訊いた。

「人間だよ、聡明な人間だ。君があの商人の所で交わってる、わけのわからないことを言う、つまらんやつらとは違うぜ。君は読書はするが、どうも孤独だろ。それでさ、君が寂しい思いをしないように、今夜は読書をやってるほかの連中に引きあわせてやろうってわけなんだ。

のべつ幕なしの議論は、かなわないってわけじゃないんだが」彼は、一丁を歩き終わった所で言った。「僕は、本のことには興味がないんだ。だけど、これから訪ねる連中は頭がいいんだ。ブルジョアの豚どもとは違うぜ。でも気をつけろ、やつらはありとあらゆる話題をのべつ幕なしに喋るだろうから。

ノートンがいればいいんだが」マーティンが二本の大きなガロン瓶を持ってやろうとしたが、ブリセンデンはそれを聞き入れず、しばらくしてからあえぐように言った。「ノートンは観念論者なんだ――ハーヴァードの出身でね。ものすごい記憶力でさ。観念論が無政府主義にまで立ち至って、それで家族におっぽり出されてしまったのさ。父親は鉄道会社の社長で、百万長者どころじゃないんだが、息子はシスコで月二十五ドルで無政府主義者の新聞を編集しながら、ひもじい思いをしてるってわけだ」

マーティンは、サンフランシスコをほとんど知らなかったが、マーケット通りの南側となると、まるっきり知らなかった。だから、どこに連れられていくのか皆目わからなかった。

「さあもっと話してくれ」と彼は言った。「彼らについて予備知識をくれよ。何をして暮らしているんだ？　どうしてこんな所にいるんだい？」

「ハミルトンがいればいいんだが」と、ブリセンデンは言って立ち止まり、手を休めた。「ストローン‐ハミルトンという名前なんだ――あいだにハイフンが入るんだよ――南部の古い家柄の出でね。やつは放浪者だ――あんな怠け者も知らんよ。週六ドルで社会主義の生協の店に勤めているというか、勤めようとはしてるんだけどね。でも、やつは常習的な浮浪者さ。町にとぼとぼまぎれ込んできたんだ。一日じゅうベンチにすわって、ひと口も物を口に入れないのを見たよ。それで、晩に僕が夕食に誘ってやったら――二丁先のレストランだがね――こう言われたよ。『そりゃあ面倒だよ、君。それならタバコを一箱買ってくれよ』ってさ。クライスがやつを唯物的一元論に変えるまでは、やつも君のようにスペンサー派だったんだよ。できれば一元論でやつをびっくりさせてやるさ。ノートンだって一元論者なんだ――ただ、やつは精神以外は肯定しないがね。やつも、クライスやハミルトンの望むものをすべて与えることができるのさ」

「クライスって誰だ?」と、マーティンが訊いた。

「やつの部屋にこれから行くところさ。前は教授だったんだが——大学を馘（くび）になってね——よくある話だよ。冷酷なバネ仕掛けの罠（わな）みたいな人間さ。そのためには、どんな狡猾（こうかつ）な生き方もする。落ち目になると、乞食をやったこともあるんだ。恥知らずでさ。死体から経帷子（きょうかたびら）だって——何だって略奪するんだ。やつとブルジョアの違いは、やつが思いちがいもなく略奪を働くということさ。ニーチェやショーペンハウアーやカント、何でもござれだが、メアリという女も含めて、この世でやつがすごく気に入っているのは一元論だ。ヘッケル（一八三四—一九一九、ドイツの医学者・生物学者・哲学者）がやつのちょっとした偶像になっているから、やつを侮辱するにはヘッケルを叩くにかぎるよ。

ここがアジトさ」ブリセンデンは、上る前に二階の入り口に大瓶を置いた。そこは酒場と食料品店が階下にある、街角のありふれた二階建ての建物であった。「連中は、ここに住んでいるんだ——二階を全部占領していてさ。だけど、クライスだけは二部屋持っている。さあ行こうぜ」

一階の広間は明かりがついていなかったが、ブリセンデンはなじみの幽霊みたいに、まっ暗な中をすうっと通っていった。彼は立ち止まって、マーティンに話しかけた。

「スティーヴンズというやつがいるんだ——神智学者でね。ごたごたにとり散らかして出ていくんだ。今はレストランで皿洗いをやってるよ。上等の葉巻きが好きでね。僕はやつが十セント食堂で食って、そのあとタバコを吸って、五十セント払うのを見たことがあるよ。やつが姿を見せればと思って、ポケットに二、三箱入れてるんだ。

それからもう一人――パリーというやつもいるんだ――オーストラリア人だが、統計家で、スポーツの百科事典みたいなやつさ。一九〇三年のパラグアイの穀物の生産高であれ、一八九〇年の英国から中国への敷布の輸入であれ、ジミー・ブリットがバトリング・ネルスンと何級でボクシング・ファイトしたのかであれ、六八年の合衆国ウェルター級チャンピオンは誰だったのかであれ、何でもやつに訊いてみればいい。スロット・マシーン並みに、さっと正確な答えがわかるよ。それからアンディという石工がいるが、やつはあらゆることに着想豊かで、チェスがうまいんだ。もう一人ハリーというやつがいて、こいつはパン屋だが、過激な社会主義者で、有力な党員さ。ところで、君は料理人と給仕のストライキのことを覚えてるだろ――ハミルトンというのがその組合を組織して、ストライキを進めたやつだがね――そいつは、このクライスの部屋でストライキの下準備をすべてやったんだぜ。面白半分にやったんだが、不精が過ぎて、組合にはとどまれなかったってわけさ。けど、その気があれば、いいところまで行けたんだろうがね。こいつには無限の可能性があったんだよ――恐ろしく無精でさえなけりゃね」

ブリセンデンは暗闇の中を進み、一筋の光が洩れていて戸口だとわかる所まで行った。ノックすると、返事があってドアが開き、マーティンはクライスと握手をしていた。この男はブルーネットの美男子で、歯は輝くように白く、口ひげは黒く垂れ、目は大きく黒くきらめいていた。メアリという品のある若いブロンドの女が、台所兼食堂になっている奥の小部屋で皿を洗っていた。前の部屋は、寝室と居間になっていた。頭上には、一週間分の洗濯物がずいぶん低く花綱状にかかっていたものだから、最初マーティンは、二人の男が隅で話をしているのが見えないほどだった。二人は、ブリセンデンと大きな酒瓶を歓呼の声で迎えた。紹介されて、マーティンはこの二人がアンディとパリーだとわかった。彼はみんなのなかに加わり、パリーが昨夜見たプロボクシングの試合の話に聴き入った。ブリセンデンのほうは得意になって、早速トディを作ったり、ぶどう酒やウイスキー・ソーダのふるまいの用意をした。「みんなを呼んでくるんだ」と彼が言いつけると、アンディが同居人たちの部屋を一まわりしに出ていった。

「幸いほとんどの者がいるぜ」と、ブリセンデンはマーティンにささやいた。「ノートンとハミルトンだ。さあ、紹介しよう。スティーヴンズはいないそうだ。できれば一元論で話を始めさせよう。やつらが少し動揺するまで待つんだ。そうすりゃ、熱中してくるぜ」

最初、会話は散漫だった。にもかかわらずマーティンは、みんなの心の鋭い動きを間違いなく見てとった。彼らは、意見の衝突はしばしばあるにせよ、自分の意見を持っている。機知に富み如才がないが、浅薄ではない。何の話をするにしても、各人が知識を互いに関係づけて用いているし、社会と宇宙についての根源的な統一概念をも持っている、とすぐにわかった。誰も自分のために意見をでっちあげたりはしない。彼らは皆さまざまな反逆者であり、平凡な決まり文句など使わない。マーティンは、これまでにモース家で、こんな広範囲にわたる話題が議論されるのを聞いたためしがなかった。時間をおいてほかに、彼らの活発な話には尽きるところがないようであった。話は、ハンフリー・ウォード夫人（一八五一―一九二〇、イギリスの小説家）の新しい書物からショー（一八五六―一九五〇、イギリスの劇作家・批評家）の最近作まで、演劇の将来からマンスフィールド（一八八八―一九二三、イギリスの女流小説家）の思い出にまでわたっていた。朝刊の社説の評価をめぐって賛否両論を戦わしたかと思うと、話はニュージーランドの労働条件からヘンリー・ジェイムズ

（一八四三―一九一六、イギリスの小説家・評論家）やブランダー・マシューズ（一八五二―一九二九、アメリカの著作家・演劇研究家）に飛び、極東におけるドイツの策謀や黄禍の経済的解釈へと移ったかと思うと、ドイツの選挙やベーベル（一八四〇―一九一三、ドイツの社会主義者）の最後の演説について激論を戦わせたりして、やがて地方政治や、労働組合の党政における最新の計画やスキャンダル、それに、太平洋岸海員組合のストライキは陰で糸が操られて起きたものだといった話に落ち着いた。マーティンは、みんなが内部の情報を入手していることに感心した。新聞になど決して出ないことを知っているのだ――操り人形を踊らせる糸から、ひもから隠れた手までも。マーティンが驚いたのは、あのメアリという女も会話に加わって、彼がこれまでに出会った数少ない女性にはなかった聡明なところを披瀝するではないか。みんながスウィンバーンやロセッティ（一八三〇―九四、英国の女流詩人。あるいは兄ダンテ・ガブリエル・ロセッティのことか）について一緒に語りあったあとで、彼女は彼の知らないフランス文学の裏道にまで導いた。彼女がメーテルリンクを弁護する段になって、雪辱の機が到来すると、彼は入念に考えぬいた「太陽の恥辱」を持ちだすのだった。

またほかに何人か男がひょっこりと入ってきて、あたりはタバコの煙が充満していた。そのとき、ブリセンデンが話を切りだした。

「クライス、ここに君の斧にもってこいの肉があるぜ」と彼が言った。「ハーバート・スペンサーにご執心の青二才さ。彼をヘッケル信奉者にしてみるんだな――できるなら」

クライスは活気づいて、何か金属性の磁気を帯びたもののように飛びついてきたが、ノートンは同情的にマーティンを見て、せいぜい守ってやるぜと言わんばかりに、優しい女のような笑みを浮かべた。

クライスは直ちにマーティンに向かっていったが、いちいちノートンが口出しするものだから、とうとう二人の個人的な争いになってしまった。マーティンはじっと聴いていたが、うれしくて目をこすった。こんな議論が戦わされるなんて、ましてマーケット通りの南側の労働者街で行なわれるなど、考えられないことだ。二人の中では書物が生きているのだ。二人は熱烈に喋ったが、ほかの人間なら酒や怒りで気持ちをかき立てるところを、二人の気持ちをかき立てるのは知的な刺激なのだ。彼の目にしたのは、もはやカントやスペンサーといった半ば神話的な半神半人の書いた無味乾燥な活字の哲学ではなかった。それは温かい赤い血の通った生きた哲学であって、この二人の中に具体化されていたから、その特徴は興奮とともにうまく引き出された。時々ほかの者も加わったが、みんな、手にしたタバコの火が消えているのに、油断のない熱心な顔つきで議論に聴き入った。観念論がこれまでマーティンを引きつけたことはなかったのに、ノートンの手でその説明を受けると、まったく意外だった。その論理的な体裁のよさは、マーティンの知性には訴えたが、クライスとハミルトンにはわからないようだった。二人は、ノートンを形而上学者だとあざ笑った。すると今度はノートンが、二人のほうこそ形而上学者だと鼻であしらい返した。現象とか物自体といった言葉がやりとりされた。二人は、意識をそれだけで説明しようとすると言って、ノートンを責めた。ノートンはノートンで、事実から理論へと推論するのでなく、言葉から理論へと推論する、言葉の手品だと言って二人を責めた。これには彼らもあっけにとられた。事実から出発して、それらに名称を与えるというのが、彼らの推論方法の主たる原則だったからである。

ノートンがカントの込みいった話に踏みこみ始めたとき、クライスは、ちょっとしたちゃちなドイツの哲学など廃れてしまえばすべてオックスフォード行きさ、と二人に注意した。そのあとで今度はノートンが、ハミルトンのけちの法則なるものを彼らに思い起こさせた。すると彼らは、自分たちの推論方法を駆使して、即座にその適用を求めた。マーティンは、膝をかかえて大喜びした。しかし、ノートンはスペンサー信者ではなく、彼もまたマーティンの冷静な心を求めて、二人の論敵同様マーティンにも話しかけた。

「バークリー（一六八五―一七五三、イギリスの哲学者・聖職者）には誰も答えられなかったよな」と言って、ノートンはマーティンを直視した。「ハーバート・スペンサーが一番近づいたんだが、そんなに近いわけじゃなかった。スペンサーの最も忠実な弟子ですら、そんなに先へは行くまい。この前、サリービー（一八七八―一九四〇、イギリスの社会学者）の評論を読んでいたんだけど、あの最高のサリービーをして言わしめたのは、ハーバート・スペンサーがかろうじてバークリーに答えることができたということだ」

「君は、ヒューム（一七一一―七六、イギリスの哲学者・歴史家・経済学者）が何て言ったか知ってるか？」と、ハミルトンが訊いた。ノートンはうなずいたが、ハミルトンはほかの連中のために言ってのけた。「彼の言じゃ、バークリーの論は答えを認めないし、確信を生み出すこともないのだそうだ」

「それは彼の、ヒュームの考えではだよ」とノートンが答えた。「だからヒュームの考えは君のと同じだが、この点は違うぜ。つまり彼は、バークリーに答えることはできないと認めるだけ賢いってわけさ」

ノートンは、神経質で興奮しやすいたちだったけれど、決して分別を失うことはなかった。一方クライスとハミルトンは、一組の血も涙もない野蛮人のように、弱点を探し出しては、刺したり突いたりした。

　夜もふけるにつれ、ノートンは形而上学者だと再三責められて憤慨し、頭髪をつかんで逸る気持ちを抑えた。その灰色の目はきらりと光り、女のような顔はきびしく、自信あるものとなり、彼ら二人の見解に対して堂々と攻撃した。

「ようし、ヘッケル信者め、俺の理屈のつけ方はまじない師みたいだろうが、じゃあ、君たちはどうなんだ？　よりどころとするものが、何もないじゃないか。実証的な科学を云々しながら、実は非科学的な独断家で、君たちはその実証的な科学とやらをいつも力まかせに引っぱっているんだ。そんな権利などまったくない所へさ。唯物的一元論の一派が起こるずっと以前に、基礎ができないように、その土壌はとり除かれていたのさ。ロックがそうさ、ジョン・ロックが。二百年も前に――それ以上も前だ――『人間悟性論』の中で、彼は生得観念が存在しないことを証明したんだ。その最たるものが、まさに君たちの主張していることさ。今夜、君たちは何度も何度も生得観念が存在しないことを主張したからな。

　すると、どういうことになるかね？　つまり、究極の真実はわからないってことさ。生まれたときには、頭は空なんだよ。君たちの心が五感から受けるのは、見かけというか、現象だけというわけさ。すると物自体は、生まれた時には心の中にないのだから、入りようがない――」

「違うぜ――」とクライスが、口をはさみかけた。

「俺が喋り終わるまで、まあ待てよ」と、ノートンが叫んだ。「君がわかるのは、どうにかして君の五感に突きあたるときの、力と物質の動きや相互作用だけぐらいのものさ。いいか、議論の手前、物質が存在するのを認めるとするよ。僕の狙いは、君たちの論法でもって君たちを叩いてやろうというのさ。ほかの方法ではできんよ。二人とも、哲学的な抽象概念なんかもともとわかりっこないんだからな。

さて、君たちの実証的な科学によれば、物質はどうやって知るんだ？　現象や見かけによってしかわからんだろ。その変化や、君たちの意識に変化を与えるような変化にしか気づいてないだろ。実証的な科学が扱うのは現象だけなのに、君たちは愚かにも本体論者になって、物自体を扱おうとしている。ところが、実証的な科学がはっきりと定義しているように、科学というのは見かけにしかかかわっていないんだ。誰かの言葉通り、現象に関する知識では現象を凌（しの）げやしないのさ。

バークリーには答えられやしないよ。たとえカントを打ち破り、しかもなお必然的に、科学が神の存在しないことや、同様に物質の存在を適切に証明することがはっきりできたときに、当然バークリーが間違っていると仮定するとしてもだ。——いいか、僕が物質の実在を認めたのは、君たちと気脈を通じあわせるためだけなんだ。実証的な科学者もいいが、実証的な科学には本体論はお呼びじゃないのだから、そんなのは放っておくんだな。スペンサーの不可知論は正しいが、もしスペンサーが——」

だが、もうオークランドへ渡る船の最終便に乗らねばならない時間であった。ブリセンデンとマーティンはそっと抜け出したが、ノートンはまだ喋っており、クライスとハミルトンも、ノートンが喋り終わりしだい、猟犬みたいに攻め立ててやろうと待ちかまえていた。

「不思議な世界を見せてもらったよ」と、マーティンは船の上で言った。「ああいう連中に会うと、生きている値打ちがあるというもんだ。まったく心が奮い立つね。これまで観念論のよさなんてわからなかったよ。それでも、認めるというわけにはいかないがね。僕はいつだってリアリストだな。そういうふうにできているのだろう。しかし、クライスやハミルトンに返答したかったし、ノートンのためにもひと言ふた言言いたかったよ。スペンサーが中傷されるとは思わなかったな。僕のこの落着きのなさといったら、はじめてサーカスを見にいった子供みたいだ。もう少し勉強しないといかんな。サリービーだってわかるようにするよ。どうもまだ、スペンサーには批判の余地がないように思えるけど、今度は一つ僕も話の中に入るつもりだ」

とは言ったものの、ブリセンデンは苦しそうな息づかいで寝入っていた。あごは襟巻きにおおわれて、やせこけた胸の上に落ち、体は長いオーバーに包まれ、船の推進器(プロペラーズ)の振動に合わせて揺れていた。

37

翌朝マーティンは、まずブリセンデンの忠告と命令とに背(そむ)いた。「太陽の恥辱」を包装して、『アクロポリス』誌に送ったのだ。きっと掲載してくれる雑誌が見つかると信じていたし、雑誌に認められれば出版社にも推薦してくれるだろうと思ったからだ。「蜉蝣(かげろう)」も同様に包装して、ある雑誌に送った。ブリセンデンは、雑誌に対して明らかに狂気とも言える偏見を抱いていたが、マーティンは、あの偉大な詩は活字にすべきだと考えた。けれども、相手に無断で出すつもりはなかった。彼は、まずどこかの高級雑誌に採用させて、準備を固めてから、承諾するようにもう一度ブリセンデンにぶつかってみるつもりだった。

マーティンはその朝、小説（ストーリー）を書きはじめた。それは何週間も前に構想を立て、以来何とか書いてみなければと思いつづけていたものであった。明らかにそれは、現実の世界、現実の状況下で、実在の人物を登場させたすばらしい海洋小説で、二十世紀の冒険とロマンスの物語になるはずだった。しかし、物語の進み具合や試みの裏には、何か別のもの――浅薄な読者ならわからないもの、かといってそのような読者にも決して興味や喜びがうすれたりしないものがあるはずであった。単なる物語ではなく、そういう作品をマーティンは書いてやろうと思ったのだ。そういえば彼に作品の構想を思いつかせたのは、このすばらしい普遍的な主題なのだった。このような主題が見つかると、いろいろと思案して、特定の人物と特定の時間や場所を設定した。そこで普遍的なことを述べようというのだ。「遅延（オウヴァデュー）」という題にしたが、六万語以上の長さにはならないだろうと思った――彼の旺盛な創作力からすれば、小品であった。まず第一日にあたり、彼は喜びを意識しながら、さまざまな手を駆使してとり組んだ。もはや、言葉の鋭い切れの余り、思わず作品が台なしになるのではないかと悩むこともなかった。長い歳月のあいだ、一心不乱に勉強したことが、報われたのだ。今や腕前もたしかに、いっそう大きな段階の物を形作ることに専心できた。何時間も仕事を進めていくうちに、これまでになく生命や人生をしっかりと宇宙的に把握していると感じた。「遅延」は、特定の登場人物や事件に該当する物語になるばかりか、いついかなる時にも、いかなる海にも、またいかなる人生にも該当する大いなる活力に満ちたものも、きっと語ることになるだろう――これはハーバート・スペンサーのおかげだ、としばらく筆を置き、上体を椅子にそらしながら考えた。そうだ、ハーバート・スペンサーと、彼がこの手に置いてくれた人生のマスター・キーである進化論のおかげだ。

彼は、傑作を書いているのだということを意識していた。「売れるぞ！　売れるぞ！」という言葉が決まり文句となって、くり返し耳に響いた。もちろん売れるさ。ようやく雑誌の飛びつくものを生み出しているんだ。物語全体が、稲妻のように眼前に立ち現われた。しばらく空想をやめて、ノートに一節を書いた。この部分は「遅延」の最終節になるのだが、すでに本の全体が完全に頭の中でできあがっているので、結末に至るまでまだ何週間もかかるにしても、すぐに結末が書けるわけだ。まだ書き終わってもいないのに、この物語をほかの海洋小説作家のものと比べ、自分の作品のほうがはるかに優秀だと思った。「一人だけ匹敵するのがいるな」と彼は、声に出してつぶやいた。「コンラッド（一八五七―一九二四、イギリスの小説家）だ。だけど彼だって、起きあがって握手し、『なあマーティン、よくやったぜ』って言ってくれるに決まってるよ」

一日じゅう頑張り通したが、最後に、モース家の晩餐に呼ばれていることを思いだした。ブリセンデンのおかげで、黒のスーツは質受けしていたから、また晩餐パーティに出られるわけだ。街で図書館に立ちより、サリービーの本を探してみた。「生の輪廻」を借り出し、路面電車に乗ると、ノートンの言っていたスペンサー論を読みだした。読みながら、腹が立った。顔がぱっと赤らみ、あごがキッとなり、手は無意識に握りしめたりゆるめたりして、まるで生命を絞り出している何かいまいましいものをつかみ直しているみたいだった。電車を降りると、激怒した男のように歩道を大またに歩いた。そしてモース家のベルを押したが、その押し方が強かったものだから、はっと我に返った。そこで楽しそうにほほえみながら、穏やかな気持ちで中へ入った。ところが中へ入るや、えらく憂うつな気持ちに襲われた。一日じゅう霊感の翼で高い所に持ちあげられていたのが、下界へおりて来たからである。「ブルジョア」、「商人の巣窟」——といったブリセンデンののしりの言葉を、マーティンは何度も心の中でつぶやいた。だけど、それがどうしたって言うんだ？　と、腹立たしそうに自問した。俺はルースと結婚するのであって、家族と結婚するのじゃないんだ。

こんなに美しく、気高く、霊妙で、健康的でもあるルースは、見たことがないように思われた。頬には色が差しており、目——その目に彼ははじめて不滅を認めたのだが——に、何度も引きつけられた。最近は不滅のことも忘れ、科学的な書物を読んでいるせいもあってか、不滅からは遠ざかっていた。が、目の前にいるルースの目に、言葉など要らない、言葉の議論などいっさい超越した議論を読みとった。彼女の目にそのことを読みとったのであり、その目を前にしてはいっさいの議論も消えうせてしまった。その目に愛を読みとったからだ。そして自分自身の目にも愛があり、愛とは弁駁（べんばく）不能なものだ。彼の熱情的な考えとは、こうしたものであった。

晩餐の前の半時間を二人で過ごしたが、彼にとってこんなに幸せで満足のいく時はなかった。けれども食卓に着くと、きつい一日を過ごした結果として、避けがたい反応と疲労に見舞われた。自分でも、目が疲れていて、気分がいらいらしているのがわかっていた。今でこそ鼻であしらったり、たびたびうんざりもしているが、高い教養と上品な雰囲気の場だと思い描いていた所ではじめて文化人と食事をしたのも、思えばこの食卓だった。もうずいぶん昔の、あの哀れな自分の姿をちらりと思い起こした。自意識過剰の野蛮人だった。不安で不安でたまらなく汗びっしょりになり、人をまごつかせる食器に関する細々したことには当惑するし、召使いの野郎には悩まされるし、一足跳びにあのように目のくらむような上流階級の暮らしを目指そうとしてはみたけれど、結局はありもしない知識や修養を見せかけたりせずに、ありのままの自分でいようと心に決めたのだった。

元気をつけようとルースを見たが、その様子は、船が難破するのではないかと突然パニックに襲われた船客が救命具を見つけようとするのと同じだった。いずれにせよ、それだけのことはあった——愛とルースを得たのだから。あとのものは、書物の試練に耐えられなかった。だが、ルースと愛は試練に耐えた。生物学的にも是認されたのだ。愛は、生命の最も気高い表現だからだ。自然はこれまであわただしく彼を造りあげてきたが、それはあらゆる正常な男性にせっせと働きかけてきたのと同様に、愛が目的であった。自然は、一万世紀も——いや、限りない世紀を——この務めに費やしてきた。そしてマーティンが、その最高作であった。自然は、彼の中で愛を最も強いものとし、想像力によってその力を計り知れないほど増し、思慕し恋愛し結婚するために、彼を短命の世界に送りこんだのである。テーブルに隠れた所でルースの手を求めた。すると温かく握りかえされた。すぐに彼女は彼を見た。その目は輝き、とろけそうだった。彼の目も同様で、わくわくとした気持ちが体にみなぎった。彼も気づかなかったが、彼女の目が輝き、とろけそうになったのは、同じような彼の目を見たからであったのだ。

マーティンの斜め向かいのモース氏の右隣に、ブラント判事という地元の高等裁判所の判事がすわっていた。マーティンは、これまで何度も顔を合わせていたが、どうも好きになれなかった。マーティンとモース氏は労働組合政策や地元の状況、それに社会主義を論じていたが、モース氏は何とかして社会主義のことでマーティンをやり込めてやろうとしていた。ついにブラント判事がテーブル越しにこちらを見たが、その目には優しい慈父のような同情のまなざしがあった。マーティンもそっと笑みを浮かべた。

「君だって、そのうちそこから脱皮するようになるよ」と、判事はなだめるように言った。「そういう若い時分の病気を治すには、時間が一番だからね」今度はモース氏のほうを向いて言った。「こんな場合には議論はいけません。病人を頑固にしてしまいますから」

「なるほど」とモース氏は、まじめに同意した。「でも、たまには病人に病状を知らせるのもいいことですよ」

マーティンは陽気に笑ったが、努力の要ることではあった。この日一日はあまりに長く、大変な努力をしたあとだったから、反応するのにやっきだったのである。

「たしかにお二人とも名医です」と彼は言った。「でも、病人の意見を申しあげてもよろしければ、あなた方の診断はお粗末ということになります。実際、僕がわずらっていると思っておいでの病気を、お二人ともわずらってらっしゃいますよ。僕のほうには免疫性があります。あなた方の血管の中で生半可な騒ぎ方をしている社会主義の哲学なんて、僕の場合はもう卒業済みですよ」

「なかなか奇抜だ」と、判事がつぶやいた。「立場をくつがえす、議論のひじょうにうまい手だよ」

「あなたの口から」マーティンは、目を輝かせてはいたが、まだ自分を抑えていた。「よろしいか、判事さん、僕はあなたの選挙演説を聞いたことがあります。何かヘニディカルな精神過程によって――ついでですが、このヘニディカルという言葉、誰にも理解できませんが、僕の好きな言葉でしてね――そのヘニディカルな精神過程によって、あなたは確信を持って競争の制度と強者の生存をよいものと考えていらっしゃるのに、同時に、強者から力を奪いとるあらゆる方策を支持してらっしゃる」

「君――」

「よろしいか、僕はあなたの選挙演説を聞いたのです」と、マーティンは注意を促した。「記録されているのですよ。州間通商規制、鉄道トラストとスタンダード石油の規制、森林保護、その他無数の規制方策についてのあなたの態度表明、これらは社会主義以外の何ものでもないでしょ」

「君は、このように権力が多方面にわたって法外に行使されるのを規制するのはよくないとでも言うのかね?」

「そういうことではありません。あなた方の診断は、お粗末だって申しあげたいのです。僕は、社会主義という細菌なんかに苦しんではいないって申しあげたいのです。あなた方のほうこそ、その細菌の恐ろしい猛威に苦しんでらっしゃると申しあげたいわけです。僕は社会主義には心から反対です。それはちょうど、あなた方のいい加減な民主主義に心から反対なのと同じです。そんな民主主義など、辞書の試練に耐えられないうわべだけの言葉で欺瞞を振りまくにせ社会主義にほかなりませんから。僕は反動主義者です――徹底した反動だから、社会組織のヴェールにおおわれた嘘の中に暮らしているために、そのヴェールを透視できるだけの鋭い目を持たないあなた方には、僕の見解はわからないでしょう。強者生存と強者の支配を信じているふりをなさっている。僕はほんとうに信じている。そこが違うのです。もうちょっと若かったら――もう数ヵ月若かったら――僕も同じように信じたでしょう。なるほど、あなた方やあなた方の考えによって、僕は強い印象を受けました。だけど商人の類いなんて、せいぜい臆病な支配者というところでしょう。四六時中、金もうけという飼い葉桶でブウブウ言いながら食い物をあさっている。ところがどうでしょ、僕は貴族政治のほうに逆もどりしたんですよ。この部屋では、僕が唯一の個人主義者です。僕は国家には期待しません。国家を腐敗した無用の状態から救うには、馬に乗った強者をあてにするしかありません。

　ニーチェの言う通りだったのです。ニーチェの人物像についてゆっくりお話はしませんが、彼の言う通りだったのです。世界は強者のものです——強いばかりでなく、気高くもあり、交易という豚の飼い葉桶の中を転げまわったりするやからではありません。世界は、真の貴族、偉大なブロンドの獣、妥協をしない者、何でも『はいと言う人』のものなのです。だから、あなた方のように社会主義を恐れるあまり、自分は個人主義者だと思っている社会主義者なんか食われてしまいますよ。おとなしくて身分の卑しい者は奴隷だとするあなた方の道義では、とうてい救われません——いや、どうもわけのわからないことを言ってしまいましたね。もううるさいことは言いません。ただひと言、オークランドに個人主義者は六人とはいませんが、この僕がそのうちの一人だということは忘れないでください」

　マーティンは、もう議論はおしまいです、と言ってルースのほうを向いた。

「きょうはもういらいらしてるんです」と、彼は小声で言った。「もうお喋りなんかじゃなくて、あなたと愛の気持ちを交わしあいたいだけです」

「私は納得できないね。社会主義者なんて詭弁家ばかりだからな。連中はそうとしか言いようがないよ」とモース氏が言ったが、彼は知らんふりをした。

「今に君を立派な共和党員にしてやるよ」と、ブラント判事が言った。

「それまでに馬に乗った人物が現われますよ」と、マーティンはひょうきんに答えて、ルースのほうにもどった。

だが、モース氏は満足しなかった。このいずれは娘婿となる男が怠け者で、まじめでちゃんとした仕事をする気にならないのが気に入らなかったのだ。そしてその考えを尊重することはおろか、その性質もわかってはいなかったのだ。そこで彼は、話をハーバート・スペンサーにそらせた。ブラント判事が巧みに彼の味方をした。マーティンは、はじめて哲人スペンサーの名前が口にされてはっとし、判事がまじめくさった、ひとりよがりの痛烈な非難をスペンサーに浴びせるのを聴いた。時々モース氏がマーティンを一瞥しては、「どうだ、君、いいかね」と言わんばかりであった。

「ベチャクチャとよく喋るやつらだ」とマーティンは、声を潜(ひそ)めて言って、ルースやアーサーと話しつづけた。

それでも、きょうの長い一日と前夜の「真相(リアル・ダート)」とが、マーティンにはこたえ始めていた。そのうえ、電車の中でスペンサー論を読んだときの怒りがまだ燃えていた。

「どうしたの?」と、ルースが突然訊いた。マーティンが何とか感情を抑えようとしているのに驚いたのだ。

「不可知なるものを除けば神なんて存在しないが、ハーバート・スペンサーはその予言者というわけだ」そのとき、ブラント判事がこう言っていた。

マーティンは、判事に食ってかかった。

「安っぽい判断ですね」と、静かに切りだした。「僕がそれをはじめて聞いたのは市役所前公園のことでして、よく知りもしない労働者の口からでした。それ以後もたびたび聞きましたが、そのたびに戯言（たわごと）を耳にしては吐き気を催すんです。恥を知ってください。かの偉大にして高尚な人物の名前をあなた方が口にされるのを聞くのは、肥（こえ）だめに露のしずくを見つけるようなものですから。あなた方にはほとほと愛想が尽きましたよ」

それは、まったく思いがけないことであった。ブラント判事は、卒中を起こしたような顔つきで彼をにらみつけた。一同しーんとなった。モース氏は、ひそかに喜んでいた。娘の心が動揺しているのがわかったからだ。そうなることを望んでいたのだ——虫の好かないこの若者の、持って生まれた凶暴性が表われることを。

ルースは、テーブルの下で懇願するようにマーティンの手を求めたが、彼はかっかしていた。高い地位にふんぞり返っている連中の、知的な見せかけや欺瞞に我慢がならなかったのだ。高等裁判所の判事！　わずか数年前までは、泥沼からこのような立派な人たちを見上げては、神のように考えていたのだった。

ブラント判事は気をとりなおし、いかにも礼儀作法をわきまえたように、続けてマーティンに話しかけようとした。が、婦人の手前そうしているのだとマーティンにはわかった。こうしたことも、彼の怒りをいっそう増すことになった。この世には誠実さというものがないのか？

「僕とスペンサーを論じられるわけがありませんよ」と、彼は叫んだ。「スペンサーのことなんか、彼の同国人同様にご存じないんでしょ。でも、あなたの責任でないのは認めますがね。時代の情けない無知のほんの一面にすぎません。今晩ここに来る途中でも、その実例にあたってきました。サリービーのスペンサー論を読んでいたのです。あなたもお読みになってください。誰にでも手に入ります。どこの本屋でも買えますし、図書館でも借り出せます。サリービーがこの問題についてまとめたものと比べれば、かの気高い人物をあなたがどんなにののしろうが知らなかろうが、そんなことはたかが知れているということを恥ずかしく思われるでしょう。恥の上塗りということになりますよ。

彼は『生半可な教育しか受けていない哲人』だと、ある大学の哲学者に呼ばれましたが、この学者には、呼吸をして空気を汚す値打ちもなかったのです。あなただって、スペンサーを十ページも読んでいないのでしょうが、たぶんあなたより聡明な批評家にしても、ご同様にスペンサーを読んでもいないくせに、公然とスペンサーの弟子に対し、彼の著作から思想を一つあげてみろと挑みかかりました——あのハーバート・スペンサー、科学的研究と近代思想の全分野にわたってその天才を遺憾なく発揮した人物であり、心理学の父であり、また、教育学に大変革をもたらした結果、今日ではフランスの農民の子供が彼の作り出した法則に従って読み書き算数を学んでいる、そのスペンサーにですよ。彼の思想を専門的に活用して生活の道が開かれるようになると、つまらぬ蚋連中が彼の名声に傷をつけるのです。連中の頭の中にどんなにつまらぬものが入っていようと、そこには主にスペンサーがかんでいるのです。もしスペンサーがいなかったら、連中がオウムのように学びとった知識の正しいものの大半はないことになるでしょう。

しかしながら、オックスフォードのフェアバンクス学寮長のような人物——ブラント判事、あなたよりずっと高い地位にいる人物ですが――彼によれば、スペンサーは思想家というよりは、詩人兼夢想家として後世には片づけられてしまうだろうということです。まったく、何ともうるさい連中ったらありゃしませんよ！　『第一原理』は文学的な力がまったくないわけではない、などと言うやつがいるかと思えば、スペンサーは独創的な思想家というよりはこつこつと刻苦勉励する努力家だ、などと言うのもいます。何ともうるさい連中ですよ！　うるさくって仕方がありません！」

マーティンは、不意に話をやめ、黙りこんでしまった。ルースの家族はみんなブラント判事を有力者、成功者として尊敬していたものだから、マーティンの急な言葉の暴走にあきれてものが言えなかった。その後の晩餐の進み具合はまるで葬儀のようで、判事とモース氏は二人だけで話し、あとの会話にしてもはなはだ散漫であった。晩餐が終わって、ルースとマーティンが二人だけになったとき、ひと悶着あった。

「あなたってひどいわ」と言って、彼女は泣いた。

それでも、彼の怒りはなおもくすぶっており、「ちくしょう！　ちくしょう！」と、つぶやき続けていた。

彼女が、マーティンは判事を侮辱したと断言したとき、彼は言いかえした。

「ほんとうのことを言ったのにですか？」

「ほんとうかどうかなんて構わないわ」と、彼女は主張した。「礼節には、ある程度限度というものがあるでしょ。誰彼となく侮辱していいってことはないわ」

「それじゃ、ブラント判事はどうして勝手に真実を攻撃したりしたのですか？」と、マーティンは問いただした。「真実を攻撃するほうが、判事のようなちっぽけな人格を侮辱するよりはずっと重大な罪になりますよ。あの人はそれ以上に悪いことをしました。もう死んで、この世にいない偉大な気高い人物の名前を悪く言ったのですからね。ああ、ちくしょう！　ちくしょう！」

マーティンの複雑な怒りが再び燃えあがり、ルースは彼が恐ろしくなった。彼がこんなに怒ったのを見たこともなかったから、彼女には何が何だかよくわからなかった。しかしながら、その恐ろしさのなかにも、以前自分を引きつけ、今も引きつける魅力があった——その魅力のために、思わず彼のほうに寄りかかり、その狂おしい最高のムードに達したときに、両手を彼の首にまわした。そうなったことに腹を立て憤慨していたのに、まだ「ちくしょう！　ちくしょう！」とつぶやいているマーティンの腕にそのまま抱かれて震えていた。そして、抱かれたまま彼にこう言われた。「もう食事にはお邪魔しないことにしますよ。みんなは僕が気に入らないし、僕が来てみんなを不愉快にさせるというのもよくないですから。そのうえ、僕にとってもみんなが不愉快だし。ヘッ！　胸が悪くなりますよ！　そういえば、僕は何も知らずに夢想していたんですね。高い地位にいて、すばらしい家に住み、教育や銀行預金のある人たちは、立派なんだって！」

38

「さあ、労働組合の支部に出かけようぜ」

そうブリセンデンは言ったものの、半時間前に喀血——三日で二度めの喀血——をして元気がなかった。手には年じゅう離したことのないウイスキー・グラスを持っていて、指を震わせながらそれを飲み干した。

「僕が社会主義にどんな用があるって言うんだい?」と、マーティンは問いただした。

「部外者も五分間の演説ができるんだ」と、病人が言った。「さあ勇気を出して、喋ってみろよ。どうして社会主義が気に入らんのかを言えばいいんだ。連中やスラム街の倫理について思っていることを言えばいいのさ。ニーチェを持ち出して、君の苦労を吹っ飛ばすんだ。信ずるところのために戦えよ。そうすりゃ、苦労のし甲斐もあろうというもんだ。議論は連中の望むところだし、君だってそうだろ。僕は死ぬまでに、君が社会主義者になるのを見てみたいんだよ。そうなれば、君だって生きてる甲斐があるって思うよ。いつか失望する時がきたって、助かるぜ」

「何とまあ君が社会主義者だなんて、とてもじゃないがわからんね」と、マーティンがあれこれ考えながら言った。「君は大衆が大きらいなんだろ。最下層の民衆になんか、君の審美的な心に気に入るようなものなどないじゃないか」と言って彼は、相手がまたグラスにウイスキーを注いでいるのを咎めるように指さした。「社会主義は、君の救いにはなりそうにないな」

「僕の体はひどく悪いんだ」と、相手が答えた。「君の場合は違うよ。健康だし、生きる楽しみだってたくさんあるし、ともかく君は生きなければならないんだ。僕の場合、なぜ社会主義者なんだって思うだろ。それはね、社会主義は避けられないものだし、現在の腐敗した非合理的なやり方では持ちこたえられないし、君の言う馬上の人物の時代はもう過ぎてしまったからなんだ。奴隷たちはもう黙っていやしないんだよ。数が多いからいや応なしに、自称馬上の人とやらは、馬に乗る前に引きずり倒されちゃうさ。君も連中から逃れられなくて、奴隷の倫理をすっかり鵜呑みにさせられちゃうよ。どうも困ったことになるだろうな。だけど、ぼつぼつ起こってきてるし、君だって耐えなくちゃならんよ。とにかく、君のニーチェ思想じゃ時代遅れだ。過去は過去であって、歴史はくり返すなんて言うやつは嘘つきさ。むろん、僕だって大衆はいやだけど、貧乏人に何ができるんだい？　馬上の人は現われないんだから、今の臆病な支配者の豚どもに比べりゃ、どんなものだってまだいいさ。とにかくまあ来るんだ。僕はもう十分飲んだし、これ以上いたら、酔っぱらっちまうよ。それに医者が言うだろ——いまいましい医者めが！　今に馬鹿にしてやるぞ」

　日曜日の夜ということもあって、小さな公会堂はオークランドの社会主義者でいっぱいだったが、その多くは労働者階級であった。そのとき演説をぶっていたのは如才のないユダヤ人で、マーティンは感心をしたが、同時に反発心も起こした。その前かがみになった狭い肩といびつな胸によって、この男が込みあったスラム街の子であるのがわかったが、マーティンは、か弱く不幸な奴隷たちが、これまで彼らを統治し今後も永久に統治していくであろうひと握りの支配者と、長きにわたって続けてきた苦闘を痛烈に感じた。マーティンにとって、この皺だらけの人間は一つの象徴であった。この男こそは、生物学的法則通りに生命の瀬戸ぎわに立って死んでいく、みじめで虚弱で無能な大衆全体を代表する人物だったのである。彼らは不適格なのだ。巧妙な哲理や蟻のように力を合わせる傾向があっても、自然は特別な人間のために彼らを受けつけはしない。その多産な手から投げ出した多数の生命から、最良のものだけを選びとるのだ。人間だって同様に、自然に倣って競走馬や胡瓜の改良をするではないか。きっと宇宙の創造主なら、もっといい方法が考えだせただろうが、この特別な宇宙ではいかんともしがたい。むろん、生き物はもがきながら死んでいくわけだが、それは社会主義にしろ、今も壇上で演説している男や汗をかいている大衆が協議して、生活に伴う不便を最小限にし、宇宙の裏をかく何か新しい方策を模索しながらもがいているのにしろ、同じことだ。

そんなふうにマーティンは考え、そう口にすると、ブリセンデンはぜひみんなを懲らしめてやれと勧めた。マーティンは彼の命を受け、慣例通り壇上に上がって、議長にあいさつした。低い声でためらいながら話しはじめ、先ほどのユダヤ人が話している時に頭の中を去来していた考えをまとめていった。このような会での各演説者の持ち時間は五分だったが、マーティンの持ち時間がきた時は話が最高潮で、彼の社会主義攻撃もまだ半分しか終わっていなかった。聴衆は彼に関心を抱いていたから、大喝采を送って議長にマーティンの時間延長を求めた。みんなは知識人の名にふさわしい敵として彼を認め、一語も洩らすまいと熱心に耳を傾けた。彼は情熱と確信を持って話し、奴隷とその徳性や戦術に対する攻撃の手をゆるめず、聴衆が奴隷そのものだと率直に述べた。スペンサーとマルサス（一七六六—一八三四、イギリスの経済学者）を引用しては、生物学的進化の法則を述べた。

「ですから」と、手早く要約して結びとした。「奴隷の類いから成るいかなる国家も、長続きはしません。古い進化の法則は、いまだ適用できるのです。生存競争においては、今もご説明申しあげた通り、強い者とその子孫が生き残り、弱者とその子孫とは打ちのめされて滅んでしまう傾向があります。その結果、強い者とその子孫が生き残り、競争が行なわれるかぎり、各世代の力は増していきます。それが進化です。けれども、あなたたち奴隷が——奴隷とはひどい言い方ではありますが——夢見ているのは、進化の法則がなくなるような社会、弱い者や役に立たない者が滅びない社会、役に立たない者もすべて食べたいだけのものが食べられる社会、そしてみんな——すなわち強い者だけでなく、弱者も結婚して子孫が残せる社会なのです。その結果はどういうことになりましょう？　もはや各世代の力と生命の価値は増すことはなく、それどころか減少することになるでしょう。奴隷の考え方には天罰が下ります。奴隷の、奴隷による、奴隷のための社会——は必然的に弱まり、解体するに違いありません。その社会を構成している生命が、弱まり解体してしまうからです。

いいですか、僕が申しあげているのは生物学であり、感傷的な倫理などではありません。奴隷国家は存続不可能なのです——」

「合衆国はどうなんだ？」と、聴衆の一人が声をあげた。

「どうなんだ、ですって？」と、マーティンが言いかえした。「十三の植民地はその支配者との関係を断ち、いわゆる共和国を作りあげました。奴隷が主人となり、剣を持った主人はいなくなりました。しかし、みなさんは何らかの主人なしでやっては行けませんでした。そこで新しい主人が現われました——立派で力強く気高い人たちではなく、抜け目のない蜘蛛のような商人や金貸し連中です。そして、またまたみなさんは連中の奴隷となったわけです——ところが、この連中の包み隠しをやることときたら、あの誠実で気高い人たちが自らの正当な武器を負って事にあたったのとは大違いで、こそこそと蜘蛛のような陰謀や甘言、おべっか、虚偽を手口としているのです。みなさんの仲間の判事を買収し、みなさんの議会を堕落させ、奴隷少年少女たちを売買奴隷制度以上に恐ろしいものに押しつけてきました。二百万人もの子供たちが、今日、この合衆国という商人による少数独裁政治のもとで働いています。一千万人ものみなさん方奴隷が、十分な家と食べ物を得ていないのです。それより、話を元にもどしまして、今も申しあげたように、奴隷国家は存続不可能であります。そのような社会は、性格上進化の法則を廃棄せねばならないからです。奴隷社会ができれば、すぐに荒廃が始まります。進化の法則をなくすと口で言うのは易しいことですが、みなさんの力を維持してくれる新しい進化の法則はどこにあるのでしょう？　きちんとご説明を願います。すでに明瞭な形で述べられているのでしょうか？　でしたら、申し述べてください」

マーティンは、ヤンヤの大騒ぎのなかで腰をおろした。二十人の男が立ちあがって、発言の承認を議長席に求めた。そして一人ずつ、騒々しい拍手喝采に勇気をつけながら、情熱と意気ごみと激しい身ぶりで喋り、マーティンの攻撃に対して答えた。激しい一夜であった——が、知的な激しさであり、思想の戦いであった。なかには問題点をはずす者もいたが、たいていはマーティンに対し直接に答えた。彼らは耳新しい傾向の思想によって彼を驚かせ、新しい生物学的法則ではなく、古い法則を新しく適用することを見抜く力を与えた。熱心さの余り、始終おとなしくしてはいないものだから、一度ならず議長は、盛んに机を叩いて、静粛にするようにと言った。

たまたま聴衆のなかに駆けだしの新聞記者がいて、ニュースに乏しい日にここに派遣され、大事件を求めるジャーナリズムのさし迫った必要を胸に抱いていた。頭のいい記者ではなく、ただ、ひどく舌のよくまわる男だった。頭が悪くて、とても議論にはついて行けなかった。なのに実は、こうした労働者階級の口角あわを飛ばす者たちには、大変な優越感を抱いていた。と同時に、上流社会の人間たちや、国家や新聞の方針を口述する者たちには、多大の尊敬心を抱いていた。さらに、彼には理想があった。それは、無から何かを——それも、どしどし——作り出せる、申し分のない新聞記者のあの卓越した域に達したいという理想であった。

彼には、何の話やらさっぱりわからなかった。そんなことは必要なものではなかった。革命といった言葉が、彼には手がかりとなった。一個の骨の化石から骨格全体を再現してみせることのできる古生物学者みたいに、彼は革命という一個の単語から演説全体を再現することができた。その夜それをやってみたのだが、上々であった。その演説会ではマーティンが最高の評判をとったから、何もかも彼が言ったことにし、彼を最重要人物に仕立てあげ、その反動的な個人主義を最も扇情的で革命的な社会主義者の発言に変えてしまったのだ。この新米記者は、なかなかの芸術家であり、大きな筆でもって郷土色を塗りたくった——つまり、険しい目をした長髪の男、神経衰弱症の変質者、激情に震える者たちの声、高く持ちあげた握りこぶし、怒れる者たちの浴びせる悪罵やわめきや騒々しいしわがれ声、といったもので彩色を施したのである。

39

小さな部屋でコーヒーを飲みながら、マーティンは翌朝の新聞を読んだ。第一面に自分のことが大きく報じられるとは、つねならぬ経験であった。それも驚いたことに、オークランドの社会主義者の最も悪名高い指導者になっているではないか。新米記者のでっちあげた激越な演説にざっと目を通してみた。最初はこのでっちあげの嘘に腹が立ちもしたが、結局は笑いながら新聞を投げ捨てた。「この記者は酔っぱらっていたか、悪意があってやったかのどっちかだな」と彼は、その日の午後、ベッドに腰かけながら言った。ブリセンデンがやって来て、ぐったりと椅子に腰をおろした時のことだった。

「だけど、何を構うことがあるもんか」ブリセンデンが訊いた。「この新聞を読むブルジョアの豚どもにわかってもらいたいなんて思っちゃいないんだろ?」

マーティンはしばらく考えてから、こう言った。

「ああ、わかってもらいたいなんて、これっぽっちも思っちゃいないさ。ところがさ、どうもルースの家族との折りあいが悪くなりそうだなあ。父親がいつも僕のことを社会主義者呼ばわりしてたし、こんなけしからんものを見れば、彼の信念は決まっちゃうよ。彼の意見はどうも好かんのだが——そんなことはまあ大したことじゃないけどさ。ところで、きょう書いているところを君に読んで聞かせたいね。もちろん『遅延』なんだけど、もう半分ほど書けたんだ」

マーティンが朗読していたとき、マリアがドアを押し開けて、さっぱりとした服を着た若者を通した。その男は、あたりを盛んに見まわし、部屋の隅の石油コンロや炊事場に目をとめ、やがてマーティンのほうへと目を向けた。

「すわりたまえ」と、ブリセンデンが言った。

マーティンは、自分の横に席を空けてやり、相手が用件を切りだすのを待った。

「イーデンさん、僕は昨夜(ゆうべ)あなたのお話を伺いましたものですから、こうして寄せていただいたのです」と、男は話しはじめた。

　ブリセンデンがどっと笑いだした。

「お仲間ですか?」と記者は訊くと、ブリセンデンをちらっと見て、そのやせこけ、死を間近に控えた人間の血色を窺(うかが)った。

「それじゃ、あの記事を書いたのはこいつだな」と、マーティンが静かに言った。「何だ、まだ小僧じゃないか！」

「かわいがってやれよ」と、ブリセンデンが言った。「五分間、僕の肺を元にもどしてくれれば、千ドル出すがな」

　新米記者は、今の話が自分をめぐって交わされていることに、いささか当惑してしまった。しかし彼は、あの社会主義者の集会の記事がなかなかよく書けているとほめられ、社会に対して組織的に脅威を与える指導者マーティン・イーデンに直接インタビューをしてくるように遣(つか)わされたのだった。

「写真を撮らせていただいてもよろしいですね、イーデンさん?」と彼は言った。「外にうちのカメラマンを待たせてあるのですが、何とか日の暮れないうちに写真を送ったほうがいいって言うんです。そうすれば、インタビューはあとでもできますから」

「カメラマンだってさ」と、ブリセンデンは考えこむように言った。「一つかわいがってやるんだな、マーティン！　かわいがってやれよ！」

「どうやら僕も年をとってきたしな」と、マーティンは答えた。「やっちまえばいいのはわかるが、どうもその元気もなくしてしまってね。それに、大したことでもなさそうだし」

「やつの母親のためにもな」と、ブリセンデンが迫った。

「それもそうだが」と、マーティンが答えた。「それだけの気力を奮い立たせてみたって仕様がなさそうだ。何しろ男一人をやっつけるには相当な力がいるからな。それに、どうってこともないだろ？」

「そりゃそうです——そういうふうにしてください」と、新米記者ははしゃぐように言った。とはいうものの、すでにじれったそうにドアのほうに目をやり始めていた。

「だけど、こいつの書いた一部始終が事実通りじゃないしな」とマーティンは、ブリセンデンのほうばかり見て言った。

「記事といったって、まあざっとしたものですがね」と、新米記者は思いきって言った。「それに、いい宣伝になりますし、そのことは大事なことですよ。あなたにとっては有利ですし」

「ねえ、マーティン、いい宣伝になるってさ」と、ブリセンデンはもったいぶって言った。

「俺に有利なんだってさ——ええ！」と、マーティンが言葉を添えた。

「さてそれでは——どこのお生まれですか、イーデンさん？」と新米記者が、気を引くようなふりをして訊いた。

「こいつはメモを取らんな」と、ブリセンデンが言った。「みんな覚えてるんだね」

「僕にはこれで十分です」新米記者は、困った顔つきをしないようにしていた。「立派な記者なら誰も、メモなんかに煩わされることはありません」

「昨夜は——それで十分だったわけさ」けれども、ブリセンデンは静寂主義の使徒ではなかったから、不意にその態度を変えた。「マーティン、君がかわいがってやらないんなら、俺がやるぜ。とたんにぶっ倒れて死んでしまうようなことがあったってな」

「平手打ちならどうだい?」と、マーティンが訊いた。

ブリセンデンは、公平に考えて、うなずいた。

たちまちマーティンは、ベッドの端にすわって、新米記者の顔をうつむきに両膝の上に押しつけた。「嚙むんじゃないぞ」と、マーティンは警告した。「でないと、おまえの顔に一発くらわすからな。きれいな顔が気の毒なことになるぜ」

彼の持ちあげた手が打ちおろされ、その後も、すばやく間断なく上げおろしされた。新米記者は、もがき、ののしり、のたうちまわったが、嚙みつこうとはしなかった。ブリセンデンは、心配そうにじっと見ていた。ただ、一度は興奮の余りウイスキーの瓶を握りしめ、せがむように言った。「さあ、俺にも一度叩かしてくれよ」

「手がすっかりくたびれてしまったぜ」とマーティンは言って、ついに叩くのをやめた。「しびれてしまったよ」

彼は新米記者を立たせ、ベッドにすわらせた。

「おまえを逮捕させてやるからな」と記者はどなったが、少年っぽい憤りの涙が、その紅潮した頰を流れ落ちた。「後悔するぜ。今に見てろ」

「しゃれたことを言うじゃないか」と、マーティンが言った。「こいつは、自分が堕落しはじめたのがわかってないんだ。あんなふうに同じ人間の仲間のことで嘘をつくなんて、正直じゃないし、公明正大じゃないし、男らしくない。それがこいつにはわかってないんだよ」

「こいつが俺たちのところへ来たのは、話を聞くためさ」と言って、ブリセンデンは話の途切れを埋めた。

「そうだ、こいつに中傷され、名誉を傷つけられた俺のところへな。これでもうあの食料品屋も、きっと付けで売ってはくれないさ。最悪の場合、こいつはこのまま行けば、果ては一流の新聞記者にも一流の悪党にもなりかねんよ」

「だけど、まだ時間はあるさ」と、ブリセンデンが言った。「案外こいつを救う手立てがあるかも知れんぞ。一度だけやつを叩かせてくれりゃよかったのに。俺だって手出しをしたかったぜ」

「おまえたち二人を逮捕させてやるぞ、畜生め」間違いをしでかした男は、すすり泣いた。

「いや、こいつのくちばしはまだ黄色いさ」と、マーティンは悲しそうに首を振った。「どうやら手がしびれたのも無駄だったようだ。若い者は改心せんよ。こいつも、いずれは立派な新聞記者として出世するさ。何しろ良心がないんだから、それだけでも偉くなれるさ」

マーティンがそう言うと、新米記者は、ブリセンデンがまだ手に握りしめている瓶で背中を殴りはしないかと冷やひやしながら、ドアから出ていった。

翌朝の新聞を読むと、自分自身に関して知らないことがずいぶんと書いてあった。「われわれは、不倶戴天(ふぐたいてん)の社会の敵である」と、コラム・インタビューに彼自身の発言として出ている。「いや、われわれは無政府主義者ではなく、社会主義者である」二つの主義に差異はほとんどなさそうだと記者が指摘したときに、マーティンは肩をすくめ黙って肯定したとか、彼の顔は左右が不釣りあいで、堕落の徴候が随所に見られるとか、特に顕著なのは、その暴漢のごとき手と血走ったぎらぎら光る目であるとか、書いてあった。

それからまた、マーティンは毎夜市役所前公園で労働者に向かって演説していること、そこには無政府主義者や扇動者がいて人の心を煽り立てるが、なかでも彼が最も聴衆を引きつけ、最も革命的な演説をしている、ということもわかった。あの新米記者は、マーティンのみすぼらしい小部屋や石油コンロ、一脚きりしかない椅子、それに、その部屋に一緒にいて、どこかの要塞の土牢に一人二十年間幽閉されて出てきたばかりというような顔をした、あの世行き寸前の放浪者のことも鮮やかに書きつけていた。

新聞記者は、なかなか手まめであった。あちこちと足を運んでマーティンの家系を嗅ぎつけ、ヒギンボサムズ・キャッシュ・ストアの写真、それもバーナード・ヒギンボサム自身がその店の前に立っている写真を入手した。しかもこの奴さんは、聡明でご立派な実業家として描かれており、義弟のマーティンの社会主義的な考えはおろか、義弟自身にも我慢がならないというのである。何しろ、いかにも怠け者の役立たずで、仕事の口を世話されても受けようとはしないやつだから、今に刑務所行きだろうと述べている。マリアンの夫のハーマン・フォン・シュミットも、同様にインタビューを受けている。彼の言によれば、マーティンは一家の面汚しであり、縁切りをしたという。「あいつは俺を食い物にしようとしたが、即座に歯止めをかけたよ」と、フォン・シュミットは記者に語っていた。「この近辺でのらくら暮らしちゃいけないぐらいはわかっているさ。いいか、働かんやつは役には立たん、そういうことだ」

このときには、ほんとうに腹が立った。ブリセンデンはそんなのはお笑い草だと考えたが、マーティンの慰めにはならなかった。彼には、ルースに対する釈明が容易ならざることがわかっていたからだ。彼女の父親はどうかといえば、きっとこの一件に大喜びし、何とかこれをてこに婚約の破棄にかかるだろう。その作意は、まもなく現われることとなった。その午後の便でルースから手紙が来たのだ。マーティンは、郵便集配人からそれを受けとると、何かいやな予感がしながら開封し、開いたドアの所で立ち読みをした。読みながら、手が自動的にポケットに行き、昔タバコを吸っていた時分のあの刻みタバコと茶色の巻き紙を探した。ポケットには何もないくせに、巻きタバコを巻く道具を取ろうとしたことには気づいていなかったのである。

それは、勢いこんだ手紙ではなかった。怒っているといった気味はないが、終始、傷心と失望の響きがあった。もっと彼に期待していたというわけだ。彼女の考えていたところでは、彼が若者特有の粗雑さを克服もし、まじめに上品に生活ができるようになるうえで、自分の彼に寄せる愛は十分骨折り甲斐のあるものだった。ところが今や自分の両親は、毅然と自分の立場を主張して、婚約破棄を命じており、自分も両親の言い分が正しいと認めないわけにはいかない。これでは、二人の関係は決して幸福なものにはなり得ないだろう。もともと不運な関係だったというのである。それにしても、この手紙の中でたった一つだけ彼女が遺憾の意を表明しているところがあったが、これがマーティンにはつらかった。「ただあなたが何かのポストに身を落ち着けて、ひとかどの人物になろうと思ってくだされはよかったのに。でも、かなわぬことでした。あなたのこれまでの生活が、荒々しく規律がなさすぎたのです。あなたのせいではありませんのよ。あなたの行動は、ただあなたの性質と小さい頃の躾に従ったまでのことだったのですから。だからマーティン、私はあなたを責めたりはしません。そのことは忘れないでください。単に思いちがいだったのです。父母が強く言ってきた通り、私たちはお互いに合うようにはできていなかったのです。せめて手遅れにならなかったことが、二人には幸いだと申せましょう」……「もう私に会おうとなさっても何にもなりませんわ」と彼女は、手紙の終わり近くで書いていた。「顔を合わせたりすれば、母にも私たち二人にも不幸なことになるでしょう。実は、母には大変な心配や苦労をかけてしまったと思っています。これからは、相当罪滅ぼしをしなければなりません」

マーティンは、その手紙をもう一度丹念に最後まで読んで、腰をおろし、返事を書いた。社会主義者の集会で自分が述べたことのあらましを書き、どこを取ってみても、新聞の書いたものとは逆であることを指摘した。この返事の結び近くになると、激しく愛を弁護する狂おしく恋する者となって書いた。「どうかご返事ください。そして一つだけ答えてください。僕を愛してくれていますか？　それだけです――この質問に対する答えだけで結構ですから」

ところが、返事は翌日も翌々日も来なかった。「遅延」は手つかずのままテーブルの上に置いてあり、テーブルの下の返却原稿の山は、日に日に大きくなっていった。マーティンの快眠ははじめて不眠症に遮られ、長い眠れぬ夜がいく晩も続いた。モース家を三度訪ねたが、呼び鈴に出た召使いに追いはらわれた。ブリセンデンはホテルに臥せり、弱って体を動かすこともできなかった。マーティンは、たびたびそのもとに行きはしたが、自分の困り事を話して聞かせて相手を心配させるようなことはしなかった。

何しろマーティンの苦労は数が多かった。あの新米記者の記事の影響は、思っていたよりずっと広く行きわたっていた。あのポルトガル人の食料品屋は、もう付けで売ってくれなくなったし、アメリカ人であることを誇りにしている八百屋は、マーティンを祖国に対する裏切り者と呼び、もう取り引きはごめんだと言った――その愛国心の持ち出しようときたら大変なものだったから、マーティンの勘定を帳消しにして、支払おうとさえさせなかった。近所の噂にもこれと同じような感情が表われており、マーティンに対する憤りが高まった。社会主義者の裏切り者などとは、誰も関係を持ちたくなかったのだ。マリアは心もとなくおびえていたが、忠実なことに変わりはなかった。近所の子供たちも、かつて立派な馬車がマーティンを訪ねてきた時に抱いた畏れ敬う気持ちから醒め、叩かれない程度の離れたところから、彼を「浮浪者」とか「ろくでなし」とか呼んだ。けれどもシルヴァの子供たちは、しっかりと彼を弁護し、一度ならず彼のために激戦を演じ、目のまわりに黒痣をこしらえ、鼻血を出すのが日課になってしまって、マリアの当惑と苦労が増えたのだった。

マーティンは、一度オークランドの街で姉に出会った折に知ったのだが、それは当然予期できそうなことではあった――つまり、一家を世間の恥さらしにしたとして、バーナード・ヒギンボサムがマーティンに激怒し、もう家には入れないというのだ。

「どこか遠くへ出ていったらどう、マーティン?」と姉は、懇願するように言った。「どこかへ行ってさ、仕事を見つけて落ち着くんだよ。それで、ほとぼりがさめる頃に帰ってくればいいさ」

マーティンは、首を横に振ったが、何の説明もしなかった。どう説明できるというのだろう? 彼は、自分と自分の一族たちとのあいだにぽっかりとできた知的な隔たりにたまげてしまった。その隔たりを越えて、彼らに自分の社会主義に関するニーチェ哲学の立場を説明することなどできなかった。自分の態度や行為を彼らにわからせるには、英語にもほかの言語にも、これといった言葉がないのだ。彼らの頭にある正しい行為というのは、彼の場合にはたかだか仕事を見つけることだ。それが、彼らの最初で最後の言葉なのだ。それだけでもう彼らの考えの辞書全体になるというわけだ。仕事を見つけろ！　働きに行け！　哀れで愚かな奴隷たちよ。姉が喋っているとき、彼はそう思った。世界が強い者のものになっているのも、驚くにあたらないわけだ。奴隷は、奴隷の身分そのものにとりつかれている。彼らにとっては仕事こそが、平伏し崇拝すべき絶好の対象なのだ。

姉がお金をさし出したとき、マーティンはまた首を横に振ったものの、その日のうちに質屋に出かけねばならないことはわかっていた。

「今は主人に近づくんじゃないよ」と、彼女は諭した。「二、三ヵ月して、主人の怒りがおさまって、おまえさえよければ、配達の荷馬車を引かせてくれるよ。用があればいつだって、私を呼びによこすんだよ。そしたら来たげるから。いいね」

彼女は聞きとれるぐらいの声で泣きながら行ってしまったが、その重い体ともの寂しい足どりを見て、彼は心の痛みが体じゅうに伝わるのを覚えた。姉の後ろ姿を見ていると、ニーチェのこともぐらぐらと揺らぐようであった。抽象的な奴隷階級なら全然問題はないのだが、事自分の一家のこととなると、まったく申し分がないというわけにはいかないのである。しかしながら、もし強い者に踏んづけられた奴隷がいるとすれば、それこそは姉のガートルードだ。彼は、この逆説に歯を見せて笑った。すばらしいニーチェ人であるこの俺が、はじめて感傷や感情によって知的概念を揺るがされた――そうだ、奴隷道義そのものに揺り動かされたのだ。それこそは、まさに姉に対する哀れみなのだから。真に気高い人間は、哀れみや同情を超越している。哀れみや同情というのは、秘密の奴隷収容所で生まれたものであり、ひじょうに大勢のみじめな者や弱者の苦悩と汗にすぎないものなのだ。

40

「遅延」の原稿は、相変わらずテーブルの上に忘れられたままになっていた。送った原稿のすべてが、今ではテーブルの下にあった。ただ一つだけ何とかしようとしていたのは、ブリセンデンの「蜉蝣(かげろう)」であった。自転車と黒のスーツはまたもや質に入り、タイプライターを貸している連中もまた使用料のことでうるさく言っていた。なのにマーティンは、もうそんなことを苦にしなかった。新しい方針を模索しており、それが見つかるまでは平静な生活を送らねばならないのだ。

何週間か経って、期待していたことが起こった。街でルースに出会ったのだ。弟のノーマンが一緒で、二人してマーティンを無視しようとしたし、ノーマンがマーティンを払いのけようとしたことも事実だった。

「姉に邪魔立てすると、警官を呼ぶぜ」と言って、ノーマンは脅した。「姉さんは君とは話したくないんだから、無理強いすると侮辱になるぞ」

「どうしてもと言うんなら、警官を呼ぶがいいさ。そしたら、君の名前が新聞に出るぜ」とマーティンは、にやにや笑いながら答えた。「さあ、そこをどくんだ。警官を呼びたけりゃ呼べばいい。僕は、ルースと話があるんだ。

あなたの口から言ってほしいんです」と、マーティンはルースに言った。

彼女は、蒼くなって震えていたが、顔を上げて不審そうに見た。

「手紙で訊いたあの質問のことですよ」と、彼は促した。

ノーマンが我慢ができなくなって歩こうとしたが、マーティンはすばやく目で制止した。

ルースは、首を横に振った。

「すべてあなたの自由意志なのですか?」と、彼は訊いた。

「そうよ」彼女は、低いしっかりとした声で、ゆっくりと話した。「私の自由意志よ。あなたのおかげで面目がつぶれて、お友だちに顔向けするのも恥ずかしいぐらいだわ。みんなが私の話で持ちきりなのよ。申しあげたいのはそれだけよ。あなたのために、私はとってもみじめな思いをしたのですもの。もう二度とお会いしたくないわ」

「友だち! うわさ話! 新聞の誤報! そんなもの、愛と比べれば弱いものじゃないですか!

あなたは僕を愛してはいなかったんですよね」

ルースの顔にぱっと赤味が差した。

「二人のあいだにあんなことがあってから?」と、彼女は力なく言った。「マーティン、あなたには自分の言ってることがわかっていないわ。私は下品じゃないのよ」

「いいかい、姉は君とかかわりたくないんだよ」と、ノーマンがだしぬけに言いだして、彼女と歩きはじめた。

マーティンはわきへよけて、二人を通し、無意識に上着のポケットに手を入れ、ありもしないタバコと茶色の巻き紙を探った。

北オークランドまではかなりの道のりだったが、階段を上り、自分の部屋に入ってはじめて、ずいぶんと歩いたことに気がついた。そしてベッドの端にすわり、記憶を呼び起こした夢遊病者みたいにあたりを見まわしていた。「遅延」の原稿がテーブルの上にあるのに気づくと、椅子を引きよせて、ペンに手を伸ばした。彼の性分には、何とか無理にでも完成したいという気持ちがあった。ここにはまだでき上がっていないものがある。別件をやり遂げねばならなかったために、こちらは延びのびになっていたのだ。その別件がもう片づいたから、今度はこの仕事が完成するまでは、一つこれに身を入れるんだ。その次の仕事のことなどはわからない。わかっていることと言えば、自分が人生の転換期にさしかかったということだ。ある時期に達して、そのまわりを手ぎわよくぐるぐると回っているわけだ。未来のことなどに関心はない。どういうことになるかは、そのうちわかるだろう。どうであれ、大したことではない。何であれ、どうということもなさそうであった。

五日間、「遅延」にかかりきりで、どこへも行かず、誰にも会わず、食事もろくに取っていなかった。六日めの朝に、郵便集配人が『パルテノン』誌の編集者からのうすい手紙を持ってきた。ひと目で「蜉蝣」が採用されたとわかった。「あの詩をカートライト・ブルース氏に付託しましたところ」と編集者の言葉が続く。「大変良い講評を得ましたので、これを手ばなすわけには参りません。喜んで掲載させていただくというしるしに、さっそく八月号に掲載させていただきます。七月号の版はすでに組みあがっておりますので。ブリセンデン氏に当方の喜びと感謝の気持ちをお伝えください。折り返し、氏の写真と略歴をお送りください。原稿料にご不満の場合は、直ちに適正とお考えの金額を電報でお申しつけください」

向こうの言う原稿料は三百五十ドルだったから、マーティンは電報を打つまでもないと考えた。それに、ブリセンデンの同意だって得なければならない。それにしても、結局俺は正しかったのだ。ほんとうの詩を見てわかる雑誌の編集者が、ちゃんとここに一人いるんだ。それに、世紀の詩に対して支払われるものであるにせよ、原稿料もすばらしい。カートライト・ブルースといえば、ブリセンデンの尊敬している唯一の批評家であることをマーティンは知っていた。

マーティンは、路面電車で街へ出かけた。街並みや横町が過ぎていくのを見ながら、友人の成功と自分の目覚ましい勝利にもっと意気があがってもよいのにという気持ちになっていた。合衆国最高の批評家があの詩を好意的に評価してくれたのだし、いいものは雑誌に載るんだという自分の主張も正しかったのだ。それでも、彼にはもう情熱の泉が涸れており、吉報を持っていくことよりブリセンデンに会いたいという気持ちのほうが強かった。『パルテノン』誌の採用によって思いだしたのだが、「遅延」にかかりきっていた五日間、ブリセンデンからは何の音沙汰もなかったし、彼のことを考えたこともなかった。これまでうっかりしていたことにはじめて気がつき、友人を忘れていたことを恥じた。しかし、そういう気持ちにはなっても、急には燃えることがなかった。「遅延」の執筆に関係した芸術的なもの以外には、いかなる感激にも無感覚であった。ほかの事に関するかぎり夢うつつの状態にあったし、例の一件にしても、まだ同様の状態にあったのだ。電車が疾走している今のこの世の中全体が、はるか遠くの、非現実的なもののように思われた。通りすぎていく教会の、あの大きな石の尖塔が突然崩壊して頭上に飛び散ったとしても、あまり興味を起こさなかっただろうし、まして衝撃を受けることもなかっただろう。

ホテルに着くと、急いでブリセンデンの部屋に駆けあがり、また急いでおりて来た。部屋には誰もいないし、荷物もすっかりなくなっていたのだ。

「ブリセンデンさんは、行き先を書き残していきましたか?」と、係の者に訊いてみると、一瞬けげんそうな顔をされた。

「ご存じじゃないんですか?」と、係が訊いた。

マーティンは、首を横に振った。

「へえ、新聞では大騒ぎでしたよ。ベッドで死んでいました。自殺です。頭を撃ち抜いたんです」

「もう埋葬されたの?」マーティンには、自分の声がまるで他人の声のように遠く離れた所から質問しているように思えた。

「いいえ。検死審問のあと東部へ運ばれました。家族の弁護士が取りはからったんです」

「そりゃあ、手早いことだな」と、マーティンは言った。

「さあ、どうでしょう。もう五日も前のことですから」

「五日前だって?」

「ええ、五日前です」

「ほおっ」と言って、マーティンは踵(きびす)を返して外に出た。

街角の電報局に入って、詩の掲載の話を進めるようにと、『パルテノン』誌に電報を打った。ポケットには五セントしかなく、それも帰りの電車賃だったから、料金先方払いにした。

部屋へもどると、また書きだした。昼も夜も、テーブルに向かって書きつづけた。質屋以外はどこへ行くこともなく、運動もせず、食事にしても、空腹で料理するものがある時に限って取った。物語は、あらかじめ章ごとに組み立ててはあったけれど、書きだしに力を得て、二万語も追加することになった。ぜったいにうまく書かねばならないという必要性はもうなかったが、自己の芸術上の規範によって、手を抜くというわけにはいかなかったのだ。彼は朦朧(もうろう)とした状態のうちに仕事を続け、周囲の世界からは妙に孤立して、以前の生活の文学的小道具の中にいる、なじみの幽霊のような気分であった。幽霊というのは、死んだことを感知する意識を持ちあわせない人間の魂である、と誰かが言ったのを思いだした。一瞬手を休め、自分がほんとうは死んでいて、そのことに気がつかないのかと思った。

「遅延」の完成の日が、ついにやって来た。タイプライター会社の代理人がタイプをとりにきて、ベッドにすわって待ちうけ、マーティンはあの一つしかない椅子にすわって、最終章の最後のページを打った。最後は大文字で「終わり(フィニス)」と書いてあったが、まさにそれで終わりであった。タイプライターが持ち去られるのを見て、ほっとした。それでベッドに横になった。空腹のためにふらふらだった。もう三十六時間も食べ物が喉を通っていなかったが、そんなことは考えもしなかった。仰向けになって目を閉じ、何も考えずにいると、次第に目がくらみ、ぼーっとしてきて、そういう状態が意識に行きわたってきた。半ば精神が錯乱した状態で、彼はブリセンデンがよく引いて聞かせた匿名の詩をつぶやき始めた。マリアは、ドアの外で心配そうに耳を傾けていたが、彼の一本調子な語調に気が気でなかった。言葉それ自体は彼女にとって意味のあるものではなく、彼がそういう文句を口にしているという事実に意味があったのだ。「もはや終わりぬ」というのが、詩の折りかえしの文句だった。

「もはや終わりぬ――
リュート傍えに。
歌もやがて消えぬ、
紫雲英の中に舞う
はかなき幻のごとくに。
もはや終わりぬ――
リュート傍えに。
露帯びし茂みの中に嗤う
早起き鶫のごとく
昔は歌いし我なれど、
今は黙して。
疲れ果てたる紅鶸のごとく、
喉には歌も絶えしゆえ。
歌を歌いしひと時もあり。

されど終わりぬ。
リュート傍えに」

マリアはいても立ってもいられず、急いでコンロまで行って、丼茶わんにスープをいっぱい入れ、そこへ厚切りの肉片と野菜の一番いいところを鍋の底から杓子（しゃくし）でかき集めて入れた。マーティンは、元気を出して体を起こし、食べはじめた。ひと口ごとにマリアは、彼が眠りながら喋っていたのではなく、また熱もないことに、ホッと胸をなでおろした。

彼女が部屋を出ていったあと、やる瀬なさそうにうなだれてベッドの端にすわっていたが、どんよりとした目であたりを見まわしても何も見えなかった。が、やがて朝の便で届いていたのにまだ開けずにおいてあった雑誌の破れた包み紙が目に入り、陰うつになっていた頭に一筋の光がさしこんだ。『パルテノン』だ。『パルテノン』の八月号だ。「蜉蝣」が載ってるにちがいない。ブリセンデンがいたらなあ！

雑誌のページを繰っていて、はたと手を止めた。「蜉蝣」が豪華な花飾りやビアーズリ（一八七二―九八、イギリスの挿絵画家）ふうの余白装飾をつけて、でかでかと特別読み物になっている。花飾りの一方にはブリセンデンの写真、もう一方には英国大使ジョン・ヴァリュー卿の写真が載せてある。前置きの編集ノートは、アメリカには詩人はいない、というジョン・ヴァリュー卿の言葉を引き、「蜉蝣」の掲載こそはそれに対する『パルテノン』誌の答えだというのだ。「そら、ざまあ見ろ、ジョン・ヴァリュー卿め！」カートライト・ブルースはアメリカ最高の批評家と評されていたが、「蜉蝣」はアメリカで書かれた最高の詩である、という氏の言葉も引かれている。そして最後は、編集者の次の序文で結んである。「われわれとしては、『蜉蝣』の真価についてはまだ決断を下すわけにはいかないし、おそらくそれは無理だろう。しかし、何度も読みかえしてみて、言葉とその配列からしてブリセンデン氏はどこでそれらを取得し、いかに定着させたのか不思議でならない」このあとには、例の詩が続く。

「なあブリス、君は死んでよかったんだぜ」マーティンはつぶやきながら、雑誌が膝のあいだから床にすべり落ちるにまかせた。

その安っぽさ、俗悪さときたら、胸が悪くなるほどだったが、マーティンは無感動で、胸が悪くなるということもなかった。立腹できればいいのにと思ったが、その元気もなかった。すっかり無感動になっていた。血液がひどく凝結してしまって、さっと憤慨の波に乗ることができなかったのだ。結局、そんなものはどうだっていいことじゃないか。それは、ブリセンデンがブルジョア社会において非難した残りのすべてのことと同じものだ。

「かわいそうなブリスよ」とマーティンは、親しく言葉をかけた。「君は、僕を許してはくれなかっただろうな」

やっとのことで身を起こし、タイプライター用紙の入っていた箱に手をかけた。中を調べると、友人の書いた詩が十二篇出てきた。それらを縦横に引き裂くと、くずかごに捨ててしまった。そのやり方といったら力がなく、捨て終わると、ベッドの端にすわって、ぼんやりと目の前を見つめていた。

どのぐらいそこにすわっていたのかわからなかったが、突然見えない目に、横に長い白線が形を成していった。不思議ではあった。それでもはっきりとするにつれ、それが白い太平洋の大波に煙るさんご礁であることがわかった。次には砕ける波の列に、舷外材をつけた小さなカヌーを認めた。船尾には、深紅の腰布を着けた赤銅色の立派な若者が、きらめく櫂を水につけている。あいつだな。モティだ、タティという酋長の末っ子だ。すると、ここはタヒチだ。あの波しぶきの上がっている暗礁の向こうには、すばらしいパパラの地があり、河口には酋長の草ぶきの家がある。夕暮れ時で、モティが漁から帰ってきたのだ。彼は、大きな白波が押しよせてくるのを待っている。暗礁を乗り越えようというのだ。すると今度は、自分自身が昔のようにカヌーの前部にすわって、櫂を水につけ、あの大波の青緑色の壁が背後に隆起したら大急ぎで漕ぎよせるんだ、というモティの指図を待っている。その次には、もう傍観者ではなく、カヌーに乗り、モティが大声で叫んでいる。二人して懸命に櫂で漕ぎ進み、飛ぶように速い青緑色の大波の絶壁面を疾走している。船首の下では、水が蒸気噴射のようにシューッという音を立てており、あたり一面水しぶきが吹きつけられ、突風が舞い、轟音が聞こえ、うなり声が長く響きわたる。やがてカヌーは、穏やかな礁湖に浮かぶ。モティは笑って、目から塩水をぬぐい落とす。二人して突き砕かれたさんごの浜へと漕ぎよせると、ココ椰子の木立のあいだからタティの草ぶきの壁が、入り日に輝いて黄金色に見える。

　絵が消えていくと、目の前には、整頓のできていない自分のむさくるしい部屋が広がっている。何とかもう一度タヒチを思い描こうとしてみるが、できない。木立のあいだには歌声があり、月の光の下では乙女たちが踊っているのがわかっているのに、思い描けないのだ。目に見えるものといえば、散らかった書き物用のテーブル、タイプライターの置いてあった場所、それに、汚い窓ガラスだけ。彼は、うめき声を発して目を閉じると、また眠った。

41

ひと晩ぐっすりと眠り、郵便集配人が朝の便を届けにきてようやく目を覚ましたほどであった。疲労感を覚え、活気もなく、漫然と手紙に目を通した。そのうちのうすい封筒は、ある泥棒出版社からのものだったが、中に二十二ドルの小切手が入っていた。それは、もう一年半もやかましく催促していたものだった。それだけの金額にも彼は無頓着で、出版社から小切手を受けとったときの、あの昔の感激はもうなくなっていた。あの頃の小切手とは違って、この小切手にはすばらしいことが起こる見込みなどありはしないからだ。彼にとってはただの二十二ドルの小切手というだけで、食べ物を買う足しになるだけであった。

小切手がまたもう一枚、同じ郵便物の中にあり、これはニューヨークの週刊誌がもう何ヵ月も前に採用したユーモラスな詩の原稿料である。十ドルの小切手だ。ある考えが思い浮かんだので、それを冷静に考えてみた。これから何をしようというのでもなし、何をするにしても、ゆっくりと構えればいいさ。そのうち生活しなくちゃならなくなるし、借金だってずいぶんたまってるし。一つ、テーブルの下に山積みした原稿に切手を貼って、また出版社に送ってみるとするか? 一つや二つは採用されるかも知れないし、そうなれば生活の足しになるだろう。この投資をやってみる気持ちになると、オークランドの銀行で小切手を現金に換え、十ドル分の切手を買った。このまま帰って、あの小さな風通しの悪い部屋で朝食を作るなんて厭わしいことだ。借金のことを考えようとしなかったのは、これがはじめてだった。自分の部屋なら、十五セントから二十セントぐらいで実のある朝食が作れることぐらいわかっていた。けれども、フォーラム食堂に入って、二ドルの朝食を注文した。給仕に二十五セントのチップをやり、五十セント使ってエジプトのタバコを一箱買った。タバコを吸ったのは、ルースにやめるように言われて以来のことだ。だが、今ではもう吸ってはいけない理由もなく、それに吸いたかったのである。お金がどうだっていうんだ？　五セント出せば、ダラム一箱と茶色の巻き紙と紙巻きタバコ四十本が買えるのだ——だけど、それがどうしたっていうのだ？　すぐに物が買えるのでなければ、お金などもう意味がない。自分には海図も舵もなく、入る港もなく、ただ吹き流されて生きているだけであり、生きているのでさえつらいのだ。

いつしか毎日が過ぎ、彼は毎晩きちんと八時間の睡眠をとった。とはいえ今では、小切手の来るのを待ちながら、食事は十セントで食わせてくれる日本食堂でとった。すると、こけた頬同様やせ衰えた体にも肉がついてきた。睡眠不足や過度の勉強で、もう体を酷使しなくなったからだ。何も書いていないし、本も閉じたままである。丘のあたりをずいぶんと歩いたり、静かな公園を長時間ぶらついたりした。友人や知りあいもなく、また作りもしない。そんな気も起こらない。どこできっかけがつかめるのかわからないが、今の停止した生活を再び動かしたいという衝動が起こるのを待ってはいるのだ。が一方で、彼の生活は衰退し、無計画で、うつろで怠惰なままであった。

一度サンフランシスコに出向いて、「真相」を訪ねてみたことがあった。ところが、きわのきわまで来ながら、二階の入り口に足を踏み入れるや、しりごみして引きかえし、密集したスラム街を逃げ帰った。哲学の議論を耳にするのを考えるとぞっとし、こっそりと逃げたのだ。「真相」の誰かに偶然出会って見つかりたくなかったからだ。

時には雑誌や新聞に目を通し、「蜉蝣」がいかにひどい扱いを受けているか調べてみた。なるほど大当たりではあった。だが、何たる大当たりであろう！　誰もがあの詩を読み、ほんとうにあれが詩なのかを論じあっていた。地元の新聞にもとりあげられ、毎日何段にもわたって研究批評やこっけいな論説、それに読者の真剣な手紙などが載った。ヘレン・デラ・デルマー（合衆国最高の女流詩人であることをはなばなしく宣言した人だが）は、ブリセンデンを自分と同列に扱うことができないと言って、おびただしい数の公開状を書き、彼が詩人でないことを証明した。

翌月に出た『パルテノン』は、前月にとった大評判を自賛し、ジョン・ヴァリユー卿を冷笑し、ブリセンデンの死を冷酷な商業主義で食い物にした。五十万という無二の発行部数を誇る新聞は、ヘレン・デラ・デルマーの書いた、ブリセンデンを愚弄し冷笑した独創的で流麗な詩を載せた。彼女はまた、もう一つ別の詩でも彼を茶化したのだった。

マーティンは、ブリセンデンが死んでよかった、と何度も思った。あいつはあんなに大衆をきらっていたのに、あいつの一番すばらしくて神聖なものは、すべて大衆に投じられてしまったからだ。毎日、美の生体解剖が続いているからだ。国じゅうの馬鹿者がどいつもこいつも出版に走り、ブリセンデンの偉大さに動揺しながら、そのしなびた、ちゃちな自我を大衆の目にさらしている。ある新聞いわく、「われわれはある男の方から手紙を受けとったが、この方の書いた詩は、少し前のあの詩とそっくりで、出来ももう少しよろしい」と。また別の新聞は、ひどくまじめくさって、ヘレン・デラ・

デルマーのあのパロディ詩を非難していわく、「それにしても、たしかにデルマー女史はあれを冗談で書いたのであって、そこには、すぐれた詩人というものが、ほかの詩人に、おそらくは最高の詩人に払うべき敬意がどうも込められていない。しかしながら、デルマー女史が『蜉蝣』を創作した人間に対して嫉妬心を抱いていようとなかろうと、必ずや女史も、他の数多くの人間同様、あの作品には心を奪われており、あのような詩を自分でも書いてみようとする時が来るだろう」と。

牧師たちが、「蜉蝣」に反対の説教をやり始めた。その内容を勇敢に支持したある牧師などは、異端扱いされ、追放された。あのすぐれた詩のおかげで、世の中がにぎやかになった。滑稽詩人や漫画家たちは、あの詩を腹をかかえるほどの笑いで牛耳(ぎゅうじ)った。また団体週刊誌の人事欄では、あの詩についてさまざまな冗談が飛ばされた。それは、チャーリー・フレッシュマンがアーチ・ジェニングズにする内緒話ということで言っているのだが、「蜉蝣」を五行も読めば障害者を叩きのめしたい気持ちになり、十行読めばその障害者を川底に追いやってしまう、というような意味の冗談(ジョーク)であった。

マーティンは笑わなかったし、歯ぎしりして怒ることもなかった。彼に表われた影響といえば、ひどく悲しいということであった。絶頂にあった愛とともに、彼の世界全体が音を立ててつぶれていくなかで、雑誌界や読者大衆の崩壊などはささいなことであった。ブリセンデンの雑誌に対する判断はまったく正しかったのだし、マーティン自身も困難で無益な歳月を過ごしてきて、ようやく自力でそのことがわかった。雑誌なんて、ブリセンデンの言った通りだし、それ以上だ。だけど、もう終わったことさ、と彼は自分を慰めた。俺は馬車を星につないで、それで面倒な沼に落っこちたというわけだ。タヒチの幻影——澄んだ、美しいタヒチ——が、さらにひんぱんに現われていた。それから、トウアモトゥ諸島やマルケサス諸島（いずれも南太平洋ポリネシアにある仏領諸島）も現われる。今や自分自身が、貿易スクーナーや弱々しい小さなカッターに乗り、夜明けにパーピエイテイの暗礁を通りぬけ、真珠環礁からはるかヌカヒバやタイオアウ湾へと間切って進みはじめる。そこへ着けば、タマリが到着を祝して豚を殺し、彼の花冠をいただいた娘たちは自分の手をとり、歌と笑いで自分に花冠をかぶせてくれるのだ。南太平洋が呼んでいる。いつかはその呼び声に答えることになるだろう。

この間、何をなすこともなしに過ごし、長らく知識の領域を行ったり来たりしたあと、休息し、回復していった。『パルテノン』誌から三百五十ドルの小切手が届くと、ブリセンデンの諸事を家族に成り代わって処理した地元の弁護士に引きわたした。マーティンは、領収書を受けとり、同時にブリセンデンが以前にくれた百ドルについても言及しておいた。

やがてまもなく、マーティンは日本食堂をひいきにしなくなった。戦いをやめた瞬間に、潮の流れが変わったのである。だが、変わるのが遅すぎた。感激もなく『ミレニアム』誌から来たうすい封筒を開け、小切手の表をよく見ると、三百ドルである。「冒険」が採用され、その原稿料というわけだ。借金は、あの高い利子を取る質屋を入れて、いっさい合切でも百ドルにもならない。借金をすべて払い、ブリセンデンの弁護士にも百ドル紙幣を払ったが、まだ百ドル以上残っている。洋服屋に服を一着注文し、町で一番の食堂で食事をした。今まで通りマリアの家の小さな部屋に寝泊まりしていたが、新しい服を見て近所の子供たちは、もう材木置き場の屋根や裏塀の上から、彼のことを「浮浪者」とか「宿なし」と呼ばなくなった。

ハワイものの短篇「ウィキ・ウィキ」は、『ウォレンズ・マンスリー』誌が二百五十ドルで買いとった。『ノーザン・レビュー』誌は「美の揺りかご」というエッセイを買い、『マキントッシュズ・マガジン』は「手相見」――彼がマリアンに書いてやったあの詩を買いとった。編集者も読者も夏の休暇からもどり、原稿の処理が手早くなっていた。それにしてもマーティンには、二年間も頑固に受けつけなかったものを、どんな気まぐれでこんなに広く採用するようになったのか腑に落ちなかった。これまで彼の作品は何も掲載されていないのだ。彼はオークランド以外では知られていないし、オークランドでも彼のことを知っていると思っている者はほとんどおらず、革命党員の社会主義者として悪名が高いだけなのだ。だから、こうして急に作品が受諾されたことの説明がどうしてもつかないのである。まったく運命のいたずらというやつだ。

いくつかの雑誌に蹴られてから、彼は拒絶していたブリセンデンの忠告を受けいれ、「太陽の恥辱」をあちこちの出版社にまわし始めた。何度か蹴られたあと、シングルツリー・ダーンリィ社がこれを採用し、秋に出版することを約束した。マーティンが印税の前払いを求めると、そういう習わしはないこと、このような性質の本が割に合うことはめったにないこと、それに一千部も売れるかどうかおぼつかないと言ってきた。マーティンは、この本を売った場合、自分にはどのぐらいのもうけになるのか計算してみた。小売り値で一ドルとして、印税が十五パーセントとすると、百五十ドル入ってくることになる。またこれからも書かねばならないとすれば、小説に専念しようと思った。「冒険」は、長さは四分の一で原稿料は二倍、『ミレニアム』から入った。ずっと前に読んだあの新聞の記事は、やはりほんとうだったのだ。一流雑誌というのは、採用しだい原稿料を払うし、その中身もいい。一語二セントではなく四セントの割で『ミレニアム』は払った。おまけに、いいものも買いとってくれる。ちゃんと俺のを買っているではないか。そう思うと、彼は口もとをほころばせた。シングルツリー・ダーンリィ社に手紙を書き、「太陽の恥辱」の権利を百ドルで売りわたしたいと言ってやったが、向こうではそういう危険を冒してみようとはしない。彼としては、さしあたり金の必要はなかった。あとの短篇小説がいくつか採用され、金が入っていたからだ。彼は現に銀行に口座を開き、借金どころか、数百ドルの貯金ができていた。「遅延」もいくつかの雑誌に断わられたあと、メレディス・ロウエル社に落ち着くことになった。マーティンは、姉のガートルードがくれた五ドルと、それを百倍にして返すという決心を思いだし、印税五百ドルを前金で求めた。驚いたことに、折り返し同額の小切手が契約書とともに届いた。彼はその小切手を五ドル金貨ばかりで現金に換え、姉に会いたい旨電話した。

彼女は急いでやって来たために、ハーッハーッと息を切らしていた。面倒な事態を気づかって、彼女はあり金の数ドルを手さげかばんに押しこんできた。てっきり弟が何か災難にあったものと思っていたので、すすり泣きながらよろよろっと彼の胸に倒れかかったかと思うと、そのかばんを黙って彼に押しつけた。

「僕が行けばよかったんだけど」と、彼は言った。「姉さんの主人とけんかをしたくなかったし、行けばきっとけんかになってただろうから」

「しばらくすれば、あの人も大丈夫だよ」と彼女は請けあったが、内心では、マーティンがどんな面倒なことに巻きこまれているのだろうと考えていた。「でも、まず何といっても仕事を見つけて、落ち着いたほうがいいよ。主人だって、まっとうに働く人間は気に入ってるんだからね。あの新聞の記事には、あの人もすっかり度を失っちまってね。あの人があんなに怒ったのははじめてだよ」

「もう仕事は見つけやしないよ」とマーティンは、にこにこしながら言った。「義兄（にい）さんにもそう言っといてよ。仕事なんかもう要らないんだよ。ほらね」

そう言って、百枚の金貨を彼女の膝にあけると、それらはきらきらと光りながら、チャラチャラチャラという音を立てて落ちた。

「電車賃がなかったときに僕に五ドルくれたこと、姉さん覚えてる？　さあ、五ドルだよ。それに、年齢はいろいろだけど、大きさはみんな同じ九十九枚の兄弟だよ」

姉は、ここに来た時がぞっとした気持ちだったとすれば、今や恐ろしくなってうろたえていた。その気持ちは大変なもので、確固たるものとなっていた。彼女は疑わなかった。確信していた。恐ろしさの余りぞっとしてマーティンを見たが、その重い足は、流れ落ちる金貨の重みに縮みあがり、まるで身を焼かれているようだった。

「姉さんのだよ」と言って、マーティンは笑った。

彼女はワッと泣き、うめきながら言った。「かわいそうに、かわいそうに！」

マーティンは、一瞬腑に落ちなかったが、やがて姉の興奮の原因を察知すると、小切手に添えてあった例のメレディス・ロウェル社の手紙を手わたした。彼女は、時々涙をふきながら、とつとつと読み、読み終えると、こう言った。

「じゃ、このお金はまっとうに手に入れたというんだね？」

「富くじ以上にまっとうだよ」

徐々に信頼の気持ちが回復し、彼女は、入念にその手紙を読みかえした。その金がどのようにして彼のものになったかを説明してやるのに手間どったが、それがほんとうに彼女のもので、彼には不要なことをわからせるにはさらに手間どった。

「これは、銀行に入れておいてあげるよ」ついに、彼女はそう言った。

「そんなことしなくていいんだよ。姉さんのものなんだから、好きなようにすればいいんだ。要らなけりゃ、マリアにやるよ。彼女は使い方を知ってるから。だけど、姉さんは召使いを雇って、ゆっくりと体を休めることだね」

「主人に何もかも言っちゃうわ」と、帰りがけに彼女は言った。

マーティンはたじろいだが、やがて口もとをほころばせた。

「ああ、いいよ」と彼は言った。「そしたら、たぶん、僕をまた食事に招いてくれるよね」

「ああ、そうとも――きっとそうしてくれるよ！」と彼女は、威勢よく叫んで、彼を引きよせ、キスして、抱きしめた。

42

ある日、マーティンは孤独感を覚えた。体のほうは健康で丈夫であり、それでいて何もすることがなかった。物を書いたり勉強するのをやめたことや、ブリセンデンが死んだこと、それにルースとの疎遠などによって、生活にぽっかりと穴が開いてしまったのだ。彼の生活は、食堂へ行って食事をしたり、エジプトのタバコを吸うというぜいたくな暮らし方に釘づけにされるのを拒んだ。南太平洋が招いていたのは事実だが、彼には合衆国内での勝負がまだついていないという気持ちがあった。二冊の本がまもなく出版される予定であり、さらに出版の可能性のある本もあるからだ。それらの本によって金ができるから、待ってみて、その金をうんと持って、南太平洋へ出かけよう。マルケサス諸島には、チリドルにして千ドルで買える谷や入り江がある。その谷は、蹄鉄形の陸地に囲まれた入り江から、目のくらむような雲におおわれた峰まで続いているし、たぶん一万エーカーはあるだろう。そこには熱帯の果実がたわわに実り、野生の鶏や野豚がいっぱいおり、所々には野生の牛の群れがいる。また、高い峰のほうには野生のやぎの群れがいて、いく群れもの野犬に悩まされている。その辺一帯が自然のままで、人間など誰も住んではいない。その土地と入り江が、チリドルにして千ドルで買えるのだ。

記憶しているかぎりでは、その入り江もすばらしい。深いので、最大級の船でも十分碇泊できるし、南太平洋航海図が周辺数百マイルにわたり、傾船修理場所として最適と推奨しているほど安全なのだ。スクーナー——魔女のように走れる、ヨットみたいな、銅板を張った船——を買って、いろんな島をまわってコプラ貿易をしたり、真珠採りに行ってやろう。あの谷と入り江を根城にするんだ。タティのような立派な草ぶきの家を建てて、そこにも谷にもスクーナーにも、色の黒い従者をいっぱい入れるんだ。そして、タイオアウの仲買人や、さすらい商人の頭領や、南太平洋のろくでなしどもをみんな歓待してやるんだ。誰でも気楽に迎え入れてやり、王様みたいにふるまってやろう。読んできた書物も、幻影でしかなかった世間も、忘れてしまうんだ。

そのためには、カリフォルニアでもう少し辛抱して、袋に金をいっぱい詰めなきゃならない。もう流れこみはじめてはいるんだ。一冊当たれば、原稿の山は全部売れるだろう。短篇や詩だって集めて本にできるし、そうなればあの谷と入り江とスクーナーは確実なものになるというもんだ。もう二度と書いたりなんかするものか。彼は、そう心に決めていた。それでも、本が出版されるまでの当分のあいだは、何かやらないといけない。あんな無頓着な夢幻境に陥って、ぼけーっとしていたのではだめだ。

ある日曜日の朝、レンガ職人たちのピクニックがシェル・マウンド公園で行なわれると知って、出かけていった。昔はよく労働者階級のピクニックに行ったものだから、どんなものかを知らないわけではなかったが、公園に入ってみると、あの昔の興奮がよみがえった。結局、この労働者たちが自分の同胞なのだ。自分はみんなの中で生まれ、暮らしていたんだ。しばらく離れてはいたけれど、またもどって来るっていうのもいいもんだ。

「マートじゃないか!」と、誰かの声が聞こえたかと思うと、心のこもった手が肩に置かれた。「どこへ行ってたんだい? 海かい? さあ、一杯やろうぜ」

そこには、昔の仲間がいた——いなくなったのや新顔もちょくちょくとあるが、昔の仲間だ。連中はレンガ職人ではないが、昔のように、日曜日のピクニックにはどこにでも顔を出して、踊ったり、けんかをしたり、楽しくやっている。マーティンは、みんなと一緒に飲むうちに、ほんとうに人間らしさが甦ってくる思いがしてきた。みんなのもとを出ていくなんて馬鹿なことをしたもんだ、と思った。あのままみんなのもとにいて、書物や上流階級などにかかずらわなかったら、きっと自分の幸福はもっと大きなものだっただろう。けれども今飲むビールは、どうも昔ほどにはうまくない。昔のような味がしないのだ。ブリセンデンがいけないのだと思ったり、結局は書物を読んだおかげで、こうした若い頃の連れとつきあえなくなってしまったのだろうかと思った。そんなことがあるもんかと思って、ダンスの会場へ出かけていった。すると、配管工のジミーに出会った。背の高い金髪娘と一緒だったが、その娘はさっそくジミーを見捨てて、マーティンを選んだ。

「あーあ、昔と変わってねえな」と、ジミーが仲間に説明すると、みんなはマーティンと金髪娘がワルツを踊るのを見ながらジミーを笑った。「文句は言わんよ。何しろやつがもどって来て、すごく喜んでるんだからな。見ろよ、やつのワルツを、ええ？　軽いもんだぜ。これじゃ、どんな女の子も責めるわけにはいかねえな」

それでもマーティンは、金髪娘をジミーに返し、三人で、ほかの六人の連れと一緒に、ワルツを踊る男女を見ながら、笑ったり冗談を言いあった。マーティンのもどって来たことをみんなが喜んでいた。彼の本はまだ出版されていないのだから、みんなの目に偽りはなかった。みんなはマーティンが好きなのだ。彼は、亡命からもどって来た王のような気分になり、孤独な心も気持ちの温かさに潤されて、和んでいった。一日夢中になって楽しく遊び、最高の気分だった。そのうえ、ポケットには金もあり、昔給料日に海からもどって来た時のように、札びらを切った。

一度、そのダンス場で、リズィー・コノリーが若い労働者に抱かれて通りすぎるところを見かけた。あとで、会場をひとまわりしたときに、彼女が軽い飲食物を置いてある台の近くにいるのにでくわした。驚いたりあいさつを交わしたりしてから、マーティンは彼女をそこから構内の庭に誘い出した。そこなら、音楽を小さくさせなくとも話ができるからだ。話しかけた瞬間から、もうリズィーは彼のものだった。彼にはそれがわかっていた。しおらしい目つき、みごとな体の動きのすべてに表われる優しさ、そして話し方に、それが表われているのだ。彼女も、もう以前のように年若くはなかった。今では一人前の女であり、マーティンが注目したのは、その野性的で大胆な美しさに粗さが多少残っているものの、いっそう磨きがかかり、大胆さや情熱にしてもいっそう抑制が効いているように思われる点であった。「美人だ、申し分のない美人だ」と彼は、声を潜めてたたえた。彼女が自分のものであり、「来いよ」と言いさえすれば、どこへでもついて来るだろうというのが彼にはわかっていた。

そんな考えが頭をよぎるや、側頭部をひどく殴られて倒れかかった。それは、男の拳骨だったが、むかっ腹を立てあわてて出したものだから、狙ったあごにはあたらなかった。マーティンは、よろよろと向きなおった。すると、また拳骨が彼を目がけ、ものすごい勢いで飛んできた。当然のことながら、ひょいと頭を下げると、拳骨はあたらずに空を切り、男の体はその勢いでくるっと回った。そのときマーティンは、体重をのせて相手に左フックをくらわした。相手は横向きに倒れたが、すぐ立ちあがり、猛然と向かってきた。マーティンは、相手の怒ってゆがんだ顔を見て、何が原因で怒っているのだろうと思った。しかしそう思いながらも、体重をのせて左のストレートを打った。相手は後ろ向きにひっくり返り、ぐたぐたになって倒れた。ジミーやほかの仲間が駆けつけてきた。

マーティンは、体じゅうがわくわくしていた。昔は、こんなふうに復讐やダンスやけんかや戯れをやったっけ。相手を油断なく見張りながら、リズィーのほうを一瞥した。男がけんかをやらかすと、女はたいてい金切り声をあげるものだが、彼女はあげなかった。ずっと目を離さなかったし、その見方にしても、息を殺し、わずかに前かがみになって強い関心を示し、片手で胸を押さえ、頬を赤らめ、目は驚きのうちにも惚れぼれと眺めるといったところがあった。

相手はまた立ちあがり、制止するみんなの腕を何とか逃れようともがいていた。

「リズィーが俺のもどるのを待ってたらよぉ！」男は、みんなに向かって言明していた。「そしたらよぉ、その新米めがでしゃばって来やがったんだ。さあ、放してくれよ。やつをやっつけてやるんだ」

「何を言ってんだよ？」とジミーが、その若い男を押さえるのに手を貸しながら訊いた。「あいつはマーティン・イーデンだぜ。いいか、やつの拳骨は大したもんさ。やつを冷やかしたりすりゃあ、やられちまうぜ」

「あんなふうにあの娘を取られちまうって法はねえだろ」と、相手が口をはさんだ。

「あいつは、あの幽霊船の野郎をやっつけたんだ。おまえ、あの野郎を知ってるだろ」とジミーは、続けて言って聞かせた。「それも、五ラウンドでやっつけたんだ。おまえなんか一分も持たねえぜ。いいいな？」

このことを聞くと、怒っていた相手もじっとしたようで、様子をうかがうように見つめながらマーティンに好意を示した。

「どうもそんなふうにゃ見えねえがな」と言って、男はあざ笑った。が、その冷笑に怒りはなかった。

「幽霊船の野郎だってそういうふうに思ったんだ」と、ジミーは請けあった。「さあ、もうやめとこうぜ。女の子はほかにもわんさといるんだから。さあ行こう」

若い男はやむなく会場のほうへ連れていかれ、仲間もそのあとについて行った。

「あいつは誰だ?」とマーティンは、リズィーに訊いた。「いったいどういうことなんだい?」

昔はずいぶん激しく持続力のあった闘争心も、もう消え失せてしまい、ひどく自己分析的になっていたので、とても純で生一本で、素朴な生活などできたものではないということがわかった。

リズィーは、顔を上げた。

「まあ、何でもないのよ」と彼女は言った。「ちょっとつきあってただけなの。

つきあわずにいられなかったのよ」と、ちょっと間を置いて彼女は説明した。「ずいぶん寂しい思いをしてたの。でも、決して忘れてたわけじゃないのよ」声の調子を下げて、彼女は前をまっすぐに見た。「あなたのためなら、いつだってあの人なんか振っちゃうわ」

マーティンは、彼女の背けた顔を見ると、手をさし伸べて彼女を抱きよせてやりさえすればいいとはわかっていたけれど、結局上品で文法にかなった国語なんて何の価値があるのだろうと思案してしまい、答えるのを忘れていた。

「あの人をこてんぱんにやっつけちゃったわね」と彼女は、ためらいながら言って笑った。

「けど、頑丈な野郎だ」と彼は、気前よく認めた。「もしみんながやつを連れてってくれなかったら、応戦に手いっぱいだったかもな」

「あなたに出会ったあの晩、一緒にいた女の人、誰?」と、彼女が不意に訊いた。

「ああ、ただの友だちさ」と彼は答えた。

「もうずいぶん前のことね」と彼女は、黙想するようにつぶやいた。「もう千年にもなるみたいだわ」

だがマーティンは、そのことにはもうそれ以上深入りせず、話題をほかのことに向けた。二人は、レストランで昼食をとった。ぶどう酒と高いごちそうを注文し、そのあとは疲れるまで二人きりで踊った。彼は踊りがうまかったから、彼女は天にも昇る心地でその肩に頭をもたせかけて踊りまわり、永遠にそのままでいたいと願った。午後もあとになって、二人は木立の中に入っていき、そこで昔ながらに彼女がすわり、彼はその膝を枕にして手足を伸ばした。横になってうたた寝をしていたが、彼女のほうは彼の髪を優しくまさぐり、閉じた目を見おろして、何の遠慮もなく彼を愛した。彼が急に目を上げると、彼女の顔は何か言いたげであった。その目はまばたきしたかと思うと、見開いて、そっと挑むように彼の目をのぞき込んだ。

「私、ずっと操(みさお)を守ってきたのよ」と彼女は言ったが、その声は低く、ささやきと言ってもいいぐらいであった。

ひそかにマーティンは、リズィーの言ったことが奇跡的であっても、嘘偽りはないとわかっていた。だから、心では大きな誘惑に駆られた。自分の力でこの娘(こ)を幸せにしてやれるんだ。自らは幸せを否定するとしても、なぜこの娘(こ)に否定したりするんだ？　結婚して、一緒にマルケサス諸島に連れていってやって、草ぶきの壁の城に住むことだってできるではないか。そうしたいという気持ちも強かったが、それはならぬという心の命令のほうがいっそう強かった。我にもあらず、彼はまだ愛に忠実だったのだ。気ままでのんきな昔は過ぎ去ってしまって、もう呼びかえすことも、もどって行くこともできなかった。自分は変わってしまった——どんなふうに変わったのか、今まで気づかなかったのである。

「僕は結婚しないよ、リズィー」彼は、あっさりとそう言った。

髪をまさぐっていた手がわかる程度に止まったが、またそのまま優しく動いた。彼女の顔がこわばるのに気づいたが、そこには決心のかたさが伴っていた。頬の色は落ち着いていたものの、それでも彼女はすっかりほてって、とろけそうだったからである。

「そんなつもりじゃなかったのよ——」と、彼女は言いはじめて、口ごもった。「つまり、私は構わないのよ。

私は構わないの」と、彼女はくり返した。「あなたのお友だちであるのが誇りなの。あなたのためなら何でもするわ。私って、そんなふうにできてるのよね」

マーティンは、起きあがって、彼女の手を取った。慎重に思いやりを込めてそうしたが、情熱はなかった。そんな思いやりが、彼女の熱を冷ました。

「もうそんな話はやめましょ」と彼女が言った。

「君はすごく立派な人だ」と彼は言った。「僕のほうこそ、君のことを知って誇りに思わなくてはいけないし、そう思っているよ。君は、暗闇の世界にいる僕にとっては一筋の光明なんだから、僕だって君と同じように操を守らなくっちゃね」

「あなたが私に操を守ってくれたって、くれなくったって、私は構やしないの。あなたは、私をどうしたっていいのよ。泥の中に投げこんでも、踏んづけて行ったたっていいわ。そうしてもいいのは、この世であなただけよ」と彼女は、急に大胆になってつけ加えた。「どうせ子供の頃から、自分のことなんかどうでもよかったんだもの」

「それと同じ理由で、僕だってどうでもいいんだよ」と、彼は穏やかに言った。「君はすっごく寛大だから、僕にも同じ寛大さを求めるんだね。僕は結婚しやしないし——そう、結婚しないで愛するということもないよ、前にはそういうこともあったけどね。きょうここへ来て、君に会わなきゃよかったよ。けど、もう仕方がないさ。こんなふうになろうとは、思ってもみなかったのだし。

でも、ねえ、リズィー。僕が君のことをどんなに好きかなんて、今さら言っても始まらないよね。好きなんてものじゃないんだ。崇拝してるし、尊敬もしているよ。君はすばらしいし、すごくいい娘だ。でも、言葉なんか何にもならないよな。それでも何かしてあげたいんだ。君はこれまでつらい生活を送ってきたから、一つ僕が楽をさせてあげよう」（喜びの光が彼女の目にあふれたかと思うと、また消えた。）「そのうちにお金が入りそうなんだ——大金さ」

その瞬間、彼は、あの谷や入り江や草ぶきの壁の城や手入れの行きとどいた白いスクーナーの計画を捨てた。結局、そんなもの、どうってこともないじゃないか。以前よくやったように、平水夫として船に乗れば、どこへだって行けるさ。

「そのお金を君にあげたいのさ。君にもしたいことがあるだろ——普通の学校へ行くとか、実務学校へ行くとか。勉強して速記者になってもいいんだよ。僕が面倒をみるから。それとも、君の両親が健在だろうから——食料品店か何かを持たせてあげてもいいよ。何でもいいから、言ってごらん。僕が面倒をみるから」

彼女は返答せずに、すわってじっと前を見つめていた。涙も流さず、身動きもしなかったが、喉に痛みを覚えていたのだ。それをマーティンは、自分の喉が痛くなるほどはっきりと見抜いていた。自分が彼女にさし出したもの――単なる金――など、彼女が自分にさし出してくれたものと比べれば、実に下品なように思われた。自分のさし出したものは外部から入ってきたものだから、何の苦もなく手ばなせるのに対し、彼女は自らを、それも不真面目なことや恥ずかしい思いや罪や天国の希望も何もかも一緒にさし出してくれたのだ。

「もうそんな話はやめましょ」と彼女は言ったが、声が引っかかって咳をした。そして立ちあがった。「さあ、もう帰りましょ。すっかりくたびれちゃったわ」

一日が終わり、浮かれ騒いでいた連中も大方帰ってしまっていた。ところが、マーティンとリズィーが木立から出てくると、仲間が待っていた。マーティンにはその意味がぴんときた。面倒なことが起ころうとしていたのだ。みんなが、彼の護衛であった。彼らが公園の門を出ると、そのあとをばらばらと別の一団がやって来た。あの若い男が、リズィーを奪われた腹いせに仲間を集めたのだ。何人かの巡査と特別警官が、悶着を予想し、その防止のためについて来て、この二組の連中を別々に集め、サンフランシスコ行きの列車に乗せた。マーティンはジミーに、十六丁目で降りて、路面電車でオークランドに行くと言った。リズィーは黙っていて、さし迫ったことには関心がなかった。列車は十六丁目駅のホームに入った。電車が待っているのが見え、その車掌がいらだたしげに鐘を鳴らしていた。

「さあ電車だぜ」と、ジミーが助言した。「逃げるんだ、やつらを押さえてるから。さあ行くんだ！

急いで乗るんだ！」

敵側は、このうまい手にしばらく面くらったが、すぐに列車を降りてあとを追った。電車にすわっているまじめで落ち着いたオークランドの人たちは、電車に向かって逃げてきて外側の前の席にすわった二人にはほとんど気づかなかった。彼らにはこの二人がジミーとは結びつかなかったのだ。何しろジミーときたら、電車の昇降段に飛びのり、運転手に向かって「おい、出力をいっぱいにして、ここから早く電車を出すんだ！」と叫んでいたからである。

次の瞬間、ジミーはくるっと向きなおった。乗客たちは、電車に乗ろうと走ってきた男の顔にジミーが拳骨をくらわせるのを見た。が、拳骨は電車の端から端まで並んでいる敵側の顔に飛んでいた。こうして、ジミーとその仲間は、長い昇降段のところで一列になり、向かってくる連中に対抗した。電車は大きな鐘の音を鳴らしながら動きだし、ジミーの仲間は最後の攻撃者を追いはらうと、決着をつけるために電車から飛びおりた。電車は、この混乱したけんかをあとに勢いよく走っていった。だから、唖然とした乗客たちは、外側の座席の隅にすわっている物静かな若者ときれいな女工とが騒ぎの種だったとは夢にも思わなかった。

マーティンは、けんかを楽しんだ。あのなつかしいけんかの感激がよみがえったのだ。しかし、それもすぐに収まって、深刻な悲哀に襲われてしまった。すごく老けたように——あの無頓着で、のんきな、昔の仲間と比べて、何世紀も年がいっているように感じた。もうずいぶん遠くまで行ってしまって、あともどりができなくなったのだ。みんなの生活様式にしても、昔は俺と同じものだったのに、今ではもういやだ。そういう生活様式にはすっかり失望している。部外者になってしまったというわけだ。スチーム・ビールの味がひどいものであったように、みんなとのつきあいもしっくり行きそうにない。ずいぶんと遠のいてしまっている。何千冊という開かれた書物が、自分とみんなとのあいだにぽっかりと口を開けている。流浪の身となったのだ。広大な知性の世界を進むうちに、元へもどれなくなったのだ。他方、自分も人間なのに、人と交わりたいという気持ちは満たされないままだ。新しい家だって、まだ見つけていない。仲間も、俺の家族も、ブルジョア階級も、俺を理解できなかったように、そばにすわっているこの女も、俺は大いに尊敬してはいるが、俺を理解できていないし、俺が彼女を尊敬しているということもわかってはいないのだ。そんなことをよくよく考えるにつけ、彼の悲しみに影響のないわけがなかった。

「やつと仲直りしなよ」リズィーの住んでいる、マーケット通り六丁目近くの労働者のあばら屋の前で、彼女と別れるときに、マーティンはそう忠告した。やつというのは、その日マーティンが彼女の相手としての立場を奪った、あの若い男のことであった。

「できないわ――もう」と、彼女が言った。

「何言ってるんだい」と、彼は陽気に言った。「口笛を吹きさえすればいいのさ、やつは飛んでくるよ」

「そんなことじゃないの」と、彼女は簡単に言った。

彼にはどういうことなのかわかっていた。

お休みを言おうとすると、彼女はもたれかかってきた。なのにその様子には、断固たるものも誘惑的なものもなく、なつかしさと畏(かしこ)まったところとがあった。彼は心を打たれ、すごく寛大な気持ちになった。彼女の体を抱きよせてキスしたが、彼はこれほど真実味のあるキスを唇に受けた男もいないということを知っていた。

「ああ！」と、彼女はすすり泣いた。「私、あなたのためなら死んでもいいわ。あなたのためなら死んでもいいわ」

彼女は、急に彼を振りきって、階段を駆けあがった。と思うや、彼の目には涙がにじんだ。

「マーティン・イーデン」と、彼は自分に言った。「おまえは獣じゃない、ひどく哀れなニーチェ論者さ。あの娘の震える心を喜びで満たしてやれるのだったら、結婚できるだろう。だけど、おまえにはできんよ、できないさ。何てことだ！」

「『哀れな老いたる浮浪者は、自分の古い潰瘍を説明する』」と彼は、お気に入りの詩人ヘンリーを思いだしながらつぶやいた。「『人生は、思うに、大失敗であり恥辱である』そう――大失敗で恥辱だよ」

43

「太陽の恥辱」は、十月に出版された。マーティンは速達小包のひもを切って、出版社からの六冊の献本をテーブルの上にほうり出すと、悲哀を感じた。これがもう二、三ヵ月早かったなら、すごくうれしかっただろうにと思って、今のこの冷ややかさと比べてみた。自分の本、最初の本、なのにちっともドキドキせず、悲しいだけなのだ。今はもうそんなものなど大したことではない。一番大事なのは、この本によって多少の金が入るかも知れないということだが、もう金も大して欲しくなかった。

一冊台所へ持っていって、マリアに贈った。

「僕が書いたんだ」と説明して、彼女の当惑を払拭（ふっしょく）した。「あの部屋で書いたんだよ。これができるのには、おばさんのくれた野菜スープも手伝っているんだよ。取っといてよ、あげるから。僕の思い出にさ」

彼は、自慢も誇示もしていなかった。ただ彼女を喜ばせ、自分を誇りに思わせ、長らく自分を信頼してきてくれたことを正当化してやりたい、と思っただけなのである。彼女は、本を居間の家庭用聖書の上に置いた。間借り人が出したこの本は、神聖なるものであり、友情の盲目的崇拝物であった。それは彼が洗濯屋だったという衝撃を和らげ、彼女には一行もわかりはしなかったけれど、どの行も立派なものだということはわかっていた。単純で、実際的で、よく働く女だったが、豊かな才能に対する信頼は持ちあわせていたのである。

ちょうど「太陽の恥辱」を受けとったときに無感動であったように、切り抜き通信社から毎週送ってくる書評を読むときも同様であった。本の売れ行きがすばらしいのは明らかだった。ということは、袋の金が増えるということだ。これでリズィーのことにけりをつけ、すべての約束を履行しても、なお草ぶきの壁の城を建てるだけの余裕があるというものだ。

シングルツリー・ダーンリィ社は、用心して初版を千五百部にしたが、最初の書評がよかったので、再版はその倍刷った。これでも追いつかず、第三版は五千部が発注された。ロンドンのある出版社が外電で英国版の手はずを整えたかと思うと、その矢先にフランス語、ドイツ語、北欧語の翻訳の話が進んでいるという知らせが入ってきた。メーテルリンク派に対する攻撃が行なわれるのに、これほどタイミングのよい時はなかった。はなばなしい論争が起こった。サリービーとヘッケルにあっては、この時ばかりは立場を同じくして「太陽の恥辱」を支持し擁護した。クルックス（一八三二—一九一九、イギリスの物理学者・化学者）とウォレス（一八二三—一九一三、イギリスの博物学者・思想家）は歩調を合わせて反対側にまわり、一方オリヴァ・ロッジ卿（一八五一—一九四〇、イギリスの物理学者）は、彼独特の宇宙理論と一致しそうな妥協案を系統立てて説こうとした。メーテルリンクの弟子たちは、神秘主義の旗の下に結集した。チェスタートン（一八七四—一九三六、イギリスの小説家・批評家・詩人）は、この問題についてはどの派にも属さないという一連の評論を書いて、世の中全体を笑わせた。すると、この一件や論争、それに論争者たち全体が、ジョージ・バーナード・ショーのものすごい一斉攻撃に、あわや地獄の底に一掃されるところだった。言うまでもなく、この世界は多数の小者たちでごった返し、その埃（ほこり）と汗と騒音は大変なものとなった。

「批評哲学的エッセイが小説のごとく売れるとは」と、シングルツリー・ダーンリィ社がマーティンに手紙をよこしてきた。「ひじょうに驚くべきことであります。これ以上の題の選び方はなかったでしょうし、あらゆる要因が力になったことも望外の幸運でありました。まさに好機をものにしていると申しあげてよろしいかと存じます。すでに四万部以上が米国内およびカナダで売れ、あらたに二万部が印刷中であります。残業をして、需要に応じようと努力致しております。それでもなお、この需要を増すようにと手を尽くして参りました。たとえば、広告にはすでに五千ドルを投じております。この書物は、必ずや記録破りとなるでしょう。

失礼ながら、次の書物の契約書を正副二通同封申しあげます。印税を二十パーセントに上げさせていただきましたが、これは保守的な出版社と致しましては飛びきり高いものであるということ、お含みおきください。弊社の申し出をご快諾くださいますならば、空白部に書名をお書きこみください。内容についての規定はございません。いかなる題名の本でも結構です。すでにお書きになったものがあれば、それに越したことはございません。今こそ打って出る時です。鉄はこれ以上に熱くはならないでしょうから。

ご署名いただいた契約書を受理ししだい、印税五千ドルを前払いさせていただきます。貴下を信頼申しあげているというわけでありまして、弊社はこの仕事に大いに打ちこむ所存であります。また弊社は、貴下と一定期間、たとえば十年の契約を結ぶ件についてご相談申しあげたく存じます。そうなれば、お書きになるものはすべて本にして出版する独占権をいただくことになります。しかし、これにつきましてはまたそのうちに」

マーティンは手紙を置き、頭の中で計算してみたところ、十五セント掛ける六万冊で九千ドルになる。新しい契約書に署名し、空白部に「喜びの煙」と書き入れ、新聞短篇の定式を知る頃に書いた二十篇の短篇と一緒に送った。すると、すぐ折り返し五千ドルの小切手が来た。

「おばさん、きょうの午後二時頃、一緒に街へ行ってほしいんだけど」と、マーティンが言った。小切手の着いた朝のことであった。「それとも、二時にブロードウェイの十四丁目で落ちあってもいいよ。僕がおばさんを捜すからさ」

約束の時間に彼女はやって来た。靴でも買ってくれるのかな、ぐらいしか彼女には見当がつかなかったから、マーティンが靴屋のすぐそばを通りすぎて不動産屋に入っていったときには、明らかに期待はずれの面持ちを呈した。が、そこで起こったことは、その後いついつまでもすばらしいものとして彼女の記憶に残ることとなった。立派な紳士たちが彼女に温かいほほえみを投げかけながら、マーティンと話したり、彼ら同士で話している。タイプライターがカチャカチャと鳴る。いかめしい文書に署名がなされる。彼女の家主もそこに来ていて、署名をする。すっかり用件が片づき、歩道に出ると、家主が彼女に話しかけた。「さあ、マリア、もう今月は七ドル半を払わなくったっていいよ」

マリアは、呆然として言葉も出なかった。

「来月も、さ来月も、その次もな」と家主が言った。

彼女は、家主の好意と勘違いして礼を述べた。北オークランドの家にもどって、自分の子供たちと相談したり、ポルトガル人の食料品屋に調べてもらってはじめて、自分がこれまで長いあいだ家賃を払って住んできた小さな家の持ち主になっていることを実際に知ったのだった。

「もうわしの所で買わないのかい?」と、ポルトガル人の食料品屋がその晩マーティンに訊いた。彼が電車を降りたときに、出てきて祝いの声をかけたのだ。するとマーティンは、もう自分で料理はしないと説明した。それから店の中に入り、ぶどう酒を一杯おごってもらった。彼は、それがこの店に置いてある一番上等のぶどう酒であるのに気づいた。

「おばさん」と、その夜マーティンは伝えた。「僕はここを出て行くよ。おばさんだって、もうすぐここを出るんだよ。そして、この家は人に貸して、自分が家主になればいいんだ。サン・リアンドロウかヘイワーズ（オークランドの南東約二十二キロに位置する都市）に弟さんがいて、牛乳の仕事をやってるんだろ。洗濯物なんか、みんな洗わずに送りかえしちゃうんだ――いいかい?――洗わずにだよ。そして、あしたサン・リアンドロウだかヘイワーズだか、どこだっていいけど、行って、あんたの弟さんに会ってくるんだ。僕に会いにくるように言っといてよ。僕は、オークランドのホテル・メトロポールに泊まってるから。彼なら、いい牧場かどうかの見分けがつくだろ」

こうしてマリアは、家主兼自分だけの牧場を持つ身となった。人も二人雇い、子供たちみんなに靴をはかせて学校にやっても、なお預金はどんどん増えていった。妖精のことを夢には見ても、お目にかかる人などいるものではないが、マリアは、働き者で頭だってかたく、妖精のことなど夢にも見ることがないのに、元洗濯屋を装った妖精をもてなしたのだ。

そのうち世間では、「このマーティン・イーデンって、いったい何者なんだ?」という声が起こりはじめていた。彼は、出版社には自分の経歴資料を出すのを拒否したが、新聞には否認すべくもなかった。オークランドは地元であり、新聞記者は情報を与えてくれる人を何千人となく嗅ぎだした。彼のひととなりについてあることないこと、また彼の行動についても事実はおろか、やっていないことまでも、スナップやら写真付きで書き立てて大衆を喜ばせた――写真は、マーティンを撮ったことのある地元の写真屋が、さっそくその版権を取って売りさばいたものであった。最初は、雑誌やブルジョア社会に対して胸くそを悪くしていたので、マーティンも宣伝と戦った。が、ついには降服してしまった。そのほうが楽だったからだ。はるばる遠方から会見に来た特派記者を拒むわけにもいかず、それからというもの、毎日毎日の時間は長々しくなったが、もう執筆や勉強にふけるということもなかったから、その時間は何とかして使わねばならないというわけだ。そこで、気まぐれなるものに屈し、会見を許諾し、文学や哲学についての意見を述べ、ブルジョア階級の招待すら受諾した。わけのわからない、気楽な気持ちになっていたのだ。もう頓着しなかった。みんなを許してやった。自分を赤と書きたてたあの駆けだしの新聞記者にさえ、今では特別に撮った写真をつけて、まるまる一ページ書くことを承諾してやった。

リズィーにも時たま会ったが、明らかに彼女は彼が偉くなったのを残念に思っていた。二人のあいだの距離が広がったからだ。夜学と実務学校に行ったり、法外な値段を請求するすばらしい洋裁師にガウンを作らせたらという彼の説得に屈したのも、たぶん二人の隔たりを狭めたかったのだろう。彼女は日に日に目に見えて向上し、とうとうマーティンは、これでよかったのだろうかと思った。彼女がそのように盲従し努力するのも、すべて彼のためだとわかっていたからである。彼女は、彼の目に立派に見えるように——彼が尊重してくれそうな類いの女になるように努力していた。けれども、彼は彼女に望みを与えず、兄妹のような扱いをし、会うこともまれであった。

「遅延」は、彼が人気絶頂のときにメレディス・ロウェル社から勢いよく出された。小説だということで、売れ行きの点では「太陽の恥辱」どころの当たりではなかった。毎週毎週二冊の本がベストセラー・リストのトップを切るというのは、空前の離れ技であった。この海洋小説は、小説の読者に向いたばかりか、「太陽の恥辱」を貪るように読んだ人たちも同様に、彼が宇宙的につかみ取ったみごとな手ぎわのよさによって引きつけたのだった。まず彼は神秘主義の文学を攻撃したが、それが実に巧みであった。そして次には、自分の唱えた文学を首尾よく与えた。こうして、一人で批評家と創作者を兼ねた稀有の天才であることを証明してみせたのだった。

金はどっと入ってくるし、名声も鰻(うなぎ)のぼりであった。文学界に彗星(すいせい)のごとくきらめいたが、取った大評判は、関心を持たれるというより面白がられた。彼にはどうも腑(ふ)に落ちないことが一つあったが、それはささいなことで、世間が知っていたら当惑していただろう。が、実際にはささいであっても、彼には巨大に見えるものよりもむしろ彼の当惑のほうが、世間には腑に落ちなかったであろう。というのは、ブラント判事が彼を晩餐に招待したのだ。そんなことはささいなことというか、ささいなことの発端にすぎないが、すぐにでっかいことになるものなのだ。彼はブラント判事を侮辱したし、こっぴどくやっつけたことがあったのに、判事は街で出会ったとき、晩餐に招待した。マーティンは、モース家で何度も判事と顔を合わせたことがあったのに、その時には晩餐に招待などしてもらわなかったことを思い起こした。なぜ今になって招待してくれたんだろう、と自問した。俺は変わってなんかいやしない。あの頃のマーティン・イーデンとおんなじだ。どんな違いがあるっていうんだ？　俺の書いたものが、本の表紙の内側に現われたという事実なのか？　だけど、そんなのはもうやってしまったことじゃないか。あれからは、大したことなど何もやってないじゃないか。そういう仕事をやってのけたのは、ブラント判事が世間と意見を共にし俺のスペンサーや知性をあざ笑った当時のことだ。だから、判事が俺を食事に招いたのは、真の価値のためではなく、まったく虚像の価値のためなんだ。

　マーティンは、にやりとしてその招待を受諾したが、同時に自分の自己満足に驚きもした。そして晩餐の席には、婦人同伴で上流階級の人たちが六人来ていたが、マーティンはすっかり名士になっており、ブラント判事はハンウェル判事に促されて、そっとマーティンにスティック・クラブ——ただの金持ちではなく、厳選された有能な人たちのクラブ――に名前を推薦させてくれとしきりに勧めた。マーティンはこれを断わったが、これまで以上に当惑してしまった。

彼は、あわただしく原稿の山を売りさばいた。編集者たちの執筆要請には閉口していた。彼が含蓄ある文体を持つ名文家だということがわかったのだ。『ノーザン・レビュー』誌は「美の揺りかご」を出したあと、同じようなエッセイを六篇要請してきたが、『バートンズ・マガジン』が思わく買い的な気分で五篇を一篇につき五百ドルで買いとりたいと言ってこなかったなら、原稿の山の中から提供していただろう。そこで、要求に応じはするが、ただし一篇につき千ドルでならの話だと返答してやった。彼は、これらの原稿がすべて、今は盛んに欲しがっている当の雑誌に断わられたものだということを思い起こした。しかもその断わり方といったら、血も涙もなく、機械的で、紋切り型のものだった。やつらに汗をかかされたが、今度は、こっちがやつらに汗をかかせてやるんだ。『バートンズ・マガジン』が五篇に対して彼の言い値を支払い、残りの四篇も同じ値段で『マキントッシュズ・マンスリー』誌が買いとってしまい、『ノーザン・レビュー』誌にはその歩調について行けるだけの力がなかった。こうして「謎の高僧」、「奇跡を夢見る者たち」、「自我の尺度」、「幻想の哲学」、「神と頓馬(とんま)」、「芸術と生物学」、「批評家と試験管」、「星くず」、「高利貸しの体面」が世に出ていった――それらは、嵐やにぎやかな噂やささやきを引き起こし、それがなかなか収まらなかった。

編集者たちが彼に原稿料の請求額を指示してくれと言ってきたので、彼はそのようにしたが、その対象になるのはつねにすでに書いてあるものばかりだった。もう新しいものを書いてみることは断じて拒否した。もう一度ペンを執ることを考えると、向かっ腹が立った。ブリセンデンが大衆にめちゃくちゃにされるのを見たことがあったので、大衆が自分をいくら歓呼して迎えたにせよ、あのショックから回復することも、大衆を尊敬することもできなかった。自分の今の人気は、ブリセンデンにとっては恥辱であり裏切りのように思われた。そのために気持ちがひるみはしたが、それでも金袋をいっぱいにしようと決心した。

次のような手紙を編集者から何通も受けとった。「一年ほど前に弊社は、不幸にも貴下の愛の詩集をお断わり申しあげました。大いに感銘を受けはしたのですが、すでにある準備を始めておりましたために、ご採用申しあげられなかったのであります。もし同じ詩集をまだお手元にお持ちで、弊社のほうへまわしていただけますならば、貴下の仰せの条件で詩集全体を掲載申しあげます。また、それらを本にして出版するというひじょうに有利な申し出を致す用意もございます」

マーティンは、前に書いた無韻詩の悲劇を思いだして、それを代わりに送ってやった。送る前にざっと目を通してみたが、特に目立ったのは、未熟で素人くさく、全体的に価値のない点であった。それでも、それを送った。すると掲載された。けれどもその掲載は、編集者がいつまでも後悔することとなった。読者層は憤慨し、容易に信じなかった。マーティン・イーデンの高い水準とそのまじめな馬鹿話とのあいだには、あまりにも隔たりがありすぎたのだ。それはマーティンが書いたのではないとか、雑誌社がへたにでっちあげたのだとか、マーティン・イーデンはデュマを模倣しており、大成功の余り、誰かに代作させている、といった言説が飛びかった。ところが彼が、その悲劇は習作期の苦心作なのだが、雑誌社のほうが何としても掲載させてほしいと頑張ったのだと説明すると、その雑誌は大変な笑い物となり、その結果、編集者の交代ということにまでなった。その悲劇詩は本になって出版されることはなかったが、マーティンは印税だけは前金で手中に収めていた。『コウルマンズ・ウィークリー』誌が、三百ドル近くもかかる長ったらしい電報をよこした。一篇につき千ドル出すから、二十篇の記事を書いてほしいという。全経費向こう持ちで国内を旅行し、話題はマーティンの関心を引くものなら何でもいいというのだ。電報の主文はもっぱら仮の話題に向けられていたが、それは彼に好きなようにやってもらえばいいということを示すためであった。ただ一つだけ制約があり、それは国内に限るということであった。マーティンは、残念ながら受諾し得ない旨を「料金受取人払い」で打電した。

「ウィキ・ウィキ」は、『ウォレンズ・マンスリー』誌に掲載されると同時に大当たりを取った。さらにそれは、広く余白を取った美しい装丁本として出版され、休日の顧客に感銘を与え、飛ぶように売れていった。批評家たちも一致して、二人の優れた作家によって書かれたあの「瓶(びん)の小鬼」と「あら皮」という古典作品と比肩できる作品になるだろうと信じた。

ところが「喜びの煙」は、いささか疑わしく、冷淡に受けとめられた。短篇の大胆自由なところが、ブルジョア階級の道義や偏見にとっては衝撃だったわけだ。なのに、パリですぐに翻訳が出て熱狂的な評判を取ると、英米の読者層もこれに倣(なら)って、どっと買い求めたものだから、マーティンはシングルツリー・ダーンリィ社という保守的な出版社に、第三版は二十五パーセント、第四版には三十パーセントちょうどの均一印税を無理やり払わせた。次の二冊には、これまでに書いた短篇が入っており、すでに連載されたものないしは連載中のものであった。すなわち、「鐘の響き」と恐怖物の短篇が一冊になり、もう一冊は「冒険」、「酒壺」、「人生の美酒」、「渦巻き」、「雑踏の街」、その他四つの短篇で構成されていた。ロウェル・メレディス社は評論集を、マクスミラン社は「海の叙情詩」と「愛の輪廻」を獲得したが、「愛の輪廻」は、法外な原稿料を支払って『レディーズ・ホーム・コンパニオン』誌に連載されることになった。

マーティンは、最後の原稿を売りはらってしまうと、安堵（あんど）のため息をついた。草ぶきの壁の城と、船底に銅板を張った白いスクーナーが、ぐんと近づいた。それはともかく、雑誌に出ても何の取り柄（メリット）もないというブリセンデンの主張に彼は気がついていた。この成功は、ブリセンデンが間違っていたことを証明しはしたが、それでもなぜか彼には、ブリセンデンのほうが結局は正しかったような気がした。「太陽の恥辱」が、何といっても成功の原因だったからだ。ほかのものは、単に付随的なものにすぎなかった。それらは、ありとあらゆる方面の雑誌に断わられた。「太陽の恥辱」が論争を引き起こし、彼に有利な地すべりを早めたのだ。「太陽の恥辱」がなかったら、地すべりは起こらなかっただろうし、また「太陽の恥辱」が成功するという奇跡が起こっていなかったら、地すべりも起こらなかっただろう。シングルツリー・ダーンリィ社も、その奇跡を証言している。彼らは初版を千五百部出したが、売れるかどうか心もとなかった。経験豊かな出版業者であるのに、そのあとの成功に誰よりも一番仰天してしまった。彼らにとって、それはほんとうに奇跡だったのだ。どうも合点（がてん）がいかないものだから、彼らがマーティンによこす手紙には、あの最初の不可思議な出来事に対する畏敬の念が反映していた。それを説明しようとはしなかったし、説明することもできなかった。実際に起こったことだし、かといってどんなに経験を振りまわしてみても、やはり実際に起こったことなのである。

だから、このように推論してみて、マーティンは自分の人気が妥当なものかを疑った。自分の本を買って、金袋に黄金を注ぎこんでくれたのはブルジョア階級だが、ブルジョア階級についての微々たる知識からすれば、果たして彼らが自分の書いたものを鑑賞したり理解したりできるのか、定かでなかったのだ。彼に備わっている美や力は、彼の本を歓呼して買う何十万という人たちには何の意味もないわけだ。彼は一時的な流行であり、神々がうとうとしているあいだにパルナッソス（ギリシャ中部の山で、古代ではアポロ神およびミューズ神の霊地として文人に神聖視された）を襲った冒険者なのだ。何十万という人たちが彼の本を読み、歓呼して彼を迎えたが、同様にその冷酷な無理解によってブリセンデンの「蜉蝣」に襲いかかり、ずたずたに引き裂いた――マーティンには牙をむかずに媚びへつらった狼の群れというわけだ。へつらうにせよ、牙をむくにせよ、何といっても運の問題だ。ただ一つ、ぜったいに確信していたのは、「蜉蝣」のほうが自分の書いたどの作品よりもはるかに優れているということだった。それは、自分の中にあるどんなものよりはるかにすぐれている。何世紀に一つあるかないかの詩だ。とすれば、大衆が自分に賛辞を送ったことは実に遺憾なことだ。その同じ大衆が、「蜉蝣」を窮地に落とし入れたのだから。彼はため息をついたが、重苦しさのなかにも満足感があった。最後の原稿が売れ、まもなくいっさいの片がつくと思うとうれしかったのだ。

44

モース氏が、ホテル・メトロポールの事務室でマーティンと出会った。たまたまほかの用件があって来たのか、直接彼を晩餐に招こうと思って来たのか、マーティンには決めかねたが、どうやら後者のほうではないかという気がした。ともかく、モース氏――ルースの父親であり、マーティンに家への出入りを禁じ、婚約を破棄したその当人――に晩餐に招待されたのである。

マーティンは、怒ってはいなかった。お高くとまっているということもなかった。モース氏を許したが、その間、甘んじてそのような屈辱を受けるのはどんなものかと思っていた。結局彼は、その招待を断わらなかった。その代わりに、いついつにというふうにはっきりとは決めずにおき、家族のこと、特にモース夫人とルースのことについて訊いてみた。ためらわずに自然に彼女の名前を口にはしたが、内心驚いたことに、もはや心が震えたり、あの昔のように胸が高鳴ったり、熱い血が騒ぐのを覚えたりしなかった。

あちこちから晩餐に招かれるようになり、そのうちのいくつかを受諾した。なかには紹介してもらって、彼を招待する者もいた。ささいな事がだんだんと大ごとになっていくのが、まだ腑に落ちなかった。バーナード・ヒギンボサムまで食事に招待してくれたものだから、いっそう困惑してしまった。空腹で死にそうになっていた時代を思いだしたが、あの時には誰も俺を食事に招いてはくれなかった。あの時こそが食事に難儀していて、そのために体が弱ってふらふらになり、腹ぺこで体重も減ったのだ。つじつまが合わないではないか。食事の欲しい時には誰もくれなかったくせに、いくらでも手に入って、食欲をなくしている今になって、あちこちから無理やり押しつけられる。これはどういうことなんだ？　これでは正義なんてあったものではないし、自分に得な面(メリット)など何もありはしない。自分は一つも変わってはいない。自分のやった仕事はすべて、あの頃にすでに成し遂げたものなんだ。モース夫妻は、自分を怠け者や横着者と言って非難し、ルースを通じて、どこかの会社に事務員として就職しろとせき立てた。おまけに、彼らはすでにやってしまった仕事のことを承知していたのだ。原稿が次々にルースの手から彼らに渡され、彼らはそれを読んでいたからだ。そのまったく同じ仕事によって自分の名前はあらゆる新聞に載り、それで、彼らは自分を招待するようになったというわけだ。

一つたしかなことがある。それは、モース一家が俺自身ないしは俺の仕事のゆえに俺を招きたいと思ったのではないということだ。そうではなく、その名声ゆえに来てほしいわけだ。それは、俺が相当な人物だからであり、十万ドルばかりの金を持っている――それがどうしていけないことであろう?――からなのだ。ブルジョア社会では、そういうふうに人を評価するんだ。それ以外の評価を期待するやつがいるのか? だが俺には誇りがあり、そのような評価を軽べつする。俺は自分自身、つまりは自分の仕事によって評価されるのを望んだ。リズィーは、そのように俺を評価した。彼女にとっては、仕事すらあまり価値がなかった。彼女には、俺自身が大切なものだったのだ。配管工のジミーだって、昔の仲間だってみんな、そのように俺を評価した。それは、みんなと駆けた昔、それにあのシェル・マウンド公園での日曜日のことを考えればわかることだ。俺の仕事なんてどうだっていいのだ。みんなが好きなのは、みんなが進んでけんかの加勢をしてやろうというのは、もっぱらマーティン・イーデンという仲間の一人で、なかなかいいやつなのである。

それに、ルースもそうだ。彼女も俺自身が好きだったこと、それは明白だ。だけど、彼女は俺が好きだったのと同様、いやそれ以上にブルジョアの評価基準のほうが好きだった。彼女は俺が書くのに反対したが、そのわけは主として金もうけにならないから、というふうに彼には思えた。「愛の輪廻」に対する批評がそうだった。彼女もしきりに職を探せと勧めた。なるほど彼女は職を「ポスト」と上品に言ったが、その意味は同じことだ。俺の頭には、その古い言いまわしがこびりついて離れなかった。俺は、自分の書いたものをすべて——詩、短篇、エッセイ——「ウィキ・ウィキ」から「太陽の恥辱」までのすべてを読んで聞かせた。なのに彼女は、いつも一貫して職を探せ、働きにいけと迫った——あああ！　まるで俺が彼女にふさわしい人間になるために、仕事もせず、睡眠を貪り、命をすり減らすこともなかったかのように。

　こうしたささいなことが、だんだんと大きくなっていった。彼は健康であり、正常であり、食事も規則正しくとり、睡眠も十分取ったが、このだんだんと大きくなっていくささいなことが、頭につきまとって離れなくなっていた。すでにやってしまった仕事。この言葉が脳裏を去らなかった。ヒギンボサムズ・キャッシュ・ストアへ日曜日の晩餐によばれて行って、義兄の向かい側にすわったときには、叫びださないように気持ちを抑えるのがやっとのことであった。

「そんなものは、すでにやり終えた仕事なんだ！　あのときには、就職しないからといって、俺にひもじい思いをさせ、家への出入りを禁じ、悪態をつきやがった。仕事なんかもう終わっちまったんだ、何もかも。今はどうだ、俺が喋ると、考えを口にすることもできずに、俺の話に魅せられ、俺の言うことは何でもへこへこと聴きやがる。俺が、こんなパーティなど実にくだらないし、詐欺師ばかりだと言えば、おまえたちはかっとなって怒る代わりに、口ごもって、俺の言うことはもっともだと言って認めるのさ。どうしてなんだ？　俺が有名で、金があるからさ。俺がマーティン・イーデンというなかなかいいやつで、別に馬鹿な男じゃない、というような理由ではないんだ。俺が、月は生チーズでできているんだと言っても、おまえたちはそういう馬鹿な考えにだって賛成するだろう、少なくとも否定はしないだろう。それは、俺が金を山ほど持ってるからさ。だけど、そんなことはすべてずっと前にやってしまったことだ。すでにやり終えた仕事なのさ。おまえたちが足もとの土同様、俺に唾を吐きかけてた頃にな」

だが、マーティンは声をあげなかった。そうした考えが頭の中をさいなみ、たえず苦痛の種になってはいたが、顔では笑って、何とか我慢できた。彼が黙りこむと、今度は義兄が代わって喋った。彼は自分の力で成功した男であり、そのことが自慢であった。自分の腕一本で叩きあげた男で、誰の助けも得なかったし、誰にも借りはなかった。市民としての義務を果たし、且つ大家族を養っているのだ。それに彼の店だが、これはその勤勉と能力の記念物だ。彼がその店に寄せる愛情といったら、男性が妻を愛するような熱の入れ方であった。彼は、マーティンに胸襟を開いて、いかに熱を入れ、いかに遠大な計画で店を作ったかを披瀝した。それに対し、いろいろと野心満々の計画を立てていたのだ。この界わいは急速に発展しており、店も実際狭すぎる。もっと場所があれば、いくらでも人手と経費を省く改善ができるというものだ。だから、今にそれをやってみるという。隣接した土地を買って、もう一軒二階建ての木造家屋を建てられる日を目指し、全力を尽くしているそうだ。二階は人に貸し、一階は二軒ともすべて店にするという。彼は、目を輝かせながら、二軒にまたがってずっと延びる店の新しい看板について喋るのだった。

マーティンは、うっかりして聴かなかった。「すでにやり終えた仕事」という文句が何度も何度も頭の中に浮かんできて、相手のお喋りを忘れてしまっていたのだ。何度も同じ文句が浮かぶので、頭にきた。それでその文句から逃れようとして、不意に尋ねた。

「いくらぐらいかかるって言いましたか?」

義兄は、界わい一帯の事業を拡張する機会についての細かい話の途中で中断した。いくらぐらいいくかなんてまだ言ってはいなかったのだ。とはいえ、彼にはわかっていた。何度も何度も計算していたのだ。

「今の材木の様子では」と義兄が言った。「四千ドルなら行けるでしょうな」

「看板も入れて?」

「それは勘定に入れてなかったな。家が建ちゃあ、それだって当然入ってきますわな」

「じゃ、土地は?」

「あと三千ドルは要りますな」

彼は、身を前に乗りだし、舌なめずりをして、神経質に指を伸ばしたり閉じたりしながら、マーティンが小切手を書くのを見ていた。それが渡されると、ちらっとその顔を見た——七千ドル。

「わ、わしには六パーセント以上は払えませんや」と彼は、しゃがれた声で言った。

マーティンは笑いたくなったが、その代わりに問いただした。

「すると、いくらになる?」

「ええっと。六パーセントだから——六掛ける七で——四百二十ドルですな」

「すると、月に三十五ドルということになるね」

義兄はうなずいた。

「じゃあ、異論がなければ、こういうことにしよう」と言って、マーティンは姉のガートルードのほうを一瞥した。「元金は、あんたが取っておけばいい。ただし、月に三十五ドルは料理と洗濯とふき掃除に使うんだ。姉さんにはもうあくせくと働かせないって約束してくれるなら、七千ドルはあんたのものだ。そう決めていいかい?」

義兄は、ぐっと固唾(かたず)をのんだ。俺の妻がもはや家事をやらないなんて、俺の倹約精神に対する侮辱だ。このすばらしい贈り物は、丸薬、それも苦い丸薬の糖衣なんだ。俺の妻が働かないなんて！　そう思うと、彼はぐうの音も出なかった。

「じゃ、いいよ」と、マーティンが言った。「僕が月に三十五ドル払って――」

彼は、テーブルに手を伸ばして、小切手を取ろうとした。しかし、義兄が先にそれに手をやって叫んだ。

「わかりました！　わかりましたよ！」

マーティンは、電車に乗ると、気分がひどく悪くなり、疲れていた。彼は、あの自己主張の強い看板を見上げた。

「豚めが」と、彼はうなった。「豚め、豚めが」

バーチェイによる装飾で、ウェンの絵を二枚つけた特別読み物として、『マキントッシュズ・マガジン』が「手相見」の詩を載せたとき、ハーマン・フォン・シュミットはその詩を不愉快だと言ったことを忘れていた。それどころか彼は、その詩が書かれるもとになったのは自分の妻だと発表し、そのニュースが新聞記者の耳に入るようにとりはからい、社のカメラマンと画家を同行した記者のインタビューに応じた。その結果、日曜付録にまる一ページにわたって、マリアンの写真やら理想的に描いたデッサン、マーティン・イーデンとその一家に関するこまごまとした私事、それに大きな活字で、『マキントッシュズ・マガジン』の特別許可を得て再掲載された「手相見」の全文等が、ふんだんに出ていた。そのため近所では大変な評判になり、善良な主婦たちは偉大な作家の妹を知っていることを自慢したし、まだ知らない者はあわてて交際を求めようとした。ハーマン・フォン・シュミットは、その小さな修理工場で含み笑いをしながら、新しい旋盤を注文する腹を決めた。「広告を出すよりいいぜ」と、彼はマリアンに言った。「それに、ただだしな」

「兄を食事に招待したほうがいいわね」と、彼女が言いだした。

そこでマーティンは食事にやって来たわけだが、彼は太った肉卸し商と、さらによく太ったその妻に対して愛想よくした——彼らは、ハーマン・フォン・シュミットのような日の出の勢いの青年にとっては、役に立ちそうな人たちだったからだ。ところが、彼らを自分の家に招きよせるためには、偉くなった義兄ぐらいのえさが必要だったというわけだ。食卓に着いているもう一人同じえさを飲んだ男は、エイサ自転車会社の太平洋岸代理店の代表であった。フォン・シュミットがこの男を喜ばせ、その機嫌をとりたかったのは、彼からオークランドの自転車代理店の権利が得られるからだ。だからフォン・シュミットは、マーティンを義兄として招けば相当な利点になると思ったわけだが、心の中では、どうしてマーティンがそんなふうに偉くなったのかわからなかった。夜、妻は眠ってしまったが、彼は黙って眠らずに、マーティンの本や詩をつかえながら読んでみて、こんなものを買うなんて世の中は馬鹿だ、という判断を下した。

心の中ではマーティンも、事情がすごくよくわかっていた。彼は椅子の背に体を伸ばし、フォン・シュミットの顔をさも満足そうに眺めながら、これ――このあほうのドイツ野郎に拳固をくらわせたら、徹底的に殴りつけてやったら！　と空想するのだった。それでも、この男にもいいところが一つあった。貧しくて、何がなんでも出世したいと心に決めた男ではあったが、それでも使用人を一人雇って、つらい仕事はマリアンにさせなかった。マーティンはエイサ代理店の代表と話しあい、食後二人をわきへ連れていき、オークランド一の備品付き自転車店を財政的に援助することにした。それからハーマンとの内緒話では、自動車の代理店と修理工場をやってみてはどうか、と言ってやった。ハーマンが工場を両方ともうまく経営するのは無理だ、という根拠はなかったからだ。

マリアンはマーティンと別れるとき、目に涙をため、首に腕を巻きつけながら、自分がどれほど彼を愛しているか、これまでだってどれほど愛してきたかを語った。たしかにその主張の中ほどでためらいが認められはしたが、彼女はそれを涙とキスとつじつまの合わない口ごもりとで何とかとり繕(つくろ)った。マーティンはそのしぐさを、彼女が自分を信用しないで就職しろと言って聞かなかった、あの時の許しを請うているものと推察した。

「やつは、きっと金を持っておれやしないぜ」と、ハーマンは妻に打ち明けた。「俺が利息のことを言ったら、怒って、元金なんかくそくらえ、って言ったよ。もう一度言ってみろ、おまえのドイツ面(づら)を殴り飛ばしてやるぞ。やつはそう言ったんだ――俺のドイツ面をな。けど、やつが商売人でなくったって、いいのさ。俺に機会を与えてくれたんだから、結構なやつさ」

晩餐の招待状が、どっとマーティンに殺到した。来れば来るほど、彼は困惑した。アーデン・クラブの宴会の席に主賓としてすわったとき、そこには、これまで噂や本でしか知らない名士たちも同席していた。しかも彼らは、『トランスコンティネンタル』誌に載った「鐘の響き」や『ホーネット』誌に載った「美女と真珠」を読んだときに、一瞬これは大した人物だと思った、と語った。あーあ！俺は腹をすかしてぼろを着てたんだぜ、と彼はひそかに思った。なぜあの時に食事を出してくれなかったんだ？　あの時だったのさ。もうすでに仕事をやり終えてしまっていたのは。今になって、すでにやり終えた仕事のために食べ物をくれるんなら、なぜ難儀していたあの時にくれなかったのだ？——「鐘の響き」にしても「美女と真珠」にしても、一語だって変わってやしないんだ。いや、おまえたちはすでにやり終えた仕事のために、今俺に食べ物を出してるわけじゃない。それは、ほかのみんながそうしているからだし、そうすることが名誉になるからだ。今になってそんなことをするのは、おまえたちが獣の群れであり、野次馬連の一部であり、野次馬根性特有の盲目的、機械的な考えが今になってそうさせようとするからなのだ。それじゃ、マーティン・イーデンと彼の成し遂げた仕事は、いったいどういうことになるんだ？　彼は、悲しそうにそう自問し、それから立ちあがって、如才のない、気の利いた乾杯の音頭に対し、同じく如才のない、気の利いた謝辞を述べたのだった。

そんなふうに事は進んでいった。マーティンがどこにいあわせても——記者クラブにせよ、レッドウッド・クラブにせよ、公式のレセプションにせよ、文学的な集まりにせよ——いつも思い起こされるのが、はじめて出た頃の「鐘の響き」と「美女と真珠」のことであった。そしてそのたびに彼は逆上し、無言の詰問をした。なぜあの時に食べ物をくれなかったのだ？　と。もうすでにやり終えた仕事なんだ。「鐘の響き」や「美女と真珠」は、少しも変わってはいないのだから、あの頃だって今とまったく同じように、芸術的で値打ちがあったんだ。だけどおまえたちは、そういった作品や、俺の書いたほかの作品のために、今俺に食べ物を出しているんじゃない。それは、ちょうど今ふうの飯の食わせ方であり、野次馬全体がマーティン・イーデンに飯を食わせようとやっきになっているからなんだ。

こうした折に、しばしば彼は、不意に一座の人たちのなかへ、角張った上着を着て、堅縁のステットソン帽をかぶった若い与太者が、ぶざまに入ってくるのを見た。ある午後、オークランドのガリーナ協会でのことだが、椅子から立ちあがって、壇上を前に進みよったときに、その大きな部屋の後ろの広い扉から、あの角張った上着と堅縁の帽子を着けた若い与太者が、大手を振って入ってくるのを見た。マーティンが一心にそちらに目を向けているので、五百名の着飾った婦人たちも、何を見ているのかとふり向いた。しかし、見えるものといえば、人のいない中央通路だけだった。彼には、あの若い与太者が通路をよろよろとおりて来るのが見えたのだ。そして、あの堅縁の帽子をかぶっていないところはまだ見たことがないが、果たして脱ぐのだろうかと思った。その与太者は通路をまっすぐにおりて来て、壇上に上がってきた。眼前にあるいっさいのことを考えるとき、マーティンはその自分自身の若い日の幻に涙を流したい思いだった。その幻は壇上を肩を怒らせながら、マーティンの所までやって来て、彼の意識の表面下へと消えていった。五百名の婦人たちは、手袋を着けた手でそっと拍手を送り、自分たちの賓客である内気な偉人を励まそうとした。

善良な老人である教育長も、通りでマーティンを呼び止め、けんかで放校処分になったときの、彼の部屋での情景を思いださせた。

「もう大分前に、君の『鐘の響き』を何かの雑誌で読んだよ」と、彼は言った。「ポウ（エドガー・アラン・ポウ、一八〇九—四九、アメリカの短篇作家・詩人）と変わらないね。僕はそのときに、すばらしい、実にすばらしい、って言ってしまったよ」

そうですね、そのあと二度、あなたは僕のそばを通りすぎましたが、僕には気づかれませんでしたよ、とマーティンはもう少しで口にするところだった。あの時はいずれも僕は腹をすかしていて、質屋へ行くところだったのです。でも、すでにやり終えた仕事ですよ。あの時は気づかないで、なぜ今は気づいたのですか？

「つい先日も家内に言ってたんだが」と、相手は言いつづけた。「いつか君を食事に招待するっていうのはどうだね？　家内も大賛成でね。そう、大賛成なんだよ」

「食事ですって？」とマーティンは、どなり声とも言えるぐらい強く言った。

「ええっと、そう、そう、食事だよ——まあ、ありあわせの料理だがね、昔なじみの先生と、どうだい君」と彼は、神経質に言いながら、努めてひょうきんそうにマーティンをつついた。

マーティンは、ぼーっとした状態で通りを歩いていった。街角で立ち止まり、ぼんやりとあたりを見まわした。

「ああ、いやだぜ！」彼は、やっとつぶやいた。「あの先生、俺がおっかなかったんだ」

45

ある日、クライスがマーティンの所へやって来た——あの「真相（リアル・ダート）」の一人だ。マーティンは、ほっとして彼のほうを向いてみると、ある計画を熱心に事細かく聞かされた。それは、投資者としてよりも小説家としてマーティンの興味を引くほど無謀なものであった。クライスは、説明の途中で長らく話を中断させては、「太陽の恥辱」の大部分が馬鹿ばかしいものであったと述べた。

「だけど俺がここに来たのは、哲学をまくし立てるためじゃないんだ」クライスは話を続けた。「俺の知りたいのは、君がこの話に千ドル出してみる気があるかどうかということだ」

「いや、とにかく、俺はそんな馬鹿じゃないぜ」と、マーティンが答えた。「それより、こうするよ。君たちは、俺に生涯最高の夜を過ごさせてくれた。金では買えないものをくれた。今の俺には金はあるが、そんなものはもう何の意味もないんだ。あの夜、君たちがくれたひじょうに貴重なものに対して、俺にはもう値打ちのない金のうち千ドルを譲るよ。金が要るんだろ。俺には必要以上の金があるんだ。金が欲しいんだろ。それを目あてに来たんだろ。俺から金を何とかせしめてやろうなんて、無駄なことさ。持っていけよ」

クライスは、驚きの表情を表わさなかった。小切手を畳むと、ポケットにしまい込んだ。

「そういうことなら、あのような晩をいくらだって提供する契約を結んでもいいぜ」と、彼は言った。

「もう遅すぎるよ」と、マーティンは首を横に振った。「俺にはあの晩かぎりさ。天国だったよ。君たちにはありふれたことだろうがね。しかし、俺にはそうじゃなかった。あんな高い程度の暮らしは、もう二度とすることもないさ。俺はもう哲学をやめたんだ。もう哲学の言葉なんか、聞きたくもないよ」

「これは、俺が哲学でもうけた最初の金だ」とクライスは言って、戸口のところで立ち止まった。「なのに、もう取り引きはおじゃんというわけさ」

ある日、街でモース夫人が馬車に乗ってマーティンのそばを通りすぎ、ほほえんで会釈した。彼もほほえみ返して、帽子を持ちあげた。このちょっとした出来事にも、心を打たれることはなかった。これが一月(ひと)前であったなら、胸くそを悪くしたか、あるいはその時の彼女の意識の状態について知りたくて、あれこれと思いを凝らしたかも知れない。だが今は、思いなおしてみる気にもならなかった。すぐに忘れてしまった。それは、中央銀行のビルや市役所の前を通りすぎると、もうそれらのことを忘れてしまうようなものだった。とはいえ、頭の中は異常に活発であった。さまざまな考えが、円を描いてぐるぐると回った。その円の中心は、「すでにやり終えた仕事」であった。それは、不死の気まぐれのように頭を蝕(むしば)んだ。朝起きてもそれが頭から離れず、夜には夢を悩ませた。意識に入りこんでくる周囲のありとあらゆることが、直ちに「すでにやり終えた仕事」と結びついた。無情な論理の道を進んでいくと、自分は虫けら同然であり、無だという所に行き着くのだった。与太者マート・イーデン、水夫マート・イーデンは実在した、この俺がそうだった。が、マーティン・イーデン！ そんな有名な作家など存在しやしない。有名な作家のマーティン・イーデンなんて、野次馬根性の中に生じた蒸気であり、その野次馬根性によって、与太者であり水夫であるマート・イーデンの肉体に押しこめられたのだ。だが、そんなもので俺はだまされやしない。俺は大衆が崇拝し、食事をささげている日輪的存在などではないんだ。そんなことは、俺のほうがよく知っている。

自分のことを雑誌で読んだり、そこに出ている自分の肖像を見ていると、それらの肖像と自分が結びつかなくなってしまった。俺という男は、これまで面白おかしく暮らし、感動し、恋愛をしてきた。のんきで、弱点には寛大だった。水夫部屋で働きながら異郷の地をさまよった。昔よくけんかをした頃には、仲間の先頭に立ったものだ。また俺という男は、初めは公共図書館の何千冊という書物に肝をつぶしたが、のちに自分なりの勉強法を覚えて、それらの本を読みこなせるようにもなった。さらには、真夜中まで油を燃やし、拍車を体にあてて床につき、自ら本も書いた。それでも、俺の中身ではないものが一つある。それは、野次馬どもがみんなして食べ物を与えようと懸命になっているあの驚くべき欲求だ。

けれども、雑誌にも面白いことがあった。どの雑誌も、彼をめぐって権利の主張のしあいをしているのだ。『ウォレンズ・マンスリー』誌はその購読者に対し、わが社はつねに新人作家の発掘にあたっており、なかでもマーティン・イーデンを読書界に送り出したのはわが社である、と宣伝した。『ホワイト・マウス』もその権利を主張し、『ノーザン・レビュー』も『マキントッシュズ・マガジン』と同様に声をあげたが、『グローブ』が声をあげると沈黙してしまった。というのも同誌は、台なしになって綴じこみに葬り去られていた「海の叙情詩」を勝ち誇ったように示したからだ。『若者と時代』は、勘定の支払いを逃れてから再び息を吹きかえし、優先権を主張したが、そんなものは農夫の子供以外に誰も読まなかった。『トランスコンティネンタル』誌は、いかにマーティン・イーデンを見いだしたかをもったいをつけ、なるほどと思わせるように述べ立てた。すると、『ホーネット』誌が「美女と真珠」を持ち出し、激しくこれに対抗した。だから、シングルツリー・ダーンリィ社の控えめな主張などは、その大騒ぎの中にあっては効きめがなかった。おまけに、この出版社は雑誌を所有していなかったものだから、その主張はいっそう目立たなかった。

新聞が、マーティンの印税を計算した。あるいくつかの雑誌が彼に申し出たすばらしい額の原稿料が、どうかして洩れたのだ。オークランドの牧師たちが親しげに彼を訪ねてきたり、無心専門の手紙が郵便物をとり散らかしはじめた。しかし、なかでもひどいのは女たちだった。彼の写真が広く掲載され、特派記者などは彼のたくましい赤銅色の顔、その傷あと、頑丈な肩、澄んだ穏やかな目、禁欲主義者のようなわずかなえくぼを食い物にした。この時になってようやく、彼は自分の血気盛んな頃を思いだしてほほえんだ。たびたび出会う女のなかには、彼を眺めたり、評価したり、選びぬく者がちょくちょくいた。彼はおかしくて、そっと笑ったが、ブリセンデンの忠告を思いだしてはまた笑った。女たちに殺されることもないだろう、それだけはたしかだ。そんな段階は、もう過ぎ去ってしまったのだから。

あるとき、リズィーと一緒に夜学のほうへ歩いていると、彼女はある身なりの立派な美しい婦人が彼のほうにまなざしを向けるのを見かけた。そのまなざしは少し長すぎて、意味ありげだった。リズィーはそのことに気づくと、怒ったように体を緊張させた。マーティンにはその原因がよくわかっていたので、もうそんなことには慣れているから気にもかけていない、と彼女に言ってやった。「気にかけなきゃいけないわ」と、彼女は目を輝かせて言った。「あなた、具合が悪いのよ。そこが問題だわ」

「いたって健康だよ。体重だって五ポンド増えてるし」

「体じゃなくって、頭よ。あなたの考える機械が、どっかおかしいの。私でもわかるわ、取るに足りない人間だけど」

彼は、彼女と並んで歩きながら思案した。

「何としても、そんなことには平気だというふうになってほしいの」と、彼女は衝動的に言いだした。「女があなたを、あなたのような男をあんなふうに見るときは、注意しなくっちゃ。自然じゃないわ。めめしい男にならなら、それでもいいけど。でも、あなたはそんなふうじゃないんだし。ほんとうよ。ふさわしい女が来て、あなたの関心を引こうというんだったら結構よ」

リズィーと夜学で別れ、彼はホテル・メトロポールにもどった。

いったん部屋に入って、肘かけ椅子に腰を落ち着けると、じっと眼前を見つめた。うたた寝するでもなく、物を考えていたのでもない。頭の中はうつろだったが、時々まぶたの裏に、思いだそうとしたわけでもないのに、いろいろな思い出が形と色と輝きを伴って浮かんだ。彼はこうした場面を見てはいても、ほとんど意識してはいなかった——つまり、夢を見ているようであった。とはいっても、眠っているわけではなかった。一度、体を起こし、時計に目をやった。ちょうど八時だった。何もすることがなく、かといってまだ寝るには早すぎる。するとまた頭の中がうつろになり、思い出の場面がまぶたの裏に現われたり消えたりし始めた。そうした思い出の場面には、これといって特色のあるものはなかった。それらはいつでも、多量の木の葉や灌木らしき枝に暑い日差しが放射しているといったものであった。

ドアがノックされ、我に返った。眠っていたわけではないから、ノックの音がするとすぐに、電報か、手紙か、使用人の一人が清潔な洗濯物を届けにきたのだろうと思った。ジョウのことを考えたり、彼はどこにいるのだろうと思いながら返答した。

「どうぞ」

まだジョウのことを考えていて、ドアのほうを見向きもしない。ドアがそっと閉まる音が聞こえた。そのままずっと物音がしない。彼は、ドアがノックされたのを忘れて、なおもぼんやりと眼前を見つめている。すると、女のすすり泣きが聞こえた。思わず発作的に出たものだが、ぐっと息を殺した泣き声であった――彼はそれに気づくと、ぐるりと体を回した。と思うや、もう立ちあがっていた。

「ルース！」と彼は、驚き当惑しながら言った。

彼女の顔は蒼白く、緊張していた。戸口を入った所に立っていたが、片手はドアにあてて体を支え、もう一方の手はわき腹に押しあてていた。痛ましいばかりに両手を彼のほうにさし伸べて、前へ進みよった。彼女の手をつかんで肘かけ椅子にすわらせてやるときに、彼はその手がひどく冷たいのに気づいた。別の椅子を引きよせ、彼はその広い肘かけにすわった。口がきけないほどまごついていた。ルースのことは、もう心の中にかたく閉ざして封をしていたからである。もしシェリー温泉の洗濯屋が突然ホテル・メトロポールに入りこんできて、さあまる一週間分の洗濯物にかかるんだと言われたとしたら、やはり同様に感じただろう。何度か話を切りだそうとしたが、そのたびに彼はためらった。

「私がここへ来たことは、誰も知らないの」とルースは、訴えるようなほほえみを浮かべながら、かすかな声で言った。

「何ですって?」と彼は訊いた。

そして、自分の声の響きに驚いた。

彼女は、もう一度同じことを言った。

「ああ」とは言ったものの、彼はさらにどう言えばいいものかと考えた。

「あなたがお入りになるのを見かけたものですから、少し待っていたのです」

「ああ」と彼はまた言った。

こんなに言葉が出ないのは、はじめてだった。たしかに、頭の中は何も考えていなかった。間が抜けて決まりが悪かったが、どうしても言葉を思いつかないのだ。これならシェリー温泉の洗濯屋が入ってきたほうが、まだ楽であっただろう。袖をまくり上げて、仕事にかかれただろうから。

「それで入ってきたんですね」と、彼はようやく言った。

彼女は、ちょっといたずらっぽい表情を見せながらうなずいて、喉のスカーフをゆるめた。

「最初あなたを見かけたのは通りの向かい側でしたが、その時はあの女の人とご一緒でしたわね」

「ええ、そうです」と、彼は簡単に言ってのけた。「夜学まで連れて行ったんです」

「ねえ、私に会ってうれしくないの?」と彼女は、またしばらく沈黙のあとで言った。

「いいえ、そんな」と彼は早口に言った。「だけど、ここへ来るなんて無謀ですね」

「そっと入ってきたの。私がここにいることは、誰も知らないわ。あなたにお会いしたかったの。私がとても馬鹿だったということを申しあげるために寄せていただいたのよ。それは、もう離れていることができなかったからなの。私の心が無理やり来させてしまったからなの——来たかったからなのです」

彼女は椅子から立ちあがって、彼のほうに歩みよった。息をはずませながら、ちょっと手を彼の肩に置いた。それから彼の腕の中にすべり込んでいった。このように彼女が身をさし出すのをはねつけることは、女の受ける最も苛酷な痛手を与えることになるということを知っていて、そんなことはしたくなかったので、彼は気前よく気楽に、彼女を両腕にかかえて抱きよせてやった。けれども、その抱擁には何の温か味もあるでなし、触れあいにも何の愛撫も見られなかった。彼女が彼の腕の中に入ってきて、彼がその体を支えてやった、ただそれだけのことであった。彼女は体をすり寄せたかと思うと、今度は両手をそっと伸ばして、彼の首にかけた。それでも彼の体は熱くはならず、彼としてはどうにも決まりが悪く、心地がよくなかった。

「なぜそんなに震えるんですか?」と彼は訊いた。「寒いんですか? 暖炉に火をつけましょうか?」

彼は体を動かして離れようとしたが、彼女はいっそうしがみつき、激しく震えていた。

「神経が過敏になっているだけよ」と言いながら、彼女の歯はガタガタしていた。「すぐに落ち着くわ。ほら、もう大分よくなったでしょ」

次第にその震えは収まっていった。彼は、なおも彼女の体を支えていたが、もう困惑はしていなかった。彼女がやって来たわけがわかったからである。

「母は、チャーリー・ハプグッドと結婚させたかったの」と彼女が告げた。

「チャーリー・ハプグッド、あのいつも決まりきったことしか言わないやつだな」と、マーティンはうなった。それから、こうつけ加えた。「それが今になって、あなたのお母さんは僕と結婚させたいのでしょ」

彼は、この言葉を質問の形では言わなかった。たしかなこととして述べたのである。すると眼前に、印税の数字の列が踊りはじめた。

「反対はしないでしょ。それだけはたしかよ」と、ルースが言った。

「僕をまったく好ましいとお考えなんですね?」

ルースはうなずいた。

「けれども今の僕は、お母さんが婚約を破棄なさった頃の僕と、好ましさは少しも変わっていませんがね」と彼は、よく考えながら言った。「僕は、少しも変わってやしません。以前と同じマーティン・イーデンです。ただ、そういえば、前より少し悪くなってるぐらいですよ——今ではタバコも吸っていますし。においがしませんか?」

その返答として、彼女は開いた指を彼の唇にあて、優しく、ふざけるように置いて、キスを待った。昔ならいつもここでそうなったからだ。それでもマーティンは、優しくキスで応(こた)えてやりはしなかった。指が引っこめられるのを待って、話を続けた。

「僕は相変わらずです。職がありませんし、探してもいません。しかも、探すつもりもありません。

それに、今でもハーバート・スペンサーは偉大な気高い人物であり、ブラント判事はまったくの馬鹿だと信じていますす。このあいだの夜、一緒に食事をしましたから、よくわかっています」

「でも、父の招待には応じてくださらなかったでしょ」と、彼女が小言を言った。

「それじゃ、ご存じなんですね。あの方をさし向けたのはどなたですか？　お母さんですか？」

彼女は黙っていた。

「じゃあ、そうだったんですね。そうだと思いましたよ。では、今あなたをさし向けたのも、たぶんお母さんでしょ」

「私がここへ来たことは、誰も知らないわ」と彼女は抗議した。「母がそんなことを許してくれるとお思いなの？」

「僕と結婚することは許すでしょうよ、きっと」

彼女は、かん高い叫び声をあげた。「まあ、マーティンったら、邪険にしないで。まだ一度もキスしてくれていないのよ。石みたいに反応がないのね。私の勇気だって考えてみて」と、彼女は震えながらあたりを見まわしたが、その表情の半ばは好奇心であった。「私の立場も考えてくれたっていいでしょ」

「私、あ、あ、あ、あなたのためなら死んでもい、い、いいわ！　あ、あ、あなたのためなら死んでも、い、いいわ！」――リズィーの言葉が、耳もとに聞こえるようであった。

「なぜ前にその勇気を出してくれなかったのですか？」と、彼の問いはきびしかった。「職がなかったときに？　腹をすかしていたときに？　今の僕とまったく変わりがなく、男として、芸術家として、同じマーティン・イーデンであったときに？　この問いを、僕はこのところずっと自分に投げかけているんです——あなたについてだけじゃなく、みんなについても。ごらんの通り、僕は変わっていません。けれども、急にはっきりと真価が認められたがために、その点で僕はたえず自信をとりもどさねばなりません。肉体にしたって、手の指、足の指にしたって、変わってないんです。僕は同じなんです。新しい力や長所を何ら伸ばしてもいません。ぼくの頭は、昔と変わりません。文学や哲学に関する新しいまとめだって、一つもやっていません。僕個人は、誰にも相手にされなかった頃の僕と同じなんです。だから、どうも腑に落ちないのは、なぜ今になってみんなが僕に用があるのかということです。僕自身に用がないのはたしかです。だって僕自身は、相手にされなかった頃の僕と同じなんですから。とすると、何かほかのもの、僕の外側にあるもの、僕でないものが目あてに決まっているんです。それが何であるのか申しましょうか。それは、僕が認められたからですよ。でも、認められるのは僕じゃありません。それは人の心にあるんです。同じことを言いますが、僕がかせぎ、今もかせいでいるお金が目あてなんですよ。でも、そのお金は僕じゃありません。お金なんて、銀行にも誰のポケットにだってありますからね。だから、あなたが僕を求めるのもそのため、つまり、認められたということとお金のためなんでしょ？」

「そんなふうにおっしゃると、私、とても悲しいわ」と、彼女はすすり泣いた。「私はあなたを愛してるわ、愛しているから来たのでしょ」

「どうやら僕の言ってることがわかっておられないようですね」と、彼は優しく言った。「つまりですね、僕を愛しているのだったら、僕を拒むぐらい弱いものでしかなかったあなたの愛が、どうして今になってそんなに強くなるのですか？」

「忘れて。許して」と、彼女は夢中で言った。「私はずっとあなたを愛していたわ、ほんとよ。だから今、こうしてあなたの腕の中にいるのよ」

「どうやら僕は、秤をじっと見つめる、抜け目のない商人で、あなたの愛を秤にかけて、どういうものかを探りあてようとしているようです」

彼女は、抱かれていた身を引いて、しゃんとすわり直し、長いあいだ鋭く彼を見つめた。喋ろうとしたが、口ごもり、気が変わってしまった。

「いいですか、僕にはこんなふうに思えるんですよ」と、彼は話を続けた。「前だって今の僕とまったく変わりがなかったけど、誰も僕が気に入らないようでした。実際、物を書いたがために、僕は余計気に入られなくなったようです。物を書いて、どうやら控えめに言っても、僕はいけないことをしてしまったようです。『職を見つけろ』って、みんなに言われましたからね」

彼女は、それには異議あり、といった素振りを見せた。

「そうです、そうなんですよ」と彼は言った。「ただ、あなたの場合、ポストを見つけろ、って言いました。職というようなありふれた言葉は、僕の書いた物と同様、あなたには不愉快なのです。あなたには、それはむちゃな言葉なのです。ところがほんとうのことを言うと、ふしだらな人間に正しい行ないを勧めるような調子で、僕の知ってるみんなが僕に働くように勧めたときは、あなたの場合と劣らず、僕にとってもむちゃだったんです。でもまあ余談はさておき、僕の書いたものが出版され、世間に注目されるようになると、あなたの愛の性質も変わってしまいました。あなたは、仕事をすっかりやり終えてしまっただけのマーティンとは結婚する気にはならなかった。彼に対する愛は、とても結婚できるほど強いものではなかった。今の愛はとても強いものだって言うけど、僕にはどう考えたって、その強さは出版と世間の注目から出てきたものだな。あなたの場合は印税とまでは言いませんが、ご両親の場合は間違いなく印税によって気持ちの変化が生じたのです。もちろん、こんなことを言ったからといって、得意になっているわけじゃありません。だけど一番困るのは、そのために愛、神聖な愛に疑問を抱いてしまうことです。愛というのは、出版や世間の注目が必要なほど卑しいものなのですか？　どうもそういうことになるようです。じっくりと考えてみて、頭がふらふらになりましたよ」

「まあ、かわいそうに」彼女は片手をさし伸べ、なだめるように指で彼の髪をなでた。「もう頭をふらふらになんかさせないわ。さあ、もう一度やり直しましょ。私はあなたをずっと愛していたのよ。母の思い通りになったのは、私が弱かったわ。言うことを聞かなければよかったのに。でも、あなたはこれまでたびたび、人間の誤りやすさや弱さについては、心広く思いやりの気持ちを持ってお話しになったでしょ。私にもその思いやりの気持ちをください。私は間違ったことをしたのです。許してください」

「ええ、もちろんですとも」と彼は、いらだたしげに言った。「別に許すこともないのだから、許すなんて何でもないことです。あなたのしたことは、許しなど必要じゃありませんよ。人は自分の能力に応じて行動するものだし、それ以上のことはできません。それより僕は、仕事の口を見つけなかったことを許してもらわねばならないぐらいですよ」

「悪意はなかったわ」と、彼女は言い張った。「そうでしょ。でなければ、あなたを愛することも、好意を持つことだってできなかったでしょ」

「そりゃあその通りですが、その好意のために僕はめちゃくちゃになっていたかも知れないのです。そう、そうですよ」と彼は、彼女が異議を唱えようとするのを遮った。「あなたのおかげで、僕の創作や生涯がめちゃくちゃになっていたかも知れないのです。僕の気質にはリアリズムがぜったい必要ですし、ブルジョアはそれが大きらいです。ブルジョアは臆病なんです。世間を恐れているのです。だからあなたの努力だって、僕に世間を恐れさせるためだったのです。あなたのおかげで、僕は型にはまった人間にされていたかも知れませんし、あらゆる人生の価値が非現実的で、偽りで、俗悪な、その狭い出入り口に押しこめられていたかも知れません」彼は、彼女が抗議の身動きをするのを感じた。「俗悪——大変な俗悪だと思いますが——これが、ブルジョアの上品さや教養の基になっているのです。僕の言う通り、あなたは僕を型にはめたかったのです。僕を造りかえて、あなたと同じ階級、階級の理想、価値、偏見といったものを持たせたかったのです」彼は、悲しそうに首を横に振った。「あなたは、今だって僕の言っていることがわかってはいません。僕の言葉はあなたにとって、僕が何とか伝えようと思っていることとは違うんです。僕の言っていることは、あなたにはまるで嘘のような話でしょ。でも、僕にとってはきわめて重大な真実なんです。まあせいぜいあなたには、奈落の底からはい上がってきたこの未熟者があなたの階級を批判し、俗悪呼ばわりするなんて、いささか腑に落ちないし、おかしいでしょ」

彼女は、疲れたように頭を彼の肩に傾けたが、その体はまたブルブルと神経質に震えていた。彼は、しばらく彼女が口をきくのを待って、また話を続けた。

「そして今、僕たちの愛を回復したいという。二人の結婚を望んでいる。僕を必要としている。でも、聴いてください——もし僕が注目されなかったとしても、それでも僕は今の僕のままだったでしょうよ。でもあなたは、遠ざかっていたでしょう。あのいまいましい本めが——」

「そんなひどい言葉を使わないで！」と、彼女が話を遮った。

彼女の非難に、彼ははっと驚いた。そして急にがさつな声で笑った。

「それ、それ」と彼は言った。「あなたの一生の幸せが問題になっている、この重大なときに、あなたは以前と同じように世間を恐れている——世間と健全な悪罵を恐れている」

彼女は、その言葉に刺されるような痛みを覚え、自分の大人（おとな）げない行為に気づいた。それでも、彼がはなはだ大げさに言いすぎたと感じて、腹が立った。二人は長いあいだ、黙ってすわっていた。彼女は必死に物思い、彼はすでに過去のものとなってしまった愛について思いめぐらしていた。彼が今になってわかったのは、自分がほんとうのところは彼女を愛していなかったということであった。自分の愛したのは、理想化されたルースであり、自分で創り出した天上の生き物であり、自分の愛の詩に出てくる明るく輝く妖精だったのだ。ブルジョアのあらゆる欠点を持ち、頭の中はブルジョア心理に絶望的に縛られた現実のルースなど、愛したことはなかったのだ。

彼女が、突然話しだした。

「ほぼあなたのおっしゃった通りよ。私は世間がこわかったのです。あなたを十分には愛していませんでしたわ。でも、もっと愛せることを知りました。私は、今のあなた、以前のあなた、それにここまで歩いてこられた道をも愛します。あなたと、いわゆる私の階級とは違う点、それに、今は私にはわからないけど、いつか理解できるようになると思うあなたの信念をも愛します。ひたすらその理解に努めますわ。それから、タバコやひどい言葉——それもあなたの一部なら、それだって愛しますわ。私はまだまだ学べますもの。この十分間にだって、ずいぶん学びました。私が勇気を出してここへ来られたのも、学ぶものがあった証拠ですわ。ああ、マーティン！——」

彼女はすすり泣きながら、彼に体をすり寄せていた。

はじめて彼の腕が、優しく思いやりを持って彼女を抱きよせた。彼女はそれを認め、体の動きにも喜びが表われて、顔も晴れやかになった。

「もう遅すぎるんです」と、彼は言った。そして、リズィーの言葉を思いだした。「僕は具合が悪いんです——いや、体じゃありません。魂が、頭がです。どうもいっさいの価値をなくしてしまったようです。もう何も欲しくありません。もしあなたが二、三ヵ月前に今みたいであってくれたら、事情も違っていたでしょう。今じゃ、もう遅すぎるんです」

「遅すぎるなんてことはないわ」と、彼女が叫んだ。「私はあなたに明らかにしてみせますわ。私の愛が成長して、私の階級や、私の一番大切なものよりも大きくなっているということを、あなたに証明してみせます。ブルジョアの一番大切なものなんか、侮辱しますわ。もう世間なんかこわくありません。父や母のもとを去って、友だちに物笑いになっても構いません。あなたさえよければ、今すぐにでもあなたのもとに転がりこんで、あなたと一緒にいることを光栄で、よかったと思いますわ。これまでが愛への裏切り者であったとしたら、これからは愛のために、今までの裏切りの裏切り者になります」

彼女は、目を輝かせながら彼の前に立っていた。

「マーティン、私、待っています」と彼女はささやいた。「あなたが私を受けいれてくださるのを。こっちを見てちょうだい」

すばらしいことだ、と彼は彼女を見ながら考えた。彼女は自分に欠けていたいっさいのもののためにわが身を贖（あがな）い、とうとうブルジョアの因習の鉄の支配を乗り越えた真の女性として立ちあがったのだ。それはすばらしいし、立派だし、すさまじいものだ。けれども、俺にはどうでもいいことではないか。彼は、彼女がやったことに感激も感動もしなかった。頭の中だけで考えれば、それはたしかにすばらしいし、立派なことだ。が、一瞬の情熱でしかなかったものに、彼は冷たい評価を下した。心が動かされないのだ。彼女に対して何の欲望も生まれてこないのだ。彼は、またリズィーの言葉を思いだした。

「僕は具合が悪いんです、とても悪いんです」と言って、彼はもうだめだという身ぶりをした。「どれぐらい悪いのか、今まで気がつきませんでした。何かが僕から出ていってしまったのです。僕はいつだって生を恐れたことはありませんでしたが、生きることに飽きたなどとは夢にも思ったことがありません。何やかやとありすぎたから、もう何も欲しくないんです。そういう気持ちが少しでもあれば、当然あなたを欲しいと思うのでしょうが。ね、大分僕の具合がおかしいでしょ」

彼は、上体を後ろにそらして、目を閉じた。そして、泣いている子供が、涙にうるむ目に日の光が染みこんでくるのを見て、その悲しみを忘れるように、彼も、まぶたの裏に現われて燃え立つ暑い陽光に照りつけられた鬱蒼たる草木を見て、自分の具合の悪さや、ルースの存在や、あらゆることを忘れた。その緑の葉の茂みは、安らぎを与えるものではなかった。陽光が直で、まばゆすぎたのだ。見ると目が痛かったが、じっと見た。どうしてなのかはわからなかった。

彼は、ドアの取っ手のガタガタという音で我に返った。ルースは戸口の所にいた。

「どうやって出ればいいの?」と、彼女は涙ながらに訊いた。「私、こわいわ」

「いやあ、これはごめんなさい」と叫んで、彼はぱっと立ちあがった。「どうも具合がおかしいですよね。あなたがいらっしゃるのをうっかりしていました」彼は頭に手をやった。「何しろ、調子がよくなくってね。お家まで送りましょう。裏口から出られますよ。誰にもわかりはしません。そのヴェールをおろせば、万事大丈夫ですよ」

彼女は、彼の腕にしがみつきながら、明かりのほの暗い廊下を通り、狭い階段をおりて行った。

「もう大丈夫です」と、歩道に出ると同時に、手を離そうとしながら、彼女が言った。

「いいえ、お家まで送りましょう」と彼は答えた。

「いいえ、結構です」と言って、彼女は承知しなかった。「それには及びませんわ」

また彼女は手を離そうとした。彼はその場かぎりの好奇心を覚えた。彼女は危険がなくなると、もうこわがっている。自分から逃れようとやっきになっている。彼にはそのわけがわからず、彼女の神経が過敏だからなのだろうと思った。それで、彼女の引っこめようとする手を押さえて、一緒に歩きだした。半丁ほど行った所で、長いオーバーを着た男が戸口に退くのが見えた。そこをほんのちょっと見かけただけで、また、襟を高く上げていたにもかかわらず、それはルースの弟のノーマンに間違いなかった。

歩きながら、ルースとマーティンはほとんど話をしなかった。彼女は茫然とし、彼のほうは冷淡であった。一度だけ彼が、また南太平洋へ出かけるつもりだと言い、彼女も一度だけ、自分がこうして彼を訪ねたことを許してほしいと言った。それっきりだった。彼女の家の玄関で別れるときも月並みであった。二人は握手をし、お休みを言い、彼は帽子を持ちあげた。ドアがギーッと閉まると、彼はタバコに火をつけ、ホテルに向かって引きかえした。門の所まで来ると、ノーマンが退くのが見えたので、立ち止まり、探索的な気分になって、ちょっとのぞいてみた。

「彼女は嘘つきだ！」と、彼ははっきり言った。「すごく勇気を出したようなふりをしながら、一緒に来た弟が待っていて、連れて帰ってくれることを知っていたんだからな」と言って、どっと笑った。

「ブルジョアめが！　俺が無一文のときには、彼女と一緒には人前に出られなかったのに、預金ができると、彼女を俺の所へ連れてきやがるんだからな」

くるりと背を向けて歩きだすと、同じ方向に行く浮浪者が肩越しに金を恵んでくれと言った。

「ねえ、だんな、どっかに泊まるのに二十五セントくれませんか？」

ところが、その声を聞いて、マーティンはふり向いた。と思うや、ジョウの手を取っていた。

「温泉で別れたあの時のことを覚えとるかい？」と、ジョウが言った。「あのとき、また会えるって言ったろ。きっとそうだと思ったんだ。ほら、やっぱり会えたぜ」

「元気そうだね」とマーティンは、感心するように言った。「太ったよ」

「太ったとも」ジョウの顔は、にこにこしていた。「浮浪者（ホーボー）をやって、はじめて生きることの意味がわかったよ。三十ポンドも目方が増えて、気分はいつも最高さ。よくもまあ昔は、骨と皮になるまでこき使われたもんだよな。放浪生活は、たしかに俺の性に合ってるぜ」

「だけど、やっぱり泊まる所は捜してるってわけか」と、マーティンは小言を言った。「寒い夜だしな」

「何？　泊まる所を探してるって？」と言って、ジョウは尻のポケットに手を突っこみ、小銭をいっぱいつかんで出した。そして、「詐欺や汚職をやるよりはましだろ」と勝ち誇った。「あんたがなかなか立派に見えたから、それで困らせてやったってわけさ」

マーティンは、笑って折れた。

「あそこだったら、何度か、うんと飲めるな」と、彼は遠まわしに言った。

ジョウは、金をポケットにすべり込ませた。

「俺の金でじゃないぜ」と彼は伝えた。「大酒飲むのはもうごめんだ。ただ、飲みてえときには、どんなことがあったって飲むけどな。おまえと別れてから、酔っぱらったのは一度だけで、それも不意のことで、すきっ腹だったのさ。がむしゃらに働くときは、飲むのもがむしゃらだけど、普通に働くときは、飲むのも普通さ――気が向けば、時々一杯やるだけなんだ」

マーティンは、翌日にもう一度彼と出会うことにして、ホテルへもどって行った。事務室に立ちよって、汽船の出航を調べてみた。五日後に、タヒチに向けて出る『マリポサ』号という船があった。

「あした電話をして、特等室を予約してくれ」と、彼は事務員に言った。「甲板の部屋じゃなくて、下のほうの、風上の——左舷側だ、いいか、左舷だぞ。書き留めておいたほうがいいぜ」

いったん部屋へもどってベッドに入ると、子供のように安らかに眠りに落ちていった。あの夕方の出来事など、何の感銘も覚えなかった。心は、感銘といったものには麻痺してしまっていた。ジョウと出会った興奮のほてりも、つかの間のことであった。そのあとすぐに、この元洗濯屋が目の前にいて話を交わさなくてはならないのが、わずらわしくなってしまった。あと五日したら、愛する南太平洋に向かって出航するというのも、彼にとっては何でもないことであった。だから目を閉じると、そのまま気持ちよく八時間眠りつづけた。眠れないどころか、寝返りを打つことも夢を見ることもなかった。彼にとっては眠ることが忘れることになってしまっていたから、毎日目が覚めるたびに、覚めなくてもよいのにと思った。生活はうるさく、退屈であり、時間が悩みの種となった。

46

「なあ、ジョウ」と言って、翌朝、昔の仕事仲間に声をかけた。「二十八丁目にフランス人がいるんだが、そいつが大金をもうけたので、フランスへ帰るんだ。そこは、なかなかしゃれた、設備の行きとどいた、こぢんまりとした洗濯屋なんだ。あんた、落ち着きたいんだったら、商売が始められるぜ。さあ、取っときな。これで服を買って、十時までにこの男の事務所へ行くんだ。この男が、その洗濯屋を捜してくれたんだ。それであんたを連れていって、案内してくれるよ。そこが気に入って、価格

——一万二千ドルだが——だけの値打ちがあると思ったら、知らせるんだ。そしたらあんたの物さ。さあ、急ぐんだ。俺は忙しいんだ。また、あとでな」

「なあ、おい、マート」と、相手はゆっくりと言った。頭にきたのだ。「俺が今朝ここへ来たのは、おまえに会うためなんだぞ。いいか？　洗濯屋なんかになるために来たんじゃないぜ。昔の友だちのよしみで話をしに来たんだ。なのに、俺に洗濯屋を押しつけやがって。おまえなんか、その洗濯屋もろともくたばっちまうがいいや」

ジョウが部屋を飛び出していこうとしたとき、マーティンはその肩をつかんで、振りまわした。

「なあ、おい、ジョウ」と彼は言った。「おまえがそんな出方をするんなら、顔に一発くらわすぞ。昔の友だちのよしみで、思いきり見舞ってやるぜ。いいか？——やってみるか？」

ジョウは組みついて、投げ飛ばそうとしたが、相手がしっかりと押さえているので、それから逃れようともがいたり、のたうちまわったりしていた。二人は、組みついたまま部屋をふらつきまわったかと思うと、すさまじい音を立てて倒れ、枝編みの椅子をめちゃくちゃにこわしてしまった。ジョウのほうが下で、腕を広げて押さえられ、胸にはマーティンの膝がのっていた。苦しくて、ハアハアあえぐようになると、マーティンは放してやった。

「さあ、ちょっと話をしておこうぜ」と、マーティンが言った。「俺にはかないっこないんだから。まず先に、その洗濯屋のことを片づけておきたいんだ。それがすんだら、もどって来て、昔のよしみで話をしよう。俺は忙しいって言っただろ。あれを見ろよ」

使用人が今し方、朝の郵便物——大量の手紙や雑誌を持ってきたばかりだったのだ。

「あれも片づけ、あんたとも喋るなんて、できっこないだろ？　行って、その洗濯屋の話をまとめてこいよ、そしたらまた会おうぜ」

「わかったよ」と言って、ジョウはしぶしぶ認めた。「おまえは俺を畳みこんじゃうんじゃないかと思ったが、どうやら思いちがいだった。だがなマート、立ってやれば、負けやしないぜ。リーチがあるんだから」

「いつかグラブをはめて、やってみようぜ」と言って、マーティンはほほえんだ。

「いいとも。洗濯屋の仕事が始まりしだいにな」と、ジョウは腕を伸ばした。「どうだい、このリーチ？　二、三発くらえば、おしまいだぜ」

マーティンは、ジョウがドアを閉めて出ていくと、ホッとため息をついた。どうも反社会的になりつつあった。毎日、人に対して寛大であるのが、えらく負担になってきたのだ。人がいるだけで不安になり、そのうえ話までしなくてはならないとあっては、いらいらした。彼らのおかげで落ち着かなくなるので、会うとすぐに、逃れる口実を求めて思案するのだった。

そのまま郵便物の処理にはかからずに、半時間ばかり何もしないで椅子に寄りかかっていた。その間、わずかに漠然とした中途半端な考えだけが、時たま頭に染みこんでくるか、あるいは間を置いて知性のひらめきとなった。

気をとりなおすと、郵便物に目を通しはじめた。サインを求める手紙が十二通——それらは、見ればすぐにわかった。職業上の無心の手紙があると思えば、永久運動の運転模型を持つ者や、地球の表面はくぼんだ天体の内側であると論証する者から、南カリフォルニア半島を買いとって共産村を作りたいので、財政援助を願いたいと言う者まで、さまざまな変人の手紙があった。懇意になりたいという女性からの手紙も何通かあって、そのうちの一通を読みながら、彼は微笑した。誠意の証拠と品行方正の証（あかし）として送ってきたのか、教会の座席券が同封してあったからだ。

編集者や出版社からも、毎日山のような手紙が寄せられた。前者はひざまずいて原稿を欲しがり、後者も同様に本を出したがっている——それも、送料を得るためにやる瀬ない何ヵ月ものあいだ、持っている物を全部質に入れさせた、あの実にくだらない原稿を欲しがっているというわけだ。また、英国版の連載権および翻訳の前金の小切手も入っていた。英国の代理人は、彼の本から三冊を選んでドイツ語の翻訳権を売ると伝え、さらに、スウェーデン版がすでに市場に出てはいるが、スウェーデンがベルヌ条約に加盟していないので、一銭も取るわけにはいかないと知らせてきた。それから、ロシア語版の許可を求める名目上の要請があった。この国も、同様にベルヌ条約に入っていなかったからだ。

今度は、新聞の編集局から入手した新聞の切り抜きの大きな束のほうにかかり、自分と自分の人気について読んでみたが、人気はおろか熱狂的賞賛になっていた。彼の創作はすべて、すばらしい勢いで世間に放り出されていた。そういうふうに言えば、何とか説明がつきそうだった。彼は、キプリング同様、世間の足もとをすくったのだ。その頃、キプリングは死に瀕していたが、大衆は急に寄ってたかって彼の作品を読みだした。その作品を読んで喝采し、そのくせまるっきりわかっていなかった、その同じ大衆が、二、三ヵ月すると急に今度は彼に飛びかかり、ずたずたに引き裂いたいきさつをマーティンは思いだした。それを思うと、口もとがほころんだ。あと二、三ヵ月して、同じような扱いを受けないと誰が言えよう？　それなら、俺のほうがやつらをからかってやろう。俺は南太平洋へ行って、草ぶきの家を建て、真珠やコプラの貿易をし、きゃしゃな舷外浮材をつけて暗礁を飛び越え、鮫（さめ）や鰹（かつお）を捕らえたり、タイオアウの谷の隣にある谷の崖のあいだで野やぎ狩りをするんだ。

　そう思った瞬間、自分の絶望的な状況が見えだした。自分が幻の谷にいることをはっきりと知った。体内のあらゆる生命が衰え、弱まり、死へと向かいつつあった。自分がどれぐらい長いあいだ眠っているか、また、どれぐらい眠りたいと思っているかがわかった。昔は、睡眠をひどくきらったものだ。それによって、貴重な生活の時間が奪われたからだ。二十四時間のうち四時間眠るということは、つまり、四時間の生活が奪われるということだった。眠るのをどれほど惜しんだことか！　今や惜しむのは生活のほうである。どうも楽しくない。口に入れても、味がどうもぴりっとせず、苦いのだ。これは危険なことだ。生きたいと思わない生命というのは、まっすぐ死へと向かっているわけだ。生き延びようとする本能がかすかに彼の中で動き、これは逃げ出さなければいけないと思った。部屋を見まわしたが、荷づくりのことを思うと、わずらわしかった。そんなのは、一番あとまわしにすればいいだろう。でも、それはそれとして、仕度にかかってみてはどうだろう。

　彼は帽子をかぶって外出し、銃器店に立ちよると、そこで昼までかかって自動ライフル銃や弾薬や釣り道具を買った。ところが取り引きの仕方が変わって、タヒチに着いてからでないと、貿易品は注文できないことがわかった。とにかく、オーストラリアからでも注文できるだろう。この答えが満足のよりどころとなった。これまで何をするのも避けてきたが、今はもう何をするのもいやだったからだ。彼は、あのすわり心地のよい肘かけ椅子が待っているのだという満足感に浸りながら、快い気持ちでホテルへと帰っていった。が、部屋に入るや、その肘かけ椅子にジョウがすわっているのを見て、低い声でうなった。

ジョウは洗濯屋に満悦至極であった。何もかも話がまとまり、翌日にも手に入ることになっているのだ。マーティンはベッドに横になって目を閉じたが、相手は喋りつづけた。マーティンの考えは遠くに——はるか遠くにあったので、自分が物を考えていることに気がつかないほどであった。努力してやっと、時たま反応するぐらいだった。けれどもこのジョウを、昔は自分も気に入っていたのだ。それにしてもジョウは、生命力にあふれている。それがまたマーティンの疲れきった頭には、騒々しくて苦痛だった。彼の疲れた感受性にとっては、心痛める探り針というわけだ。ジョウが、いつかグラブをはめてやろうと念を押したとき、マーティンはもう少しで悲鳴をあげるところだった。

「いいか、ジョウ、店の経営は、あんたが昔シェリー温泉で決めてたあの規則でやるんだ」と彼は言った。「残業も、夜の仕事もだめだぜ。それに、仕上げ機では子供を使っちゃだめだ。子供はどこにも使っちゃだめだ。それに、いい賃金をな」

ジョウは、うなずいて、手帳を出した。

「さあ、見てくれ。けさ朝飯前に、その規則ってえのをこさえたんだ。どうだい?」

彼が声に出して読むと、マーティンはそれを認める一方で、ジョウが早く出ていってくれればいいのにと思うのだった。

目が覚めたのは、午後も遅くなってからのことであった。徐々に現実の生活がもどって来た。部屋を見まわした。ジョウは明らかに、自分がうたた寝をしたあと、そっと出ていったのだ。ジョウのやつ、察しのいいことだ、と彼は思った。それから目を閉じて、また眠った。その後は、ジョウも店を出す仕事にかかりきりで、マーティンを困らせる間もなかった。乗船の前日になって、新聞は、彼が『マリポサ』号の切符を予約したことを報じた。いったん生き延びたいという本能が動きだすと、医者へ行って、綿密な健康診断を受けた。どこも悪い所はなかった。心臓と肺は、すこぶる良好と太鼓判を押された。医者の見るかぎりでは、どの器官も異常はなく、正常に働いていた。

「イーデンさん、どこも悪い所はありませんよ」と医者が言った。「まったく異常なしです。すこぶる健康ですよ。率直に言って、おうらやましいですな。実にすばらしいです。胸をごらんなさい。その胸とおなかに、すばらしい体質の秘密があるんですよ。肉体的に言って、あなたのような方は千人――いや、一万人に一人ですな。事故にさえ遭わなければ、百まで生きられますよ」

そこでマーティンは、リズィーの診断に間違いのなかったことを知った。肉体的には大丈夫だ。具合が悪くなったのは「考える機械」であり、それを治すには南太平洋へ逃げだす以外にないのだ。ところが困ったことに、さあ出発するまぎわになって、行きたくなくなってしまった。出発しようという強い気持ちが湧いてこないと同時に、出発することによって肉体が疲れると思うと、ぞっとした。すでに乗船して、出てしまっているのなら、もっと気分も楽だったのだろうが。

最後の日は、ひどい試練となった。彼の旅立ちのことを朝刊で読んで、バーナード・ヒギンボサムとガートルードの一家が、総出で別れを告げにやって来た。ハーマン・フォン・シュミットやマリアンも来た。事務の処理やら、勘定の支払いやら、ひっきりなしに続く新聞記者との応対やらがあった。リズィー・コノリーには不意に夜学の入り口で別れを告げ、急いで立ち去った。ジョウはホテルに来たが、一日じゅう店の仕事に追いまくられて、それ以上早くには来られなかったのだ。それが我慢の限度だったが、マーティンは椅子の肘をつかんで、半時間も話をしたり聞いたりしてやった。

「なあ、ジョウ」と彼は言った。「洗濯屋の仕事に縛られてることはないんだぜ。何も縛るひもなんかついてないんだから。いつ売りはらって、その金を浪費したっていいんだ。その仕事がいやになって、また旅に出たくなったら、いつでも出ていくがいいさ。一番楽しいと思うことをやればいいんだ」

ジョウは、首を横に振った。

「もう旅は結構だ、あんたのおかげでな。浮浪者（ホーボー）の生活もいいが、一つだけはだめだ——女さ。どうにもしようがないんだけど、俺は女とつきあうのが好きでな。女がいねえとどうにもならんのだ。あんただって浮浪者（ホーボー）やってるときにゃ、女なしでやって行かなきゃならんだろ。家のそばを通りすぎたときに、ダンスやパーティをやってたり、女の笑い声がしたり、窓から女の白いドレスやにこにこした顔が見えるとさ——ええ！　そんな時ゃまったく地獄だったぜ。俺は、ダンスやパーティや月夜の散歩、そういったものなんかが好きなんだ。俺が店を出して、表（おもて）を立派にしてさ、でっかい一ドル銀貨を作業ズボンに入れて、チャリンチャリンと鳴らすのさ。すると、もうきのう女ができてよ、そいでさ、もう結婚したっていいと思ってんだ。そのことを考えながら、一日じゅう口笛を吹き鳴らしてたよ。その女、美人で、すごく優しい目と穏やかな声をしてるんだ。なあ、そんなに金があるのに、あんたはどうして結婚しないんだ？　あんたなら、飛びきりいい女がもらえるぜ」

マーティンは、ほほえみながら首を横に振ったが、内心では、どうして誰もが結婚したがるのだろうと考えていた。それは、驚くべき、不可解なことのように思えた。

出帆時刻に、『マリポサ』号の甲板から、リズィー・コノリーが波止場の群衆のはずれに隠れているのが見えた。一緒に連れていってやったら、という考えが浮かんだ。思いやりを見せてやるなんて、たやすいことだ。彼女にはこれほどうれしいことはないだろう。もう少しでその気になるところだったが、その次には恐ろしくなった。考えただけで狼狽した。疲れた魂が、大声で抗議をしたのだ。彼は、うめき声をあげ、手すりから顔をそむけて、つぶやいた。「おい、おまえは具合が悪いんだ、ひどく参っているんだ」

自分の特等室に逃れると、汽船が埠頭を離れるまでそこに隠れていた。昼食のとき、食堂に行って席に着いてみると、そこは船長の右側の名誉ある席であった。そしてまもなく、船内でも自分が偉い人物であることを知った。そのくせ、船旅をしていて彼ほど不満足な偉い人物もいなかった。午後はデッキチェアにすわって、目を閉じ、時間の大半をうとうととして過ごした。

二日めが過ぎ、船酔いが治ると、全員の船客名簿がわかったが、彼らのことを知れば知るほどいやになった。それでも、彼らを誤解しているのは自分でもわかっていた。彼らは善良で親切な人たちだ、と無理にでも認めようとした。ところがそうするなり思ったのは、あらゆるブルジョア同様、善良で親切には違いないが、彼ら特有の心理的束縛と知的空虚性とがあるということだ。彼らとの話にはうんざりし、そのちっぽけで浅薄な心はまったく空っぽだった。同時に、若い連中の騒々しい威勢のよさとてつもない精力には、たまげてしまった。おとなしくしていることは決してなく、たえず輪投げ遊びや輪の投げ上げや散歩をしたり、手すりに駆けよっては、飛んでいるイルカやはじめて見る飛び魚の群れに大騒ぎしているのだった。

彼は、長いあいだ眠った。朝食後は、雑誌を持ってデッキチェアへと赴くのだが、決して読み終えることはなかった。活字を読むと疲れるのだ。人はよくもこんなに書くことが見つかるものだと当惑してしまったが、当惑しながら、椅子ではうたた寝をしていた。昼食を知らせるドラが鳴って目を覚まされると、起きねばならないのが腹立たしかった。目を覚ましているのが不満だったのだ。

一度、昏睡状態を覚まそうとして、水夫部屋へ入っていった。だが、水夫の質(たち)も、彼が水夫部屋にいた頃とは変わってしまったようだった。これらの無感動な顔をした、屈強で凶暴な連中には、どうも親近感が持てなかった。もうお手あげだった。上のほうでは誰もマーティン自身に用はなく、かといって、過去に自分を必要とした同じ階級の連中のところへもどって行くこともできない。水夫連中などにはもう用がない。あの愚かな一等船客や騒々しい若者同様、彼らにも我慢がならなかった。

生は彼にとって、病人の疲れた目を痛める強烈な白光のようであった。意識のあるあいだはいつも、生が彼の周囲や上をぎらぎらと照らしつけた。痛い。たまらなく痛い。一等での船旅は、マーティンには生まれてはじめてのことだった。昔船に乗っていた頃など、いつも水夫部屋か三等船室か、あるいは暗い石炭置き場の奥にいたものだ。その頃、息苦しい熱気の穴から鉄梯子(てつばしご)を登ると、よく船客が涼しそうな白い服を着て、日よけと風よけのために張られた天幕の下で何もせずに楽しく過ごしているのを見かけたものであった。それも、すぐそばにボーイがいて、自分たちの欲しい物や気まぐれには何でも用を足してくれるのだ。そんなとき彼には、そういう人たちの暮らしている世界こそが楽園にほかならないものと思われた。なるほど、こうして船上の最高の偉人として、船長の右手にすわってはいるものの、いたずらに水夫部屋や火夫室に立ちかえっては、失った楽園を探し求めた。けれども、あらたな楽園は見つかっていないし、古い楽園だって見つけだせないでいる。

元気を出して何か興味を起こさせるものを見つけようと努めた。船員食堂へ思いきって出かけてみたものの、逃げだしてはほっとする始末だった。非番の操舵員とも話をした。この男は頭がよく、さっそく社会主義の宣伝をおっ始め、ひと束もの散らし広告やらパンフレットを彼の手に押しつけた。彼は、この男が奴隷の倫理の説明をするのを聴きながら、物憂げに自分のニーチェのことを考えた。けど、結局、あれにどんな値打ちがあったのだろう？　彼は、ニーチェの狂気の発言のなかで、あの狂人が真理に疑いを抱いたところがあったのを思いだした。そんなことは誰も言うまい。が、たぶんニーチェは正しかったのだろう。たぶん、いかなるものにも真理はなく、真理の中にも真理はない——真理などというものはないのだろう。それにしても、彼の頭はすぐに疲れてしまい、椅子にもどってうたた寝することに甘んじた。

船上にあってみじめだった彼に、またあらたなみじめさが降りかかった。汽船がタヒチに着いたら、どうだっていうのだ？　上陸しなければならないし、商品の注文やら、マルケサス諸島へのスクーナー船の便の手配やら、考えるだけでもぞっとする無数のことをやらなくてはならないだろう。心を鬼にしてよく考えてみると、いつも自分が絶望的な危険に瀕していることがわかる。まったくのところ、自分は死の影の谷にいるのにこわくもないという点に、危険の原因があるのだ。こわくさえあれば、生に向かって進んでいくのだろうが。こわくないから、ますます谷の暗い影に押し流されてしまうのだ。もう昔なつかしい物ごとには何の楽しみも見いだささなかった。『マリポサ』号は今では北東貿易風の中に入っていたが、彼は吹きよせるこの順風にもいら立った。それで、椅子の置き場所を変え、昔、昼となく夜となく対したこの元気な仲間の抱擁を逃れた。

『マリポサ』号が熱帯無風帯に入った日に、マーティンはいよいよみじめになった。もはや眠れなかった。たっぷり睡眠を取っていたから、もういやが応でも目を覚ましたままで、あの生の白い光に耐えねばならないのだ。彼は、そわそわと動きまわった。空気は蒸し暑くて湿っぽく、吹き降り（レイン・スコールズ）もさわやかではなかった。生のために痛みを覚えた。甲板を歩きまわり、痛くて辛抱できなくなると、椅子にすわるが、また歩きださずにおれなくなった。ついには無理に雑誌を読み終えようとしたり、船の図書室から数冊の詩集を選び出した。しかし、それでもどうにもならず、また歩きだすのだった。

夕食後は遅くまで甲板にいたが、だからと言ってどうにもならなかった。部屋におりて行っても、眠れなかったからだ。こうして生から歯止めを食うことによって、失望した。これではとてもかなわない。彼は電灯をつけて、読書をしようとした。あの数冊のうちの一冊は、スウィンバーンだった。横になって、ぱらぱらと目を通していると、急に自分が興味を持って読んでいるのに気がついた。一節を読み終え、さらに先へ読もうとすると、また同じところへもどって来た。彼は本を伏せて胸の上に置き、思案を始めた。そうだ。これだ。なぜ今まで気がつかなかったのだろう。これこそが、そうしたことすべての意味なんだ。これまでずっとその方向へ流されていたが、今やスウィンバーンは、それが満足のいく解決法だということを教えてくれた。自分は休息を望んでおり、今やその休息が自分を待っているのだ。彼は、開いた舷窓を一瞥した。そうだ、あの大きさで十分だ。何週間ぶりかで、うれしい気分になった。ついに病気の治療法が見つかったのだ。彼は本を取りあげると、あの一節をゆっくりと朗読した。

「飽くなき生への執着や、
　希望や恐れを除かれて、
いかなる神々であろうとも
　短き言葉で感謝する。
いかなる生も永久ならず、
死者の蘇生のためしなし、
　疲れ果てたる川でさえ
　曲がりくねって大海に事なく流れて行くことを」

もう一度、開いた舷窓を見た。スウィンバーンが、鍵を用意してくれたのだ。生は病気である、というか、むしろ病気――それも耐えがたいものになってしまった。「死者の蘇生のためしなし！」この一行は、深い感謝の念で彼を揺り動かした。宇宙で唯一の情け深い言葉だ。痛々しいほど生に疲れるようになると、死が永遠の眠りへと誘いはじめる。それにしても、俺は何を待つというのだ？　今がその時ではないか。

彼は立ちあがると、舷窓から顔を出し、乳白色の波のうねりを見おろした。『マリポサ』号はずいぶん荷を積んでいるので、両手でぶら下がれば、足は海に届くだろう。そうすれば、音を立てずにそっと海に入れるだろう。誰にも聞こえやしない。ぱっとしぶきがかかって、顔が濡れる。口に塩の味がするが、悪くない。辞世の詩を書くべきかとも思ったが、一笑に付した。時間がないのだ。彼は、もう気が気でなかった。

人にわからないように、部屋の明かりを消し、足から先に舷窓の外に出した。両肩がつかえたので、また無理やり元にもどり、今度は片方の腕を下にしてやってみた。汽船の揺れのおかげで、くぐり抜けることができ、両手でぶら下がった。足が海に届くと、手を放した。彼は、乳白色の水泡の中にいた。『マリポサ』号の舷側が、所々明かりのついた舷窓によって破られるものの、黒い壁のように、目の前を駆けぬけていく。たしかに船の速度は速い。アッと言う間に、彼はもう船尾におり、泡立つ海面を静かに泳いでいた。

鰹(かつお)が自分の白い体にぶつかると、彼は声を出して笑った。が、少し身を噛まれてしまい、その痛みで、なぜ自分はこんな所にいるのかということに気がついた。そうこうしているうちに、その目的を忘れてしまっていたのだ。『マリポサ』号の明かりは、遠くに霞んでいく。なのに彼は、悠々と海の上を泳いでいる。それはまるで、一番近くても一千マイルばかりは離れている島に向かって進むつもりでもあるかのようだった。

それは、生きようとする無意識的な本能であった。泳ぐのをやめたが、水が口の上まで来たなと思うと、すぐに両手が強く水をかいて、体を浮きあげてしまう。これが生きようとする意志なんだ、と思うや、皮肉な笑いを浮かべた。そりゃあ、俺にも意志はある——そうなんだ、それもすごく強力な意志で、最後の一発で自らをも滅ぼし、息の根を止めてしまうほどの強さなんだ。

体勢を垂直にしてみた。静かな星空を見上げながら、同時に肺からすっかり息を出した。さっと勢いよく手足を動かし、肩から胸の半ばあたりまで水の外に上げた。もぐるのに勢いをつけるためだ。それから水の中に突っこむと、白い影像のようにじっとして、海の中へと沈んでいった。麻酔薬を嗅ぐ人間のように、深くゆっくりと水を吸いこんだ。息が苦しくなると、思わず腕と脚が水をかいて、体を海面まで浮上させた。すると、星がはっきりと見えてきた。

生きようとする意志だ、と軽べつするように考えたが、いたずらに張り裂けんばかりの肺に空気を吸いこまないようにするのだった。それじゃ、別の方法でやらなくてはならないな。そこで思いきり胸いっぱいの空気を吸いこんだ。これだけ吸えば、大分深くまで行けるだろう。彼は、まっさかさまになって、全力をふりしぼり、決意をみなぎらせてもぐって行った。どんどんと深くなっていく。目を開けているので、矢のように泳いでいる鰹の不気味な燐光を放つ尾が見える。もぐりながら、鰹がぶつからなければいいがと思う。張りつめた決意が、腰砕けになるかも知れないからだ。けれども、鰹はぶつかっては来なかった。だから彼には、生のこの最後の好意に感謝する時間の余裕があった。

どんどんもぐって行くと、ついには腕や脚が疲れて、ほとんど動かなくなった。大分深いのがわかる。鼓膜が圧迫されて痛み、頭ががんがんする。我慢できなくなりそうになるが、無理やり腕と脚を動かして、さらに深くもぐって行く。そしてついに、彼の決意はへし折られ、空気がものすごい勢いで肺から出ていく。その泡が、小さな風船のように頰や目にあたりながら、ブクブクと上へ昇っていく。そのとき、苦痛と息の詰まる状態とが襲ってきた。この痛みはまだ死んではないんだ、という考えが、ふらふらの意識の中で揺れ動く。死は苦しいものではない。このすごく息が止まりそうな感じこそが、生だ、生の苦しみなんだ。生が自分に加える最後の打撃なんだ。

強情な手足がバタバタともがくが、発作的で力も弱い。だが彼は、その手足や、生きようとする意志がそれらを動かすのを小馬鹿にした。もう深すぎる。いくらもがいたって、とうてい海面まで上がれはしないのだ。彼には、何だか夢うつつの海に物憂げに浮かんでいるみたいに思えた。さまざまな色や光が彼をとり巻き、洗い、そして体に浸透していった。あれは何だろう? 灯台のようだ。が、それは彼の頭の中にあるもの――白く輝く閃光であった。そのひらめきは、どんどん速くなった。長くゴロゴロという音がして、広漠とした果てしのない階段を転落していくようだった。そして海底のどこかの、暗闇の中へと落ちていった。そこまではわかっていた。暗闇の中へと落ちてしまった。そう思うや、あとは何もわからなくなった。

解説

辻井栄滋

サンフランシスコがジャック・ロンドン（一八七六—一九一六）の出生地なら、その東の対岸にあるオークランドは彼を育てた街である。この街のはずれに、かなり幅の広い河口（エスチュアリ）が横たわっている。その西方にサンフランシスコ湾を望み、さらにそのかなたにはサンフランシスコの摩天楼群が望めるたいそう風光明媚な一角である。

このあたりは、その昔、ジャック・ロンドンが血気盛んな少年時代に闊歩（かっぽ）した界わいということで、整備され、今日では、ジャック・ロンドン広場（スクエア）と呼ばれるちょっとした観光地になっている。そこには、ジャックの胸像（バスト）（数年前になくなり、代わって二〇〇六年現在では同じスクェア内の別の所に、新しい等身大の立像が迎えてくれる）をはじめ、ジャックが一攫（いっかく）千金を夢見てアラスカ・クロンダイク地方のゴールド・ラッシュ時に出かけていって、仲間たちとひと冬を過ごしたといういわくつきの丸太小屋、カラフルなヨットが身を寄せあうように停泊しているヨット・ハーバー、果ては〝ジャック・ロンドン・イン〟という旅館から〝ジャック・ロンドン・ヴィレッジ〟なるショッピング街まで出現している。

それらはともかく、この広場（スクエア）の目玉は何といっても、〝ファースト・アンド・ラスト・チャンス・

サルーン〟という長ったらしい名前を持つ、古色蒼然とした酒場だ。ジャックが十代から二十代にかけて盛んにやって来ては、一杯ひっかけたり、本を読んだり、店の主人と話しこんだりした所であり、現在も当時の姿をとどめながら営業を続けている。

その当時の常連客の一人に、マーティン・イーガン(Martin Egan)という男がいた。フィリピンからもどって来たジャーナリストだったらしいが、肩幅の広い、がっしりとした男であった。そこでジャック・ロンドンは、この男の名前を小説の主人公につけようと思い立ったが、相手はこれを拒否した。そこで〝マーティン・イーデン〟にした、という面白いエピソードも残っている。

このようにオークランドは、ジャック・ロンドン自身について語るときに素通りできないように、本書の舞台背景としてもきわめて重要である。それは、今述べたジャック・ロンドン広場だけに限らない。ほかにも、メリット湖、北オークランド、市役所前公園、各通り等々が、作品の随所に出てくるからである。

さて、ロンドンが職業作家として最初の単行本を世に出したのは、一九〇〇年のことで、『狼の息子——極北の物語』と題する短篇集であった。以後、毎年着実に力作の出版を重ね、この『マーティン・イーデン』が雑誌に掲載されて日の目を見たのは、作家としてあぶらの乗りきった一九〇八年九月のことであった。すなわち、その前年の夏にホノルルで稿を起こし、脱稿したのが翌一九〇八年の二月十七日(三十二歳)で、この九月から翌一九〇九年の九月まで一年間にわたって『パシフィック・マンスリー』誌に連載された。そして連載終了と同時に、マクミラン社より彼の十六冊めの単行本として出版され、以来今日まで百年近くの歳月の経過を見ているのである。

原文の語数にして実に十四万五千語、ペイパーバックの原書で三百八十一ページという長篇小説だが、ほとんど退屈することなく、むしろ感動を覚えつつ読み進めることができる。それは、フランクリン・ウォーカーも指摘する通り、「大人の社会に直面した多くの青少年が感じるあのギコチナサを、ロンドンが実に巧みにとらえているから」(『アメリカ小説論』北星堂、一九六五)だと言えよう。さらには、主人公マーティン・イーデンのひととなりや、彼が苦難を乗り越え作家として成功するに至るまでの過程が、ロンドン自身のそれと少なからず重なりあうことを知るとき、僕たちは深い共感を覚えざるを得ない。

たしかに、十九世紀調のごてごてとした回りくどい表現も少なくはないし、個人主義と社会主義の矛盾を衝いたり、マーティンの成功が唐突にすぎるといった批評もなくはない。けれども、そうした問題点の指摘によって、この作品全体の価値が損われるものでは決してない。

アメリカの二つの社会層――ブルジョアとプロレタリア――が背景として設定され、それぞれの階層の人々のほとんどすべてが、その内側での生活に何ら疑問も感じずに暮らしている。やはりプロレタリアの内側で眠っていたマーティンは、ふとした機会からブルジョア階層の生活を垣間見てしまう。そして、ルース・モースを中心とした未知の世界への憧憬が頭をもたげる。

こうした主人公の成功に向けての物語の展開そのものは、さして目新しいものではないが、この作品が発表以来百年近くを経てなお「著しく現代的な調子を持っている」(前出、フランクリン・ウォーカー)のは、何といっても、作者自身の実生活に裏打ちされた主人公の強靭な生き方の持つ迫力であろう。ロンドン自身が辛酸をなめた幼少年時代を体験しているだけに、マーティンの描き方には読む者をぐいぐいと引きつけずにおかない説得力がある。

もう一つ見逃してはならないのが、他の登場人物の存在である。ルースをはじめとするブルジョア側の人物にもそれなりの特徴はあるが、むしろプロレタリアの側に属する各人物の描写のほうが、はるかにみごとと言うほかあるまい。義兄のヒギンボサム、姉のガートルード、リズィー・コノリー、ジョウ・ドースン、下宿のおかみマリア・シルヴァ、妹マリアンとその夫ハーマン・フォン・シュミット、ラス・ブリセンデン……。この世に労働者階級というものが存在するかぎり、生活苦をにじませた彼らの愛すべき個性は、それぞれが不滅に値する(あたい)と思う。彼らわき役が随所に登場し、マーティンやこの作品全体をもり立てているのだということを忘れてはならない。合計四十六という少なくない章の中で、彼らの個性は遺憾なく発揮されていると思う。

本来が長篇作家というよりは、短篇作家としての力量に恵まれていたロンドンの優れた筆の冴えを、この作品全体にもうかがうことができる。各章のどこを切りとっても、それぞれが味わいのある短篇としても成立するほどである。マーティンの少年時代の思い出の中に現われるチーズ・フェイスとの反目と血闘の場面などは、その最たるものであり、読者の想像力を強烈にかき立てずにはおかないものの一つであろう。

『マーティン・イーデン』の邦訳は、一九五六(昭和三十一)年に斎藤数衛・木内信敬両氏の手で『絶望の青春』と題して、新鋭社より出版されている。しかし、すでに絶版となって久しく、現在では入手はほとんど不可能に近い。それに抄訳でもあり、今回初の完訳を試みた次第である。(むろん、両氏による先訳を良き参考にさせていただいた。)固有名詞等については、でき得るかぎりの注を付したつもりだが、なお不十分な点もあるかと思う。翻訳底本には Holt, Rinehart and Winston 社の Sixth printing, May 1965 を用いた。

一九六〇年代頃から欧米でジャック・ロンドン・リヴァイヴァルの動きがあり、特に生誕百年の一九七六年前後から各種出版物が相次いでいる。日本でも、初の本格的な研究評論書『ジャック・ロンドンとその周辺』（北星堂、一九八一）が書かれ、また、『野性の呼び声』および『白牙』以外の作品の訳書もいくつか入手可能になっているのは、まことに喜ばしいことである。『星を駆ける者』（国書刊行会）、『ジャック・ロンドン大予言』（晶文社）、『どん底の人びと』（現代教養文庫・社会思想社）などはすぐ手に入るし、ジャック・ロンドンの多様な側面を教えてくれるだろう。さらには本書によって、読者諸賢が彼についての理解をいっそう深めていただくことになれば、訳者としてこれに優る喜びはない。

最後に私事ながら恐縮だが、『マーティン・イーデン』をこうして世に送れることは、訳者の万感胸に迫るものがある。軽薄短小といわれる出版状況のさなか、四百字詰め原稿用紙にして一千枚に近い長篇が、果たして日の目を見るのだろうかという長らくの不安も、今となってはなつかしい。そして何よりも、日本の読者が『野性の呼び声』や『白牙』の動物というフィルターを通してジャック・ロンドンの世界をのぞいてごらんになるのではなく、彼自身をまさにもろに読みつかんでいただけるのだ、という熱い思いは言葉ではとても言い尽くせない。

――『ジャック・ロンドン自伝的物語』（原題『マーティン・イーデン』晶文社、一九八六年）
「訳者あとがき」より

白水社版『マーティン・イーデン』に寄せて

アメリカ作家ジャック・ロンドン（一八七六―一九一六）の代表作『マーティン・イーデン』の原書出版（一九〇九年九月）以来早百十年もの歳月が流れました。……

私がまだ二十代後半の、うら若き高校教師時代にロンドン研究に首を突っこみ、初めて世に問うた訳書が、『ジャック・ロンドン大予言』（短篇集、晶文社、一九八三年一月）でした。続いてその三年後に出たのが、長篇の代表作『マーティン・イーデン』（邦題は『ジャック・ロンドン自伝的物語』、晶文社、一九八六年二月）でした。

その後も数々の訳書を世に問うては論文の執筆と発表とを重ねてきました。このたびご縁があって、白水社の海外文学の一冊として『マーティン・イーデン』が手を加えて再刊されることになりました。編集担当の方からのお便りにありますように、「この作品を初めて読んだのは二十代の後半だったと思いますが、そこに描かれた若者の知識への飢えと自己教育の情熱に惹きつけられ、理想と現実のはざまで苦悩し滅びへの道をたどる孤独な魂の悲劇に強く胸を打たれたのを覚えています。それから三十年近くが経ちましたが、階級社会の中で独学で自己の向上を目指す主人公の苦闘は、苛酷な格差社会の入口に立つ現代の若者たちには、より切実に感じられるのではないでしょうか。……」ということで、人間が人間として生きていく場を持つかぎり、マーティンその他の登場人物たちの生きざまはきっといつまでも人の心を揺さぶりつづけることでしょう。

最後に、〈エクス・リブリス・クラシックス〉の一冊として再刊するご英断を頂いた白水社と、具体的に懇切にお世話くださった書籍編集担当の藤原義也さんに厚く御礼申しあげたいと存じます。

二〇一八年酷暑

辻井栄滋

本書は、『決定版ジャック・ロンドン選集』第四巻（本の友社、二〇〇六年）収録の『マーティン・イーデン』を底本とし、改稿を施しています（初刊時の邦題『ジャック・ロンドン自伝的物語』、晶文社、一九八六年）。

なお、本文中にはハンセン病をめぐる記述などに、本書が執筆された時代の誤った認識にもとづく表現がみられます。今日では否定されるべき偏見ですが、作品の時代的背景にかんがみ、また文学作品の原文を尊重する立場からそのままとしております。ご理解のほどお願い申し上げます。

編集＝藤原編集室

本書は2018年に単行本として小社より刊行された。

白水uブックス　240

マーティン・イーデン

著　者　ジャック・ロンドン
訳　者©辻井栄滋
発行者　及川直志
発行所　株式会社 白水社
東京都千代田区神田小川町3-24
振替　00190-5-33228　〒101-0052
電話（03）3291-7811（営業部）
（03）3291-7821（編集部）
www.hakusuisha.co.jp

2022年7月15日　印刷
2022年8月10日　発行
本文印刷　株式会社三陽社
表紙印刷　クリエイティブ弥那
製　　本　加瀬製本
Printed in Japan

ISBN978-4-560-07240-0

乱丁・落丁本は送料小社負担にてお取り替えいたします。

白水uブックス

赤死病

■ジャック・ロンドン 著／辻井栄滋 訳

疫病による人類滅亡を予言した驚愕のSF。ウィルスで中国の絶滅を図る「比類なき侵略」、エッセイ「人間の漂流」を併録。